TERRY PRATCHETT

Nur du kannst die Menschheit retten

Nur du kannst sie verstehen

Nur du hast den Schlüssel

GOLDMANN
Lesen erleben

Terry Pratchett, geboren 1948, ist einer der erfolgreichsten Autoren der Gegenwart. Von seinen Romanen wurden weltweit rund 75 Millionen Exemplare verkauft, seine Werke in 37 Sprachen übersetzt. Er lebt mit seiner Frau Lyn in der englischen Grafschaft Wiltshire.
Informationen zu Terry Pratchett auch unter:
www.pratchett-buecher.de und www.pratchett-fanclub.de.

Terry Pratchett bei Goldmann und Manhattan:

Die Romane von der bizarren Scheibenwelt:

Voll im Bilde · Alles Sense! · Total verhext · Einfach göttlich · Lords und Ladies Helle Barden · Rollende Steine · Echt zauberhaft · Mummenschanz · Hohle Köpfe · Schweinsgalopp · Fliegende Fetzen · Heiße Hüpfer · Ruhig Blut! · Der fünfte Elefant · Die volle Wahrheit · Der Zeitdieb · Die Nachtwächter · Weiberregiment · Ab die Post · Klonk! · Schöne Scheine · Der Club der unsichtbaren Gelehrten · Steife Prise

Märchen von der Scheibenwelt:

Maurice, der Kater · Kleine freie Männer · Ein Hut voller Sterne · Der Winterschmied · Das Mitternachtskleid

Zwei Scheibenwelt-Romane in einem Band:

Total verhext/Einfach göttlich · Lords und Ladies/Helle Barden · Rollende Steine/Echt zauberhaft · Mummenschanz/Hohle Köpfe · Schweinsgalopp/Fliegende Fetzen

Von der Scheibenwelt außerdem erschienen:

Wahre Helden. Ein illustrierter Scheibenwelt-Roman · Die Kunst der Scheibenwelt · Das Scheibenwelt-Album. Illustriert von Paul Kidby · Mort. Der Scheibenwelt-Comic. Illustriert von Graham Higgins · Nanny Oggs Kochbuch. Mit Rezepten von Tina Hannan. Illustriert von Paul Kidby · Die Straßen von Ankh-Morpork. Eine Scheibenwelt-Karte · Die Scheibenwelt von A–Z Mythen und Legenden der Scheibenwelt · Witz und Weisheit der Scheibenwelt Narren, Diebe und Vampire. Die besten Geschichten aus zehn Jahren Scheibenwelt-Kalender · Vollsthändiger und unentbehrlicher Stadtführer von gesammt Ankh-Morpork

Dazu ist erschienen:

Die gemeine Hauskatze. Illustriert von Gray Jolliffe · Eine Insel. Roman · Terry Pratchett/Stephen Baxter, Die Lange Erde. Roman

Außerdem sind Johnny-Maxwell-Romane von Terry Pratchett erschienen:

Nur du kannst die Menschheit retten/Nur du kannst sie verstehen/Nur du hast den Schlüssel. Drei Romane in einem Band

Die Titel sind teilweise auch als E-Book erhältlich.
Weitere Bücher von Terry Pratchett sind in Vorbereitung.

Terry Pratchett

Nur du kannst die Menschheit retten

Nur du kannst sie verstehen

Nur du hast den Schlüssel

Drei Romane in einem Band

Aus dem Englischen
von Sabine Schmidt, Emily Pichelsteiner
und Regina Winter

GOLDMANN

Die Originalausgabe von »Nur du kannst die Menschheit retten«
erschien unter dem Titel »Only You Can Save Mankind«
bei Doubleday/Transworld Publishers Ltd., London.

Die Originalausgabe von »Nur du kannst sie verstehen«
erschien unter dem Titel »Johnny and the Dead«
bei Doubleday/Transworld Publishers Ltd., London.

Die Originalausgabe von »Nur du hast den Schlüssel«
erschien unter dem Titel »Johnny and the Bomb«
bei Doubleday/Transworld Publishers Ltd., London.

Dieses Buch ist auch als E-Book erhältlich.

MIX
Papier aus verantwortungsvollen Quellen
FSC® C014496

Verlagsgruppe Random House FSC® N001967
Das FSC®-zertifizierte Papier *Super Snowbright* für dieses Buch
liefert Hellefoss AS, Hokksund, Norwegen.

1. Auflage
Taschenbuchausgabe August 2014

Umschlaggestaltung: UNO Werbeagentur, München, unter
Verwendung eines Entwurfs des Design Teams, München
Umschlagmotiv: David Scutt
Th · Herstellung: Str.
Satz: omnisatz GmbH, Berlin
Druck und Bindung: GGP Media GmbH, Pößneck
Made in Germany
ISBN 978-3-442-48223-8
www.goldmann-verlag.de

Besuchen Sie den Goldmann Verlag im Netz:

Nur du kannst die Menschheit retten

Ins Deutsche übertragen
von Sabine Schmidt

Und noch eins
für Rhianna

Das mächtige ScreeWee™-Imperium™ macht sich bereit, die Erde anzugreifen!

Unsere Kampfschiffe sind in einem Überraschungsangriff vernichtet worden!

Nichts kann die Erde vor der furchtbaren Rache der ScreeWee™ bewahren!

Doch ein Kampfschiff ist übrig geblieben ... und aus dem Nebel der Zeit bricht ein Krieger, ein Kämpfer – die letzte Hoffnung unserer Zivilisation!

Du!

Du bist der Retter der Zivilisation. Allein stehst du zwischen unserer Welt und dem sicheren Untergang. Du bist die letzte Hoffnung.

Nur du kannst die Menschheit retten!™

Voller Action mit vielen Neuheiten! Total real! Mit Super Color, Sound und Siam-Vector™-Grafik!

Geeignet für IBM PC, Atari, Amiga, Pineapple, Amstrad, Nintendo. Echte Kampfszenen aus einer Version, die du nicht gekauft hast.

Copyright 1992 Gobi Software, 17834 W., Agharta Drive, Shambala, Tibet. Alle Rechte vorbehalten. Alle Firmen- und Produktnamen sind eingetragene Warenzeichen der jeweiligen Hersteller.

Die Namen ScreeWee, Imperium und Menschheit sind eingetragene Warenzeichen der Gobi Software, 1992.

Der Held mit den tausend Leben

Johnny biss sich auf die Lippe und konzentrierte sich.

Gut so. Schnell schalten, die Rakete ausrichten – *biep biep biep biebiebiebiep* – auf den ersten Jäger, Rakete abfeuern – *swomp* –, Geschütze einsetzen – *babababababam* –, Jäger Nr. 2 treffen und seine Schilde mit dem Laser lahmlegen – *pschuiiiiii* –, während die Rakete – *pwosch* – Jäger Nr. 1 zerstört, abtauchen, Geschütze wechseln, Jäger Nr. 3 bombadieren, während er dreht – *babababababam* –, im Aufwärtsflug Jäger Nr. 2 ins Visier nehmen, Rakete abfeuern – *swomp* –, und ihn mit ...

Fwit fwit fwit.

Jäger Nr. 4! Der tauchte immer als letzter auf, aber wenn man ihn als ersten ins Visier nahm, hatten die anderen genug Zeit zum Wenden, und dann wurde man zur Zielscheibe von allen dreien.

Er war schon sechsmal getötet worden. Dabei war es gerade erst fünf Uhr.

Seine Hände flogen über die Tastatur. Sterne rauschten an ihm vorbei, während er beschleunigte, um dem Gewühl zu entgehen. Das kostete ihn zwar eine Menge Energie, aber bis sie ihn eingeholt hatten, würden die Schilde wieder auf voller Kraft laufen, und er wäre kampfbereit. Außerdem mussten zwei von denen schon beschädigt sein, und ... da waren sie ... Raketen ab, wow, Glückstreffer, vernichtet! Rote Feuerkugel – *swusch* –, Schild-Energie-Verlust registrieren und den nächsten ins Visier nehmen – *swusch* –, und jetzt drehte der letzte Jäger ab, türmte, aber er beschleunigte – *ggrrRRRSSCH* – und behielt ihn im Visier, während er einen Schuss nach dem anderen abgab.

Ah!

In der Ecke des Bildschirms tauchte der riesige Koloss ihres Mutterschiffes auf. Level 10, dann mal los ... schön vorsichtig ... jetzt waren keine Jäger mehr da, also musste er sich nur außer Reichweite halten und sich dann heranschleichen und ...

Wir möchten verhandeln.

Johnny blickte verdutzt auf die Botschaft am Bildschirmrand.

Wir möchten verhandeln.

Das Schiff rauschte vorbei – *eeeeooouuuummmm*. Er drückte auf die Drosseltaste und verlangsamte seine Geschwindigkeit, dann wendete er und hatte den großen, roten Umriss wieder im Visier.

Wir möchten verhandeln.

Sein Finger schwebte über dem Abzugsknopf. Dann, ohne wirklich hinzusehen, führte er ihn zur Tastatur und drückte auf Pause.

Dann griff er nach dem Handbuch.

Nur du kannst die Menschheit retten, stand auf dem Umschlag. »Super Sound und Grafiken. Das endgültige Spiel.«

Ein ScreeWee-Großkreuzer, so hieß es auf Seite 17, konnte mit sechsundsiebzig Lasertreffern zerstört werden. Wenn man erst mal die Begleitjäger aus dem Weg hatte und eine günstige Position fand, wo man von den ScreeWee-Kanonen nicht erwischt werden konnte, war es nur noch eine Frage der Zeit.

Wir möchten verhandeln.

Selbst nachdem er Pause gedrückt hatte, blinkte die Botschaft noch auf dem Bildschirm.

In dem Handbuch stand aber nichts von Botschaften.

Johnny blätterte die Seiten durch. Das musste eine der Neuheiten sein, von denen das Spiel voll sein sollte.

Er legte das Buch beiseite und seine Finger auf die Tastatur, dann tippte er vorsichtig: Stirb, außerirdischer Abschaum.

Nein! Wir wollen nicht sterben! Wir wollen verhandeln!

Das war aber nicht so vorgesehen, oder?

Wobbler Johnson, der ihm die Diskette gegeben hatte und das Handbuch auf dem Kopierer seines Vaters kopiert hatte, meinte, dass man 10.000 Punkte und eine Tapferkeitsurkunde bekam und außerdem zum Arcturus-Sektor voranschritt, wo es andere und mehr Schiffe gab, wenn man Level 10 gemeistert hatte.

Johnny *wollte* die Tapferkeitsurkunde.

Johnny feuerte noch mal den Laser ab. *Swusch.* Er wusste eigentlich nicht, warum. Aber er hatte einen Joystick und einen Abzugsknopf, und dafür war das Ganze eben da.

Schließlich gab es keinen »Nicht feuern«-Knopf.

Wir ergeben uns! BITTE!

Er streckte den Finger aus und drückte – sehr behutsam – auf die »Spiel speichern«-Taste. Der Computer surrte und klickte und war dann still. Er spielte den ganzen Abend nicht mehr. Er machte seine Hausaufgaben.

Es war Erdkunde. Man musste Großbritannien ausmalen und die Weltkarte dort markieren, wo man es zu finden glaubte.

Der ScreeWee-Captain klopfte mit einem ihrer Vorderbeine gegen den Schreibtisch.

»Was?«

Der Erste Offizier schluckte und versuchte, ihren Schwanz in einem respektvollen Winkel zu halten.

»Er ist gerade wieder verschwunden, Captain«, sagte sie.

»Aber hat er eingewilligt?«

»Nein, Captain.«

Der Captain trommelte mit den Fingern von drei Händen auf die Tischplatte. Sie sah ein bisschen aus wie ein Wassermolch, aber ansonsten glich sie eher einem Alligator.

»Aber wir haben ihn nicht beschossen!«

»Nein, Captain.«

»Und du hast ihm meine Nachricht übersandt?«

»Ja, Captain.«

»Und jedes Mal, wenn wir ihn töten, kommt er zurück ...«

Er erwischte Wobbler in der Pause.

Wobbler gehörte zu der Art von Jungs, die immer zuletzt ausgewählt wurden, wenn es darum ging, ein Team aufzustellen. Doch im Moment war das ganz in Ordnung, denn ihr derzeitiger Sportlehrer hielt nicht viel von Teams, weil sie das Konkurrenzdenken förderten.

Er wabbelte. Er behauptete, es sei eine Drüsensache. Er wabbelte besonders, wenn er rannte. Dann schien es seine Körperteile in verschiedene Richtungen zu ziehen, und nur bei Durchschnittsgeschwindigkeit war eine bestimmte Richtung zu erkennen. Aber mit Spielen hatte er es drauf. Nur waren es nicht die Spiele, von denen die Leute glaubten, dass man darin gut sein müsse. Gäbe es jemals einen Wer-knackt-als-Erster-den-unüberwindbaren-Kopierschutz-von-*Galactic-Thrusters*-Wettbewerb, wäre Wobbler nicht nur im Team – er würde es höchstpersönlich auswählen.

»Yo, Wobbler«, sagte Johnny.

»Es ist nicht mehr cool, Yo zu sagen«, sagte Wobbler.

»Ist es tutti, cool zu sagen?«, fragte Johnny.

»Cool ist immer cool. Und tutti sagt auch keiner mehr.«

Wobbler sah sich verschwörerisch um und fischte dann ein Päckchen aus seiner Tasche.

»Das hier ist echt cool. Probier's mal aus.«

»Was ist das?«, fragte Johnny.

»Ich hab *Fighter Star TeraBomber* geknackt«, sagte Wobbler. »Sag's aber niemandem, klar? Gib einfach FSB ein. So aufregend ist es eigentlich nicht. Mit der Leertaste wirfst du die Bomben ab, und ... na ja ... drück einfach die Tasten, und du wirst schon sehen, was passiert.«

»Hör mal ... du kennst doch auch *Nur du kannst die Menschheit retten!*«

»Du spielst das immer noch, was?«

»Du hast doch nicht irgendwas damit gemacht, oder? Ich meine, bevor du mir die Kopie gegeben hast?«

»Nein, das Spiel war ja nicht mal geschützt. Ich musste nichts weiter machen als das Begleitheft kopieren. Wieso?«

»Du hast es aber gespielt, oder?«

»Ein bisschen.« Wobbler spielte Spiele nur einmal. Wobbler sah sich ein Spiel ein paar Minuten an, dann nahm er den Joystick und erzielte sofort das Top-Ergebnis. Und dann spielte er es nie wieder.

»Und da ist nichts ... Komisches ... passiert?«

»Zum Beispiel?«

»Zum Beispiel ...« Johnny zögerte. Er konnte es Wobbler erzählen, aber dann würde Wobbler lachen oder ihm nicht glauben oder sagen, dass es irgendein Fehler oder Trick sei. Oder ein Virus. Wobbler hatte Disketten voller Computerviren. Er machte nichts damit. Er sammelte sie nur wie Briefmarken oder so.

Er konnte es Wobbler erzählen, aber dann würde es irgendwie nicht mehr so realistisch klingen.

»Ach, weißt du ... was Komisches eben.«

»Was denn?«

»Was Merkwürdiges. Ähm. Irgendwie lebensecht, schätze ich.«

»Das sollte es auch sein. Wie im echten Leben, steht doch

drauf. Ich hoffe, du hast das Handbuch gründlich gelesen, mein Vater hat seine ganze Kaffeepause am Kopierer zugebracht.«

Johnny grinste entmutigt.

»Ja, richtig. Ich lese es mir lieber noch mal durch. Danke für den *Star Fighter Pilot* ...«

»*TeraBomber.* Mein Vater hat mir *Alabama Smith and the Jewels of Fate* aus den Staaten mitgebracht. Du kannst eine Kopie haben, wenn du mir die Diskette zurückgibst.«

»Klar«, sagte Johnny geistesabwesend.

Er brachte es nie übers Herz, Wobbler zu sagen, dass er nicht mal die Hälfte der Spiele spielte, die Wobbler ihm gab. Man konnte es einfach nicht schaffen. Nicht, wenn man Zeit zum Essen und Schlafen haben wollte. Aber das war schon okay, denn Wobbler fragte nie. Was Wobbler betraf, so waren Computerspiele sowieso nicht dazu da, gespielt zu werden. Sie waren da, damit man sie knackte und umschrieb, um ein paar Extraleben rauszuschlagen oder was auch immer, und um die Kopien dann an alle zu verteilen.

Im Grunde teilte sich die Welt in zwei Parteien. Auf der einen Seite stand die Computerspiel-Industrie, die unglaubliche Anstrengungen unternahm, um das Herstellen von Raubkopien zu unterbinden, und auf der anderen Seite stand Wobbler. Derzeit lag Wobbler in Führung.

»Hast du Geschichte für mich gemacht?«, fragte Wobbler.

»Hier«, sagte Johnny. »›Wie es war, als Bauer während des englischen Bürgerkrieges zu leben‹. Drei Seiten.«

»Danke«, sagte Wobbler. »Das ging ja schnell.«

»Oh, in Erdkunde mussten wir letztes Jahr einen Aufsatz darüber schreiben, wie es war, als Bauer in Bolivien zu leben. Ich hab nur die Lamas weggelassen und ein bisschen was über geköpfte Könige reingeschrieben. Wenn man das dann noch ein bisschen ausschmückt und über das schlechte Wetter und die verdorbenen Ernten jammert, kann man nichts falsch machen an diesen Bauernaufsätzen.«

Johnny lag auf seinem Bett und las *Nur du kannst die Menschheit retten.*

Er konnte sich vage an die Tage erinnern, als es noch Computerspiele gab, deren Instruktion einfach »Drück < für links und > für rechts und *Fire* zum Feuern« lauteten.

Aber jetzt musste man sich ein ganzes Buch über das Spiel reinziehen. Eigentlich war es die Gebrauchsanweisung, aber sie nannten es »Die Geschichte«.

Eigentlich war das eine Art Anti-Wobbler-Trick. Irgendjemand in Amerika oder sonst wo hatte sich wohl gedacht, dass es verdammt clever sei, wenn einem vom Computer kleine Fragen gestellt wurden. »Wie lautet das erste Wort der dreiundzwanzigsten Zeile auf Seite neunzehn im Handbuch?« war so eine Frage, und mit dem Spiel war Feierabend, wenn man die Frage nicht richtig beantwortete. Aber anscheinend hatte niemand mit der Kopiermaschine von Wobblers Vater gerechnet.

Hier hatte er also das Buch. Die ScreeWee waren aus dem Nichts aufgetaucht und hatten ein paar Planeten zerbombt, die von menschlichen Wesen bevölkert waren. Fast alle Jäger waren dabei zerstört worden. Also gab es jetzt nur noch diesen einen – die einzige Verteidigung gegen die ScreeWee-Horden. Und nur *du* ... das heißt Johnny Maxwell, zwölf Jahre alt und hausaufgabengeplagt ... kannst die Menschheit retten.

Aber da stand nirgendwo, was man tun sollte, wenn die ScreeWee nicht kämpfen wollten.

Er stellte den Computer an und drückte die Load-Game-Taste.

Da war wieder das Schiff, genau in der Mitte seines Visiers.

Nachdenklich griff er nach dem Joystick.

Sofort erschien eine Botschaft auf dem Bildschirm. Nun, eigentlich keine richtige Botschaft. Eher ein Bild. Ein halbes Dutzend kleine, eiförmige Kleckse – mit Schwänzen. Sie bewegten sich nicht.

Was soll das denn nun wieder sein?, dachte er.

Vielleicht sollte er ihnen eine Botschaft zurücksenden. Aber »Stirb, Abschaum!«, schien im Moment nicht ganz passend.

Er tippte: Was ist los?

Sofort erschien in gelben Buchstaben eine Antwort auf dem Bildschirm.

Wir ergeben uns. Nicht schießen. Sieh doch, wir zeigen dir Bilder von unseren Kindern.

Er tippte: Ist das ein Trick, Wobbler?

Es dauerte eine Weile, bis die Antwort kam.

Wir sind kein Trick, Wobbler. Wir geben auf. Kein Krieg mehr.

Johnny dachte eine Weile nach, dann tippte er: Es war nicht vorgesehen, dass ihr aufgebt.

Wir wollen nach Hause.

Johnny tippte: Im Buch steht, dass ihr eine Menge Planeten in die Luft gesprengt habt.

Die Antwort ließ nicht auf sich warten.

Lügen!

Johnny starrte auf den Bildschirm. Er hätte am liebsten getippt: Nein, das kann einfach nicht sein. Ihr seid Außerirdische, und ihr könnt mir nicht erzählen, dass ihr nicht beschossen werden wollt. In keinem anderen Spiel haben Außerirdische jemals damit aufgehört, über den Bildschirm zu jagen. Es ist noch nie vorgekommen, dass sie auf einmal nach Hause wollten.

Und dann dachte er: Sie hatten nie die Chance. Sie konnten es nie.

Aber jetzt waren die Spiele viel besser. Sie wurden einfach immer realistischer.

Er tippte: Es ist schließlich nur ein Spiel.

Was ist ein Spiel?

Er tippte: Wer SEID ihr?

Der Bildschirm flackerte. Das, was ihn anblickte, sah ein bisschen aus wie ein Molch, sonst aber eher wie ein Krokodil.

Ich bin der Captain, sagten die gelben Buchstaben. *Bitte nicht schießen.*

Johnny tippte: Ich schieße auf euch, und ihr schießt auf mich. So geht das Spiel.

Aber wir sterben.

Johnny tippte: Manchmal sterbe ich auch. Eigentlich ganz schön oft.

Aber DU lebst wieder.

Johnny starrte einen Moment lang auf die Worte. Dann tippte er: Ihr nicht?

Nein. Wie soll das gehen? Wenn wir sterben, sterben wir. Für immer.

Johnny tippte verzweifelt: Nein, das stimmt nicht. Auf der ersten Mission gibt's drei Schiffe, die man vor dem ersten Planeten zerstören muss. Ich hab das schon oft gespielt, und da sind immer wieder die drei Schiffe am Anfang –

Andere Schiffe.

Johnny dachte einen Augenblick nach und tippte dann: Was passiert, wenn ich den Computer abschalte?

Wir verstehen die Frage nicht.

Das ist doch bekloppt, dachte Johnny. Es ist bloß ein ungewöhnliches Spiel. Eine besondere Mission oder so was.

Er tippte: Warum sollte ich euch glauben?

SIEH DICH UM!

Johnny richtete sich kerzengerade in seinem Stuhl auf. Dann drehte er sich sehr, sehr vorsichtig um.

Natürlich war niemand da. Warum sollte auch jemand da sein? Es war ein *Spiel.*

Das Molchgesicht war vom Bildschirm verschwunden. Er hatte wieder das vertraute Innere des Jägers vor sich. Der Radarschirm war ...

... voller gelber Punkte.

Gelb für den Feind.

Johnny nahm den Joystick und drehte. Die gesamte Scree-Wee-Flotte schwebte Schiff für Schiff hinter ihm im Raum. Kleine Jäger, große Kreuzer, massive Kampfschiffe.

Wenn die ihn alle im Visier hatten und feuerten ...

Er wollte nicht sterben.

Warte mal, warte mal. Du stirbst nicht. Du spielst einfach das Spiel von vorne.

Das hier war *verrückt*. Es war Zeit, Schluss zu machen.

Er tippte: Okay, was passiert jetzt?

Wir wollen nach Hause.

Er tippte: Okay. Kein Problem.

Du gibst uns sicheres Geleit?

Er tippte: Okay, ja. Der Bildschirm erlosch.

Und das war's? Keine Musik? Kein »Bravo, du hast die höchste Punktzahl erreicht«?

Nur das Blinken der Eingabeaufforderung. Und was bedeutete überhaupt sicheres Geleit?

Bewegliche Ziele

Man sagte nicht zu seinen Eltern: »He, ich brauche wirklich einen Computer, um *Megasteroids* zu spielen.«

Nein, man sagte: »Ich brauche wirklich einen Computer für die Schule.«

Computer sind *pädagogisch wertvoll.*

Wie auch immer, irgendetwas Gutes mussten die Schweren Zeiten schließlich haben, die jeder in diesem Haus durchmachte. Wenn man sich häufig in seinem Zimmer aufhielt und ansonsten mit hängendem Kopf herumlief, dann passierten Sachen wie Computer plötzlich von ganz alleine. Und alle fühlten sich besser dadurch.

Und manchmal waren Computer wirklich nützlich für die Schule. Johnny hatte »Wie es war, als Bauer zu leben« auf seinem Computer geschrieben und den Aufsatz mit dem Drucker ausgedruckt, obwohl er das Ganze schließlich noch mal mit der Hand abschreiben musste, denn in der Schule lernte man zwar Tastaturbedienung und Neue Technologie, aber man bekam Ärger, wenn man einen Aufsatz tatsächlich mit Tastaturen und neuen Technologien anfertigte.

Komischerweise taugten Computer nichts für Mathe. Er hatte immer Probleme mit Algebra, weil man mit »Wie ist es, als x-Quadrat zu leben« einfach nicht durchkam. Doch was das betraf, hatte er eine Vereinbarung mit Bigmac getroffen, dessen größtes Problem Aufsatzthemen waren. Wie auch immer, es spielte keine große Rolle. Wenn man den Kopf hängen ließ, wurde man in Ruhe gelassen, und das war auch nicht schlecht.

Aber hauptsächlich waren Computer gut für Spiele. Wenn man die Lautstärke aufdrehte, musste man sich nicht das dauernde Geschrei anhören.

Das ScreeWee-Mutterschiff war in Aufruhr. Vom letzten Beschuss hingen immer noch Rauchschwaden in der Luft, und undeutliche Figuren trippelten hin und her und versuchten, alles wieder zusammenzuschustern.

Der Captain lehnte sich in ihrem Stuhl auf der riesigen düsteren Brücke zurück. Sie war gelb unter den Augen, ein sicheres Zeichen von Übermüdung. Es gab so viel zu tun. Die Hälfte der Kampfschiffe war beschädigt, und die Kreuzer befanden sich auch nicht in bestem Zustand. Es gab nur wenig Platz und mit Sicherheit nicht genug Essen für all die Überlebenden, die sie an Bord holten.

Sie sah auf. Vor ihr stand der Artillerieoffizier.

»Das ist kein kluger Schritt«, sagte er.

»Es ist der einzige, der uns bleibt«, sagte der Captain erschöpft.

»Nein! Wir müssen weiterkämpfen!«

»Dann sterben wir«, sagte der Captain. »Erst kämpfen wir, dann sterben wir. So geht das.«

»Dann sterben wir wenigstens als Helden.«

»Da war ein wichtiges Wort in Ihrem Satz«, sagte der Captain. »Und ich meine nicht das Wort ›Helden‹.«

Der Artillerieoffizier wurde hellgrün vor Wut.

»Er hat Hunderte von unseren Schiffen angegriffen!«

»Und dann hat er aufgehört.«

»Da ist er der Einzige«, sagte der Artillerieoffizier. »Das sind *Menschen*! Man kann *Menschen* nicht trauen. Sie schießen auf *alles*.«

Der Captain stützte ihre Schnauze auf eine Hand.

»Er nicht«, sagte sie. »Er hat zugehört. Er hat mit uns geredet. Die anderen nicht. Vielleicht ist er der Auserwählte.«

Der Artillerieoffizier stützte sich mit seinen beiden vorderen Händen auf ihren Schreibtisch und funkelte sie an.

»Also«, sagte er. »Ich habe mit den anderen Offizieren gesprochen. Ich glaube nicht an Legenden. Wenn das volle Ausmaß dessen, was Sie da tun, deutlich wird, dann werden Sie das Kommando abgeben müssen!«

Sie sah ihn mit müden Augen an.

»Gut«, sagte sie. »Aber noch bin *ich* der Captain. Und ich trage die Verantwortung. Haben Sie mich verstanden? Haben Sie die leiseste Ahnung, was das *bedeutet*? Und jetzt ... *raus*!«

Es gefiel ihm nicht, aber er konnte sich ihr nicht widersetzen. Ich könnte ihn erschießen lassen, dachte sie. Es würde ihr später viel Ärger sparen. Das wäre dann Nr. 235 auf der Liste der Dinge, die zu tun waren ...

Sie drehte sich wieder um und starrte die Sterne auf dem Bildschirm an.

Der feindliche Jäger schwebte immer noch im Raum.

Was für Wesen sind das?, dachte sie. So verabscheuungswürdig sie auch sind, so gibt es doch nur sehr wenige von ihnen. Aber warum kommen sie immer wieder zurück? Was ist ihr Geheimnis?

Eins jedoch war sicher. Sie schickten nur ihre Mutigsten und Besten.

Der Vorteil Schwerer Zeiten war, dass man sich ungehindert am Kühlschrank bedienen durfte. Jedenfalls schien es keine ordentlichen Mahlzeiten mehr zu geben, und richtig gekocht wurde auch nicht mehr.

Johnny machte sich Spaghetti und Bohnen aus der Dose.

Aus dem Wohnzimmer war nichts zu hören, obwohl der Fernseher lief.

Dann sah er in seinem eigenen Zimmer ein bisschen fern. Sie hatten ihm den alten Fernseher gegeben. Er war nicht sehr groß, und man musste immer aufstehen und hinlaufen, wenn man das Programm, die Lautstärke oder sonst was ändern wollte, aber schließlich waren es ja auch Schwere Zeiten.

In den Nachrichten zeigten sie eine Aufnahme, wie Raketen über einer Stadt abgeworfen wurden. Sie war ziemlich gut.

Schließlich ging er ins Bett.

Er war nicht total überrascht, als er vor den Instrumenten eines Jägers aufwachte.

So war es *Captain Zoom* auch ergangen. Man bekam es einfach nicht aus dem Kopf. Wenn man einen Abend lang konzentriert gespielt hatte, hörte man die ganze Nacht nicht mehr auf, über Leitern zu klettern und Laserstrahlen auszuweichen.

Es war ein ziemlich guter Traum. Er konnte den Sitz unter sich richtig *fühlen*. Und im Cockpit roch es nach Öl, überhitztem Plastik und ungewaschenen Leuten.

Es stimmte auch so ziemlich mit dem Cockpit überein, das er jeden Abend auf dem Bildschirm sah, nur dass jetzt ein dünner Film aus Schmiere und Staub über allem lag. Aber da waren der Radarschirm, die Gefechtskontrollen und der Joystick ...

Hey, das war viel besser als der Computer! Das Cockpit war voller Geräusche – das Klicken und Surren der Ventilatoren, das Brummen und Piepen der Instrumente.

Und bessere Grafiken. In den Träumen waren die Grafiken immer viel besser.

Die ScreeWee-Flotte hing vor ihm in der Lu... im Raum. Wow!

Obwohl Träume ein bisschen aufregender sein sollten. In Träumen wurde man ja gejagt. Es *passierte* etwas. Es machte

Spaß, im Cockpit eines Raumjägers zu sitzen, der vor Waffen strotzte, aber es musste auch etwas *passieren* ...

Er fragte sich, ob er eine Rakete abschießen sollte oder so was ... Nein, warte mal, die hatten sich ergeben. Und da war diese Sache mit dem sicheren Geleit.

Seine Hände wanderten über die Kontrollen vor ihm. Sie waren ein bisschen anders als die im Computer, aber *dieser hier* ...

»Kannst du mich empfangen?«

Das Krokodilsgesicht des Captains erschien auf dem Bildschirm.

»Ja?«, sagte Johnny.

»Wir sind bereit.«

»Bereit?«, fragte Johnny. »Wozu?«

»Du führst uns«, sagte der Captain. Die Stimme kam aus einem Lautsprecher neben dem Bildschirm. Sie muss durch irgendwas übersetzt werden, dachte Johnny. Riesenmolche sprechen doch nicht Englisch!

»Wohin?«, fragte er. »Wohin fliegen wir?«

»Zur Erde.«

»Zur Erde? Moment mal! *Da lebe ich!* Man kann ziemliche Schwierigkeiten bekommen, wenn man riesigen Flotten Außerirdischer zeigt, wo man lebt!«

Der Lautsprecher brummte und surrte eine Weile. Dann sagte der Captain: *»Verzeihung. Das war eine direkte Übersetzung. Wir nennen den Planeten, der unser Zuhause ist, ›Erde‹. Wenn ich in ScreeWee spreche, sucht dein Computer das entsprechende Wort in deiner Sprache. Das eigentliche Wort in ScreeWee klingt wie ...«* Es folgte ein Geräusch, als würde jemand einen Gummistiefel aus einem frischen Kuhfladen ziehen. *»Ich werde dir unser Zuhause zeigen.«*

Auf dem Navigationsschirm bildete sich plötzlich ein roter Kreis. Johnny wusste Bescheid. Man musste ihn nur mit einem grünen Kreis anvisieren, dann machte der Computer *binkabin-kabinka*, und der Kurs war festgelegt.

Sie haben mir gezeigt, wo sie leben.

Der Gedanke sickerte in seinen Kopf.

Sie vertrauen mir.

Während er seinen Jäger nach vorne bewegte, reihte sich die gesamte ScreeWee-Flotte hinter ihm ein.

Ein grüner Punkt tauchte vor ihm auf.

Er beobachtete, wie der Punkt immer größer wurde, und erkannte den Umriss eines Raumjägers, der so aussah wie sein eigener.

Allerdings war er ein bisschen schwer auszumachen.

Das lag daran, dass er von Laserstrahlen halb verdeckt war.

Er feuerte auf ihn, während er sich näherte.

Und er näherte sich so schnell, dass er dabei fast sein eigenes Feuer einholte.

Johnny riss den Joystick herum, und sein Jäger glitt aus dem Weg, während der ... *feindliche* Jäger vorbeirauschte und auf die ScreeWee-Flotte zuschoss.

Der ganze Himmel war voller ScreeWee-Schiffe.

Die sich *ihm* anvertraut hatten.

Aber da draußen spielte immer noch irgendwer das Spiel.

»Nein! Hört mir zu! Die kämpfen nicht mehr!«

Der Jäger flog einen Bogen und hielt direkt auf das Kommandoschiff zu. Johnny sah, wie er eine Rakete abfeuerte. Irgendwo saß irgendjemand an seinem Computer und hatte eine Rakete abgeschossen.

»*Hör zu!* Du musst *aufhören!*«

Er hört nicht auf mich, dachte er. Man hört nicht auf den Feind. Der Feind ist da, um beschossen zu werden. Deswegen ist es der Feind. Dazu sind Feinde gut.

Er schwang herum, um dem Jäger zu folgen, der sein Tempo jetzt gedrosselt hatte. Er feuerte einen Schuss nach dem anderen auf das Kommandoschiff ab …

… das nicht zurückfeuerte.

Johnny sah entsetzt zu.

Das Schiff bebte unter dem Feuerhagel. Der Artillerieoffizier kroch über den bebenden Boden und zog sich neben dem Sitz des Captains hoch.

»Närrin! Närrin! Ich habe Ihnen gesagt, dass das passieren würde! Ich verlange, dass wir das Feuer erwidern!«

Der Captain beobachtete den Jäger des Auserwählten, ohne sich auch nur einen Millimeter zu bewegen.

»Nein«, sagte sie. »Wir müssen ihm eine Chance geben. Wir dürfen nicht auf irdische Kampfschiffe schießen.«

»Eine *Chance*? Welche Chance haben *wir*? Ich werde den Befehl geben –« Der Captain machte eine schnelle Handbewegung. Als ihre Finger wieder zur Ruhe gekommen waren, hielt sie eine Waffe an den Kopf des Artillerieoffiziers. Eigentlich war es nur eine zeremonielle Waffe, denn normalerweise kämpften die ScreeWee ausschließlich mit ihren Klauen. Doch die Form der Waffe besagte ganz deutlich, dass Dinge aus dem Loch am vorderen Ende kamen, und zwar mit der unumstößlichen Absicht, jemanden zu töten.

»Nein«, sagte sie.

Das Gesicht des Artillerieoffiziers lief blau an vor Entsetzen. Doch er war immer noch mutig genug, um zu sagen: »Das würden Sie nicht wagen!«

Es ist ein Spiel, dachte Johnny. In dem Jäger sitzt kein *echter* Mensch. Nur jemand, der das Spiel spielt. Es ist *alles* nur ein Spiel. Diese Dinge passieren nur irgendwo auf einem Bildschirm.

Nein.

Ich meine, doch.

Aber ...

... *zur gleichen* Zeit ...

... passiert das alles *hier* ...

Sein eigener Jäger machte einen Satz nach vorn.

Es war leicht. Es war so leicht. Man musste nur die Kreise auf dem Bildschirm justieren, *binkabinkabinka*, und den »Fire«-Knopf drücken, bis alle Waffen an Bord leer waren. Er hatte es schon so oft getan.

Der Eindringling hatte ihn nicht mal gesehen. Er schoss ein paar Raketen ab – und explodierte dann selbst in einem beeindruckenden Spektakel von Grafik und Farbe.

Das ist alles, sagte sich Johnny. Nur Dinge auf einem Bildschirm. Nichts Wirkliches. Keine Arme und Füße, die zwischen den Wrackteilen herumwirbeln. Alles war nur ein Spiel.

Die Raketen fanden ihr Ziel ...

Das ganze Cockpit explodierte in blendend weißem Licht.

Für den Bruchteil eines Moments spürte er den kalten Raum um sich herum, sah ...

Ein Regal. Einen Stuhl. Ein Bett.

Er saß vor dem Computer. Der Bildschirm war leer. Er hielt den Joystick so fest umklammert, dass seine Knöchel weiß hervortraten.

Der Wecker neben seinem Bett zeigte 6:3=, weil er kaputt war. Aber das bedeutete, dass er in einer halben Stunde oder so aufstehen musste. Er saß in seine Steppdecke gewickelt auf dem Bett und sah fern, bis der Wecker surrte.

Im Fernsehen zeigten sie Aufnahmen von Raketen und Gefechtsfeuer über einer Stadt. Es waren so ziemlich dieselben, die er am Abend zuvor gesehen hatte und die jetzt wahrscheinlich aufgrund allgemeiner Nachfrage wiederholt wurden.

Ihm war übel.

Yo-less würde ihm helfen, beschloss Johnny.

Normalerweise hing er mit Wobbler und Bigmac an der Mauer hinter der Schulbibliothek herum. Und genau so war es auch heute.

Yo-less wurde Yo-less genannt, weil er nie »Yo« sagte.

Inzwischen hatte er es aufgegeben, sich gegen den Namen zu wehren. Zumindest war er besser als »Hey-man«, sein letzter Spitzname, oder MC Spanner, der Spitzname davor. Johnny war der offizielle Spitznamen-Erfinder.

Johnny erzählte nicht zu viele Einzelheiten. Er redete nur über den Traum, nicht über die Botschaften auf dem Bildschirm. Yo-less hörte aufmerksam zu. Yo-less hörte immer aufmerksam zu. Es beunruhigte sogar die Lehrer, dass er bei allem, was sie sagten, so aufmerksam zuhörte. Sie hatten immer den Verdacht, dass er versuchte, sie bei einem Fehler zu ertappen.

Er sagte: »Was wir hier haben, ist die Projektion eines psychologischen Konfliktes. Das ist alles. Willst du einen Käsecracker?«

»Was ist das?«

»Nichts weiter als knuspriges Käsegebä…«

»Nein, ich mein das andere, was du gesagt hast.«

Yo-less reichte die Packung an Bigmac weiter.

»Tja, also … deine Mutter und dein Vater trennen sich, stimmt's? Allgemein bekannte Tatsache.«

»Könnte sein. Die machen im Moment schwere Zeiten durch«, sagte Johnny.

»Okay. Und es gibt nichts, was du dagegen tun kannst.«

»Nicht, dass ich wüsste«, sagte Johnny.

»Und das hat mit Sicherheit auch eine Auswirkung auf dich«, sagte Yo-less.

»Ich denke schon«, sagte Johnny vorsichtig. »Na ja, ab und zu muss ich mir jetzt selbst was kochen.«

»Genau. Also projizierst du deine ... äh ... unterdrückten Emotionen auf das Computerspiel. So was passiert am laufenden Band«, sagte Yo-less. »Man kann seine wirklichen Probleme nicht lösen, also verwandelt man sie in Probleme, die man lösen *kann.* Ich meine ... wenn das jetzt dreißig Jahre her wäre, hättest du wahrscheinlich davon geträumt, gegen Drachen zu kämpfen oder so was. Das ist eine projizierte Fantasie.«

»Es klingt aber gar nicht so leicht, Hunderte von intelligenten Molchen zu retten«, sagte Johnny.

»Weiß nicht«, sagte Bigmac fröhlich. »Ratata-ratata-bumm! Problem gelöst.« Bigmac trug die ganze Zeit klobige Stiefel und Hosen in Tarnfarben. An seinen Hosen konnte man ihn meilenweit erkennen.

»Die Sache ist«, sagte Yo-less, »dass es nicht wirklich passiert. Die Wirklichkeit ist wirklich. Aber das Zeug auf dem Bildschirm ist es nicht.«

»Ich habe *Stellar Smashers* geknackt«, sagte Wobbler. »Das kannst du haben, wenn du willst. Jeder sagt, dass es viel besser ist.«

»Äh ... nee, danke«, sagte Johnny. »Ich glaub, ich bleib noch ein bisschen am Ball. Mal sehen, ob ich's bis Level 21 schaffe.«

»Wenn du's bis Level 21 schaffst und die ganze Flotte in die Luft jagst, kriegst du eine besondere Nummer auf dem Bildschirm, und wenn du dann an Gobi Software schreibst, bekommst du einen Gutschein über fünf Pfund«, sagte Wobbler. »Das stand in *Computer Weekly.*«

Johnny dachte an den Captain.

»Fünf Pfund?«, sagte er. »Wow.«

Am Nachmittag hatten sie Mannschaftssport. Bigmac war der Einzige, der mitmachte. Er war nie besonders versessen darauf gewesen, bis sie Hockey eingeführt hatten. Der Schläger war der Grund, warum er mitmachte. Bigmac stand auf Knüppeln.

Yo-less machte keinen Sport wegen intellektueller Unvereinbarkeit. Wobbler machte keinen Sport, weil ihn der Sportlehrer gebeten hatte, es nicht zu tun. Johnny machte keinen Sport, weil er davon freigestellt war und es sowieso niemanden kümmerte. Er ging früh nach Hause und verbrachte den Nachmittag damit, das Handbuch zu lesen.

Den Computer rührte er nicht vor dem Abendessen an.

Es gab eine Nachrichten-Sondersendung, was bedeutete, dass *Cobbers* verschoben wurde. Sie zeigten dieselben Aufnahmen von Raketen über einer Stadt, die er am Abend zuvor gesehen hatte, nur dass da jetzt viel mehr Journalisten in beigen Hemden mit vielen Taschen aufgeregt die Ereignisse kommentierten.

Er hörte, wie sich seine Mutter darüber beschwerte, dass *Cobbers* verschoben wurde, und erkannte an den lauten Stimmen, dass das wieder Schwere Zeiten auslöste.

Er musste noch eine Hausarbeit für Geschichte über Christoph Kolumbus machen. Er sah im Lexikon nach und schrieb vierhundert Wörter ab, womit er normalerweise durchkam. Er pauste noch ein Bild von Kolumbus durch und malte es aus.

Nach einer Weile wurde ihm klar, dass er es absichtlich hinausschob, den Bildschirm einzuschalten. Es war kein gutes Zeichen, dachte er, wenn man lieber Hausaufgaben machte, als am Computer zu spielen ...

Es konnte nichts schaden, zumindest eine Partie *Pac-Man* zu spielen oder so was. Der Ärger war nur, dass die Gespenster wahrscheinlich in der Mitte des Bildschirms bleiben und sich weigern würden herauszukommen, um gefressen zu werden. Er glaubte nicht, dass er so etwas verkraften würde. Er hatte schon genug Sorgen.

Und dann kam auch noch sein Vater nach oben, um väterlich zu sein. Das passierte ungefähr jeden zweiten Abend. Es schien nichts zu geben, was ihn davon abhalten konnte. Man musste sich damit abfinden, dass einem etwa zwanzig Minuten lang Fragen darüber gestellt wurden, wie man in der Schule vorankam und ob man sich denn *wirklich* schon mal Gedanken darüber gemacht hätte, was man später werden wollte, wenn man groß war.

Das Beste war es, ihn nicht noch zu weiteren Fragen zu ermutigen, und das so freundlich wie möglich.

Sein Vater setzte sich auf die Bettkante und sah sich im Zimmer um, als wäre er noch nie zuvor bei ihm gewesen.

Nach den üblichen Fragen über Lehrer, die Johnny schon seit Jahren nicht mehr hatte, starrte sein Vater eine Weile vor sich hin und sagte dann: »In letzter Zeit ist alles ein bisschen schwierig geworden. Ich denke, das hast du gemerkt.«

»Nein.«

»Es ist momentan ein bisschen schwierig im Geschäft. Keine gute Zeit, um was Neues aufzubauen.«

»Ja.«

»Alles in Ordnung?«

»Ja.«

»Nichts, worüber du sprechen willst?«

»Nein. Ich glaube nicht.«

Sein Vater sah sich wieder im Zimmer um. Dann sagte er: »Erinnerst du dich noch an letztes Jahr, als wir alle zusammen nach Falmouth gefahren sind?«

»Ja.«

»Das hat dir doch Spaß gemacht, oder?«

Er hatte sich einen Sonnenbrand geholt und sich auf irgendwelchen Felsen den Knöchel verstaucht, und dazu musste er *jeden Morgen* um 8.30 aufstehen, obwohl es doch eigentlich Ferien sein sollten. Und der einzige Fernseher im Hotel hatte vor einer alten Frau gestanden, die die Fernbedienung nicht eine Sekunde aus der Hand gelegt hatte.

»Ja.«

»Wir sollten wieder mal hinfahren.«

Sein Vater starrte ihn an.

»Ja«, sagte Johnny. »Das wär' nett.«

»Wie kommst du mit *Space Invaders* voran?«

»Wie bitte?«

»*Space Invaders*. Das Computerspiel.«

Johnny drehte sich um und warf einen Blick auf den leeren Bildschirm.

»Was sind Space Invaders?«, fragte er.

»Heißen die nicht mehr so? Space Invaders? So was stand früher immer in den Kneipen rum, äh, wahrscheinlich bevor du geboren warst. Pausenlos liefen stachelige, dreieckige, grüne Außerirdische mit sechs Beinen über den Bildschirm, und wir mussten sie abschießen.«

Johnny dachte eine Weile drüber nach. »Und was ist passiert, wenn ihr alle abgeschossen hattet?«

»Oh, dann kamen noch mehr.« Sein Vater stand auf. »Aber ich schätze, das ist heute alles viel komplizierter.«

»Ja.«

»Deine Hausarbeiten hast du schon gemacht, was?«

»Ja.«

»Was war's denn?«

»Geschichte. Was über Christoph Kolumbus schreiben.«

»Hmm. Du könntest erwähnen, dass er sich gar nicht aufgemacht hat, um Amerika zu entdecken. Eigentlich wollte er nach Asien und hat Amerika nur durch Zufall entdeckt.«

»Ja. Steht im Lexikon.«

»Freut mich, dass du's benutzt.«

»Ja, ist ganz interessant.«

»Gut. Genau. Also dann. Tja, ich werd noch mal einen Blick in die Kassenbücher werfen ...«

»Okay.«

»Wenn es irgendwas gibt, worüber du sprechen willst, du weißt ja ...«

»Ja, gut.«

Johnny lauschte und wartete, bis die Wohnzimmertür wieder geschlossen wurde. Er überlegte, ob er hätte fragen sollen, wo die Bedienungsanleitung für die Spülmaschine war.

Dann schaltete er den Computer ein.

Nach einer Weile erschien der Titel von *Nur du kannst die Menschheit retten.* Missmutig sah er sich die Einleitung an und nahm den Joystick in die Hand.

Da waren keine Außerirdischen.

Einen Augenblick lang dachte er, er hätte etwas falsch gemacht. Er startete das Spiel noch einmal.

Da waren immer noch keine Außerirdischen. Nur die Weite des Raums und ein paar glitzernde Sterne waren zu sehen.

Er flog herum, bis er keinen Treibstoff mehr hatte.

Keine ScreeWee, keine Punkte auf dem Radarschirm. Kein Spiel.

Sie waren verschwunden.

Cornflakes-Killer

In diesen Tagen gab es mehr Nachrichten als sonst. Die Hälfte der Zeit zeigten sie im Fernsehen Aufnahmen von Panzern und Karten von Wüsten, die über und über mit roten und grünen Pfeilen markiert waren, während sie in der Ecke des Bildschirms das Foto eines Journalisten einblendeten, der einen Telefonhörer am Ohr hatte und mit knisternder Stimme von den Ereignissen berichtete.

Es knisterte im Hintergrund, während Johnny Wobbler anrief.

»Ja?«

»Kann ich bitte mit Wobb… mit Stephen sprechen?«

Murmel, klonk, rums, schlurf. »Ja?«

»Ich bin's, Wobbler.«

»Ja?«

»Hast du in letzter Zeit mal einen Blick in *Nur du kannst die Menschheit retten* geworfen?«

»Nein. Hey, hör mal, ich hab einen Weg gefunden, um …«

»Könntest du das jetzt gleich mal tun, bitte?«

Pause.

»Alles in Ordnung mit dir?«

»Was?«

»Du klingst ein bisschen komisch.«

»Bitte, geh jetzt und sieh dir das Spiel mal an, ja?«

Es dauerte eine Stunde, bis Wobbler zurückrief. Johnny wartete schon auf der Treppe.

»Kann ich bitte mit …«

»Ich bin dran.«

»Da sind keine Außerirdischen mehr, stimmt's?«

»Genau!«

»Da haben sie wahrscheinlich irgendwas ins Spiel eingebaut. So 'ne Art Zeitbombe. Vielleicht ist das Ganze so programmiert, dass alle Außerirdischen zu einem bestimmten Zeitpunkt verschwinden.«

»Und warum?«

»Um das Spiel interessanter zu machen, schätze ich. He, alles okay mit dir? Deine Stimme klingt ein bisschen piepsig.«

»Alles in Ordnung.«

»Kommst du morgen zum Einkaufscenter?«

»Klar.«

»Okay, bis dann. Tschau.«

Johnny starrte auf das tote Telefon. Natürlich gab es so was im Computer. Er hatte in der Zeitung drüber gelesen. Ein Freitag-der-13.-Virus oder so. Irgendetwas im Programm registrierte das Datum, und wenn dann Freitag der 13. kam, passierte irgendwas Gemeines mit allen Computern im ganzen Land.

Es hatte Artikel über böse Computer-Hacker gegeben, die die Gesellschaft bedrohten, und Wobbler war eine Woche lang mit einer dunklen Brille in die Schule gekommen.

Johnny ging wieder in sein Zimmer und betrachtete den Bildschirm. Hin und wieder rauschten ein paar Sterne vorbei.

Es erinnerte ihn an das Computerspiel, das Wobbler mal geschrieben hatte. Es hieß *Die Reise nach Alpha Centauri*. Es war nichts als ein Bildschirm mit ein paar Punkten drauf, weil es, wie Wobbler meinte, in *Realzeit* passierte, wovon bis zur Erfindung der Computer noch niemand gehört hatte. Er hatte im Fernsehen gesehen, dass es dreitausend Jahre dauerte, bis man Alpha Centauri erreichte. Er hatte das Programm so geschrieben, dass jemand, der seinen Computer dreitausend Jahre laufen ließ, irgendwann mit einem kleinen Punkt auf dem Bildschirm belohnt wurde und der Nachricht: »Willkommen auf Alpha Centauri. Und jetzt flieg wieder nach Hause!«

Johnny starrte noch ein bisschen länger auf den Bildschirm. Ein- oder zweimal bewegte er den Joystick, um einen anderen Kurs einzuschlagen. Aber das brachte auch nichts. Das Weltall sah in allen Richtungen gleich aus.

»Hallo? Irgendjemand da?«, flüsterte er.

Er sah noch ein bisschen fern, bevor er zu Bett ging. Sie zeigten noch mehr Raketen, und irgendjemand erzählte was von anderen Raketen, die in der Lage waren, die erste Art von Raketen niederzumachen.

Die Flotte bewegte sich in Form eines riesigen Kegels vorwärts, Hunderte von Meilen lang. Der Captain warf einen Blick zurück. Da waren jede Menge Mutterschiffe und Hunderte von Jägern. Und immer mehr gesellten sich dazu, während sich die Nachricht von der Kapitulation ausbreitete.

Das Schiff des Auserwählten flog ein Stück entfernt vor der Flotte her. Er beantwortete keine Nachrichten.

Aber sie wurden von niemandem beschossen. Seit Stunden hatten sie kein irdisches Schiff mehr gesichtet. Vielleicht, dachte der Captain, funktioniert es tatsächlich. Wir lassen sie zurück ...

Johnny wachte im Spiel auf.

Es war schwer, in dem Kampfschiff zu schlafen. Zu Beginn war ihm der Sitz als das bequemste Ding der Welt vorgekommen, aber es war verblüffend, wie unbequem er nach ein paar Stunden wurde. Und das Klo war eine komplizierte Angelegenheit aus Schläuchen und Ventilen, und es war, wie er festzustellen begann, keinesfalls geruchsdicht. Eines konnten einem die Computerspiele jedenfalls nicht vermitteln: den *Geruch* des Weltalls. Es hatte seine ganz eigene Note – wie die Achselhöhle einer Maschine. Man wurde nicht schmutzig, weil es keinen Schmutz gab, aber es war von einer Art schmieriger Sauberkeit.

Der Radar machte *ping*.

Nach einer Weile konnte er einen Punkt vor sich sehen. Er bewegte sich kaum, und gefeuert wurde auch nicht.

Er verließ die Flotte und machte einen Erkundungsflug.

Es war ein riesiges Schiff. Oder war zumindest mal eins gewesen. Eine Menge davon war bereits weggeschmolzen.

Mit sanften Drehungen trieb es dahin, absolut tot. Es war grün und annähernd dreieckig, bis auf die sechs Beine oder Arme oder was auch immer. Drei davon waren abgebrochene Stümpfe. Es sah aus wie eine Mischung zwischen einer Spinne und einem Oktopus, von einem Computer entworfen und aus Hunderten von Würfeln zusammengenietet.

Während sich der gigantische Koloss langsam drehte, konnte er riesige Löcher mit geschmolzenen Rändern in seinem Rumpf sehen. Drinnen waren undeutlich Stockwerke zu erkennen.

Er stellte das Funkgerät ein.

»Captain?«

»Ja.«

»Kannst du das Ding da sehen? Was ist das?«

»Ab und zu finden wir so eins. Wir glauben, dass sie einer alten Rasse gehört haben, die inzwischen ausgestorben ist. Ziemlich primitiv, diese Schiffe.«

Das tote Schiff drehte sich langsam. Auf der anderen Seite klaffte ein langes Brandloch.

»Ich glaube, die wurden Space Invaders genannt«, sagte Johnny.

»Ist das der irdische Name für sie?«

»Ja.«

»Das dachte ich mir.«

Johnny war froh, dass er das Gesicht des Captains nicht sehen konnte. Er dachte: Keiner weiß, wo sie herkamen, geschweige denn, wie sie sich nannten. Und jetzt wird man es niemals mehr erfahren.

Der Radar machte wieder *ping*.

Ein irdisches Schiff näherte sich der Flotte mit großer Geschwindigkeit. Diesmal zögerte er nicht.

Das Problem war, dass die ScreeWee nicht besonders gut kämpfen konnten. Nach den ersten paar Spielen war es leicht, sie zu besiegen. Sie schienen den Dreh einfach nicht rauszukriegen. Sie hatten es nicht drauf, tückisch zu sein, und schnelles Ausweichen war auch nicht ihre Stärke.

Genauer betrachtet, war es mit allen dasselbe. Johnny hatte viele Spiele mit Wörtern wie »Weltall« und »Kampf« im Titel gespielt, und Außerirdische konnte man mit ein paar Wochen Übung leicht schlagen, so viel stand fest.

Dieser Spieler hatte keine Chance gegen einen echten Menschen.

Man hatte sechs Raketen. Johnny hatte bereits zwei abgefeuert, während der Feind kaum größer als ein Punkt war. Dann ließ er den Finger einfach auf dem Abzug, bis es nichts mehr zu feuern gab.

Eine wirbelnde Wolke von Wrackteilen, und das war's.

Schließlich war es ja nicht so, dass tatsächlich jemand starb. Wer auch immer in dem Jäger gesessen hatte, musste das Spiel lediglich neu starten.

Es *schien* wirklich, aber es war nur ein Traum ...

Träume schienen immer wirklich.

Er richtete seine Aufmerksamkeit auf das Ding neben seinem Sitz. Es hatte eine Tülle, aus der eine Art dünne Gemüsesuppe in einen Pappbecher lief, und einen Schlitz, aus dem ziemlich große Plastiktüten mit ziemlich kleinem Inhalt, wie zum Beispiel Sandwiches, kamen. Die Tüten mussten groß sein, damit die Liste mit den Zutaten draufpasste. Sie enthielt absolut alles, was ein Krieger im Weltall brauchte, um gesund zu bleiben. Nicht glücklich, aber gesund ...

Er hatte gerade einen Happen genommen, als etwas in sein Schiff einschlug. Grellrotes Licht strömte ins Cockpit; die Alarmsysteme plärrten los.

Er blickte gerade rechtzeitig auf, um zu sehen, wie der Angreifer zum zweiten Anlauf ausholte.

Und er hatte nicht mal den Radar im Auge behalten.

Er hatte sein *Abendbrot* gegessen!

Er drehte sein Schiff. Das Multi-Vitamin-Sandwich flog irgendwo zwischen die Versorgungsleitungen.

Der Angreifer kam zurück. Johnny pochte verzweifelt gegen die Kontrollanzeigen.

Moment mal ...

Was war das Schlimmste, was ihm passieren konnte?

Er würde im Bett aufwachen.

Er nahm sich Zeit. Er wich aus. Er schlingerte hin und her. Eine zweite Rakete traf sein Schiff. Während der Angreifer vorbeihuschte, feuerte Johnny mit allem, was er hatte.

Noch eine Wolke aus Wrackteilen.

Kein Problem.

Aber der andere musste eine letzte Rakete abgeschossen haben, bevor er ihn erwischt hatte. Noch so ein grellroter Blitz. Die Lichter gingen aus. Das Schiff ruckte. Sein Kopf prallte von der Rückenlehne ab und schlug hart gegen das Kontrollpult.

Er öffnete die Augen.

Genau. Und dann wachst du in deinem Zimmer auf.

Ein Licht blinkte ihn an.

Irgendetwas piepte.

Das musste der Wecker sein. So enden die meisten Träume …

Er hob den Kopf. Das blinkende Licht war eckig. Er versuchte, es deutlicher zu erkennen.

Da waren Zeichen.

Aber da stand nicht 6:3=.

Da stand **Air Leak**, und das beharrliche Piepen wurde von einem furchtbaren Zischen untermalt.

Nein, nein, dachte er. Das ist nicht wahr.

Er rappelte sich hoch. Da waren viele rote Lichter. Eilig drückte er ein paar Knöpfe, aber das bewirkte gar nichts, außer dass noch mehr Lichter rot aufblinkten.

Er wusste nicht viel über die Bedienung eines Raumjägers, außer schnell, langsam, rechts, links und feuern, aber da blinkten ganze Reihen von Alarmlichtern, ein Zeichen dafür, dass eine Menge Dinge, über die er nicht Bescheid wusste, schiefliefen. Er starrte auf ein paar rote Buchstaben, die besagten: **Secondary Pumps Failure**. Er wusste auch nicht, was Sekundärpumpen waren, aber er wünschte, wünschte es sich von ganzem Herzen, dass sie nicht versagt hätten.

Sein Kopf tat ihm weh. Er berührte ihn, und echtes Blut klebte an seiner Hand. Und er wusste, dass er sterben würde. Er würde *wirklich* sterben.

Nein, dachte er. Bitte! Ich bin John Maxwell. Bitte! Ich bin erst zwölf Jahre alt. Ich will nicht in einem Raumschiff sterben …

Das Piepen wurde lauter.

Er blickte wieder auf das Licht.

Es blinkte 6:3=.

Wurde aber auch Zeit, dachte er, während er einschlief …

Er wachte auf.

Er saß vor dem Computer. Der Bildschirm war leer, und ihm war eiskalt.

Er hatte Kopfschmerzen, aber ein vorsichtiges Fühlen versicherte ihm, dass da kein Blut war. Es waren *nur* Kopfschmerzen.

Er starrte auf den schwarzen Bildschirm und fragte sich, wie man sich wohl als ScreeWee fühlte.

Genau so, nur dass man nicht aufwachte. Da hieß es immer **Air Leak**, und ständig piepte es **Alarm, Alarm, Alarm**, dann spürte man wahrscheinlich die eisige Kälte des Weltalls und dann gar nichts mehr.

Er frühstückte erst mal.

In jedem Paket zuckerglasierter Cornflakes gab es jetzt einen Außerirdischen. Das war etwas Neues. Oder etwas Altes, das wieder neu aufgetischt wurde.

Der Außerirdische, der in seiner Schüssel landete, war orange mit drei Augen und vier Armen. Und in jeder Hand hielt er eine Laserpistole.

Sein Vater war noch nicht aufgestanden. Seine Mutter verfolgte die Nachrichten auf dem kleinen Fernseher in der Küche. Ein ziemlich großer Mann in einem sandfarbenen Tarnanzug zeigte auf lauter blaue und rote Pfeile, die in einer Landkarte steckten.

Johnny lief zum Neil-Armstrong-Einkaufszentrum.

Er nahm das außerirdische Plastikwesen mit. Das war *die* Möglichkeit, einen Planeten zu überfallen. Ein Außerirdischer in jeder Packung! Warten, bis sie in jedem Küchenschrank des ganzen Landes waren, und dann das Signal aussenden und *basumm*!

Cornflakes-Killer!

Vielleicht gab es auf irgendeinem anderen Planeten einen

kleinen Plastikmenschen in jeder Packung salmiakglasierter Natriumflakes. Hey, *Zorks*! Holt euch die ganze Sammlung! Und dann wären da all diese kleinen Plastikmenschen. Natürlich mit Waffen in den Händen. Schließlich musste man nur die Straße runterlaufen, um zu sehen, dass hier jeder eine Waffe trug.

Er sah aus dem Busfenster.

Klar, das war's. Diese Cornflakespackungen waren gefährlich. Er stellte sich Außerirdische vor, die mit der Cosmiczippo-Ray-Heckenschere herumhantierten oder mit dem Megadeath-Bus fuhren oder im Star-Thruster-Einkaufszentrum herumhingen!

Das Problem mit den ganzen Außerirdischen, die er bisher gesehen hatte, war, dass sie einen entweder fressen wollten oder so lange mit Musik volldudelten, bis man ein besserer Mensch wurde. Es gab nie Außerirdische, die etwas ganz Gewöhnliches wollten, wie zum Beispiel den Rasenmäher ausleihen.

Wobbler, Yo-less und Bigmac gaben sich alle Mühe, echt cool am Springbrunnen abzuhängen, aber eigentlich standen sie nur dumm in der Gegend herum. Yo-less trug dieselbe graue Hose, die er in der Schule trug. Man konnte nicht in grauen Hosen abhängen. Und Wobbler trug immer noch seine Sonnenbrille, nur dass es keine richtige Sonnenbrille war, weil er sowieso eine Brille tragen musste; es war eine von diesen Touristen-Sonnenbrillen, die man auf die andere Brille draufstecken konnte. Sie hatte noch nicht mal die gleiche Größe wie seine richtige Brille, und sein Nasenrücken war schon ganz wundgescheuert. Außerdem trug er einen Anorak. Wobbler war wahrscheinlich der einzige Mensch im ganzen Universum, der noch einen Anorak trug. Und Bigmac hatte zu seinen Tarnhosen und seinem »Terminator«-T-Shirt mit »Blackbury Skins« auf dem Rücken einen Gürtel aufgetrieben, der ganz aus Patronenhülsen gemacht war. Er sah ziemlich dämlich aus.

»Yo, ihr Nieten«, sagte Johnny.

»Wir warten schon 'ne Ewigkeit«, sagte Yo-less.

»Ich bin eine Station zu weit gefahren und musste wieder zurücklaufen«, sagte Johnny. »War total in Gedanken. Was steht an?«

»Meinst du, was steht an, oder meinst du's irgendwie so in der Richtung, hey, Jungs, was gibt's?«, fragte Wobbler.

»Was steht an?«, fragte Johnny.

»Ich will zu J & J Software rein«, sagte Wobbler. »Die haben vielleicht schon *Cosmic Coffee Mats* da. In *Bazzammm!* stand was über das Spiel drin, und die sagen, es hätte 'nen absolut sicheren Kopierschutz.«

»Haben sie auch gesagt, ob es was taugt?«, fragte Bigmac.

»Wen interessiert das?«

»Eines Tages werden sie dich schnappen«, sagte Yo-less.

»Und dann geben sie mir einen Job im Silicon Valley, damit ich kopiergeschützte Software entwerfe«, sagte Wobbler. Seine Augen leuchteten hinter den doppelten Brillengläsern auf. Für Wobbler war Kalifornien der Ort, wo gute Leute hinkamen, wenn sie gestorben waren.

»Nein, das tun sie nicht. Du bekommst nur eine Menge Ärger und wirst verklagt«, sagte Yo-less. »Und die Polizei beschlagnahmt deine ganze Computerausrüstung. Hab ich in der Zeitung gelesen.«

Sie bummelten planlos zum Computerladen.

»Ich hab mal 'n Film gesehen, wo sie diese Computerspiele hatten, und wenn man echt gut war, kamen die Außerirdischen und holten einen, und dann musste man ein Raumschiff fliegen und gegen eine feindliche Flotte kämpfen«, sagte Bigmac.

»Haben sie sie geschlagen? Ich meine, in dem Film, wurde die außerirdische Flotte da geschlagen?«

Bigmac warf Johnny einen komischen Blick zu.

»*Natürlich.* Sicher. Sonst würde das ja wohl keinen Sinn ergeben, oder?«

»Nur du kannst die Menschheit retten«, sagte Johnny.

»Was?«

»So heißt das Spiel«, sagte Wobbler.

»Aber so was Ähnliches steht *immer* auf der Verpackung von Spielen«, sagte Johnny.

»Äh. Genau. So was Ähnliches. Warum auch nicht?«

»Ich meine, die schreiben nie ›Nur du sitzt in einem Raumschiff, das Milliarden wert ist und mehr Schalter hat, als du dir je vorstellen kannst, und wirst von tausend ausgebildeten, feindlichen Piloten in Stücke geschossen, weil du eigentlich keine Ahnung hast, wie man das Ding fliegt‹.«

Sie schlenderten an Mr Zippys Eisdiele vorbei.

»Kann mir nicht vorstellen, dass sich so was durchsetzen würde«, sagte Wobbler. »Ich glaube nicht, dass sich ein Spiel mit dem Namen *Lass dich in Stücke schießen* jemals verkaufen würde.«

»Habt ihr immer noch Ärger zu Hause?«, fragte Yo-less.

»Ist ziemlich still geworden inzwischen«, sagte Johnny.

»Das kann noch schlimmer sein als Gebrüll.«

»Ja.«

»Es ist gar nicht so schlimm, wenn sich dein Vater und deine Mutter trennen«, sagte Wobbler, »obwohl man dann mehr durch Museen geschleppt wird, als gut für einen ist.«

»Immer noch keine Außerirdischen gefunden?«, fragte Yo-less.

»Ähem. Nicht im Spiel.«

»Träumst du immer noch von denen?«, fragte Wobbler.

»Irgendwie.«

Eine Frau, die Handzettel über ein Superangebot für Doppelverglasung verteilte, drückte Yo-less aus purer Verzweiflung einen in die Hand. Yo-less nahm ihn, bedankte sich mit ernster

Miene, faltete ihn zusammen und steckte ihn in die Tasche. Yo-less hob so etwas immer auf. Schließlich wusste man nie, ob man es nicht irgendwann mal gebrauchen konnte. Eines Tages, wenn er Arzt war, würde er vielleicht seine Praxis doppelverglasen wollen, und dann wäre er in der Lage, die Angebote zu vergleichen.

»Hat jemand gestern Abend den Krieg in der Glotze gesehen?«, fragte Bigmac. »Geile Art, sich zu verabschieden, was?«

»Verabschieden wovon?«, fragte Yo-less.

»Denen zeigen wir's!«

»Denen zeigen wir was?«, sagte Wobbler.

»Wir verpassen denen die ›Schwiegermutter aller Kriege‹, was?«, sagte Bigmac, der immer noch versuchte, ein bisschen Patriotismus aus den anderen herauszulocken.

»Nee. Das ist nicht wie echter Krieg«, sagte Wobbler. »Das ist nur Krieg fürs Fernsehen.«

»Ich wünschte, ich wäre beim Militär«, sagte Bigmac wehmütig. »Bum!« Er knallte die Doppelverglasungsfrau ab, die es nicht mal merkte. Bigmac hatte die Angewohnheit, mit imaginären Waffen rumzuballern. Andere Leute spielten auf Luftgitarren, er feuerte Luftknarren.

»Noch ein paar Jahre«, sagte er. »Das ist alles.«

»Du solltest Stormin' Norman einen Brief schreiben«, sagte Wobbler. »Bitte ihn, den Krieg so lange in Gang zu halten, bis du so weit bist.«

»Für jemanden, der Norman heißt, hat er's ziemlich weit gebracht«, sagte Yo-less. »Ich meine ... Norman? Klingt nicht grade sehr macho, was? Klingt wie Bruce oder Rodney.«

»Er musste aber Norman heißen«, sagte Wobbler, »würde sich ja sonst nicht auf Stormin' reimen. Stormin' Bruce wäre albern. Kommt.«

J & J Software war samstagmorgens immer rappelvoll. Es

gab immer ein paar Computer mit aktuellen Spielen und Trauben von Leuten, die drum herumstanden. Niemand wusste, wer J & J waren, denn der Laden wurde von einem Mr Patel geführt, der alles mit Adleraugen überwachte. Wobbler behielt er immer ganz besonders im Auge, weil er den ziemlich treffenden Verdacht hatte, dass Wobbler mehr Spiele unter die Leute brachte als er und nicht mal was dafür verlangte.

Die vier verteilten sich. Bigmac war nicht so sehr an Spielen interessiert, und Yo-less ging nach unten, um sich Videos anzusehen. Wobbler hatte jemanden getroffen, der noch komplizierteres Zeug über Computer wusste als er.

Johnny lungerte zwischen den Regalen mit den Spielen herum.

Ich frage mich, ob die ScreeWee das auch machen, dachte er. Oder Leute vom Jupiter oder sonst woher. Ob die wohl auch in einen Laden gehen und »Vernichtet die Menschen«-Spiele kaufen. Oder ob die Filme haben, in denen ein Mensch herumrennt und ein Raumschiff terrorisiert ...

Plötzlich hörte er eine laute Stimme am Ladentisch.

Mädchen sah man nicht oft in J & J Software. Vor ziemlich langer Zeit hatte seine Mutter einmal versucht, ein Computerspiel zu spielen. Ein ziemlich einfaches – man musste Asteroiden, fliegende Untertassen und solche Dinge abschießen. Es war eine äußerst peinliche Angelegenheit gewesen. Ein Wunder, dass sich die fliegenden Untertassen überhaupt die Mühe gemacht hatten zurückzuschießen. Es wäre angebrachter gewesen, wenn sich die Außerirdischen an den Fenstern versammelt und unanständige Geräusche gemacht hätten. Frauen hatten einfach keine Ahnung.

Das Mädchen beschwerte sich bei Mr Patel über ein Spiel, das sie gekauft hatte. Jeder wusste, dass das keinen Sinn hatte, selbst wenn man eine Verpackung öffnete und nichts als

Mäusescheiße drin war. Mr Patel vertrat den Standpunkt, dass nicht mal der Papst ein Spiel zurückgeben konnte, wenn erst mal die verschweißte Plastikhülle fehlte. Nicht mal, wenn er Gott im Schlepptau hatte. Und davon ließ er sich keinen Millimeter weit abbringen, weil er Leute wie Wobbler kannte.

Die Jungs verfolgten das Spektakel mit fasziniertem Entsetzen.

Sie tippte unablässig mit dem Finger auf die Spielverpackung. »Und wer will schon nichts als *Sterne* sehen?«, sagte sie. »Ich weiß, wie Sterne aussehen, ob Sie's *glauben* oder nicht. Auf der Verpackung steht, dass man gegen zig Arten von außerirdischen Raumschiffen kämpft. Ich hab nicht mal ein *einziges* zu Gesicht bekommen.«

Mr Patel murmelte etwas. Johnny stand nicht nahe genug, um ihn zu verstehen. Aber die Stimme des Mädchens hatte etwas sehr Eindringliches, fast so wie ein Korkenzieher. Wenn sie kursiv sprach, konnte man es tatsächlich *hören.*

»Oh, nein. Damit können Sie mir nicht kommen. Woher soll ich denn wissen, ob etwas funktioniert, ohne es *auszuprobieren*? Das fällt unter das Handelsgesetz (1983).«

Die von Ehrfurcht ergriffene Schar der Schaulustigen war erstaunt, einen leicht gehetzten Ausdruck in Mr Patels Augen zu entdecken. Bis jetzt war ihm noch nie jemand begegnet, der Klammern aussprechen konnte.

Er murmelte noch etwas.

»*Kopieren!* Warum sollte ich es kopieren? Ich hab's schließlich *gekauft*. Auf der Verpackung steht, dass man faszinierende außerirdische Wesen trifft. Alles, was ich gesehen habe, war ein einziges Raumschiff und irgendeine blöde Botschaft auf dem Bildschirm, und dann ist es abgehauen. Das ist nicht grade das, was ich unter faszinierenden außerirdischen Wesen verstehe.«

Botschaft ...

Abgehauen …

Johnny schlich sich näher.

Mr Patel murmelte noch etwas und ging dann auf eines der Regale zu. Der ganze Laden sah voller Verwunderung zu. Er hielt ein *neues* Spiel in seiner Hand. Er würde tatsächlich einen Umtausch machen. Das war wie Dschingis Khan, der sich entschloss, eine Stadt nicht anzugreifen, weil er lieber zu Hause Fußball gucken wollte.

Dann hielt er die Hand hoch, nickte dem Mädchen zu und stampfte zu einem der Ladencomputer, die alle so viele Fingerabdrücke auf den Tasten hatten, dass man die Funktionen schon lange nicht mehr entziffern konnte.

Alle sahen schweigend zu, als er das Exemplar, das das Mädchen zurückgebracht hatte, in den Computer lud. Die Musik ertönte. Der Vorspann lief über den Bildschirm wie in *Krieg der Sterne*. Es war das übliche Zeug: »Die mächtige ScreeWee-Flotte hat die Föderation angegriffen«, was immer das auch war, »und nur *Du* …«

Und dann nichts als Raum. Es war Computerraum – irgendwie schwarz mit einem gelegentlichen vorbeirauschenden Stern.

»Bei der ersten Mission müssten eigentlich sechs Raumschiffe auftauchen«, sagte jemand hinter Johnny.

Mr Patel warf einen missbilligenden Blick in die Runde. Dann drückte er vorsichtig eine Taste. »Sie haben grade einen Torpedo ins Leere geschossen, Mr Patel«, sagte Wobbler.

Schließlich gab Mr Patel auf. Er warf die Arme in die Luft.

»Wie findet man die Dinger, die man abschießen muss?«

»*Die* finden einen«, sagte irgendjemand. »Inzwischen müssten Sie längst tot sein.«

»Sehen Sie?«, sagte das Mädchen. »Nichts als Leere. Ich hab's stundenlang laufen lassen, und da war nur Weltraum.«

»Vielleicht hast du nicht genug Perseveranz. Ihr Halbwüchsigen wisst doch gar nicht, was das Wort Perseveranz bedeutet«, sagte Mr Patel.

Wobbler blickte über den Kopf des Ladeninhabers hinweg zu Johnny und zog die Augenbrauen hoch.

»Es bedeutet so etwas wie hartnäckig am Ball bleiben«, sagte Johnny hilfsbereit.

»Oh. Alles klar. Also, gestern Abend habe ich hartnäckig versucht, am Ball zu bleiben, und habe trotzdem keine gefunden.«

Mr Patel öffnete behutsam das neue Exemplar des Spiels. Alle sahen aufmerksam zu, wie er die Diskette in das Laufwerk schob.

»Dann wollen wir mal sehen, wie das Spiel aussieht, bevor Mr Wobbler seine kleinen Tricks anwendet«, sagte er.

Der Titel leuchtete auf. Dann lief die Geschichte über den Bildschirm, so, wie es sein sollte. Und die Instruktionen.

Und Leere.

»Jetzt kommt's bald«, sagte Mr Patel.

Und noch mehr Leere.

»Das ist gestern erst geliefert worden.«

Noch mehr Leere. So war das eben im Weltraum.

Mr Patel nahm die Verpackung und sah sie sich genau an. Aber alle hatten gesehen, wie er die Plastikhülle aufgerissen hatte.

Sie sind weg, dachte Johnny.

Selbst in den neuen Spielen.

Sie sind weg.

Die Leute lachten. Aber Wobbler und Yo-less starrten ihn nur an.

Niemand stirbt wirklich

»Ich schätze«, sagte Bigmac. »Ich *schätze* ...«

»Ja?«, sagte Yo-less.

»Ich schätze ... Ronald McDonald ist wie Jesus Christus.«

Bigmac machte so was öfter. Manchmal gab er die Art von großer, langsamer Erklärung ab, die darauf schließen ließ, dass er sich seit geraumer Zeit mit irgendwelchen tieferen Gedanken herumschlug. Das war wie die Entstehung von Bergen. Johnny wusste, dass sie durch die Zusammenschiebung von Kontinenten entstanden, aber niemand hatte das je gesehen.

»Ja?«, sagte Yo-less mit nachsichtiger Stimme. »Und wie kommst du da drauf?«

»Na, sieh dir doch mal die ganze Werbung an«, sagte Bigmac, während er mit einer Fritte auf den Rest des Hamburgerladens zeigte. »Da ist dieses herrliche Land, wo man hinkommt und wo es Seen und Bananenmilchshake gibt und Bäume voller Fritten. Und ... und dann ist da der Hamburger-Klauer. Das ist der Teufel.«

»Mr Zippy's lässt ein riesiges sprechendes Eis für seine Eisdiele werben«, sagte Wobbler.

»Gefällt mir nicht«, sagte Yo-less. »Ich würde keinem Eis trauen, das einen dazu überreden will, Eis zu essen.«

Manchmal führten sie stundenlang solche Gespräche, nämlich immer dann, wenn es etwas gab, über das sie nicht sprechen wollten. Aber jetzt schien ihnen nichts mehr einzufallen.

Alle blickten schweigend zu Johnny, der seinen Hamburger kaum angerührt hatte.

»Hört zu, ich weiß auch nicht, was da passiert«, sagte er.

»Bei Gobi Software werden sie echt sauer auf dich sein, wenn sie rausfinden, was du gemacht hast«, sagte Wobbler grinsend.

»Ich hab gar nichts gemacht!«, sagte Johnny. »Es ist nicht meine Schuld.«

»Könnte ein Virus sein«, sagte Yo-less.

»Nee«, sagte Wobbler. »Ich hab Tonnen von Viren. Die bringen nur den Computer durcheinander. Die verkorksen dir nicht den Kopf.«

»Könnten sie aber«, sagte Yo-less. »Mit blinkenden Lichtern und so. Ähnlich wie bei 'ner Hypnose.«

»Erst hast du gesagt, ich bilde mir das alles nur ein! *Du* warst derjenige, der gesagt hat, ich würde meine Fantasien projizieren!«

»Das war, bevor Patel ein halbes Dutzend Verpackungen aufgemacht hat. Junge, dass ich das mitkriegen durfte. Der hat ihr nicht nur das Spiel umgetauscht, er hat ihr auch noch das Geld zurückgegeben, *Tatsache!*«

Johnny lächelte unsicher.

Wobbler trommelte mit den Fingern auf die Tischplatte, oder besser gesagt, halb auf die Tischplatte und halb auf einen Klecks Barbecuesauce.

»Nein, also ich glaube immer noch, dass Gobi Software die Spiele irgendwie präpariert hat. Junge, die Idee mit dem Virus finde ich echt super«, sagte er. »Menschen werden mit Computerviren infiziert? Klingt abgefahren.«

»So was gibt's aber nicht«, sagte Johnny.

»Die haben so was mit Filmen gemacht, wo sie nur ein Bild von irgendwas einblenden, von 'ner Eiscreme zum Beispiel, und das setzt sich bei den Leuten im Kopf fest, ohne dass die's merken, und dann haben plötzlich alle Lust auf Eiscreme«, sagte Yo-less. »Unterschwellige Werbung nennen sie das. Das würde sich auf einem Computerbildschirm leicht machen lassen.«

Johnny dachte an den Captain und an die Bilder, die sie ihm von ihren Kindern gezeigt hatte. Das sah nicht nach Hypnose aus. Er wusste nicht, *wonach* es aussah, aber ganz bestimmt nicht nach Hypnose.

»Vielleicht sind es echte Außerirdische, und sie haben deinen Computer unter Kontrolle«, sagte Yo-less.

»UUUU-iiiieee-UUUU«, sang Bigmac und wedelte mit den Händen in der Luft, dann sagte er mit düsterer Stimme: »Johnny Maxwell wusste es noch nicht, aber er verirrte sich gerade in die ... Toilet Zone ... diedeldiedel, diedeldiedel, diedeldiedel ...«

»Immerhin, schließlich sollst du sie zur Erde führen«, fuhr Yo-less fort.

»Aber das ist nur ihre Bezeichnung für ihre eigene Welt«, sagte Johnny.

»Das haben sie dir gesagt. Außerdem sind es Molche. Möglicherweise führst du sie direkt hierher.«

Alle blickten nach oben, als könnten sie durch die Decke, die Büroräume der T-&-F-Versicherungsagentur und das Dach eine riesige Flotte Außerirdischer am Himmel sehen.

»Deine Fantasie geht mal wieder mit dir durch«, sagte Wobbler. »Du kannst einen Planeten nicht mit einem Haufen Außerirdischer aus einem Computerspiel erobern. Die leben auf dem Bildschirm. Die sind nicht *echt.*«

»Und was willst du jetzt tun?«, fragte Yo-less.

»Einfach weitermachen, denke ich«, sagte Johnny. »Wer war das Mädchen in Patels Laden?«

»Weiß nicht«, sagte Wobbler. »Ich hab sie schon mal da gesehen, bevor ich mit *Cosmic Trek* angefangen habe. Mädchen haben's nicht drauf mit Computerspielen, weil sie nicht so ein räumliches ... was auch immer haben wie wir«, fuhr er vage fort. »Ihr wisst schon. Sie können nicht dreidimensional denken oder so was. Dazu fehlt ihnen der Instinkt.«

»Der Captain ist eine Frau«, sagte Johnny.

»Vielleicht ist das bei Riesenmolchen anders«, sagte Wobbler.

Bigmac lutschte an einem Beutel Ketchup.

»Glaubt ihr, dass ES noch weitergeht, bis ich alt genug bin, um mich zum Militär zu melden?«, fragte er gedankenverloren.

»Nein«, sagte Yo-less. »Stormin' Bruce wird das schon machen. Denen zeigt er's.«

»Denen zeigt er was?«, leierten alle im Chor wie müde Mönche.

Am Nachmittag gingen sie ins Kino. Sie sahen sich *Alabama Smith and the Emperor's Crown* an. Wobbler meinte anschließend, es sei ein rassistischer Film gewesen, aber Yo-less sagte, dass er ihm ganz gut gefallen hätte. Sie diskutierten darüber, ob der Film immer noch als rassistisch gelten konnte, wenn Yo-less ihn gut fand. Johnny kaufte Popcorn für alle. Das war noch so ein Ding in Schweren Zeiten – Taschengeld gab es unregelmäßig, dafür aber mehr als sonst.

Als er nach Hause kam, aß er Spaghetti und sah ein bisschen fern. Den pyramidenförmigen Mann mit der Wüstentarnung schienen sie jetzt ziemlich oft zu zeigen. Johnny fand Stormin' Norman ganz sympathisch. Er sah aus wie die Art von Mann, die mit dem Captain sprechen konnte.

Dann brachten sie eine Sendung, in der es darum ging, die Wale zu retten. Sie hielten es für eine gute Idee.

Dann konnte man eine Menge Geld gewinnen, wenn man den Showmaster einer Gameshow ertragen konnte, anstatt ihm zum Beispiel ein Kuscheltier ins Maul zu stopfen und wegzurennen.

Dann kamen Nachrichten. Wieder zeigten sie die Wüste und Bilder von Bomben, die mit nadelscharfer Präzision in feindliche Schornsteine abgeworfen wurden. Und Sport.

Und dann ...

Also gut, mal sehen.

Er schaltete den Computer an.

Leere. Und noch mehr Leere.

Keine ScreeWee weit und breit.

Moment mal, dachte er. Die sind alle in der großen Flotte, oder? Sie folgen mir. Sie sind mir aus dem ... aus dem *Spiel* gefolgt. Es muss eine Möglichkeit geben, von hier aus dorthin zu kommen, wenn man lange genug fliegt. Und zwar in die richtige Richtung.

In welche Richtung bin ich geflogen?

Kann ich mich selbst einholen?

Kann mich ein *anderer* einholen?

Er starrte eine Weile auf den Bildschirm. Es war noch langweiliger als die Gameshow.

Früher oder später würde er schlafen müssen. Er dachte angestrengt darüber nach, während Alabama Smith von den Bösen über einen einheimischen Markt gehetzt wurde ...

... Johnny hatte seine eigene Theorie über diese Märkte. In jedem Abenteuerfilm gab es eine Verfolgungsjagd über den einheimischen Markt mit einer Menge durchgedrehter Rikschas, die in irgendwelche Marktstände knallten, umgeworfenen Tischen und gackernden Hühnern, und die Theorie war: Es handelte sich dabei immer um denselben Markt. Jedenfalls sah er immer gleich aus. Wahrscheinlich gab es irgendwo einen Obststandbesitzer, der langsam die Schnauze gestrichen voll hatte ...

Wie auch immer ...

Er würde seinen Fotoapparat mitnehmen.

Er ging früh ins Bett, den Gurt seiner Kamera fest ums Handgelenk gewickelt. Fotoapparate träumten nicht.

Das Raumschiff roch *menschlich.*

Er hörte keinen Alarm und keine zischenden Geräusche.

Ich bin wieder zurück, dachte Johnny.

Und da war auch die ScreeWee-Flotte, verteilt über den Himmel hinter ihm.

Und die Kamera, deren Gurt immer noch um seinen Arm gewickelt war. Er wickelte sie schnell ab und machte ein Foto von der Flotte. Nach ein paar Sekunden spuckte der Apparat surrend das Foto aus, bis es sich allmählich entwickelte. Jawohl. Die Flotte. Wenn er es schaffte, das Bild mit zurückzunehmen, hätte er Beweise ...

Ein rotes Licht leuchtete neben dem Bildschirm auf. Jemand wollte mit ihm sprechen. Er betätigte den Schalter.

»Wir haben gesehen, wie dein Schiff explodiert ist«, meldete sich die Stimme des Captains. Der Bildschirm knisterte einen Moment lang und zeigte dann ihr Gesicht. Es wirkte besorgt. *»Und dann ... war es plötzlich wieder da. Du lebst noch?«*

»Ja«, sagte Johnny, dann fügte er hinzu: »Ich glaube schon.«

»Verzeih mir, aber ich muss dich etwas fragen. Was *passiert mit dir?«*

»Wie?«

»Wenn du ... gehst?«

Johnny dachte nach. Was soll ich ihr sagen? Dass ich versuche, mich in der Schule wach zu halten? Dass ich viel in meinem Zimmer bin? Dass ich mit Wobbler und den anderen herumhänge? Dass wir im Einkaufszentrum abhängen oder im Park oder bei jemandem zu Hause, allerdings nicht bei mir, weil meine Eltern im Moment Schwere Zeiten durchmachen? Dass wir Dinge sagen, wie zum Beispiel »Ich bin total gezoscht«, obwohl wir nicht sicher sind, was sie bedeuten? Dass wir manchmal ins Kino gehen? Dass wir in Blackbury leben, der absolut coolsten Stadt aller Städte?

Mein Leben muss das langweiligste Leben im gesamten Universum sein. Vermutlich gibt es unter den Steinen auf Neptun irgendwelche Wabbelkleckse, die ein interessanteres Leben führen als ich …

»Das ist schwer zu erklären«, sagte er. »Ich –«

Er hörte ein *Ping* vom Radarschirm.

»Ich muss jetzt Schluss machen«, sagte er ein wenig erleichtert. Jemandem im tödlichen Kampf gegenüberzutreten war immer noch besser als der Versuch, einem Riesenmolch etwas von Schweren Zeiten zu erzählen.

Ein Schiff näherte sich mit Höchstgeschwindigkeit. Es schien ihn nicht zu bemerken. Sein Radar musste voller Scree-Wee-Schiffe sein.

Er hatte es jetzt in der Mitte seines Fadenkreuzes. Um ihn herum brummte sein Raumjäger. Er konnte die geballte Kraft unter seinem Daumen spüren. Er brauchte bloß auf den Knopf zu drücken, und eine Million Volt oder Ampere weiß glühender Laser-Power würde herauszischen und …

Sein Daumen zitterte.

Er schien ihm nicht gehorchen zu wollen.

Aber es stirbt doch keiner!, sagte er zu sich selbst. Da sitzt nur irgendjemand irgendwo in seinem Zimmer vor dem Computer! Für die spielt sich das alles nur auf dem Bildschirm ab! Niemand stirbt wirklich!

Er konnte mit absoluter Genauigkeit einen Torpedo auf seine Schubdüsen abfeuern!

Niemand stirbt wirklich!

Der Jäger rauschte an ihm vorbei und auf die Flotte zu.

Auf dem Radarschirm sah er zwei weiße Punkte, was bedeutete, dass er zwei Raketen abgeschossen hatte. Sie blitzten auf eines der kleineren ScreeWee-Schiffe zu, und der Angreifer feuerte noch weitere Raketen ab.

Das ScreeWee-Schiff ging in Flammen auf. Johnny wusste, dass man im Weltraum eigentlich keine Geräusche hörte, aber er hörte es – ein langes, gedämpftes Donnern, das sich wie eine Welle zwischen den Sternen ausbreitete.

Das irdische Schiff beschrieb eine lange Kurve und näherte sich zum zweiten Angriff.

Das Gesicht des Captains erschien auf dem Bildschirm.

»Wir haben uns ergeben! Das darf nicht geschehen!«

»Es tut mir leid. Ich ...«

»Du musst dem sofort ein Ende bereiten!«

Johnny erhöhte die Geschwindigkeit seines eigenen Jägers, während er versuchte, das Mikrofon zu justieren.

»Computerspieler! Computerspieler! Sofort aufhören! Sofort aufhören, oder ...«

Oder was?, dachte er.

Er legte den Daumen über den Auslöser und zielte auf den Angreifer ...

»Bitte! Ich mein's ernst!«

Doch der Jäger stürzte auf ein anderes ScreeWee-Schiff zu, ohne Notiz von ihm zu nehmen.

»Also gut, dann ...«

Blendend blaues Licht blitzte vor ihm auf. Er schloss die Augen, und das Licht schimmerte immer noch violett in der Dunkelheit. Als er sie wieder öffnete, war der irdische Jäger vor ihm nur noch eine expandierende Wolke aus glitzerndem Staub.

Er drehte sich in seinem Sitz um. Das Schiff des Captains schwebte direkt hinter ihm. Er konnte die Kanonen glühen sehen.

Im Spiel machten sie so etwas nie. Sie hatten viel mehr Feuerkraft als man selbst, aber sie gingen ziemlich ungeschickt damit um. Das musste so sein. Schließlich konnte man Hunderte außerirdischer Schiffe nur deshalb besiegen, weil sie von Gefechtstechnik kaum mehr verstanden als eine Gemüsegurke.

Diesmal hatten sie ihre Kanonen mit äußerster Präzision abgefeuert.

Das Gesicht des Captains erschien wieder auf dem Bildschirm.

»Tut mir leid.«

»Was? Was ist passiert?«

»Es wird nicht wieder vorkommen, das verspreche ich.«

»Was ist passiert?«

Einen Moment lang herrschte Schweigen. Der Captain schien auf einen Punkt jenseits der Kamera zu blicken.

»Es hat einen unautorisierten Schießbefehl gegeben«, sagte sie. *»Die Schuldigen werden sich dafür verantworten müssen.«*

»Ich wollte mich um den Angreifer kümmern«, sagte Johnny unsicher.

»Ja. Hoffentlich tust du es auch das nächste Mal, bevor eines meiner Schiffe zerstört wird.«

»Es tut mir leid, ich ... wollte nicht feuern. Es ist nicht leicht, ein anderes Schiff abzuschießen.«

»Wie merkwürdig, das von einem Menschen zu hören. Dann haben sich die Space Invaders wohl selbst abgeschossen?«

»Wie meinst du das?«

»Haben sie euch irgendwas getan?«

»Hör zu, ihr seht das völlig falsch«, sagte Johnny. »In Wirklichkeit sind wir gar nicht so!«

»Ich bitte um Verzeihung. Von meiner Warte aus scheinen die Dinge etwas anders zu liegen.«

Es wäre besser gewesen, wenn sie ihn angebrüllt hätte, aber das tat sie nicht. Johnny hätte damit umgehen können, wenn sie wütend gewesen wäre. Stattdessen klang sie nur resigniert und traurig. Es war derselbe Ton, in dem sie über das Wrack der Space Invaders gesprochen hatte.

Dann merkte er, dass er ziemlich wütend war.

Ihn konnte sie wohl kaum damit meinen.

Er rettete Spinnen aus der Badewanne, selbst wenn sie schon ganz seifig waren. Trotzdem sah sie ihn an, als wäre er Dschingis Khan oder so was ... und das, nachdem sie gerade ein Schiff in *Stücke* geschossen hatten.

»Ich hab nicht darum gebeten, hier zu sein! Ich hab nur ein Spiel gespielt! Ich hab meine eigenen Probleme! Ich sollte endlich mal wieder durchschlafen! Das ist nämlich wichtig in meinem Alter! Warum gerade ich?«

»Warum nicht?«

»Ich sehe nicht ein, warum ich mir die ganze Zeit anhören muss, wie brutal wir sind! Schließlich schießt ihr auch auf uns!«

»Selbstverteidigung.«

»O nein! Oft schießt ihr auch zuerst!«

»Was Menschen betrifft, haben wir herausgefunden, dass es lebenswichtig ist, mit der Verteidigung so früh wie möglich zu beginnen.«

»Ich hab jedenfalls die Nase voll! Sucht euch einen anderen!«

Er stellte den Bildschirm aus und drehte mit seinem Jäger ab. Er rechnete halb damit, dass ihm der Captain ein paar Jäger hinterherschicken würde, aber das tat sie nicht. Sie tat überhaupt nichts.

Bald schon war die Flotte nichts als eine große Ansammlung gelber Punkte auf seinem Bildschirm.

Ha! Das war's!

Sie konnten ihren Weg nach Hause auch alleine finden. Sie brauchten ihn sowieso nicht mehr. Das Spiel war witzlos. Wer würde schon Stunden damit verbringen, auf einsame Sterne zu starren? Von jetzt an mussten sie ohne ihn klarkommen.

Geschah ihnen recht. Er legte sich für sie ins Zeug, und dabei waren es nur Molche.

Gelegentlich rauschte ein Stern vorbei. Im echten Weltall sah man keine Sterne vorbeirauschen. Aber in den Computerspielen mussten sie das machen, damit die Leute nicht dachten, dass sie so etwas wie Wobblers *Reise nach Alpha Centauri* gekauft hatten.

Interessanter Gedanke. In welche Richtung flog er eigentlich?

Der Radar machte *ping*.

Ein paar Schiffe kamen auf ihn zu. Die Punkte waren grün. Das bedeutete »freundlich«. Aber die Raketen, die vor ihnen aufblitzten, wirkten alles andere als freundlich.

Moment mal, Moment mal – welche Farbe hatte er auf *ihren* Radarschirmen?

Das war wichtig. Freundliche Schiffe waren grün, feindliche Schiffe gelb. Er war ein Raumjäger. Ein *irdischer* Raumjäger.

Andererseits hatte er auf der Seite der ScreeWee gekämpft, also erschien er vielleicht als …

Er riss das Mikro an sich und brachte gerade noch ein »Ah, ich …« heraus, bevor der Rest des Satzes sehr dünn und kleinlaut zwischen den Sternen verhallte.

Er wachte auf.

Es war 6:3=.

Irgendwie war ihm kalt.

Er fragte sich, warum die Leute so viel Wirbel um Träume machten. Traumschiff. Traumschloss. Im Apfelbaum, da hängt ein Traum … Doch genauer betrachtet, waren Träume oft furchtbar, und man hatte das Gefühl, sie wären Wirklichkeit. Träume fingen gut an, doch egal, was man machte, irgendetwas lief immer schief. Man konnte Träumen einfach nicht trauen.

Er ließ den Wecker gestellt, obwohl es Sonntag war und es nichts zu tun gab. So bald würde sowieso niemand aufstehen. Außerdem war er ganz steif vom vielen Sitzen. Der Computer war übrigens nicht angeschaltet.

Vielleicht würde er heute Abend ein paar Sachen auf den Boden zwischen dem Bett und dem Computer legen, damit er aufwachte.

Er ging wieder zurück ins Bett und knipste das Heizlaken an.

Er starrte eine Weile an die Decke. Da oben hing immer noch das Modell einer Raumfähre. Allerdings hatte sich einer der Fäden von der Reißzwecke gelöst, so dass sie sich in einem permanenten Sturzflug befand.

Da war irgendetwas in seinem Bett. Er tastete unter der Decke herum und zog seine Kamera hervor.

Was bedeutete …

Er tastete weiter und fand das rechteckige, glänzende Papier.

Er sah es sich an.

Tja. Hm. Was hatte er denn erwartet?

Er stand noch einmal auf und schaltete den Computer an, dann legte er sich wieder ins Bett und beobachtete den Bildschirm. Immer noch rauschten unechte Sterne vorbei.

Vielleicht machten andere Leute dasselbe. Überall im Land. Vielleicht sogar in der ganzen Welt. Vielleicht zeigte nicht jeder Computer dasselbe Stück Weltall, so dass einige Leute der Flotte näher waren als andere. Vielleicht gab es Leute, die richtig hartnäckig waren, so wie Wobbler, und sich nicht geschlagen gaben.

Manchmal sah man solche Leute bei J & J Software. Sie probierten irgendein neues Spiel, das Patel in den Computer geladen hatte, wurden in Stücke geschossen oder gefressen oder was auch immer – das passierte meistens beim ersten Mal –, und dann konnte man sie nicht mal mit einem Brecheisen vom

Computer losreißen. Man kam ein Stück weiter, und dann starb man. So funktionierten die meisten Spiele. Die Leute wurden richtig aufgeheizt. Sie mussten den Gegner besiegen, so wie Wobbler oft wochenlang versuchte, ein Programm zu besiegen. Manche Leute nahmen es ziemlich persönlich, wenn sie in Stücke gerissen wurden.

Also waren die Schiffe, die er vorhin gesehen hatte, diejenigen, die nicht aufgaben.

Aber der Captain war ihm kein bisschen dankbar gewesen! Es war einfach nicht fair, ihn so weit zu bringen, dass er sich wie ein Monster fühlte. Als ob es ihm gefallen würde, irgendjemanden kaltblütig abzuschalten! Dabei hatten sie selbst gerade ein anderes Schiff total zerstört. Okay, es hatte sie angegriffen, nachdem sie sich ergeben hatten, aber schließlich war es nur ein Spiel ...

Es sei denn, dass es für die ScreeWee kein Spiel war. Und sie hatten sich ergeben.

Das bedeutete aber noch lange nicht, dass er die Verantwortung für sie trug, oder? Jedenfalls nicht die ganze Zeit. Für eine Weile war es ganz in Ordnung gewesen, aber langsam hatte er die Nase voll.

Er stapfte durch das dunkle Haus nach unten und zog das Lexikon aus dem Regal unter dem Videorecorder. Sie hatten es letztes Jahr von einem Mann an der Haustür gekauft, der Johnnys Vater davon überzeugt hatte, dass es ein gutes Lexikon war, weil es viele bunte Bilder hatte. Es hatte tatsächlich viele bunte Bilder. Man konnte prima mit dem Wissen aufwachsen, wie alles aussah, wenn man nicht so erpicht darauf war herauszubekommen, worum es sich dabei handelte.

Nachdem er zehn Minuten lang den Index durchgesehen hatte, war er auf den Begriff »Kriegsgefangener« und schließlich auf die Genfer Konvention gestoßen. Das war nichts, was man mit großen bunten Bildern illustrieren konnte, also stand auch nicht viel über das Thema drin, doch das, was da stand, las er mit großem Interesse.

Es war erstaunlich.

Er hatte immer gedacht, dass Gefangene, nun ja, eben einfach Gefangene waren – man hatte sie nicht umgebracht, also konnten sie sich glücklich schätzen. Aber es stellte sich heraus, dass man ihnen dasselbe Essen geben musste wie den eigenen Soldaten und dass man sich um sie kümmern und ihnen Sicherheit garantieren musste. Selbst wenn sie gerade eine ganze Stadt zerbombt hatten, musste man ihnen aus ihren abgestürzten Flugzeugen helfen, sie medizinisch versorgen und sie anständig behandeln.

Johnny starrte auf die Buchseite. Es war komisch. Die Leute, die das Lexikon geschrieben hatten – auf der Innenseite des Umschlags stand, dass es sich dabei um die Universal Wonder Knowledge Data Printing Inc. in Power Cable, Nebraska, handelte –, hatten es mit all diesen bunten Abbildungen von Papageien und so vollgestopft, weil es die natürlichen Wunder dieser Welt waren, wo es doch das allergrößte Wunder der Welt war, dass Menschen auf solche Ideen wie diese kamen. Es war, als würde man ein winziges bisschen Mittelalter zwischen all den Raketen und dem anderen Zeug entdecken.

Johnny wusste über das Mittelalter Bescheid, weil er einen Aufsatz darüber geschrieben hatte, wie man sich als Bauer im Mittelalter gefühlt haben musste. Wenn ein Ritter im Kampf von seinem Pferd fiel, war es der anderen Seite nicht gestattet, ihn mit einem Dosenöffner freizulegen und zu foltern, sondern sie mussten sich um ihn kümmern und ihn nach einer Weile wieder nach Hause schicken, wobei es ihnen freistand, die Dienstleistungen in Rechnung zu stellen.

Im Großen und Ganzen war er bei den ScreeWee einigermaßen glimpflich davongekommen. Denn nach der Genfer Konvention hätte er sie alle füttern müssen.

Er stellte das Lexikon zurück und machte den Fernseher an.

Es war merkwürdig. Jemand beschwerte sich darüber, dass die Feinde ihre Kriegsgefangenen in Gebäuden unterbrachten, die möglicherweise bombardiert werden würden, so dass sie Gefahr liefen, von ihren eigenen Leuten getötet zu werden. Das sei barbarisch, sagte ein Mann. Alle anderen im Studio pflichteten ihm bei.

Johnny fand das auch, irgendwie. Aber er fragte sich, wie er dem Captain so etwas erklären sollte. Stück für Stück betrachtet, ergab alles einen Sinn. Nur wenn man versuchte, an alles auf einmal zu denken, kam nichts dabei heraus.

Es gab zu viel Krieg im Fernsehen. Johnny fand, dass es an der Zeit war, langsam mal etwas anderes zu zeigen.

Er ging hinaus in die Küche und machte sich einen Toast, dann versuchte er, die verbrannten Stellen so leise wie möglich abzukratzen, damit niemand aufwachte. Er nahm den Toast und das Lexikon mit nach oben und kroch wieder zurück ins Bett.

Um die Zeit totzuschlagen, las er noch ein bisschen mehr über die Schweiz, denn das war das Land, in dem Genf lag. Da stand, dass jeder Mann im Land Militärdienst verrichten und eine Waffe im Haus haben musste. Aber die Schweiz kämpfte nie gegen jemanden. Vielleicht ergab das irgendwo einen Sinn. Und das, wofür das Land bekannt war, war die Herstellung raffinierter und komplizierter mechanischer Meisterwerke, die einen kleinen Holzvogel durch ein Türchen auftauchen und »Kuckuck« rufen ließen.

Nach einer Weile döste er ein, ohne irgendetwas zu träumen.

Auf dem Bildschirm rauschten die unechten Sterne vorbei. Nach einer Stunde oder so erschien genau in der Mitte ein gelber Punkt. Nach einer weiteren Stunde war er schon etwas größer, groß genug, um als Anhäufung kleinerer gelber Punkte erkannt zu werden.

Dann kam Johnnys Mutter, um nach ihm zu sehen, deckte ihn ordentlich zu und schaltete den Computer aus.

Wenn nicht du, wer dann?

Im Schiff roch es jetzt ständig nach Rauch und verbranntem Plastik, stellte der Captain fest. Die Klimaanlage konnte auch nichts mehr daran ändern. Ein Teil des Rauchs und des verbrannten Plastiks *war* die Klimaanlage.

Sie spürte die Blicke ihrer Offiziere. Sie wusste nicht, auf wie viele von ihnen sie sich noch verlassen konnte. Sie hatte das Gefühl, dass sie nicht sehr beliebt war.

Sie sah auf und blickte dem Artillerieoffizier in die Augen.

»Sie haben meine Befehle missachtet«, wiederholte sie.

Der Artillerieoffizier sah sich mit einem Anflug verletzter Unschuld im Kontrollraum um. »Aber wir wurden *angegriffen*«, sagte er. »Sie haben die ersten Schüsse abgefeuert.«

»Ich sagte, dass wir nicht feuern würden«, sagte der Captain, wobei sie versuchte, das zustimmende Gemurmel im Hintergrund zu ignorieren. »Ich habe dem Auserwählten mein Wort gegeben. Er wollte gerade selbst schießen.«

»Hat er aber nicht«, sagte der Artillerieoffizier. »Er hat nur zugeguckt.«

»Er war kurz davor zu schießen.«

»*Kurz davor* ist zu spät. Der Tanker *Kreewhea* ist zerstört worden. Und mit ihm die Hälfte unseres Proviants, wenn ich mir die Bemerkung erlauben darf ... *Captain*«, sagte der Artillerieoffizier.

»Wie auch immer, jedenfalls haben Sie sich meinem Befehl widersetzt.«

»Ich kann es einfach nicht glauben! Warum dürfen wir nicht *kämpfen*?«

Der Captain zeigte aus dem Fenster. Die Flotte flog gerade an mehreren Schiffswracks der alten Space Invaders vorbei.

»Die haben gekämpft«, sagte sie. »Unaufhörlich. Und seht sie euch jetzt an. Und das waren nur die Ersten. Erinnert ihr euch, was mit den Vortiroiden passiert ist? Und mit den Meggazzoiden? Und den Glaxotikonen? Wollt ihr dasselbe erleben?«

»Ha. Die waren alle primitiv. Und nicht entschlossen genug.«

»Aber sie waren viele, und sie sind trotzdem ausgestorben.«

»Wenn wir schon sterben müssen, dann kann ich nur sagen, dass ich lieber im Kampf sterbe«, sagte der Artillerieoffizier. Diesmal war das Gemurmel noch viel lauter.

»Dann wären Sie immer noch tot«, sagte der Captain.

Sie dachte: Wenn ich ihn erschieße oder einsperre, wird es eine Meuterei geben. Eine Geldbuße kann ich ihm nicht auferlegen, weil bisher keiner von uns bezahlt wurde. Unter Arrest kann ich ihn auch nicht stellen, weil ... sie hasste diesen Gedanken ... wir ihn am Ende vielleicht doch noch brauchen.

»Ich spreche hiermit eine offizielle Rüge aus«, sagte sie schließlich.

Der Artillerieoffizier grinste.

»Das wird in Ihre Akte aufgenommen«, flüsterte sie hinzu.

»Da wir nicht lebend davonkommen ...«, begann der Artillerieoffizier.

»Das ist meine Verantwortung«, sagte der Captain. »Sie sind entlassen.«

Der Artillerieoffizier starrte sie hasserfüllt an.

»Wenn wir nach Hause kommen ...«

»Oh?«, sagte der Captain. »Jetzt auf einmal glauben Sie also doch, dass wir es schaffen?«

Bis zum frühen Abend war Johnnys Temperatur auf 39,5 Grad gestiegen; er hatte das, was seine Mutter als »Sonntagabend-Grippe« bezeichnete. Er lag mit dem kuschelig warmen Gefühl im Bett, dass ihm, egal was auch passierte, die Schule morgen erspart bleiben würde.

Seine Augen juckten, und seine Armbeugen fühlten sich heiß an.

Er konnte den Fernseher unten hören. Er überlegte zwanzig Minuten lang, ob er aufstehen und seinen eigenen alten Fernseher anschalten sollte, aber als er sich aufrichtete, hatte er lila Punkte vor den Augen und ein *goioioing* in den Ohren.

Trotzdem musste er es irgendwie geschafft haben, denn als er das nächste Mal hinsah, war er an, und die Farben waren viel besser als sonst. Da waren die Nachrichtensprecher – der Schwarze und der andere, dessen Brille besser unter seine Augenlider zu passen schien als darüber –, und da war das Studio, so wie immer.

Nur dass in der oberen Ecke »ScreeWee-Krieg« stand, wo sonst so gewöhnliche Wörter wie »Euro-Gipfel« oder »Haushaltsdefizit« zu lesen waren. Er konnte nicht hören, was sie sagten, doch dann wurde eine Karte des Weltalls eingeblendet. Sie war schwarz. So war das nun mal mit dem Weltall. Es war unendlich, nichts als riesige, schwarze, undurchdringliche Weite.

In der Mitte der ganzen schwarzen Leere war ein dicker roter Pfeil. Mehrere Dutzend blaue Pfeile näherten sich ihm vom Rand der Karte. In der unteren Ecke der Karte befand sich ein eingeblendetes Foto von einem Mann, der in ein Telefon sprach.

Moment mal, dachte Johnny. Ich bin mir fast sicher, dass die ScreeWee keinen BBC-Reporter bei sich hatten. Sie hätten es mir gesagt. Wahrscheinlich ist da nicht mal einer von CNN.

Er empfing immer noch keinen Ton, aber das war auch gar nicht nötig. Es war offensichtlich, dass sich Menschen der Flotte näherten.

Die Szene wechselte. Jetzt zeigten sie ein Zelt und einen großen Mann, der vor einem weiteren Exemplar der gleichen Karte stand.

Diesmal wurde der Ton mitgeliefert. Der Mann sagte: »Dieser Johnny ... er ist kein Kämpfer. Er ist auch kein Politiker. Er geht nach Hause, wenn es brenzlig wird. Er läuft vor seinen Verpflichtungen weg. Aber davon abgesehen ist er ein wirklich netter Junge ...«

»Das ist nicht wahr!«, rief Johnny.

»Ach ja?«, sagte eine Stimme hinter ihm.

Er drehte sich nicht sofort um. Es hatte so geklungen, als wäre die Stimme von seinem Sessel gekommen. Und das war noch unwahrscheinlicher als ScreeWee im Fernsehen. Niemand konnte auf diesem Sessel sitzen. Er war voller alter T-Shirts und Bücher und Teller und Müll. Und unter der dicken Schicht alter Socken befand sich wahrscheinlich irgendwo der verloren geglaubte Erdbeerjoghurt. Niemand konnte sich da hinsetzen, nicht ohne Spezialausrüstung.

Der Captain schien es jedoch zu können. Und offensichtlich fühlte sie sich ganz wohl dabei.

Bisher hatte er nur ihr Gesicht auf dem Bildschirm gesehen. Jetzt stellte er fest, dass sie über zwei Meter lang war, allerdings ziemlich dünn – sie glich eher einer fetten Schlange mit Beinen als einem Alligator oder einem Molch. Etwa in der Mitte ihres Körpers hatte sie zwei dicke, schwere Beinpaare und zwei weitere, dünnere Paare weiter oben, wo sich auch so was Ähnliches wie ein Paar Schultern befand, allerdings viel komplizierter. Das meiste von ihr steckte in einem braunen Overall, und die Teile, die herausguckten – ihr Kopf, alle acht Hände oder Füße und der Großteil ihres Schwanzes –, waren mit sehr kleinen, gelblichbronzefarbenen Schuppen bedeckt.

»Wenn du draußen auf der Straße geparkt hast, wird Mrs Cannock von gegenüber echt sauer sein«, hörte sich Johnny sagen. »Sie meckern schon immer über meinen Vater, wenn er seinen Wagen draußen stehen lässt. Also, ist das hier eine Halluzination oder was?«

»Natürlich ist es das«, sagte der Captain. »Ich bin mir nicht sicher, ob zwischen der Wirklichkeit und dem Spiel eine Verbindung besteht, außer in deinem Kopf.«

»Ich hab mal diesen Film gesehen, wo Raumschiffe durch kleine Wurmlöcher im All überall hingelangen konnten«, sagte Johnny. »Heißt das, dass ich ein Wurmloch in meinem *Kopf* habe?«

Der Captain zuckte die Achseln, was bei einem Wesen mit vier Armen ein ausgesprochen interessanter Anblick war.

»Sieh dir das an«, sagte sie. »Ziemlich beeindruckend. Ich schätze, das werden sie noch öfter zeigen.«

Sie deutete auf den Bildschirm.

Dort waren Sterne zu sehen und ein Punkt in weiter Ferne. Er wurde sehr schnell größer.

»Kommt mir bekannt vor«, sagte Johnny. »Es ist eins deiner Schiffe. Eins von den Modellen, denen man auf Stufe sieben begegnet, stimmt's?«

»Ich glaube, das Modell wird bald keine Rolle mehr spielen«, sagte der Captain ruhig.

Das Schiff entfernte sich von der Kamera. Trotzdem wurden seine Antriebsdüsen auf dem Bildschirm immer größer. Anscheinend befand sich die Kamera an einer …

»Rakete?«, sagte Johnny leise.

Plötzlich war der Bildschirm leer.

Johnny dachte an die Armada der ausgestorbenen Space Invaders, die sich endlos in der frostigen Leere zwischen den unechten Sternen drehte.

»Ich will nichts davon wissen«, sagte Johnny. »Ich will nicht, dass du mir erzählst, wie viele ScreeWee an Bord waren. Ich will jetzt nicht von dir hören, was pass…«

»Nein«, sagte der Captain. »Das habe ich auch nicht erwartet.«

»Es ist nicht meine Schuld! Ich kann nichts dafür, wie die Leute sind!«

»Natürlich nicht.«

Der Captain hatte eine gemeine Art, mit vernünftiger Stimme zu reden.

»Wir werden angegriffen«, sagte sie. »Die Menschen greifen uns an, obwohl wir uns ergeben haben.«

»Ja, aber ihr habt euch nur mir ergeben«, sagte Johnny. »Ich bin nur *ich*. Das ist was anderes, als ob man vor einer Regierung oder so was kapituliert. Ich bin nicht wichtig.«

»Im Gegenteil«, sagte der Captain. »Du bist der Retter der Zivilisation. Du stehst allein zwischen der Welt und dem sicheren Untergang. Du bist die letzte Hoffnung.«

»Aber das ist nicht … echt. Das sagen sie nur am Anfang des Spiels!«

»Und du hast das nicht geglaubt?«

»Hör zu, so was steht da immer am Anfang!«

»Nur du kannst die Menschheit retten?«, sagte der Captain.

»Ja, aber das stimmt nicht wirklich!«

»Wenn nicht du, wer dann?«

»Jetzt hör mal«, sagte Johnny. »Ich *habe* die Menschheit gerettet. Zumindest im Spiel. Die ScreeWee greifen uns nicht mehr an. Die Leute müssen das schon stundenlang spielen, um überhaupt welche von euch zu finden.«

Der Captain lachte. Das Achselzucken war schon beeindruckend gewesen. Aber ihr Mund war einen halben Meter lang.

»Ihr Menschen seid merkwürdig«, sagte sie. »Ihr seid kriegerisch. Aber ihr macht Regeln! *Kriegsregeln!*«

»Äh, ich glaube nicht, dass wir uns immer an diese Regeln halten«, sagte Johnny.

Noch ein vierarmiges Achselzucken. »Spielt das eine Rolle? Allein die Tatsache, dass ihr solche Regeln aufstellt ... Für euch ist das ganze Leben ein Spiel.« Der Captain zog ein kleines Stück silbern schimmerndes Papier aus einer ihrer Overalltaschen. »Eure Angreifer haben einen erheblichen Teil unserer Vorräte vernichtet«, sagte sie. »Also muss ich euch *nach euren Regeln* um Folgendes bitten: fünfzehn Tonnen gepresste Getreideauszüge mit Saccharose; zehntausend Liter kalte Rinderlaktation; fünfundzwanzig Tonnen gebackene Getreideauszüge mit verbranntem Fleisch vom Rind und Spurenelementen, dazu geschnittene und frittierte Knollen und frittierte, mit Getreideextrakten überzogene Ringe vom Gemüse der Alliin-Familie; eine Tonne zerquetschte Senfkörner, vermischt mit Wasser und zugelassenen Zusätzen, drei Tonnen explodierte Maiskörner mit Laktizinderivaten überzogen; zehntausend Liter farbiges Wasser mit Saccharose und Spurenelementen; fünfzehn Tonnen verarbeitete und gequollene Getreideauszüge in Gemüseflüssigkeit; tausend Tonnen fermentierte Milchsäure mit Fruchtextrakten. Täglich. Danke schön.«

»Was?«

»Die Nahrung eurer Krieger«, erklärte der Captain.

»Klingt nicht nach Nahrung.«

»Du hast recht«, sagte der Captain. »Es ist entsetzlich arm an frischen Gemüsen und gefährlich reich an Kohlehydraten und gesättigten Fettsäuren. Wie auch immer, es scheint jedenfalls das zu sein, was du täglich zu dir nimmst.«

»Ich? Ich weiß ja nicht mal, was das für ein Zeug ist! Was sind gepresste Getreideauszüge mit Saccharose?«

»Auf der Packung stand ›Cornflakes‹«, sagte der Captain.

»Fermentierte Milchsäure?«

»Du hast einen Bananenjoghurt gegessen.«

Johnnys Lippen bewegten sich, während er versuchte, aus alldem schlau zu werden.

»Das verbrannte Fleisch vom Rind und das ganze Zeug?«

»Hamburger mit Pommes frites und frittierten Zwiebelringen.«

Johnny versuchte sich aufzusetzen.

»Willst du damit sagen, dass ich runter auf die Straße muss, um Jumboburger für eine gesamte außerirdische Raumflotte zu kaufen?«

»Nicht ganz.«

»Das will ich aber auch meinen ...«

»Mein Chefingenieur möchte einen Eimer Hühnerklumpen.«

»Was essen ScreeWee normalerweise?«

»Normalerweise ernähren wir uns von einer Art Seegras. Es enthält alle notwendigen Vitamine, Mineralien und Spurenelemente, um ein gesundes Wachstum von Schuppen und Kamm zu garantieren.«

»Warum wollt ihr dann ...«

»Aber, wie du sagen würdest, es schmeckt ... scheiße.«

»Oh.«

Der Captain stand auf. Es war eine schöne Bewegung. Ein ScreeWee-Körper hatte keine *Ecken*, abgesehen von den Knien und Ellbogen. Sie schien in der Lage zu sein, sich in jedwede Richtung zu biegen.

»Und jetzt muss ich zurück«, sagte sie. »Ich hoffe, dass der Angriff von niederen Bazillen auf deine Gesundheit bald vorbei ist. Ich wünschte nur, dass sich der Angriff der Menschen auf uns genauso leicht kurieren ließe.«

»Warum wehrt ihr euch nicht?«, fragte Johnny. »Ich weiß, dass ihr es könnt.«

»Nein. Du irrst dich. Wir haben uns ergeben.«

»Ja, aber ...«

»Wir werden nicht mehr auf irdische Schiffe schießen. Früher oder später muss das ein Ende haben. Wir fliehen lieber. Jemand hat uns sicheres Geleit versprochen.«

Das Schlimmste war, dass sie nicht mal die Stimme hob oder ihm etwas vorwarf. Sie machte nur Feststellungen. Bedeutsame, entsetzliche Feststellungen.

»Also gut«, sagte Johnny mit schleppender Stimme. »Aber ich weiß, dass es nicht wirklich ist. Ich habe die Grippe. Man leidet manchmal unter leichten Halluzinationen, wenn man Grippe hat. Das weiß jeder. Ich erinnere mich noch dran, wie ich mal krank war und die ganzen Kuschelhasen auf der Tapete auf einmal zu tanzen anfingen. Das hier ist genauso. Aber davon kannst du eigentlich gar nichts wissen. Du existierst nur in meinem Kopf.«

»Was für einen Unterschied macht das?«, sagte der Captain. Sie verschwand durch die Wand und steckte dann noch mal den Kopf in sein Zimmer.

»Denk dran«, sagte sie. »Nur du kannst die Menschheit retten.«

»Und ich hab dir gesagt, dass ich bereits ...«

»ScreeWee ist nur die menschliche Bezeichnung für uns«, sagte sie. »Hast du dich jemals gefragt, was das ScreeWee-Wort für ScreeWee ist?«

Er musste geschlafen haben, aber er hatte nicht geträumt. Er wachte erst am frühen Nachmittag auf.

Ein riesiger, weißglühender nuklearer Feuerball, mehrere Millionen Grad heiß, schien grell am Himmel.

Das Haus war leer. Seine Mutter hatte ein Frühstückstablett für ihn stehen lassen. Mit anderen Worten: Sie hatte eine neue Packung Cornflakes und eine Schüssel mit einem Löffel hingestellt und einen Zettel dazugelegt, auf dem stand: »Milch im Kühlschrank.« Unten auf den Zettel hatte sie noch ihre Büronummer geschrieben. Die wusste er sowieso auswendig, aber manchmal benutzte sie ihre Telefonnummer wie andere Leute ein Hansaplast.

Er öffnete die Packung und fischte darin herum. Der Außerirdische befand sich in einem hygienischen, kleinen Papiertütchen. Er war gelb und sah dem Captain tatsächlich ein bisschen ähnlich, wenn man die Augen fast zumachte.

Johnny stromerte ziellos durch die Räume. Zu dieser Tageszeit gab es nie etwas Gutes im Fernsehen. Da waren immer nur Frauen, die auf Sofas herumsaßen und mit anderen Frauen redeten. Er warf einen verstohlenen Blick aus dem Fenster auf die Straße, nur für den Fall, dass da die fünfhundert Meter langen Brennspuren eines Raketenantriebs zu sehen waren. Dann ging er wieder nach oben, setzte sich auf den Stuhl und starrte auf den stillen Computer.

Okay.

So ... einschalten. Und da war das Spiel.

Irgendwie fühlte er sich noch schlimmer, wenn er daran dachte, dass er sich jetzt nur vor den Computer setzen musste, um es zu spielen.

Andererseits war es helllichter Tag, und die meisten würden in der Schule oder zumindest anderweitig beschäftigt sein. Johnny war sich nicht sicher, ob die Zeit im Spiel und die wirkliche Zeit parallel liefen, aber vielleicht hörten die Angriffe auf, wenn die Kids in die Schule mussten. Aber nein, in Amerika, Australien oder sonst wo spielten sie es wahrscheinlich auch.

Und überhaupt, wenn man im Schlaf starb, wachte man auf, was also würde jetzt mit ihm passieren, wenn er starb, während er wach war?

Aber da draußen wurden ScreeWee abgeschlachtet. Oder da *drinnen.* Oder *hier* drinnen.

Es war dumm vom Captain, nicht zurückzufeuern.

Seine Hand schaltete den Computer an, ohne dass sich sein Kopf dessen wirklich bewusst war.

Der Titel leuchtete auf. Dieselbe alte Botschaft lief über den Bildschirm. Inzwischen kannte er sie auswendig. Retter der Zivilisation. Sicherer Untergang.

Nur du kannst die Menschheit retten.

Wenn nicht du, wer dann?

Er kniff die Augen zusammen. Die Botschaft verschwand über den oberen Bildschirmrand. Er konnte sich diesen letzten Satz doch nicht eingebildet haben ... oder?

Dann tauchten dieselben alten Sterne auf.

Er berührte weder die Tasten noch den Joystick. Er war sich nicht sicher, in welche Richtung er fliegen sollte. Im Allgemeinen schien *immer geradeaus* das Beste. Und das stundenlang.

Er warf einen Blick auf die Uhr. Es war kurz nach vier. Bald würden die anderen aus der Schule kommen. Sie würden sich *Cobbers* und *She'll be Apples* und *Moonee Fonds* im Fernsehen anschauen. Bigmac würde mit offenem Mund bei seinem Bruder vor der Glotze sitzen. Wobbler würde hin und wieder mal reinschauen, während er versuchte, einen weiteren armen Computerspiele-Autor um seine wohlverdienten Einkünfte zu bringen. Yo-less machte immer zuerst seine Hausaufgaben, wenn er aus der Schule kam, und ließ sich von nichts ablenken, bis sie zu seiner Zufriedenheit erledigt waren. Aber alle sahen sich *Cobbers* an.

Außer Johnny. Jedenfalls heute.

Er war irgendwo stolz auf sich. Der Fernseher blieb aus. Er hatte andere Dinge zu tun.

Irgendwann während der letzten zehn Minuten hatte er eine Entscheidung getroffen. Er war sich noch nicht ganz sicher, welcher Art die Entscheidung war, aber dass er sie getroffen hatte, stand fest. Also musste er es jetzt durchziehen. Was immer es auch war.

Er ging ins Bad und nahm das Fieberthermometer aus dem Schränkchen. Es war ein elektronisches, das seine Mutter aus einem Katalog bestellt hatte, und es zeigte auch die Zeit an. *Alles* aus dem Katalog hatte eine eingebaute Digitaluhr. Selbst der Golfschläger-Regenschirm, der sich zu einem handlichen Picknicktisch aufklappen ließ. Und das Ding, mit dem man Socken entflusen konnte.

»Schluss mit dem ständigen Problem, nicht jederzeit zu wissen, wie spät es ist«, murmelte Johnny leise und steckte sich das Thermometer für die erforderlichen zwanzig Sekunden in den Mund.

Er hatte eine Temperatur von 16:04 Grad.

Kein Wunder, dass ihm kalt war.

Immer noch das Thermometer im Mund, ging er zurück ins Bett und betrachtete den Bildschirm.

Nach wie vor nichts als Sterne.

Die anderen hatten sich jetzt wahrscheinlich schon im Einkaufszentrum getroffen, es sei denn, Yo-less hatte es mit irgendeiner Hausaufgabe auf eine 1+ abgesehen. Sie würden wieder mal abhängen und darauf warten, dass ein weiterer Tag zu Ende ging.

Er schielte auf das Thermometer. Es zeigte 16:07 Grad an.

Und weiterhin nichts als Sterne auf dem Bildschirm …

Hühnerklumpen im All

Er wachte auf. Der vertraute Geruch des Raumjägers kitzelte seine Nase. Sein Blick wanderte über die Kontrollanzeigen. Inzwischen kannte er sich ein bisschen besser damit aus.

Gut so. Er war also wieder in die Wirklichkeit zurückgekehrt. Wenn er nach … wenn er nach … wenn er zurückkam, würde er sich mal mit den Ärzten über diesen merkwürdigen, ständig wiederkehrenden Traum unterhalten müssen, in dem er ein Junge in …

Nein!, dachte er. Ich bin ich! Ich bin kein Pilot in einem Computerspiel! Wenn ich anfange, das zu glauben, werde ich *wirklich* sterben! Ich darf nicht die Kontrolle über mich selbst verlieren!

Dann bemerkte er die anderen Schiffe auf dem Bildschirm. Er war natürlich noch weit von der Flotte entfernt. Aber drei andere Schiffe flogen in einer ordentlichen Formation hinter ihm her. Sie waren größer und schwerer als seins, und sie schienen sich, sofern das im Weltall möglich war, eher dahinzuwälzen, als zu fliegen.

Er drückte auf den Knopf des Kommunikationssystems. Ein plumpes Gesicht erschien auf dem Bildschirm.

»Wobbler?«

»Johnny?«

»Was machst *du* denn in meinem Kopf?«

Der Wobbler auf dem Bildschirm sah sich um.

»Tja, äh, nach diesem kleinen Schildchen, das hier am Kontrolldingsbums befestigt ist, fliege ich einen Kleintanker der Klasse drei. Wow! Sieht's in deinem Kopf immer so aus?«

»Weiß ich nicht so genau«, sagte Johnny. Neben dem Kommunikationsmonitor befand sich noch ein weiterer Knopf, auf dem »Konferenzschaltung« stand. Er konnte sich schon denken, wozu der gut war.

Und wie erwartet schob sich Wobblers Gesicht in die obere linke Ecke des Bildschirms, als er ihn drückte. Yo-less' Gesicht erschien in der gegenüberliegenden Ecke, mit Johnnys Gesicht direkt darüber. Die andere Ecke blieb leer.

Johnny drückte auf einen Knopf.

»Bigmac?«, sagte er. »Yo-less?«

Bigmacs Gesicht erschien in der leeren Ecke. Er wischte sich gerade über den Mund.

»Hast wohl gerade die Ladung gecheckt, was?«, sagte Johnny sarkastisch.

»Voller Hamburger!«, sagte Bigmac mit der Begeisterung eines braven Mönchs, der gerade im Himmel angekommen war und herausgefunden hatte, dass alle Sünden des Fleisches erlaubt waren. »Kisten über Kisten voller Hamburger! Ich meine *Millionen*! Mit Pommes. Und ein Eimer Hühnerklumpen, steht hier.«

»Auf meinem Lieferschein steht«, sagte Yo-less, »dass ich eine Menge verarbeiteter Mais- und Weizenprodukte fliege. Soll ich mal nachsehen, was das ist?«

»Okay«, sagte Johnny. »Das bedeutet, dass du den Milchtanker fliegst, Wobbler.«

»O ja. Immer dasselbe. Bigmac bekommt die Hamburger und Wobbler die langweilige *Milch*«, murrte Wobbler.

Yo-less' Gesicht tauchte wieder auf.

»Da hinten hat's überwiegend Cornflakes«, sagte er. »In gigantischen Jumbo-Mega-Zivilisations-Packungen.«

»Dann sollte Bigmac sein Schiff besser zwischen deins und Wobblers bringen«, sagte Johnny knapp. »Wir dürfen keine Kollision riskieren.«

»Knack, knister, *babababaBUMM*!«, sagte Bigmac.

»Werden wir uns daran erinnern, wenn wir aufwachen?«, fragte Wobbler.

»Wie sollten wir das?«, sagte Yo-less. »*Wir* träumen schließlich nicht.«

»Okay. Okay. Ah ... also werden wir uns dran erinnern, wenn *er* aufwacht?«

»Glaub ich nicht. Ich glaube, wir existieren hier nur als Projektionen seines eigenen Unterbewusstseins«, sagte Yo-less. »Er träumt uns nur.«

»Du meinst, wir sind nicht *echt*?«, sagte Bigmac.

»Ich bin mir nicht mal sicher, ob *ich* echt bin«, sagte Johnny.

»Es fühlt sich aber echt an«, sagte Wobbler. »Riecht auch echt.«

»Schmeckt echt«, sagte Bigmac.

»Sieht echt aus«, sagte Yo-less. »Aber er stellt sich nur vor, dass wir hier sind. Das sind nicht wirklich wir. Nur die *Wirs*, die in seinem Kopf existieren.«

Mich dürft ihr da nicht fragen, dachte Johnny. Yo-less kannte sich mit diesen Sachen immer am besten aus.

»Und ich habe gerade ausgerechnet«, sagte Yo-less, »dass wir, wenn wir die Verpackungsdeckel von jeder Packung einschicken, sechstausend Topfsets und zwanzigtausend Alben mit Fußballaufklebern kriegen, klar? Außerdem haben wir siebenundfünfzigtausendmal die Chance, einen eleganten, fünftürigen Ford Sierra zu gewinnen.«

Die drei Tanker rumpelten schwerfällig der entfernten Flotte entgegen. Johnnys Raumjäger konnte die Tanker leicht abhängen, also flog er in großen Kreisen um sie herum und beobachtete den Radarschirm.

Hin und wieder hörte er über die Funkanlage ein Klicken und Knistern aus Wobblers Tanker. Er versuchte wahrscheinlich gerade, den Bordcomputer auseinanderzunehmen, für den Fall, dass er dabei auf irgendwelche technischen Neuheiten stieß, an die sich Johnny vielleicht erinnern würde, wenn er aufwachte.

Schiffe erschienen auf dem Radarschirm. Da war der große Punkt der Flotte. Am Rand des Schirms waren die grünen Punkte der anderen Spieler zu erkennen.

Dann kam ihm etwas in den Sinn.

»Yo-less?«

»Ja?«

»Haben diese Dinger irgendein Waffensystem?«

»Ah ... wie soll das denn aussehen?«

»Da müsste ein roter Knopf auf dem Joystick sein.«

»Bei mir ist da keiner.«

»Wie sieht's bei euch aus, Wobbler? Bigmac?«

»Nichts.«

»Welcher ist der Joystick?«, fragte Bigmac.

»Das Ding, mit dem du steuerst.«

»Genau. Wisch den Senf weg und guck mal richtig hin«, sagte Yo-less.

»Nichts«, sagte Bigmac.

Unbewaffnet, dachte Johnny. Und langsam. Ein Raketentreffer, und Wobbler sitzt mitten im größten Käse des Universums. Was passiert mit den Leuten in meinem Traum?

Warum muss immer alles schiefgehen?

»Ich flieg schon mal vor«, sagte er und drückte auf den Schubknopf. Drei andere Spieler griffen die ScreeWee-Flotte an. Bald waren es nur noch zwei. Johnny hatte den einen die ganze Zeit im Visier gehabt und umflog jetzt den Rauchring der Explosion, um sich den nächsten Angreifer zu schnappen. Er war so schnell, dass er nur in geringem Abstand hinter seiner eigenen Rakete herflog.

Der Angreifer hatte es auf das Kontrollschiff abgesehen und achtete nicht auf seinen Radarschirm. Noch eine Explosion, die jetzt bereits hinter Johnny lag, während er nach dem dritten Spieler Ausschau hielt.

Johnny merkte, dass er gar nicht darüber nachdachte. Seine Augen und Hände erledigten die Arbeit von ganz allein. Er beobachtete das Ganze von innen.

Der dritte Spieler hatte die Tanker entdeckt. Er sah Johnnys Raumjäger, drehte um und schaffte es tatsächlich noch, ein paar Raketen abzufeuern.

O nein. Johnnys Kopf brummte wie eine Maschine, während er Geschwindigkeit und Entfernung einschätzte …

Er fühlte, wie das Schiff unter ihm ruckte, aber er hielt es ruhig, bis die Linien des Fadenkreuzes wieder zusammenliefen.

Dann presste er den Daumen nach unten, bis ihm ein Piepton anzeigte, dass es nichts mehr gab, was er noch abfeuern konnte.

Nach einer Weile klärte sich der rote Nebel, und die Gedanken sickerten in seinen Kopf zurück. Sie bewegten sich langsam – wie Menschen, die in eine zerbombte Stadt zurückkehrten und auf der Suche nach den alten, vertrauten Dingen durch die Trümmer irrten.

Er hatte einen metallischen Geschmack im Mund. Sein Ellbogen schmerzte – er musste beim Wenden irgendwo angestoßen sein.

Er dachte: Kein Wunder, dass wir Regeln aufstellen. Der Captain findet das merkwürdig, wir aber nicht. Wir wissen, wie wir wären, wenn wir keine Regeln hätten.

Nahe dem Kommunikationsbildschirm leuchtete ein Licht auf. Er schaltete ihn ein.

Das Gesicht des Captains tauchte auf.

»Ah, Johnny. Was für eine wirkungsvolle Technik.«

»Ja, aber ich musste ...«

»Natürlich, ich weiß. Und ich sehe, du hast ein paar Freunde mitgebracht.«

»Du hast gesagt, dass ihr Nahrung braucht.«

»Nötiger denn je. Der letzte Angriff war schlimm.«

»Feuert ihr denn überhaupt nicht zurück?«

»Nein. Wir haben kapituliert, falls ich dich noch mal daran erinnern darf. Abgesehen davon dürfen wir uns nicht aufhalten lassen. Zumindest ein paar von uns werden schließlich die Grenze erreichen.«

»Die Grenze?«, sagte Johnny. »Ich dachte, ihr fliegt zu irgendeinem Planeten.«

»Zuerst müssen wir über die Grenze. Hinter der Grenze sind wir in Sicherheit. Nicht mal du kannst uns dorthin folgen. Wenn wir kämpfen, sterben wir alle. Wenn wir fliehen, werden einige von uns überleben.«

»Ich glaube nicht, dass Menschen so denken würden«, sagte Johnny. Er blickte aus dem Cockpit. Die Tanker kamen langsam näher.

»Ihr seid Säugetiere. Schnell und heißblütig. Wir sind Amphibien. Langsam und logisch. Einige von uns werden es schaffen. Wir vermehren uns schnell. Für uns ist es das Vernünftigste. Für mich ist es das Vernünftigste.«

Das Gesicht des Captains rutschte in eine Ecke des Bildschirms. Wobbler, Bigmac und Yo-less tauchten in den anderen drei Ecken auf.

»Das waren brillante Abschüsse«, sagte Bigmac. »Wenn ich erst mal in der Armee bin ...«

»Da ist ein Frosch auf meinem Bildschirm«, sagte Wobbler.

»Das ist ... *sie* ist der Captain«, sagte Johnny.

»Eine Frau an der Spitze?«, sagte Yo-less.

»Kein Wunder, dass die Außerirdischen immer verlieren«, sagte Wobbler.

»Ihr müsstet mal den Wagen meiner Mutter sehen.«

»Äh ... sie kann euch hören, glaube ich. Benutzt bitte keine sexistischen Ausdrücke«, sagte Johnny.

Der Captain lächelte.

»Ich möchte deine Kameraden bitten, ihre willkommene Lieferung abzuladen«, sagte sie.

Nach langem Hin und Her fanden sie schließlich heraus, wie man das anstellte. Der gesamte Mittelteil der Tanker ließ sich wie ein Container herausnehmen. Kleine ScreeWee-Schiffe, die aus nicht sehr viel mehr bestanden als aus einem Sitz, einer Pilotenkuppel und einem Motor, schoben die Container in die Laderäume der größten Schiffe. Ohne die Container waren die Tanker nur noch ein großes, leeres Trägergestell mit Cockpit und Antrieb.

Johnny sah zu, wie der Container von Yo-less' Tanker sanft durch die Ladeluke des Kontrollschiffs glitt.

»Äh ... wenn ihr, du weißt schon ... wenn ihr das Zeug aus der Verpackung kippt«, sagte Johnny, »und dabei irgendwas aus Plastik in eure Schüsseln fällt ... tja, äh, das ist nur ein Witz. Hat nichts Böses zu bedeuten.«

»Danke.«

»Wenn ihr alle Verpackungsdeckel aufhebt, könnt ihr wahrscheinlich einen Ford Sierra gewinnen«, sagte Yo-less. Seine Stimme überschlug sich leicht, während er versuchte, wie jemand zu klingen, der jeden Tag mit Außerirdischen sprach. »Dann drucken sie vielleicht auch Fotos von euch im *Competitor's Journal* ab«, fügte er hinzu.

»Das wäre nicht schlecht. Ein paar von den Korridoren in diesem Schiff sind sehr lang.«

»Sei nicht blöd«, sagte Bigmac. »Er ... sie würde nie an Ersatzteile rankommen.«

»Wirklich? Na, dann nehmen wir doch lieber die sechstausend Topfsets«, sagte der Captain.

»Wie kommen wir zurück?«, fragte Wobbler.

»Wie seid ihr hergekommen?«

Wobbler runzelte die Stirn. »Wie wir hergekommen sind?«, sagte er. »Gerade war ich noch ... war ich noch ... und dann war ich plötzlich hier. Waren *wir* hier.«

»Wo wir schon mal dabei sind«, sagte Bigmac, »wo kommen überhaupt die ganzen Hamburger und die Milch her?«

»Ist doch klar«, sagte Yo-less. »Ich hab's euch doch schon erklärt. Wir sind nicht wirklich hier. Wir sind nur Projektionen. Ich hab das in einem Buch gelesen.«

»Dann bin ich ja erleichtert«, sagte Wobbler. »So was ist gut zu wissen, wenn man Milliarden Meilen von der Erde entfernt im Weltraum schwebt. Trotzdem ... wie kommen wir denn nun zurück?«

»Ich weiß nicht«, sagte Johnny. »Ich mach das normalerweise, indem ich sterbe.«

»Gibt es noch eine andere Möglichkeit?«, fragte Yo-less nach einer langen, nachdenklichen Pause.

»Nicht für mich, befürchte ich. Das hier ist ein Computer-Universum. Man muss sterben, um rauszukommen«, sagte Johnny. »Ich glaube, *ihr* könnt einfach zurückfliegen. Ich bin mir nicht ganz sicher, ob *euch* was passieren würde. Ihr spielt ja nicht ... in euren Köpfen, meine ich.«

»Tja, also ...«, begann Wobbler.

»Aber an eurer Stelle würde ich mich beeilen«, sagte Johnny. »Bevor noch andere Spieler auftauchen.«

»Wir würden gerne noch hierbleiben und helfen«, sagte Wobbler, »aber diese Dinger hier haben keine Waffen, verstehst du?«

Er klang besorgt.

»Ja. Dumm von mir, dass ich keine Waffen drangeträumt habe«, sagte Johnny verständnisvoll.

»Vielleicht hat Yo-less ja recht, und wir sind nur irgendwas in deinem Kopf«, sagte Wobbler. »Aber ich schätze, selbst in Träumen sterben die Leute nicht so gerne.«

»Stimmt.«

»Kommst du morgen wieder zur Schule?«

»Mal sehen.«

»Okay. Bis dann ... tschau.«

»Bis dann.«

»Und lass, lass dich nicht unterkriegen, Johnny, okay?«, sagte Yo-less besorgt.

»Ich werd mir Mühe geben.«

»Genau. Mach diesen komischen Außerirdischen die Hölle heiß, mein Junge!«, sagte Bigmac, während die Tanker abdrehten.

Johnny konnte sie immer noch reden hören, während sich die drei Schiffe entfernten.

»Das war ein Fo-pa, Bigmac. Johnny ist auf der Seite der Außerirdischen!«

»Was? Du meinst, die sind auf unserer Seite?«

»Nein, die sind auf ihrer eigenen Seite. Und Johnny ist auf ihrer.«

»Auf welcher Seite sind wir dann?«

»Wir sind auf seiner Seite.«

»Alles klar. Äh, Yo-less?«

»Was?«

»Wer ist dann auf *unserer* Seite?«

»Hä? Na, Johnny, nehm ich an.«

»Gibt's denn dann überhaupt jemanden auf der anderen Seite?«

Die Schiffe waren nur noch Punkte auf dem Radar und verschwanden dann am Bildschirmrand.

Wohin jetzt? Johnny hatte keine Ahnung.

Mag sein, dass ich sie hergeträumt habe oder so was. Aber ich darf das nicht noch mal tun. Vielleicht sind sie nicht wirklich hier, aber ich will meine Freunde nicht sterben sehen. Ich will überhaupt niemanden sterben sehen.

Zumindest bin *ich* auf meiner Seite.

Er suchte den Himmel ab. Nach einer Weile sagte der Captain: *»Du verlässt uns nicht?«*

»Noch nicht.«

»Bis du stirbst, meinst du.«

Johnny zuckte die Achseln.

»Das ist die einzige Möglichkeit rauszukommen«, sagte er. »Kämpf, bis du stirbst. So ist das mit allen Spielen. Man kann nur hoffen, dass man jedes Mal ein Stückchen weiterkommt.«

Auf dem Radar tauchten keine weiteren Angreifer auf. Die Flotte sah so aus, als würde sie sich überhaupt nicht bewegen, aber in Wirklichkeit hatte sie ein ganz schönes Tempo entwickelt. Mit jeder Sekunde entfernten sie sich weiter aus dem Computer-All. Und das bedeutete, dass mit jeder Sekunde immer weniger Spieler die Geduld oder Entschlossenheit hatten, nach ihnen zu suchen.

Er ließ ein bisschen von der fürchterlich nahrhaften Suppe in einen Becher laufen.

»Johnny?«

»Ja?«

»Ich glaube, ich habe dich neulich sehr verletzt, als ich meinte, die Menschen seien blutrünstig und gefährlich.«

»Äh ... ja, ein bisschen.«

»Wenn das so ist … möchte ich sagen … dass ich dir dankbar bin.«

»Das verstehe ich nicht.«

»Dankbar, dass du auf unserer Seite bist.«

»Aber *ich* bin nicht blutrünstig.«

»Dann muss vorhin wohl ein anderer dein Schiff geflogen haben, was?«

»Nein. Es ist schwer, dir das zu erklären«, sagte Johnny. Vor allen Dingen müsste er erst mal in der Lage sein, es sich selbst zu erklären.

»Soll ich ein weniger beunruhigendes Gesprächsthema wählen?«

»Nicht nötig«, sagte Johnny. »Ich meine, du bist der Captain. Du hast bestimmt eine Menge zu tun.«

»Oh, Raumschiffe fliegen von ganz alleine«, sagte der Captain. *»Sie fliegen immer weiter, bis sie irgendwo gegenstoßen. Da gibt's nicht viel zu tun. Die Verwundeten versorgen und so. Aber ich habe selten die Möglichkeit, mich mit einem Menschen zu unterhalten. Also … was bedeutet sexistisch?«*

»Was?«

»Ein Wort, das du vorhin benutzt hast.«

»Oh, *das.* Das bedeutet lediglich, dass man Leute wie Leute behandeln soll und dass man nicht davon ausgehen darf, dass Mädchen nichts draufhaben. Wir haben in der Schule drüber gesprochen. Es gibt eine Menge Dinge, von denen Mädchen keine Ahnung haben, aber man muss so tun, als hätten sie's, damit sie's am Ende tatsächlich lernen. Das ist alles, wirklich.«

»Angenommen, es gibt Dinge, von denen Jungs keine Ahnung haben?«

»Oh, sicher. Aber das ist Weiberkram«, sagte Johnny. »Wie auch immer, manche Mädchen werden jedenfalls Ingenieure und so was, damit sie was Richtiges machen können, wenn sie wollen.«

»Die Grenzen ihres Geschlechts überschreiten. Es besser machen

wollen als das andere Geschlecht. O ja, das haben wir bei uns auch. Einige Individuen legen einen ehrfurchtgebietenden Ehrgeiz an den Tag, um auf einem Gebiet Karriere zu machen, das traditionsgemäß dem anderen Geschlecht vorbehalten ist.«

»Du meinst, jemand wie du«, sagte Johnny.

»Ich meinte eigentlich den Artillerieoffizier.«

»Aber er ist ein Mann – ich meine, er ist männlich.«

»Genau. Normalerweise sind die ScreeWee-Krieger weiblich. Sie sind eher geneigt zu kämpfen. Unsere Vorfahren mussten kämpfen, um ihre Brutstätten zu verteidigen. Männliche ScreeWee sind keine Kämpfer. Aber in seinem Fall ...«

Ein Punkt erschien auf dem Radar.

Johnny stellte seinen Becher ab und beobachtete ihn.

Normalerweise näherten sich die Spieler sofort der Flotte. Dieser tat es nicht. Er blieb am Rand des Radarschirms und hielt die gleiche Geschwindigkeit wie die Flotte.

Nach einer Weile tauchte ein zweiter Punkt aus derselben Richtung auf, und er kam direkt auf sie zu.

Zumindest sah dieser hier wie ein ganz gewöhnlicher Spieler aus.

Johnny kam eine scheußliche Gleichung in den Sinn. Sie drehte sich um Raketen. In *Nur du kannst die Menschheit retten* hatte man für jede Stufe sechs Raketen zur Verfügung. Wenn man die erst mal verschossen hatte, war Schluss. Je länger man also überlebte, umso weniger Waffen hatte man. Aber jeder angreifende Spieler hatte noch alle sechs. Er hatte nur noch vier. Wenn die verschossen waren, hatte er nur noch die Laserkanonen. Und dann reichte ein gut platzierter Raketentreffer, um ihn in die Luft zu jagen. Die Niederlage war bereits mit einkalkuliert.

Der Angreifer näherte sich. Doch Johnnys Blick wanderte immer wieder zu dem Punkt am Rande des Bildschirms. Irgendwie hatte er etwas Wachsames, wie ein Hai, der einer undichten Luftmatratze folgte.

Er knipste das Kommunikationssystem an.

»Angreifendes Schiff! Angreifendes Schiff! Sofort stoppen!«

Sie können nicht sprechen, dachte Johnny. Das sind nur Spieler, sie sind nicht wirklich *im Spiel drin*. Sie können nicht sprechen, und sie können nicht hören.

Ihm wurde bewusst, dass er automatisch eine Rakete auf den herannahenden Punkt ausrichtete. Doch das konnte nicht die einzige Möglichkeit sein. Früher oder später würde man miteinander reden müssen, und wenn es nur deshalb war, weil man nichts mehr zum Schießen hatte.

Der Angreifer feuerte eine Rakete ab. Sie zischte an Johnny vorbei ins Leere.

Nicht echt, dachte Johnny. Du musst dir vorstellen, dass sie nicht echt sind, sonst kannst du es nicht tun.

»Angreifendes Schiff! Das ist deine letzte Chance! Ich mein's *ernst*!«

Er drückte auf den Knopf. Das Schiff ruckte leicht, als die Rakete abgefeuert wurde. Der Angreifer flog schnell. Die Rakete auch. Sie trafen sich und verschmolzen zu einer gigantischen roten Wolke. Sie hüllte Johnnys Raumjäger ein wie ein Ring aus Rauch.

Irgendwo würde irgendjemand blinzelnd auf seinen Bildschirm starren und wahrscheinlich laut fluchen. Das hoffte er zumindest.

Der andere Punkt hielt sich immer noch am Rand des Bildschirms. Es ärgerte Johnny – wie ein Jucken an einer Stelle, wo man sich nicht kratzen konnte. Denn das war nicht die vorgesehene Art und Weise, wie man ein Spiel machte. Man entdeckte ein paar Außerirdische und griff sie an. So sollte das Spiel *eigentlich* funktionieren.

Dass da einer in sicherer Entfernung lauerte und beobachtete, machte ihn ganz kribbelig. So etwas machten nur Leute, die es … na ja … sehr ernst nahmen.

Der Captain saß hinter ihrem Schreibtisch und beobachtete den großen Bildschirm. Sie kaute. Alles war besser als Seegras, selbst – sie warf einen Blick auf die Packung – zuckerglasierte Corn-Pops mit Rinderlaktation. Süß und knusprig, aber mit komischen harten Stücken drin …

Sie schob sich eine Klaue in den Mund und stocherte zwischen ihren Zähnen herum, bis sie das störende Objekt gefunden hatte.

Sie nahm es heraus und sah es sich an.

Es war grün und hatte vier Arme, von denen fast alle eine Waffe hielten. Wieder fragte sie sich, was das für Dinger waren. Der Sanitätsoffizier vermutete, dass es sich dabei um eine Art Schädling handelte, der sich in Nahrungsmitteln breitmachte. Unter den Besatzungsmitgliedern gab es noch eine andere Theorie, derzufolge die Dinger etwas mit Religion zu tun hatten. Opfergaben an die Nahrungsgötter vielleicht?

Sie legte das Ding behutsam auf die eine Seite ihres Schreibtisches. Im richtigen Licht hatte es ein bisschen Ähnlichkeit mit dem Artillerieoffizier, dachte sie.

Dann öffnete sie den kleinen Käfig neben der Schüssel und ließ die Vögel heraus.

Unter den entfernten Vorfahren der ScreeWee hatte es alligatorenähnliche Wesen gegeben, und einige Gewohnheiten waren bis heute erhalten geblieben. Sie riss den Mund so weit auf, dass es einem Menschen die Tränen in die Augen getrieben hätte.

Die Vögel hüpften hinein und fingen an, ihre Zähne zu säubern. Einer der Vögel fand eine kleine Laserwaffe aus Plastik.

Das andere Schiff bewegte sich. Während es nach wie vor große Distanz hielt, umflog es die Flotte in weiten Kreisen. Es hatte beobachtet, wie sich ein weiterer Angreifer der Flotte genähert hatte. Johnny hatte ihn mit einer Rakete und einigen Schüssen erledigt, obwohl ihm ein blinkendes rotes Licht am Kontrollpult anzeigte, dass irgendwo irgendetwas nicht mehr funktionierte. Wahrscheinlich wieder diese Sekundärpumpen.

Er merkte, dass er sein Schiff fortwährend drehte, um den entfernten Punkt immer vor sich zu haben.

»Johnny?«

Es war der Captain.

»Ja. Siehst du es auch?«

»Ja. Es bewegt sich zwischen uns und der Grenze. Es liegt jetzt direkt in unserer Flugrichtung.«

»Ihr könnt es nicht irgendwie umfliegen?«

»Wir haben mehr als dreihundert Schiffe in unserer Flotte. Das dürfte schwierig werden.«

»Es scheint auf irgendetwas zu warten. Ich ... ich werde mal einen näheren Blick riskieren.«

Er überholte die Flotte und flog auf den entfernten Punkt zu.

Der andere machte keine Anstalten, ihm auszuweichen.

Es war ein Raumjäger wie sein eigener. In der Tat, auf irgendeine Art und Weise ... *war* es sein Raumjäger. Schließlich gab es nur einen Raumjäger im ganzen Spiel, nämlich den, den man flog, um die Menschheit zu retten. Jeder flog denselben ... irgendwie.

Er hing zwischen den Sternen, so leblos wie ein Space Invader. Johnny flog noch näher, bis er das Cockpit und sogar den Umriss eines Kopfes erkennen konnte. Er trug einen Helm. Jeder trug einen Helm – das war auf der Spielverpackung so abgebildet. Johnny hatte keine Ahnung, warum. Vielleicht dachten die Hersteller, dass man herausfallen konnte, wenn man um die Ecken bog.

Er probierte es noch einmal mit dem Funksystem.

»Hallo? Kannst du mich hören?«

Da war nichts außer dem Hintergrundrauschen des Universums.

»Ich bin mir ziemlich sicher, dass du mich hören kannst. Ich hab so ein Gefühl.«

Der winzige Klecks des Helms drehte sich in seine Richtung. Durch das getönte Visier des Helms konnte er kein Gesicht erkennen, aber er wusste, dass er angestarrt wurde.

»Worauf wartest du?«, sagte Johnny. »Hör zu, ich weiß, dass du mich hören kannst, und ich will nicht gezwungen sein, dich ...«

Das andere Schiff erwachte zum Leben und schnellte auf zwei blauen Lichtspuren der Flotte entgegen.

Johnny fluchte in sich hinein und ließ seine eigenen Antriebsdüsen aufheulen. Er hatte keine Chance, den Angreifer zu überholen. Er hatte einen Vorsprung, und Spitzengeschwindigkeit war nun mal Spitzengeschwindigkeit.

Er lag genau außerhalb seiner Reichweite, und es blieb ihm nichts anderes übrig, als hinter ihm herzujagen.

Vor sich sah er, wie einige der größeren Schiffe der Flotte in schwerfälligen Manövern aus dem Weg glitten. Von vorn betrachtet sah es aus, als öffneten sich die Blütenblätter einer Blume.

Der Angreifer schoss auf die Mitte der Flotte zu. Dann feuerte er sechs Raketen ab, eine nach der anderen. Eine Sekunde später explodierten zwei der kleinen ScreeWee-Jäger, und eines der größeren Schiffe drehte sich unter der Wucht des Einschlags.

Der Angreifer hatte es bereits auf den nächsten Jäger abgesehen. Johnny musste zugeben, dass es sich um einen fantastischen Piloten handelte. Es war ihm vorher nie aufgefallen, wie schlecht die meisten Spieler flogen. Sie flogen wie Leute, die eben nur auf dem Boden lebten – von rechts nach links, von oben nach unten, hölzern. Tatsächlich so, als ob sie lediglich etwas auf einem Bildschirm bewegten.

Aber dieser Angreifer drehte sich wie eine Schwalbe im Flug. Und jede Drehung brachte ein weiteres ScreeWee-Schiff unter seinen Beschuss. Selbst wenn sie zurückgefeuert hätten, hätten sie ihn nicht getroffen, außer vielleicht durch Zufall. Er *tanzte* Pirouetten.

Das Gesicht des Captains erschien auf dem Bildschirm.

»Du musst Schluss machen!«

»Ich versuch's ja! Ich versuch's ja! Ich tu ja alles, was ich tun kann.«

Der Angreifer drehte um. Johnny hätte nie gedacht, dass ein Raumjäger schlittern konnte, aber dieser hier tat es. Er hielt nur einen Moment lang inne, während er durch den Schub seiner Düsen verlangsamt wurde, dann schnellte er in die Richtung, aus der er gekommen war.

Direkt auf Johnny zu.

»Stopp!«, brüllte er. Seine Rakete war abschussbereit.

Warum sollte er sich überhaupt noch die Mühe machen zu brüllen? Die Spieler konnten ihn nicht hören, sie sahen das Spiel nur auf dem Bildschirm …

»Wer bist du?«

Die Stimme klang sehr klar und sehr menschlich. Der Captain klang immer, als hätte sie die Sprache aus einem Buch gelernt, aber diese Sprache klang wie eine, die jemand benutzte, seit er ungefähr ein Jahr alt war.

»Du kannst mich also doch hören!«

»Aus dem Weg, *Dummkopf*!«

Die beiden Piloten starrten sich aus einer Entfernung an, die sehr, sehr schnell immer kleiner wurde.

Ich habe sie schon mal irgendwo gehört, dachte Johnny. Diese Stimme. Man konnte die Satzzeichen regelrecht hören …

Sie prallten nicht ineinander – nicht direkt. Da war ein knirschendes Geräusch, als jeder Raumjäger der Länge nach die Seite des anderen streifte und sie sich gegenseitig die Tanks aufschlitzten, bevor beide wie betrunken ins Leere torkelten.

Das Kontrollpult vor Johnny war nur noch ein Spektakel aus blinkenden roten Lichtern. Die Cockpitscheiben zerbarsten.

»Idiot!«, brüllte es aus dem Lautsprecher.

»Ist schon gut«, sagte Johnny schnell. »Du wachst einfach auf und …«

Sein Schiff explodierte.

Der dunkle Turm

Nach dem Thermometer war es 16:34. Die Zeit war etwas anderes im Spiel.

Egal, wie oft man starb, man gewöhnte sich nie daran. Das war nichts, worin man mit ein bisschen Übung immer besser wurde …

Sie hatte ihn gehört. Im Spiel.

Er setzte sich auf.

Die ScreeWee waren im Spiel, weil es ihre Welt war. Wobbler und die anderen waren nicht wirklich drin gewesen; er war sich ziemlich sicher, dass er sie nur geträumt hatte, weil jemand die Tanker fliegen musste.

Aber er hatte sie in Patels Laden gehört. Diese Stimme, die ziemlich deutlich machte, dass ihre Besitzerin alle anderen für unterbelichtet hielt. Deshalb musste man mit ihnen sprechen wie mit Babys oder Ausländern.

Der Bildschirm zeigte einen leeren Weltraum.

Er musste sie finden. Niemand, der so flog, durfte auch nur in die Nähe der ScreeWee gelangen.

Wobbler wusste wahrscheinlich, wer sie war.

Er merkte, dass sich der Raum um ihn drehte, als er aufstand.

Offensichtlich war er wirklich ziemlich krank, dachte er. Tja, kein Wunder bei all dem, was sich im Moment abspielte. Schwere Zeiten, die blöde Schule, Eltern, die versuchten, Freunde zu sein, und jetzt musste er auch noch eine gesamte außerirdische Rasse retten, anstatt sich richtig ausschlafen zu können.

Er schleppte sich nach unten in den Flur, nahm das kabellose Telefon von der Anschlussbox und trug es nach oben. Er hatte gerade die Antenne herausgezogen, als es klingelte.

»Äh, hallo ... Blackbury-zwei-drei-neun-acht-null. Wer spricht da bitte?«

»Bist du's? Ich bin's.«

»Oh. Hallo, Wobbler.«

»Bist du krank oder was?«

»Grippe. Hör zu, Wobbler ...«

»Hast du schon gesehen, was heute in den Zeitungen steht?«

»Nein. Mum und Dad nehmen die Zeitung immer mit zur Arbeit. Wobbler ...«

»Da steht was über Gobi Software drin. Moment mal ... hier steht: ›KEINE BEGEGNUNGEN DER EINUNDZWANZIGSTEN ART‹. Das ist die Schlagzeile.«

Johnny zögerte.

»Was schreiben sie?«, fragte er vorsichtig.

»Was heißt ›Inundation‹?«

»So was wie ›Flut‹ oder ›Überschwemmung‹«, sagte Johnny.

»Hier steht, dass Gobi Software und verschiedene Vertreiber von Computerspielen einer wahren ... Inundation von Beschwerden gegenüberstehen, die das Computerspiel *Nur du kannst die Menschheit retten* betreffen. Weil sie einem fünf Pfund versprochen haben, wenn man alle Außerirdischen abschießt, und sie schreiben, dass die Leute gar keine Außerirdischen finden. Und Gobi Software bekommt jetzt Ärger wegen dem Gesetz über die korrekte Beschreibung von Waren. Und sie benutzen immer wieder das Wort *Hacker*«, sagte Wobbler mit dem verächtlichen Ton eines Menschen, der wusste, was ein Hacker wirklich war, und der auch wusste, dass es die meisten Journalisten *nicht* wussten. »Und sie zitieren Al Rampa, den Präsident der Gobi Software. Er sagt, dass sie alle Spiele wieder vom Markt nehmen. Und wenn man seine Originaldiskette einschickt, bekommt man einen Gutschein für ihr neues Spiel, *Dodge City 1888*. Das Spiel hat im *FaasssAAAP!*-Magazin vier Sterne gekriegt.«

»Ja, aber du hast nicht die Originaldiskette«, sagte Johnny. »Du hast fast nie eine Originaldiskette.«

»Nein, aber ich kenne den Typen, dessen Bruder sie gekauft hat«, sagte Wobbler fröhlich. »Also war das Ganze nur ein Fehler im Spiel, was? Und du bist am Ende doch nicht verrückt.«

»Ich hab nie gesagt, dass ich verrückt bin«, sagte Johnny.

»Nein, aber … na ja, du weißt schon«, sagte Wobbler. Er klang ein bisschen verlegen.

»Wobbler?«

»Ja?«

»Kennst du das Mädchen, das neulich in Patels Laden war?«

»Ach, die. Was ist mit ihr?«

»Weißt du, wie sie heißt?«

»Sie ist die Schwester von irgendjemandem, glaub ich.«

»Von wem?«

»Die geht auf irgend so 'ne besondere Schule für unheilbar Intelligente. Sie heißt Kylie oder Krystal, jedenfalls ist es einer von diesen erfundenen Namen. Warum willst du das wissen?«

»Ach, nichts Wichtiges. Interessiert mich wahrscheinlich nur, weil sie sich bei Patel über das Spiel beschwert hat. Wessen Schwester ist sie?«

»So ein Typ namens … äh … Plonker. Genau. Ein Freund von Bigmac. Sicher, dass bei dir alles in Ordnung ist?«

»Klar. Alles okay. Bis dann.«

»Bis dann. Bist du morgen zu Hause?«

»Denke schon.«

»Bis dann.«

»Bis dann.«

Bigmac kam nicht ans Telefon. Wo Bigmac wohnte, bekamen die Leute kaum noch Post. Selbst Ganoven hatten Schiss, sich dort aufzuhalten. Leute sprachen von der Joshua-N'Clement-Siedlung, wie sie früher wahrscheinlich von der Schwarzen Hölle von Kalkutta oder vom Wartezimmer der Spanischen Inquisition gesprochen hatten.

Der freistehende Wohnturm zeichnete sich einsam und schwarz vor dem Himmel ab wie der letzte Zahn in einem Mund.

Viel mehr gab es da nicht. Im Erdgeschoss befand sich eine Reihe verbarrikadierter Läden, und man konnte noch sehen, wo es gebrannt hatte. Dann war da noch ein Pub mit Neonlichtern und roten Ziegelwänden. Der Pub hieß *The Jolly Farmer.*

Der Turm hatte 1965 einen Preis gewonnen, kurz bevor einzelne Teile allmählich abzubröckeln begannen. Es war immer windig dort. Selbst an den windstillen Tagen pfiffen eisige Sturmböen durch die Betongänge. Der Ort war eine Art Windreservat. Hätte es den Joshua-N'Clement-Turm schon vor tausend Jahren gegeben, wären die Leute aus dem ganzen Land dort hingepilgert, um dem Windgott zu huldigen. Johnnys Vater nannte die Siedlung Rottweiler Hights. Johnny konnte die Biester jetzt bellen hören, als er die Treppen hinaufstieg. (Die Fahrstühle funktionierten schon seit 1966 nicht mehr.) Alle Bewohner schienen Angst zu haben, und zum Großteil war es die Angst voreinander.

Bigmac wohnte im vierzehnten Stock mit seinem Bruder und dessen Freundin und einem Pitbull Terrier namens Clint. Zuverlässige Quellen behaupteten, dass Bigmacs Bruder seinen Lebensunterhalt durch den ziemlich informellen Vertrieb von Videorecordern bestritt.

Johnny klopfte ganz sachte an, in der Hoffnung, sein Klopfen sei laut genug, um von den Leuten gehört, und leise genug, um von Clint überhört zu werden. Doch er hatte kein Glück. Hinter der Tür brach ein Höllenlärm los.

Nach einer Weile hörte er das Klicken der Kette, und die Tür wurde ein paar Zentimeter weit geöffnet. Ein argwöhnisches Auge erschien auf der Höhe, wo man ein Auge erwarten würde, wobei einen Meter tiefer ein gewisses Ausmaß an Verwirrung zu herrschen schien, während Clint versuchte, beide Augen und seine Zähne durch den schmalen Spalt zu schieben.

»Ja?«

»Ist Bigmac da?«

»Weiß nich'.«

Johnny wusste Bescheid. In der Wohnung gab es nur vier Zimmer. Bigmacs Familie war riesig und lebte über die ganze Stadt verteilt, und so gut wie kein Familienmitglied wusste, wo sich ein anderes gerade aufhielt, bis es ganz sicher war, um wen es sich bei dem Besucher handelte.

»Ich bin's, Johnny Maxwell, aus der Schule.«

Clint versuchte seinen fünfzehn Zentimeter breiten Kopf durch den fünf Zentimeter breiten Spalt zu quetschen.

»Ach ja?« Johnny spürte, wie er genauestens inspiziert wurde. »Der is' unten im Pub. Yeah.«

»Oh, tschau«, sagte Johnny mit einer Stimme, von der er hoffte, dass sie einigermaßen normal klang. »Ich mein, yeah.«

Bigmac war dreizehn. Aber der Besitzer vom *Jolly Farmer* stand in dem Ruf, an jeden auszuschenken, der nicht gerade auf einem Dreirad hereinkam.

Sein Rückweg führte ihn sowieso am Pub vorbei. Er quälte sich ein bisschen mit dem Gedanken, ob er den Laden tatsächlich betreten sollte. Für Bigmac war es okay. Bigmac sah schon wie siebzehn aus, als er geboren wurde. Aber dann stellte sich heraus, dass seine Bedenken überflüssig waren, denn Bigmac lehnte draußen vor dem Pub an der Kühlerhaube eines Wagens. Er hatte ein paar Freunde bei sich. Sie musterten Johnny mit argwöhnischen Augen, während er sich näherte, und der eine, der gerade noch ganz nonchalant an dem Türgriff des Wagens herumgefummelt hatte, richtete sich auf und starrte ihn wütend an.

Johnny versuchte, einen lässigeren Gang einzuschlagen.

»Yeah, Johnny«, sagte Bigmac auf eine ziemlich unverbindliche Art.

Hier ist er anders, dachte Johnny. Älter und härter.

Die anderen Jungs entkrampften sich ein bisschen. Bigmac kannte Johnny. Das machte ihn akzeptabel, zumindest für kurze Zeit.

»Ich seh dich nicht oft hier oben«, sagte Bigmac. »Was 'n los?«

»Ich suche Plonker«, sagte Johnny. »Wobbler hat gesagt, dass du ihn kennst.«

»Was willst du von ihm?«, sagte Bigmac.

An der Schulmauer oder im Einkaufszentrum hätte Bigmac nicht mal gefragt. Aber hier herrschten andere Regeln. In der Schule musste Bigmac zum Beispiel verbergen, wie gut er mit Zahlen umgehen konnte, und hier verdeckte er seine Fähigkeit, ein normales Gespräch zu führen.

Johnny sah einen Ausweg.

»Eigentlich suche ich seine Schwester«, sagte er.

Einer von Bigmacs Freunden kicherte.

Bigmac nahm Johnnys Arm und führte ihn ein Stück weiter weg.

»Weswegen bist du hergekommen?«, wollte er wissen. »Du hättest mich auch morgen fragen können.«

»Es ist … sehr wichtig.«

»Bigmac! Kommst du, oder was?«

Bigmac blickte über seine Schulter.

»Kann nicht«, sagte er. »Muss mich um was anderes kümmern.«

Einer von den Jungs sagte etwas zu dem anderen, und beide fingen an zu lachen. Dann stiegen sie in den Wagen. Nach einer Weile heulte der Motor auf, und der Wagen rumpelte die Bordsteinkante hinauf und wieder hinunter, bevor er mit einem Affenzahn in der Dunkelheit verschwand. Sie hörten die Reifen quietschen, als sie um die Ecke bogen.

Bigmac entspannte sich. Plötzlich war er gar nicht mehr so hart, eher fast schon wieder der liebenswerte Beinahetrottel, den Johnny so gut kannte.

»Wolltest du nicht mit denen mitfahren?«, fragte Johnny.

»Mann, du bist 'ne echte Lusche«, sagte Bigmac in einem halbwegs freundlichen Ton.

»Wobbler sagt, dass man jetzt Pfeife sagen muss, nicht mehr Lusche«, sagte Johnny.

»Ich sag normalerweise Schwachkopf. Komm, wir gehen«, sagte Bigmac. »Weil hier wahrscheinlich bald ein paar sehr unfröhliche Leute auftauchen werden. Selbst schuld, wenn sie den Wagen *hier* parken.«

»Was?«

»Pfeife. Du hast keine Ahnung vom wirklichen Leben.«

»Alles Spiele«, sagte Johnny halb zu sich selbst. »Von der unterschiedlichsten Sorte. Bigmac?«

Irgendwo in der Ferne ertönte eine Autohupe, deren eindringliches Heulen plötzlich abgeschnitten wurde. Bigmac blieb stehen. Der Wind wehte sein T-Shirt gegen seinen Körper, so dass das Wort »Terminator« übergroß auf seiner Brust prangte, die aussah wie ein Toastständer.

»Was?«, sagte er.

»Hast du dir eigentlich jemals Gedanken drüber gemacht, was wirklich ist und was nicht?«

»Verdammt blöd, sich über so was Gedanken zu machen«, sagte Bigmac.

»Warum?«

»Was wirklich ist, ist wirklich, und alles andere ist es nicht.«

»Was ist mit … na ja … mit Träumen zum Beispiel?«

»Neee. Die sind nicht wirklich.«

»*Irgendwas* müssen sie aber sein. Sonst könnte man sie nicht haben, stimmt's?«, sagte Johnny leicht verzweifelt.

»Ja, aber das ist nicht dasselbe wie *wirklich*.«

»Sind Leute im Fernsehen wirklich?«

»Natürlich!«

»Warum behandeln wir sie dann wie Spielfiguren?«

»Du meinst … in den Nachrichten –«

»Klar!«

»Was auch immer. Computerspiele sind jedenfalls nicht wirklich«, sagte Bigmac. Er spähte immer wieder die dunkle Straße hinunter.

Johnny fühlte sich ein bisschen lockerer.

»Bist du wirklich?«

»Weiß nich'. Fühlt sich wirklich an. Ist sowieso alles Mist.«

»Was?«

»Na, alles. Wen kümmert's schon? Komm, ich will nach Hause.«

Sie schlenderten an einem Grundstück vorbei, das sie 1965 zur öffentlichen Grünanlage erklärt hatten und das jetzt nur noch ein hundeverseuchtes Stück Brachland war, auf dem Einkaufswagen ihre letzte Ruhe fanden.

»Plonker hat ein bisschen was von 'nem Wahnsinnigen«, sagte Bigmac. »Markiert manchmal den wilden Mann. Er ist ein bisschen verrückt. Lebt aber in 'nem großen, vornehmen Haus.«

»Wo?«

»Oh, in der Tyne Avenue oder Crescent oder so«, sagte Bigmac.

Ein blaues Licht erhellte einen Moment lang sein Gesicht, als ein Streifenwagen mit heulender Sirene am Ende der Straße vorbeiraste.

Bigmac blieb wie angewurzelt stehen.

»Wie heißt er wirklich?«, fragte Johnny.

»Hä? Ach so, Garry, glaub ich.«

Bigmac starrte zum Ende der Straße. Das Blaulicht war immer noch sichtbar. Der Streifenwagen hatte ungefähr eine halbe Meile weiter angehalten; das Licht wurde von einer Plakatwand reflektiert.

»Einfach nur Garry?«, fragte Johnny.

Bigmacs Gesicht glänzte feucht unter der Straßenlaterne. Johnny sah, dass er schwitzte.

»Ich glaub, dass er Dunn mit Nachnamen heißt«, sagte Bigmac. Er trat unruhig von einem Fuß auf den anderen.

Eine zweite Sirene heulte durch die Nacht. Ein Krankenwagen fuhr auf der Hauptstraße vorbei, fast geisterhaft unter seinem aufblitzenden Licht.

»Hör zu, Bigmac ...«

»Verpiss dich!«

Bigmac drehte sich um und rannte; seine Doc Martens knirschten über den Asphalt. Johnny sah ihm hinterher. Er dachte an all die Dinge, die er hätte sagen wollen. Er war nicht dumm. Jeder wusste, was mit Wagen passierte, die am dunklen Turm abgestellt wurden. Was konnte er jetzt noch sagen?

Und sein Körper dachte: Du sagst gar nichts. Du *tust* was. Dann rannte er von ganz alleine hinter seinem Freund her und riss sein Gehirn mit sich.

Trotz eines Schlafzimmers voller Trainingsgeräte, die für die

Polizei von ziemlichem Interesse gewesen wären, hätte sie sich auch nur einigermaßen ernsthaft um den jüngsten Einbruch im Sportzentrum gekümmert, war Bigmacs Kondition nicht die beste. Er war ohne Kondition *geboren* worden. Johnny holte ihn an der Ecke ein.

»Hab dir gesagt ... du sollst dich ... verpissen! Hat nichts ... mit dir ... zu tun!«, schnaufte Bigmac, während sie auf die entfernten Lichter zurannten.

»Die haben einen Unfall gebaut.«

»Nozzer ist ein guter Fahrer!«

»Ach ja? Gut im Schnellfahren?«

Eine Menschenmenge hatte sich weiter unten an der Ampel versammelt. Während sie rannten, wurden sie von einem zweiten Krankenwagen überholt, der ein Stück weiter abrupt anhielt. Die Menge teilte sich. Johnny erhaschte einen kurzen Blick auf das ... na ja, Auto konnte man das nicht mehr nennen ... auf das, was von einem Auto übrig blieb, nachdem es versucht hatte, einem Betonlaster den Platz streitig zu machen. Er wusste, dass es ein Betonmischer war, weil einer den Bordstein hochgefahren und umgekippt war. Seine Ladung wurde allmählich zum größten Ziegel der Welt.

Aus der Ferne näherte sich heulend die Feuerwehr.

Er griff nach Bigmacs Arm und riss ihn herum.

»Ich glaube nicht, dass du das sehen willst«, sagte er.

Bigmac riss sich los, während die Polizei gerade dabei war, die eingedrückte Wagentür aufzustemmen.

Bigmac starrte.

Dann drehte er sich um, torkelte zu der niedrigen Gartenmauer am Straßenrand und übergab sich.

Als Johnny zu ihm kam, zitterte Bigmac vor Kälte und Schock am ganzen Körper.

»Scheiße, Mann! Ich hätte da drinsitzen können. Du ...«

Bigmac würgte wieder und kotzte Arnold Schwarzenegger von oben bis unten voll. Johnny zog seine Jacke aus und legte sie Bigmac um die zitternden Schultern.

»Sie haben mich immer wieder gelöchert. Ich hab ihnen gesagt ...«

»Ja, ja. Schon gut«, sagte Johnny, während er sich umsah. »Hör zu, du bleibst hier ... da drüben ist ein Telefon. Du bleibst einfach hier, okay? Du ...«

»Geh jetzt nicht weg!«

»Was? Oh, okay. Na, dann komm ...«

Klick!

»Hallo, hier ...«

»Yo-less? Hier ist Johnny.«

»Ja?«

»Ist deine Mutter heute Abend im Krankenhaus?«

»Nein, die arbeitet diese Woche Frühschicht. Warum?«

»Kannst du sie dazu bringen, dass sie mit ihrem Wagen zur Witheridge Road kommt?«

»Was ist los? Du klingst, als ob du ...«

»Spar's dir! Sieh zu, dass sie herkommt, okay? Bitte! Es ist wegen Bigmac!«

»Was ist mit ihm?«

»Yo-less! Es ist *dringend*! Es ist *echt dringend*!«

»Du weißt, wie sie ist, wenn ich ...«

»Yo-less!«

»Oh, okay. He, ist das eine Sirene?«

»Wir sind in einer Telefonzelle. Sieh zu, dass sie eine Decke mitbringt oder so was. Und beeil dich, hier drinnen stinkt's wie die Pest.«

»Das war eine Sirene, oder?«

»Ja.«

Er legte den Hörer auf.

Bigmac musste sich nicht mehr übergeben. Er hatte auch gar nichts mehr, womit er sich hätte übergeben können. Er lehnte nur an der Tür und zitterte.

»Sie wird gleich da sein«, sagte Johnny so fröhlich, wie er nur konnte. »Sie ist Krankenschwester. Sie kennt sich mit so was aus.«

Draußen fuhr einer der Krankenwagen weg. Die Feuerwehrmänner wimmelten um das Autowrack herum. Einige von ihnen holten Geräte vom Feuerwehrwagen.

Bigmac starrte auf das Geschehen.

»Wahrscheinlich sind sie okay«, log Johnny. »Es ist verblüffend, was manche Leute ...«

»Johnny?«

»Was?«

»Keiner, der so aussieht, ist okay«, sagte Bigmac mit monotoner Stimme. »Da war überall Blut.«

»Na ja ...«

»Mein Bruder bringt mich um, wenn er das erfährt. Er hat gesagt, dass er mich aus dem Fenster wirft, wenn meinetwegen noch mal die Bullen vor der Tür stehen. Der bringt mich um, wenn er das rausfindet.«

»Dann erfährt er's eben nicht. Du hast nichts gemacht. Wir haben einfach nur abgehangen, und dir ist schlecht geworden. Das ist alles.«

»Er bringt mich um!«

»Weswegen? Außer mir weiß keiner was, und ich weiß von nichts. Versprochen.«

Es war schon nach acht, als Johnny nach Hause kam. Er ließ seine Jacke im Schuppen; er würde sie später hereinschmuggeln und abreiben. Seinen Eltern sagte er, dass er bei Yo-less gewesen war, womit er unliebsame Fragen vermied, da seine Eltern aus Gründen der Rassenverständigung mit Yo-less einverstanden waren. Etwas dagegen zu haben, dass er bei Yo-less war, hieß, etwas gegen Yo-less zu haben. Yo-less war verdammt nützlich.

Wie auch immer, es hatte sowieso niemand Abendessen gemacht. Mrs Yo-less hatte ihm eine heiße Schokolade gegeben, aber das Essen hatte er höflich abgelehnt, sonst dachten sie, dass man zu Hause nicht genug bekam, und das machte man nicht. Sie hatte Bigmac ins Bett gebracht. Bigmac mit seinen Skinheadhaaren.

Er stellte sich ein Fertiggericht in die Mikrowelle, das als original italienische Gourmet-Lasagne deklariert war und für vier Personen reichen sollte. Aber nur, wenn es sich dabei um Zwerge handelte.

Das Telefon klingelte, als er es gerade mit nach oben nahm. Es war Wobbler.

»Yo-less hat mich gerade angerufen.«

»Und?«

»Warum hast du sie Bigmac nicht im Krankenwagen mitnehmen lassen?«

»Zusammen mit seinen Freunden?«

Einen Moment lang herrschte Schweigen, während Wobbler überlegte, wie er das meinte. Dann sagte er: »Iiiieeeks.«

»Genau.«

»Na ja, und bestimmt hätten sie ihm irgendwelche blöden Fragen gestellt. Wo Bigmac doch schon genug Ärger mit seinem Bruder hat.«

»Genau.«

»Wow!«

»Ich muss jetzt Schluss machen, Wobbler. Ich muss meine Lasagne essen, bevor sie zu Stein wird.«

Er legte das Telefon auf das Tablett und starrte es an. Da war noch etwas anderes, was er tun wollte. Was war das noch? Irgendetwas jedenfalls. Die Lasagne sah echt aus. Sie sah aus, als hätte sie schon mal jemand gegessen.

Der Captain sah auf.

Die meisten ihrer Offiziere standen vor ihr. Sie wirkten fast alle ein bisschen verlegen, bis auf den Artillerieoffizier, der ziemlich selbstgefällig in die Runde blickte.

»Ja?«, sagte der Captain.

Zu ihrer Überraschung war es nicht der Artillerieoffizier, der das Wort ergriff. Es war der Navigationsoffizier, eine kleine, eher unauffällige ScreeWee, die unter vorzeitigem Schuppenverlust litt.

»Ähm«, sagte sie.

»Ja?«, wiederholte der Captain.

»Ähm. Wir – das heißt, wir alle –«, sagte der Navigationsoffizier mit einem Gesichtsausdruck, als wünschte sie, ganz woanders zu sein, »– wir sind der Meinung, äh, dass der jetzige Kurs ein, äh, sehr unkluger ist. Wenn ich mir die Bemerkung erlauben darf«, fügte sie dann hinzu.

»In welcher Hinsicht?«, fragte der Captain. Sie konnte den Artillerieoffizier hinter der kleinen ScreeWee grinsen sehen. Niemand konnte so grinsen wie die ScreeWee – ihre Mäuler waren dafür wie geschaffen.

»Wir, äh – das heißt, wir alle – werden immer noch angegriffen. Und dieser letzte Angriff war furchtbar.«

»Der Auserwählte hat sein eigenes Leben geopfert, um ihn zu beenden«, sagte der Captain.

»Ähm. Er wird zurückkommen«, sagte der Navigationsoffizier. »Ähm. Aber die zwanzig Leute, die wir verloren haben, nicht.«

Der Captain blickte nicht direkt zu ihr. Sie starrte den Artillerieoffizier an, dessen Grinsen jetzt so breit war, dass ein ganzer Satz Billardkugeln zwischen seine Zähne gepasst hätte, und der Queue wahrscheinlich noch dazu.

Er hat mit ihnen geredet, dachte sie. Ich hätte ihn erschießen lassen sollen. Es hätte ihnen nicht gefallen, aber ich wäre wahrscheinlich in der Lage gewesen, sie wieder zur Ordnung zu rufen.

»Was schlagen Sie also vor?«, fragte sie.

»Ähm. Wir ... das heißt, wir alle ...«, sagte die kleine Scree-Wee mit einem fragenden Blick zum Artillerieoffizier, »denken, dass wir umkehren sollten, um ...«

»Zu kämpfen?«, sagte der Captain. »Um das letzte Gefecht auszutragen?«

»Ähm. Ja. Genau.«

»Und ihr seid alle derselben Meinung?«

Die Offiziere nickten, eine nach der anderen.

»Ähm. Tut mir leid, Captain«, sagte der Navigationsoffizier.

»Die anderen sind geblieben und haben gekämpft«, sagte der Captain. »Die Space Invaders und alle anderen. Wir haben alle die Wracks gesehen. Das Einzige, was sie konnten, war angreifen. Sie blieben und kämpften, kämpften und starben.«

»Äh. Wir werden auch sterben«, sagte der Navigationsoffizier.

»Ich weiß, und es tut mir leid«, sagte der Captain. »Aber viele werden überleben. Und mit jeder Minute entfernen wir uns weiter aus der Gefahrenzone. Wir sind so nah an der Grenze! Wenn wir umkehren, werden uns die Menschen finden. Und dann werden sie ...«

»Sterben«, sagte der Artillerieoffizier. »Und wir werden gewinnen. Die anderen waren dumm. Wir sind es nicht. Wir können gewinnen. Wir liefern den Menschen die Mutter aller Kriege.«

»Ach ja?«, sagte der Captain. »Die Mutter und die Großmutter noch dazu. Kriege, die nur noch mehr Kriege verursachen.«

»Hört, hört, euer Captain hat gesprochen«, schnaubte der Artillerieoffizier verächtlich. »Befehlshabende über die Flotte. Das ist jämmerlich. Feige.«

»Wenn wir zu Hause sind ...«, begann der Captain.

»Zu Hause? Das hier ist unser Zuhause! Wir haben kein anderes! Dieses ganze Geschwätz von einer Grenze und einem Planeten ganz für uns allein ... hat ihn schon mal jemand von uns gesehen? Nein! Es ist eine Legende. Wunschdenken. Ein Traum. Wir belügen uns selbst. Wir erfinden Geschichten. Der Auserwählte. Der Held mit den tausend Leben! Das sind alles Träume. Wir leben und vermehren uns und sterben in unseren Schiffen! Das ist unser Schicksal. Wir haben keine Wahl!«

Friedensgespräche, Friedensgebrüll

Johnny wachte in einem Raumjäger auf.

Sonst war er immer ein ganzes Stück von der Flotte entfernt gewesen, aber diesmal befand er sich direkt mittendrin. Er war ringsherum von ScreeWee-Schiffen umgeben.

Sie flogen in die falsche Richtung.

Sofort erschien ein Gesicht auf dem Bildschirm. Abgesehen von ein paar Unterschieden im Kamm und dem leicht orangefarbenen Schimmer der Schuppen, hätte es der Captain sein können.

»Irdisches Schiff, bitte melden!«

»Wer bist du?«

»Ich bin der neue Captain. Hier sind meine Instruktionen ...«

»Was ist mit dem alten Captain passiert?«

»Sie steht unter Arrest. Hier sind meine Instruktionen ...«

»Unter Arrest? Weswegen? Was hat sie denn getan?«

»Nichts hat sie getan. Hör zu. Du hast sechzig Sekunden, um aus unserer Reichweite zu verschwinden. Ehrenhalber. Danach werden wir unsere gesamte Feuerkraft auf dich richten.«

»Warte mal ...«

»Die Zeit läuft.«

»Aber ...«

»Ende der Nachricht. Stirb, irdisches Wesen!«

Der Bildschirm erlosch.

Johnny starrte auf die leere Mattscheibe.

Das war kein freundliches Gesicht gewesen. Die Stimme hatte geklungen, als hätte sie die menschliche Sprache aus dem Buch gelernt – genau wie der richtige Captain. Aber in diesem Falle musste es ein fieses Buch gewesen sein. Sie hatte auch geklungen, als würde sie so bis sechzig zählen: Eins, zwei, drei, vier, fünf, sieben, achtzehn, fünfunddreißig, neunundvierzig, achtundfünfzig, neunundfünfzig, sechzig – Feuer!

Sein Schiff schoss nach vorne, und der Schub drückte ihn in den Sitz. Das war das Gute an Computerspielen – man konnte auf eine Art und Weise wenden und manövrieren, die in Wirklichkeit nie möglich wäre, weil sie den menschlichen Körper wie eine dünne, rosige Linoleumschicht über das Cockpit verteilen würde.

Die Flotte glitt vorbei und schrumpfte auf eine Reihe kleiner Punkte hinter ihm zusammen. Ein paar Laserstrahlen zischten vorbei, allerdings in einiger Entfernung, so als ob sie ihn eher abschrecken als töten wollten.

Die ScreeWee waren umgekehrt. Sie flogen zurück ins Spiel. Warum? Bald würden sie wieder auf den Bildschirmen der Spieler auftauchen! Es gab immer ein paar hartnäckige Spieler, die sich auf die Suche machten. Es konnte jetzt jeden Tag passieren, dass irgendein Kid den Computer einschaltete und die gesamte ScreeWee-Flotte auf sich zukommen sah. Nicht mal jetzt waren sie davor sicher. Es gab immer ein paar Leute, die nicht aufgaben ...

Und da tauchte ein grüner Punkt vor ihm auf. Er erkannte ihn an der Art, wie er sich bewegte: wie ein Wolf, der sich um eine Herde von Schafen herumschlich.

Er flog darauf zu.

Jetzt konnte er sich wieder erinnern. Im Spiel konnte er auch besser denken. Es war, als wäre er mehr *er selbst* im Spiel. Krystal oder Kylie oder einer dieser erfundenen Namen, hatte Wobbler gesagt. Und Bigmac meinte, der Nachname sei Dunn ...

Er drehte den Knopf der Kommunikationsanlage.

»Krystal?«, probierte er. »Kylie? Kathryn? Wie auch immer?«

Nichts als das Rauschen der Sterne, dann: »Es heißt Kirsty, *im Übrigen*.«

»Nicht feuern!«, sagte Johnny schnell.

»Wer *bist* du?«

»Versprich mir zuerst, dass du nicht feuerst, okay? Ich hasse es zu sterben. Das macht einem das Nachdenken so schwer.«

Der andere Jäger war inzwischen kein Punkt mehr. Wenn sie jetzt auf ihn schoss, war er so gut wie tot – wenn tot sein gut war.

»In Ordnung«, sagte sie langsam. »Kein Feuer. Friedensgespräche. Jetzt sag mir, wer du bist.«

»Ich bin ein Spieler wie du«, sagte Johnny.

»Nein, bist du nicht. Keiner der anderen Spieler hat je mit mir gesprochen. Außerdem bist du auf *ihrer* Seite. Ich habe dich beobachtet.«

»Nicht direkt auf *ihrer* Seite«, sagte Johnny.

»Jedenfalls bist du nicht auf *meiner*«, sagte Kirsty. »Niemand ist auf meiner Seite.«

»Haben sie bei dir auch versucht, sich zu ergeben? Ich hab gehört, wie du in Patels Laden gesagt hast, dass sie dir eine Botschaft geschickt haben.«

Wieder herrschte jene vom Flüstern des Universums erfüllte Stille, dann fragte sie mit vorsichtiger Stimme: »Du bist nicht der kleine Fettsack, der aussieht, als könnte er einen BH brauchen, oder?«

»Nein. Hör zu ...« Johnnys Finger huschten eifrig über die Gefechtskontrollen.

»Der Schwarze, der aussieht wie ein Buchhalter?«

»Nein. *Hör zu* ...«

»O nein ... nicht der *Dünne* mit den großen Stiefeln und dem spitzen Kopf ...?«

»Nein. Ich bin der, der immer mit den anderen rumhängt und den niemand bemerkt«, sagte Johnny verzweifelt.

»Wer? Ich habe sonst niemanden gesehen.«

»Genau! Das war *ich*!«

»Und die haben sich *dir* ergeben?«

»Ja!« Die Rakete Nummer drei machte *ping*, als er sie auf ihr Schiff fixierte. Und jetzt zu Nummer vier ...

»Aber du bist eine Niete!«

»Ich glaube, das heißt jetzt Pfeife. Wie auch immer, ich bin mehr als eine Pfeife.«

»Wieso?«

»Ich bin eine Pfeife, die fünf Raketen auf dich gerichtet hat.«

»Du hast gesagt, dass du nicht feuerst!«

»Hab ich auch noch nicht.«

»Du hast gesagt, dass wir ein Friedensgespräch führen!«

»Das hast *du* gesagt. Wie auch immer, wir führen ja eins. Nur dass ich ... gewissermaßen brülle.«

Wenn sie sprach, glaubte er, im Hintergrund Musik zu hören.

»Hast du *wirklich* Raketen auf mich gerichtet?«

»Ja.«

»Ich bin überrascht, dass du an so was gedacht hast.«

»Ich auch. Hör zu, ich will auf *niemanden* schießen. Aber ich brauche Hilfe. Die Flotte ist umgekehrt. Sie haben auf mich geschossen!«

»Das ist ihr *Job*, du Pfeife. Sie schießen auf uns, und wir schießen auf sie. Warum haben sie überhaupt aufgehört? Es macht keinen Spaß, wenn sie nicht zurückfeuern.«

»Sie haben sich ergeben.«

»Die können sich nicht ergeben. Es ist ein Spiel.«

»Sie haben es aber getan. Manchmal kann man das Spiel verändern. Ich weiß es doch auch nicht, Kirsty!«

»Hör zu, ich hasse diesen Namen!«

»Irgendwie muss ich dich schließlich nennen«, sagte Johnny. »Wie nennst du dich denn selbst?«

»Wenn du es irgendjemandem erzählst, bring ich dich um …«

»Ich dachte, das hättest du sowieso vor.«

»Ich meine damit nicht, dass ich dich einfach abschieße. Ich meine, ich bring dich *wirklich* um.«

»In Ordnung. Wie heißt du als Spieler?«

»Sigourney – *du lachst*!«

»Tu ich nicht! Ich musste niesen! Ehrlich! Nein, wirklich, das ist ein … guter Name. Sehr … passend …«

»Es ist sowieso nur ein Traum. Ich träume, und du träumst.«

»Na und? Dadurch wird es noch lange nicht unbedeutend.«

Es herrschte Schweigen, und im Hintergrund hörte er wieder dieses knarrende Geräusch, das entfernt wie Musik klang. Dann sagte sie: »Ha! Während wir gesprochen haben, habe *ich* meine Raketen auf *dich* gerichtet, Mr Oberschlau!«

Johnny zuckte die Achseln, obwohl sie es nicht sehen konnte.

»Spielt keine Rolle. Ich hab sowieso damit gerechnet. Bringen wir uns eben gegenseitig um. Aber dann müssen wir noch mal durch das Ganze durch. Ist doch dumm. Willst du nicht rausfinden, was als Nächstes passiert?«

Noch mehr knarrende Musik.

»Ich kann Musik hören«, sagte Johnny.

»Das ist mein Walkman.«

»Clever. Ich wünschte, ich hätte auch dran gedacht. Ich hab mal meine Kamera mitgeträumt, aber die Fotos sind nichts geworden. Was hörst du?«

»*C Inlay 4 Details* – ›Please Keep This Copy For Your Records‹.«

Wieder eine knarrende Pause.

Dann sagte sie, als hätte sie angestrengt nachgedacht: »Hör zu, wir können nicht im selben Traum sein. So was gibt's nicht.«

»Das lässt sich herausfinden. Wo wohnst du?«

Diesmal war die Pause wesentlich länger. Die ScreeWee-Flotte erschien auf dem Bildschirm.

»Wir hauen lieber ab«, sagte Johnny. »Die haben das Feuer auf uns eröffnet. Irgendwas ist mit dem Captain passiert. Sie war diejenige, die den Frieden überhaupt wollte. Hör zu, ich weiß, dass du in der Tyne Avenue oder Crescent oder irgendwo da in der Gegend wohnst ...«

»Wie kommt's, dass wir so nah beieinander wohnen?«

»Weiß nicht. Unglücklicher Zufall, nehm ich an. Hör zu, die werden bald in Reichweite sein ...«

»Kein Problem. Dann schießen wir eben.«

»Die werden uns in die Luft jagen. Außerdem ...«

»Na und? Sterben ist einfach.«

»Ich weiß. Es ist das Leben, das einem Probleme bereitet«, sagte Johnny und meinte es auch. »Aber du klingst nicht wie jemand, der immer den einfachen Weg wählt.«

C Inlay 4 Details knarrte in weiter Ferne.

»Also, was hast du vor?«

Johnny zögerte. So weit hatte er noch gar nicht gedacht. Der neue Captain schien nicht gerade gesprächsbereit.

»Weiß nicht. Ich will nur nicht, dass noch mehr ScreeWee getötet werden.«

»Warum nicht?«

Weil sie wirklich sterben, wenn sie getötet werden.

»Ich will es einfach nicht, okay?«

Einige Kampfschiffe hatten die Flotte verlassen und kamen zielbewusst auf sie zu.

»Ich werde noch mal versuchen, mit ihnen zu reden«, beschloss er. »Irgendjemand wird schon zuhören.«

»Blöde Idee.«

»Andere fallen mir nicht so schnell ein.«

Johnny wendete sein Schiff und drückte auf den Beschleunigungsknopf. Ein paar Schüsse pufften harmlos an ihm vorbei und fügten dem leeren Raum großen Schaden zu.

Und dann näherte er sich mit Höchstgeschwindigkeit der Flotte.

Musik ertönte über das Funksystem.

»Idiot! Du musst ausweichen und abtauchen! Kein Wunder, dass du so oft abgeschossen wirst!«

Er wackelte am Joystick herum. Irgendetwas riss einen seiner Flügel ab und explodierte hinter ihm.

»*Und* du hast die Kampfjäger hinter dir! Ha! Du kannst dich ja nicht mal selber retten!«

Johnny ließ die Flotte nicht aus den Augen, die vor ihm auf und ab tanzte, während er sein Schiff herumhüpfen ließ, um den gegnerischen Schüssen auszuweichen.

»Vielleicht könntest du dich mal nützlich machen!«, brüllte er.

Hinter ihm ertönte ein Knall.

»Bin schon dabei.«

»Du schießt sie ab?«

»Dir kann man's echt *nicht* recht machen.«

Der Captain probierte es noch einmal mit ihrer Kabinentür. Sie war immer noch abgeschlossen. Und im Korridor stand mit Sicherheit eine Wache. ScreeWee hielten sich gewöhnlich an Befehle, auch wenn sie ihnen nicht gefielen. Der Artillerieoffizier war in dieser Hinsicht recht ungewöhnlich.

Das hat man davon, wenn man einen Mann befördert, dachte sie bitter. Sie sind unzuverlässige Denker.

Sie sah sich in ihrer Kabine um. Sie wollte nicht hier drinnen sitzen. Sie wollte draußen sein. Aber sie war nun mal drinnen. Sie würde sich etwas Neues einfallen lassen müssen.

Den Menschen schien das viel leichter zu fallen. Sie schienen immer am Rande des kompletten Wahnsinns, aber irgendwie schafften sie es. Das Innere ihrer Köpfe wäre sicher ein interessanter Ort für einen Besuch, aber sie konnte es sich nicht vorstellen, dort zu leben.

Wie denkt man als menschliches Wesen? Zuerst begibt man sich in den Wahnsinn, möglicherweise, und dann auf der anderen Seite wieder hinaus ...

»Hört zu! *Hört zu!* Wenn ihr in dieser Richtung weiterfliegt, werdet ihr alle getötet! Ihr fliegt zurück ins Spiel! Die anderen Spieler werden euch finden! Ihr werdet alle sterben! So geht das!«

Dann starb er.

Es war 6:3=. Er lag angezogen auf seinem Bett, trotzdem fror er.

Bruchstücke seines vorherigen Lebens sickerten durch seine Erinnerung zurück.

Sigourney!

Tja, das erklärt alles, würde Yo-less sagen. Und jetzt sah es so aus, als würde er jeden Abend damit zubringen, ScreeWee sterben zu sehen.

Es war für die ScreeWee schon schlimm genug, sich gegen ein oder zwei Spieler verteidigen zu müssen. Und das waren nur die, die so verschroben oder einsam oder gelangweilt waren, dass sie sich auf die Suche machten. Wobbler hatte gesagt, sie hätten Tausende von Spielen verkauft. Selbst wenn die meisten Leute ihr Spiel zurückbrachten, gab es immer jemanden, der weiterspielte. Und wenn die ScreeWee erst wieder auftauchten, würde sich die Nachricht in Windeseile herumsprechen ...

Und dann, eines Tages, lange nachdem der letzte Spieler aufgehört hatte, das Spiel zu spielen, würden da diese zerstörten Schiffe durch den leeren Raum eines überholten Computerspiels treiben.

Und er konnte es nicht verhindern. Kir– Sigourney hatte recht. Dazu waren sie da.

Zu allem Überfluss war auch noch Dienstag. Das bedeutete, dass sie fast den ganzen Morgen mit Mathe zubringen würden. Danach hatten sie Englisch. Er würde in der großen Pause ein Gedicht schreiben. Im Allgemeinen kam man mit einem Gedicht immer ganz gut durch.

Er holte seine Jacke aus dem Schuppen, wischte sie, so gut er konnte, mit dem Schwamm ab und hängte sie über die Heizung. Dann ging er in die Küche und inspizierte den Kühlschrank.

Sein Vater hatte wieder den Einkauf erledigt. Das konnte man sofort sehen, denn dann gab es immer teure Spezialitäten in Gläsern und merkwürdige exotische Gemüsesorten. Diesmal gab es indisches Vindaloo und noch mehr Sellerie. Niemand im Haus machte sich viel aus Sellerie. Am Ende wurde er immer braun. Sein Vater kaufte auch nie Brot und Kartoffeln. Anscheinend dachte er, dass solche Dinge einfach in der Küche *wuchsen* wie Pilze (obwohl er immer Pilze kaufte, wenn es diese besonderen, teuren getrockneten gab, die aussahen wie vermoderte Borkenstücke und von weisen, alten Franzosen gesammelt wurden).

Da war noch eine Packung Milch, deren Inhalt allerdings schon ziemlich solide klang, als er sie schüttelte.

Johnny fischte sich eine Tasse aus der grauenerregenden Tiefe der Spülmaschine und spülte sie unter dem Wasserhahn ab. Zumindest konnte man mit schwarzem Kaffee nicht viel falsch machen.

Irgendwie genoss er es, morgens für sich alleine zu sein. Der Tag war auch noch viel zu jung, um tatsächlich schon schlecht anzufangen.

Im Fernsehen herrschte immer noch Krieg. Es ging ihm allmählich auf die Nerven. Es beunruhigte ihn. Man sollte annehmen, dass inzwischen alle genug davon hatten.

Bigmac war in der Schule. Er hatte die Nacht bei Yo-less verbracht. Mrs Yo-less hatte seine Sachen gewaschen, sogar das T-Shirt mit »Blackbury Skins« auf dem Rücken. Es war so sauber wie nie zuvor.

Er spürte, wie Wobbler und Yo-less neugierig zu ihm herüberschauten. Dasselbe taten ein oder zwei andere Mitschüler.

Später, als sie mitten im Gemenge waren – die Zeit, in der jeder Schüler der Schule das Schulgelände überqueren musste, um irgendwo anders zu sein –, sagte Yo-less: »Bigmac hat gesagt, du hättest ihn aus dem Wrack gezogen, stimmt das?«

»Was? Er ist nicht mal ...« Johnny zögerte.

Es war erstaunlich. Er hatte noch nie so schnell gedacht. Er dachte an Bigmacs Zimmer mit seinen Waffen-der-Welt-Postern, den Waffenmodellen aus Plastik und den ganzen Gewichten, die er sowieso nicht stemmen konnte. Bigmac war aus der schulinternen Rollenspielgruppe rausgeschmissen worden, weil sein Temperament immer mit ihm durchging. Bigmac, der sich die ganze Zeit solche Mühe gab, ein großer Draufgänger zu sein. Bigmac, der Matheaufgaben lösen konnte, indem er sie nur anschaute. Bigmac, der die Rolle des ... na ja, des großen, starken Bigmac spielte.

Johnny sah sich um. Bigmac beobachtete ihn. Wenn man davon ausging, dass Bigmacs Vorfahren zur Familie der Affen gehört hatten, so war es doch ziemlich verblüffend, wie sehr sein Gesichtsausdruck dem des ScreeWee-Captains glich, bei dessen Vorfahren es sich um eine Art Alligator gehandelt haben musste. Sein Gesicht sagte: Hilf mir.

»Kann mich nicht mehr genau dran erinnern«, sagte er.

»Meine Mutter hat im Krankenhaus angerufen, und die haben gesagt, da waren nur zwei Jungs, und die sind beide ...«

»Es war dunkel«, sagte Johnny.

»Ja, aber wenn du ihn *wirklich* ...«

»Es ist einfach das Beste, wenn jeder in dieser Sache die Klappe hält, okay?«, sagte Johnny mit einem bedeutungsvollen Nicken in Bigmacs Richtung.

»Jedenfalls sagt sie, du hättest alles richtig gemacht«, fügte Yo-less hinzu. »Und sie meint auch, dass sich wohl niemand richtig um dich kümmert.«

»Yo-less.«

»Sie sagt, du sollst ruhig hin und wieder zum Essen zu uns kommen ...«

»Danke«, sagte Johnny. »Bin im Moment etwas beschäftigt ...«

»Womit?«, fragte Yo-less.

Johnny fischte in seiner Tasche herum.

»Was glaubst du, was das ist?«, fragte er.

Yo-less nahm die Frage sehr ernst.

»Das ist ein Foto«, antwortete er. »Sieht aus wie ein Fernsehbildschirm mit lauter Punkten.«

»Ja«, seufzte Johnny. »Sieht so aus, was?«

Er steckte das Bild wieder tief in seine Tasche.

»Yo-less?«

»Was?«

»Wenn jemand ein bisschen komisch im Kopf ist ... du weißt schon ...«

»Übergeschnappt, meint er«, sagte Wobbler hinter ihm.

»Nur ein bisschen *überstrapaziert*«, sagte Johnny. »Ich meine ... würde er es selbst merken?«

»Tja, jeder glaubt, dass er ein bisschen verrückt ist«, sagte Yo-less. »Das gehört zum Normalsein.«

»Oh, ich glaube nicht, dass ich verrückt bin«, sagte Johnny.

»Tust du nicht?«

»Na ja …«

»Aha!«, sagte Wobbler.

»Ich meine – die ganze Welt scheint im Moment ein bisschen merkwürdig. Ihr seht doch auch, was im Fernsehen los ist, oder nicht? Wie kann man zu den Guten gehören, wenn man anderen Menschen Bomben direkt in die Schornsteine wirft? Und massenweise Leute in die Luft jagt, nur weil sie sich von einem Verrückten tyrannisieren lassen?«

»Dann sollten sie sich eben nicht tyrannisieren lassen«, sagte Bigmac. Johnny sah ihn an, und Bigmac wurde wieder ein bisschen kleiner. »Ist doch ihre eigene Schuld. Schließlich *müssen* sie's nicht zulassen. Sagt jedenfalls mein Bruder«, murmelte er.

»So, tut er das?«, sagte Johnny.

Bigmac zuckte die Achseln.

»Hm. Tja, also«, sagte Wobbler. »Wie sollen sie's denn machen? Es ist schon schwer genug, einen Premierminister loszuwerden, und so einer lässt wenigstens keine Leute erschießen. Jedenfalls jetzt nicht mehr.«

»Mein Bruder ist *dumm*«, sagte Bigmac so leise zu sich selbst, dass Johnny sich fragte, ob es sonst noch jemand gehört hatte.

»Da war ein Mann in der Glotze, und der hat gesagt, dass die Schützen so gut wären, weil sie alle mit Computerspielen aufgewachsen sind«, sagte Wobbler.

»Seht ihr?«, sagte Johnny. »Das ist genau, was ich meine. Spiele wirken realistisch. Und die Wirklichkeit sieht aus wie ein Spiel. Und … und … irgendwie vermischt sich das alles in meinem Kopf.«

»Aha«, sagte Yo-less wissend. »Das ist nicht verrückt. Das ist Schamanismus. Ich hab ein Buch drüber gelesen.«

»Was ist Schamanismus?«

»Schamanen waren diese Leute, die halb in einer Traumwelt und halb in der Wirklichkeit lebten«, sagte Yo-less. »Wie Medizinmänner und Druiden und so. Die waren mal sehr wichtig. Die haben die Leute geführt.«

»Geführt?«, sagte Johnny. »Wohin?«

»Bin mir nicht sicher. Meine Mutter sagt jedenfalls, dass sie Teufelswerk wären.«

»Ja, aber das behauptet deine Mutter von praktisch allen Dingen«, sagte Wobbler.

»Stimmt«, sagte Yo-less mit ernster Miene. »Das ist ihr Hobby.«

»Sie hält sogar Rollenspiele für Teufelswerk«, sagte Wobbler.

»Das ist wahr.«

»Verdammt clever von ihm«, sagte Wobbler. »Ich meine, wie er da unten in der Hölle sitzt und sich die ganzen Kampfpläne und all das ausdenkt. Ich wette, dass er jedes Mal richtig geflucht hat, wenn sein Würfel in Flammen aufgegangen ist ...«

Schamanismus, dachte Johnny. Ja. Ich könnte ein Schamane sein. Ein Führer. Das war auf jeden Fall besser, als für verrückt erklärt zu werden.

Dann hatten sie wieder Mathe. Was Johnny betraf, so wäre die Zukunft ein besserer Ort, wenn sie kein $3y + x^2$ enthalten würde. Er hatte schon genug Probleme, ohne dass Leute sie ihm seitenweise aufhalsten.

Er versuchte, sich die Idee, jemanden anzurufen, aus dem Kopf zu schlagen.

Dann hatten sie Sozialkunde. Normalerweise brauchte man Sozialkunde nicht ernst zu nehmen, da meistens über alles Mögliche gesprochen wurde, was den Leuten gerade so durch den Kopf ging, oder, wenn das nicht der Fall war, über Aids. Eigentlich endete der Tag mit Mathe. Sozialkunde war nur dazu da, die Schüler für eine weitere Dreiviertelstunde von der Straße fernzuhalten.

Er *könnte* versuchen, sie anzurufen. Er brauchte lediglich ein Telefonbuch und ein bisschen Hirn ...

Johnny starrte an die Decke. Der Lehrer sprach über den Krieg. Das war das Einzige, worüber zurzeit gesprochen wurde. Er hörte mit halbem Ohr zu. Niemandem gefielen die Bombardierungen. Eines der Mädchen brach deswegen fast in Tränen aus ...

Angenommen, *sie* war wirklich da? Oder angenommen, *sie* behauptete, nie zuvor von ihm gehört zu haben?

Bigmac meldete sich zu Wort. Das war etwas sehr Ungewöhnliches.

Und dann sagte jemand: »Glaubst du, es ist leicht? Glaubst du, die Piloten sitzen *wirklich* da wie ... wie in einem Spiel? Glaubst du, sie lachen? Glaubst du, dass sie richtig lachen? Ich meine nicht nur, weil sie noch am Leben sind, sondern weil es ihnen Spaß macht? Wenn jeden Tag auf sie geschossen wird, nur weil es ihr Job ist? Wenn sie jede Minute selbst in die Luft gejagt werden können? Glaubst du nicht, dass die sich auch fragen, wozu das alles gut sein soll? Glaubst du, es *gefällt* ihnen? Aber immer drehen wir die Sache so, dass sie uns nicht mehr ganz so grausam und realistisch vorkommt. Wir machen Spiele draus, obwohl es keine sind. Wir müssen erst mal rausfinden, was *wirklich* ist!« Alle starrten ihn an.

»Das ist jedenfalls meine Meinung«, sagte Johnny.

Auf der Erde versteht keiner dein »Äh«

»Ja, bitte?«

»Äh.«

»Hallo?«

»Äh. Ist Si– ist Kirsty da?«

»Wer ist denn da?«

»Ich bin ein Freund. Äh. Ich glaube nicht, dass sie meinen Namen kennt.«

»Du bist ein Freund, und sie kennt deinen Namen nicht?«

»Bitte!«

»Schon gut. Warte.«

Johnny starrte an seine Schlafzimmerwand. Schließlich sagte eine misstrauische Stimme: »Ja? Wer ist da?«

»Du bist Sigourney. Du stehst auf *C Inlay 4 Details*. Du fliegst echt gut. Du ...«

»Du bist *er*!«

Johnny atmete erleichtert auf. Wirklichkeit!

Es war schlimmer gewesen, das Telefonbuch durchzublättern, als einen Raumjäger zu fliegen. Fast schlimmer als sterben.

»Ich war mir nicht sicher, ob du wirklich existierst«, sagte er.

»Ich war mir nicht sicher, ob *du* existierst«, sagte sie.

»Ich muss mit dir sprechen. Ich meine, unter vier Augen.«

»Woher weiß ich, dass du nicht irgend so ein Verrückter bist?«

»*Kling* ich wie irgend so ein Verrückter?«

»Ja!«

»Okay, aber davon mal abgesehen?«

Einen Moment lang herrschte Schweigen. Dann sagte sie widerstrebend: »Also gut. Du kannst zu mir kommen.«

»Was? Zu dir nach Hause?«

»Das ist sicherer als in der Öffentlichkeit, du Idiot.«

Nicht für mich, dachte Johnny.

»Okay«, sagte er.

»Ich meine, du könntest einer von diesen komischen Typen sein.«

»Was, ein Clown?«

Und dann sagte sie: »Bist du es wirklich?«

»*Wirklich*, da bin ich mir nicht so sicher. Aber ich bin's, ja.«

»Du bist abgeschossen worden.«

»Ja, ich weiß. Ich war schließlich dabei, falls du dich noch dran erinnerst.«

»Ich sterbe nicht so oft im Spiel. Es hat ja auch Ewigkeiten gedauert, bis ich die Außerirdischen überhaupt gefunden habe.«

Hm, dachte Johnny.

Dann sagte er düster: »Durch Wiederholung wird's auch nicht leichter.«

Tyne Crescent war eine ziemlich gerade Straße mit Bäumen, und die Häuser waren groß und hatten Doppelgaragen und Fachwerk, um den Leuten vorzugaukeln, dass sie aus der Zeit Heinrichs des VIII. stammten.

Kirstys Mutter öffnete ihm die Tür. Sie grinste wie der Captain, wobei man dem Captain nachsehen musste, dass sie mit Krokodilen verwandt war. Johnny fühlte sich, als hätte er die falschen Sachen an oder das falsche Gesicht.

Er wurde in einen großen Raum geführt, der überwiegend weiß war. Wertvolle Bücherschränke füllten eine ganze Wand aus. Der Boden war aus nacktem Kiefernholz, allerdings versiegelt und auf Hochglanz poliert, um zu zeigen, dass sie sich

Teppiche hätten leisten können, wenn sie es gewollt hätten. Eine Harfe und ein Stuhl standen in einer Ecke, und rundherum auf dem Boden lagen Notenblätter. Johnny hob eins davon auf. Oben auf der Seite stand »Royal College, Stufe V«.

»Also?«

Sie stand hinter ihm. Das Blatt glitt ihm aus den Fingern.

»Und sag jetzt nicht wieder ›äh‹«, sagte sie, als sie sich setzte. »Du sagst oft ›äh‹. Bist du dir nie ganz sicher bei einer Sache?«

»Äh – nein. Hallo.«

»Setz dich. Meine Mutter macht uns Tee. Und dann lässt sie uns in Ruhe. Das wirst du wahrscheinlich merken. Man kann es regelrecht *hören*, wie sie einen in Ruhe lässt. Sie findet, dass ich mehr Freunde haben sollte.«

Sie hatte rote Haare und das typisch schmale Gesicht dazu. Es war, als hätte jemand ihren krausen Pferdeschwanz gepackt und fest daran gezogen.

»Das Spiel«, sagte Johnny vage.

»Ja? Was ist damit?«

»Ich bin wirklich froh, dass du auch drin bist. Yo-less meint, dass das alles nur in meinem Kopf stattfinden würde, wegen der Schweren Zeiten. Er sagt, dass es nur eine Projektion meiner Probleme wäre.«

»Ich habe keine Probleme«, erwiderte Kirsty. »Ich komme mit Leuten sogar fantastisch zurecht. Ich schätze, das alles hat einen einfachen psychologischen Grund, nur dass du anscheinend zu dumm bist, ihn herauszufinden.«

»Am Telefon hast du dich aber besorgter angehört«, sagte Johnny.

»Aber inzwischen hatte ich Zeit, drüber nachzudenken. Und was kümmert's mich, was mit ein paar Punkten in einer Maschine passiert?«

»Hast du nicht die Space Invaders gesehen?«, fragte Johnny.

»Ja, aber die waren dumm. So ist das eben. Charles Darwin hat das sehr richtig erkannt. Ich gehöre zu den Gewinnern. Und das Einzige, was ich wissen will, ist, was du in *meinem* Traum zu suchen hattest?«

»Ich bin mir nicht sicher, ob es überhaupt ein Traum ist«, sagte Johnny. »Ich weiß nicht genau, *was* es ist, aber es ist weder Traum noch Wirklichkeit. Irgendwas dazwischen. Ich weiß nicht. Vielleicht passiert irgendwas in deinem Kopf. Vielleicht bist du drin, weil – weil, na ja, ich weiß nicht, warum, aber irgendeinen Grund muss es doch haben«, brachte er seinen Satz lahm zu Ende.

»Warum bist *du* dann drin?«

»Weil ich die ScreeWee retten will.«

»Warum?«

»Weil … ich eine Verantwortung übernommen habe. Aber der Captain … ich weiß nicht, sie haben sie eingesperrt oder so. Es muss eine Art Meuterei gegeben haben. Der Artillerieoffizier steckt dahinter. Aber wenn ich – wenn wir sie befreien, könnte sie die Flotte möglicherweise zur Umkehr bewegen. Ich dachte, du hättest vielleicht eine Idee, wie wir sie da rausholen können«, sagte Johnny lahm. »Wir haben nicht mehr viel Zeit.«

»Sie?«, sagte Kirsty.

»Sie hat alles angefangen. Sie hat sich auf mich verlassen«, sagte Johnny.

»Du hast ›sie‹ gesagt«, sagte Kirsty.

Johnny stand auf.

»Ich dachte, du hättest uns vielleicht helfen können«, sagte er enttäuscht. »Aber wen kümmert's schon, was mit ein paar Punkten passiert, die nicht mal wirklich existieren. Also werd ich jetzt einfach …«

»Du sagst die ganze Zeit ›sie‹«, sagte Kirsty. »Soll das heißen, dass der Captain eine Frau ist?«

»Weiblich«, sagte Johnny. »Ja.«

»Aber vom Artillerieoffizier hast du in der männlichen Form gesprochen«, sagte Kirsty.

»Das ist richtig.«

Kirsty stand auf.

»Das ist typisch. Das ist absolut typisch für die moderne Gesellschaft. Er hasst es wahrscheinlich, dass eine Frau – ein weibliches Wesen – besser ist als er. Das erlebe ich *jeden Tag*.«

»Äh«, sagte Johnny. Eigentlich wollte er gar nicht »äh« sagen. Eigentlich wollte er sagen: »Übrigens sind alle ScreeWee weiblich, *außer* dem Artillerieoffizier.« Aber ein anderer Teil seines Gehirns hatte schneller geschaltet und seinen Mund dichtgemacht, bevor er die Worte sagen konnte, und an ihrer Stelle das gute, alte »Äh« über seine Lippen geschubst.

»Da war neulich ein Artikel in der Zeitung«, sagte Kirsty. »Dieser ganze Haufen von Firmendirektoren hat sich gegen eine Frau zusammengetan und sie ausgebootet, nur weil sie zur Chefin ernannt worden war. Das war genau wie mit mir und dem Schachverein.«

Es war wahrscheinlich keine gute Idee, ihr die *ganze* Wahrheit zu erzählen. Sie hatte so ein Funkeln in den Augen. Nein, es schien ihm nicht angebracht, völlig ehrlich zu sein. Und *gelogen* hatte er schließlich auch nicht.

»Hier geht es um prinzipielle Dinge«, sagte Kirsty. »Du hättest mir das von Anfang an sagen sollen.« Sie stand auf. »Komm mit.«

»Wohin?«, fragte Johnny.

»In mein Zimmer«, sagte Kirsty. »Keine Angst, meine Eltern sind sehr liberal.«

An allen Wänden hingen Filmposter, und wo keine Filmposter hingen, standen Regale mit Pokalen. Da war eine gerahmte Urkunde für den Regionalsieger der Nationalen Schießmeisterschaften für Kleinkaliber und eine andere für den Sieger eines Schachturniers. Und eine dritte für athletische Meisterschaften. Da hingen eine Menge Medaillen, überwiegend goldene und ein oder zwei silberne. Kirsty war tatsächlich ein Gewinner.

Gäbe es eine Medaille für das sauberste Zimmer, hätte sie die auch noch gewonnen. Man konnte den Boden von einer Wand zur anderen sehen.

Sie hatte einen elektrischen Bleistiftspitzer.

Und einen Computer. Auf dem Bildschirm stand die vertraute Frage: NEUES SPIEL (JA/NEIN)?

»Weißt du, dass ich einen IQ von hundertsechsundfünfzig habe?«, sagte sie, als sie sich vor den Computer setzte.

»Ist das gut?«

»Natürlich! Und ich habe nur angefangen, dieses *dämliche* Spiel zu spielen, weil mein Bruder es mitgebracht hat und meinte, ich hätte sowieso keine Ahnung davon. Diese Spiele sind was für *Schwachköpfe*.«

Neben der Tastatur lag ein Notizblock.

»Jede Stufe«, erklärte Kirsty. »Ich habe mir Notizen darüber gemacht, wie die Schiffe fliegen. Und natürlich auch über den Spielstand.«

»Du hast es wirklich ernst genommen«, sagte Johnny. »Sehr ernst.«

»*Natürlich* nehm ich es ernst. Es ist ein *Spiel*. Man muss es *gewinnen*, was hätte es sonst für einen Sinn? Also ... wie kommen wir an Bord des Kontrollschiffs?«

»Äh ...«

»Denk nach!«

»*Können* wir überhaupt in ein ScreeWee-Schiff eindringen?«

Kirsty knurrte fast. »Ich habe *dich* gefragt. Jetzt setz dich und denk nach!«

Johnny setzte sich.

»Ich glaube nicht, dass wir's können«, sagte er. »Ich bin immer in meinem Raumjäger. Ich glaube, die Dinge müssen so aussehen wie auf dem Bildschirm.«

»Hmm. Ich schätze, das ergibt einen Sinn.« Kirsty steckte einen Stift in den Anspitzer, der daraufhin einen Moment lang surrte. »Und wir wissen nicht, wie es da drinnen aussieht.«

Johnny starrte an die Wand. Zwischen den anderen Dingen, die über dem Bett an die Wand geheftet waren, entdeckte er eine Siegerurkunde im Weitsprung der Juniorenklasse. Sie gewinnt alles, dachte er. Wow. Sie geht einfach davon aus, dass sie gewinnen wird. Jemand, der immer überzeugt ist, dass er gewinnen wird ...

Er starrte nach oben auf die Filmplakate. Da hing eins, das er schon oft gesehen hatte. Ein sehr bekanntes. Das geifernde, außerirdische Monster. Man hätte annehmen können, dass ein *C-Inlay-4-Details*-Poster über ihrem Bett hängen würde, aber nein, da hing dieses Monster ...

»Jetzt erzähl mir nicht, dass du in das Schiff eindringen willst, um die Korridore entlangzulaufen und ScreeWee abzuschießen«, sagte er. »Das hast du doch bestimmt vor, oder?«

»Taktisch ...«, begann sie.

»Das darfst du nicht. Der Captain würde es nicht wollen. Nicht, dass du ScreeWee abschießt.«

Kirsty warf verärgert die Arme in die Luft.

»Das ist *dumm*«, sagte sie. »Wie soll man denn gewinnen, ohne den Feind zu töten?«

»Ich soll sie nicht töten, ich soll sie retten. Wie auch immer, es sind ja auch keine richtigen Feinde. Ich kann nicht rumlaufen und sie abknallen.«

Kirsty wirkte nachdenklich.

»Weißt du«, sagte sie, »dass es mal einen afrikanischen

Stamm gegeben hat, der kein Wort für ›Feind‹ hatte, außer die Bezeichnung ›ein Freund, dem wir noch nicht begegnet sind‹?«

Johnny lächelte. »Genau«, sagte er. »Und deswegen ...«

»Aber sie sind alle im Jahre 1802 getötet und gefressen worden«, sagte Kirsty. »Außer den wenigen, die als Sklaven verkauft wurden. Der Letzte von ihnen starb 1864 in Mississippi, und er war *sehr bestürzt*.«

»Das hast du dir grade ausgedacht«, sagte Johnny.

»Nein. Ich habe einen Preis in Geschichte gewonnen.«

»Hab ich mir fast gedacht«, sagte Johnny. »Aber ich werde niemanden töten.«

»Dann kannst du nicht gewinnen.«

»Ich will nicht gewinnen. Ich will nur nicht, dass sie verlieren.«

»Du bist *wirklich* eine Pfeife, was? Wie kann man bloß mit der Erwartung durchs Leben gehen, dass man ständig verliert?«

»Tja, mir bleibt wohl nichts anderes übrig. Schließlich ist die Welt voll von Menschen wie dir.«

Johnny merkte, dass er wieder wütend wurde. Das passierte nicht oft. Normalerweise wurde er still und einfach unglücklich. Wut war etwas Ungewöhnliches. Aber wenn sie kam, kochte er über.

»Sie haben versucht, mit dir zu reden, und du hast nicht mal zugehört! Du warst der einzige andere Spieler, der sich so weit darauf eingelassen hat! Du warst so wild drauf zu gewinnen, dass du ins Spiel eingedrungen bist! Und du hättest es viel besser geschafft, sie zu retten, als ich! Aber du hast nicht mal zugehört! Ich *habe* zugehört, und ich habe eine Woche lang versucht, die Menschheit im Schlaf zu retten! Es sind immer wieder Leute wie ich, die so was machen müssen! Es sind immer die Leute, die nicht besonders clever sind und auch keine Preise gewinnen, die für andere ständig den Kopf hinhalten müssen und getötet werden! Und du hast einfach nur rumgelungert und zugeguckt! Es ist genau wie im Fernsehen! Die Sieger haben ihren Spaß. Gewinnertypen verlieren nicht, schlimmstenfalls landen sie auf dem zweiten Platz! Es sind all die anderen Leute, die verlieren! Und jetzt denkst du auch nur dran, dem Captain zu helfen, weil du glaubst, sie ist wie du! Was soll's, es ist mir inzwischen scheißegal. Miss Oberschlau! Ich hab mein Bestes getan! Und ich werde es auch weiterhin tun! Sie werden alle zurückkehren, und es wird dasselbe passieren wie mit den Space Invaders! Und ich werde dabei sein, jede Nacht!«

Sie starrte ihn mit offenem Mund an.

Es klopfte an der Tür, und da Mütter nun einmal so waren, wie sie waren, stand Kirstys Mutter auch schon im Zimmer – mit einem breiten Grinsen und einem Tablett.

»Ich dachte, dass ihr beide etwas Tee mögt«, sagte sie. »Und …«

»*Ja*, Mutter«, sagte Kirsty und verdrehte die Augen.

»… ich habe noch ein paar Makronen mitgebracht. Weißt du inzwischen, wie dein Freund heißt?«

»John Maxwell«, sagte Johnny.

»Und wie nennen dich deine Freunde?«, fragte Kirstys Mutter.

»Manchmal nennen sie mich Rubber«, sagte Johnny.

»So, tun sie das? Und warum?«

»*Mutter*, wir sind *beschäftigt*«, sagte Kirsty.

»*Cobbers* fängt gleich an«, sagte Kirstys Mutter. »Ich, äh, guck's mir dann in der Küche an, ja?«

»Auf Wiedersehen«, sagte Kirsty eindringlich.

»Ähm, ja«, sagte ihre Mutter und ging hinaus.

»Sie kommt einfach nicht zu Potte«, sagte Kirsty. »Stell dir mal vor, mit zwanzig zu heiraten! Absoluter Mangel an Ehrgeiz.«

Sie starrte Johnny eine Weile an. Er war jetzt wieder still. Es hatte ihn überwältigt, sich selbst so reden zu hören.

Kirsty hüstelte. Zum ersten Mal, seit er sie kennengelernt hatte, wirkte sie ein bisschen unsicher.

»Also«, sagte sie. »Hm. Okay. Und ... wir werden kaum in der Lage sein, die ganzen anderen Spieler abzuwehren, wenn sie wieder auftauchen.«

»Nein. Dazu haben wir nicht genug Raketen.«

»Können wir uns nicht mehr Raketen träumen?«

»Nein. Daran hab ich auch schon gedacht. Man bekommt den Jäger, mit dem man auch sonst spielt. Ich meine, wir *wissen*, dass er nur sechs Raketen hat. Ich hab versucht, mehr zu träumen, aber es funktioniert nicht.«

»Hmm. Interessantes Problem. *Tut mir leid*«, fügte sie schnell hinzu, als sie sein Gesicht sah.

Johnny starrte auf die Filmposter. Sigourney! Überall Spiele. Bigmac war ein harter Kerl in seinem Kopf, und *sie* liebte scharf gespitzte Bleistifte, gewann immer alles und schoss in Gedanken Außerirdische ab. Jeder hatte ein Bild von sich selbst im Kopf, nur er nicht ...

Er blinzelte.

Und jetzt hatte er Kopfschmerzen. In seinen Ohren summte es. Kirstys Gesicht kam verschwommen auf ihn zu.

Die Kopfschmerzen waren jetzt wirklich schlimm.

»Du bist krank. Und du siehst auch ganz abgemagert aus. Wann hast du das letzte Mal gegessen?«

»Weiß nicht. Ich glaube, gestern Abend.«

»Gestern Abend? Was war mit Frühstück und Mittagessen?«

»Oh, na ja ... weißt du ... ich musste die ganze Zeit dran denken ...«

»Dann trink jetzt besser deinen Tee und iss die Makronen. Puh. Wann hast du das letzte Mal gebadet?«

»Is' irgendwie schon 'ne Weile ...«

»Heiliger Bimbam ...«

»Hör zu! Hör zu!« Es war wichtig, es ihr zu sagen. Er fühlte sich überhaupt nicht gut.

»Ja?«

»Wir träumen uns hinein«, sagte er.

»Wovon redest du? Du schwankst ja!«

»Wir träumen uns ins Kontrollschiff!«

»Aber wir sind uns doch einig, dass wir nicht wissen, wie's drinnen aussieht!«

»Okay! Gut! Also bestimmen wir, wie es drinnen aussehen *soll*, klar?«

Sie tippte gereizt mit dem Bleistift auf den Notizblock.

»Also, wie sieht es da drinnen aus?«

»Ich weiß nicht! Wie das Innere eines Raumschiffs eben! Korridore und Kabinen und so weiter. Schrauben und Nieten und Kontrolltafeln und Schiebetüren. Ausländische Heizer, die lamentieren, dass die Maschinen nich' mää häagebben. Grelles blaues Licht!«

»Hmm. So stellst du dir also das Innere eines Raumschiffs vor, ja?«

Kirsty funkelte ihn an. Sie funkelte einen fast immer an. Es war ihr normaler Gesichtsausdruck.

»Wenn wir einschlafen … ich meine, wenn *ich* einschlafe … versuche ich, im Kontrollschiff aufzuwachen«, sagte er.

»Wie?«

»Ich weiß nicht. Indem ich mich darauf konzentriere, schätz ich.«

Sie beugte sich zu ihm. Zum ersten Mal, seit er sie kennengelernt hatte, sah sie tatsächlich besorgt aus.

»Du siehst nicht so aus, als ob du klar denken könntest«, sagte sie.

»Ich werd's schon schaffen.«

Johnny erhob sich.

Und im Weltraum hört sowieso niemand zu

Und wachte auf.

Er lag auf etwas Hartem. Direkt vor seinen Augen befand sich so etwas wie Maschengeflecht. Er starrte eine Weile darauf, während ein entferntes Dröhnen an seine Ohren drang.

Offensichtlich befand er sich wieder im Spiel, aber mit Sicherheit nicht in seinem Raumjäger …

Die Maschen bewegten sich.

Das Gesicht des Captains schob sich über den Rand des Geflechts, verkehrt herum.

»Johnny?«

»Wo bin ich?«

»Unter meinem Bett, wie mir scheint.«

Er rollte zur Seite. »Ich bin in eurem Schiff?«

»Aber ja.«

»Genau! Ha! Ich wusste, dass ich es schaffe …«

Er stand auf und sah sich in der Kabine um. Es war nicht sehr beeindruckend. Außer dem Bett, das unter einer Vorrichtung stand, die aussah wie eine Höhensonne, befanden sich noch ein Schreibtisch in der Kabine und ein Möbelstück, das man wahrscheinlich als Stuhl benutzte, wenn man vier Hinterbeine und einen dicken Schwanz hatte.

Auf dem Schreibtisch lag ein halbes Dutzend Außerirdische aus Plastik. Und dann stand da noch ein Käfig, in dem zwei Vögel mit langen, dünnen Schnäbeln hockten, die ihn mit fast intelligenten Augen beobachteten.

Stimmt. Sigourney hatte recht. Er konnte im Spiel tatsächlich besser nachdenken. All seine Überlegungen schienen viel klarer.

Okay. Er war also an Bord. Es wäre ihm zwar lieber gewesen, *außerhalb* der Kabine aufzuwachen, in der sie den Captain eingeschlossen hatten, aber immerhin war es ein Anfang.

Er starrte auf die Wand, in der sich ein Gitter befand.

»Was ist das?«, fragte er und zeigte auf das Gitter.

»Da kommt die Luft durch.«

Johnny zerrte an dem Gitter. Offensichtlich gab es keinen Mechanismus, um es leicht zu entfernen. Wenn man es *tatsächlich* irgendwie abnehmen konnte, wäre das Loch dahinter auf jeden Fall groß genug für den Captain. Luftkanäle. Klar, was hatte er erwartet?

»Wir müssen das abkriegen«, sagte er. »Bevor etwas Fürchterliches passiert.«

»Wir sind gefangen«, sagte der Captain. »Was kann sonst noch Fürchterliches passieren?«

»Hast du schon mal den Namen ... Sigourney gehört?«, fragte Johnny vorsichtig.

»Nein, aber es klingt wie ein schöner Name«, sagte der Captain. »Wer ist Sigourney?«

»Also, wenn sie sich auch in dieses Schiff hineinträumen kann, dann wird es *Ärger* geben. Du solltest mal die Poster an ihrer Wand sehen.«

»Was für Poster?«

»Äh. Von Außerirdischen«, sagte Johnny.

»Sie interessiert sich besonders für außerirdische Rassen?«, sagte der Captain freudig überrascht.

»Äh, ja. Sozusagen.« Allein der Gedanke an ihr Auftauchen ließ ihn noch verzweifelter an dem Gitter zerren. »Äh. Da ist irgendwas an der Innenseite ... und ich kann meine Hand nicht ganz durchstecken ...«

Der Captain beobachtete ihn mit großem Interesse.

»So was Ähnliches wie Flügelschrauben«, ächzte Johnny.

»Das ist äußerst lehrreich«, sagte der Captain, während sie ihm über die Schulter schaute.

»Ich krieg sie nicht zu fassen!«

»Du möchtest sie losdrehen?«

»Ja!«

Der Captain watschelte hinüber zu ihrem Schreibtisch und öffnete den Vogelkäfig. Beide Vögel hüpften sofort auf ihre Hand. Der Captain sprach ein paar Worte auf ScreeWee, und die Vögel flatterten an Johnnys Kopf vorbei, quetschten sich durch das Gitter und verschwanden. Nach ein oder zwei Sekunden hörte er das *quiek-quiek* der Muttern, als sie von den Vögeln losgedreht wurden.

»Was sind das für Vögel?«, fragte er.

»Chee«, sagte der Captain. »Mundvögel. Verstehst du?« Sie öffnete ihren Mund und entblößte mehrere Reihen gelber Zähne. »Für die Hygiene.«

»Lebende Zahnbürsten?«

»Die hatten wir schon immer. Das ist eine alte Tradition. Sie sind sehr intelligent. Die sind dafür geboren, musst du wissen. Schlaue Tierchen. Sie verstehen ein paar Worte ScreeWee.«

Das Quietschen ging weiter. Dann hörten sie ein *klonk*, und eine der Muttern rollte durch das Gitter.

Die Abdeckung fiel in den Raum.

Johnny betrachtete das Loch. *»O-kay«*, sagte er zögernd. »Du weißt nicht zufällig, wo es hinführt, oder?«

»Nein. Die Luftkanäle ziehen sich durchs ganze Schiff. Gehst du voran?«

»Äh …«

»Ich wäre froh, wenn du mich führen würdest«, sagte der Captain.

Johnny stieg auf das Bett und kroch in das Loch. Es dauerte nicht lange, bis sich der Kanal in einen größeren Schacht öffnete.

»Durchs ganze Schiff?«, sagte er.

»Ja.«

Johnny hielt einen Moment lang inne. Er hatte enge, dunkle Räume noch nie gemocht.

»Also gut«, sagte er schließlich.

Kirstys Mutter legte den Hörer auf.

»Da geht keiner ran«, sagte sie.

»Ich glaube, er hat gesagt, dass sein Vater meistens spät nach Hause kommt und seine Mutter manchmal abends arbeitet«, sagte Kirsty. »Die Ärztin meinte jedenfalls, dass er eigentlich in Ordnung ist, oder? Nur ein bisschen vernachlässigt, hat sie gesagt. Was war das für ein Zeug, das sie ihm gegeben hat?«

»Sie meinte, dass er danach gut schlafen würde. Er bekommt nicht genug Schlaf. Zwölfjährige Jungs brauchen eine Menge Schlaf.«

»Der ganz bestimmt, das weiß ich«, sagte Kirsty.

»Und du hast gesagt, dass er nicht richtig isst. Woher kennst du ihn überhaupt?«

»Äh«, begann Kirsty und grinste im Stillen. »Von unterwegs.«

Kirstys Mutter sah sie besorgt an.

»Bist du sicher, dass er noch ganz da ist?«

»Er ist ganz da«, sagte Kirsty, während sie die Treppe hochging. »Ich bin mir nicht sicher, ob er ganz *hier* ist, aber er ist mit Sicherheit ganz da.«

Sie öffnete die Tür des Gästezimmers und warf einen Blick hinein. Johnny schlief tief und fest im Schlafanzug ihres Bruders. Er sah sehr jung aus. Es war verblüffend, wie jung ein Zwölfjähriger wirkte, wenn man dreizehn war.

Dann ging sie in ihr eigenes Zimmer, zog sich aus und schlüpfte ins Bett.

Es war noch ziemlich früh, aber es war ein anstrengender Abend gewesen.

Er war ein Verlierer. Das konnte man sehen. Er *kleidete* sich wie ein Verlierer. Ein Zauderer. Einer, der die ganze Zeit »äh« sagte und der so durchs Leben schlich, dass er möglichst nicht bemerkt wurde.

Das hatte sie nie getan. Sie war immer so durchs Leben gegangen, als würde ein dicker roter Pfeil über dem Planeten stets ihren genauen Standort markieren.

Andererseits gab er sich solche Mühe …

Sie ging jede Wette ein, dass er geweint hatte, als E. T. starb.

Sie stützte sich auf den Ellbogen und starrte auf ihre Filmplakate.

Sich *bemühen* reichte nicht.

Man musste gewinnen. Was hatte man denn davon, wenn man nicht gewann?

»Wie … stecken geblieben? Du bist eine *Außerirdische*«, sagte Johnny. »Außerirdische bleiben nicht in Luftkanälen stecken. Das ist sozusagen eine allgemein bekannte Tatsache.«

Er kroch rückwärts in einen Seitentunnel und drehte um.

»Tut mir leid. Mir scheint, dass ich zu der falschen Art von Außerirdischen gehöre«, sagte der Captain. »Ich kann zurück, aber vorwärts bin ich leider verhindert.«

»Okay. Dann beweg dich rückwärts zu der zweiten Kreuzung, die wir grade passiert haben«, sagte Johnny. »Wir wissen sowieso nicht mehr, wo wir sind.«

»Doch«, sagte der Captain. »Ich weiß, wo wir sind. Hier steht's: Abzweig ⊨⊋ϴ.«

»Weißt du, wo das ist?«

»Nein.«

»Ich hab mal einen Film gesehen, in dem ein außerirdisches Wesen durch die Luftkanäle eines Raumschiffs gekrochen ist, und es wusste immer genau, wo es rauskommt«, sagte Johnny vorwurfsvoll.

»Dann hatte es zweifelsohne eine Karte«, sagte der Captain.

Johnny kroch um die Ecke und stieß auf ...

... ein weiteres Gitter.

Auf der anderen Seite des Gitters schien sich nichts zu tun. Er schraubte die Muttern los und ließ es auf den Boden fallen.

Johnny ließ sich hinabplumpsen und landete in einem Korridor, dann drehte er sich um und half dem Captain durch die Öffnung. ScreeWee stammten von Krokodilen ab, und Krokodile bevorzugten nun mal Sandbänke. Sie waren nicht dazu geeignet, durch enge Öffnungen zu kriechen.

Ihre Haut fühlte sich kalt und trocken an, wie Seide.

Es waren keine anderen ScreeWee in der Nähe.

»Die sind wahrscheinlich auf ihren Kampfposten«, sagte Johnny.

»Wir sind *immer* auf unseren Kampfposten«, sagte der Captain traurig, während sie den Staub von ihren Schuppen wischte. »Das hier ist Korridor . Jetzt müssen wir zur Brücke, ja?«

»Werden sie dich nicht einfach wieder einschließen?«, fragte Johnny.

»Ich glaube nicht. Ungehorsam gegenüber rechtmäßig konstituierten Autoritäten ist für ScreeWee ganz und gar untypisch. Der Artillerieoffizier ist einfach nur sehr ... überzeugend. Aber wenn sie erst mal sehen, dass ich wieder frei bin, werden sie schon nachgeben. Die meisten zumindest«, fügte der Captain hinzu. »Mit dem Artillerieoffizier könnte es allerdings Schwierigkeiten geben. Er träumt von Ruhm und Ehre.«

Sie watschelte ein Stück durch den nackten Korridor, wobei sie sich dicht an der Wand hielt. Johnny folgte ihr.

»Träume sind immer eine heikle Sache«, sagte er.

»Ja.«

»Aber sie werden schon aufwachen, wenn die Spieler wieder anfangen zu schießen, meinst du nicht? Dann sehen sie, was er ihnen eingebrockt hat.«

»Wir haben ein Sprichwort«, sagte der Captain. »*Skee-jee-she-jweeJEEyee.* Es bedeutet ...«, sie dachte einen Moment lang nach, »wenn du ein *jee* reitest – ein sechsbeiniges, domestiziertes Lasttier, das in der Lage ist, simple Instruktionen zu befolgen, aber auch als traditionell übellaunig gilt –, dann ist es leichter, drauf sitzen zu bleiben, als abzusteigen. Oder: Besser, du vertraust dich einem *jee* an, als den Angriff eines *JEyee* zu riskieren, das allemal schneller ist als ein ScreeWee zu Fuß. Natürlich klingt es in unserer Sprache ein bisschen bissiger.«

Sie kamen an eine Biegung. Der Captain warf einen Blick um die Ecke und zog dann schnell den Kopf zurück.

»Da steht eine Wache vor der Tür meiner Kabine«, sagte sie. »Sie ist bewaffnet.«

»Kannst du mit ihr reden?«

»Sie hat ihre Befehle. Ich fürchte, dass ich nicht weiter käme als ›Aaargh!‹«, sagte der Captain. »Aber bitte, du kannst es gerne probieren. Mir bleibt keine andere Wahl.«

Was soll's – man stirbt nur ein paar hundert Tode, dachte Johnny. Er trat hinaus in den Korridor.

Die Wache drehte sich zu ihm um und hob etwas halb hoch, das irgendwie zusammengeschmolzen aussah und dennoch ganz deutlich das Etikett »Waffe« trug. Sie sah ihn verwirrt an.

Sie hat noch nie einen Menschen gesehen, dachte er.

Er breitete unschuldig die Arme aus und lächelte, in der Hoffnung, völlig harmlos zu wirken.

Was wieder einmal beweist, dass man nichts als selbstverständlich voraussetzen kann, denn wie ihm der Captain später erklärte, tun die ScreeWee zwei Dinge, wenn sie kampfbereit sind: Sie breiten die vorderen Armpaare aus (um zu greifen und zu würgen) und entblößen ihre Zähne (um zu beißen).

Die Wache richtete die Waffe auf ihn.

Dann wurde plötzlich laut gegen die Innenseite der Kabinentür gehämmert.

Die Wache beging einen simplen Fehler. Sie hätte das Klopfen ignorieren sollen, so laut und verzweifelt es auch klang, um Johnny im Auge zu behalten. Sie versuchte, mit der Waffe weiterhin in seine Richtung zu zielen, während sie auf einen Schalter neben der Tür drückte. Immerhin, schließlich konnte es nur der Captain sein, richtig? Und der Captain war immer noch der Captain, auch wenn sie unter Arrest stand. Sie würde einfach beide im Auge behalten ...

Die Tür öffnete sich einen Spaltbreit. Ein Fuß schnellte heraus und hoch und traf die Wache direkt unter der Schnauze. Sie hörten ein *Klick*, als alle ihre Zähne aufeinanderstießen, dann verdrehte sie die Augen.

Jemand brüllte: »Haiii!«

Die Wache torkelte rückwärts in den Korridor. Dann kam Kirsty durch die Tür *geflogen* und fing an, die Arme der Wache mit ihren Handkanten zu bearbeiten. Sie ließ die Waffe fallen. Kirsty hob sie in Sekundenschnelle auf. Die Wache öffnete den Mund, um zu beißen, breitete die Arme aus, um zu greifen und zu würgen, und begann dann plötzlich zu schielen, weil Kirsty ihr den Lauf der Waffe zwischen die Zähne gerammt hatte.

»Nicht ... schlucken!«, sagte Kirsty betont langsam.

Dann herrschte eine plötzliche und fast hörbare Stille. Die Wache blieb ganz ruhig stehen.

»Das ist eine Freundin von mir«, sagte Johnny.

»O ja«, sagte der Captain. »Sigourney. Eine eurer Kriegerinnen. Ist sie auch meine Freundin?«

»Im Moment ja«, sagte Sigourney, ohne den Kopf zu bewegen. Sie hatte sich einen der Gurte vom Bett des Captains um die Stirn gebunden. Sie atmete schwer. Ihre Augen funkelten wild. Johnny fühlte plötzlich großes Mitleid mit der Wache.

»Weißt du, ich bin *froh*, dass sie meine Freundin ist«, sagte der Captain.

»Ee ee ogg ee?«, sagte die Wache. Ihre Arme zitterten. ScreeWee schwitzten nicht, aber diese hätte es sicherlich mit Freude getan.

»Am besten, wir fesseln sie und schließen sie in der Kabine ein«, sagte Johnny.

»Ees!«, sagte die Wache.

»Ich kann einfach abdrücken«, sagte Sigourney mit sehnsüchtiger Stimme.

»Nein!«, riefen Johnny und der Captain wie aus einem Mund.

»Eep!«, sagte die Wache.

»Okay, wie ihr wollt«, sagte Sigourney und lockerte ihre angespannte Haltung. Die Wache sackte zusammen.

»Tut mir leid, dass ich so spät komme«, sagte Sigourney. »Ich hatte Probleme mit dem Einschlafen.«

Der Captain sagte etwas auf ScreeWee zu der Wache. Sie nickte auf eine merkwürdig menschliche Weise und trottete dann gehorsam in die Kabine, wo sie sich genauso gehorsam aufs Bett hockte und sich die Hände und Füße mit den restlichen Gurten fesseln ließ.

»Ich nehme an, du hast auch den schwarzen Gürtel in Karate«, sagte Johnny.

»Nur den violetten«, sagte sie. »Aber ich mach's noch nicht lange«, fügte sie schnell hinzu. »Ha! Ist das die einzige Art von Knoten, die du draufhast?«

»Ich bin mal mit Bigmac zum Karate gegangen«, sagte Johnny und versuchte, ihre Kritik zu ignorieren.

»Was ist passiert?«

»Ich bin mit dem Fuß in der Hose hängen geblieben.«

»Und *du* willst der Auserwählte sein! Ha! Sie hätten *mich* nehmen können!«

»Sie haben es versucht. Aber *ich* war derjenige, der zugehört hat«, sagte Johnny ruhig.

Sigourney hob die Waffe auf.

»Jetzt bin ich ja bei euch«, sagte sie. »Und bereit, es denen mal richtig zu zeigen.«

»Denen was zu zeigen?«, sagte Johnny schlaff. Eigentlich hasste er diese Phrase. Es war ein dummer Spruch, der einen darüber hinwegtäuschen sollte, dass es echte Menschen waren, die mit echten Kugeln erschossen wurden.

Sigourney schnaubte.

»Idiot.«

Sie gingen zurück in den Korridor.

»Übrigens«, sagte Johnny, »was ist eigentlich mit mir passiert?«

»Du bist einfach zusammengebrochen. Mitten im Zimmer. Neben uns wohnt eine Ärztin. Meine Mutter hat sie rübergeholt. Ungewöhnlich clever von meiner Mutter, wirklich. Die Ärztin meinte, du wärst nur völlig übermüdet und würdest aussehen, als ob du nicht richtig isst.«

»Das stimmt«, sagte der Captain. »Hab ich's nicht gesagt? Zu viel Zucker und Kohlehydrate, nicht genug frische Vitamine. Du solltest öfter rausgehen.«

»Ja, genau«, sagte Johnny.

Der Korridor sah plötzlich irgendwie anders aus. Vorher war er aus grauem Metall gewesen, nur interessant für jene, die sich gerne Schrauben und Nieten anschauten. Aber jetzt war er dunkler und kurviger; die Wände glänzten und trieften vor Bedrohlichkeit. Oder was auch immer. Irgendwas sickerte jedenfalls durch die Ritzen.

Der Captain sah auch anders aus. Sie hatte sich nicht wirklich verändert – nur dass ihre Zähne und Klauen irgendwie offensichtlicher geworden waren. Vor ein paar Minuten war sie noch eine intelligente Person gewesen, bei der es sich zufällig um ein achtbeiniges Krokodil handelte; jetzt war sie ein achtbeiniges Krokodil, das zufälligerweise Intelligenz besaß.

Alles im Spiel veränderte sich, jetzt, da zwei Leute einen Traum teilten.

»Warte mal, da ist …«, begann Johnny.

»Lasst uns nicht rumtrödeln«, sagte Sigourney.

»Aber du …«, begann Johnny wieder.

Träumst es falsch, beendete er den Satz im Stillen.

Das ist *wirklich* verrückt, sagte er sich, während er hinter den anderen herlief. Zu Hause war Kirsty ganz Miss Brain. Und hier war alles nur: Tu mir einen Gefallen – leck mich am Arsch.

Der Captain watschelte mit Höchstgeschwindigkeit die Korridore entlang. Jetzt strömte Dampf von irgendwoher und machte den Boden neblig und feucht.

Da war nicht viel in so einem ScreeWee-Schiff. Vielleicht hätten sie sich hinsetzen sollen, um das Innere ein bisschen detaillierter auszuarbeiten, bevor sie es träumten, dachte er. Sie hätten mehr Kabinen hinzufügen können und große Monitore und ähnlich interessante Dinge. Aber alles, was es hier zu geben schien, waren diese gewundenen Korridore, die ihn auf unangenehme Weise an Höhlen erinnerten.

Größere Höhlen allerdings, denn allmählich wurden sie breiter. Geheimnisvolle Gänge führten in unterschiedliche Richtungen.

Sigourney schlich voran mit dem Rücken zur Wand und wirbelte jedes Mal abrupt herum, wenn sie an einen anderen Abzweig kamen. Sie versteifte sich.

»Da kommt noch einer!«, zischte sie. »Er schiebt was vor sich her! Zurück!«

Sie schob sie mit dem Ellbogen gegen die Wand. Johnny hörte das Kratzen der Klauen auf dem Fußboden und ein Klappern.

»Wenn er näher kommt, schnapp ich ihn mir. Ich stürze mich drauf und ...«

Johnny sah vorsichtig um die Ecke.

»Kirsty?«

Sie reagierte nicht.

»Sigourney?«, sagte er daraufhin.

»Ja?«

»Ich weiß, dass du dich draufstürzen wirst«, sagte Johnny, »aber drück nicht ab, okay?«

»Das ist ein *Außerirdischer*!«

»Dann ist es eben einer. Du musst sie trotzdem nicht alle erschießen.«

Das Klappern kam näher. Jetzt war auch ein leises Quietschen zu hören. Sigourney umklammerte aufgeregt ihre Waffe und stürzte aus ihrer Deckung.

»Okay, *du* – oh ... äh ...«

Es war eine sehr kleine ScreeWee. Die meisten Schuppen waren schon grau. Der Schwanz hing schlaff herab. Als sie den Mund öffnete, waren noch ganze drei Zähne übrig, und die hatten sich im hintersten Winkel verkrochen.

Sie blinzelte sie verängstigt über den Wagen hinweg an, den sie vor sich hergeschoben hatte. Abgesehen von anderen Peinlichkeiten, hatte Kirsty mit ihrer Waffe einen halben Meter zu weit nach oben gezielt.

Es herrschte betretenes Schweigen.

»Um diese Zeit«, sagte der Captain hinter ihnen, »lässt sich die Mannschaft auf der Brücke immer einen Imbiss bringen.«

Johnny beugte sich vor, nickte der kleinen alten Außerirdischen zu und hob den Deckel von dem Tablett, das auf dem Wagen stand. Darunter befanden sich ein paar Schüsseln mit etwas Grünlichem, das vor sich hinblubberte. Behutsam schloss er den Deckel.

»Ich glaube, du hättest beinahe die Teedame umgebracht«, sagte er.

»Woher sollte ich das wissen?«, fragte Kirsty. »Es hätte alles sein können! Das hier ist ein außerirdisches Raumschiff! Hier dürfte es keine *Teedamen* geben!«

Der Captain sagte etwas auf ScreeWee zu der kleinen alten Außerirdischen, die sich daraufhin langsam umdrehte und den Korridor in die Richtung zurückschlurfte, aus der sie gekommen war. Eines der Wagenräder quietschte wieder.

Kirsty war wütend.

»Das ist nicht so, wie es sein sollte!«, zischte sie.

»Komm«, sagte Johnny. »Lass uns zur Brücke gehen und es hinter uns bringen.«

»Ich *wusste* nicht, dass es die Teedame war! Das hast *du* geträumt!«

»Ja, ist ja schon gut.«

»Sie hatte kein Recht, hier aufzutauchen!«

»Ich schätze, dass selbst Außerirdische nachmittags eine kleine Erfrischung gebrauchen können.«

»Das meine ich nicht! Es sollten *Außerirdische* sein! Und das bedeutet Schaum vor dem Mund und Klauen! Keine alten Damen, die ... Kaffee und Marmeladentoasts servieren!«

»Die Dinge sind so, wie sie sind«, sagte Johnny achselzuckend.

Sie kehrte ihm den Rücken zu.

»Warum nimmst du einfach alles so hin? Warum versuchst du nie, die Dinge zu *ändern*?«

»Weil sie so schon schlimm genug sind«, sagte er.

Sie machte einen Satz nach vorn und spähte um die Ecke.

»Wachen!«, sagte sie. »Und die hier haben Waffen!«

Johnny warf einen Blick um die Ecke. Da standen zwei ScreeWee vor einer runden Tür. Sie waren in der Tat bewaffnet.

»Zufrieden?«, schnappte sie. »Keine Anzeichen von Teegebäck irgendwo? Alles klar? Kann ich jetzt endlich mal was abschießen?«

»Nein! Ich hab's dir doch schon gesagt! Du musst ihnen eine Chance lassen, sich zu ergeben!«

»Du musst immer alles komplizieren!«

Sie hob die Waffe und trat in den Gang.

Der Captain folgte ihr und zischte ein Wort auf ScreeWee. Die Wachen blickten von ihr zu Kirsty, die mit verengten Augen über den Lauf ihrer Waffe starrte. Eine der Wachen zischte etwas.

»Sie sagt, der Artillerieoffizier hat ihnen den Befehl erteilt, jeden zu erschießen, der sich der Tür nähert«, übersetzte der Captain.

»Ich schieße, wenn sie sich bewegen«, sagte Kirsty. »Ich mein's ernst!«

Der Captain sagte wieder etwas auf ScreeWee. Die Wachen starrten Johnny an. Sie senkten ihre Waffen.

Er ahnte etwas.

»Was hast du ihnen grade gesagt?«, fragte er.

»Ich habe ihnen nur gesagt, wer du bist«, antwortete der Captain.

»Du hast ihnen gesagt, dass ich der Auserwählte bin?«

Eine der Wachen versuchte niederzuknien. Das wirkte sehr komisch bei einem Wesen mit vier Beinen.

Kirsty rollte mit den Augen.

»Das ist besser, als wenn jemand auf einen schießt«, sagte der Captain.

»Auf mich ist schon viel geschossen worden. Ich weiß, wovon ich rede.«

»Sag ihr, dass sie aufstehen soll«, sagte Johnny. »Was machen wir jetzt? Wer ist auf der Brücke?«

»Die meisten der Offiziere«, sagte der Captain. »Die Wache sagt, es hätte eine Auseinandersetzung gegeben. Schüsse.«

»Das ist schon eher nach meinem Geschmack!«, sagte Kirsty.

Sie blickten zur Tür.

»Okay«, sagte Johnny. »Gehen wir ...«

Der Captain gab der einen Wache ein Zeichen, dass sie zur Seite treten solle, und berührte dann eine Tafel neben der Tür.

Menschen!

Johnny erfasste alles in einer langen, langen Sekunde.

Zuerst stellte er fest, dass die Brücke *groß* war. Sie schien die Ausmaße eines Fußballfelds zu haben. Und an dem einen Ende befand sich ein Bildschirm, der fast ebenso groß war. Er fühlte sich wie eine Ameise vor dem Fernseher.

Der Bildschirm war mit grünen Punkten übersät.

Spieler. Auf ihrem Weg zur Flotte.

Es waren Hunderte.

Direkt vor dem Bildschirm befand sich ein hufeisenförmiges Kontrollpult mit wiederum zwölf Sitzen davor.

Hier ist es also, dachte er. Immer wenn ich auf meinem Zimmer war und gespielt habe, hockten sie in diesem großen, düsteren Raum, steuerten ihre Schiffe und feuerten zurück ...

Nur ein Sitz war jetzt besetzt. Sein Inhaber erhob sich bereits mit einer halben Drehung in ihre Richtung und griff nach etwas ...

»Nur zu«, sagte Kirsty. »Mach mich glücklich!«

Der Artillerieoffizier blieb wie angewurzelt stehen und funkelte sie an. »Zu spät«, sagte er. »Ihr kommt zu spät!« Er zeigte mit einer Klaue auf den Bildschirm. »Ich habe uns dahin zurückgebracht, wo wir hingehören. Jetzt bleibt keine Zeit, wieder umzukehren. Jetzt *müsst* ihr kämpfen!«

Er fixierte Johnny. »Was ist *das*?«, sagte er.

»Der Auserwählte«, sagte der Captain, während sie langsam nach vorn ging. Die anderen folgten ihr.

»Aber wir *müssen* kämpfen«, sagte der Artillerieoffizier. »Um unsere Ehre. Um die Ehre aller ScreeWee! Dazu sind wir *da*!«

Johnny berührte etwas mit dem Fuß. Er blickte nach unten. Jetzt, wo sich seine Augen an die Dunkelheit gewöhnt hatten, sah er, dass er fast über eine ScreeWee gestolpert wäre. Sie war tot. Nichts mit einem so großen Loch im Körper hätte noch leben können.

Kirsty blickte ebenfalls nach unten. Johnny sah die Umrisse weiterer ScreeWee am Boden.

»Er hat alle Scr… Leute umgebracht«, flüsterte er.

Wenn man sie im All oder auf dem Bildschirm erschoss, sah man bloß eine Explosion und fünf Punkte auf der Spielstandsanzeige. Wenn sie aber aus wenigen Metern Entfernung erschossen wurden, waren sie eine eindringliche Erinnerung daran, dass jemand, der vor kurzem noch gelebt hatte, jetzt unwiderruflich nicht mehr lebte. Und es niemals mehr tun würde.

Er blickte zu dem Artillerieoffizier hoch. ScreeWee waren Kaltblüter und weit davon entfernt, menschlich zu sein, aber *dieser* hier hatte etwas an sich, das auf schleichenden Wahnsinn hindeutete.

Seine Schuppen hatten einen silbrigen Schimmer. Johnny fragte sich, ob die ScreeWee ihre Farbe änderten wie Chamäleons. Der Captain hatte immer einen eher goldenen Schimmer gehabt, wenn sie normal reagierte, und einen fast gelben, wenn sie beunruhigt war …

Ihre Schuppen hatten jetzt die Farbe einer Zitrone.

Sie zischte etwas. Die Wachen warfen ihr einen überraschten Blick zu, machten jedoch kehrt und verließen gehorsam die Brücke. Dann drehte sie sich wieder zu dem Artillerieoffizier um.

»Du hast sie alle umgebracht?«, sagte sie leise.

»Sie haben versucht, mich aufzuhalten! Es ist eine Frage der Ehre!«

»Ja, ja. Das sehe ich«, sagte der Captain mit monotoner Stimme. Sie veränderte leicht ihre Stellung und bewegte sich von den Menschen weg.

»Ein ScreeWee stirbt im Kampf oder überhaupt nicht!«, brüllte der Artillerieoffizier.

Die Schuppen des Captains waren jetzt zu der Farbe vergilbten Papiers verblasst.

»Ja. Ich verstehe, ich verstehe«, sagte sie. »Und die Menschen verstehen es auch, *nicht wahr*?«

Der Artillerieoffizier drehte den Kopf.

Der Captain breitete die Arme aus, öffnete den Mund und sprang. Der Artillerieoffizier musste es gespürt haben, denn er wirbelte herum, und seine Klauen peitschten durch die Luft.

Johnny streckte den Arm aus und drückte den Lauf der Waffe nach unten, mit der Kirsty gerade im Begriff war, auf den Artillerieoffizier zu zielen.

»Nicht! Du könntest den Captain treffen!«

»Warum hat sie das getan? Ich hätte ihn doch erschießen können! Oder die Wachen hätten das erledigt! Warum springt sie ihn einfach so an?«

Die beiden Kämpfer waren ein wirbelnder Haufen aus Klauen und Schwänzen.

»Das ist eine persönliche Sache. Ich glaube, sie hasst ihn zu sehr«, sagte er. »Aber sieh mal auf den Bildschirm!«

Da waren noch mehr grüne Punkte. Rote Symbole, die für einen ScreeWee Bedeutung haben mochten, liefen über den Rand des Bildschirms, und zwar so schnell, dass kein Mensch sie lesen konnte.

Er warf einen Blick auf die Kontrollen.

»Sie kommen näher! Wir müssen etwas unternehmen!«

Kirsty starrte jetzt ebenfalls auf die Kontrollen. Die Sitze waren für ScreeWee gemacht. Dasselbe galt für die Kontrollen.

»Weißt *du* vielleicht, was ⊙ ∇ ∺ ∓ ≧ bedeutet?«, fragte sie. »Schnell? Langsam? Zigarettenanzünder?«

Die beiden Kämpfer hatten sich voneinander gelöst und umkreisten sich zischend. Das grüne und rote Licht vom Bildschirm warf unheimliche Schatten in den Raum.

Keiner der beiden ScreeWee schenkte den Menschen auch nur die geringste Beachtung. Sie konnten es nicht riskieren. ScreeWee watschelten wie Enten und sahen aus wie die Karikatur eines Krokodils, aber sie kämpften wie Katzen – sie beobachteten und umkreisten sich fauchend und stürzten sich unvermittelt in kurzen, grausamen Attacken aufeinander.

Auf der Kontrolltafel begann ein Licht zu blinken, und ein Alarm ging los. Er klingelte auf ScreeWee, aber es klang trotzdem ziemlich dringlich, selbst in der menschlichen Sprache.

Der Captain wirbelte herum. Der Artillerieoffizier machte einen Satz zurück, landete mit rennenden Füßen am Boden, lief zur Tür und war im Nu verschwunden.

»Er kann nirgends entwischen«, sagte der Captain, während sie ans Kontrollpult humpelte. »Ich ... werde mich später um ihn kümmern ...«

»Du hast ein paar üble Kratzer abgekriegt«, sagte Kirsty. Das Blut der ScreeWee war blau. »Ich kenne ein paar Erste-Hilfe...«

»Eine Menge, schätze ich«, sagte Johnny.

»Aber nicht für ScreeWee, befürchte ich«, sagte der Captain. Sie atmete schwer. Eines ihrer Beine schien nicht mehr im richtigen Winkel zum Körper zu stehen. Blaue Wunden bedeckten ihren Schwanz.

»Du hättest ihn einfach erschießen können«, sagte Kirsty. »Es war dumm, so mit ihm zu kämpfen.«

»Ehrensache!«, knurrte der Captain. Sie betätigte einen Schalter mit einer Klaue und zischte ein paar Instruktionen auf ScreeWee. »Aber er hatte recht, traurigerweise. Man kann die Natur der ScreeWee nicht ändern. Es ist unser Schicksal, zu kämpfen und zu sterben. Es war dumm von mir, etwas anderes zu denken.«

Sie blinzelte.

»Zieh dein Hemd aus«, befahl Kirsty.

»Was?«, sagte Johnny.

»Dein Hemd! Dein Hemd! Sieh sie dir an! Sie verliert Blut! Sie muss verbunden werden!«

Johnny gehorchte widerwillig.

»Wie, du trägst ein Unterhemd? Nur Opas tragen Unterhemden. Igitt. Wäschst du deine Sachen eigentlich nie?«

Doch, das tat er, manchmal. Und hin und wieder erlag seine Mutter einem Anfall von Mütterlichkeit, dann wurde alles im Haus gewaschen. Aber normalerweise benutzte er die Wäschekorb-Technik, die darin bestand, dass man so lange im Wäschekorb herumwühlte, bis man etwas fand, das nicht ganz so schlimm aussah.

»Aber sie hat gesagt, dass du nichts über ScreeWee-Medizin weißt«, sagte er.

»Na und? Auch wenn es blau ist, Blut ist Blut. Und man sollte dafür sorgen, dass es drinnen bleibt.«

Kirsty half dem Captain zu einem der Sitze. Sie schwankte ein bisschen, und ihre inzwischen weißen Schuppen waren blau verschmiert.

»Kann ich irgendwas tun?«, fragte Johnny.

Kirsty warf ihm einen Blick zu. »Ich weiß nicht«, sagte sie. »Gibt es überhaupt *irgendetwas*, was du kannst?«

Sie wandte sich wieder dem Captain zu.

Wir werden alle sterben, dachte Johnny. Sie sind alle da draußen und warten. Und ich stehe hier am Pult des Kontrollschiffs. Wir können jetzt nicht mehr umkehren. Und ich kann nicht mal die Kontrollen lesen!

Ich habe alles falsch gemacht. Es war alles so einfach, und jetzt ist alles kompliziert.

Man überlegt, was man im Traum tun kann, aber dann kommt es doch immer wieder ganz anders, als man gedacht hat. Wenn die Leute von Träumen reden, dann meinen sie Tagträume. In denen ist man Superman oder wer auch immer. Da kann man alles gewinnen. In echten Träumen ist alles sehr merkwürdig. Ich befinde mich jetzt in einem Traum. Oder so was Ähnlichem. Und wenn ich aufwache, sind alle ScreeWee wieder im Spiel und werden beschossen, genau wie bei den Space Invaders.

Moment mal ...

Moment mal ...

Er starrte wieder auf die rätselhaften Kontrollen.

Über einer der Kontrollen bildeten die Symbole ≜ ʘ ♃ ≎ ¬ allmählich das Wort »Hauptantrieb«.

Das ist auch *meine* Welt. Sie ist in meinem Kopf.

Er schaute hoch auf den großen Bildschirm.

Alle waren wieder da. Alle waren sie da draußen und warteten. Im ganzen Land, in ihren Zimmern, vor ihren Computern. Zwischen *Cobbers* und den Schularbeiten.

Alle warteten mit ihren Fingern auf den Abzügen, und jeder dachte, er sei der Einzige ...

Alle da, direkt vor *meiner* Nase ...

»Mit so was hab ich nicht gerechnet«, sagte Kirsty hinter ihm. »Ich hätte nie gedacht, dass ich Außerirdische verbinden muss. Halt die Klaue auf den Knoten, bitte. Wie hoch geht euer Puls?«

»Ich glaube, wir haben keinen«, sagte der Captain.

Das Schiff donnerte.

Das entfernte Brummen der Motoren wurde plötzlich zu einem Dröhnen.

Die Sitze hatten Beulen, wo Menschen keine Beulen erwarten würden. Johnny saß im Schneidersitz auf einem davon, beide Hände an den Kontrollen, das Gesicht bunt gefleckt von den Lichtern des Bildschirms.

Kirsty tippte ihm auf die Schulter. »Was *tust* du da?«

»Fliegen«, sagte Johnny, ohne sich umzudrehen.

»Er hat gesagt, es ist zu spät zum Umkehren.«

»Ich kehre nicht um.«

»Du weißt doch gar nicht, wie man eins von diesen Dingern fliegt!«

»Ich fliege nicht eins von diesen Dingern. Ich fliege die ganze Flotte.«

»Aber du kannst die Instrumente nicht lesen!«

Grünes und rotes Licht huschte über sein Gesicht, als er sich zu ihr umdrehte.

»Weißt du, alle wollen mir was erzählen. Andauernd«, sagte er. »Aber jetzt hör ich einfach nicht zu. Ich kann die Instrumente lesen. Warum nicht? Sie sind schließlich in meinem Kopf. Jetzt setz dich endlich. Und hör auf, mit mir zu reden, als ob ich blöd wäre.«

Sie setzte sich, vom Klang seiner Stimme wie hypnotisiert.

»Aber *wie* …«

»Da ist eine Vorrichtung, mit der dieses Schiff auch alle anderen steuern kann. Sie benutzen das System auf langen Flügen.« Er legte einen Schalter um. »Und ich fliege sie, so schnell ich kann. Ich glaube nicht, dass es noch schneller geht. Alle Zeiger sind im ⟍ ħ ⊗ – das ist ScreeWee für ›rot‹.«

»Aber du fliegst direkt auf die Spieler zu!«

»Ich muss. Ich hab keine Zeit mehr zum Wenden …«

Wobbler hatte ein Pin-up über seinem Bett hängen. Es war die Nahaufnahme von einem Intel-80586-75-Mikroprozessor, durch ein Mikroskop gesehen; es sah aus wie die Straßenkarte einer sehr komplizierten, modernen Stadt. Sein Großvater meinte, das sei äußerst ungesund, und fand, dass er sich lieber ein Poster von *Giggles und Garters* an die Wand hängen sollte. Aber Wobbler hatte eine Vision: Eines Tages, wenn er seinen Mathe-Leistungskurs bestanden hatte und einen heißen Lötkolben ohne Nachdenken am richtigen Ende anfassen konnte, dann würde er eine große Persönlichkeit in der Computerbranche werden. Die Nummer eins unter den Programmierern, die Haare zu einem Pferdeschwanz zusammengebunden, wie es in diesen Kreisen angesagt war. Es war ihm auch egal, wenn Yo-less sagte, dass die Branche heutzutage von Männern in Anzügen beherrscht wurde. Eines Tages würde die Welt von Wobbler Johnson hören – wahrscheinlich über eine Telefonleitung, von der sie nicht einmal wussten, dass sie an ihre Computer angeschlossen war.

In der Zwischenzeit starrte er angestrengt auf ganze Spalten von Zahlen, um eine absolut illegale Kopie von *Mr Bunky Goes Boing* zu machen. Das Spiel hatte vier Sterne bekommen und war als »supergeil!!!« eingestuft worden, was für das *Splaaaaatttttt!*-Magazin »ziemlich gut« bedeutete, wenn man unter sechzehn war.

Er blickte auf den Bildschirm, blinzelte und verteilte die Schmiere auf seinen Brillengläsern ein bisschen gleichmäßiger.

Er lehnte sich zurück, und sein Blick fiel auf eine Kopie von *Nur du kannst die Menschheit retten*, die unter einem Stapel anderer Disketten lag.

Armer alter Johnny. Natürlich bezeichnete man ständig andere Leute als verrückt, aber er hatte tatsächlich etwas Merkwürdiges an sich. Sein Körper lief auf der Erde herum, aber sein Geist schien an irgendeinem Ort zu sein, den man bestimmt nicht im Atlas fand.

Wobbler schob die Disketten ins Laufwerk. Komisch, die Sache mit dem Spiel. Wahrscheinlich gab es irgendeine logische Erklärung dafür. Wenn man anfing, etwas anderes zu glauben, war man in Schwierigkeiten.

Der Titel wurde eingeblendet, dann kam der Vorspann, den Gobi Software von *Krieg der Sterne* geklaut hatte, und dann ...

Sein Unterkiefer klappte herunter.

Raumschiffe. Hunderte von ihnen. Sie wurden größer und größer. Gelbe Schiffe, die den Bildschirm füllten, so dass er nur noch schwarz und gelb war, jetzt nur noch gelb und dann blendend weiß ...

Wobbler duckte sich.

Dann blickte er auf einen schwarzen Bildschirm.

Na ja, fast schwarz.

Einen Moment lang hingen zwei Worte im All.

Hi, Wobbler.

Dann verschwanden sie wieder.

Noch mehr Alarmsysteme plärrten und heulten.

Kirsty blinzelte durch einen Spalt zwischen ihren Fingern.

»Ich glaube nicht, dass wir jemanden gerammt haben«, sagte Johnny, dessen Finger über die Tasten flogen.

»Du bist direkt durch sie durchgeflogen!«

»Stimmt!«

»Okay, aber sie werden immer noch hinter uns her sein.«

»Und *jetzt* drehen wir um. Es wird ein bisschen dauern. Wie geht's dem Captain?«

Ihre Klauen umklammerten seine Rückenlehne, und ihre Schnauze ruhte auf seiner Schulter.

»Das ist nicht gut«, sagte der Captain. »Unsere Motoren sind nicht dafür geschaffen, über längere Zeit auf Höchstgeschwindigkeit zu laufen. Sie können jeden Moment zusammenbrechen.«

»Das ist ein kalkuliertes Risiko«, sagte Johnny.

»Wirklich? Wie präzise hast du es denn kalkuliert?«, fragte sie.

»Tja ... richtig *kalkuliert* hab ich's eigentlich nicht ... ich dachte nur, es könnte einen Versuch wert sein«, sagte Johnny.

»Du drehst wieder zurück zu den Spielern!«

»Und wir beschleunigen weiter«, sagte Johnny.

»Was hast du gerade eingetippt?«, fragte Kirsty.

»Oh, nichts«, sagte Johnny. »Mir war nur so, als hätte ich da eben ein bekanntes Gesicht gesehen. Im Vorbeifliegen, weißt du?«

»Warum siehst du so gut gelaunt aus?«, wollte sie wissen. »Wir haben schreckliche Probleme!«

»Weiß nicht. Vielleicht, weil es *meine* Probleme sind. Captain, warum sind die ganzen Lichter da drüben angegangen?«

»Das sind die Schiffe der Flotte«, sagte der Captain. »Die Kommandanten wollen wissen, was los ist.«

»Sag ihnen, dass sie sich festhalten sollen«, sagte Johnny. »Und sag ihnen ... dass sie nach Hause fliegen.«

Sie sahen ihn beide an.

»O ja, *sehr* beeindruckend«, sagte Kirsty. »*Sehr* dramatisch. Äußerst ...«

»Halt den Mund.«

»Was?«

»Halt den Mund«, wiederholte Johnny, ohne den Blick vom Bildschirm zu nehmen.

»Mir hat noch niemand gesagt, dass ich den Mund halten soll!«

»Dann sag ich's dir jetzt. Nur weil du einen Kopf wie ein *Hammer* hast, heißt das noch lange nicht, dass du alle anderen wie Nägel behandeln kannst. Passt auf – hier kommen sie wieder ...«

Wobbler nahm die Diskette aus dem Laufwerk und sah sie sich genau an. Dann fühlte er auf der Rückseite seines Computers nach, ob da irgendwelche zusätzlichen Kabel waren.

Dieser Johnny ... er war einer von den stillen Typen. Er behauptete immer, dass er nichts von Computern wüsste, außer wie man sie einschaltete. Aber *jeder* wusste über Computer Bescheid. Wahrscheinlich hatte er etwas mit dem Spiel angestellt und es dann zurückgegeben. Nicht schlecht, mein Freund. Wobbler fragte sich, wie er das gemacht hatte.

Er schob die Diskette wieder ins Laufwerk und startete das Spiel von neuem.

»Nur du kannst die Menschheit retten« ... ja, ja.

Dann das Innere des Raumjägers. Raketen, Kanonen, Spielstand ... ja, ja ...

Und Sterne. Die glitzernden, die sie in jedem Spiel hatten. Er hatte für seine *Reise nach Alpha Centauri* viel bessere entworfen.

Keine Schiffe weit und breit.

Er nahm den Joystick, bewegte ihn und sah, wie die Sterne sich veränderten, während sich das Schiff drehte ...

Da war ein Schiff hinter ihm. Ziemlich dicht hinter ihm. Dutzende von Schiffen. *Hunderte* von Schiffen. Und alle wurden größer. Viel größer. Und das sehr schnell. Sehr, sehr schnell. Schon wieder!

Als er sich vom Boden hochrappelte und zurück auf seinen Stuhl kroch, war der Bildschirm wieder schwarz, bis auf den kleinen, blinkenden Cursor. Wobbler starrte ihn an.

Logik, sagte er. Nicht an logische Gründe zu glauben war fast so schlimm, wie heißes Lötzinn auf Nylonsocken zu gießen. Es musste eine logische Erklärung geben. Eines Tages würde ihm eine einfallen.

»Sie verfolgen uns! Sie verfolgen uns!«

Kleine Rauchwölkchen stiegen vom Kontrollpunkt auf. Der Boden wurde von den unterschiedlichsten Vibrationen erschüttert.

»Ich bin mir sicher, dass wir sie abhängen können«, sagte Johnny.

»Wie sicher?«, fragte Kirsty.

»Ziemlich sicher.«

Kirsty wandte sich an den Captain.

»Gibt es hier Heckkanonen?«

Der Captain nickte. »Sie können von hier aus abgefeuert werden«, sagte sie. »Aber wir sollten es nicht tun. Vergiss nicht, dass wir kapituliert haben.«

»*Ich* habe nicht kapituliert«, sagte Kirsty. »Mit welchem Schalter bediene ich die Kanonen?«

»Der Knüppel mit dem Knopf obendrauf.«

»Der hier? Der sieht ja genau aus wie ein Joystick«, sagte sie.

»Natürlich«, sagte Johnny. »Das spielt sich alles in unseren *Köpfen* ab, hast du das vergessen? Also müssen es Dinge sein, die wir *kennen*.«

Der Bildschirm gab einen Ausblick auf das, was hinter der Flotte lag. Haufenweise grüne Schiffe.

»Die fliegen direkt in Höhe unserer Schubdüsen«, sagte Kirsty. »Das wird das reinste Kinderspiel.«

»O ja, das wird es«, sagte Johnny.

Seine Stimme hatte einen bitteren Beiklang. Sie zögerte.

»Wie meinst du das?«, fragte sie.

»Nichts als Punkte im Zentrum eines Fadenkreuzes«, sagte Johnny. »In der Tat ein Kinderspiel. Bum. Höchste Punktzahl. Und noch mal bum. Nur zu.«

»Aber wir sind im Computer! Das ist ein *Spiel*! Warum bist du so komisch? Das passiert doch nur auf dem Bildschirm.«

»Prima. Genau wie im richtigen Leben. Dann drück doch einfach auf den Knopf.«

Sie umklammerte den Knüppel. Dann zögerte sie wieder.

»Warum musst du immer alles verderben?«

»Ich?«, sagte Johnny scheinheilig. »Hör zu, wenn du doch nicht schießt, dann stell den Bildschirm jetzt bitte wieder auf das, was vor uns liegt, ja? Die Anzeige hier sagt, dass wir mit ⊨ ϴ pro φ ≶ fliegen, und das ist ⊀ mal schneller, als wir fliegen dürften.«

»Und?«

»Nun, ich denke, es wäre nicht so schön, einen Asteroiden oder so was zu rammen. Falls du allerdings gerne wissen möchtest, wie man sich mit einem Durchmesser von fünf Meilen fühlt, dann schau nur weiter nach hinten.«

»Oh, *okay*!«

Sie stellte den Bildschirm um.

Und schnappte nach Luft.

Sie starrten auf die Weite des Weltraums vor ihnen und auf das, was sich in seiner Mitte befand.

»Was«, sagte Kirsty nach einer langen Pause, »ist *das*?«

Johnny lachte.

Er versuchte, sich zusammenzureißen, weil das Schiff wie unter Folter ächzte und knarrte, aber er konnte nicht anders. Vor Lachen liefen ihm Tränen über die Wangen. Hilflos schlug er mit der Hand auf das Kontrollpult, wobei er aus Versehen ein paar Lichter ein- und ausschaltete.

»Das ist die Grenze«, sagte der Captain.

»Ja«, sagte Johnny. »Natürlich.«

»Aber es ist ...«, begann Kirsty.

»Genau«, sagte Johnny. »Die Grenze, siehst du? Dahinter sind sie in Sicherheit. Klar. *Niemand* überquert die Grenze. Jedenfalls keine Menschen!«

»Das kann doch nicht echt sein!«

»Wer weiß? Immerhin befinden wir uns in einem Spiel. Hier ist es wahrscheinlich was ganz Natürliches. Ich meine, wir haben das alle schon gesehen.«

»Aber es ist immer noch sehr weit entfernt«, sagte der Captain. »Ich fürchte, dass …«

Irgendwo hinter sich hörten sie eine dumpfe Explosion.

»Raketen!«, rief Kirsty. »Du hättest mich …«

»Nein, hör mal«, sagte Johnny. *»Hör mal.«*

»Was denn? Ich kann nichts hören.«

»Genau. Es herrscht nämlich jede Menge Stille«, sagte Johnny. »Die Motoren sind stehengeblieben.«

»Wahrscheinlich geschmolzen«, sagte der Captain.

»Wir haben immer noch … wie nennt man das … Eigendynamik oder so was«, sagte Johnny. »Wir fliegen immer weiter, bis wir irgendwas treffen.«

»Oder irgendwas *uns* trifft«, sagte Kirsty.

Sie schaute wieder zur Grenze.

»Wie groß ist das Ding?«, fragte sie.

»Es muss riesig sein«, sagte Johnny.

»Aber dahinter sind auch Sterne.«

»Aber nicht unsere. Ich hab's dir doch gesagt. Menschen können da nicht hin …«

Sie sahen sich an.

»Was passiert denn dann«, begann Kirsty wie jemand, der mit seiner Zunge ein besonders übles Loch im Zahn erforscht, »mit Menschen, die sich in einem Schiff befinden, das die Grenze überquert?«

Sie drehten sich beide zum Captain um, die die Achseln zuckte.

»Mich dürft ihr nicht fragen«, sagte sie. »Es ist noch nie geschehen. Es ist unmöglich.«

Jetzt drehten sich alle drei zum Bildschirm und starrten wieder auf die Grenze.

»Bilde ich mir das nur ein?«, fragte Kirsty. »Oder ist sie schon wieder ein bisschen größer geworden?«

Schweigen.

»Also«, sagte Johnny. »Was ist das Schlimmste, was uns passieren kann?«

Dann wünschte er, er hätte es nicht gesagt. Er erinnerte sich daran, wie er das allererste Mal dachte, es sei sein Wecker, der ihn da wach klingelte, um dann entsetzt festzustellen, dass es ihm gar nicht gestattet war aufzuwachen.

»Wisst ihr, ich will es eigentlich gar nicht wissen«, fügte er hinzu.

»Ohne Motoren können wir das Schiff nicht wenden«, sagte der Captain. »Tut mir leid. Du warst zu versessen darauf, uns zu retten.«

»Es wird tatsächlich immer größer«, sagte Kirsty. »Man kann's sehen, wenn man sich auf die Sterne dahinter konzentriert.«

»Tut mir leid«, sagte der Captain wieder.

»Wenigstens werden's die ScreeWee schaffen«, sagte Johnny.

»Es tut mir so leid.«

Kirsty stand auf. »*Mir* nicht«, sagte sie. »Komm!«

Sie schnappte sich die Waffe und durchquerte entschlossen den düsteren Raum. Johnny rannte hinter ihr her.

»Und wo willst du hin?«

»Zur Notkapsel«, sagte sie.

»Zu welcher Notkapsel?«

»Ja, wirklich«, sagte der Captain, während sie ihnen hinterhertrippelte, »das frage ich mich auch. So etwas gibt es hier nicht.«

»Es wird eine geben, wenn wir das so wollen«, sagte Kirsty und öffnete die Tür. »Hast du nicht selbst gesagt, das Spiel würde aus Dingen bestehen, die wir kennen? Nun, ich *weiß*, dass sich die Notkapsel direkt unter dem Schiff befindet.«

»Aber ...«

»Es ist genauso mein Traum wie deiner, stimmt's? Glaub mir. Da unten gibt es eine Notkapsel.« Ihre Augen hatten wieder dieses Funkeln. Sie warf sich die Waffe über die Schulter. »Ich *weiß* es«, sagte sie. »Ich war schon da.«

Er dachte an ihr Zimmer. Er konnte sich vorstellen, wie sie dort mit einem Haufen angespitzter Bleistifte saß und Supernoten für ihre Geschichtsaufgaben einheimste, während sie im Kopf Außerirdische jagte.

»Das verstehe ich nicht«, sagte der Captain.

Die Korridore waren voller Qualm. Das Schiff mochte die Grenze überqueren, aber es bedurfte einer Menge Reparaturen, bevor es jemals wieder zurückkehren würde.

»Äh«, sagte Johnny. »Das ist ein bisschen wie die Plastikfiguren in den Cornflakespackungen. Es ist sozusagen ein sehr ... äh ... menschlicher Einfall.«

Der Captain blieb in der Tür. Dann warf sie einen Blick zurück auf den Bildschirm.

»Wir kommen immer näher«, sagte sie. »Wenn ihr meint, dass es da unten so etwas wie eine Notkapsel gibt, dann müsst ihr jetzt gehen.«

»Komm schon!«, sagte Kirsty.

»Äh ...«, begann Johnny.

»Ich danke dir«, sagte der Captain feierlich.

»Eigentlich hab ich nicht viel getan«, sagte Johnny.

»Wer weiß? Du hast nie an dich selbst gedacht. Du hast versucht, Lösungen zu finden. Du hast Entscheidungen getroffen. Und ich eine gute Wahl.«

»Und jetzt müssen wir gehen!«, sagte Kirsty.

»Vielleicht sehen wir uns wieder. Später. Wenn alles gut

geht«, sagte der Captain. Sie nahm eine von Johnnys Händen zwischen zwei von ihren.

»Leb wohl«, sagte sie.

Kirsty packte Johnny bei der Schulter und zog ihn weiter.

»Nett, dich kennengelernt zu haben«, sagte sie zu der Außerirdischen. »War, hm ... interessant. Jetzt komm.«

Viele der Lichter waren ausgegangen. Die Korridore waren voller Nebel und verschwommener Umrisse. Kirsty lief voran und sprang von einem Schatten zum nächsten.

»Wir müssen nach unten«, rief sie über die Schulter. »Die Kapsel wird dort sein. Mach dir keine Sorgen!«

»Du fährst wirklich voll drauf ab, was?«, sagte Johnny.

»Hier ist eine Rampe. Komm schon. Wir haben nicht mehr viel Zeit.«

Am Ende der Rampe befanden sich ein Gang und eine weitere Rampe, die sich durch den Nebel nach unten schlängelte.

Sie führte in einen Raum, der noch größer war als die Brücke. Am hinteren Ende befand sich eine riesige Doppeltür. Unterschiedliche Kontrollen und Ausrüstungen säumten die Wände. Und dort, genau in der Mitte, stand ein kleines Schiff auf seinen drei Landebeinen. Es hatte etwas Gedrungenes und Massives.

»Da! Siehst du? Was hab ich dir gesagt?«, sagte Kirsty triumphierend.

Johnny ging zu der nächsten Kontrolltafel und berührte sie. Sie klebte etwas. Johnny schaute auf seinen Finger.

»So lange kann es das noch nicht geben«, sagte er. »Die Farbe ist noch nicht mal trocken.«

In der Mitte der Kontrolltafel leuchtete ein Bildschirm auf und zeigte das Gesicht des Captains.

»Höchst interessant«, sagte sie. »Da werfe ich einen Blick auf meine Kontrollen und entdecke ein ganz neues Instrument. Ihr habt also eure Notkapsel gefunden?«

»Sieht so aus«, sagte Johnny.

»Wir haben noch zehn Minuten bis zur Grenze«, sagte der Captain. »Es bleibt also genug Zeit für euch.«

Hinter Johnny ertönte ein surrendes Geräusch. Die Gangway der Notkapsel wurde ausgefahren.

»Ich hab einen Schalter an einem der Landebeine gefunden«, sagte Kirsty.

Er ging zu ihr. Die Gangway hatte eine silbergraue Farbe. Sie schimmerte in dem dunstig blauen Licht, das aus dem Inneren der Kapsel strömte.

»Kannst du erraten, was ich gerade denke?«, fragte Kirsty.

»Du denkst: Wir haben den Artillerieoffizier gar nicht mehr gesehen«, sagte Johnny. »Du denkst: Er wird irgendwo da drinnen sein und sich verstecken. Weil dieser Teil zu *deinem* Traum gehört, und deine Träume sind nun mal so.«

»Nur dass ich darauf vorbereitet bin, ihm zu begegnen«, sagte Sigourney. »Jetzt komm.«

Sie schob sich seitwärts in die Gangway hoch, wobei sie sich ständig mit kleinen aufgeregten Hüpfern in alle Richtungen drehte, um mit ihrer Waffe auf eventuell auftauchende Zähne zu zielen.

In der Kapsel gab es zwei Sitze vor einem sehr kleinen Kontrollpult. Dann gab es noch ein großes Fenster und eine Reihe kleinerer Schränke. Ansonsten war nicht viel zu sehen.

Kirsty zielte auf einen der Schränke und gab Johnny ein Zeichen, ihn zu öffnen. Sie hob die Waffe.

Er öffnete die Schranktür und sprang schnell zurück.

Kirsty jagte einem Stapel Konservendosen entsetzliche Angst ein.

Dann sah sie seinen Gesichtsausdruck.

»Immerhin hätte er da drin sein können«, sagte sie.

»Oh, sicher. Er hätte sich zwar die Arme und Beine abschneiden und sich ganz klein zusammenrollen müssen, aber zugegeben, er hätte da drin sein können.«

»Ha! Was für eine geistreiche Bemerkung!«

»Warum wirfst du nicht einen Blick unter die Sitzkissen? Es ist unglaublich, was sich da drunter oft abspielt.«

Kirsty versuchte, hinter dem Kontrollpult nachzustochern, ohne dass Johnny es merkte. Er merkte es.

»Vielleicht sehen Außerirdische nicht dieselben Filme wie wir«, sagte er.

»Schon gut, schon gut, brauchst nicht weiter drauf rumzureiten«, knurrte sie. Sie warf einen Blick auf die Instrumente und drückte einen Knopf. Die Bordluke ging zu. Das Gesicht des Captains erschien auf einem kleinen Bildschirm in der Mitte der Kontrolltafel.

»Noch acht Minuten bis zur Grenze«, sagte sie.

»Alles klar«, sagte Kirsty. Sie fuhr mit der Hand unter ihr Sitzkissen und sah dann Johnnys Grinsen.

»Du siehst überall Außerirdische, was?«, sagte er.

»Was soll das heißen?«

»Nichts. Nichts. Nur so eine Feststellung.«

Sie funkelte ihn an.

Es gab auch Sitzgurte. Sie legten sie an. Kirsty fing an, mit den Fingern auf dem Pult herumzutrommeln. Sie schien etwas zu suchen.

»Wie machen wir die Türen auf?«, fragte Johnny.

»Okay, mal überlegen – er muss hier irgendwo sein.«

Sie drückte wieder auf einen Knopf, und hinter ihnen wurde surrend die Gangway eingefahren.

Johnny sah sich um. Es gab wirklich nichts, wo sich jemand hätte verstecken können. Sie waren an Bord der Notkapsel. Sie waren in Sicherheit.

Allerdings *fühlte* er sich nicht sicher. Er packte Kirstys Arm.

»Warte mal«, sagte er erschrocken. »Ich glaube, irgendwas stimmt ni…«

Der Bildschirm leuchtete flackernd auf.

Ein ScreeWee-Gesicht erschien.

Es war der Artillerieoffizier.

»Lauft und versteckt euch, menschlicher Abschaum«, sagte er.

Sie konnten den Bildschirm hinter seinem Kopf sehen; er war auf der Brücke.

»Du? Wo ist der Captain?«, fragte Johnny.

»Um die werde ich mich schon kümmern. Während ihr weglauft.«

»Nein!«

Kirsty stieß ihn in die Rippen.

»Hör zu, die ScreeWee sind in Sicherheit«, sagte sie. »Die Grenze ist nur noch ein paar Minuten entfernt. Wir haben alles getan, was in unserer Macht stand! Du kannst jetzt nicht mehr zu ihr laufen! Sie muss selbst damit fertigwerden! Dasselbe würde sie auch sagen, wenn du sie fragen könntest!«

»Ich kann sie aber nicht fragen, oder?«, sagte Johnny.

Er streckte den Arm aus und drückte auf einen Knopf. Sie hörten wieder das Surren der Gangway. »Ich muss wieder hoch zur Brücke«, sagte er.

»Er wartet doch nur auf dich!«

»Prima.« Er schnappte sich die außerirdische Waffe. »Welches Teil ist der Abzug?«

Sie rollte die Augen. »Das ist Wahnsinn!«

»Du hast wohl Angst«, sagte Johnny. Sein Gesicht war blass.

»Ich?« Sie zuckte die Achseln und riss ihm die Waffe aus der Hand. »Die nehm ich«, sagte sie. »Ich kann wenigstens mit Waffen umgehen. Du würdest bloß alles vermasseln.«

Wie im richtigen Leben

Sie rannten die Gangway hinunter und zurück zum Korridor.

»Hast du eine Uhr an?«, fragte Johnny.

»Ja. Wir haben etwas über sechs Minuten.«

»Ich hätte es *wissen* müssen!«, sagte Johnny, während sie rannten. »*Niemand* hat so viel Zeit zur Flucht! James Bond hat auch keine Zeit, um Kaffee zu trinken und seine Schuhe zu putzen, bevor er die Zeitbombe entschärft! Wir sind wieder voll im Spiel!«

»Reg dich ab!«

»Wenn uns 'ne Katze über den Weg läuft, tret ich ihr in den Hintern!«

Die Korridore waren noch dunkler. Wasser tropfte von der Decke. Immer noch zischte Dampf aus undichten Rohren.

Sie kamen an eine Kreuzung.

»Welche Richtung?«

Kirsty zeigte auf einen Abzweig.

»Da lang.«

»Bist du sicher?«

»Natürlich.«

Sie verschwanden im Schatten.

Dreißig Sekunden später tauchten sie an derselben Stelle wieder auf.

»Oh, ja, *natürlich*.«

»Na ja, eigentlich sehen sie alle gleich aus. Dann muss es da lang sein!«

Diesmal führte der Gang wirklich zu dem breiten Korridor mit der Tür zur Brücke am anderen Ende.

Sie war offen. Sie konnten das blau-weiße Flackern des großen Bildschirms sehen.

Kirsty nahm die Waffe fest in beide Hände.

»*O-kay*«, sagte sie. »Und diesmal wird nicht lange gefackelt, klar? Kein Geplänkel?«

»In Ordnung.«

»Dann los!«

»Wie?«

»Du gehst rein. Wenn er sich auf dich stürzt, knall ich ihn ab.«

»Oh? Ich bin der Köder, was?«

Kirsty warf einen Blick auf ihre Uhr.

»Du hast viereinhalb Minuten, um dir was Besseres einfallen zu lassen«, sagte sie. »Oh, entschuldige bitte. Vier Minuten und fünfundzwanzig Sekunden. Jetzt sind es nur noch zwanzig ...«

»Ich hoffe nur, dass du triffst!«

Kirsty tätschelte die Waffe. »Regionalsieger, hast du das vergessen? Vertrau mir.«

Johnny ging auf die offene Tür zu. Er versuchte, seine Augen gleichzeitig in beide Richtungen zu drehen, als er sie erreichte.

»Vier Minuten und fünfzehn Sekunden«, sagte sie weit, weit hinter ihm.

»Wie kommt's, dass du nicht Nationalsieger geworden bist?«, fragte er.

»An dem Tag hatte ich *leider* eine Lebensmittelvergiftung.«

»Oh. Alles klar.«

Er trat durch die Tür.

Doch der vielzahnige Tod blieb aus. Er riskierte einen genaueren Blick zu beiden Seiten und dann, schluckend, einen nach oben.

»Hier ist nichts«, sagte er.

»Okay. Ich bin direkt hinter dir.«

Auf dem Bildschirm hatte die Grenze inzwischen noch größere Ausmaße erreicht. Wir fliegen sehr schnell, dachte er, und sie ist immer noch mehr als vier Minuten entfernt und füllt bereits den ganzen Himmel aus. *Riesig* war gar kein Ausdruck dafür.

»Ich kann den ganzen Raum sehen«, sagte er. »Hier ist niemand.«

»Da war doch ein Kontrollpult«, sagte Kirsty. »Warte ... ich steh jetzt in der Tür. Er muss hinter dem Kontrollpult sein. Geh weiter. Ich bin bereit.«

Ich nicht, dachte Johnny. Er schlich durch den Raum, bis er gerade mal hinter die Instrumententafel blicken konnte.

»Da ist ni... warte mal.«

»Was denn?«

»Ich glaube, es ist der Captain.«

»Lebt er noch?«

»Sie. Es ist eine *Sie*. Du weißt, dass es eine Sie ist. Ich kann nicht sagen, ob sie noch lebt. Sie ... sie liegt einfach da. Ich seh mal nach.«

»Was bringt das noch?«

»Ich geh jetzt hin und seh nach, klar?«

»Dann sei vorsichtig. Bleib da, wo ich dich im Auge behalten kann.«

Er ging weiter, wobei er die Schatten rings um den riesigen Raum mit seinen Augen absuchte.

Es war tatsächlich der Captain, und sie lebte noch. Zumindest bewegten sich Teile von dem, was einmal ihre Brust gewesen sein musste, auf und ab. Er kniete sich neben sie.

»Captain?«, flüsterte er.

Sie öffnete ein Auge.

»Auserwählter?«

»Was ist passiert?«

»Er hat … gewartet. Während ich … mit euch sprach … ist er hereingeschlichen … hat mich getroffen …«

»Wo ist er jetzt?«

»Du … *musst* … gehen. Nicht mehr viel … Zeit. Die Flotte … ist …«

»Du bist verletzt. Ich hol Ki… Sigourney her …«

Ihre Klaue griff nach seinem Arm.

»Hör zu! Er wird … das Schiff … in die Luft jagen! Der Treibstoff … der Antriebsraum … er …«

Johnny stand auf.

»Ist sie okay?«, rief Kirsty.

»Ich weiß nicht!«

Sie stand in der Tür; ihre Silhouette zeichnete sich vor dem Licht ab.

Hinter ihr tauchte ein Schatten auf. Während Johnny noch hinsah, breitete der Schatten die Arme aus.

Er war jetzt größer, als ein ScreeWee überhaupt sein durfte. Das, was Johnny sah, war alles andere als ein lustiges Krokodil – zwar hatte er noch Anzeichen eines Alligators, aber jetzt war da auch noch etwas von Insekten und anderen Wesen … Wesen, die, außer in Träumen, nie existiert hatten …

Johnny brüllte: »Er ist hinter dir!«, dann rannte er los.

Kirsty drehte sich um.

Man konnte Träumen nicht *trauen*. Wenn man in ihnen lebte, wandten sie sich gegen einen und rissen einen mit …

Er sah, wie Kirsty sich umdrehte und zu dem Artillerieoffizier hoch- und immer höher blickte.

Der ScreeWee öffnete seinen Mund. Er hatte jetzt noch mehr Zähne als zuvor, ganze Reihen mehr, und jeder einzelne funkelte spitz.

Ihr Traum, dachte Johnny. Kein Wunder, dass sie immer kämpft.

»Erschieß ihn! Erschieß ihn!«

Aber sie stand nur wie angewurzelt da. Sie schien sich nicht bewegen zu wollen.

»Du hast die Waffe!«, schrie er.

Sie war wie versteinert.

»*Erschieß* ihn!«

»Oh ...«

Kirsty schüttelte langsam den Kopf, dann, als hätte sie ein Hypnotiseur plötzlich wach geschnipst, hob sie die Waffe.

»Okay«, sagte sie. »Jetzt ...«

Der ScreeWee ignorierte sie. Er riss den Kopf hoch und fixierte Johnny. Er hatte jetzt kaum noch Augen. Er schien Johnny mit seinen Zähnen anzustarren.

»Ah. Der Auserwählte«, sagte er. Mit einer Bewegung seines Arms fegte er Kirsty kurzerhand aus dem Weg. Sie flog durch die Luft und landete ein paar Meter weiter in einem kleinen Häufchen am Boden.

Die Waffe schlug klirrend auf und schlitterte in Johnnys Richtung.

»Auserwählter!«, fauchte der ScreeWee. »Wie lächerlich! Wir sind, was wir sind! Du bringst Schande über deine Rasse, genauso wie über meine! Für dich und für sie ... für euch gibt es kein Zurück ...«

Kirsty versuchte, wieder auf die Füße zu kommen. Ihr Gesicht war wutverzerrt.

Johnny bückte sich und hob die Waffe hoch.

Der ScreeWee warf in einer plötzlichen Bewegung beide Arme hoch. Johnny zuckte zusammen.

Aus weiter Entfernung hörte er Kirsty rufen: »Schnell! Wirf sie mir zu! Zu *mir*!«

Der Außerirdische grinste.

Johnny trat ein paar Schritte zurück. Der Außerirdische konzentrierte sich ganz auf ihn.

»Zu *mir*, du Idiot!«, brüllte Kirsty.

»Du?«, sagte der ScreeWee. »Du willst mich erschießen? Das kannst du doch gar nicht. Du bist viel zu schwach. Wie unser Captain. Eine Schande für alle ScreeWee. Du bist schwach. Und deswegen willst du auch Frieden. Die Starken wollen nie Frieden.«

Johnny hielt die Waffe ein bisschen höher.

Der Außerirdische kam langsam auf ihn zu. Seine Zähne schienen die ganze Welt auszufüllen. Seine Arme wurden immer länger, seine Zähne immer schärfer.

»Du kannst es nicht«, sagte er. »Ich habe dich beobachtet. Die anderen Menschen konnten wenigstens kämpfen! Und wir konnten einen ehrenhaften Tod sterben! Aber *du* ... du *redest* und *redest* ... du würdest alles lieber tun als *kämpfen*. Dir wäre alles lieber, als der Wahrheit ins Gesicht zu sehen. *Du* willst die Menschheit retten? Dass ich nicht lache!«

Johnny trat wieder ein paar Schritte zurück und spürte die Kante des Kontrollpults in seinem Rücken. Jetzt gab es keinen Rückzug mehr.

»Ergibst du dich?«

»Niemals!«

Aus dem Augenwinkel nahm Johnny eine Bewegung wahr. Kirsty war kurz davor, sich auf das Monster zu stürzen. Aber eines wusste er ganz genau – gegen diesen Außerirdischen hatte sie nicht die geringste ...

Er drückte ab. Es gab eine kurze, heftige Explosion.

Der ScreeWee starrte entsetzt nach unten auf den blauen Fleck, der sich plötzlich auf seinem Overall ausbreitete, dann blickte er voller Verwunderung zu Johnny.

»Du hast mich *erschossen ... kaltblütig erschossen.*«

»Nein. Mein Blut ist niemals kalt.«

Der Außerirdische brach zusammen. Und jetzt war er wieder viel kleiner, eher wie ein ScreeWee.

»Ich musste es tun«, sagte Johnny.

»Du hast ihn erschossen«, sagte eine Stimme hinter ihm. Er drehte sich um. Der Captain hatte sich auf die Beine hochgezogen.

»Ja.«

»Du hattest keine andere Wahl. Aber ich hätte nicht gedacht, dass du es kannst ...«

Johnny blickte nach unten auf die Waffe in seinen Händen. Seine Knöchel waren weiß. Nur mit Mühe konnte er seine Finger dazu bewegen loszulassen.

»Ich hätte es auch nicht gedacht.«

Er ging zu Kirsty hinüber, die auf das Wesen am Boden starrte.

»Wow«, sagte sie, aber sehr leise.

»Ja«, sagte er.

»Du ...«

»Ja. Ich habe ihn erschossen. Ich wünschte, es wäre nicht nötig gewesen, aber mir blieb nichts anderes übrig. Er war lebendig, und jetzt ist er's nicht mehr.« Noch mehr Alarmsysteme heulten los, und überall blinkten rote Lichter am Kontrollpult. Auf dem Bildschirm füllte die Grenze den ganzen Himmel aus. »Können wir jetzt gehen? Wie viel Zeit haben wir noch?«

Sie blickte benommen auf ihre Uhr.

»Anderthalb Minuten.«

Er war erstaunt. Er fühlte sich, als säße er in seinem eigenen Kopf und würde sich selbst beobachten. Er spürte keine Panik. Der Teil von ihm, der einfach zuschaute, wusste nicht, was er machen sollte, aber der andere Teil schien genau zu wissen, was zu tun war. Es war ... wie im Traum.

»Kannst du rennen?« Sie nickte. »Wirklich *schnell*? Was frag ich eigentlich noch? Wahrscheinlich hast du Medaillen gewonnen. Dann komm.«

Er zog sie hinter sich her, durch die Tür der Brücke und die dunklen Korridore entlang. Kirsty konzentrierte sich kaum noch; die Wände glänzten nicht mehr so feucht. Sie hatten jetzt sogar wieder Schrauben und Nieten.

Sie erreichten die Notkapsel. Johnny rannte von einem Landebein zum nächsten, bis er den Schalter gefunden hatte, der die Gangway herunterließ. Es schien Ewigkeiten zu dauern, bis sie ganz ausgefahren war.

»Wie lange noch?«

»Fünfzig Sekunden ...«

Die Gangway hoch und auf die Sitze.

Es gab nicht viele Schalter. Johnnys Augen wanderten über das Steuerpult.

»Was machst du?«, fragte Kirsty.

»Dasselbe wie du vorhin. Ich suche den Knopf, der die Türen öffnet.« Der Bildschirm leuchtete auf.

»Johnny? Die Türen werden von hier oben aus geöffnet«, sagte der Captain.

Johnny warf Kirsty einen Blick zu.

»Das wussten wir nicht«, sagte er.

»Ist die Gangway eingezogen?«

»Ja.«

»Die Türen werden geöffnet.«

Vor ihnen machte es *Klonk*, dann ertönte ein Zeichen, während die Luft aus der Halle durch den breiter werdenden Spalt entwich. Die glitzernden, unechten Sterne des Spiels blinkten ihnen entgegen.

Johnnys Hand schwebte über dem größten roten Knopf des Steuerpults.

»Johnny?«

»Ja, Captain.«

»Ich danke dir. Du hättest uns nicht helfen *müssen.*«

»Wenn nicht ich, wer dann?«

»Ah. Richtig. Und jetzt ... lebt wohl. Wir werden uns nicht mehr ... wiedersehen.«

»Leb wohl.«

Johnny sah zu Kirsty.

»Wie lange noch?«

»Zehn Sekunden.«

»Dann los.« Er drückte auf den Knopf.

Hinter ihnen machte es *wumm.* Rechts und links rauschten die Wände vorbei, und plötzlich waren sie nur noch von Himmel umgeben.

Johnny lehnte sich in seinem Sitz zurück. Sein Kopf war leer, bis auf ein Bild, das wie eine Filmszene ständig von neuem abgespult wurde.

Immer und immer wieder sah er sich in Gedanken die Waffe abfeuern. Immer und immer wieder sah er den Außerirdischen zusammenbrechen. Klappe ... und Action! Mit absoluter Präzision. Wie im richtigen Leben.

Kirsty stupste ihn an.

»Können wir das Ding steuern?«

»Hmm. Was?« Er blickte benommen auf die Instrumente. »Also, hier ist ein Joystick ...«

»Dann wende. Ich will sehen, wie sie durchfliegen.«

»Ja. Ich auch.«

Die Kapsel drehte sich sanft in der unendlichen Leere des Spielkosmos, bis sie die Grenze direkt vor sich sahen.

Die ScreeWee-Flotte rauschte vorbei. Jedes Schiff, das die Grenze erreichte, flackerte kurz auf und verblasste dann.

»Glaubst du wirklich, dass sie einen Planeten haben, zu dem sie fliegen können?«

»Ich glaube, dass sie es glauben.«

»Glaubst du, dass sie jemals zurückkehren werden?«

»Jetzt nicht mehr.«

»Äh … hör mal … als ich vorhin nach oben guckte und dieses … dieses *Ding* gesehen habe … Ich meine, es sah so *echt* aus. Und ich dachte, mein Gott, es lebt, es ist *wirklich* lebendig, und ich kann es doch nicht einfach …«

»Ich weiß«, sagte Johnny.

»Und dann war es tot … und mir war überhaupt nicht nach Jubeln zumute …«

»Ja.«

»Wenn es echt ist, ist es nicht leicht. Weil die Leute sterben und dann wirklich alles vorbei ist.«

»Ja. Ich weiß. Aus und vorbei. Weißt du was?«

»Was?«

»Mein Freund Yo-less meint, solche Träume wären eine Möglichkeit, mit dem wirklichen Leben fertigzuwerden.«

»Ja?«

»Ich glaube, es ist genau umgekehrt.«

»Ist Yo-less der Schwarze?«

»Ja. Wir nennen ihn Yo-less, weil er nicht cool ist.«

»Anti-cool ist auch ziemlich cool.«

»So? Das wusste ich nicht. Ist es denn noch cool, ›affengeil‹ zu sagen?«

»*Johnny!* Es war noch nie cool, ›affengeil‹ zu sagen.«

»Was ist mit ›asteroidial‹?«

»Asteroidial ist cool.«

»Hab ich mir grade ausgedacht.«

Die Kapsel trieb dahin.

»Kein Grund, warum es nicht trotzdem cool sein sollte.«

»Stimmt.«

Die Spielsterne glitzerten.

»Johnny?«

»Ja?«

»Warum kommst du so gut mit Leuten zurecht? Wie kommt's, dass immer alle mit dir reden?«

»Weiß nicht. Ich denke, weil ich zuhöre. Und es hilft auch, dumm zu sein.«

»Johnny?«

»Hier.«

»Was hast du gemeint ... du weißt schon, vorhin, als du gesagt hast, ich würde überall nur Außerirdische sehen?«

»Äh. Weiß ich nicht mehr.«

»*Irgendwas* musst du doch damit gemeint haben.«

»Ich bin mir nicht mal sicher, ob es *überhaupt* Außerirdische gibt. Oder nur unterschiedliche Arten von uns. Aber ich weiß, was wichtig ist. Es ist wichtig, genau zu wissen, was man tut. Es ist wichtig, immer dran zu denken, dass es kein Spiel ist. Nichts davon. Nicht mal die Spiele.«

Die Kapsel war jetzt ein kleiner Punkt in der Nacht.

»Wie kommen wir jetzt nach Hause? Ich musste bisher immer sterben, um rauszukommen.«

»Man kommt auch raus, indem man gewinnt.«

»Da ist ein grüner Knopf.«

»Probieren wir's?«

»Klar.«

Licht strömte ins Zimmer, als Johnny aufwachte. Er lag in einem fremden Bett und schaute sich durch halb geöffnete Augen um.

Es war ein typisches Gästezimmer. Da stand die Lampe, die ein bisschen altmodisch war und nirgendwo anders hingepasst hatte. Und das Bücherregal mit den Büchern, die niemand las. Abgesehen von einem Aschenbecher auf dem Nachttisch fehlten einfach die *kleinen* Dinge.

Da stand auch ein elektrischer Wecker, aber irgendwann musste es einen Stromausfall gegeben haben, und obwohl die Leute alle anderen Uhren im Haus mit Sicherheit nachgestellt hatten, so hatten sie diese hier doch übersehen. Wie auch immer, jedenfalls blinkte sie Tag und Nacht 7:41. Da von unten keine Geräusche nach oben drangen, vermutete er, dass es tatsächlich noch sehr früh war.

Er kuschelte sich wieder unter die Decke und genoss die Zeit, die er zwischen Träumen und Wachen für sich herausgeschlagen hatte.

So ... was nun? Er würde mit Kirsty reden müssen, die davon träumte, Sigourney zu sein, und dabei vergaß, dass es nur eine *Rolle* war, die sie spielte. Und er hatte den Verdacht, dass er seine Eltern nur zu bald sehen würde. Er würde eine Menge Gespräche über sich ergehen lassen müssen, aber dadurch bestand auch die Möglichkeit, dass sich tatsächlich was änderte.

Es herrschten immer noch Schwere Zeiten. Und die Schule war auch noch da. Wahrscheinlich hatte sich nichts gebessert. Niemand lief mit einem Zauberstab herum.

Immerhin, die Flotte hatte es geschafft. Und im Vergleich dazu war alles andere ... na ja, nicht direkt leicht, aber weniger wie eine Wand, sondern eher wie eine Treppe.

Mag sein, dass du nie gewinnst, aber du kannst es wenigstens versuchen. Wenn nicht du, wer dann?

Er drehte sich um und schlief wieder ein.

Die Grenze schwebte im All.
Riesige weiße Buchstaben, Tausende von Meilen hoch.
Da stand:

**GAME
OVER**

Und die Flotte rauschte vorbei. Tanker, Kampfschiffe, Jäger ... und ihre Schatten huschten über die Buchstaben, während ein Schiff nach dem anderen für immer verschwand.

NEW
GAME
(Y/N)

Nur du kannst sie verstehen

Ins Deutsche übertragen
von Emily Pichelsteiner

Vorwort des Autors

Ich habe die geschichtlichen Fakten ein wenig verdreht. Solche Dinge wie das Bataillon der Kameraden von Blackbury gab es tatsächlich. Sie waren ein ebenso schreckliches wie unschuldiges Instrument, um eine ganze Generation junger Männer aus einer bestimmten Gegend mit einem einzigen Kanonenschlag auszulöschen. Aber mit dem Sommer 1916, als die erste Schlacht an der Somme stattfand, war diese Praktik ausgestorben. Am ersten Tag jener Schlacht kamen neunzehntausend britische Soldaten ums Leben.

»Thomas Atkins« war tatsächlich der Name, der auf den Papieren der britischen Armee verwendet wurde, so wie heute überall »B. Mustermann« oder Ähnliches steht. »Tommy Atkins« wurde deshalb zum Spitznamen für den britischen Soldaten schlechthin.

Es gab sicherlich eine ganze Reihe von echten Tommy Atkins im Krieg. Dieses Buch ist ihnen gewidmet – wo immer sie sein mögen.

Kapitel eins

Johnny wusste selbst nie so recht, wieso er angefangen hatte, die Toten zu sehen. Der Stadtrat meinte, er habe es wahrscheinlich getan, weil es bequemer war, als sie nicht zu sehen.

Er sagte, bei den meisten Leuten lasse der Kopf es nicht zu, dass sie Dinge sahen, die sie aufregen könnten. Der Stadtrat meinte, er müsse es schließlich wissen, da er sein ganzes Leben (1822–1906) damit zugebracht hatte, irgendwas *nicht* zu sehen.

Wobbler Johnson, sozusagen Johnnys bester Freund, hielt ihn schlicht für durchgeknallt. Aber Yo-less, der medizinische Bücher las, meinte, er könne wahrscheinlich seine Gedanken nicht wie normale Menschen auf etwas Bestimmtes konzentrieren. Normale Menschen bekamen fast nichts von dem mit, was um sie herum geschah, und konzentrierten sich stattdessen auf die wichtigen Dinge wie aufstehen, aufs Klo gehen und in ihrem Leben vorankommen. Wogegen Johnny morgens einfach die Augen öffnete, und das ganze Universum prallte ihm ins Gesicht. Wobbler sagte, das höre sich immer noch ziemlich nach »durchgeknallt« an.

Aber wie auch immer man es erklärte, es *bedeutete* nur eins: Johnny sah Dinge, die andere Leute nicht sahen.

Wie zum Beispiel die toten Leute, die auf dem Friedhof rumhingen.

Der Stadtrat – zumindest der *alte* Stadtrat – rümpfte über die meisten anderen Toten ein wenig die Nase, sogar über Mr Vicenti, der ein riesiges schwarzes Marmorgrab mit Engeln hatte; hinter einer Glasscheibe war dort ein Foto von Mr Vicenti (1897–1958), auf dem er alles andere als tot aussah. Der Stadtrat meinte, Mr Vicenti sei ein Mafiaboss gewesen. Mr Vicenti hingegen erzählte Johnny, dass er sein ganzes Leben lang Großhandelsvertreter für Krimskrams, Amateur-Entfesselungskünstler und Entertainer für Kinder gewesen sei, was in einigen wesentlichen Punkten ziemlich weit von einem Leben als Mafiaboss entfernt war.

Aber das war alles erst später. Als er die Toten schon ein wenig besser kannte. Nachdem der Geist des Ford Capri aufgetaucht war.

Johnny hatte den Friedhof eigentlich erst entdeckt, nachdem er bei Opa eingezogen war. Das war im dritten Teil der Experimentierphase, nach dem Rumbrüllen, das ziemlich schlimm gewesen war, und dem Vernünftigsein (noch schlimmer – Menschen können einfach besser rumbrüllen). Jetzt hatte sein Vater einen neuen Job irgendwo am anderen Ende des Landes. Johnny hatte das leise Gefühl, dass alles in Ordnung kommen könnte, nachdem sie endlich damit aufgehört hatten, vernünftig sein zu wollen. Aber im Großen und Ganzen versuchte er einfach, so wenig wie möglich darüber nachzudenken.

Er hatte aufgehört, mit dem Bus nach Hause zu fahren, und war stattdessen den Weg am Kanal entlanggegangen; dabei hatte er entdeckt, dass man die Hälfte des Weges abkürzen konnte, wenn man an der eingefallenen Stelle über die Mauer kletterte und dann hinter dem Krematorium herumging.

Die Gräber reichten bis ganz hinunter ans Kanalufer.

Es war einer dieser alten Friedhöfe, hier gab es noch Eulen und Füchse. Manchmal stand in der Sonntagszeitung etwas über das kulturelle Erbe der viktorianischen Zeit, aber dieser Friedhof wurde nie erwähnt, da er zu weit von London entfernt war.

Wobbler fand ihn gruselig und ging manchmal den langen Weg, aber Johnny war enttäuscht, dass es nicht gruseliger war. Wenn man erst mal vergessen hatte, was es eigentlich war – dass da lauter Skelette unter der Erde lagen und im Dunkeln vor sich hin grinsten –, war es gar nicht übel. Vögel sangen. Die Autos waren kaum mehr zu hören. Einfach friedlich.

Einiges hatte er jedoch erst abchecken müssen. Auf manchen der älteren Gräber standen große Steintruhen, und in den verwilderten Ecken des Friedhofs hatten sie Risse bekommen oder waren sogar aufgegangen. Vorsichtshalber hatte er mal reingeschaut. Und sie zu seiner Enttäuschung leer gefunden.

Und dann gab es noch die Mausoleen. Sie waren viel größer und hatten Türen. Sie sahen ein bisschen wie Gartenhäuschen aus, nur mit Engeln drauf. Die Engel waren oft lebensechter, als man erwartet hätte, vor allem einer am Eingang, der so aussah, als wäre ihm gerade eingefallen, dass er lieber noch mal im Himmel aufs Klo gegangen wäre.

Jetzt gingen die beiden Jungs über den Friedhof und wirbelten dabei die dicke Laubschicht vom Boden auf.

»Nächste Woche ist Halloween«, sagte Wobbler. »Ich gebe 'ne Party. Alle müssen als was Schreckliches kommen. Du kannst dir natürlich die Verkleidung sparen.«

»Danke«, sagte Johnny.

»Ist dir aufgefallen, dass in den Läden in letzter Zeit viel mehr Halloweenzeugs rumliegt?«, fragte Wobbler.

»Das ist, weil sich die Leute mit dem Feuerwerk andauernd selbst in die Luft gejagt haben. Also hat man Halloween erfunden, wo es nur Masken und so 'n Zeug gibt.«

»Mrs Nugent sagt, das ist Okkultismus«, sagte Wobbler. Mrs Nugent war die Nachbarin der Johnsons und bekannt dafür, ziemlich wenig Verständnis für einige Dinge zu haben, wie zum Beispiel Madonna in voller Lautstärke nachts um drei.

»Kann schon sein«, meinte Johnny.

»Sie sagt, die Hexen seien an Halloween verreist«, sagte Wobbler.

»Was?«, fragte Johnny verblüfft. »Machen die Urlaub auf Mallorca, oder wie?«

»Vermutlich«, sagte Wobbler.

»Na ja, das ist wahrscheinlich gar nicht so dumm. Vermutlich kriegen sie Sonderangebote, von wegen Nachsaison und weil sie alte Damen sind«, sagte Johnny. »Meine Tante kann fast umsonst Bus fahren, wohin sie will, und dabei ist sie nicht mal 'ne Hexe.«

»Dann verstehe ich aber nicht, warum Mrs Nugent sich Sorgen macht«, sagte Wobbler. »Müsste hier doch viel sicherer sein, wenn alle Hexen im Urlaub sind.«

Sie kamen an einem reich verzierten Mausoleum vorbei, das sogar kleine Bleiglasfenster hatte. Man konnte sich schwer vorstellen, wer da reinschauen sollte, aber noch unwahrscheinlicher war, dass jemand rausgucken wollte.

»Es wäre nicht gerade toll, mit denen im selben Flugzeug zu sitzen«, sagte Wobbler, der angestrengt nachgedacht hatte. »Stell dir vor, du kannst dir nur leisten, im Herbst zu verreisen, und dann steigst du ins Flugzeug, und da sitzen lauter Hexen auf Urlaub.«

»Und singen ›Oléoléoléolé‹?«, sagte Johnny. »Und ›Viva Espanniel‹? Aber ich wette, der Service im Hotel wäre echt stark.«

»Ja.«

»Eigentlich komisch«, meinte Johnny.

»Was?«

»Ich hab mal 'n Buch gelesen über Leute in Mexiko oder so, und da gehen alle an Halloween auf einen Friedhof und feiern eine große Fiesta, jedes Jahr. Sie sehen nämlich nicht ein, warum man Leute von Feiern ausschließen sollte, bloß weil sie tot sind.«

»Igitt. Eine Party? So richtig auf dem Friedhof?«

»Ja.«

»Schätze, da kommen unheimliche grüne Finger aus der Erde und klauen die Würstchen?«

»Glaub ich nicht. Und außerdem ... die essen keine Würstchen in Mexiko. Die essen Tort... äh.«

»Torteletts.«

»Ja?«

»Ich wette«, sagte Wobbler und sah sich um, »ich wette, du traust dich nicht, hier an eine Tür zu klopfen. Ich wette, du würdest Tote da drin rumschlurfen hören.«

»Wieso schlurfen?«

Wobbler überlegte.

»Sie schlurfen immer«, sagte er. »Keine Ahnung, warum. Ich hab's in Videos gesehen. Und sie können durch Wände gehen.«

»Warum?«, sagte Johnny.

»Warum was?«

»Warum durch Wände gehen? Ich meine ... lebende Menschen können das auch nicht. Warum sollten Tote es können?«

Wobblers Mutter war nicht besonders streng, was Videos anging. Angeblich erlaubte sie ihm sogar, Videos zu sehen, die auch Hundertjährige nur mit ihrer Mama anschauen durften.

»Weiß ich nicht«, sagte er. »Meistens sind sie wegen irgendetwas ziemlich sauer.«

»Weil sie tot sind, meinst du?«

»Wahrscheinlich«, meinte Wobbler. »Kann kein besonders schönes Leben sein.«

Johnny dachte an diesem Abend darüber nach, nachdem er den alten Stadtrat kennengelernt hatte. Die einzigen Toten, die er bis dahin gekannt hatte, waren Mr Page, der im Krankenhaus an irgendwas gestorben war, und seine Uroma, die sechsundneunzig Jahre alt gewesen und einfach so gestorben war. Keiner von denen war je besonders wütend gewesen. Seine Uroma war vielleicht ein bisschen durcheinander, aber nie böse. Er hatte sie im Haus Sonnenblick besucht, und da hatte sie nur ziemlich viel ferngesehen und aufs nächste Essen gewartet. Und Mr Page war immer spazieren gegangen; der einzige Mann in der Straße, der mitten am Tag zu Hause war.

Das waren bestimmt keine Leute, die nach dem Tod einfach aufstehen und mit Michael Jackson tanzen würden. Und das Einzige, wofür seine Uroma durch die Wand gegangen wäre, wäre ein Fernseher, bei dem sie sich nicht mit fünfzehn anderen alten Damen um die Fernbedienung prügeln musste.

Johnny hatte das Gefühl, dass viele Leute manches ziemlich falsch verstanden. Das sagte er Wobbler auch, aber der war anderer Meinung.

»Wenn man erst mal tot ist, sieht man das wahrscheinlich ganz anders«, erklärte er.

Sie gingen die West Avenue hinunter. Der Friedhof war angelegt wie eine Stadt mit Straßen. Sie hatten keine besonders originellen Namen – North Drive und South Walk kreuzten sich zum Beispiel an einem kleinen Kiesplatz, auf dem ein paar Bänke standen, mit der West Avenue. Der Platz war so etwas wie die Stadtmitte. Aber die Stille der großen viktorianischen Mausoleen ließ ihn aussehen, als wäre hier noch früher als anderswo Ladenschluss.

»Mein Vater sagt, das hier wird alles demnächst bebaut«, erzählte Wobbler. »Er sagt, die Stadt hätte es für fünf Pence an irgendeine große Gesellschaft verkauft, weil die Instandhaltung so teuer ist.«

»Was? Das Ganze?«, sagte Johnny.

»Hat er jedenfalls gesagt«, meinte Wobbler. Selbst er sah ein bisschen verunsichert aus. »Er hat gesagt, es sei ein Skandal.«

»Sogar das Stück mit den Pappeln?«

»Das Ganze«, sagte Wobbler. »Es würden Büros drauf gebaut oder so was.«

Johnny sah sich um. Der Friedhof war die einzige unbebaute Fläche weit und breit. »Ich hätte denen wenigstens ein Pfund gegeben«, sagte er.

»Ja, aber du hättest nichts drauf bauen können«, erwiderte Wobbler. »Das ist der springende Punkt.«

»Ich wollte auch gar nichts drauf bauen. Ich hätte ihnen ein Pfund gegeben, damit es so bleibt, wie es ist.«

»Ja«, sagte Wobbler, vernünftig wie immer, »aber die Leute müssen irgendwo arbeiten. Wir brauchen Arbeitsplätze.«

»Ich wette, die Leute hier werden sich nicht gerade freuen«, sagte Johnny, »wenn sie es erfahren.«

»Ich glaube, man bringt sie woandershin«, vermutete Wobbler. »Irgendwie so muss es sein. Sonst würde sich ja keiner von denen, die hierherziehen, trauen, den Garten umzugraben.«

Johnny sah sich das nächstgelegene Grab an, das wie ein Gartenhäuschen aus Marmor aussah. Bronzene Lettern über dem Eingang besagten:

Stadtrat Thomas Bowler

1822–1906

Pro Bono Publico

Daneben war ein Gesicht eingemeißelt, vermutlich das vom Stadtrat selbst, das ernst ins Leere starrte, als würde er sich ebenfalls fragen, was Pro Bono Publico wohl zu bedeuten hatte.

»Ich wette, der da wäre ganz schön sauer«, sagte Johnny.

Er zögerte einen Moment, dann lief er die geborstenen Stufen zu der metallenen Tür hoch und klopfte an. Er hatte *keine* Ahnung, warum er das tat.

»Hey, hör auf damit!«, zischte Wobbler. »Stell dir doch mal

vor, er kommt rausgeschlurft. Außerdem« – er senkte seine Stimme ein wenig – »ist es nicht richtig, wenn man versucht, mit den Toten zu reden. Das kann zu satanischen Praktiken führen, haben sie im Fernsehen gesagt.«

»Ich wüsste nicht, warum«, sagte Johnny.

Er klopfte noch einmal.

Und die Tür ging auf.

Stadtrat Thomas Bowler blinzelte im Sonnenlicht und starrte dann Johnny an.

»Ja bitte?«, sagte er.

Johnny drehte sich um und rannte um sein Leben.

Wobbler holte ihn auf der Hälfte des North Drive ein. Wobbler war normalerweise kein sportlicher Typ, und seine Geschwindigkeit hätte einige Leute, die ihn kannten, ganz schön erstaunt.

»Was ist passiert? Was ist denn passiert?«, japste er.

»Hast du's denn nicht gesehen?«, sagte Johnny.

»Ich hab gar nichts gesehen!«

»Die Tür ist aufgegangen!«

»Ist sie nicht!«

»Doch, ist sie!«

Wobbler wurde langsamer.

»Nein, ist sie nicht«, murmelte er. »Keine von denen kann aufgehen. Ich hab sie mir angesehen. Sie haben alle Vorhängeschlösser dran.«

»Damit niemand reinkommt, oder damit keiner rauskann?«, fragte Johnny.

Ein panischer Ausdruck huschte über Wobblers Gesicht. Da er ein ziemlich breites Gesicht hatte, brauchte das eine ganze Weile. Er wurde wieder schneller.

»Du willst mich nur verarschen!«, schrie er. »Ich fange jedenfalls nicht an, mit dem Satan zu spielen! Ich geh nach Hause.«

Er bog in den East Way ab und rannte auf den Haupteingang zu. Johnny wurde langsamer.

Er dachte: Vorhängeschlösser.

Es stimmte tatsächlich. Er hatte es schon früher bemerkt. Alle Mausoleen waren mit Schlössern versehen, damit keine Vandalen reinkamen.

Aber trotzdem ... trotzdem ...

Wenn er die Augen schloss, konnte er Stadtrat Thomas Bowler *sehen.* Keinen schlurfenden Toten aus Wobblers Videos, sondern einen großen, fetten Mann in einer pelzbesetzten Robe mit einer Goldkette und einem Hut mit Ecken.

Er hörte auf zu rennen und ging dann langsam den Weg zurück, den er gekommen war.

An der Tür des Stadtrat-Grabs war ein Vorhängeschloss. Es sah verrostet aus.

Es lag nur an diesem Gespräch mit Wobbler, dachte Johnny. Das hatte ihn auf dumme Gedanken gebracht.

Er klopfte trotzdem noch mal.

»Ja bitte?«, sagte Stadtrat Thomas Bowler.

»Äh ... hah ... Entschuldigung ...«

»Was willst du?«

»Sind Sie *tot*?«

Der Stadtrat hob den Blick zu den Bronzelettern über der Tür.

»Siehst du, was da oben steht?«, sagte er.

»Äh ...«

»Neunzehnhundertundsechs, steht da. Es war ein sehr schönes Begräbnis, hab ich mir sagen lassen. Ich selbst war nicht dabei.« Der Stadtrat überlegte. »Oder besser, ich war schon dabei, aber von meinem Posten aus konnte ich nichts sehen. Ich glaube, der Pfarrer hat eine sehr bewegende Predigt gehalten. Was war es gleich, was du wolltest?«

»Äh …« Johnny sah sich hilflos um. »Was … äh … was bedeutet eigentlich Pro Bono Publico?«

»Zum Wohl des Volkes«, erklärte der Stadtrat.

»Oh. Na ja … danke.« Johnny wich zurück. »Ganz herzlichen Dank.«

»War das alles?«

»Äh … ja.«

Der Stadtrat nickte traurig. »Ich hab mir schon gedacht, dass es nichts Wichtiges ist«, sagte er. »Ich hatte seit neunzehnhundertdreiundzwanzig keinen Besuch mehr. Und die hatten sich im Namen geirrt. Waren nicht mal verwandt mit mir. Und *Amerikaner.* Ach, na ja. Dann auf Wiedersehen.«

Johnny zögerte. Ich könnte mich jetzt umdrehen, dachte er, und nach Hause gehen. Und wenn ich mich umdrehe, werde ich nie rausfinden, was als Nächstes passiert. Ich werde weggehen und werde nie erfahren, warum es jetzt passiert ist und was als Nächstes kommt. Ich werde weggehen und erwachsen werden und arbeiten gehen und heiraten und Kinder haben und Großvater werden und in Rente gehen und kegeln und nach Sonnenblick kommen und den ganzen Tag fernsehen, bis ich sterbe, und ich werde es nie erfahren.

Und er dachte: Vielleicht bin ich schon gestorben. Vielleicht ist das alles schon geschehen, und gerade als ich sterben sollte, ist ein Engel vorbeigekommen und hat gesagt, hast du noch einen Wunsch? Und ich hab geantwortet, ja, ich würde gerne wissen, was passiert wäre, wenn ich nicht weggerannt wäre, und der Engel hat gesagt, o. k., du kannst noch mal zurückgehen. Und da bin ich, wieder hier. Ich darf jetzt nicht kneifen.

Die Welt wartete.

Johnny machte einen Schritt nach vorn.

»Sie sind doch tot, oder?«, fragte er vorsichtig.

»O ja. Das gehört zu den Dingen, die man ganz sicher weiß.«

»Sie sehen gar nicht tot aus. Ich meine, ich dachte … wissen Sie … Särge und so …«

»Oh, das alles gibt es schon«, sagte der Stadtrat freundlich, »und das hier gibt es eben auch.«

»Sie sind ein Gespenst?« Johnny war erleichtert. Mit einem Gespenst konnte er irgendwie zurechtkommen.

»Ich hoffe doch, dass ich etwas mehr Stolz habe«, erwiderte der Stadtrat.

»Mein Freund Wobbler wird total platt sein, wenn er Sie sieht«, sagte Johnny. Dann hatte er eine Idee: »Sie können nicht zufällig tanzen, oder?«, fragte er.

»Ich konnte mal ganz gut Walzer tanzen«, meinte der Stadtrat.

»Ich meine … in etwa … so«, sagte Johnny. Er ahmte, so gut er konnte, Michael Jacksons Tanzstil nach. »So in der Art, mit den Füßen«, sagte er entschuldigend.

»Das sieht großartig aus«, meinte Stadtrat Tom Bowler.

»Ja, und Sie müssen einen glitzernden Handschuh in der Hand tragen –«

»Das ist also wichtig?«

»O ja, und Sie müssen ›*Auu!*‹ sagen.«

»Ich möchte annehmen, dass das jeder tun würde, der sich so bewegt«, sagte der Stadtrat.

»Nein, ich meine mehr so ›*Auuuuiiieah!*‹, mit …«

Johnny hielt inne. Er bemerkte, dass er irgendwie vom Thema abgekommen war.

»Aber …«, wandte er ein und blieb am Ende einer Furche im Kies stehen. »Ich verstehe nicht, wie Sie tot sein können und trotzdem hier rumlaufen und reden …«

»Das ist wahrscheinlich alles wegen der Relativität«, sagte der Stadtrat und stakste den Kiesweg entlang. »Ungefähr so, meinst du? *Aua!*«

»Fast«, sagte Johnny. »Äh ... Wie meinen Sie das mit der Relativität?«

»Einstein kann das alles ziemlich gut erklären«, sagte der Stadtrat.

»Was? *Albert* Einstein?«

»Wer?«

»Das war ein berühmter Wissenschaftler. Er ... er hat die Lichtgeschwindigkeit und so erfunden.«

»Tatsächlich? Nein, ich habe Solomon Einstein gemeint. Der war ein berühmter Tierpräparator aus der Cable Street. Hat tote Tiere ausgestopft, du weißt schon. Ich glaube, er hat eine Maschine erfunden, mit der man Glasaugen machen konnte. Ist neunzehnhundertzweiunddreißig von einem Automobil überfahren worden. Aber ein kluger Kopf, allemal!«

»Das wusste ich gar nicht«, sagte Johnny.

Er sah sich um. Es wurde langsam dunkel.

»Ich glaube, ich sollte jetzt lieber nach Hause gehen«, erklärte er und wich ein Stück zurück.

»Ich glaube, daran könnte ich mich gewöhnen«, sagte der Stadtrat und tanzte zur Tür zurück.

»Ich werde ... äh ... ich besuche Sie wieder. Vielleicht«, sagte Johnny.

»Komm, wann immer du willst«, meinte der Stadtrat, als Johnny sich davonmachte, so schnell es die Höflichkeit zuließ. »Ich bin immer zu Hause.«

»Immer zu Hause«, murmelte er dann noch einmal. »Darin wird man richtig gut, wenn man tot ist. Hmmm. Auuuiiieah, das war's doch, oder?«

Kapitel zwei

Nach dem Essen kam Johnny auf den Friedhof zu sprechen.

»Es ist eine Schande, was die Stadt da macht«, erklärte sein Opa.

»Aber den Friedhof instand zu halten kostet eine Menge«, sagte Johnnys Mutter. »Die meisten Gräber werden von niemandem mehr gepflegt, nur die alte Mrs Tachyon geht noch hin, und die ist verrückt.«

»Es hat nichts damit zu tun, dass die Gräber nicht mehr gepflegt werden, Mädchen. Auf jeden Fall ist es ein Stück Geschichte.«

»Stadtrat Thomas Bowler«, sagte Johnny.

»Von dem habe ich nie gehört«, meinte sein Opa. »Ich meinte William Stickers. Man hätte ihm fast ein Denkmal gebaut. Jeder hier hat ein bisschen Geld gespendet, und dann ist einer damit abgehauen. Dabei hatte ich sogar Sixpence gegeben.«

»War er denn berühmt?«

»*Fast* berühmt. *Fast.* Hast du mal von Karl Marx gehört?«

»Er hat den Kommunismus erfunden, oder?«, sagte Johnny.

»Das stimmt. Nun, William Stickers nicht. Aber er wäre Karl Marx geworden, wenn Karl Marx nicht schneller gewesen wäre. Ich sag dir was ... morgen zeig ich's dir.«

Und dann war morgen.

Der Himmel war dunkelgrau, und es nieselte.

Opa und Johnny standen vor einem großen Grabstein, auf dem stand:

William Stickers

1897–1949

Proletarier aller Länder

verein

»Ein großartiger Mann«, sagte Opa. Er hatte seinen Hut abgenommen.

»Was ist das für ein Verein?«, wollte Johnny wissen.

»Es sollte ›vereinigt euch‹ heißen«, sagte Opa. »Das Geld ist ihnen ausgegangen und hat nicht mehr für das ›igt euch‹ gereicht. Es war ein Skandal. Er war ein Held der Arbeiterklasse. Er hätte im spanischen Bürgerkrieg gekämpft, aber irgendwie ist er auf dem falschen Boot gelandet und nur bis Hull gekommen.«

Johnny sah sich um. »Hmm«, sagte er. »Was für ein Mensch war er denn?«

»Ein wahrer proletarischer Held, wie ich schon sagte.«

»Ich meine, wie hat er ausgesehen?«, fragte Johnny. »War er groß mit einem langen schwarzen Bart und einem Zwicker mit Goldrand?«

»Genau. Du hast Fotos gesehen, nicht wahr?«

»Nein«, sagte Johnny. »Nicht direkt.«

Opa setzte seinen Hut wieder auf.

»Ich muss noch einkaufen«, meinte er. »Kommst du mit?«

»Nein, danke. Ich äh … geh mal zu Wobbler rüber.«

»Alles klar.«

Opa ging in Richtung Haupteingang davon.

Johnny holte tief Luft.

»Hallo«, sagte er.

»Es *war* ein Skandal, dass es nicht mehr fürs ›igt euch‹ gereicht hat«, sagte William Stickers.

Er lehnte an seinem Grabstein. Jetzt richtete er sich auf.

»Wie heißt du, Genosse?«

»John Maxwell«, sagte Johnny.

»Ich wusste, dass du mich sehen kannst«, sagte William Stickers. »Ich konnte sehen, wie du mich angestarrt hast, als der alte Mann redete.«

»Ich wusste, dass Sie Sie waren«, sagte Johnny. »Sie sehen ... äh ... dünner aus.«

Dünn war eigentlich nicht das richtige Wort. Es war mehr wie ... nicht ganz anwesend. Durchsichtig.

»Äh«, sagte Johnny. Und dann: »Das verstehe ich nicht. Sie sind doch tot, oder? Eine Art ... Gespenst?«

»Gespenst?«, sagte William Stickers wütend.

»Na ja ... dann eben Geist.«

»So etwas gibt es nicht. Das ist ein Relikt aus einem veralteten Glaubenssystem.«

»Äh, nur ... Sie reden mit mir ...«

»Das ist ein vollkommen verständliches wissenschaftliches Phänomen«, erklärte William Stickers. »Lass niemals den Aberglauben deine vernünftigen Überlegungen beeinflussen, mein Junge. Es wird Zeit, dass die Menschheit alte kulturelle Überbleibsel beiseiteschiebt und in das helle Licht des Sozialismus tritt. Was für ein Jahr haben wir?«

»1993«, sagte Johnny.

»Ah! Und, haben die unterdrückten Massen sich erhoben und die kapitalistischen Tyrannen im Namen des glorreichen Kommunismus besiegt?«

»Äh ... wie bitte?« Johnny zögerte, dann fiel ihm vage etwas ein. »Sie meinen wie ... Russland und so 'n Zeug? Als sie den Zaren erschossen haben? Darüber hab ich mal was im Fernsehen gesehen.«

»Oh, *das* weiß ich. Das war erst der *Anfang*. Aber was ist seit 1949 passiert? Ich nehme doch an, die Weltrevolution hat inzwischen stattgefunden, oder? Hier drinnen erzählt einem ja keiner was.«

»Na ja … es gab eine Menge Revolutionen, glaube ich«, sagte Johnny. »Überall …«

»Prächtig!«

»Äh.« Johnny fiel ein, dass eine Menge von den Leuten, die in letzter Zeit Revolutionen machten, behaupteten, sie hätten die kommunistischen Tyrannen besiegt, aber William Stickers sah so begeistert aus, dass Johnny nicht wusste, wie er ihm das beibringen sollte. »Ich sag Ihnen was … können Sie eine Zeitung lesen, wenn ich Ihnen eine bringe?«

»Natürlich. Aber es ist schwer, die Seiten umzublättern.«

»Äh. Gibt es hier viele von Ihnen?«

»Hah! Die meisten von denen interessiert das nicht. Sie wollen sich nicht anstrengen.«

»Können Sie … wie soll ich sagen … rumlaufen? Sie könnten überall umsonst rein.«

William Stickers schaute ein wenig unsicher drein.

»Es ist schwer, weit zu gehen«, murmelte er. »Es ist eigentlich nicht erlaubt.«

»Ich hab mal in einem Buch gelesen, dass Geister sich nicht viel bewegen können«, sagte Johnny.

»Geist? Ich bin nur … tot.« Er fuchtelte mit einem transparenten Finger in der Luft herum. »Hah! Aber so kriegen die mich nicht«, sagte er schnippisch. »Nur, weil rauskommt, dass ich immer noch … hier bin, nachdem ich gestorben bin, heißt das noch lange nicht, dass ich diesen ganzen Unsinn *glaube*, weißt du? O nein. Ein ganz logischer, rationaler Gedanke, mein Junge. Und vergiss die Zeitung nicht.«

William Stickers verblasste Stück für Stück. Als Letztes verschwand sein Finger, der immer noch seinen völligen Unglauben an ein Leben nach dem Tod in die Luft zeichnete.

Johnny wartete noch ein Weilchen, aber sonst wollten offenbar keine Toten erscheinen.

Er hatte irgendwie das Gefühl, beobachtet zu werden, aber das hatte nichts mit Blicken zu tun. Es war nicht richtig gruselig, aber ungemütlich. Man wagte es nicht, sich am Hintern zu kratzen oder in der Nase zu bohren.

Zum ersten Mal nahm er den Friedhof *richtig* wahr. Er sah wirklich vernachlässigt aus.

Dahinter lag der Kanal, der nicht mehr benutzt wurde, außer zum Müllabladen; alte Kinderwagen, ausrangierte Fernseher und aufgesprungene Sofas zierten seine Ufer wie Monster aus dem Müllzeitalter. Dann gab es noch das Krematorium und die dazugehörigen Gartenanlagen, die ganz in Ordnung waren, wenn man diese von Kieswegen umsäumten Gärten mochte, in denen überall Schilder stehen, die das Betreten des Rasens verbieten. An der vorderen Seite verlief die Cemetery Road, in der früher einmal Wohnhäuser gestanden hatten; jetzt war dort die Rückwand des Bonanza-Teppichbodenmarkts (Jetzt noch BILLIGER!). Es gab immer noch eine alte Telefonzelle, und einen Briefkasten, was den Eindruck vermittelte, dass hier einmal Leute zu Hause gewesen waren. Aber jetzt war es nur noch eine Straße, die dazu diente, vom Industriegebiet zur Umgehungsstraße zu kommen.

An der vierten Seite war nichts außer einem Haufen alter Ziegel und einem langen Schornstein – dem einzigen Überrest der ehemaligen Gummistiefelfabrik von Blackbury. (»Wenn Stiefel, dann Blackbury« war einmal einer der berühmtesten und *blödesten* Werbesprüche der Welt gewesen.)

Johnny erinnerte sich vage an etwas, das in der Zeitung gestanden hatte. Die Leute hatten wegen irgendwas protestiert – aber das taten sie ja ständig. Es wurde dauernd über so viele Dinge berichtet, dass man kaum rausfinden konnte, was nun richtig war und was nicht.

Er ging zu dem alten Fabrikgelände hinüber. Jetzt standen dort lauter Bulldozer, aber sie waren alle leer. Das Areal hatte einen Maschendrahtzaun, der an einigen Stellen aufgeschnitten worden war, obwohl überall Schilder vor Wachhunden warnten. Vielleicht waren ja die Wachhunde ausgebrochen.

Und dann gab es noch ein großes Schild, auf dem das Bürogebäude zu sehen war, das an dieser Stelle gebaut werden sollte. Es war wunderschön. An der Vorderseite gab es Springbrunnen und ein paar schöne, alte Bäume. Davor standen ordentlich gekleidete Leute und redeten miteinander. Der Himmel darüber war strahlend blau, was für Blackbury ziemlich ungewöhnlich war; die meiste Zeit hatte der Himmel hier so eine hässliche, schmierige Farbe, als würde man in einer Tupperdose wohnen.

Johnny starrte das Schild eine Weile an, während der Regen auf die wirkliche Welt fiel, so dass der blaue Himmel auf dem Schild glänzte.

Es war ziemlich eindeutig, dass das Gebäude mehr Platz einnehmen würde als die alte Stiefelfabrik.

Die Worte über dem Bild besagten: »Ein aufregendes Projekt der Vereinigten Holding GmbH: Vorwärts in die Zukunft!«

Johnny fand das nicht besonders aufregend; im Gegenteil, er hatte das Gefühl, dass »Vorwärts in die Zukunft« sogar noch dämlicher klang als »Wenn Stiefel, dann Blackbury«.

Bevor er am nächsten Tag zur Schule ging, klaute er die Zeitung und versteckte sie hinter William Stickers' Grab.

Er kam sich eher dumm vor, als dass er Angst gehabt hätte. Er wünschte, er könnte mit irgendjemandem einmal ausführlich darüber reden.

Es gab niemanden, mit dem er das hätte tun können. Aber es gab drei Leute, die wenigstens zuhören würden.

In der Schule gab es verschiedene Cliquen und Gangs, wie zum Beispiel die Sportler, die Schlauköpfe und die Spinner vom Computerclub.

Und dann gab es noch Johnny und Wobbler und Bigmac, der von sich behauptete, er sei der letzte der wirklich harten Skinheads. Aber in Wirklichkeit war er nur ein magerer Bursche mit kurzem Haar, Plattfüßen und Asthma, der schon Schwierigkeiten hatte, in Doc-Martens-Schuhen zu *laufen*. Und es gab Yo-less, der im Prinzip ein Schwarzer war.

Zumindest hörten sie ihm zu, während der Pause, auf dem kleinen Stückchen Mauer zwischen der Schulküche und der Bibliothek. Dort hingen sie normalerweise ab – oder zumindest herum.

»Gespenster«, sagte Yo-less, als er am Ende war.

»Ne-eeh«, meinte Johnny unsicher. »Sie wollen nicht so genannt werden. Das regt sie auf, warum auch immer. Sie sind einfach ... tot. Ich schätze, das ist wie bei den Behinderten, die wollen ja auch nicht so genannt werden.«

»Das ist politisch nicht korrekt«, sagte Yo-less. »Darüber hab ich mal was gelesen.«

»Du meinst, die da wollen«, Wobbler hielt einen Moment inne, um nachzudenken, »*Ex-Senioren* genannt werden?«

»Atembehindert«, meinte Yo-less.

»Vertikal benachteiligt«, sagte Wobbler.

»Was? Du meinst, sie sind klein?«, fragte Yo-less.

»Begraben«, sagte Wobbler.

»Wie wäre es mit Zombies?«, schlug Bigmac vor.

»Nein, um ein Zombie zu sein, muss man einen Körper haben«, erklärte Yo-less. »Du bist nicht wirklich tot, du wirst nur mit diesem geheimen Voodoo-Gemisch aus Fisch und Wurzeln gefüttert, und dann wirst du ein Zombie.«

»Wow. Was ist das für ein Zeug?«

»Weiß ich nicht. Woher soll ich das wissen? Eben irgendein Fisch und irgendwelche Wurzeln.«

»Ich wette, es ist ganz schön aufregend, im Voodoo-Land einen Fischmac zu essen«, sagte Wobbler.

»Du müsstest dich doch auskennen, was Voodoo betrifft«, sagte Bigmac.

»Wieso?«, wollte Yo-less wissen.

»Du kommst doch aus der Karibik, oder nicht?«

»Kennst du dich mit Druiden aus?«

»Nein.«

»Da hast du's.«

»Deine Mutter kennt sich garantiert damit aus, da könnte ich wetten«, meinte Bigmac.

»Kann ich mir nicht vorstellen. Meine Mutter hockt länger in der Kirche rum als der Papst«, sagte Yo-less. »Wahrscheinlich sogar länger als *Gott*.«

»Ihr nehmt das nicht ernst«, beschwerte Johnny sich. »Ich habe sie *wirklich gesehen*.«

»Vielleicht hast du was mit den Augen«, meinte Yo-less. »Möglicherweise ist da ein –«

»Ich hab mal 'nen Film gesehen, in dem ein Mann Röntgenaugen hatte«, sagte Bigmac. »Er konnte damit durch alles durchsehen.«

»Auch durch Frauenkleider und so?«, wollte Wobbler wissen.

»So was kam nicht vor«, sagte Bigmac.

Sie ließen sich über diese schreckliche Verschwendung von nützlichen Talenten aus.

»Nein, ich kann *nicht* durch Dinge durchsehen«, sagte Johnny schließlich. »Ich sehe nur Leute, die gar nicht da sind – ich meine, Leute, die andere nicht sehen können.«

»Mein Onkel hat auch Sachen gesehen, die andere nicht sehen konnten«, meinte Wobbler. »Vor allem samstagnachts.«

»Red keinen Quatsch. Ich versuche, ernst zu sein.«

»Ja, aber du hast auch mal erzählt, dass du ein Loch-Ness-Ungeheuer in deinem Goldfischteich hättest«, sagte Bigmac.

»Das stimmt schon, aber –«

»War wohl ein Plesiosaurus«, sagte Yo-less. »Einfach so ’n Saurier, der eigentlich schon seit sieben Millionen Jahren ausgestorben sein sollte. Nichts Besonderes.«

»Ja, aber –«

»Und dann war da noch die verschollene Stadt der Inkas«, sagte Wobbler.

»Die habe ich ja nun *wirklich* gefunden, oder?«

»Ja, schon, aber so verloren war sie gar nicht«, sagte Yo-less. »Hinterm Einkaufszentrum ist nicht gerade verschollen.«

Bigmac seufzte. »Oh, ihr spinnt alle«, stellte er fest.

»Na gut«, sagte Johnny. »Kommt alle nach der Schule mit, okay?«

»Hmmm –« Wobbler trat unbehaglich von einem Bein aufs andere.

»Du hast wohl *Schiss*?«, fragte Johnny. »Du bist auch schon weggelaufen, als der Stadtrat rausgekommen ist.«

»Ich habe nie ’nen Stadtrat gesehen«, protestierte Wobbler. »Und außerdem hatte ich keinen Schiss. Ich bin weggerannt, um dir Angst einzujagen.«

»Das hatte *ich* aber ganz anders verstanden«, sagte Johnny.

»Ich? Schiss? Ich hab dreimal *Die Nacht der Killer-Zombies* gesehen, mit *Standbild* an den richtigen Stellen«, entgegnete Wobbler.

»Na schön. Dann kommt. Ihr alle drei. Nach der Schule.«

»Nach *Cobbers*«, sagte Bigmac.

»Mann, das ist viel wichtiger als –«

»Ja schon, aber heute Abend wird Janine Mick sagen, dass Doraleen Rons Surfboard genommen hat –«

Johnny überlegte.

»Na schön«, erklärte er dann. »Nach *Cobbers*.«

»Und außerdem hab ich meinem Bruder versprochen, mit ihm den Lieferwagen zu beladen«, sagte Bigmac. »Na ja, nicht wirklich versprochen ... er hat gesagt, er dreht mir den Hals rum, wenn ich's nicht tue.«

»Und ich muss noch Erdkunde-Hausaufgaben machen«, sagte Yo-less.

»Wir haben keine«, sagte Johnny.

»Nein, aber ich dachte, wenn ich einen Extra-Aufsatz über Regenwälder schreibe, könnte ich meine Note ein bisschen aufbessern«, sagte Yo-less.

Das war nichts Außergewöhnliches, wenn man Yo-less kannte. Yo-less trug auch die Schuluniform. Nur, dass es keine richtige Schuluniform war. Na ja, theoretisch war es schon eine. Am Anfang jeden Schuljahres bekam man so einen Zettel, auf dem stand, wie die Schuluniform auszusehen hatte, aber niemand trug so was, außer Yo-less. Also, wenn kaum jemand eine trug, hatte Wobbler gemeint, wie konnte es dann eine Uniform sein? Andererseits zogen fast alle zurzeit Jeans und T-Shirts an, also waren Jeans und T-Shirt in Wirklichkeit die Schuluniform, und Yo-less müsste eigentlich nachsitzen, weil er die falsche trug.

»Also gut«, sagte Johnny. »Dann treffen wir uns eben später. Um sechs. Wir können uns bei Bigmac treffen. Das ist sowieso gleich neben dem Friedhof.«

»Aber da wird es schon dunkel«, wandte Wobbler ein.

»Und?«, sagte Johnny. »Du hast doch keine Angst, oder?«

»Ich? Angst? Hah! *Ich? Angst?*«

Wenn man schon bei Anbruch der Dunkelheit an einem schaurigen Ort sein wollte, so fand Johnny, dann lag die Joshua-

N'Clement-Siedlung auf der Gruselskala weit über jedem Friedhof. Zumindest beklauten einen die Toten nicht.

Zuerst hatte man den Wohnblock nach Sir Alex Douglas-Home, dann nach Harold Wilson benennen wollen. Schließlich einigten sich die Stadtväter auf Joshua Che N'Clement, den berühmten Freiheitskämpfer, der dann Präsident seines Landes geworden und der jetzt ein Ex-Freiheitskämpfer und Ex-Präsident irgendwo in der Schweiz war, während ein paar seiner Landsleute versuchten, ihn zu finden, um ihm Fragen zu stellen wie: Was ist mit den zweihundert Millionen Dollar geschehen, die wir angeblich hatten, und wie kommt es, dass deine Frau siebenhundert Hüte besaß?

Der Komplex war 1965 als »überwältigende, dynamische Beziehung zwischen Raum und Baustoffen« beschrieben worden, »majestätisch in seiner bestechenden Einfachheit«.

Oft brachte der *Blackbury Guardian* Bilder von Leuten, die sich über die feuchten Wände oder die Kälte beklagten oder darüber, dass die Fenster bei stärkerem Wind einfach aus den Rahmen fielen (an den Häusern des Blocks war es immer windig), oder darüber, dass Gangs in den düsteren Durchgängen lauerten und Einkaufswagen von den Dächern in den Friedhof der Vergessenen Einkaufswagen schubsten. Die Fahrstühle hatten seit 1966 nicht mehr richtig funktioniert. Sie schlummerten im untersten Stockwerk, zu verängstigt, sich von der Stelle zu rühren.

In den Verbindungsgängen und Fluren (»die faszinierend rohe Brutalität des Sichtbetons«) gab es zwei verschiedene Gerüche, je nachdem, ob der Ninja-Hausmeister mit seinem Wagen da gewesen war oder nicht. Im letzteren Fall roch es nach Desinfektionsmittel.

Niemand mochte den Joshua-N'Clement-Block. Es gab zwei verschiedene Meinungen darüber, was damit geschehen sollte. Die Leute, die dort wohnten, waren der Ansicht, man sollte alle evakuieren und dann den Block in die Luft sprengen. Die Leute, die nur *in der Nähe* wohnten, waren für Sprengen ohne vorherige Räumung.

Das Merkwürdige an der Siedlung war, dass die vierzehn Stockwerke hohen Häuser zwar ganz eng aneinandergedrängt standen, aber von einer riesigen Fläche umgeben waren, die theoretisch aus Rasen bestehen sollte (»weitläufige Grünfläche«), aber inzwischen ganze Kolonien von Chipstüten und ausgebrannten Autos beherbergte.

»Eklige Gegend«, sagte Wobbler.

»Irgendwo müssen die Leute ja wohnen«, meinte Yo-less.

»Meinst du, der Typ, der das entworfen hat, wohnt hier?«, sagte Johnny.

»Kann ich mir nicht vorstellen.«

»Bigmacs Bruder sollte man lieber nicht zu nahe kommen«, sagte Wobbler. »Der spinnt. Hat Tätowierungen und so. Und jeder weiß, dass er klaut. Videos und so. Aus den Fabriken. Und er hat Bigmacs Hamster umgebracht, als er klein war. Und er wirft seinen Kram aus dem Fenster, wenn er wütend ist. Und wenn Clint rausgelassen wird –«

Clint war der Hund von Bigmacs großem Bruder und angeblich aus dem Rottweiler/Pitbull-Mischlings-Züchterverein rausgeworfen worden, weil er zu bösartig war.

»Der arme Bigmac«, meinte Johnny. »Kein Wunder, dass er so scharf auf diesen Militärkram ist.«

»Ich glaube, er will in die Armee, damit er übers Wochenende seine Pistole mit heimnehmen kann«, sagte Yo-less.

Wobbler warf einen nervösen Blick auf die gewaltige Häusermasse der Siedlung. »Hah! Am liebsten würde er den Panzer mit nach Hause nehmen.«

Der Transporter von Bigmacs Bruder stand auf dem Platz, der

ursprünglich zum Wäschetrocknen gedacht war. Die Türen und die vorderen Kotflügel hatten unterschiedliche Farben. Clint hockte auf dem Vordersitz, ans Lenkrad gekettet. Der Transporter war das einzige Fahrzeug, das in der Umgebung der Joshua-N'Clement-Häuser unverschlossen dastehen konnte.

»Wirklich seltsam«, sagte Johnny. »Wenn man es sich recht überlegt, meine ich.«

»Was meinst du?«, fragte Yo-less.

»Na, da gibt's einen riesigen Friedhof für Tote, und die Lebendigen sind in dem Ding da zusammengepfercht«, sagte Johnny. »Ich meine, da scheint jemand irgendwas ziemlich falsch verstanden zu haben.«

Bigmac kam gerade aus dem Haus; er trug einen Stapel Kartons. Er nickte Johnny mutlos zu und schob die Kartons in den Laderaum des Wagens.

»Hallo, Jungs«, sagte er.

»Wo ist dein Bruder?«

»Oben. Kommt, lasst uns gehen.«

»Bevor er runterkommt, meinst du«, sagte Wobbler.

»Hör bloß auf.«

Der Wind raschelte in den Pappeln und säuselte um die uralten Urnen und kaputten Grabsteine.

»Ich weiß nicht, ob das richtig ist«, sagte Wobbler, als die vier am Tor angekommen waren.

»Da sind überall Kreuze«, beruhigte ihn Yo-less.

»Ja, aber ich bin Atheist«, sagte Wobbler.

»Dann solltest du auch nicht an Gespenster glauben –«

»Verstorben weiterlebende Bürger«, korrigierte Bigmac ihn.

»Bigmac?«, sagte Johnny.

»Ja?«

»Was hast du da hinter dem Rücken versteckt?«

»Nichts.«

Wobbler reckte den Hals.

»Ein angespitztes Stück Holz«, berichtete er. »Und einen Hammer.«

»Bigmac!«

»Nja, man kann nie wissen –«

»Lass das hier!«

»Oh, na *gut*.«

»Und überhaupt, bei Geistern wirken die Pflöcke nicht. Die sind für Vampire«, klärte ihn Yo-less auf.

»Vielen Dank«, sagte Wobbler.

»Das hier ist doch bloß ein Friedhof«, sagte Johnny. »Es gibt hier gesetzliche Bestimmungen und all so was! Wir sind doch nicht in Transsylvanien! Hier gibt es nur Tote! Deswegen braucht man sich doch nicht zu fürchten, oder? Tote sind einfach Leute, die mal gelebt haben! Du würdest dich bestimmt nicht so blöd aufführen, wenn hier Lebende begraben wären.«

Sie gingen den North Drive entlang.

Es war faszinierend, wie auf dem Friedhof alle Geräusche leiser wurden. Es gab nur ein paar überwucherte Eisengeländer und einige kahle Bäume zwischen dem Gebäude und der Straße, aber jeglicher Lärm wurde sofort gedämpft, als ob man ihn durch eine Wolldecke hindurch hörte. Stattdessen drang Stille auf sie ein – sie drängte von unten hoch, dachte Johnny, wie Wasser, das man atmen konnte. Sie rauschte. Auf dem Friedhof machte die Stille ein Geräusch.

Der Kies knirschte unter ihren Füßen. Die Flächen vor einigen der neueren Gräber hatte man mit grünen Steinen dekoriert. Jetzt blühten dort winzige Steingartenpflanzen.

In einem der Bäume krächzte eine Krähe; vielleicht war es aber auch ein Rabe. Das störte die Stille nicht wirklich. Es betonte sie eher.

»Ziemlich ruhig hier, was?«, meinte Yo-less.

»Totenstill«, sagte Bigmac. »Hah, hah.«

»Viele Leute kommen hierher, um spazieren zu gehen«, sagte Johnny. »Ich meine, der Park ist ewig weit weg, und außerdem gibt es da nur Gras. Hier wachsen Büsche und Blumen und Bäume und, und –«

»Umwelt«, sagte Yo-less.

»Und wahrscheinlich auch ein paar Biotope«, sagte Johnny.

»Hey, schaut euch mal das Grab hier an«, rief Wobbler.

Sie guckten. Es hatte einen riesigen, hohen Bogengang aus schwarzem Marmor, um den sich massenhaft Engel wanden und eine Madonna. Unter dem Namen *Antonio Vicenti (1897–1958)* war ein verblichenes Foto hinter einem kleinen Fensterchen. Es sah aus wie ein Rolls-Royce unter den Gräbern.

»O Mann. Ziemlich beeindruckend«, sagte Bigmac.

»Wozu braucht man denn so einen riesigen Steinbogen?«, wollte Wobbler wissen.

»Alles Angeberei«, meinte Yo-less. »Wahrscheinlich ist auf der Rückseite ein Aufkleber, auf dem steht ›Man gönnt sich ja sonst nichts‹.«

»Yo-less!«, sagte Johnny.

»Ich fand das eigentlich sehr witzig«, meinte Mr Vicenti. »Er ist ein sehr witziger Junge.«

Johnny drehte sich ganz langsam um.

Ein Mann in schwarzen Kleidern lehnte sich lässig an den Torbogen. Er hatte glatt nach hinten gekämmtes schwarzes Haar, eine Nelke im Knopfloch und eine etwas gräuliche Gesichtsfarbe, als ob das Licht irgendwie falsch wäre.

»Oh«, sagte Johnny. »Hallo.«

»Und worin genau bestand der Witz?«, fragte Mr Vicenti neugierig. Er stand ganz höflich da, die Hände vor der Brust verschränkt, wie ein altmodischer Verkäufer für Herrenmode.

»Ach, wissen Sie, es gibt so einen dummen Werbespruch –«

»Für Gräber?«, wollte Mr Vicenti wissen.

»Ach was, für Schnaps«, sagte Johnny. »Tut mir leid«, fügte er schnell hinzu. »Man sollte keine Witze über so was machen.«

»Früher, in der alten Heimat, habe ich Zauberkunststücke für Kinder vorgeführt«, sagte Mr Vicenti. »Mit Tauben und solchen Sachen. An Samstagen. Auf Geburtstagsfeiern. Der große Vicenti und Ethel. Ich lache gerne.«

»In der alten Heimat?«, fragte Johnny.

»Das Land der Lebenden.«

Die drei Jungs beobachteten Johnny gespannt.

»Du kannst uns nichts vormachen«, sagte Wobbler. »Da ist – da ist gar keiner.«

»Und Entfesslungskünstler war ich auch«, erzählte Mr Vicenti und holte gedankenverloren ein Ei aus Yo-less' Ohr.

»Du redest bloß mit der Luft«, sagte Yo-less.

»Entfesslungskünstler?«, fragte Johnny. Da haben wir es wieder, dachte er. Die Toten wollen immer nur über sich selbst reden ...

»Was?«, sagte Bigmac.

»Ich hab mich aus Fesseln befreit.« Mr Vicenti zerbrach das Ei. Der Geist einer Taube flog davon und löste sich in Luft auf, als er die Bäume erreichte. »Säcke und Ketten und Handschellen und so. Wie der große Houdini! Nur nicht ganz so professionell, selbstverständlich. Bei meinem besten Trick habe ich mich aus einem verschlossenen Sack unter Wasser befreit, mit sechs Metern Kette um mich herum und drei Paar Handschellen.«

»Du meine Güte, wie oft haben Sie das denn getan?«, fragte Johnny.

»Einmal. Fast«, sagte Mr Vicenti.

»Hör schon auf«, rief Wobbler. »Es reicht. Darauf fällt doch keiner mehr rein. Komm schon. Das ist nur Zeitverschwendung.«

»Sei still, das interessiert mich«, sagte Johnny.

Er nahm ein Rascheln hinter sich wahr, als ginge jemand ganz langsam durchs Laub.

»Und du bist John Maxwell«, sagte Mr Vicenti. »Der Stadtrat hat uns von dir erzählt.«

»Uns?«

Das Rascheln wurde lauter.

Johnny drehte sich um.

»Das ist kein Witz«, sagte Yo-less. »Schaut euch sein Gesicht an!«

Ich darf keine Angst haben, sagte sich Johnny angestrengt. Ich darf keine Angst haben!

Warum sollte ich auch Angst haben? Das sind doch nur ... verstorbene weiterlebende Bürger. Vor ein paar Jahren haben die noch ihre Rasen gemäht und Weihnachtsbäume geschmückt und Enkelkinder gehütet und so. Vor denen muss man keine Angst haben.

Die Sonne stand tief hinter den Pappeln. Über dem Boden schwebte ein wenig Nebel.

Und durch die Schwaden hindurch kamen ganz langsam die Toten auf ihn zu.

Kapitel drei

Der Stadtrat war da und William Stickers und eine alte Frau, die ein langes Kleid und einen Hut voller Früchte trug; einige kleine Kinder rannten voraus, und dahinter kamen noch Dutzende, *Hunderte*. Sie schlurften nicht. Sie sahen nicht grünlichbleich aus, einfach nur ein bisschen grau und verschwommen.

Wenn man Angst hat, nimmt man vieles wahr. Kleine Details gewinnen an Bedeutung.

Johnny stellte fest, dass es zwischen den Toten Unterschiede gab. Mr Vicenti hatte fast ... wie soll man sagen? ... lebendig ausgesehen. William Stickers war etwas farbloser. Der Stadtrat war an den Rändern eindeutig durchsichtig. Aber bei den anderen, die viktorianische Kleider, seltsame Mäntel und Kniehosen aus früheren Zeiten trugen, waren viele dabei, die fast überhaupt keine Farbe mehr hatten und irgendwie substanzlos wirkten, so dass sie kaum mehr als Luft waren, die eine bestimmte Form angenommen hat. Luft, die gehen konnte.

Sie waren nicht verblasst, nur weiter weg, in einer Dimension, die außerhalb der normalen drei lag.

Wobbler und die anderen beiden starrten ihn immer noch an.

»Johnny? Bist du okay?«, sagte Wobbler.

Johnny erinnerte sich an einen Aufsatz in einem Erdkundebuch, in dem es um die Überbevölkerung ging. Für jeden, der heute lebte, so hieß es da, gab es in der Vergangenheit zwanzig Menschen, wenn man bis zu der Zeit zurückrechnete, als man gerade mal so von Menschen reden konnte.

Oder um es anders auszudrücken, hinter jedem Lebenden standen zwanzig Tote.

Hinter Wobbler war ein ganzer Haufen. Johnny wollte ihm das allerdings nicht unbedingt mitteilen.

»Es ist richtig kalt geworden«, meinte Bigmac.

»Wir müssen zurück«, sagte Wobbler mit etwas zittriger Stimme. »Ich muss meine Hausaufgaben machen.«

Das bewies nun wirklich, dass er Angst hatte. Es mussten schon Zombies kommen, damit Wobbler es vorzog, seine Hausaufgaben zu machen.

»Ihr seht sie nicht, oder?«, sagte Johnny. »Sie sind überall um uns herum, aber ihr seht sie nicht.«

»Normalerweise können die Lebenden die Toten nicht sehen«, erklärte Mr Vicenti. »Ich nehme an, das ist zu ihrem Besten.«

Die drei Jungs hatten sich enger aneinandergedrängt.

»Komm schon, hör auf mit dem Quatsch«, sagte Bigmac.

»Hah«, schnaubte Wobbler. »Er versucht nur, uns Angst einzujagen. Wie die Tote Hand auf Partys. Hah. Nun, es funktioniert nicht. Ich gehe nach Hause. Kommt mit, Leute.«

Er drehte sich um und ging ein paar Schritte.

»Wartet mal«, sagte Yo-less. »Es ist irgendwie seltsam –«

Er schaute sich auf dem leeren Friedhof um. Der Rabe – oder war es doch eine Saatkrähe gewesen? – war längst weggeflogen.

»Irgendwie seltsam«, murmelte er.

»Seht euch doch um«, sagte Johnny. »Sie sind da! Sie stehen überall um uns herum!«

»Ich werde meiner Mutter von dir erzählen«, sagte Wobbler. »Das ist wieder Satanswerk!«

»John Maxwell!«, rief der Stadtrat dröhnend. »Wir müssen mit dir reden!«

»Das stimmt!«, sagte auch William Stickers. »Es ist wichtig!«

»Worüber?«, fragte Johnny. Er versuchte, über seine Angst hinwegzukommen, und er fühlte sich seltsam ruhig. Das Lustige war, wenn man sich ganz oben auf dem Höhepunkt seiner Angst befand, dann war man ein ziemliches Stück größer.

»Über das hier!«, sagte William Stickers und wedelte mit der Zeitung.

Wobbler schnappte nach Luft. In der Luft schwebte eine aufgerollte Zeitung.

»Poltergeist-Aktivitäten!«, sagte er. Er fuchtelte mit zitternden Fingern vor Johnnys Nase herum. »Das kommt bei Pubertierenden vor. Das habe ich in einer Zeitschrift gelesen! Untertassen fliegen durch die Luft und solches Zeugs. Gleich wird sein Kopf sich im Kreis drehen!«

»Wovon spricht der dicke Junge?«, fragte der Stadtrat.

»Und was ist die Tote Hand?«, wollte Mr Vicenti wissen.

»Wahrscheinlich gibt es eine wissenschaftliche Erklärung dafür«, sagte Yo-less, als die Zeitung wieder durch die Luft flatterte.

»Welche?«, sagte Bigmac.

»Ich überlege gerade!«

»Sie schlägt sich selbst auf!«

William Stickers hatte die Zeitung aufgeblättert.

»Wahrscheinlich ist es nur ein ungewöhnlicher Windstoß!«, sagte Yo-less und wich zurück.

»Ich kann keinen Wind spüren!«

»Deshalb ist er ja so ungewöhnlich!«

»Was wirst du deswegen unternehmen?«, fragte der Stadtrat.

»Entschuldige, aber diese Tote Hand, was ist das?«

»Könntet ihr alle mal STILL SEIN?«, brüllte Johnny.

Sogar die Toten gehorchten.

»Okay«, sagte er und wurde etwas ruhiger. »Äh. Seht mal, äh, Jungs, diese ... Leute ... wollen mit uns reden. Mit mir jedenfalls –«

Yo-less, Wobbler und Bigmac starrten gebannt die Zeitung an. Sie schwebte reglos mehr als einen Meter über dem Boden.

»Die ... die ... Atembehinderten?«, fragte Wobbler.

»Blödmann! Das hört sich nur nach Asthma an«, meinte Yo-less. »Also wirklich. Wenn du es denkst, dann sag es auch. Sprich es aus. Sind es die ...« Er sah sich um und zögerte. Es war schon ziemlich dunkel geworden. »Äh ... Ex-Senioren?«

»Schlurfen sie?«, wollte Wobbler wissen. Jetzt waren er und die beiden anderen so nah beieinander, dass sie wie ein einziger dicker Körper mit sechs Beinen aussahen.

»Davon hast du nichts erzählt«, sagte der Stadtrat.

»Wovon?«, sagte Johnny.

»In der Zeitung. Na ja, es soll wohl eine Zeitung sein, aber es sind Bilder von Frauen und solche Sachen drin! Dabei könnte es gut sein, dass auch anständige, verheiratete Frauen und kleine Kinder dieses Blatt in die Finger bekommen!«

William Stickers hielt, mit offensichtlicher Mühe, den Unterhaltungsteil der Zeitung aufgeschlagen. Johnny reckte den Hals. Auf einer Seite war ein ziemlich schlechtes Foto von ein paar Mädchen im Freizeitcenter von Blackbury abgedruckt.

»Sie haben Badeanzüge an«, sagte er.

»Badeanzüge? Aber ich kann fast ihre ganzen Beine sehen!«, schnaubte der Stadtrat.

»Da ist doch nichts dabei«, brauste die ältere Frau mit dem riesigen Obsthut auf. »Gesunde Menschen, die im herrlichen Sonnenlicht, das Gott ihnen schenkt, Freiübungen machen. Und die Kleidung ist dafür außerordentlich praktisch.«

»Praktisch, Madam? Ich wage nicht auszusprechen, wofür!«

Mr Vicenti beugte sich zu Johnny vor. »Die Lady mit dem Hut ist Mrs Sylvia Liberty«, flüsterte er. »Sie starb 1914. Eine unbeugsame Suffragette.«

»Suffragette?«, fragte Johnny.

»Bringt man euch so etwas heute denn nicht mehr bei? Sie haben für das Frauenwahlrecht gekämpft. Sie haben sich an Zäune gekettet, Polizisten mit Eiern beworfen und sich beim Derby unter das Pferd des Prince of Wales geschmissen.«

»Wow.«

»Aber Mrs Liberty hat das irgendwie nicht richtig verstanden und sich unter den Prinzen selbst geworfen.«

»Was?«

»Sie war sofort tot«, sagte Mr Vicenti. Er schnalzte missbilligend. »Er war ein schwergewichtiger Mann, glaube ich.«

»Wenn ihr zwei diese kleinbürgerlichen Streitereien beendet habt«, rief William Stickers, »können wir uns vielleicht wieder mit den *wichtigen* Dingen beschäftigen?« Er raschelte mit der Zeitung. Wobbler blinzelte.

»In dieser Zeitung steht«, empörte sich William Stickers, »dass unser Friedhof geschlossen werden soll. Dass darauf *gebaut* werden wird. Weißt du etwas darüber?«

»Äh. Ja. Ja. Äh. Wussten Sie das nicht?«

»Wer hätte es uns denn sagen sollen?«

»Wovon reden sie?«, sagte Bigmac.

»Sie sind verärgert, weil der Friedhof verkauft worden ist. In der Zeitung war ein Artikel darüber.«

»Mach schon!«, sagte William Stickers. »Ich kann dieses Ding nicht mehr lange halten ...«

Die Zeitung sackte ein Stück nach unten. Dann fiel sie *durch* seine Hände hindurch auf den Boden.

»Ich bin nicht mehr so lebendig wie früher«, sagte er.

»Eindeutig eine ungewöhnliche Windströmung«, stellte Yo-less fest. »Ich habe schon gehört, dass es so was gibt. Das ist nichts Übernat–«

»Das hier ist unser *Zuhause*«, dröhnte der Stadtrat. »Was soll aus *uns* werden, junger Mann?«

»Einen Moment mal«, sagte Johnny. »Warten Sie. Yo-less?«

»Ja?«

»Sie wollen wissen, was mit den Leuten auf dem Friedhof passiert, wenn darauf gebaut wird.«

»Die ... Toten wollen das wissen?«

»Ja«, sagten der Stadtrat und Johnny im selben Atemzug.

»Ich wette, Michael Jackson hat so was nicht gemacht«, sagte Bigmac. »Er –«

»Ich hab mal so einen Film gesehen«, schnatterte Wobbler, »wo man Häuser auf einen alten Friedhof gebaut hat, und jemand hat ein Schwimmbad ausgehoben, und dann sind all die Skelette rausgekommen und haben versucht, die Leute zu erwürgen –«

»Warum?«, fragte der Stadtrat.

»Er will wissen, warum«, sagte Johnny.

»Ich habe keine Ahnung«, meinte Wobbler.

»Ich glaube«, sagte Yo-less unsicher, »dass die ... Särge und all das ausgegraben und woanders hingebracht werden.«

»Da mach ich nicht mit!«, erklärte die tote Sylvia Liberty. »Ich habe fünf Pfund, sieben Shilling und sechs Pence für meinen Platz gezahlt! Ich erinnere mich genau an den Vertrag. Letzte Ruhestätte, stand da. Es hieß nicht, nach achtzig Jahren werden Sie ausgegraben und an einen anderen Ort verlegt, damit die Lebenden ... was wollten sie bauen?«

»Zweckmäßige moderne Bürogebäude«, sagte William Stickers. »Was immer *das* heißen soll.«

»Ich glaube, das heißt, sie sollen einen bestimmten Zweck erfüllen«, meinte Johnny.

»Und was für eine Schande, für fünf Pence verkauft zu werden!«, sagte die tote Mrs Liberty.

»So sind die Lebenden«, sagte William Stickers. »Verschwenden keinen Gedanken an die unterdrückten Massen!«

»Na ja, sehen Sie«, sagte Johnny kleinlaut, »die Stadtverwaltung behauptet, es kostet zu viel, den Friedhof zu erhalten, und das Land ist einiges wert –«

»Und was hat es mit dieser Stadtverwaltung auf sich?«, wollte der Stadtrat wissen. »Was sagt der Stadtrat von Blackbury dazu?«

»Weiß ich nicht«, sagte Johnny. »Hören Sie, es ist doch nicht *mein* Fehler. Ich mag diesen Ort auch. Ich hab gerade erst neulich zu Wobbler gesagt, dass es mir nicht gefällt, was hier passiert.«

»Und was wirst du deswegen unternehmen?«, fragte der Stadtrat.

Johnny wich zurück, aber er stieß an Mr Vicentis Rolls-Royce-Grab.

»Oh, nein«, sagte er. »Ich nicht. Das ist nicht meine Sache!«

»Warum nicht«, sagte die tote Mrs Liberty. »Zumindest kannst *du* uns sehen und hören.«

»Sonst bemerkt uns ja keiner«, meinte Mr Vicenti.

»Wir haben es den ganzen Tag lang versucht«, erklärte der Stadtrat.

»Zum Beispiel bei den Leuten, die mit ihren Hunden hier spazieren gehen. Hah! Sie rennen einfach vorbei«, brummte William Stickers.

»Nicht mal die alte Mrs Tachyon sieht uns«, sagte Mr Vicenti.

»Und *sie* ist immerhin verrückt«, fügte der Stadtrat hinzu. »Die Arme.«

»Also bleibst nur noch du«, verkündete William Stickers. »Du musst also gehen und diesem Verwaltungsdingsbums klarmachen, dass wir nicht … von … hier … weggehen!«

»Die werden mich nicht anhören! Ich bin zwölf Jahre alt! Ich darf noch nicht mal wählen!«

»Das stimmt, aber wir können es«, sagte der Stadtrat.

»Tatsächlich?«, fragte Mr Vicenti.

Die Toten versammelten sich um ihn herum wie ein Team beim Football.

»Wir sind immer noch über einundzwanzig, oder nicht? Ich meine, rein theoretisch.«

»Ja, aber wir sind tot«, wandte Mr Vicenti sachlich ein.

»Man kann jetzt schon mit achtzehn wählen«, sagte Johnny.

»Kein Wunder, dass die Leute keinen Respekt mehr haben«, meinte der Stadtrat. »Ich habe immer schon gesagt, es wird der Untergang sein, wenn man die Frauen wählen lässt –«

Mrs Liberty starrte ihn wütend an.

»Nun, auf jeden Fall kann man nicht die Stimmen von Toten benutzen«, sagte William Stickers. »Das ist Wahlfälschung. Ich habe mal für die Revolutionäre Brüderlich Solidarische Arbeiterpartei kandidiert. Ich kenne mich mit solchen Dingen aus.«

»Ich will ja auch nicht, dass jemand mit meiner Stimme wählt«, erklärte der Stadtrat. »Ich will sie selbst benutzen. Dagegen gibt es keine Gesetze.«

»Stimmt.«

»Ich habe dieser Stadt mehr als fünfzig Jahre lang treu gedient«, sagte der Stadtrat. »Ich sehe nicht ein, dass ich meine Stimme verlieren sollte, nur weil ich tot bin. Demokratie. Darum geht es.«

»*Volks*-Demokratie«, ergänzte William Stickers.

Die Toten verstummten.

»Na ja …«, murmelte Johnny niedergeschlagen. »Ich werde mal sehen, was ich tun kann.«

»So ist's recht«, lobte der Stadtrat. »Und wir möchten außerdem jeden Tag eine Zeitung geliefert bekommen.«

»Nein, nein«, Mr Vicenti schüttelte den Kopf. »Es ist so schwer, die Seiten umzublättern.«

»Aber wir müssen wissen, was los ist«, sagte Mrs Liberty. »Man kann nie wissen, was den Lebenden einfällt, wenn man ihnen den Rücken kehrt.«

»Ich werde mir schon etwas einfallen lassen«, versprach Johnny. »Etwas Besseres als Zeitungen.«

»Schön«, sagte William Stickers. »Und dann gehst du zu diesen Verwaltungsleuten und sagst ihnen –«

»Sag ihnen, wir werden nicht einfach liegen bleiben und uns das gefallen lassen!«, rief der Stadtrat.

»Ja, in Ordnung«, sagte Johnny.

Und die Toten verschwanden. Wieder sah es so aus, als kehrten sie in eine andere Welt zurück ...

»Sind sie weg?«, fragte Wobbler.

»Nicht, dass sie je da gewesen wären«, meinte Yo-less, ganz der junge Wissenschaftler.

»Sie waren hier, und sie sind weg«, sagte Johnny.

»Es war wirklich ein bisschen seltsam«, stellte Bigmac fest. »Sehr kalt.«

»Lasst uns verschwinden«, schlug Johnny vor. »Ich muss nachdenken. Ich soll verhindern, dass hier gebaut wird.«

»Wie denn?«

Johnny ging zügig auf den Ausgang zu. »Hah! Das haben sie mir überlassen!«

»Wir werden dir helfen«, versprach Yo-less spontan.

»Werden wir?«, sagte Wobbler. »Ich meine, Johnny ist schon in Ordnung, aber ... ich meine ... es ist doch Okkultismus. Und deine Mutter *dreht durch*, wenn sie das mitkriegt.«

»Ja, aber wenn es stimmt, dann helfen wir christlichen Seelen«, erklärte Yo-less. »Das ist völlig in Ordnung. Es *sind* doch christliche Seelen, oder?«

»Ich glaube, ein Teil des Friedhofs ist jüdisch«, meinte Johnny.

»Das macht nichts. Jüdisch ist praktisch dasselbe wie christlich«, sagte Bigmac.

»Nicht ganz«, wandte Yo-less vorsichtig ein. »Aber ähnlich.«

»Ja, aber ...«, sagte Wobbler nervös. »Ich meine ... Tote und so ... ich meine ... er kann sie sehen, also ist es seine Sache ... also ...«

»Wir haben doch auch alle hinter Bigmac gestanden, als er vor den Jugendrichter musste, oder?«, sagte Yo-less.

»Du hast gesagt, sie würden ihn aufhängen«, sagte Wobbler. »Und ich hab einen ganzen Vormittag drangehängt, dieses Poster zu machen, auf dem ›Befreit den Mann aus Blackbury‹ stand.«

»Es war ein politisches Verbrechen«, erklärte Bigmac.

»Du hast das Auto des Kultusministers gestohlen, als er die Schule eröffnet hat«, sagte Yo-less.

»Ich habe es nicht gestohlen. Ich wollte es zurückgeben«, meinte Bigmac.

»Du bist damit gegen eine Mauer gefahren. Du hättest es nicht mal auf einer *Schaufel* zurückgeben können.«

»Ach, dann war es also mein Fehler, dass die Bremsen nicht funktioniert haben? Ich hätte schwer verletzt werden können! Aber das hat wieder mal keinen interessiert. Im Grunde war er selber schuld, sein Auto so rumstehen zu lassen, mit popeligem Schloss und kaputten Bremsen –«

»Ich wette, er hat die Bremsen nicht selbst repariert.«

»Dann ist die Gesellschaft dran schuld –«

»Egal«, sagte Yo-less. »Auf jeden Fall haben wir damals hinter dir gestanden, oder?«

»Vor ihm würde ich auch nicht gerne stehen«, wandte Wobbler ein.

»Und wir haben hinter Wobbler gestanden, als er Ärger mit dem Plattenladen kriegte, weil er sich darüber beklagt hat, dass er himmlische Botschaften hört, wenn er seine Cliff-Richard-Platten rückwärts spielt.«

»Du hast behauptet, du hättest sie auch gehört«, rief Wobbler empört. »Heh, du hast gesagt, du hörst sie auch!«

»Erst nachdem du mir gesagt hast, was es war«, meinte Yo-less. »Bevor du mir erzählt hast, was ich höre, klang es lediglich wie jemand, der ajip-ajiep-mwerp-ajiep singt.«*

»So was sollten die auf Platten einfach nicht machen«, verteidigte sich Wobbler. »Unschuldige Kinder beeinflussen und so.«

»Worauf ich rauswill«, sagte Yo-less, »ist, dass man Freunde hat, damit sie einem helfen, oder?« Er wandte sich an Johnny. »Also, ich persönlich glaube, dass du ziemlich gestört bist, psychosomatische Symptome zeigst, Stimmen hörst und unter Halluzinationen leidest«, sagte er, »und wahrscheinlich müsste man dich in eine dieser weißen Jacken mit den langen, modischen Ärmeln wickeln. Aber das macht nichts, weil wir Freunde sind.«

»Ich bin gerührt«, sagte Johnny.

»Schon möglich«, sagte Wobbler, »aber das stört uns auch nicht, oder, Jungs?«

Johnnys Mutter war bei ihrem Nebenjob und deshalb nicht da. Opa guckte Videos.

»Opa?«

»Ja?«

»Wie berühmt war William Stickers?«

»Sehr berühmt. Ein sehr berühmter Mann«, sagte der alte Mann, ohne sich umzudrehen.

»Ich kann ihn im Lexikon nicht finden.«

* Wenn man Wobbler glauben wollte, hieß das in Wirklichkeit: Heh, Kinder! Geht in die Schule und bildet euch! Gehorcht euren Eltern! Es ist cool, in die Kirche zu gehen!

»Ein ganz berühmter Mann war William Stickers. Haha! Schau, jetzt ist der Kerl vom Fahrrad gefallen! Mitten ins Gebüsch!«

Johnny nahm den Band mit L – MIN vom Regal und blätterte schweigend. Sein Opa hatte ein komplettes mehrbändiges Lexikon. Niemand wusste so genau, warum. Irgendwann in den fünfziger Jahren hatte er sich gesagt: »Bilde dich«, und hatte die schweren Schinken auf Raten gekauft. Er hatte sie nie aufgeschlagen. Er hatte nur ein Bücherregal dafür gebaut. Opa war abergläubisch, was Bücher betraf. Er dachte, wenn man genügend davon um sich hatte, dann würden sie Bildung abstrahlen wie Brennelemente Radioaktivität.

»Und wie ist es mit Mrs Sylvia Liberty?«

»Wer ist das denn?«

»Sie war eine Suffragette, glaube ich. Frauenwahlrecht und so.«

»Hab nie von ihr gehört.«

»Sie steht auch nicht hier drin, weder unter Liberty noch unter Suffragette.«

»Nie gehört. Uahh, schau dir das an, die Katze ist in den Teich gefallen –!«

»Okay … und was ist mit Antonio Vicenti?«

»Was? Der alte Tony Vicenti? Was soll mit dem sein?«

»War der für irgendwas berühmt?«

Einen kleinen Moment wandte Opa den Blick vom Bildschirm und machte den Eindruck, als starrte er in die Vergangenheit.

»Er hatte einen Laden mit Scherzartikeln in der Alma Street, wo jetzt das neue Parkhaus steht. Dort konnte man Stinkbomben und Juckpulver und so was kaufen. Und er hat Zaubertricks auf Kindergeburtstagen vorgeführt, als deine Mutter noch klein war.«

»War er ein berühmter Mann?«

»Alle Kinder kannten ihn. Er war der Einzige weit und breit, der auf Kindergeburtstagen aufgetreten ist, weißt du? Sie kannten alle seine Tricks. Sie haben immer laut gerufen: ›Es ist in deiner Tasche!‹ Alma Street. Und Paradise Street, die gab es auch. Und Balaclava Terrace. Da bin ich geboren. Nummer 12. Balaclava Terrace. Alles unter dem Parkhaus jetzt. O mein Gott ... der wird gleich vom Dach fallen ...«

»Dann war er also nicht richtig berühmt. Nicht *wirklich* berühmt.«

»Alle Kinder kannten ihn. Kriegsgefangener in Deutschland war er. Aber er ist entkommen. Und er hat geheiratet ... Ethel Plover, so hieß sie. Hatten nie Kinder. Hat Zaubertricks gemacht und sich entfesselt. Immer hat er sich von irgendwelchen Fesseln befreit.«

»Er hatte eine Nelke im Knopfloch«, sagte Johnny.

»Richtig! Jeden Tag. Ich habe ihn nie ohne gesehen. Er war immer sehr schick. Ein Zauberer. Ich hab ihn seit Jahren nicht mehr gesehen!«

»Opa?«

»Jetzt ist hier alles anders. Ich erkenne fast nichts mehr, wenn ich in die Stadt gehe. Jemand hat mir erzählt, sie haben die alte Stiefelfabrik abgerissen.«

»Erinnerst du dich an das alte Transistorradio?«

»Was für ein Transistorradio?«

»Das, was du hast.«

»Was ist damit?«

»Du hast gesagt, es knistert zu doll und ist nicht laut genug?«

»Das stimmt.«

»Kann ich es haben?«

»Ich dachte, du hättest einen von diesen Ghetto-Blastern?«

»Es ist … für ein paar Freunde.« Johnny zögerte. Er war von Natur aus ein ehrlicher Mensch, nicht zuletzt, weil Lügen immer so furchtbar kompliziert war. »Sie sind ziemlich alt«, fügte er hinzu. »Und ein bisschen einsam.«

»Oh, na schön. Du musst aber neue Batterien reintun, die alten sind ausgelaufen.«

»Ich hab noch ein paar Batterien.«

»Heutzutage bekommt man keine guten Radiogeräte mehr. Als ich noch ein Junge war, gab es noch richtige Radiowellen. Das gibt's heute nicht mehr. Haha! Da liegt er – schau, mitten durchs Eis –!«

Johnny ging vor dem Frühstück zum Friedhof hinüber. Die Tore waren verschlossen, aber da die Mauer stellenweise eingestürzt war, machte das keinen großen Unterschied.

Er hatte das Radio in eine Plastiktüte gepackt und ein paar neue Batterien hineingetan, nachdem er den chemischen Brei herausgekratzt hatte, den die alten hinterlassen hatten.

Der Friedhof war vollkommen leer. Keine Menschenseele zu sehen, weder eine lebende noch eine tote. Aber die Stille war da, die große, *leere* Stille. Wenn Ohren irgendein Geräusch machen könnten, dann würden sie wie diese Stille klingen.

Johnny versuchte, sie zu füllen.

»Äh«, sagte er. »Ist jemand da?«

Ein Fuchs sprang hinter einem Grabstein hervor und huschte ins Gebüsch.

»Hallo? Ich bin's.«

Die Abwesenheit der Toten war beängstigender, als sie leibhaftig vor sich zu sehen, wenn man in diesem Fall von Leib sprechen konnte.

»Ich hab hier ein Radio mitgebracht. Es ist für euch wahrscheinlich einfacher zu benutzen als Zeitungen. Äh. Ihr müsst nur an den Knöpfen drehen. Äh. Ich verstecke es einfach hinter Mr Vicentis Grabstein, okay? Dann könnt ihr rausfinden, was so passiert.«

Er hustete.

»Ich ... ich hab letzte Nacht ein bisschen nachgedacht, und ... und ich dachte, vielleicht, wenn die Leute wüssten, was für ... berühmte ... Menschen hier liegen, dann würden sie ihre Finger davon lassen. Ich weiß, es ist keine besonders gute Idee«, sagte er verzweifelt, »aber was Besseres ist mir noch nicht eingefallen. Ich werde eine Liste mit Namen machen. Wenn euch das nicht stört.«

Er hatte gehofft, dass Mr Vicenti da wäre. Er mochte ihn. Vielleicht weil er noch nicht so lange tot war wie die anderen. Er wirkte freundlicher. Weniger steif. Johnny ging von einem Grabstein zum anderen und schrieb sich die Namen auf. Einige der älteren Steine waren reich verziert mit fetten Engelsköpfen. Aber auf einem waren zwei Fußballschuhe abgebildet. Johnny unterstrich den Namen in seinem Notizblock:

Stanley »Falschrum« Roundway

1892–1936

Der Schlusspfiff

Ein Grab unter den Bäumen hätte er fast übersehen. Der Grabstein lag flach im Gras, und es gab nicht eine einzige von diesen hässlichen Blumenvasen. Es stand nur ein Name darauf: Eric Grimm (1885–1927). Kein »Hier ruht in Frieden«, kein »Geliebt, beweint und unvergessen«, nicht einmal »gestorben«, obwohl das sicher stimmte. Johnny schrieb sich den Namen auf.

Mr Grimm wartete, bis Johnny gegangen war, bevor er herauskam und ihm hinterherstarrte.

Kapitel vier

Es war etwas später am selben Morgen.

Im Bürgerhaus gab es eine neue Bibliothek. Sie war so neu, dass es gar keine Bibliothekare mehr darin gab, sondern Informationsvermittler. Und Computer. Wobbler hatte allerdings striktes Computerverbot. Es hatte da einen kleinen Vorfall gegeben, von dem das Terminal der Bibliothek, die Telefonverbindung zum Hauptcomputer, eine weitere Leitung zum Computer in der East-Slate-Luftwaffenbasis zehn Meilen weiter und noch eine Telefonleitung zu einem viel größeren Computer unter einem Berg irgendwo in Amerika betroffen waren und der fast den dritten Weltkrieg hervorgerufen hätte.

Zumindest stellte Wobbler es so dar. Die Informationsvermittler behaupteten, er habe die Tastatur mit Schokolade verschmiert.

Aber er durfte die Mikrofiche-Sichtgeräte benutzen. Es war ihnen kein guter Grund eingefallen, ihm das auch noch zu verbieten.

»Was suchen wir eigentlich?«, fragte Bigmac.

»Fast jeder, der hier gestorben ist, wurde auf diesem Friedhof begraben«, sagte Johnny. »Wenn wir also jemand Berühmten finden, der hier gewohnt hat, und wir ihn dann auf dem Friedhof entdecken, dann ist es ein berühmter Ort. In London gibt es einen Friedhof, auf dem Karl Marx liegt. Der Friedhof ist berühmt, weil seine Leiche dort liegt.«

»Karl Marx?«, sagte Bigmac. »Wofür ist der denn berühmt?«

»Mann, bist du ungebildet«, sagte Wobbler. »Das ist doch der, der immer Harfe gespielt hat.«

»Nein, Karl war der, derr so komisch gerredett hat«, sagte Yo-less.

»Der mit der Zigarre natürlich«, meinte Wobbler.

»Der Witz ist uralt«, sagte Johnny ernsthaft. »Die Marx Brothers. Haha. Also, hier hab ich die Mikrofiches mit den alten Ausgaben des *Blackbury Guardian*. Sie reichen fast ein ganzes Jahrhundert zurück. Wir müssen nur auf den Titelseiten nachsehen, berühmte Leute stehen immer auf den Titelseiten.«

»Und auf den letzten Seiten«, sagte Bigmac.

»Warum da?«

»Sport. Berühmte Fußballer und so.«

»Ja klar. Daran hab ich nicht gedacht. Na gut. Dann mal los ...«

»Ja, aber ...«, murmelte Bigmac.

»Was?«, sagte Johnny.

»Dieser Karl Marx«, wollte Bigmac wissen. »In was für Filmen hat er denn nun mitgespielt?«

Johnny seufzte. »Er war in keinem Film. Er war ... er hat die russische Revolution angeführt.«

»Hat er nicht«, sagte Wobbler. »Er hat nur ein Buch geschrieben, das *Es wird langsam Zeit, dass eine Revolution stattfindet* oder so hieß, und die Russen haben einfach seine Anleitungen befolgt. Die wirklichen Führer waren lauter Leute mit Namen, die auf *ski* enden.«

»Wie Stalin«, sagte Yo-less.

»Genau.«

»Stalin heißt Mann aus Stahl«, erklärte Yo-less. »Ich habe mal gelesen, dass er seinen richtigen Namen nicht mochte. Übersetzt heißt es Mann aus Stahl.«

»Wie war sein richtiger Name?«

»Seine geheime Identität, meinst du«, sagte Yo-less.

»Worüber redet ihr denn jetzt?«, fragte Bigmac.

»Nein, warte. Ich weiß schon. Mann aus Stahl? Yo-less meint, er konnte mit einem einzigen Satz über den Kreml springen«, sagte Johnny.

»Warum auch nicht?«, meinte Wobbler. »Ich fand es immer unfair, dass die Amerikaner Superman haben. Die haben alle Superhelden. Warum sollen wir hier nicht auch eine Art Superman haben?«

Sie dachten darüber nach. Wobbler sprach dann für alle: »Andererseits«, sagte er, »hätte er in der Gegend hier sogar als Clark Kent schon Schwierigkeiten gehabt.«

Sie versenkten sich wieder in die Arbeit.

»Wie, hast du gesagt, hieß der Stadtrat noch mal?«, fragte Wobbler nach einer Weile.

»Stadtrat Thomas Bowler«, sagte Johnny. »Warum?«

»Weil ... also hier steht, er hat den Magistrat 1905 dazu gebracht, einen Gedenkbrunnen auf dem Platz zu errichten«, sagte Wobbler. »Und das erwies sich ziemlich bald als nützlich, heißt es hier.«

»Warum?«

»Na ja ... hier steht, am nächsten Tag ist das erste Auto, das je nach Blackbury kam, reingerauscht und hat Feuer gefangen, und sie haben das Wasser aus dem Brunnen genommen, um es zu löschen. Der Magistrat hat Stadtrat Bowler für sein zukunftsorientiertes Denken gelobt.«

Sie starrten den Bildschirm des Sichtgeräts an.

»Was ist das für ein Brunnen?«, fragte Bigmac.

»Das ist dieses große Steinding, das draußen vor der Bausparkasse steht«, sagte Johnny. »Wo sie jetzt Erde reingefüllt haben, um darauf dieses geschmackvolle Gebilde aus welken Blumen und leeren Bierdosen zu arrangieren. Früher hat man

Wasser in diese Dinger gefüllt, damit die Pferde draus trinken konnten.«

»Aber wenn schon die ersten Autos unterwegs waren«, wandte Bigmac ein, »dann war der Bau von Pferdetränken doch ein bisschen …«

»Ja«, sagte Johnny. »Ich weiß. Kommt schon. Lasst uns weitersuchen.«

… *Uiiisch* … wir haben diese Stadt errichtet … *schschsch* … am Telefon ist jetzt … *uiischsch* … das auf dem zweiten Platz war … *schwupwup* … hatten ein Treffen in Kiew … *wssswsssch* … Premierminister … *schschss* … heute … *schsss* … Scaramouche, Scaramouche … *schsss* …

Der Sendersuchknopf des kleinen Radios hinter Mr Vicentis Grab drehte sich ganz langsam vor und zurück, als wäre er nur mit sehr großer Anstrengung zu bewegen. Manchmal blieb er bei einem Programm stehen; dann bewegte er sich wieder.

… *sschschwwwss* … und der nächste Anrufer … *schwwss* … Babylon …

Und um das Radio herum, in einem ziemlich großen Umkreis, war die Luft ganz kalt.

In der Bibliothek waren die Jungs immer noch beschäftigt. Sie waren so leise, dass die Informationsvermittler schon langsam anfingen, sich Sorgen zu machen. Einer von ihnen machte sich vorsorglich auf, um die Reinigungsflüssigkeit und den Wattestab zu holen, mit dem man die Schokolade von der Tastatur entfernen konnte.

»Sehen wir der Wahrheit ins Auge«, meinte Wobbler schließlich, »aus dieser Stadt kommen keine Berühmtheiten. Dafür ist sie berühmt.«

»Hier steht«, Yo-less wies auf seinen Bildschirm, »dass Addison Vincent Fletcher aus der Alma Terrace 1922 eine Art Telefon erfunden hat.«

»Oh, klasse«, sagte Wobbler. »Telefone gab es damals schon seit Jahren.«

»Hier steht, seins war besser.«

»O ja«, sagte Wobbler. Er tat so, als wähle er eine Nummer. »Hallo, ist da – wer hat eigentlich das Telefon wirklich erfunden?«

»Thomas Edison«, sagte Yo-less.

»Sir Humphrey Telephone«, meinte Bigmac.

»Alexander Graham Bell«, sagte Johnny. »Sir Humphrey *Telephone*?«

»Hallo, Mr Bell«, Wobbler sprach in eine imaginäre Muschel, »dieses Telefon, das Sie vor ein paar Jahren erfunden haben, wissen Sie? Na ja, also meins ist viel besser. Und ich will gerade los, um Amerika zu entdecken. Ja, ich weiß, dass Christoph Kolumbus es zuerst entdeckt hat, aber ich entdecke es *besser*.«

»Eigentlich gar keine schlechte Idee«, sagte Bigmac. »Wenn man schon was entdecken will, kann man schließlich auch so lange warten, bis es dort anständige Hotels und so gibt.«

»Wann hat Kolumbus eigentlich Amerika entdeckt?«, fragte Wobbler.

»1492«, sagte Johnny. »Da gibt's einen Reim: Im Jahre vierzehn neun zwei fand Kolumbus das Ei.«

Wobbler und Bigmac starrten ihn an.

»Er hätte schon 1491 ankommen können«, erklärte Yo-less, »aber er musste noch ein wenig rumsegeln, weil keinem ein Reim auf eins eingefallen ist.«

»Es *hätte* auch Sir Humphrey Telephone sein können«, sagte Bigmac. »Man benennt doch viele Dinge nach ihrem Erfinder.«

»Ich glaube, es kommen schon deshalb keine Berühmtheiten von hier«, sagte Wobbler, »weil in dieser Gegend alle völlig bescheuert sind.«

»Ich habe einen«, sagte Bigmac und drehte an dem Knopf am Sichtgerät.

»Wer? Welcher?«

»Der Fußballer Stanley ›Falschrum‹ Roundway. Er hat für die Blackbury Wandere gespielt. Hier ist sein Nachruf. Fast eine halbe Seite.«

»Irgendwas Gutes?«

»Da steht, er hat einen Torrekord aufgestellt.«

»Klingt gut«, sagte Wobbler.

»Eigentore.«

»Was?«

»Die meisten Eigentore in der Geschichte des Fußballs, steht hier. Er ist immer so aufgeregt gewesen, dass er die Orientierung verloren hat. Daher sein Spitzname. ›Falschrum‹.«

»Oh.«

»Aber bis auf dieses kleine Problem war er ein guter Fußballer. Haut einen zwar nicht gerade um, aber –«

»Hier, schaut euch das an«, sagte Yo-less.

Sie scharten sich um seinen Bildschirm. Er hatte eine uralte Aufnahme von etwa dreißig Soldaten entdeckt, die alle in die Kamera strahlten.

»Und?«, sagte Wobbler.

»Das ist von 1916«, sagte Yo-less. »Die ziehen alle in den Krieg.«

»Was für ein Krieg?«, sagte Wobbler.

»Der erste, du Vollidiot. Der Erste Weltkrieg.«

»Ich habe mich schon immer gewundert, warum die nummeriert wurden«, sagte Bigmac. »Als ob sie schon erwartet hätten, dass es noch ein paar mehr würden. Weißt du, so wie im Supermarkt, drei zum Preis von zweien.«

»Hier steht«, sagte Yo-less, »es sei das Bataillon der Kameraden von Blackbury. Sie ziehen gerade in den Krieg. Sie haben sich alle am selben Tag freiwillig gemeldet …«

Johnny starrte das Bild an. Er konnte Stimmen und die Hintergrundgeräusche aus der Bibliothek hören. Aber das Bild sah aus, als läge es am Boden eines langen, dunklen Schachts. Und er stürzte in diesen Abgrund.

Außerhalb des Bildes war alles unscharf und träge. Das Bild war der Mittelpunkt der Welt.

Johnny besah sich die lächelnden Gesichter, die schrecklichen Haarschnitte, die Henkelohren, die nach oben gerichteten Daumen.

Auch heute noch wurden fast alle, die für den *Blackbury Guardian* fotografiert wurden, mit nach oben gerichtetem Daumen abgelichtet, außer wenn sie den Jackpot im Bingo gewonnen hatten. Dann ließ der Fotograf sie eine Bewegung ausführen, von der er glaubte, sie sei ein begeisterter Luftsprung. Der einzige Fotograf der Zeitung hatte auch den Spitznamen »Jeremy der Daumen«.

Die Leute auf dem Bild waren nicht viel älter als Bigmac. Na ja, einige schon. Da waren ein Sergeant mit einem Schnurrbart wie eine Wurzelbürste und ein Offizier in Reithose. Aber der Rest sah aus wie auf einem Schulfoto.

Johnny kehrte zurück, von wo immer er gewesen war. Das Bild wurde wieder zu einem einfachen Rechteck auf einer Bildschirmseite. Er blinzelte.

Es war wie – wie in einem Flugzeug, das zur Landung ansetzt, wenn einem die Ohren plötzlich aufgehen. Nur dass es mit seinem Gehirn passierte.

»Weiß jemand von euch, was die Somme ist?«, fragte Yo-less.

»Nein.«

»Da sind sie auf jeden Fall hingegangen. Irgendwo in Frankreich.«

»Hat einer von ihnen einen Orden bekommen?«, fragte Johnny und bemühte sich, wieder in die normale Welt hineinzufinden. »Das wäre genau das Richtige. Wenn einer auf dem Friedhof läge, der einen Haufen Orden bekommen hat.«

Yo-less drehte den Knopf am Sichtgerät.

»Ich schaue mal ein paar Ausgaben weiter nach«, sagte er. »Da muss irgendwas sein, wenn – heh ... seht euch *das* an ...«

Sie versuchten, alle auf einmal unter den Blendschutz des Sichtgeräts zu kriechen. Stille trat ein, als ihnen klar wurde, was sie gefunden hatten.

»Wow«, sagte Wobbler schließlich. »Ich meine – all diese Namen ... alle in einer einzigen Schlacht gestorben.«

Ohne etwas zu sagen, ging Johnny zu dem anderen Sichtgerät zurück und drehte, bis er das fröhliche Bild wiedergefunden hatte. »Sind sie alphabetisch aufgelistet?«, fragte er.

»Ja«, sagte Yo-less.

»Dann lese ich mal die Namen vor, die unter dem Foto stehen. Äh ... Armitage, K. ... Atkins, T. ...«

»Ja ... nein ...«, sagte Yo-less.

»Sergeant Atterbury, F. ...«

»Ja.«

»Heh, die kamen alle drei aus der Canal Street«, stellte Wobbler fest. »Da wohnt meine Oma!«

»Blazer ... Constatine ... Fräser ... Frobisher ...«

»Ja ... Ja ... Ja ... Ja ...«

Sie fuhren fort bis zum Ende der Bildunterschrift.

»Sie sind alle gestorben«, sagte Johnny. »Vier Wochen, nachdem das Foto gemacht worden ist. Alle.«

»Außer Atkins, T.«, sagte Yo-less. »Hier steht, es war möglich, dass sich Leute aus einer Stadt oder sogar nur einer Straße gemeinsam freiwillig meldeten, und dann wurden sie zusammen an ... an denselben Ort geschickt.«

»Ich frage mich, ob sie alle dort angekommen sind«, sagte Johnny. »Am Ende.«

»Das ist furchtbar«, sagte Bigmac.

»Wahrscheinlich fand man damals die Idee gut. Irgendwie … nett.«

»Ja, aber … vier Wochen …«, sagte Bigmac. »Ich meine …«

»Du sagst doch immer, dass du es kaum erwarten kannst, in die Armee zu kommen«, sagte Wobbler. »*Du* warst derjenige, dem es leidgetan hat, als der Golfkrieg vorbei war. Und die Beine von deinem Bett stehen schon nicht mehr auf dem Boden wegen all der Exemplare vom *Waffenjournal*, die sich darunter häufen.«

»Na ja … schon … Krieg, ja«, sagte Bigmac. »Richtige Gefechte, mit Düsenjets und so. Nicht lauter Idioten, die grinsend losziehen und sich erschießen lassen.«

»Sie sind alle zusammen losgezogen, weil sie Freunde waren, und sie sind gestorben«, sagte Yo-less.

Sie starrten auf das kleine helle Rechteck.

»Alle außer Atkins, T.«, sagte Johnny. »Ich frage mich, was wohl aus ihm geworden ist.«

»Das war 1916«, meinte Yo-less. »Wenn er das überlebt hat, ist er inzwischen trotzdem tot.«

»Ist er auf deiner Liste?«, sagte Wobbler.

Johnny sah nach.

»Nein«, sagte er schließlich. »Da sind ein oder zwei mit demselben Nachnamen, aber der Vorname stimmt nicht. Alle aus dieser Gegend sind da oben begraben.«

»Vielleicht ist er aus dem Krieg zurückgekommen und dann woanders hingezogen«, vermutete Yo-less.

»Es wird hier auch ganz schön einsam für ihn gewesen sein«, sagte Bigmac.

Sie sahen ihn an.

»Sorry«, murmelte er.

»Ich hab die Schnauze voll von dem Kram«, sagte Wobbler und schob seinen Stuhl zurück. »Das bringt's einfach nicht. Es gibt hier niemand Besonderen. Das sind einfache Leute. Und außerdem ist es irgendwie unheimlich. Kommt, lasst uns ins Einkaufszentrum gehen.«

»Ich habe rausgekriegt, was mit den Leichen passiert, wenn man alte Friedhöfe bebaut«, sagte Yo-less, als sie hinaus ins Tageslicht traten. »Meine Mutter wusste es. Sie werden an so einen speziellen Ort gebracht, den man Nekropolis nennt. Das ist lateinisch und heißt Stadt der Toten.«

»Igitt«, sagte Wobbler.

»Das klingt wie der Ort, an dem Superman lebt«, meinte Bigmac.

»Nekropolis!«, sagte Wobbler und fuchtelte wild in der Luft herum. »Bei Tag eine wohlerzogene Leiche – bei Nacht ... da da da da DAAAH ... ZombieMan!«

Johnny dachte an die lachenden jungen Gesichter, die nicht viel älter waren als Wobbler.

»Wobbler«, sagte er, »wenn du noch so einen Witz machst, dann –«

»Was?«

»... na ... lass es einfach. Okay? Das ist mein Ernst.«

Ssshhh ... gemein, ja wissensiewasichmeine? ... *sipsipsip* ... hat der Regierung mitgeteilt, dass ... *sswwwsss* ... Tatsache, dass es den Walen Vergnügen bereitet, gejagt zu werden, Bob, und ... *uuuuhhhh* ...

Klick!

»Das ist also drahtlose Telegrafie? Hah! So viel zur Gräfin Alice Radioni!«

»Ich war ein Ovomalteenie, als ich ein kleiner Junge war.

Das war während des Krieges. Der gegen die Deutschen. Hab ich dir das jemals erzählt? Wir haben mit den Leuten am Telegrafen gesungen: ›Wir sind die Ov –‹ WAS? Wer war denn die Gräfin Alice Radioni?«

»Welcher Krieg gegen die Deutschen?«

»Was? Wie viele gab es denn?«

»Zwei bis jetzt.«

»Jetzt komm schon! Radioni? Es war *Marconi*, der das Radio erfunden hat!«

»Hah! Und weißt du, von wem er die Idee geklaut hat?«

»Wen kümmert es, wer dieses blöde Ding erfunden hat? Wir wollen schließlich erfahren, was die Lebenden vorhaben.«

»Sie planen, uns den Friedhof wegzunehmen, das haben sie vor!«

»Ja, aber ... hättest du gedacht, dass es das alles gibt? All diese Musik und ... die Sachen, über die sie reden! Wer ist Shakespeare's Sister, und warum singt sie im Radio? Was ist ein Batman? Und sie sagten, der letzte Premierminister war eine Frau! Das ist unmöglich. Frauen dürfen nicht mal wählen!«

»Natürlich dürfen sie das.«

»Hurra!«

»Nun, zu MEINER Zeit durften sie das nicht.«

»Es gibt so viel, was wir nicht wissen.«

»Warum versuchen wir dann nicht, mehr darüber zu erfahren?«

Die Toten wurden still – oder besser, noch stiller als sonst. »Wie?«

»Der Mann im Radio sagte, man kann den Sender anrufen und mit ihm über die Probleme reden, die die Leute auf der Straße beunruhigen. Und was ist mit den Leuten auf dem Friedhof?«

»Am Haupteingang steht eine Telefonzelle.«

»Ja, aber ... das ist ... außerhalb ...«

»Nicht weit außerhalb.«

»Ja, aber …«

»Der kleine Junge stand vor uns und hat mit uns geredet. Und er hatte solche Angst. Und wir können keine zwei Meter weit gehen?«

Das sagte Mr Vicenti. Er schaute durch die verbogenen Gitterstäbe zur Straße hinaus, mit dem Blick eines Mannes, der die meiste Zeit seines Lebens damit zugebracht hat, sich von Fesseln zu befreien.

»Aber das hier ist unser ZUHAUSE! Wir gehören HIERHER!«

»Es sind doch nur ein paar Schritte …«

Es war kein besonderes Einkaufszentrum. Aber es war der einzige Ort, an dem man abhängen konnte.

Johnny hatte Filme von amerikanischen Einkaufsparadiesen gesehen. In Amerika waren die Menschen wohl anders, sie sahen alle so cool aus, alle Mädchen waren hübsch, und die Läden waren nicht mit kleinen Kamikaze-Omas überfüllt. Oder Müttern mit sieben Kindern. Oder Fußballfans vom Blackbury United Club, die zu zehnt in einer Reihe liefen und das berühmte Fußballlied *Oléoléoléolé* sangen. An so einem Ort konnte man sich nicht richtig wohlfühlen. Man konnte bestenfalls abhängen.

Die vier Jungs hingen also in der Burger-Bar ab. Yo-less las aufmerksam das Flugblatt durch, auf dem stand, dass keine Regenwälder sterben mussten, damit Hamburger gemacht werden konnten. Wobbler aß seine geliebten Megajumbo-Pommes-frites mit fünfzehn Packungen Sauce.

»Ob ich wohl hier einen Job bekommen könnte?«

»Vergiss es«, sagte Bigmac. »Der Manager würde dich nur kurz ansehen und sofort wissen, dass er mit dir keinen Gewinn machen könnte.«

»Willst du damit etwa andeuten, dass ich fett bin?«, fragte Wobbler.

»Umfangmäßig benachteiligt«, sagte Yo-less, ohne aufzublicken.

»Potenziert«, sagte Bigmac.

Wobbler ließ diese Begriffe einen Augenblick auf sich wirken.

»Da bin ich lieber fett«, sagte er. »Kann ich deine Zwiebelringe haben?«

»Außerdem wollen massenweise Leute einen Job hier haben«, sagte Bigmac. »Du brauchst mindestens Abitur.«

»Was? Bloß, um Burger zu verkaufen?«

»Es gibt doch sonst keine Jobs hier in der Gegend«, sagte Bigmac. »Alle Fabriken werden geschlossen. Nichts zu tun. Niemand stellt mehr irgendwas her.«

»Ein paar Leute schon«, meinte Wobbler. »Was ist mit all dem Zeugs in den Läden?«

»Das kommt alles aus Taiwanaland oder von sonst wo. Ha! Wie sieht es eigentlich mit *unserer* Zukunft aus? Was meinst du? Johnny?«

»Was?«

»Du hast die ganze Zeit vor dich hin gestarrt, weißt du das?«

»Ja; was ist denn passiert?«, fragte Wobbler. »Sind ein paar Tote reingekommen, um sich was zum Essen zu holen?«

»Nein«, sagte Johnny.

»Woran denkst du dann?«

»Daumen«, sagte Johnny und starrte weiter die Wand an.

»Was?«

»Wie?« Johnny schien langsam aufzuwachen.

»Was für Daumen?«

»Oh ... nichts.«

»Meine Mutter sagte gestern Abend, dass einige Leute ziemlich sauer sind, weil der Friedhof verkauft wird«, erzählte Yo-less. »Jeder beklagt sich darüber. Und Pastor William sagt, jeder, der darauf baut, wird bis zur siebten Generation verflucht sein.«

»Ach, so was sagt der doch immer«, meinte Wobbler. »Außerdem kümmert sich die Vereinigte Holding GmbH wahrscheinlich einen Dreck um solche Dinge. Die haben vermutlich einen Vizepräsidenten, der nur fürs Verfluchtwerden zuständig ist.«

»Und der überlässt den Fluch wahrscheinlich seiner Sekretärin«, sagte Bigmac.

»Wir können sowieso nichts mehr tun«, sagte Yo-less. »Die Bulldozer stehen schon vor dem Zaun.«

»Weiß jemand von euch, was die Vereinigte Holding GmbH eigentlich *macht*?«, sagte Wobbler.

»In der Zeitung stand, es sei eine multinationale Einrichtung für Informationsbeschaffung und Wertsteigerung«, sagte Yo-less. »In den Nachrichten haben sie gesagt, sie würden dreihundert neue Arbeitsplätze schaffen.«

»Für die Leute, die in der alten Gummistiefelfabrik gearbeitet haben?«, sagte Bigmac.

Yo-less zuckte die Achseln. »So ist das Leben«, sagte er.

»Johnny, bist du okay?«

»Was?«

»Geht's dir gut? Du starrst immer noch die Wand an.«

»Er ist traurig wegen der toten Soldaten«, sagte Wobbler.

Yo-less beugte sich über den Tisch. »Schau ... das ist doch alles Vergangenheit. Es ist *vorbei*. Es ist traurig, dass sie gestorben sind, aber ... nun ... sie wären jetzt doch sowieso tot, oder? Es ist ein Teil der Geschichte. Es hat nichts mit ... na, mit *heute* zu tun.«

Mrs Ivy Witherslade stand in der Telefonzelle an der Friedhofsstraße und unterhielt sich mit ihrer Schwester, als jemand ungeduldig an die Glasscheibe klopfte. Das war allerdings seltsam, denn draußen stand gar niemand. Aber es wurde plötzlich sehr kalt und ungemütlich, als ob sie auf einem Grab stünde. Sie hörte auf, ihrer Schwester von ihren Beinen zu erzählen und was der Arzt darüber gesagt hatte, und ging schnell nach Hause.

Wenn Johnny dort gewesen wäre, hätte er gehört, was als Nächstes geschah. Aber er war nicht da, und jeder andere hätte nur den Wind vernommen und vielleicht, aber auch nur vielleicht, kleine Gesprächsfetzen: *»Sie müssten es wissen, Mr Fletcher. SIE haben es schließlich erfunden.«*

»Eigentlich war es Alexander Graham Bell, Mrs Liberty. Ich habe es nur verbessert.«

»Also ... dann sehen Sie zu, dass es funktioniert. Lassen Sie mich mit dem Mann vom drahtlosen Telegraphen sprechen.«

»War es wirklich Alexander Graham Bell?«

»Ja, Mr Bowler.«

»Ich dachte, es wäre Sir Humphrey Telephone gewesen.«

Das Telefon blieb auf der Gabel, aber irgendwo im Gerät rauschte und knackste es.

»Ich glaube, jetzt habe ich es geschafft, Mrs Liber–«

»Lassen Sie MICH reden. Die Stimme des Volkes muss gehört werden!«

Im Inneren der Zelle bildeten sich Eisblumen.

»Auf gar keinen Fall. Sie sind ein Bolschewist!«

»Was hat Sir Humphrey Telephone denn sonst erfunden?«

»Mr Fletcher! Seien Sie so gut und stellen Sie die elektrische Verbindung her!«

Wenn sie nicht in der Burger-Bar abhängen konnten und sie bei J & J Software Ladenverbot hatten, weil Wobbler wieder was verbrochen hatte, dann gab es nur noch den Platz um den Brunnen mit den traurigen, sterbenden Bäumen oder den

»Groovie Sounds«-Plattenladen, der ziemlich genau so war, wie man sich einen Plattenladen mit dem Namen »Groovie Sounds« vorstellen würde.

Außerdem wollte Yo-less sowieso eine Kassette für seine Sammlung kaufen.

»Berühmte Englische Blaskapellen«, sagte Wobbler, der ihm über die Schulter sah.

»Ja, aber die ist gut«, sagte Yo-less. »Da ist der Spielmannszug der alten Gummistiefelfabrik mit dem *Blumentanz* drauf. Ein ganz berühmtes Stück.«

»Du bist gar nicht wirklich schwarz, was?«, meinte Wobbler. »Ich werde dich den Rastas melden.«

»Du bist derjenige, der Reggae und Blues mag«, sagte Yo-less. »Das ist was anderes.«

Johnny wühlte ziellos in den Kassetten herum.

Und erstarrte.

Diese Stimme kannte er. Sie knisterte vor Statik, aber sie klang wie die von Mrs Sylvia Liberty, und sie kam aus dem Radio.

Das Radio stand auf dem Tresen. Es lief die Show von Mikro-Mike auf Radio Wonderful, eine wirklich beeindruckend spannende Sendung, die zwei Stunden lang Anrufe und Verkehrsberichte aus der ganzen Gegend brachte.

Aber diesmal war es anders. Es ging um die Pläne des Magistrats, den alten Fischmarkt abzureißen, was sowieso geschehen würde, ganz egal, was die Leute zu sagen hatten. Aber es war ein gutes Thema, um darüber zu jammern.

»Nun, ich meine *hallo? Hallo? Hier spricht Mrs Sylvia Liberty über das elektrische Telefon! Hallo?* sollte nicht erlaubt sein, äh, meiner Meinung nach, äh, es ist vollkommen *hallo?* (klick … fiss … knister) *ich verlange, dass man mich SOFORT anhört! Der Fischmarkt ist VÖLLIG unwichtig!* Äh … äh … und …«

In seinem kleinen Studio im oberen Stockwerk der Blackbury-and-Slate-Versicherungsgesellschaft starrte Mikro-Mike seinen Techniker an, der wiederum auf sein Schaltpult starrte. Es gab keine Möglichkeit, die eindringende Stimme auszuschalten. Sie kam über alle Telefonleitungen gleichzeitig.

»Äh, hallo«, sagte er. »Der Anrufer auf ... äh ... sämtlichen Leitungen ...«

»Also, jemand ist *Jetzt hören Sie mir mal zu, junger Mann! Und versuchen Sie nicht, die Verbindung zu unterbrechen, um noch mehr von Ihren Klangwalzen abzuspielen!* hier in die Leitung eingebrochen, Mike, ich *Ist Ihnen klar, dass unschuldige Bürger zur Räumung gezwungen werden* (klick ... rausch ... wirrr ... fiss) *viele Jahre wertvoller Dienste für die Gemeinde* (uiiiouuuuh ... knister) *lediglich, weil sie zur falschen Zeit geboren wurden* (fissl ... uipuipuip ... knister) *hören Sie auf den jungen Johnn* – (schnapp ... fiss ...) *Völker hört die Signale* (uiiouuu ... knack) *auf zum letzten ... hören Sie sofort auf damit, William, Sie sind nur ein Bolschewist ...«* Aber niemand hörte den Rest des Satzes, weil der Techniker alle Stecker herausgezogen hatte und mit einem Hammer aufs Schaltpult einschlug.

Johnny und seine Freunde hatten sich um das Radio herum versammelt.

»Bei diesen Telefonsendungen rufen manchmal ziemliche Spinner an«, sagte Wobbler. »Habt ihr jemals Mad Jim's Late Night Explosion gehört?«

»Er ist nicht verrückt«, sagte Yo-less. »Er tut nur so. Und er macht nichts anderes, als alte Platten zu spielen und andauernd ›yeah!‹ und ›jausajausajausa‹ zu sagen. Das ist nicht verrückt. Das ist einfach bloß bescheuert.«

»Ja«, sagte Wobbler.

»Ja«, sagte Bigmac.

»Ja«, sagte Yo-less.

Alle sahen Johnny an. Und alle sahen aus, als ob sie sich Sorgen machten.

»Ahem«, sagte Wobbler.

»Hmm«, sagte Bigmac.

»Das waren *sie*, nicht wahr?«, fragte Yo-less.

»Ja«, sagte Johnny. »Das waren sie.«

»Das klang nicht wie gewöhnliches Radio. Wie konnten sie das Telefon benutzen?«

»Ich weiß es nicht. Ich nehme an, einer von ihnen wusste noch aus der Zeit, als er gelebt hat, wie man damit umgeht. Und vielleicht ist Totsein ein bisschen wie ... Elektrizität oder so was.«

»Sie hätten fast deinen Namen genannt«, sagte Wobbler.

»Ja.«

»Wer war der, der gesungen hat?«

»Ich glaube, das war William Stickers. Er ist so was wie ein Kommunist.«

»Ich habe nicht gedacht, dass es heutzutage noch Kommunisten gibt«, sagte Yo-less.

»Die sind auch alle tot. Und er ist einer davon.«

»Ich denke immer, jeden Moment kommt Rod Serling hier reinspaziert, mit einem riesigen Buch in der Hand«, sagte Bigmac. »Weißt du, wie in *Twilight Zone.*«

»Woher wussten sie, was im Radio läuft?«, sagte Yo-less.

»Ich habe ihnen Opas Transistorradio geliehen.«

»Weißt du, was ich glaube?«, sagte Yo-less. »Ich glaube, du hast da eine Lawine ins Rollen gebracht.«

»Das glaube ich auch.«

»Ach was!«, sagte Wobbler. »Quatsch! Stimmen im Radio? Hör doch auf! Das ist doch alles Blödsinn. Das kann alles Mögliche sein. Kids, die anrufen und rumblödeln. Ehrlich, Geister rufen doch nicht beim Radio an!«

»Ich hab mal 'nen Film gesehen, wo sie aus dem Telefon rauskamen«, sagte Bigmac, der Landesmeister im Taktgefühl.

»Halt bloß die Klappe! Ich glaub dir kein Wort!«

Es war sehr, sehr kalt in der Telefonzelle.

»Ich muss sagen, wenn man erst mal tot ist, kommt man mit Elektrizität sehr gut zurecht.«

»Was machen Sie da, Mr Fletcher?«

»Sehr einfach, in der Tat. Mit wem sollen wir als Nächstes reden?«

»Wir müssen im Rathaus anrufen!«

»Aber es ist Samstag, Mrs Liberty.«

»Dann versuchen Sie, den kleinen Johnny zu finden. Ich weiß nicht, was er damit meint, wenn er berühmte Leute finden will, die auf dem Friedhof begraben sind. Immerhin sind WIR hier.«

»Ich werde es weiter versuchen. Es ist eigentlich erstaunlich einfach.«

»Wo ist Mr Stickers hin?«

»Er versucht, Radio Moskau zu hören, was immer das ist. An diesem drahtlosen Telegraphengerät.«

»Das ist wahrlich erfrischend, wisst ihr? Ich bin noch nie außerhalb des Friedhofs gewesen.«

»Ja, es ist ein neuer Hauch von Leben.«

»Man kann sich von fast allem befreien«, sagte Mr Vicenti.

Jemand hüstelte. Sie drehten sich um.

Mr Grimm beobachtete sie durch den Zaun.

Die Toten nahmen sich zusammen. Sie wurden immer ernst, wenn sie Mr Grimm gegenüberstanden.

Unruhig traten sie von einem durchscheinenden Fuß auf den anderen.

»Ihr seid draußen«, sagte Mr Grimm. »Ihr wisst, dass das nicht richtig ist.«

»Nur ein kleines Stück, Eric«, sagte der Stadtrat. »Das kann doch nicht schaden. Es ist gut für die –«

»Es ist FALSCH.«

»Hört einfach nicht auf ihn«, meinte Mr Vicenti.

»Ihr werdet fürchterlichen Ärger bekommen«, sagte Mr Grimm.

»Das werden wir nicht«, erwiderte Mr Vicenti.

»Ihr werdet fürchterlichen Ärger bekommen, aber das ist eure eigene Schuld. Ihr seid schlechte Menschen.«

Mr Grimm drehte sich abrupt um und ging zurück zu seinem Grab.

»Wählen Sie die Nummer«, sagte Mr Vicenti. Die anderen schienen aufzuwachen.

»Wissen Sie«, meinte Mrs Liberty, »vielleicht hat er nicht ganz unrecht –«

»Vergessen Sie Mr Grimm«, sagte Mr Vicenti. Er spreizte die Hände. Eine weiße Taube flog aus seinem Ärmel, landete auf der Telefonzelle und blinzelte verwirrt. »Wählen Sie die Nummer, Mrs Liberty.«

»Telefonauskunft, guten Tag, welche Nummer wünschen Sie?«

»Er heißt Johnny Maxwell und wohnt in Blackbury.«

»Ich fürchte, diese Information reicht nicht aus –«

»Das ist alles, was wir –« (Jetzt habe ich verstanden, wie es funktioniert, da ist die Verbindung –) (Wie viele sind denn jetzt hier drinnen?) (Kann ich es mal versuchen?) (Das ist viel besser als diese spiritistischen Sitzungen.) …

Die Frau in der Vermittlung rieb ihren Hörer. Aus irgendeinem seltsamen Grund war ihr Ohr ganz kalt geworden.

»Au!«

Sie riss das Kabel heraus.

Die Kollegin nebenan beugte sich zu ihr.

»Was ist los, Dawn?«

»Ich bin ganz – es war wie –«

Sie starrten die Schalttafel an. Überall leuchteten Lichter auf, und nach und nach wurden sie von Reif überzogen.

Die Sache ist die –

– im Lauf der Zeit hat es immer wieder Leute gegeben, die Dinge nicht erfinden konnten, weil der Rest der Welt noch nicht reif dafür war. Leonardo da Vinci hatte die Motoren oder Materialien nicht, um seinen Hubschrauber zu konstruieren. Sir George Caylay erfand den Verbrennungsmotor, bevor irgendjemand das Benzin erfunden hatte.*

Und Addison Vincent Fletcher hatte in seinem Leben viele Stunden mit Motoren und Relais und glühenden Ventilen und Drähten zugebracht, weil er von etwas träumte, wofür die Menschheit nicht mal einen Namen hatte. Jetzt stand er in der Telefonzelle und lachte. Jetzt gab es den passenden Namen. Als Mr Fletcher das erste Mal einen Computer sah, erkannte er ihn sofort wieder.

* Also betrieb er ihn mit Patronen aus Schießpulver. Ehrlich. Das mit der Verbrennung funktionierte nur allzu gut.

Kapitel fünf

Johnny ging nach Hause. Er wagte es nicht, zum Friedhof zurückzukehren. Es war Samstagabend. Er hatte das mit dem Besuchstag ganz vergessen.

»Du musst mitkommen«, sagte seine Mutter. »Du weißt, dass sie sich immer darüber freut.«

»Tut sie nicht«, sagte Johnny. »Sie vergisst, wer ich bin. Sie nennt mich Peter. So heißt mein Vater! Und es riecht da nach alten Frauen. Und überhaupt, warum kommt Opa nie mit? Schließlich ist sie seine Frau.«

»Er sagt, er möchte sie in Erinnerung behalten, wie sie war«, sagte seine Mutter. »Außerdem kommt heute *Markies und Mos Samstagsspektakel.* Du weißt, dass er das nicht gerne verpasst.«

»Oh ... na gut.«

»Wir müssen ja nicht lange bleiben.«

Etwa zehn Minuten, nachdem Johnny gegangen war, klingelte das Telefon. Großvater machte dasselbe wie immer, das heißt, er schrie: »Telefon!«, und konzentrierte sich wieder auf den Bildschirm. Es klingelte weiter. Schließlich raffte er sich schimpfend auf, ließ die Fernbedienung fallen, wo sie zwei Tage lang keiner finden würde, und schlurfte auf den Flur hinaus.

»Ja? Er ist nicht da. Weggegangen. Wer? Also ich ... tatsächlich? Das ist ja unglaublich! Was machen die Zaubertricks? Ich habe Sie lange nicht in der Stadt gesehen. Nein. Das stimmt. Ich komme selbst nicht viel vor die Tür. Und wie geht es Ihnen?

Tot. Ich verstehe. Aber Sie sind mal raus, um zu telefonieren. Fantastisch, was die Wissenschaft heutzutage alles ermöglicht. Sie klingen sehr weit weg. Richtig. Sie sind ja auch sehr weit weg. Ich erinnere mich an den Trick, den Sie mit den Handschellen und den Ketten und – na ja, den Sie *fast* geschafft haben. Ja. Ja. Richtig. Ich richte es ihm aus. War nett, von Ihnen zu hören. Auf Wiederhören.«

Er ging zurück zum Fernseher und setzte sich wieder hin.

Nach ein paar Minuten bildeten sich leichte Sorgenfalten auf seiner Stirn. Er stand auf, ging wieder zum Telefon und starrte es eine Weile lang an.

Eigentlich war »Haus Sonnenblick« gar nicht so übel. Soweit Johnny es beurteilen konnte, war es recht sauber, und das Personal schien in Ordnung zu sein. An den Wänden hingen fröhliche Gemälde, und im Fernsehzimmer stand ein großes Aquarium mit Goldfischen.

Aber es war noch unheimlicher als der Friedhof. Alle schlichen nur leise herum oder saßen irgendwo und warteten, bis die nächste Mahlzeit kam, weil es sonst nichts zu tun gab. Es war, als hätte das Leben aufgehört und der Tod noch nicht angefangen, also konnte man nur dasitzen und abwarten.

Seine Großmutter verbrachte die meiste Zeit vor dem Fernseher im Aufenthaltsraum oder bei den Begonien in ihrem Zimmer. Zumindest der Körper seiner Großmutter tat das. Er war nie ganz sicher, wo ihr Geist gerade war, aber meist hielt er sich irgendwo tief in der Vergangenheit auf.

Die Unterhaltung zwischen seiner Mutter und seiner Großmutter bedrückte ihn noch mehr, denn sie sagten genau dasselbe wie vor einer Woche und in der Woche davor und in der Woche davor. Also tat er ebenfalls, was er immer tat. Er ging hinaus auf den Korridor.

Er schlich zu der Tür, die in den Garten führte, und starrte ins Leere. Von diesem Geisterkram erzählten sie einem in der Schule nichts. Manchmal war die Welt so seltsam, dass man nicht wusste, womit man anfangen sollte, und Sozialkunde und Geometrie halfen einem da auch nicht viel weiter.

Warum passierten solche Sachen nie anderen? Er legte es schließlich nicht darauf an. Er versuchte nur, sich rauszuhalten, im Hintergrund zu bleiben. Aber irgendwie war für ihn immer alles viel komplizierter als für die anderen.

Die Sache war ...

Mr T. Atkins.

Es wäre ihm wahrscheinlich gar nicht aufgefallen, wenn er den Namen nicht noch im Hinterkopf gehabt hätte.

Es stand auf einem kleinen vergilbten Papierfetzen, der an einem Türrahmen klebte.

Johnny starrte ihn an.

Einen Augenblick lang sah er nur diesen Zettel.

Na ja, es konnte viele Atkins geben ...

Er würde es nie herausfinden, wenn er nicht klopfte, obwohl ... sollte er?

»Machst du mir bitte die Tür auf? Ich habe die Hände voll.«

Hinter ihm stand eine große Frau, eine Schwarze, die Arme voller Bettwäsche. Johnny nickte stumm und drehte den Türknauf. Der Raum war mehr oder weniger kahl. Es war ganz eindeutig niemand drin.

»Du kommst jedes Wochenende her und besuchst deine Oma, nicht wahr?«, sagte die Schwester und legte die Wäsche auf dem Bett ab. »Das ist nett von dir, dass du sie immer besuchen kommst.«

»Hmm. Ja.«

»Was wolltest du hier?«

»Äh, ich dachte, ich könnte ... wissen Sie ... mal reinschauen und mit Mr Atkins reden.« Ihm kam eine Idee. »Wir machen in der Schule so ein Projekt. Über die Kameraden von Blackbury.«

Ein Projekt! Wenn man so tat, als würde man an einem Projekt arbeiten, konnte man praktisch mit allem durchkommen.

»Wer waren denn die?«

»Oh ... ein paar Soldaten. Mr Atkins war einer von ihnen, glaube ich. Äh ... wo ...?«

»Nun, er ist gestern von uns gegangen. Fast siebenundneunzig Jahre alt war er. Kanntest du ihn?«

»Nein ... nicht wirklich.«

»Er war schon seit Ewigkeiten hier. Ein netter alter Mann. Er sagte immer, wenn er mal sterben würde, dann wäre der Krieg zu Ende. Das war sein Witz. Er zeigte uns immer sein altes Soldbuch. ›Tommy Atkins‹, sagte er dann. ›Das bin ich, ich bin der Letzte, und wenn ich fort bin, ist alles vorbei.‹ Darüber musste er immer lachen.«

»Was meinte er damit?«

»Keine Ahnung. Ich habe immer nur gelächelt. Du weißt ja, wie das ist.«

Die Schwester strich die neuen Laken glatt und zog einen Karton unter dem Bett hervor.

»Das gehörte ihm«, sagte sie. Sie sah ihn forschend an. »Es stört wohl keinen, wenn du es dir ansiehst. Niemand hat ihn je besucht, außer einem Mann vom Veteranenverband, der regelmäßig wie ein Uhrwerk jedes Jahr zu Weihnachten aufgetaucht ist, Gott segne sie. Sie wollen seine Orden haben, weißt du? Aber es macht wohl nichts, wenn du mal einen Blick darauf wirfst. Wenn es für ein Projekt ist.«

Johnny spähte in die Schachtel, während die Schwester im Zimmer herumhantierte.

In der Schachtel lagen ein paar Kleinigkeiten – eine Pfeife, eine Tabaksbüchse, ein riesiges altes Taschenmesser. Außerdem gab es noch ein Notizbuch, voll mit altmodischen Postkarten mit Blumen und Kohlfeldern und affektierten französischen Damen in Kleidern, die man früher wohl für sehr gewagt gehalten hatte. Vergilbte Zeitungsausschnitte steckten zwischen den Seiten. Und dann gab es noch eine kleine hölzerne, mit Toilettenpapier ausgelegte Schachtel, in der mehrere Orden lagen. Und ein Foto von den Kameraden von Blackbury, genau wie das in der alten Zeitung.

Johnny nahm es vorsichtig heraus und drehte es um. Es knisterte.

Jemand hatte vor langer, langer Zeit daraufgeschrieben: *Alte Kameraden!!! Wir sind richtige Kerle, Kaiser Willi! Jetzt kannst Du einpacken!!!* Und darunter waren dreißig Unterschriften.

Neben neunundzwanzig davon hatte jemand mit einem Bleistift kleine Kreuze gemalt.

»Sie haben alle unterschrieben«, sagte er leise. »Er muss sich von der Zeitung einen Abzug geholt haben, und dann haben alle unterschrieben.«

»Was hast du gesagt, mein Kleiner?«

»Dieses Foto.«

»O ja. Er hat es mir oft gezeigt. Das war er, im Krieg, weißt du?«

Johnny drehte es noch einmal um und fand Atkins, T. Er sah ein bisschen wie Bigmac aus, mit Henkelohren und einem Topfschnitt. Er grinste. Alle taten das. Alle hatten dasselbe Grinsen aufgesetzt.

»Er hat oft darüber geredet«, sagte die Schwester.

»Ja.«

»Am Montag wird er eingeäschert. Eine von uns geht immer hin, weißt du? Das muss man einfach. Es gehört sich nun mal so.«

Samstagnacht hatte er einen Traum ...

Er träumte von Rod Serling, der die Blackbury High Street entlanglief, aber sobald er versuchte, vor der Kamera Eindruck zu schinden, schauten ihm Bigmac, Yo-less und Wobbler über die Schulter und sagten so was wie »Was steht denn in diesem Buch?« und »Blätter mal um, ich hab diesen Teil schon gelesen«.

Er träumte von Daumen ...

Und wachte auf und starrte an die Decke. Er hatte die Fäden, die das Plastikmodell des Spaceshuttles in der Luft hielten, immer noch nicht ersetzt. Es hing in einer Art Dauersturzflug.

Er war ziemlich sicher, dass andere Kids nicht so lebten wie er. Es passierte immer wieder. Jedes Mal, wenn er dachte, er hätte die Welt im Griff und verstünde, wie alles funktioniert, passierte was Neues, und alles, an das er bisher geglaubt hatte, entpuppte sich wieder mal als eine Art Scherz.

Sein Opa hatte was von einer seltsamen Nachricht gemurmelt, als Johnny nach Hause gekommen war. Soweit er verstehen konnte, hatte Wobbler oder sonst jemand angerufen und komisches Zeug erzählt. Opa hatte auch was von Zaubertricks erwähnt.

Johnny schaute auf den Radiowecker. Er zeigte 2:45 Uhr. Es war unmöglich, noch mal einzuschlafen. Er schaltete Radio Blackbury ein.

»–jausajausajausaaa! Und der nächste Anrufer bei Onkel Jims verrücktem Kummerkasten iisssst –«

Johnny erstarrte. Er hatte so ein Gefühl ...

»William Stickers, Jim.«

»Hallo, Bill. Du klingst ein bisschen deprimiert.«

»Viel schlimmer, Jim. Ich bin tot.«

»Wow! Das kann einen sicher ziemlich fertigmachen, Bill. Möchtest du uns davon erzählen?«

»Du klingst sehr verständnisvoll, Genosse. Also ...«

Natürlich ist er verständnisvoll, dachte Johnny und zog sich den Morgenrock an. Eine ganze Menge Leute riefen mitten in der Nacht bei Jim an. Letzte Woche hatte er zwanzig Minuten lang mit einer alten Dame gesprochen, die sich für eine Tapetenrolle hielt. Verglichen mit den anderen klang William Stickers vermutlich vollkommen normal.

Er schnappte sich seinen Walkman und schaltete das Radio ein, so dass er weiter zuhören konnte, während er die Treppen hinunter- und in die Nacht hinaus rannte.

»– und jetzt hörte ich gerade, dass es gar keine Sowjetunion mehr gibt. Was ist passiert?«

»Mir scheint, du bist nicht ganz auf dem Laufenden, Bill?«

»Ich dachte, das hätte ich schon erklärt.«

»Oh, natürlich. Du warst ja tot. Aber jetzt bist du wieder lebendig, stimmt's?« Jims Stimme bekam dieses Glucksen, das sie immer hatte, wenn er einen wahrhaft Bekloppten an der Strippe hatte und sich vorstellen konnte, wie all seine schlaflosen Zuhörer das Radio lauter drehten.

»Nein. Ich bin immer noch tot. Das ist nichts, wovon man sich wieder erholt, Jim. Also ...«

Johnny hastete um die Ecke und rannte die John Lennon Avenue entlang.

Jim sagte mit dieser Samtstimme, die er sich speziell für die Gespräche mit Bekloppten zugelegt hatte: »Dann erzähl uns hier im Land der Lebenden doch mal, wie ist es, tot zu sein, Bill? Ich bin sicher, jeder da draußen möchte gerne wissen, Bill – gibt es so was wie Engel?«

Johnny stöhnte, als er um die Ecke zur Eden Road bog.

»Engel? Ganz sicher nicht.«

Johnny huschte an den stillen Häusern vorbei und schlüpfte zwischen den Pollern hindurch zur Woodville Road.

»Ach du lieber Gott«, sagte Jim ins Mikrofon. »Ich hoffe,

das bedeutet nicht, dass bei euch nur böse Buben mit Hörnern rumlaufen.«

»Was reden Sie da eigentlich für einen Quatsch? Hier gibt es nur mich und den alten Tom Bowler und Sylvia Liberty und all die anderen –«

Johnny verlor den Faden, weil ein Zweig, der aus einer Lorbeerhecke ragte, ihm den Kopfhörer herunterriss. Als er es endlich geschafft hatte, ihn wieder aufzusetzen, stellte er fest, dass Jim William Stickers gerade gebeten hatte, sich eine Platte zu wünschen.

»Ich glaube nicht, dass ich ›Die Rote Fahne‹ kenne, Bill. Von wem ist das?«

»Es ist die Internationale! Das Lied der Unterdrückten!«

»Sagt mir nichts, Bill. Aber für dich und all die anderen Toten da draußen, heute Nacht«, der Wechsel in Jims Tonfall deutete an, dass William Stickers abgewürgt worden war, »und früher oder später werden wir alle tot sein, nicht wahr, singt Michael Jackson jetzt direkt aus der Gruft ... *Thriller* –«

Die Straßenlaterne neben der Telefonzelle brannte. Und alle außer Johnny hätten nicht mehr als den Lichtkegel gesehen, aber die Toten waren fast alle auf der Straße, und sie hatten es geschafft, das Radio mitzuschleifen. Viele von ihnen beobachteten gerade den Stadtrat.

»Anscheinend geht es so«, sagte er und stakste rückwärts über die gefrorene Straße. »Johnny hat es mir gezeigt.«

»Ein sehr interessanter Synkopen-Rhythmus«, meinte Mrs Liberty. »So, sagten Sie?«

Die geisterhaften Wachskirschen auf ihrem Hut hüpften auf und ab, als sie herumwirbelte.

»Genau. Man breitet die Arme aus, dreht sich und schreit ›*Auuu!*‹«, erklärte der Stadtrat und führte die entsprechende Bewegung vor.

O nein, dachte Johnny und rannte auf sie zu. Am Ende wird mich Michael Jackson noch verklagen –

»Sich einen – wie sagte der Mann am Telegraphen noch?«, fragte der Stadtrat.

»Abrocken, glaube ich.«

Sie waren nicht besonders gut, aber ihre Begeisterung machte achtzig Jahre Rückstand ohne weiteres wett.

Eine richtige Party.

Johnny baute sich vor ihnen auf.

»So was sollten Sie wirklich nicht machen!«

»Warum nicht?«, fragte einer der tanzenden Toten.

»Es ist mitten in der Nacht!«

»Und? Wir schlafen sowieso nicht!«

»Ich meine, was würden Ihre ... Ihre Nachfahren denken, wenn sie Sie so sehen könnten?«

»Das geschieht ihnen recht, wenn sie uns die ganzen Jahre nicht besucht haben!«

»Wir legen uns auf den Teppich!«, rief Mrs Liberty.

»Das heißt ›eine heiße Sohle auf den Teppich legen‹«, korrigierte sie ein anderer Toter.

»Parkett«, sagte der Stadtrat und verlangsamte seine Bewegungen ein bisschen. »Aufs Parkett. Eine kesse Sohle aufs Parkett legen. So hat es jedenfalls Mr Benbow genannt, der 1931 gestorben ist. Eine kesse Sohle.«

»So geht das nun schon den ganzen Abend«, sagte Mr Vicenti. Er saß auf dem Bordstein. Oder besser gesagt, er saß einen halben Meter *über* dem Bordstein. »Wir haben ein paar wirklich interessante Sender gefunden. Was genau ist ein DJ?«

»Ein Diskjockey«, sagte Johnny resigniert und setzte sich ebenfalls. »Er legt Platten auf und so.«

»Ist das eine Art Strafarbeit?«

»Viele Leute machen das ganz gern.«

»Seltsam. Und sie sind nicht irgendwie geisteskrank oder so?«

Die Musik ging zu Ende. Die Tänzer hörten auf, sich zu drehen, aber ganz langsam und mit großem Widerwillen.

Mrs Liberty schob ihren Hut zurück. Er war ihr über die Augen gerutscht.

»Das war wirklich nett!«, sagte sie. »Mr Fletcher! Seien Sie doch so gut und bitten Sie den Mann am Telegraphen, noch etwas in der Art zu spielen!«

Neugierig trottete Johnny zur Telefonzelle hinüber. Mr Fletcher hatte sich tatsächlich hingekniet, und seine Hände steckten *im* Telefon. Ein paar andere Tote schauten ihm zu. Einer von ihnen war William Stickers, der nicht sehr glücklich aussah. Der andere war ein alter Mann mit massenhaft weißen Locken, der typischen Frisur eines verrückten Wissenschaftlers.

»Oh, du bist es«, sagte William Stickers. »Das nennst du also Leben, ja?«

»Ich?«, meinte Johnny. »Ich nenne es gar nicht.«

»Hat der Mann im Radio sich über mich lustig gemacht? Was meinst du?«

»O nein«, sagte Johnny mit gekreuzten Fingern.

»Mr Stickers ist verärgert, weil er mit Moskau telefoniert hat«, erklärte der weißhaarige Mann. »Sie sagten, sie hätten genug Revolution gehabt und sie bräuchten jetzt Seife.«

»Das sind alles nur dreckige Kapitalisten!«, schnaubte William Stickers.

»Aber zumindest wollen sie saubere Kapitalisten werden«, sagte Mr Fletcher. »Wo sollen wir es als Nächstes versuchen?«

»Müsst ihr kein Geld einwerfen?«, fragte Johnny.

Mr Fletcher lachte.

»Ich glaube nicht, dass wir uns schon begegnet sind«, sagte

der weißhaarige Mann freundlich und reichte ihm eine etwas durchscheinende Hand. »Solomon Einstein (1869–1932).«

»Wie Albert Einstein?«, sagte Johnny.

»Ein entfernter Verwandter«, meinte Solomon Einstein. »Relativ entfernt. Haha.«

Johnny hatte den Eindruck, dass Mr Einstein das schon Millionen Mal gesagt hatte und immer noch nicht genug davon hatte.

»Wen rufen Sie denn an?«, fragte Johnny.

»Wir schauen uns nur die Welt an«, sagte Mr Fletcher. »Wie heißen diese Dinger, die in der Luft rumfliegen?«

»Ich weiß nicht. Frisbees?«

»Mr Vicenti kann sich noch vage dran erinnern. Sie fliegen um die Erde herum.«

»Oh. Sie meinen Satelliten?«

»Genau die!«

»Aber woher wissen Sie, wie man –«

»Das kann ich nicht erklären. Die Dinge sind irgendwie einfacher, habe ich den Eindruck. Ich kann alles ganz klar vor mir sehen.«

»Alles was?«

»Alle Kabel, all diese ... Satelliten ... wenn man keinen Körper hat, ist es auch viel leichter, all das zu benutzen.«

»Wie meinen Sie das?«

»Zum einen ist man nicht gezwungen, an einem Ort zu bleiben.«

»Aber ich dachte, Sie –«

Mr Fletcher verschwand. Einige Sekunden später erschien er wieder.

»Verblüffend, nicht?«, sagte er. »Wahrhaftig, wir werden unseren Spaß haben!«

»Ich verstehe nicht –«

»Johnny?«

Es war Mr Vicenti.

Ein Lebender hatte es geschafft, zu Jims Sendung durchzukommen. Die Toten versuchten unter viel Gelächter, zu einem Country-Stück zu tanzen.

»Was geht hier vor?«, sagte Johnny. »Sie haben doch gesagt, Sie könnten den Friedhof nicht verlassen!«

»Das hat euch niemand erklärt? Bringt man es euch nicht in den Schulen bei?«

»Nun, wir bekommen keinen Unterricht im Umgang mit Gesp– Entschuldigung. Mit Toten, meine ich.«

»Wir sind keine Gespenster, Johnny. Ein Gespenst ist etwas sehr Trauriges. Meine Güte. Es ist so schwer, den Lebenden etwas zu erklären. Ich habe auch mal gelebt, ich weiß, wovon ich rede.«

Der tote Mr Vicenti sah Johnnys verständnislose Miene.

»Wir sind ... anders«, sagte er. »Aber jetzt, wo du uns siehst und hörst, machst du uns frei. Du gibst uns etwas, was wir nicht haben.«

»Was ist das?«

»Das kann ich nicht erklären. Aber solange du an uns denkst, sind wir frei.«

»Mein Kopf muss sich nicht im Kreis drehen, oder?«

»Das klingt nach einem guten Trick. Kannst du das wirklich?«

»Nein.«

»Dann versuch es lieber nicht.«

»Ich bin nur ein bisschen besorgt, ob das nicht vielleicht Okkultismus ist.«

Es war seltsam, so etwas zu Mr Vicenti zu sagen, mit seinen Nadelstreifenhosen und dem schmalen schwarzen Schlips und der Tag für Tag frischen, gespenstischen Nelke. Oder zu Mrs

Liberty. Oder dem großen, bärtigen Schatten von William Stickers, der Karl Marx gewesen wäre, wäre Karl Marx nicht ein bisschen schneller gewesen.

»Du meine Güte, ich hoffe nicht, dass es Okkultismus ist«, sagte Mr Vicenti. »Pater Kearny (1891–1949) würde das gar nicht gefallen.«

»Wer ist Pater Kearny?«

»Er hat gerade noch mit Mrs Liberty getanzt. Oje. Wir bringen alles ein wenig durcheinander, was?«

»Schickt ihn weg.«

Johnny drehte sich um.

Einer der Toten war immer noch auf dem Friedhofsgelände. Er stand direkt am Zaun und klammerte sich an die Gitterstäbe wie ein Sträfling im Gefängnis. Er sah nicht viel anders aus als Mr Vicenti, außer dass er eine Brille aufhatte. Es war erstaunlich, dass das Glas nicht schmolz. Er hatte den durchdringendsten Blick, den Johnny je gesehen hatte. Er schien Johnnys linkes Ohr wütend anzustarren.

»Wer ist das?«, fragte Johnny.

»Mr Grimm«, sagte Mr Vicenti, ohne sich umzudrehen.

»Aha. Ich habe nichts über ihn in der Zeitung finden können.«

»Das überrascht mich nicht«, sagte Mr Vicenti mit gedämpfter Stimme. »Damals hat man solche Dinge in der Zeitung nicht erwähnt.«

»Geh weg, Junge. Du mischst dich in Sachen ein, die du nicht verstehst«, sagte Mr Grimm. »Du bringst deine unsterbliche Seele in Gefahr. Und ihre. Geh fort, du ungezogener Junge.«

Johnny starrte ihn an. Dann drehte er sich wieder zur Straße um, zu den Tänzern und den Wissenschaftlern an der Telefonzelle. Etwas weiter entfernt stand Stanley Roundway in

Shorts, die ihm bis zu den Knien reichten, und zeigte ein paar älteren Toten, wie man Fußball spielte. Auf seinen Fußballschuhen standen ein L und ein R.

Mr Vicenti starrte ins Leere.

»Äh –«, sagte Johnny.

»Da kann ich dir nicht helfen«, sagte Mr Vicenti. »Damit musst du selbst klarkommen.«

Irgendwie musste er dann nach Hause gegangen sein. Er konnte sich nicht erinnern, aber er wachte in seinem Bett auf.

Johnny fragte sich, was die Toten wohl an Sonntagen taten. An Sonntagen erreichte Blackbury ungeahnte Werte auf der Langeweileskala.

Die meisten Leute taten, was man an Sonntagen eben so tat. Sie zogen feine Kleider an, setzten sich ins Auto und feierten eine Art Familiengottesdienst im Megasuperspar-Gartencenter vor der Stadt. Dort gab es eine Unzahl von Topfpflanzen, die man mit nach Hause nahm, damit sie dort in der Heizungsluft eingingen und man in der folgenden Woche wieder neue kaufen konnte.

Das Einkaufszentrum war geschlossen. Man konnte nicht mal irgendwo abhängen.

»Wenn man in so einer Stadt tot ist«, sagte Wobbler, als sie am Kanal entlangtrotteten, »merkt man es wahrscheinlich kaum, weil es sich kaum vom Leben unterscheidet.«

»Hat jemand von euch gestern Nacht Radio gehört?«, fragte Johnny.

Keiner. Er war ein bisschen erleichtert.

»Wenn ich mal erwachsen bin«, sagte Wobbler, »werde ich sofort von hier abhauen. Wartet's bloß ab. Diese Stadt ist ein Ort, aus dem man kommt, nicht einer, in dem man bleibt.«

»Wohin willst du denn?«, sagte Johnny.

»Da draußen liegt die ganze Welt!«, sagte Wobbler. »Berge! Amerika! Australien! Millionen von Orten!«

»Du hast gestern erst erzählt, dass du wahrscheinlich einen Job bei deinem Onkel drüben im Industriegebiet kriegen wirst«, wandte Bigmac ein.

»Ja … schon … aber ich meine, die Welt wird trotzdem noch da sein, wenn ich mal Zeit habe abzuhauen, oder?«, sagte Wobbler.

»*Ich* dachte, du würdest mal ein großer Computer-Crack werden«, sagte Yo-less.

»Das könnte ich. Tatsächlich. Wenn ich *wollte*.«

»Wenn ein Wunder geschieht und du in Mathe und Englisch durchkommst, meinst du«, sagte Bigmac.

»Ich bin eben mehr praktisch begabt«, meinte Wobbler.

»Du meinst, du musst nur irgendwelche Tasten am Computer drücken, und dann passiert's?«

»Und? Oft passiert doch *tatsächlich* was.«

»Also, *ich* gehe zur Armee«, verkündete Bigmac. »In die Spezialeinheit.«

»Ha. Mit deinen Plattfüßen und dem Asthma wirst du denen eine große Hilfe sein«, sagte Wobbler. »Ich kann mir richtig vorstellen, wie sie dich einsetzen, um loszuhumpeln und Terroristen anzukeuchen.«

»Ich will auf jeden Fall mal Jura und Medizin studieren«, sagte Yo-less, um den Frieden zu wahren.

»Gute Idee. Dann können sie dich nicht verklagen, wenn du ein falsches Teil abschneidest«, sagte Bigmac.

Keiner wurde wirklich wütend. Das gehörte einfach zum Ritual.

»Was ist mit dir?«, fragte Wobbler Johnny.

»Keine Ahnung«, antwortete Johnny.

»Warst du nicht letzte Woche bei der Berufsberatung?«

Johnny nickte. Dort wurden einem unglaubliche Zukunftschancen vorgestellt. Eine Karriere als Einzelhandelskaufmann oder als Großhandelskaufmann. Eine Zukunft bei der Armee, vermutlich nur nicht für Bigmac, der ein Maschinengewehr in die Hand nehmen durfte und es sich auf den Fuß fallen ließ. Aber Johnny hatte keine große Zukunftschance entdecken können, die wirklich Zukunft gehabt hätte.

»Was ich gerne werden würde«, meinte er, »ist etwas, wofür es noch keinen Namen gibt.«

»Ach ja?«, sagte Wobbler. »Du meinst, in zwei Jahren wird jemand den Wurgelplatt erfinden, und wenn dann einer gesucht wird, der den Wurgelplatt bedienen kann, dann bist du der erste Anwärter, ja?«

Sie gingen über den Friedhof. Die anderen sagten zwar nichts, hielten sich allerdings etwas dichter beieinander. Aber es waren keine Toten da.

»Man kann nicht einfach rumhängen und auf die große Zukunftschance warten«, murmelte Johnny.

»Hey«, sagte Yo-less mit künstlicher Munterkeit, »meine Mutter lässt fragen, ob ihr heute Abend nicht mit in die Kirche kommen wollt.«

»Vergiss es«, meinte Wobbler nach einer Weile. »Du sagst das jede Woche.«

»Sie meint, es wäre gut für euch. Vor allem für Simon.«

»Simon?«, fragte Wobbler.

»Das bin ich«, sagte Bigmac.

»Sie sagt, man müsste sich um dich kümmern«, erklärte Yo-less.

»Ich wusste gar nicht, dass du Simon heißt«, meinte Wobbler.

Bigmac seufzte. Auf seinem T-Shirt stand »Blackbury Skins«, er hatte sich den Kopf geschoren, trug große, schwere Stiefel und breite Hosenträger, und auf seinen Fingerknöcheln war mit Kugelschreiber »Liebe« und »Has«* geschrieben, aber aus irgendeinem Grund meinte Yo-less' Mutter, dass er ein richtiges Zuhause bräuchte. Bigmac lebte in der ständigen Angst, dass Bazza und Skazz, die einzigen anderen Skins in Blackbury, das herausfinden und ihm seine Hosenträger, die ein Zeichen seiner Mitgliedschaft waren, wieder abnehmen könnten.

»Sie sagt, ihr werdet alle als Heiden aufwachsen«, sagte Yo-less.

»Also, ich gehe morgen zu einer Beerdigung im Krematorium«, erklärte Johnny. »Das ist fast wie Kirche.«

»Jemand Wichtiges?«, fragte Wobbler.

»Ich bin mir nicht sicher«, sagte Johnny.

Johnny war überrascht, dass so viele Leute zu Thomas Atkins' Beerdigung gekommen waren, aber dann stellte sich heraus, dass sie noch von der vorhergehenden Zeremonie übrig waren. Zu Thomas Atkins' Begräbnis waren nur er selbst, ein steif aussehender alter Mann in einem Blazer mit dem Emblem des Veteranenverbands und die Krankenschwester vom Haus Sonnenblick gekommen – und der Pfarrer, der sich redlich bemühte, aber er war Thomas Atkins niemals begegnet, also hatte er seine Grabrede aus lauter passenden Floskeln zusammengesetzt. Dazu gab es Orgelmusik vom Band. Das war's.

Die Kapelle roch nach frischem Holz und Bohnerwachs.

Die drei anderen starrten Johnny verlegen an, als seien sie der Ansicht, er gehöre da nicht hin, wüssten aber nicht genau, warum.

Er hörte ein leises Geräusch von hinten, gerade, als die Musik begann.

* Das zweite »s« rieb sich immer am schnellsten wieder ab.

Er drehte sich um und sah die Toten hinter sich. Der Stadtrat hatte den Hut abgenommen und saß aufrecht in der Kirchenbank. Selbst William Stickers hatte sich Mühe gegeben, respektabel auszusehen. Solomon Einsteins Haar stand ab wie ein Heiligenschein.

Die Schwester sprach mit dem Mann im Blazer. Johnny lehnte sich zurück, damit er mit Mr Fletcher reden konnte.

»Warum sind Sie hier?«, flüsterte er.

»Das ist erlaubt«, sagte Mr Fletcher. »Früher sind wir zu allen Beerdigungen gegangen. Um ihnen zu helfen, sich einzugewöhnen. Sie willkommen zu heißen. Es ist immer ein ziemlicher Schock.«

»Oh.«

»Und ... als wir sahen, dass du hier bist ... dachten wir, wir versuchen mal, ob wir es schaffen. Mr Vicenti sagte, es wäre einen Versuch wert. Wir werden immer besser!«

Die Schwester gab dem Mann vom Veteranenverband Tommy Atkins' Schachtel und ging hinaus, wobei sie Johnny zuwinkte, als sie an ihm vorbeikam. Dann führte der Pfarrer den Mann durch eine andere Tür hinaus und warf Johnny noch einen seltsamen Blick zu.

Draußen schien die Oktobersonne schwach, aber immerhin schien sie. Johnny ging hinaus und wartete.

Nach einer Weile kam der Mann heraus, diesmal mit zwei Schachteln.

»Äh«, sagte Johnny und stand auf. »Äh.«

»Ja, mein Junge? Die Frau aus dem Heim sagte, du arbeitest an einem Projekt für deine Schule.«

An einem Projekt arbeiten. Es war faszinierend. Wenn Saddam Hussein gesagt hätte, dass er in der Schule an einem Projekt über Kuwait arbeitete, wäre alles viel einfacher für ihn gewesen.

»Äh, ja. Kann ich Sie was fragen?«

»Natürlich, ja.« Der Mann setzte sich schwerfällig auf eine der Bänke. Er hatte beim Laufen einen Fuß nachgezogen und streckte das Bein nun steif nach vorne. Johnny war überrascht, als er entdeckte, dass er vermutlich so alt war wie sein Opa, aber er hatte das ausgetrocknete, sonnengegerbte Aussehen eines Mannes, der sich fit hielt und wahrscheinlich mit achtzig immer noch Vorsitzender des Kegelvereins war.

»Also ... wenn Mr Atkins gesagt hat ...«, fing Johnny an. »Ich meine, er hat immer gesagt, er wäre ›der Einzige‹. Ich weiß über die Kameraden von Blackbury Bescheid. Ich weiß, dass alle außer ihm umgekommen sind. Aber ich glaube nicht, dass er das damit gemeint hat ...«

»Du weißt von den Kameraden von Blackbury? Wie kommt das?«

»Ich habe es in einer alten Zeitung gelesen.«

»Oh. Aber du weißt nichts über Tommy Atkins?«

»Na ja, doch, er –«

»Nein, ich meine *Tommy Atkins*. Ich meinte, warum er so stolz auf diesen Namen war. Was der Name bedeutete?«

»Das verstehe ich nicht«, sagte Johnny.

»Was bringen sie euch heutzutage in der Schule eigentlich bei?«

Darauf gab Johnny keine Antwort. Er wusste, dass es nicht als Frage gemeint war.

»Sieh mal – im großen Krieg, dem Ersten Weltkrieg ... wenn ein neuer Rekrut in die Armee kam, musste er zuerst sein Soldbuch ausfüllen. Verstehst du? Name und Adresse und all das. Und um ihm dabei zu helfen, gab es bei der Armee eine Art Broschüre, in der stand, wie man es ausfüllen sollte. In dieser Broschüre stand bei Name: Thomas Atkins. Es war einfach irgendein Name. Nur, um einem zu zeigen, wo der Name stehen musste. Wie: John Smith. Aber es ... nun, es wurde so etwas wie ein Witz. Tommy Atkins war sozusagen der typische Durchschnittssoldat.«

»Sie meinen, so was wie der ›Mann auf der Straße‹?«

»Ja ... ziemlich genau. Es wurde zum Spitznamen für Soldaten. Tommy Atkins – der britische Tommy.«

»Also waren ... irgendwie ... *alle* Soldaten Tommy Atkins?«

»Ja. Ich denke, so könnte man es ausdrücken. Natürlich ist das eine merkwürdige Art –«

»Aber er war ein wirklicher Mensch! Er hat Pfeife geraucht und all so was.«

»Nun, ich nehme an, die Armee hat den Namen genau deshalb benutzt, weil es ein ganz normaler Name war. Und es musste schließlich irgendwo auch einen echten Tommy Atkins geben. Ich weiß, dass er sehr stolz auf seinen Namen war. Das weiß ich mit Bestimmtheit.«

»War er der letzte Soldat aus dem Ersten Weltkrieg, der noch gelebt hat?«

»O nein. Guter Gott, nein. Aber er war der letzte aus dieser Gegend, das ist sicher. Der letzte aus seiner Einheit.«

Johnny spürte eine Veränderung in der Luft.

»Er war ein seltsamer alter Knabe. Ich habe ihn jedes Jahr besucht –«

Da war ein Geräusch, das klang, als ob man eine Handvoll Stille dehnte und dann wie eine Gitarrensaite zupfte.

Johnny sah sich um. Jetzt saßen drei Menschen auf der Bank.

Tommy Atkins hatte seine Mütze auf den Knien. Die Uniform passte nicht richtig. Er war immer noch ein alter Mann, so dass sein schmächtiger Hals aus dem Kragen herausragte wie bei einer Schildkröte. Er hatte ein altmodisches Gesicht – ein Mann, der dazu geschaffen war, eine Mütze zu tragen und in der alten Stiefelfabrik zu arbeiten. Er sah, dass Johnny ihn anstarrte, und zwinkerte ihm zu und streckte den Daumen hoch. Dann wandte er sich wieder der Straße zu, die zum Parkplatz führte.

Hinter Johnny verließen die Toten das Gebäude; die älteren kamen durch die Wände, die jüngeren benutzten aus Gewohnheit immer noch die Tür. Sie schwiegen. Sie standen einfach da und schauten erwartungsvoll zur Hauptstraße hin.

Dort marschierten die Kameraden von Blackbury geradewegs durch die Autos hindurch.

Kapitel sechs

Die Kameraden bogen zur Nebenstraße ein, im perfekten Gleichschritt. Keiner von ihnen war alt. Sie sahen alle aus wie auf dem Foto.

Aber auch Tommy Atkins sah plötzlich nicht mehr alt aus. Er war ein junger Mann, und nun stand er auf, ging auf den Parkplatz hinaus, drehte sich um und grüßte Johnny und die Toten militärisch.

Dann, als der Zug vorbeimarschierte, trat er genau in die Lücke, die für ihn übrig war. Alle dreißig Männer schwenkten herum und marschierten davon.

Die Toten strömten hinter ihnen her. Es sah aus, als gingen sie langsam, aber trotzdem war der Parkplatz innerhalb von ein paar Sekunden vollkommen leer.

»Er geht zurück nach Frankreich«, sagte Johnny. Plötzlich war er regelrecht glücklich, obwohl er spürte, wie ihm die Tränen über die Wangen liefen.

Der Mann vom Veteranenverband, der bis jetzt geredet hatte, hielt inne.

»Was ist?«, fragte er.

»Tommy Atkins. Er geht zurück.«

»Woher weißt du das?«

Johnny bemerkte, dass er laut gesprochen hatte.

»Äh –«

Der Mann vom Veteranenverband entspannte sich.

»Ich nehme an, die Dame aus dem Pflegeheim hat es dir

erzählt, oder? Es war sein letzter Wille. Möchtest du ein Taschentuch?«

»Nein, nein. Schon gut«, sagte Johnny. »Ja. Sie hat es mir erzählt.«

»Ja, wir werden ihn diese Woche zurückbringen. Er hat uns einen Ort auf der Landkarte eingezeichnet. Ziemlich präzise sogar.« Der Mann klopfte auf die zweite Schachtel, die er bekommen hatte. Johnny wurde plötzlich klar, dass darin der gesamte weltliche Besitz von Tommy Atkins sein musste, außer den Orden und ein paar vergilbten Fotografien.

»Was werden Sie tun?«, fragte er.

»Nur seine Asche verstreuen. Und eine kleine Gedenkfeier abhalten.«

»Dort, wo ... die Kameraden gestorben sind?«

»Genau. Er hat immerzu über sie gesprochen.«

»Sir?«

Der Mann blickte auf.

»Ja?«

»Mein Name ist John Maxwell. Wie heißen Sie?«

»Atterbury. Ronald Atterbury.« Er streckte seine Hand aus und reichte sie Johnny. »Bist du etwa der Enkel von Arthur Maxwell? Er hat in der Stiefelfabrik für mich gearbeitet.«

»Ja. Sir?«

»Ja?«

Johnny wusste, wie die Antwort lauten würde. Er konnte sie im Voraus ahnen. Aber man musste die Frage stellen, damit die Antwort ausgesprochen werden konnte. Er holte tief Luft.

»Sind Sie mit Sergeant Atterbury verwandt? Er war einer der Kameraden.«

»Er war mein Vater.«

»Oh.«

»Ich habe ihn nie kennengelernt. Er hat meine Mutter geheiratet, bevor er in den Krieg ging. So etwas ist damals häufig passiert. Auch heute noch. Entschuldige, junger Mann, aber solltest du nicht in der Schule sein?«

»Nein«, sagte Johnny.

»Wirklich?«

»Ich sollte hier sein. Da bin ich mir ganz sicher«, erklärte Johnny. »Aber jetzt gehe ich wohl lieber wieder in die Schule. Danke, dass Sie mit mir gesprochen haben.«

»Ich hoffe, du hast keine wichtigen Stunden verpasst.«

»Geschichte.«

»Das ist sehr wichtig.«

»Darf ich Sie noch was fragen?«

»Ja?«

»Tommy Atkins' Orden. Waren die für was Bestimmtes?«

»Das waren Belobigungsorden. Die Soldaten bekamen sie einfach dafür, dass sie noch am Leben waren. Und dafür, dass sie da waren. Er hat den ganzen Krieg mitgemacht, weißt du? Bis zum bitteren Ende. Wurde nicht mal verwundet.«

Johnny ging über die Auffahrt zurück und bemerkte dann, was um ihn vorging. Etwas Wichtiges war geschehen, und er war der einzige Lebende, der es gesehen hatte, und es war *richtig* so.

Es war auch richtig so, dass man Orden einfach dafür bekam, dass man da war. Manchmal konnte man nichts anderes tun, als einfach nur da sein.

Als er die Straße erreicht hatte, sah er sich noch einmal um. Mr Atterbury saß immer noch auf der Bank, die beiden Schachteln neben sich, und starrte die Bäume an, als hätte er sie noch nie gesehen. Er starrte einfach, als ob er geradewegs durch sie hindurchsehen könnte, bis nach Frankreich. Johnny zögerte, dann wollte er sich umdrehen und zurückgehen.

»Nein«, sagte Mr Vicenti, der direkt hinter ihm stand.

Er hatte an der Bushaltestelle gewartet. Sozusagen gelauert.

»Ich wollte nur –«

»Ja, das wolltest du«, sagte Mr Vicenti. »Und was hättest du gesagt? Dass du sie gesehen hast? Was würde das nützen? Vielleicht sieht er sie auch, in seiner Fantasie.«

»Na ja –«

»Es würde nicht funktionieren.«

»Aber wenn ich –«

»Für so etwas wärst du vor ein paar hundert Jahren wahrscheinlich verbrannt worden, wegen Hexerei. Im vergangenen Jahrhundert hätte man dich eingesperrt. Ich weiß nicht, was man heute macht.«

Johnny entspannte sich ein wenig. Der Drang, die Auffahrt wieder hinaufzurennen, hatte sich gelegt.

»Eine Fernsehsendung über mich machen, nehme ich an«, sagte er und ging die Straße entlang.

»Nun, das wollen wir doch auf keinen Fall«, meinte Mr Vicenti. Er ging auch, aber seine Füße reichten nicht ganz bis zum Boden.

»Es ist nur, wenn ich den Leuten klarmachen könnte, dass –«

»Vielleicht«, sagte Mr Vicenti. »Aber den Leuten etwas klarzumachen ist mit schwerer, langwieriger Arbeit verbunden – entschuldige ...«

Er wackelte ein wenig mit der Schulter, wie ein Mann, der versucht, sich an einer schwierigen Stelle zu kratzen, und zog ein paar Tauben aus der Jacke.

»Ich glaube, die brüten da drin«, sagte er und sah zu, wie sie davonflogen. »Was wirst du jetzt tun?«

»Ich gehe in die Schule. Und sagen Sie nicht, dass das nicht wichtig ist.«

»Ich habe gar nichts gesagt.«

Sie kamen am Friedhofstor an. Johnny konnte das große Schild auf dem alten Fabrikgelände nebenan gerade noch erkennen; der knallblaue Himmel darauf zeichnete sich gegen das Blaugrau des wirklichen Himmels ab.

»Sie fangen übermorgen an, uns von hier wegzubringen«, sagte Mr Vicenti.

»Das tut mir leid. Wie ich schon sagte, ich wünschte, ich könnte irgendwas tun.«

»Vielleicht hast du das schon getan.«

Johnny seufzte.

»Wenn ich Sie frage, was Sie damit meinen, werden Sie mir doch nur sagen, dass das schwer zu erklären ist, nicht wahr?«

»Wahrscheinlich. Komm mit. Das wird dir gefallen.«

Auf dem Friedhof war keine Menschenseele zu sehen, nicht mal eine tote. Selbst der Rabe war verschwunden, falls es nicht sowieso eine Saatkrähe gewesen war.

Aber vom Kanal unten kam ein ziemlicher Lärm.

Die Toten schwammen. Nun ja, einige von ihnen taten es. Mrs Liberty schwamm. Sie trug einen altmodischen Badeanzug, der ihr vom Hals bis zu den Knien reichte, aber sie hatte immer noch ihren Hut auf.

Der Stadtrat hatte seinen Gehrock und die Amtskette ausgezogen und saß in Hemdsärmeln am Ufer. Er trug Hosenträger, mit denen man ein Schiff hätte vertäuen können. Johnny fragte sich, wie es möglich war, dass die Toten ihre Kleider wechselten, und ob sie Hitze spüren konnten, aber er nahm an, es war alles Übungssache. Wenn ein Toter in Gedanken sein Hemd auszog, dann hatte er es eben tatsächlich nicht mehr an.

Und was das Schwimmen betraf … es platschte nicht, wenn sie hineinsprangen, es entstand nur ein ganz leichter Schimmer, der sich in kleinen Wellen bewegte und ganz schnell verschwand. Und wenn sie an die Oberfläche kamen, sahen sie nicht nass aus. Johnny stellte es sich so vor: Wenn ein Gespenst (in Gedanken musste er dieses Wort manchmal gebrauchen) ins Wasser sprang, wurde nicht das Gespenst nass, sondern das Wasser gespenstisch.

Aber nicht alle amüsierten sich. Zumindest nicht auf die übliche Art. Mr Fletcher und Solomon Einstein und ein paar andere standen um ein Fernsehgerät herum, das jemand hier weggeworfen hatte.

»Was machen die da?«, fragte Johnny.

»Sie versuchen, es zu reparieren«, sagte Mr Vicenti.

Johnny lachte. Der Bildschirm war zerbrochen. Regen war jahrelang ins Gehäuse gelaufen. Es wuchs sogar schon Gras heraus.

»Das wird doch nie –«, setzte er an.

Ein Rauschen ertönte. Ein Bild formte sich in der Luft, *auf einem Bildschirm, der gar nicht mehr da war.*

Mr Fletcher stand auf und schüttelte Solomon Einstein feierlich die Hand.

»Eine weitere erfolgreiche Verbindung von fortschrittlichen Theorien mit praktischem Know-how, Mr Einstein.«

»Ein Schritt in die richtige Richtung, Mr Fletcher.«

Johnny starrte die flackernden Bilder an. Sie hatten wundervolle Farben.

So langsam begriff er.

»Ist das der *Geist* des Fernsehers?«, fragte er.

»Was für ein cleveres Bürschchen!«, sagte Solomon Einstein.

»Aber mit *Verbesserungen*«, fügte Mr Fletcher hinzu.

Johnny warf einen Blick in das Gehäuse. Es war voller alter Blätter und verrostetem, verbogenem Metall. Aber über dem Gerät schimmerte freundlich der Umriss seines Geistes und surrte ohne elektrischen Strom vor sich hin. Zumindest scheinbar ohne Strom. Wer wusste schon, wo die Elektrizität hinging, wenn das Licht ausgeschaltet war?

»Wow!«

Er stand auf und zeigte auf die dreckig grüne Oberfläche des Kanals.

»Irgendwo da unten ist ein alter Ford Capri«, sagte er. »Wobbler sagt, er hat gesehen, wie ein paar Männer ihn hineingeschoben haben.«

»Ich werde gleich nachsehen«, meinte Mr Fletcher. »Der Verbrennungsmotor könnte wahrhaftig noch ein paar Verbesserungen gebrauchen.«

»Aber ... ich meine ... Maschinen leben nicht – wie können sie dann Geister haben?«

»Aber sie *existieren*«, sagte Solomon Einstein. »Von Augenblick zu Augenblick. Und wir müssen nur den richtigen Augenblick finden, nicht wahr?«

»Klingt wie Okkultismus«, sagte Johnny.

»Nein! Es ist *Physik*! Genauer gesagt, *mehr* als Physik. Es ist –«, er fuchtelte aufgeregt herum, »Metaphysik. Vom griechischen *meta*, das bedeutet außerhalb, und *physika*, das heißt ... ähm ...«

»Physik«, sagte Mr Vicenti.

»Genau!«

»Nichts hört wirklich auf. Nichts ist wirklich vorbei.«

Es war Johnny, der das gesagt hatte. Er war über sich selbst überrascht.

»Korrekt! Bist du Physiker?«

»Ich?«, fragte Johnny. »Ich habe von Naturwissenschaften keine Ahnung.«

»Wunderbar! Die ideale Voraussetzung!«, sagte Einstein.

»Was?«

»Unwissen ist sehr wichtig! Es ist absolut *unabdingbar* für den Lernprozess!«

Mr Fletcher drehte am Geist eines Sendersuchknopfes.

»Nun, jetzt ist alles in Ordnung«, sagte er und sah sich ein offenbar spanisches Programm an. »Alle herkommen!«

»Wie interessant«, sagte Mrs Liberty und zog sich in Sekundenschnelle an. »Miniatur-Kinematographie?«

Als Johnny ging, saßen alle vor dem kaputten Fernseher und stritten sich, was sie anschauen wollten ...

Außer Mr Grimm. Er stand etwas abseits, die Hände brav gefaltet, und sah ihnen zu.

»Das wird Ärger geben«, sagte er. »Das ist Ungehorsam. Einmischung in die Physik.«

Er hatte einen kleinen Schnurrbart und trug eine Brille. Jetzt, im Tageslicht, konnte Johnny erkennen, dass die Gläser so dick waren, dass man die Augen kaum sehen konnte.

»Das wird Ärger geben«, sagte er noch einmal. »Und es wird *deine* Schuld sein, John Maxwell. Du versetzt sie in Aufruhr. Ist das etwa eine Art, wie Tote sich verhalten sollten?«

Zwei unsichtbare Augen folgten ihm.

»Mr Grimm?«, sagte Johnny.

»Ja?«

»Wer sind Sie?«

»Das geht dich nichts an.«

»Nein, aber alle anderen reden immer über –«

»Ich glaube zufällig an Anstand. Ich glaube daran, dass man das Leben ernst nehmen sollte. Es gibt so etwas wie Regeln. Ich habe ganz sicher nicht vor, mich diesen Albernheiten hinzugeben.«

»Ich wollte Sie nicht –«

Mr Grimm drehte sich um und ging steif zu seinem kleinen Grabstein unter den Bäumen. Er setzte sich mit verschränkten Armen hin und starrte Johnny an.

»Das wird schlimme Folgen haben«, sagte er.

Er sagte, er hätte zum Facharzt gemusst. Das funktionierte immer. Die Lehrer stellten dann für gewöhnlich keine weiteren Fragen.

In der Pause hatte Wobbler Neuigkeiten.

»Meine Ma sagt, heute Abend wird es eine große Versammlung im Bürgerhaus geben, mit Leuten vom Fernsehen und allem Drum und Dran.«

»Das bringt doch nichts«, meinte Yo-less. »Das geht doch schon seit einer Ewigkeit so. Es ist zu spät. Es wurden schon alle möglichen Untersuchungen und Zeugs gemacht.«

»Ich habe meine Mutter gefragt, wie das ist, wenn man Gebäude auf alten Friedhöfen bauen will. Sie sagt, man muss zuerst den Pfarrer holen, damit er den Ort entweihen kann«, sagte Wobbler. »Das ist bestimmt sehenswert.«

»Trotzdem, ich werde heute Abend hingehen«, sagte Johnny. »Und ihr solltet mitkommen.«

»Das bringt doch nichts«, meinte Yo-less.

»Doch«, sagte Johnny.

»Aber der Platz ist doch schon verkauft«, sagte Yo-less. »Ich weiß, dass du deswegen irgendwie traurig bist, aber die Sache ist gelaufen.«

»Es wird trotzdem gut sein, wenn wir hingehen.« Er wusste es, genau wie er gewusst hatte, dass die Kameraden von Blackbury wichtig waren. Den Grund dafür wusste er auch nicht. Es *war* einfach so.

»Wird es irgendwelche ... ungewöhnlichen Windstöße geben?«, fragte Bigmac.

»Woher soll ich das wissen? Ich denke nicht. Im Augenblick hocken sie alle vorm Fernseher.«

Die anderen drei warfen einander Blicke zu.

»Die *Toten* sehen fern?«, fragte Wobbler.

»Ganz richtig. Und ich weiß, dass ihr jetzt alle nachdenkt,

was ihr Komisches sagen könnt. Vergesst es einfach. Sie sehen fern. Sie haben einen alten Fernseher repariert.«

»Na ja, ich nehme an, so vergeht die Zeit schneller«, meinte Wobbler.

»Ich glaube nicht, dass sie Zeit so wahrnehmen wie wir«, sagte Johnny.

Yo-less rutschte von der Mauer herunter. »Wenn ihr schon von Zeit redet«, sagte er, »ich glaube nicht, dass morgen ein guter Tag ist, um auf Friedhöfen herumzulungern.«

»Warum nicht?«, wollte Bigmac wissen.

»Wisst ihr nicht, was morgen für ein Tag ist?«

»Dienstag«, sagte Johnny.

»Halloween«, sagte Wobbler. »Ihr seid alle zu meiner Party eingeladen, schon vergessen?«

»Ach herrje«, sagte Bigmac.

»Das Prinzip ist ziemlich einfach«, erklärte Mr Fletcher. »Ein kleiner Lichtpunkt! Das ist alles! Er flitzt in einer Glasflasche hin und her. Im Grunde ist es so etwas wie ein thermionisches Ventil. Viel einfacher zu kontrollieren als Schallwellen –«

»Entschuldigen Sie«, warf Mrs Liberty ein. »Wenn Sie vor dem Bildschirm stehen, wird das Bild ganz unscharf.«

»Tut mir leid.« Mr Fletcher trat ein paar Schritte zurück und setzte sich. »Was passiert gerade?«

Die Toten hatten sich ordentlich in Reihen vor dem Fernseher niedergelassen und sahen fasziniert zu.

»Mr McKenzie hat Dawn gesagt, dass Janine nicht zu Doraleens Party gehen kann«, sagte William Stickers, ohne den Blick vom Bildschirm zu nehmen.

»Ich muss sagen«, meinte der Stadtrat, »ich habe mir Australien immer ganz anders vorgestellt. Mehr Kängurus und weniger junge Frauen in unpassender Kleidung.«

»*Ich* habe nichts gegen die jungen Frauen«, sagte William Stickers.

»Mr Stickers! Schande über Sie! Sie sind *tot*!«

»Aber ich habe ein sehr gutes Gedächtnis, Mrs Liberty.«

»Oh, ist es aus?«, sagte Solomon Einstein, als der Abspann über den Bildschirm lief und die Titelmusik über den Kanal schwebte. »Aber wir wissen immer noch nicht, wer das Geld aus Micks Mantel genommen hat!«

»Der Mann im Fernsehen hat gerade gesagt, dass es morgen eine weitere Vorstellung gibt«, sagte Mrs Liberty. »Die dürfen wir auf keinen Fall verpassen!«

»Es wird dunkel«, sagte Mr Vicenti aus der hinteren Reihe. »Zeit zurückzugehen.«

Die Toten sahen hinüber zum Friedhof.

»Das heißt, wenn wir wollen«, fügte er hinzu. Er lächelte matt.

Die Toten schwiegen. Dann sagte der Stadtrat: »Nun, ich will verdammt sein, wenn ich dahin zurückgehe.«

»Thomas Bowler!«, zischte Mrs Liberty empört.

»Nun, wenn ein Mann nicht mal fluchen darf, wenn er tot ist, dann sind das trübe Aussichten. Verdammt, verdammt, verdammt! Ich meine, überlegt doch mal. Es gibt Radio und Fernsehen und all diese Dinge. Es passiert etwas! Ich sehe nicht ein, warum wir dorthin zurückgehen sollten. Es ist langweilig dort. Kommt nicht in Frage.«

»Aber es *gehört* sich einfach, dass wir bleiben, wo wir hingelegt wurden«, sagte Mrs Liberty. »Wir müssen bleiben, wo man uns *hingelegt* hat.«

»Ähem.«

Es war Mr Grimm. Die Toten starrten ihre Füße an.

»Ich bin vollkommen Ihrer Meinung«, sagte er.

»Oh. Hallo, Eric«, begrüßte ihn der Stadtrat kühl.

Eric Grimm faltete die Hände vor der Brust und funkelte sie an. Das gab selbst den Toten zu denken. Die Dicke seiner Brillengläser ließ seine Augen irgendwie verschwinden, so dass man nur noch Rosa dahinter sah.

»Hört ihr euch eigentlich jemals selbst zu, wenn ihr redet?«, fragte er. »Ihr seid *tot.* Verhaltet euch dementsprechend. Es ist *vorbei.*« Er drohte mit dem Finger. »Ihr wisst, was passiert, wenn ihr geht. Ihr wisst, was passiert, wenn ihr zu lange wegbleibt. Allein der Gedanke ist schrecklich. Ihr lasst euch von diesem dummen Kind ganz durcheinanderbringen.«

Die Toten wichen seinem Blick aus. Wenn man tot war, dann gab es einfach Dinge, die man wusste, genau wie man als Lebender wusste, wie man atmete. Man wusste, dass *der Tag kommen würde.* Und man musste darauf vorbereitet sein. Es würde einen letzten Sonnenaufgang geben, und darauf musste man gefasst sein.

Der letzte Sonnenaufgang. Der Tag des Jüngsten Gerichts. Es konnte jeder Tag sein. Man musste bereit sein.

»Man haut nicht einfach ab und äfft die heutige Jugend nach«, sagte Mr Grimm, als könnte er ihre Gedanken lesen. »Wir sind tot. Also warten wir hier, wie es sich für anständige Menschen gehört. Und geben uns nicht mit dem Gewöhnlichen ab.«

Die Toten traten unruhig von einem Fuß auf den anderen.

»Nun, ich habe achtzig Jahre gewartet«, sagte der Stadtrat schließlich, »wenn es heute Abend geschieht, dann geschieht es eben. Ich werde jetzt losziehen und mich umsehen. Kommt jemand mit?«

»Ja. Ich«, sagte William Stickers und stand auf.

»Noch jemand?«

Etwa die Hälfte der Toten erhob sich. Ein paar andere sahen sich um und beschlossen, sich ihnen anzuschließen. Etwas an

Mr Grimm ließ einen wünschen, auf der anderen Seite zu stehen.

»Ihr werdet euch verirren!«, unkte Mr Grimm. »Es wird etwas schiefgehen, das wisst ihr! Und dann müsst ihr für ewig herumirren, und ihr werdet ... vergessen!«

»Ich habe Verwandte da draußen«, sagte der Stadtrat.

»Wir alle haben Verwandte«, meinte Mrs Liberty. »Und wir kennen die Regeln. Und Sie kennen sie auch.« Sie wirkte verlegen.

Es *gab* Regeln. Sie wurden einem niemals mitgeteilt, genauso wenig, wie einem mitgeteilt wurde, dass Dinge herunterfielen, wenn man sie losließ. Es war einfach so.

Aber der Stadtrat war finster entschlossen, sich nicht zu beugen.

»Ich werde mich auf jeden Fall umsehen. Meine alten Treffs abchecken«, murmelte er.

»Treffs?«, sagte William Stickers.

»Abchecken?«, sagte Mrs Liberty.

»So drückt man es heute aus, wenn –«, fing William Stickers an.

»Ich bin ziemlich sicher, dass ich das nicht wissen will!«, sagte Mrs Liberty und stand auf. »Schon der Gedanke!«

»Da draußen ist eine Welt, die wir mitgestaltet haben, und ich will jetzt herausfinden, wie sie ist«, brummelte der Stadtrat trotzig.

»Und außerdem«, sagte Mr Vicenti, »wenn wir alle zusammenhalten, wird niemand vergessen, wer er ist, und wir werden alle weiterkommen.«

Mrs Liberty schüttelte den Kopf.

»Nun, wenn Sie darauf *bestehen*, dann sollte lieber jemand mitgehen, der ein wenig Vernunft besitzt«, sagte sie.

Schließlich marschierten sie fast alle den Kanalweg entlang

in Richtung Stadtmitte. Zurück blieben nur Mr Einstein und Mr Fletcher, die immer noch glücklich neben ihrem Fernseher saßen.

»Was ist denn mit denen los?«, sagte Mr Fletcher. »Die verhalten sich ja gerade so, als wären sie *lebendig.*«

»Es ist abscheulich«, sagte Mr Grimm, aber seine Stimme klang auch triumphierend, als ob es ihn irgendwie befriedigte zu sehen, wenn Leute sich schlecht betrugen.

»Solomon hier sagt, dass der Raum eine Illusion ist«, meinte Mr Fletcher. »Es ist also *unmöglich*, irgendwo hinzugehen. Oder irgendwo zu sein.«

Einstein spuckte sich in die Hände und versuchte, sein Haar zu bändigen.

»Andererseits –«, sagte er, »gab es da *tatsächlich* eine nette kleine Kneipe in der Cable Street.«

»Du würdest dort kein Bier mehr bekommen, Solly«, sagte Mr Fletcher. »Sie bedienen keine Gespenster.«

»Mir hat es dort immer sehr gut gefallen«, sagte Einstein schwermütig, »wenn ich einen langen, anstrengenden Tag mit Füchseausstopfen verbracht hatte, war es wirklich nett, sich am Abend zu entspannen.«

»Aber hast du nicht gesagt, der Raum sei eine Illusion?«, fragte Mr Fletcher. »Ich dachte, wir würden noch ein bisschen an dem Fernseher arbeiten. Sagtest du nicht, es gäbe keinen theoretischen Grund, warum wir nicht in der Lage sein sollten –«

»Ich glaube«, sagte Mr Einstein vorsichtig, »ich würde mich gerne ein wenig vergnügen.«

Und schließlich war nur noch Mr Grimm übrig. Er ging zurück, immer noch starr vor sich hin lächelnd, und setzte sich hin, um auf ihre Rückkehr zu warten.

Kapitel sieben

Der Saal des Frank-W.-Arnold-Bürgerhauses war etwa zur Hälfte gefüllt.

Es roch nach Chlor vom Schwimmbad, nach Staub und Bohnerwachs und nach dem Holz der Stühle. Ab und zu verirrten sich ein paar Leute herein, die dachten, es handele sich um ein Treffen des Bowlingvereins. Wenn sie dann wieder hinausgehen wollten, drückten sie gegen die Tür, auf der »Ziehen« stand, und starrten sie an, als würde nur ein Vollidiot »Ziehen« auf eine Tür schreiben, an der man ziehen musste. Die Redner verbrachten einen Großteil der Zeit damit, die Leute im hinteren Teil des Saales zu fragen, ob sie alles verstehen könnten; und damit, das Mikrofon immer wieder viel zu nah an die Lautsprecher zu halten, so dass es zu Rückkoppelungen kam. Schließlich versuchte jemand, die Sprechanlage richtig einzustellen, verursachte einen Kurzschluss und ging den Hausmeister holen, wobei er eine ganze Weile lang gegen die Tür drückte, wie ein Hamster, der versucht, einen Ausweg aus seinem Tretrad zu finden.

Tatsächlich war es wie jede andere öffentliche Versammlung, die Johnny bisher erlebt hatte. Wahrscheinlich versammeln sich auch auf dem Planeten Jupiter siebenbeinige Außerirdische in eisigen Hallen, die nach Chlor stinken, dachte er, mit kreischenden Mikrophonen und Gestalten, die verzweifelt an Türen ÆΣσten, auf denen mit großen Buchstaben »ßΩø« steht.

Im Saal waren auch ein oder zwei seiner Lehrer. Es war faszinierend. Er hatte sich nie richtig vorstellen können, dass sie außerhalb der Schule irgendetwas taten. Man konnte die Leute nie richtig einschätzen, genauso wenig, wie man die Tiefe eines Teiches einschätzen konnte, von dem man nur die Oberfläche sah. Er erkannte auch ein oder zwei Leute, die ab und zu auf dem Friedhof mit ihren Hunden spazieren gingen oder einfach nur auf der Bank saßen. Sie wirkten irgendwie fehl am Platz.

Dann gab es noch ein paar Leute von der Vereinigten Holding GmbH und einen Mann vom städtischen Bauamt sowie die Vorsitzende der städtischen Verwaltungsbehörde, die Mrs Liberty verdammt ähnlich sah und die, wie sich herausstellte, Miss Liberty hieß. (Johnny überlegte, ob Mrs Liberty wohl ihre Urgroßmutter war, aber er konnte sie ja wohl kaum fragen; es hätte keinen besonders guten Eindruck gemacht, zu sagen: »Heh, Sie sehen genau wie diese tote Dame aus, sind Sie irgendwie verwandt?«)

Sie wirkten überhaupt nicht fehl am Platze. Sie schienen an öffentliche Auftritte gewöhnt zu sein.

Johnny fand es ausgesprochen schwierig, ihnen zuzuhören. Das Pockpock aus der Squash-Halle auf der anderen Seite zerriss die Sätze wie ein Schwall von Punkten, und jedes Rattern der Tür war wie ein Semikolon.

»– bessere Zukunft. Für die jungen Leute unserer Stadt –«

Die meisten im Saal waren mittleren Alters. Sie hörten den Rednern sehr aufmerksam zu.

»– versichern den Bürgern ... von Blackbury; dass ... Wir ... Bei der Vereinigten Holding GmbH; größten Wert ... auf die öffentliche; Reinigung ... legen und nicht; vorhaben –«

Die Wörter sprudelten nur so. Er konnte fühlen, wie sie den Raum füllten.

Und danach – sagte er sich – danach, übermorgen, wird der Friedhof geschlossen werden, egal, was hier noch gesagt wird, und in der Vergangenheit verschwinden, genau wie die alte Stiefelfabrik. Und dann würde die Vergangenheit zusammengerollt und in alte Zeitungen verpackt abgelegt, genau wie die Kameraden von Blackbury. Wenn nicht irgendjemand etwas tat.

Aber das Leben war schon schwer genug. Sollte doch ein anderer etwas sagen.

»– nicht einmal ein besonders *gutes* Beispiel. Von edwardianischer Grabskulptur. Mit –«

Die Worte würden den Saal so lange füllen, bis sie über die Köpfe der Leute gestiegen waren. Es waren weiche, beruhigende Worte. Bald würden sie über den Hüten und Mützen zusammenschlagen und die Leute würden dahocken wie Seeanemonen unter Wasser.

Sie waren hergekommen, um etwas zu sagen, auch wenn sie nicht wussten, wie sie es sagen sollten.

Also sollte er sich lieber zurückhalten.

Nur, wenn man sich zurückhielt, versank man in den Worten anderer Leute.

»– voll in Rechnung ... Gezogen; in jeder Phase des Planungsprozesses –«

Johnny stand auf, weil es die einzige Möglichkeit war, nicht zu ertrinken. Er fühlte, wie sein Kopf durch die Flut von Worten brach, und er holte tief Luft.

»Entschuldigen Sie bitte?«, sagte er.

Der »Weiße Schwan« in der Cable Street, jahrelang als »Graue Ente« bekannt, war ein traditioneller englischer Pub mit einem »Nuke the Gook«-Videospiel, an dem sich vermutlich schon Shakespeare persönlich vergnügt hatte. Es war brechend voll, und der Lärm der Jukebox und elektronischer Explosionen füllte den Raum.

In einer Ecke saß die verrückte alte Mrs Tachyon, zwischen das Videospiel und die Wand gequetscht, mit einem schwarzen Filzhut und einem Glas Guinness in der Hand.

Verrückt ist ein Wort, das man auf Leute anwendet, die entweder gar keine Vernunft mehr haben oder erheblich mehr als alle anderen.

Mrs Tachyon war die Einzige im Raum, die den Temperatursturz bemerkte. Sie blickte auf und grinste mit ihrem einzigen Zahn.

Ein Schwall kalter Luft schob sich durch den überfüllten Raum bis zur Jukebox. Für einen kurzen Moment bildete sich eine Eisnebelschicht darüber.

Ein neues Lied fing an.

»›Die Rosen der Picardie‹«, sagte Mrs Tachyon glücklich. Ein Lied aus unserer Jugend. »Ja!«

Sie sah zu, wie die Leute sich um die Maschine drängten und anfingen, darauf herumzuklopfen. Dann zogen sie den Stecker, was keinen Effekt hatte.

Die Kellnerin schrie und ließ ein Tablett voller Getränke fallen, als der Spielautomat explodierte und Feuer fing.

Dann ging das Licht aus.

Mrs Tachyon blieb im Dunkeln sitzen. Sie hörte, wie der Wirt irgendwo in einem Hinterzimmer fluchte, während ein Kurzschluss den anderen jagte.

Es war recht angenehm, im warmen Glühen der geschmolzenen Elektronik zu sitzen.

Aus dem Schrotthaufen auf dem Boden erhoben sich die Geister zweier Biergläser und schwebten zu einem Tisch.

»Cheers!«, sagte Mrs Tachyon.

Die Vorsitzende der städtischen Verwaltungsbehörde schielte über den Rand ihrer Brille.

»Fragen bitte zum Schluss.«

Johnny schwankte. Aber wenn er sich hinsetzte, würden die Wörter wieder über ihm zusammenschwappen.

»Und wann ist Schluss, bitte?«, sagte er.

Johnny spürte, wie alle ihn anstarrten.

Die Vorsitzende sah die anderen Redner an. Sie hatte die Angewohnheit, die Augen zu schließen, wenn sie einen Satz anfing, und sie dann am Ende plötzlich aufzureißen, so dass es aussah, als sprängen sie vor, um einen zu überraschen.

»Wenn *[Augen zu]* wir die Lage. Zu Ende. Diskutiert haben. Dann werde ich um *[Augen auf!]* Fragen bitten.«

Johnny beschloss, es trotzdem zu wagen.

»Aber ich muss vor dem Ende gehen«, sagte er. »Ich muss um zehn im Bett sein.«

Allgemeines zustimmendes Gemurmel erhob sich. Die meisten Anwesenden waren eindeutig der Meinung, dass jedermann unter dreißig um zehn im Bett sein sollte. Im Großen und Ganzen stimmte das ja auch. Er war normalerweise gegen zehn in seinem Zimmer, auch wenn das nichts darüber aussagte, wann schließlich das Licht ausging.

»Lassen Sie den Jungen seine Fragen stellen«, sagte eine Stimme aus den vorderen Reihen.

»Er arbeitet an einem Projekt«, sagte eine andere Stimme. Johnny erkannte Mr Atterbury, der steif wie ein Brett dasaß.

»Oh … na schön. Was möchtest du, junger Mann?«

»Ah.« Johnny fühlte ihre Blicke auf sich. »Nun, was ich meine, ist … was ich wissen will … kann denn irgendwas, das heute Abend gesagt wird, überhaupt noch was ändern?«

»Das *[Augen zu]* scheint mir kaum eine angemessene *[Augen auf!]* Frage«, erklärte die Vorsitzende ernst.

»Ich finde sie eigentlich ziemlich gut«, sagte Mr Atterbury. »Warum antwortet der Mann von der Vereinigten Holding

GmbH dem Jungen nicht? Eine einfache Antwort würde genügen.«

Der Mann der Vereinigten schenkte Johnny ein offenes, aufrichtiges Lächeln.

»Wir werden selbstverständlich alle Standpunkte *ernsthaft* überdenken«, sagte er. »Und –«

»Aber Sie haben ein Schild aufgestellt, auf dem steht, dass Sie auf jeden Fall bauen werden«, sagte Johnny. »Nur, ich glaube nicht, dass es viele gibt, die wollen, dass der alte Friedhof bebaut wird. Dann werden Sie also das Schild wieder wegnehmen?«

»Wir haben in der Tat das Grundstück bereits gekauft –«

»Sie haben fünf Pence bezahlt«, sagte Johnny. »Ich gebe Ihnen ein Pfund.«

Die Leute fingen an zu lachen.

»Ich habe auch eine Frage«, sagte Yo-less und stand auf.

Die Vorsitzende, die schon den Mund geöffnet hatte, zögerte. Yo-less lächelte sie strahlend an – würde sie es wirklich wagen, *ihn* aufzufordern, sich wieder hinzusetzen?

»Wir nehmen die Frage des anderen jungen Mannes, den mit dem Hemd – nein, nicht du, der –«, fing sie an.

»Der Schwarze«, half Yo-less ihr. »Warum hat die Gemeinde den Friedhof überhaupt verkauft?«

Bei dieser Frage hellte sich die Miene der Vorsitzenden auf.

»Ich *[Augen zu]* denke, das haben wir schon zur Genüge besprochen *[Augen auf]*«, sagte sie. »Die Instandhaltungskosten –«

Bigmac stupste Johnny, zeigte auf ein Blatt mit Zahlen, das jeder erhalten hatte, und flüsterte ihm ins Ohr.

»Aber ich sehe nicht so recht ein, was an der Instandhaltung eines Friedhofs so teuer sein soll«, sagte Yo-less. »Jemanden ein- oder zweimal im Jahr hinzuschicken, damit er die Hecken stutzt, scheint mir nicht sehr kostenintensiv.«

»Wir würden das umsonst tun«, sagte Johnny.

»Tatsächlich?«, flüsterte Wobbler, der frische Luft lieber anderen gönnte, die weit genug von ihm entfernt waren.

Jetzt drehten sich einige Leute auf ihren Stühlen um.

Die Vorsitzende seufzte laut, um auszudrücken, dass Johnny einfach nur zu dumm war, dass sie sich aber trotzdem mit ihm auseinandersetzen würde.

»*Tatsache* ist, junger Mann, wie ich schon mehrfach erklärt habe, dass es einfach zu teuer ist, einen Friedhof instand zu halten, der –«

Während er schamrot zuhörte, fiel Johnny ein, dass man immer eine zweite Chance hatte. Er konnte einfach klein beigeben und den Mund halten. Dann würde er sich sein Leben lang fragen, was geschehen wäre, und wenn er starb, würde dieser Engel – obwohl, so wie die Dinge im Moment aussahen, waren Engel Mangelware, selbst für Tote – sagen, heh, würdest du gerne wissen, was passiert wäre? Und er würde sagen, ja, das würde ich wirklich gerne wissen, und der Engel würde ihn zurückschicken, und vielleicht war das hier ja –

Er riss sich zusammen.

»Nein«, sagte er. »Es ist nicht einfach zu teuer.«

Die Frau hielt mitten im Satz inne.

»So eine Unverschämtheit, mich zu unterbrechen!«, kläffte sie.

Johnny ließ sich nicht abschrecken. »In Ihren Papieren hier steht, dass der Friedhof Verluste macht. Aber ein Friedhof kann keine Verluste machen. Es ist kein Geschäft oder so was. Es gibt ihn einfach. Mein Freund Bigmac hier sagt, was Sie Verlust nennen, ist einfach der Wert des Landes, auf dem Bürogebäude gebaut werden können. Es sind die Steuern, die Sie von der Vereinigten Holding bekommen würden. Aber die Toten können keine Steuern zahlen, deshalb zählen sie nicht.«

Der Mann von der Vereinigten Holding machte den Mund auf, um etwas zu sagen, aber die Vorsitzende bremste ihn.

»Ein demokratisch gewählter Rat –«, fing sie an.

»Dazu würde ich gerne ein paar Worte sagen«, sagte Mr Atterbury. »Es gibt da ein paar Dinge bei diesem Verkauf, die ich gerne auf demokratische Art erklärt bekommen würde.«

»Ich habe mir den Friedhof genau angesehen«, fuhr Johnny fort. »Ich habe ... ein Projekt gemacht. Es gibt dort eine Menge interessanter Dinge. Es ist egal, dass dort keine wirklich berühmten Leute begraben sind. Sie waren *hier* berühmt. Sie haben ihr Leben gelebt und sind gestorben. Es waren *Menschen.* Es ist falsch zu denken, dass die Vergangenheit einfach vorbei ist. Sie ist immer noch da. Nur *Sie* haben sie hinter sich gelassen. Wenn man durch eine Stadt hindurchfährt, kann man sie immer noch im Rückspiegel sehen. Die Zeit ist eine Straße, aber sie rollt sich nicht hinter Ihnen auf. Nichts ist vorbei, nur weil es *Vergangenheit* ist. Verstehen Sie das?«

Die Leute sagten, es sei ziemlich kalt für die Jahreszeit. Kleine Kälteflecken schwebten durch die Stadt.

Im Kinosaal K des Blackbury Odeon lief ein Vierundzwanzig-Stunden-Halloween-Special, aber die Leute blieben nicht sitzen. Es sei zu kalt da drinnen, sagten sie. Und gruselig. Armpit, der Manager, einer von Wobblers Todfeinden, der aussah wie zwei Männer in einem Smoking, erklärte, es *müsse* schließlich gruselig sein. »Nein«, sagten die Kinobesucher. »So gruselig auch wieder nicht.« Da waren Stimmen, die man nicht wirklich hörte, und sie – nun, man wurde den Eindruck nicht los, dass jemand direkt hinter einem – ach, kommt, gehn wir einen Hamburger essen. Irgendwo, wo es schön hell ist.

Bald war fast niemand mehr drinnen, außer Mrs Tachyon,

die eine Karte gekauft hatte, weil es im Kino immer schön warm war. Sie verbrachte die meiste Zeit schlafend.

»Elm Street? Elm Street? Gab es nicht eine Elm Street unten an der Beech Lane?«

»Ich glaube nicht, dass es die war. Ich erinnere mich nicht, dass dort solche Dinge passiert wären.«

Die Stimmen störten sie überhaupt nicht.

»Freddie. Also das ist mal ein NETTER Name.«

Zumindest leisteten sie ihr Gesellschaft.

»Und was für ein hübscher Pullover.«

Eine Menge Leute hatten Popcorn und andere Dinge liegen lassen, als sie hinausgeeilt waren.

»Aber DAS finde ich nun wirklich nicht nett.«

Der nächste Film war *Ghostbusters*, gefolgt von *Der Mittwoch der wandelnden Toten.*

Mrs Tachyon schien es, als wären die Stimmen, die sowieso nicht existierten, plötzlich sehr still geworden.

Jetzt starrten alle Johnny an.

»Und ... und«, sagte Johnny, »... wenn wir sie vergessen, sind wir einfach irgendwelche Leute, die ... die in irgendwelchen Häusern wohnen. Wir brauchen sie, damit sie uns sagen, wer wir sind. Sie haben diese Stadt gebaut. Sie haben all die dummen, kleinen menschlichen Dinge getan, die aus vielen Häusern einen Ort machen, an dem Menschen wohnen können. Es ist nicht recht, das alles wegzuwerfen.«

Die Vorsitzende raschelte mit ihren Akten.

»Trotzdem *[Augen zu]* müssen wir in der *[Augen auf]* Gegenwart leben«, sagte sie brüsk. »Die Toten sind nicht mehr hier, und ich fürchte, sie wählen auch nicht.«

»Da täuschen Sie sich. Sie sind hier, und sie haben auch eine Stimme«, sagte Johnny. »Ich habe lange darüber nachgedacht.

Es hat was mit Tradition zu tun. Und sie sind zwanzigmal mehr als wir.«

Es wurde still im Saal. Fast so still wie in der unbesuchten Vorstellung im Kinosaal K.

Dann fing Mr Atterbury an zu klatschen. Jemand anders schloss sich an – Johnny sah, dass es die Schwester vom Altenpflegeheim Sonnenblick war. Bald klatschten alle, höflich, aber bestimmt.

Mr Atterbury erhob sich wieder.

»Mr Atterbury, bitte setzen Sie sich«, sagte die Vorsitzende, »*ich* leite diese Veranstaltung, falls Sie das vergessen haben sollten.«

»Ich fürchte, das ist nicht der Fall«, sagte Mr Atterbury. »Ich stehe auf, und ich werde etwas sagen. Der Junge hat recht. Es ist schon zu viel weggenommen worden. Sie haben die High Street umgekrempelt. Es gab dort einmal eine ganze Reihe kleiner Geschäfte. Menschen haben dort gewohnt. Jetzt gibt es nur noch Unterführungen und Leuchtreklamen, und nachts haben die Leute dort Angst. Angst vor der Stadt, in der sie leben! An Ihrer Stelle würde ich mich schämen. Früher hatten wir ein Wappenschild am Rathaus. Jetzt ist da so ein Plastik-Logo. Und Sie haben uns die alten Schrebergärten genommen und das Neil-Armstrong-Einkaufszentrum gebaut, und all die kleinen Läden mussten schließen. Und dabei waren die Schrebergärten so schön!«

»Sie waren völlig verwildert!«

»O ja. Wunderschön verwildert. Selbstgebaute Gewächshäuser aus zusammengenagelten alten Fensterrahmen. Alte Männer, die auf ihren alten Stühlen vor ihren Hütten saßen. Gemüse und Hunde und Kinder überall. Ich weiß nicht, wo all diese Leute jetzt sind, wissen Sie es? Und dann haben Sie lauter Häuser abgerissen und den großen Wohnblock hingesetzt, in dem niemand leben will, und haben ihn nach einem Gangster benannt.«

»Damals habe ich noch gar nicht hier gewohnt«, sagte die Vorsitzende. »Und außerdem sind sich längst alle einig, dass der Joshua-N'Clement-Block eine … *unangebrachte* Idee war.«

»Eine schlechte Idee, meinen Sie.«

»Ja, wenn Sie es unbedingt so bezeichnen wollen.«

»Sie geben also zu, dass auch Fehler passieren?«

»Trotzdem ist es eine Tatsache, dass wir für die Zukunft bauen müssen –«

»Ich bin sehr froh, dass Sie das sagen, Frau Vorsitzende, denn dann sind Sie sicher ebenso wie ich der Meinung, dass die erfolgreichsten Gebäude sehr tiefe Fundamente brauchen.«

Wieder ertönte Applaus. Die Leute auf dem Podium sahen sich an.

»Ich glaube, ich habe keine andere Wahl, als die Versammlung zu schließen«, erklärte die Vorsitzende steif. »Das hier sollte eine Informationsveranstaltung sein.«

»Ich denke, das war sie auch«, sagte Mr Atterbury.

»Aber Sie können die Versammlung nicht einfach schließen«, warf Johnny ein.

»Und ob ich das kann!«

»Das können Sie nicht!«, sagte Johnny. »Weil das hier ein öffentlicher Saal ist, und wir sind die Öffentlichkeit, und niemand hat etwas Verbotenes getan.«

»Dann gehen wir, und die Versammlung wird keinen Sinn mehr haben!«, sagte die Vorsitzende. Sie packte ihre Akten zusammen und stakste über die Bühne, die Stufen hinunter und durch den Saal. Die Übrigen, die auf dem Podium saßen, warfen den Zuhörern ein paar hilflose Blicke zu und folgten ihr.

Sie ging auf die Tür zu.

Johnny sprach ein stummes Gebet.

Irgendjemand, irgendwo, erhörte es.

Sie drückte, wo sie hätte ziehen sollen. Das Rütteln war das einzige Geräusch, und es wurde heftig, als sie die Geduld verlor. Schließlich zog einer der Männer der Vereinigten Holding am Griff, und die Tür sprang auf.

Johnny riskierte einen Blick nach hinten. Er konnte niemanden sehen, der irgendwie tot aussah.

Vor einer Woche noch hätte das *wirklich* seltsam geklungen.

Jetzt aber klang es auch nicht viel besser.

»Ich dachte, ich hätte einen Luftzug gespürt«, sagte er. »Gerade eben.«

»Sie haben hinten die Fenster aufgemacht«, meinte Yo-less.

Sie sind nicht da, dachte Johnny. Ich werde es also alleine machen müssen. Na schön ...

»Gibt es jetzt Ärger?«, fragte Wobbler. »Das hier *sollte* doch eine öffentliche Versammlung sein.«

»Und, sind wir die Öffentlichkeit oder nicht?«, wollte Johnny wissen.

»Sind wir das?«

»Warum nicht?«

Zunächst saßen alle da und starrten das leere Podium an. Dann stand Mr Atterbury auf und hinkte die Stufen hinauf.

»Sollen wir eine Versammlung abhalten?«, fragte er.

Kalte Luft wirbelte aus dem Kino heraus.

»Nun, das war sehr lehrreich.«

»Einige von den Tricks müssen sie mit Spiegeln gemacht haben, wenn Sie MICH fragen.«

»Was sollen wir jetzt tun?«

»Wir sollten langsam zurück.«

»Wohin zurück?«

»Zurück auf den Friedhof natürlich.«

»Madam, die Nacht ist noch jung!«

»Das stimmt! Wir haben erst angefangen, uns zu amüsieren.«

»Ja! Und außerdem, tot ist man lange genug, sage ich immer.«

»Ich möchte raus und mein Leben genießen. Als ich noch am Leben war, habe ich das nie gekonnt.«

»Thomas Bowler! Das ist wirklich kein Benehmen für einen Mann in Ihrer Position!«

Die Leute, die an der Burger-Bar anstanden, drängten sich enger aneinander, als ein kalter Wind vorbeistrich.

»Thomas Bowler? Wisst ihr ... es hat mir eigentlich nie gefallen, Thomas Bowler zu sein.«

Das Publikum im Frank-W.-Arnold-Bürgerhaus saß betreten da, wie Schüler, deren Lehrer gerade aus dem Klassenzimmer gestürmt ist. Demokratie funktioniert am besten, wenn jemand den Leuten sagt, was sie tun sollen.

Jemand hob die Hand.

»*Können* wir es denn noch irgendwie aufhalten?«, fragte er. »Das klang alles so ... offiziell.«

»Offiziell können wir es, glaube ich, nicht«, sagte Mr Atterbury. »Das Grundstück ist rechtmäßig verkauft worden. Die Vereinigte Holding GmbH könnte recht unangenehm werden.«

»Es gibt so viele andere Plätze«, sagte jemand anders. »Da ist die alte Marmeladefabrik in der Slate Road und das ganze Gebäude um den alten Güterbahnhof.«

»Und wir könnten ihnen ihr Geld zurückgeben.«

»Wir könnten ihnen sogar das *Doppelte* geben.«

Bei dieser Bemerkung gab es wieder Gelächter.

»Mir scheint«, sagte Mr Atterbury, »eine Gesellschaft wie die Vereinigte Holding GmbH müsste Rücksicht auf die Leute nehmen. Die Stiefelfabrik hat sich nie um irgendjemanden gekümmert. Sie hatten es nicht nötig. Sie haben Stiefel gemacht.

Mehr nicht. Aber niemand weiß so genau, was die VHG eigentlich macht, sie müssen also freundlich tun.« Er rieb sich das Kinn. »Solche großen Gesellschaften mögen kein Aufsehen. Und sie mögen es nicht, wenn man über sie lacht. Wenn es einen anderen Bauplatz gäbe … und wenn sie das Gefühl hätten, dass es uns ernst ist … und wenn wir damit drohen, dass wir ihnen ihr Geld doppelt zurückgeben …«

»Und dann müssten wir was wegen der High Street unternehmen«, meinte jemand.

»Und wir müssen uns darum kümmern, dass wir endlich wieder ein paar Spielplätze bekommen, anstelle all dieser Klohäuschen, die überall gebaut werden.«

»Und den Joshua-N'Clement-Block in die Luft jagen und ein paar richtige Wohnhäuser bauen lassen –«

»Ha!«, sagte Bigmac.

»Genau«, fügte Yo-less hinzu.

Mr Atterbury machte eine beruhigende Geste.

»Alles der Reihe nach«, sagte er. »Lasst uns zunächst mal Blackbury wieder aufbauen. Über Jerusalem können wir morgen nachdenken.«

»Und wir müssen uns einen Namen geben.«

»Gesellschaft zur Konservierung von Blackbury?«

»Klingt, als hätte es was mit Dosen zu tun.«

»Na gut, dann Gesellschaft zum Erhalt von Blackbury.«

»Auch nicht viel besser.«

»Kameraden von Blackbury«, schlug Johnny vor.

Mr Atterbury zögerte.

»Das ist ein guter Name«, sagte er schließlich, während sich viele im Saal fragten, wie Johnny auf diesen Namen gekommen war. »Aber … nein. Nicht in der heutigen Zeit. Aber offiziell hießen sie die Freiwilligen von Blackbury. Das ist ein guter Name.«

»Er sagt aber noch nichts darüber aus, was wir tun werden, oder?«

»Wenn wir anfangen, ohne zu wissen, was wir eigentlich tun wollen, dann können wir alles tun«, meinte Johnny. »Einstein sagt das«, fügte er stolz hinzu.

»Was, Albert Einstein?«, fragte Yo-less.

»Nein, Solomon Einstein«, sagte Mr Atterbury. »Hah! Den kennst du also auch, was?«

»Äh ... ja.«

»Ich erinnere mich an ihn. Er war Tierpräparator und hatte ein Geschäft mit ausgestopften Tieren und Angelzubehör in der Cable Street, als ich noch ein Junge war. Er hat immer solche Sachen gesagt. Ein bisschen philosophisch veranlagt, dieser Solomon Einstein.«

»Und er hat nur Tiere ausgestopft?«, wollte Yo-less wissen.

»*Und* nachgedacht«, sagte Johnny.

»Nun, die Denkfähigkeit lag wohl in der Familie, könnte man sagen«, sagte Mr Atterbury. »Außerdem hat man eine ganze Menge Zeit für abstrakte Überlegungen, wenn man mit der Hand in einem toten Dachs steckt.«

»Das stimmt. Man möchte sicher nicht darüber nachdenken, was man da gerade tut«, meinte Wobbler.

»Wir entscheiden uns also für die ›Freiwilligen von Blackbury‹«, sagte Mr Atterbury.

Der Hörer des öffentlichen Telefons im »Weißen Schwan« überzog sich mit Reif.

»Fertig, Mr Einstein?«

»Legen wir los, Mr Fletcher.«

Das Telefon klickte, dann war es stumm. Die Luft erwärmte sich wieder.

Kurz darauf wurde die Luft in der zwanzig Kilometer entfernten kleinen Holzhütte, in der die Kontrollapparatur des Radioteleskops der Universität stand, immer kälter.

»Es funktioniert!«

»Natürlich. Von allen Mächten der Erde ist die Macht der Gewohnheit am schwersten zu besiegen. Die Schwerkraft ist nichts dagegen.«

»Wann sind Sie darauf gekommen?«

»Es ist mir eingefallen, als ich mich gerade mit einer besonders großen Forelle beschäftigte.«

»Tatsächlich? Nun ... lassen Sie uns mal sehen, was wir machen können ...«

Mr Fletcher sah sich in dem kleinen Raum um. Er war im Moment besetzt von Adrian »Nachteule« Miller, der Astronom geworden war, weil er dachte, dass man dann nur lange aufbleiben und durch Teleskope schauen musste. Jetzt war er alles andere als begeistert, in einer kleinen, zugigen Hütte sitzen und Zahlen in Tabellen einfügen zu müssen.

Die Zahlen, die das Teleskop produzierte, waren alles, was von einem Stern übrig war, der schon seit zwanzig Millionen Jahren nicht mehr existierte. Eine Milliarde kleiner, gummiartiger Dinger, die auf zwei Planeten ein ruhiges Leben geführt hatten, waren vollkommen zerstört worden, aber immerhin halfen sie Adrian jetzt dabei, einen Doktortitel zu bekommen, und, wer weiß, vielleicht hätten sie das alles völlig in Ordnung gefunden, wenn man sie nur gefragt hätte.

Adrian blickte auf, als der Motor des Teleskops zu rumoren anfing. Auf der Schalttafel leuchteten Lichter auf.

Er starrte die Hauptschalter an und griff dann nach ihnen. Sie waren so kalt, dass es schmerzte. »Au!«

Das große Gerät drehte sich zum Mond, der genau über Blackbury stand. Der Drucker fing an zu rattern, und auf dem endlosen Papierschwall, der aus ihm herauskam, stand:

010101010101001010101000100001000011001100101010
HIERGEHTGARNICHTSSSSooooooooooo11101111
ICHBIN*ZURÜCK*000010001 …

Mr Fletcher war gerade vom Mond zurückgefallen.

»Wie war es?«

»Ich hatte nicht genug Zeit, um viel zu sehen, aber ich glaube nicht, dass ich dort gerne leben möchte. Aber es hat funktioniert. Nichts kann uns aufhalten, Mr Einstein!«

»Genau, Mr Fletcher! Übrigens, wo ist dieser junge Mann hin?«

»Ich glaube, er musste schnell weg.«

»Oh. Nun … Wir sollten gehen und den anderen Bericht erstatten, finden Sie nicht?«

In der Polizeiwache von Blackbury war es an diesem Abend relativ ruhig zugegangen. Sergeant Comely hatte Zeit, sich zurückzulehnen und den kleinen Lichtern am Funkgerät zuzusehen.

Er hatte sich mit dem Funkgerät nie so recht anfreunden können, nicht mal in jüngeren Jahren. Es war der Fluch seines Lebens. Irgendwie hatte er sich diesen ganzen »Foxtrott Anton Ida«-Krempel nie merken können – zumindest nicht, wenn er um zwei Uhr morgens hinter Einbrechern herjagte. Er funkte stattdessen Mitteilungen wie »Fotograf Ameise Insel«. Es hatte ihm definitiv jegliche Beförderungschancen vermasselt.

Er hasste den Funk ganz besonders in Nächten wie dieser, wenn er Dienst hatte. Er war schließlich nicht zur Polizei gegangen, um sich mit Technik auseinanderzusetzen.

Dann fingen die Telefone an zu klingeln. Als Erster rief der Manager des Odeon an. Sergeant Comely konnte nicht so recht verstehen, was er sagte.

»Also gut, in Ordnung, die Halloween-Show«, sagte er. »Was meinen Sie damit, es ist kalt geworden? Was soll ich tun? Ein

Kino verhaften, weil es kalt geworden ist? Ich bin Polizist, kein Heizungsspezialist! Ich repariere auch keine Videogeräte!«

Das Telefon klingelte wieder, kaum dass er aufgelegt hatte, aber dieses Mal ging einer der jungen Beamten ran.

»Es ist jemand von der Universität«, sagte er und legte die Hand über die Muschel. »Er sagt, eine außerirdische Macht sei in das Radioteleskop eingedrungen. Das ist diese große Satellitenschüssel drüben in Richtung Slate, wissen Sie?«

Sergeant Comely seufzte. »Können Sie ihn um eine Beschreibung bitten?«

»So was hab ich mal in 'nem Film gesehen, Sarge«, erzählte ein anderer Kollege. »Diese Aliens sind gelandet und haben die Leute in der Stadt durch Riesengemüse ersetzt.«

»Tatsächlich? In dieser Gegend könnte es Tage dauern, bis einer das merken würde«, sagte der Sergeant.

Der Beamte legte den Hörer auf.

»Er sagte nur, es war eine sonderbare außerirdische Macht«, berichtete er. »Und außerdem kalt.«

»Oh, eine *kalte* sonderbare außerirdische Macht«, sagte Sergeant Comely.

»Und unsichtbar war sie auch.«

»Aha. Würde er sie wiedererkennen, wenn er sie nicht noch mal sehen würde?«

Die jungen Polizisten waren verwirrt. Ich bin einfach zu gut für diesen Job, dachte der Sergeant.

»Okay«, sagte er. »Wir wissen also Folgendes. Sonderbare unsichtbare Außerirdische sind in Blackbury eingedrungen. Sie sind erst in die ›Graue Ente‹ gegangen, wo sie einen Video-Spielautomaten in die Luft gejagt haben, was ja nicht ganz unsinnig ist. Danach waren sie im Kino. Nun, das ergibt auch Sinn. Es dauert vermutlich noch Jahre, bis der Film auf andere Planeten …«

Das Telefon klingelte wieder.

»Und was, so fragen wir uns, wird ihre nächste Untat sein?«

»Es ist der Manager von Pizza Surprise, Sarge«, sagte der Polizist. »Er sagt –«

»Genau!«, rief der Sergeant. »Stimmt! Sie bestellen sich eine Pizza Nummer drei mit extra viel Peperoni! Wahrscheinlich, weil die einem ihrer Freunde ähnlich sieht!«

»Es kann nicht schaden, sich kurz mit ihm zu un terhalten«, sagte der Polizist. Er hatte schon länger nichts mehr gegessen. »Nur, um ein bisschen guten Willen –«

»*Ich* werde gehen«, erklärte Sergeant Comely und griff nach seiner Mütze. »Aber wenn ich als Riesengurke wiederkomme, dann gibt es *Ärger*.«

»Meine Pizza bitte ohne Sardellen, Sarge«, sagte der Polizist, als Sergeant Comely in die Nacht hinaustrat.

Es lag etwas Seltsames in der Luft. Sergeant Comely hatte sein ganzes Leben in Blackbury verbracht, und so ein Gefühl hatte er noch nie gehabt. Die Luft wirkte wie elektrisch geladen und schmeckte nach Metall.

Ein Gedanke schoss ihm durch den Kopf.

Was, wenn die Leute recht hätten? Nur, weil es blöde Filme über Außerirdische gab, bedeutete das noch lange nicht, dass so etwas nicht doch passieren konnte, oder? Er sah sich diese Filme immer im Spätprogramm an. Außerirdische suchten sich immer kleine Städte aus, wenn sie landeten.

Er schüttelte den Kopf. Quatsch ...

William Stickers ging durch ihn hindurch.

»Das hätten Sie aber wirklich nicht tun sollen, William«, sagte der Stadtrat, als Sergeant Comely davonrannte.

»Er ist nur ein Symbol der Unterdrückung des Proletariats«, erklärte William Stickers.

»Polizisten sind wichtig«, meinte Mrs Liberty. »Sonst würden die Leute einfach tun, was sie wollen.«

»Und das können wir nun wirklich nicht gebrauchen«, sagte Mr Vicenti.

Der Stadtrat sah sich in der schwach beleuchteten Straße um, die sie entlangschlenderten. Es liefen nicht viele Lebende herum, aber eine ganze Menge Tote, die in die Schaufenster sahen oder, wie einige der älteren, über die Schaufenster an sich staunten und sich fragten, was das wohl sollte.

»Ich erinnere mich nicht, dass es zu meiner Zeit so viele Ladenbesitzer gegeben hätte«, sagte er. »Sie müssen erst vor kurzem hierhergezogen sein. Mr McPaper und Mr McDonalds und Mr Ben Etton.«

»Wer?«, fragte Mrs Liberty.

Der Stadtrat deutete auf das Schild auf der anderen Straßenseite.

»Benetton«, sagte Mr Vicenti. »Hmmm.«

»Ach so«, brummte der Stadtrat. »Woher soll ich das denn wissen? Und elektrisches Licht überall. Und überhaupt keine Pferde...äpfel auf der Straße.«

»Also wirklich!«, zischte Mrs Liberty. »Bitte vergessen Sie nicht, dass Sie in Begleitung einer Dame sind.«

»Deshalb hat er doch Äpfel gesagt«, erklärte William Stickers vergnügt.

»Und das Essen!«, sagte der Stadtrat. »Hindu und chinesisch! Hühnchen aus Kentucky! Und wie, sagten Sie, hieß das Zeug, aus dem die Kleider gemacht werden?«

»Plastik, glaube ich!«, sagte Mr Vicenti.

»Sehr farbenfroh und haltbar«, sagte Mrs Liberty. »Und viele Mädchen tragen Beinkleider. Ausgesprochen praktisch und emanzipiert.«

»Und manchmal ausgesprochen hübsch«, warf William Stickers ein.

»Und alle sind so groß, und ich habe noch niemanden auf Krücken gesehen«, stellte der Stadtrat fest.

»So war es nicht immer«, sagte Mr Vicenti. »Die dreißiger Jahre waren ziemlich düster.«

»Ja, aber jetzt ...« Der Stadtrat breitete die Arme aus und drehte sich einmal um die eigene Achse. »Läden voller Kinobildschirme! Überall leuchtende Farben! Hochgewachsene Menschen, die ihre eigenen Zähne im Mund haben! Ein Zeitalter der Wunder!«

»Die Leute sehen nicht besonders glücklich aus«, meinte Mr Vicenti.

»Das liegt nur an der Beleuchtung«, erwiderte der Stadtrat.

Es war fast Mitternacht. Die Toten versammelten sich in den verlassenen Arkaden des Einkaufszentrums. Die Gitter waren heruntergelassen, aber das machte nichts, wenn man tot war.

»Also, das hat wirklich Spaß gemacht«, erklärte der Stadtrat.

»Ich muss Ihnen zustimmen«, sagte Mrs Sylvia Liberty. »So habe ich mich nicht mehr amüsiert, seit ich am Leben war. Es ist ein Jammer, dass wir zurückgehen müssen.«

Der Stadtrat verschränkte die Arme.

»Zurückgehen?«, fragte er.

»Also wirklich, Thomas«, sagte Mrs Liberty, aber mit einem sanfteren Unterton als noch vor Stunden.

»Ich will ja nicht wie Eric Grimm klingen, aber Sie kennen die Regeln. Wir müssen zurück. *Der Tag wird kommen.*«

»Ich gehe nicht zurück. Ich habe mich wirklich amüsiert. Ich gehe *nicht* zurück!«

»Ich auch nicht«, verkündete William Stickers. »Nieder mit der Tyrannei!«

»Wir müssen bereit sein für den Tag des Jüngsten Gerichts«, mahnte Mrs Liberty. »Man kann nie wissen. Es könnte schon morgen sein. Nehmen wir an, es passiert morgen und wir verpassen es, was dann?«

»Ha!«, sagte William Stickers.

»Seit mehr als achtzig Jahren habe ich jetzt dagesessen«, sagte Stadtrat Bowler. »Wissen Sie, so habe ich mir das nicht vorgestellt. Ich dachte, es würde für einen kurzen Moment dunkel werden, und dann käme ein Mann, der die Harfen austeilt.«

»Schämen Sie sich!«

»Haben Sie das denn nicht auch erwartet?«

»Ich nicht«, sagte William Stickers. »Der Glaube an ein Leben nach dem Tod, an etwas so Lachhaftes wie Seelen, ist ein primitiver Aberglaube, der keinen Platz in einer fortschrittlichen sozialistischen Gesellschaft hat.«

Sie sahen ihn an.

»Glauben Sie nicht«, sagte Solomon Einstein, »dass es an der Zeit wäre, Ihre Ansichten im Lichte wissenschaftlicher Beweise neu zu überdenken?«

»Bilden Sie sich bloß nicht ein, Sie können mich umstimmen, nur weil Sie zufällig recht haben! Die Tatsache, dass ich im Grunde immer noch ... hier bin«, sagte William Stickers, »stellt noch lange nicht die gesamte Theorie in Frage!«

Mrs Liberty stieß mit dem Phantom ihres Regenschirms auf den Boden.

»Ich will ja nicht behaupten, dass es keinen Spaß gemacht hat«, sagte sie, »aber die Regeln besagen, dass wir bei Dämmerung alle auf unseren Plätzen sein müssen. Was, wenn wir zu lange wegbleiben und vergessen, wer wir sind? Was, wenn morgen der Tag des Jüngsten Gerichts ist?«

Thomas Bowler seufzte.

»Na gut, nehmen wir an, es wäre so«, sagte er. »Wissen Sie, was ich dann sagen würde? Ich würde sagen: Ich habe vierundachtzig Jahre lang mein Bestes gegeben. Und niemand hat mir je gesagt, dass ich danach immer noch ein fetter alter Mann sein würde, der außer Atem gerät. Und wieso überhaupt? Ich *atme* ja nicht mal. Ich sterbe, und als Nächstes finde ich mich in dieser Marmorhütte wieder, wie ein Mann, der *eine Ewigkeit* auf einen Arzt wartet. Fast neunzig Jahre lang! Ich würde sagen: Nennen Sie das etwa gerecht? *Der Tag wird kommen.* Das wissen wir alle. Aber niemand hat uns gesagt, wann das sein wird! Ich fange gerade erst wieder an, Spaß am Leben zu haben«, sagte er. »Ich wünschte, diese Nacht würde nie ein Ende nehmen.«

Mr Fletcher stupste Solomon Einstein.

»Sollen wir es ihnen sagen?«, sagte er.

»Uns was sagen?«, fragte William Stickers.

»Nun, sehen Sie –«, fing Einstein an.

»Die Zeiten haben sich geändert«, sagte Mr Fletcher. »All dieses Zeugs von wegen bei Dämmerung zu Hause sein und den Hahn nicht krähen hören und so. Das hatte alles einmal durchaus seine Richtigkeit, als die Leute noch dachten, dass die Erde eine Scheibe ist. Aber daran glaubt heute keiner mehr –«

»Äh –« Einer der Toten hob die Hand.

»O ja«, sagte Mr Fletcher. »Danke, Mr Ronald Newton (1878–1934), ehemals Vorsitzender der Flache-Erde-Gesellschaft von Blackbury. Ich weiß, dass Sie anderer Ansicht sind. Aber was ich eigentlich sagen will, ist –«

»– Dämmerung bezeichnet genauso einen Ort wie eine Zeit«, ergänzte Einstein und breitete die Arme aus.

»Was in aller Welt soll das heißen?«, fragte Mrs Liberty.

»Auf der Welt und rund um die Welt«, sagte Einstein und wurde ganz aufgeregt. »Eine Nacht und ein Tag, immerzu auf der Jagd nacheinander.«

»Es gibt eine Nacht, die nie zu Ende geht«, sagte Mr Fletcher. »Das Einzige, was man braucht, ist Geschwindigkeit ...«

»Relativ gesehen«, meinte Einstein.

Kapitel acht

Es gibt eine Nacht, die nie zu Ende geht ...

Die Uhr der Welt dreht sich unter ihrem eigenen Schatten. Mitternacht ist ein sich bewegender Ort, der mit tausend Meilen pro Stunde um die Erde saust wie ein dunkles Messer, das Stück für Stück vom endlosen Brot der Zeit abschneidet. Die Zeit vergeht überall. Aber Tage und Nächte sind ortsgebundene Dinge, die nur für Leute gelten, die am selben Ort bleiben. Wenn man sich schnell genug bewegt, kann man die Uhr überholen ...

»Wie viele von uns sind in dieser Telefonzelle?«, fragte Mr Fletcher.

»Dreiundsiebzig«, sagte der Stadtrat.

»Sehr gut. Und wohin wollen wir? Island? In Island ist es noch nicht mal Mitternacht.«

»Ist es lustig in Island?«, wollte der Stadtrat wissen.

»Mögen Sie Fisch?«

»Kann ich nicht riechen.«

»Dann lassen wir das lieber mit Island. Ich glaube, es ist schwer, sich in Island zu amüsieren, ohne dass es irgendwas mit Fisch zu tun hat. Nun ... in New York ist es jetzt früh am Abend.«

»Amerika?«, sagte Mrs Liberty. »Werden wir dort nicht skalpiert?«

»Du meine Güte, nein!«, meinte William Stickers, der etwas mehr auf dem Laufenden war, was das Weltgeschehen betraf.

»*Höchstwahrscheinlich* nicht«, sagte Mr Fletcher, der sich erst vor kurzem die Nachrichten angesehen hatte und daher noch aktuellere Informationen hatte als Mr Stickers.

»Hört mal, wir sind doch tot«, sagte der Stadtrat. »Worüber sollen wir uns also Sorgen machen?«

»Also, das hier wird Ihnen als Fortbewegungsmittel recht ungewöhnlich erscheinen«, erklärte Mr Fletcher, als es im Telefon zu klicken anfing, »aber Sie müssen mir einfach nur folgen. Ist Stanley Roundway zufällig da?«

Der Fußballer hob die Hand.

»Wir reisen nach Westen, Stanley. Nur dies eine Mal im Tod versuche, die richtige Richtung zu nehmen. Und nun ...«

Einer nach dem anderen verschwanden sie.

Johnny lag im Bett und beobachtete das angeschlagene Raumschiff, das sich langsam im Mondlicht drehte.

Nach der Versammlung war es recht hektisch zugegangen. Jemand vom *Blackbury Guardian* hatte ihn angesprochen, und dann hatte der lokale Fernsehsender ihn gefilmt, und Leute hatten ihm die Hand geschüttelt. Als er endlich nach Hause kam, war es fast elf.

Wenigstens hatte er keinen Ärger bekommen. Seine Mutter war noch nicht daheim, und sein Opa sah sich eine Sendung über Radrennen in Deutschland an.

Er dachte immer noch über die Kameraden nach. Sie waren extra aus Frankreich gekommen. Und dennoch hatten die Toten auf dem Friedhof so viel Angst, von dort verlegt zu werden. Dabei waren sie alle vom selben Schlag. Es musste einen Grund dafür geben.

Die Toten auf dem Friedhof hingen dort nur rum. Warum? Die Kameraden waren aus Frankreich hermarschiert, weil es richtig war. Man musste nicht bleiben, wo man hingelegt wurde.

»New York, New York.«

»Warum wird der Name gleich zweimal genannt?«

»Nun, es sind eben Amerikaner. Ich nehme an, sie wollten sichergehen.«

»Diese Lichter sind wirklich überwältigend. Was ist das?«

»Die Freiheitsstatue.«

»Sieht dir irgendwie ähnlich, Sylvia.«

»Unverschämtheit!«

»Passt ihr alle auf, ob diese Ghostbreakers irgendwo herumfliegen?«

»Ich glaube, die gab es nur im Kino, William.«

»Wie lange noch bis zum Sonnenaufgang?«

»Stunden! Kommt mit! Folgt mir, Leute! Ich weiß, wo wir einen besseren Blick haben.«

Niemand konnte begreifen, warum alle Fahrstühle im World Trade Center fast eine Stunde lang ganz von selbst auf und ab fuhren …

Am Morgen des 31. Oktober lag die Stadt im Nebel. Johnny überlegte, ob er die Schule schwänzen sollte, damit er den voraussichtlich aufregenden Abend vorbereiten konnte, beschloss dann aber doch hinzugehen. Es wurde ganz gern gesehen, wenn man wenigstens ab und zu vorbeischaute.

Er nahm den Weg über den Friedhof.

Es war keine Menschenseele zu sehen. Er hasste das. Es war wie in diesen Filmszenen, bei denen man darauf wartete, dass die Außerirdischen plötzlich auftauchten. Das war immer wesentlich gruseliger als die Szenen, in denen die Monster zuschlugen.

Dann entdeckte er Mr Grimm. Jeder andere, der den Pfad am Kanal entlanggegangen wäre, hätte nur den kaputten Fernseher gesehen. Aber Johnny sah den kleinen Mann in seinem ordentlichen Anzug, der dasaß und in den geisterhaften Fernseher schaute.

»Ach, Junge«, sagte er. »Da hast du wirklich was angestellt, wie?« Er zeigte auf den Bildschirm.

Johnny erschrak. Er sah Mr Atterbury, der ganz ruhig mit einer Dame redete, die auf einem Sofa saß. Außerdem war einer der Leute von der Vereinigten Holding GmbH dabei, und dieser Holding-Mann hatte Schwierigkeiten. Er hatte eine ganze Liste vorbereiteter Statements dabei, und nun hatte er Probleme mit der Tatsache, dass er damit nichts mehr anfangen konnte.

Mr Grimm drehte lauter.

»– zu jedem Zeitpunkt vollkommen aufgeschlossen der öffentlichen Meinung gegenüber, das versichere ich Ihnen. Aber es besteht kein Zweifel, dass wir mit den verantwortlichen Stellen einen legalen Vertrag geschlossen haben.«

»Aber die Freiwilligen von Blackbury sagen, dass schon zu viel hinter verschlossenen Türen entschieden wurde«, wandte die Dame ein, die so aussah, als hätte sie ihren Spaß bei der Sache. »Sie behaupten, diese Dinge seien nie wirklich öffentlich diskutiert worden, und niemand habe die Ortsansässigen angehört.«

»Natürlich trifft die Vereinigte Holding GmbH dabei keinerlei Schuld«, sagte Mr Atterbury und lächelte wohlwollend. »Sie hat sich im Gegenteil oft ganz bemerkenswert für die Interessen der Öffentlichkeit eingesetzt. Ich glaube, der vorliegende Fall ist eher ein Irrtum als *am Rande der Legalität*, und wir von den ›Freiwilligen‹ würden uns mehr als glücklich schätzen, Ihnen auf konstruktive Weise behilflich sein zu können. Und vielleicht können wir Sie sogar entschädigen.«

Wahrscheinlich merkte niemand außer Johnny und dem Holding-Mann, dass Mr Atterbury ein Zehn-Pence-Stück aus der Tasche zog. Er drehte es zwischen den Fingern. Der Mann von der Holding beobachtete das Geldstück wie ein Kaninchen die Schlange.

Er wird ihm das Doppelte von dem anbieten, was sie gezahlt haben, dachte Johnny. Direkt vor der Kamera.

Er tat es nicht. Er drehte die Münze nur immer wieder zwischen den Fingern, so dass der Mann sie sehen konnte.

»Das scheint mir ein ausgesprochen diplomatisches Angebot zu sein«, sagte die Dame. »Sagen Sie, Mr –«

»Ich bin nur ein Sprecher der GmbH«, sagte der Holding-Mann. Er sah ziemlich elend aus. Ein kleiner Blitz zuckte auf, als Licht auf die Münze fiel.

»Sagen Sie, Mr Sprecher … was *macht* die Vereinigte Holding GmbH eigentlich?«

Mr Atterbury wäre vermutlich ein guter Inquisitor gewesen, dachte Johnny im Stillen.

Mr Grimm stellte den Ton wieder leise.

»Wo sind all die anderen?«, fragte Johnny.

»Sind nicht zurückgekommen«, sagte Mr Grimm mit schrecklicher Genugtuung. »Ihre Gräber stehen leer. Das passiert eben, wenn die Leute nicht hören können. Und weißt du, was mit ihnen *passieren* wird?«

»Nein.«

»Sie werden *vergehen*. O ja. Und du hast ihnen diese Idee in den Kopf gesetzt. Sie bilden sich ein, sie können einfach herumziehen und müssten nicht bleiben, wo man sie hingelegt hat … sie werden nicht zurückkommen. Und das ist das *Ende*. Morgen könnte das Jüngste Gericht hereinbrechen, aber sie werden nicht da sein. Ha! Geschieht ihnen recht.«

Mr Grimm hatte etwas an sich, das Johnny so wütend machte, dass er ihn am liebsten geschlagen hätte, nur dass es sowieso nichts genutzt hätte, es wäre nur so, als würde man in den Schlamm schlagen. Man würde sich einfach dreckig machen.

»Ich weiß nicht, wo sie hingegangen sind«, meinte er, »aber ich glaube nicht, dass ihnen was Schlimmes passiert ist.«

»Denk, was du willst«, sagte Mr Grimm und wandte sich wieder dem Fernseher zu.

»Wussten Sie, dass heute Halloween ist?«, fragte Johnny.

»Tatsächlich?«, sagte Mr Grimm und sah sich eine Werbung für Schokolade an. »Dann sollte ich heute Nacht lieber vorsichtig sein.«

Als Johnny an der Brücke angekommen war, drehte er sich noch einmal um. Mr Grimm saß immer noch da, ganz alleine.

Die Toten ritten auf einer Radiowelle über Wyoming ... Sie veränderten sich schon. Man konnte sie immer noch erkennen, aber nur, wenn sie daran dachten.

»Seht ihr, ich habe euch doch gesagt, dass es geht«, sagte die Person, die manchmal noch Mr Fletcher war. *»Wir brauchen keine Drähte!«*

Sie sausten in einen elektrischen Sturm hoch über den Rocky Mountains. Das machte Spaß.

Und dann surften sie über die Radiowellen nach Kalifornien.

»Wie spät ist es?«

»Mitternacht!«

Johnny wurde in der Schule wie ein Held gefeiert. Auf der Titelseite des *Blackbury Guardian* war ein Artikel mit der Überschrift: VERWALTUNG BEI KRAWALL UM FRIEDHOFSVERKAUF GERÜFFELT. Der *Guardian* benutzte oft Wörter wie »gerüffelt« und »Krawall«; man fragte sich, wie der Redakteur wohl zu Hause redete.

Johnny kam auch in dem Artikel vor, aber sein Name war falsch geschrieben, und außerdem wurde Kriegsheld Arthur Atterbury, Präsident der neu gegründeten »Freiwilligen von

Blackbury«, zitiert. »In dieser Stadt gibt es junge Leute mit so viel Gespür für Geschichte, dass sich die Stadtverwaltung gut eine Scheibe davon abschneiden könnte.« Man nahm an, dass er damit auf Miss Ethel Liberty anspielte, die gestern Abend nicht zu einem Kommentar bereit gewesen war.

Sogar der eine oder andere Lehrer sprach davon; es war ungewöhnlich, dass jemand aus der Schule in der Zeitung stand, außer im Zusammenhang mit Schlagzeilen wie: Zwei Jugendliche wegen Autodiebstahls festgenommen.

Selbst der Geschichtslehrer fragte Johnny nach den Kameraden von Blackbury. Und dann erzählte er seiner Klasse vom Stadtrat und von William Stickers und Mrs Sylvia Liberty, wobei er aber behauptete, die Informationen aus der Bibliothek zu haben. Eines der Mädchen sagte, sie wolle auf jeden Fall ein Projekt über die Frauenrechtlerin Mrs Liberty machen, und Wobbler sagte, ja, das Recht der Frauen, unrecht zu haben, was zu einer Diskussion führte, die bis zum Ende der Stunde andauerte.

Auch der Rektor zeigte Interesse – wahrscheinlich aus lauter Erleichterung, dass Johnny nicht in einer dieser JUGENDGANG-WEGEN-LADENDIEBSTAHLS-FESTGENOMMEN-Geschichten verwickelt war. Johnny wurde ins Rektorat zitiert. In solchen Fällen war es ratsam, das eine Ende einer Schnur an einen bekannten Ort zu binden und seinen Freunden zu sagen, dass sie nach einem suchen sollten, wenn man nicht innerhalb von zwei Tagen zurück sei.

Johnny wurde mit einer kurzen Ansprache über »soziales Bewusstsein« abgefertigt und war eine Minute später wieder draußen.

Er traf die anderen drei in der Mittagspause.

»Kommt mit«, sagte er.

»Wohin?«

»Auf den Friedhof. Da ist irgendwas schiefgegangen.«

»Ich habe noch nicht zu Mittag gegessen«, sagte Wobbler. »Regelmäßige Mahlzeiten sind sehr wichtig für mich. Sonst übersäuert mein Magen.«

»Ach, hör schon auf.«

Als sie schließlich im Herzen Australiens miteinander um die Wette rannten, brauchten sie nicht mal mehr das Radio.

Die Dämmerung schlich ihnen über den Pazifik hinterher, aber sie rannten einfach weiter.

»Müssen wir jemals anhalten?«

»Nein!«

»Bevor ich gestorben bin, hatte ich immer schon die Welt sehen wollen!«

»Nun, dann war es nur eine Frage des Timings.«

»Wie spät ist es?«

»Mitternacht.«

Der Friedhof war jetzt nicht mehr leer. Ein paar Fotografen standen herum, sogar einer von der Sonntagszeitung. Auch die Filmcrew vom lokalen Fernsehsender war vor Ort. Und zu den Hundespaziergängern hatten sich andere gesellt, die einfach herumliefen und sich umsahen. In einer verlassenen Ecke schrubbte Mrs Tachyon geschäftig an einem Grabstein.

»So viele Leute habe ich hier noch nie gesehen«, sagte Johnny. Er fügte hinzu, »zumindest keine, die atmen«.

Yo-less, der mit ein paar Leuten in wollenen Pudelmützen geredet hatte, die begeistert in das Dickicht hinter Mrs Libertys Grab spähten, kam wieder zurück. »Es heißt, wir haben hier nicht nur Umwelt und Ökologie, sondern auch ein Biotop«, sagte er. »Sie glauben, sie hätten eine seltene skandinavische Drossel entdeckt.«

»Ja, dieser Ort ist voller Leben«, sagte Bigmac.

Ein städtischer Transporter kam den Kanalweg entlanggefahren. Einige Männer in Parkas sammelten die alten Matratzen ein. Der Zombie-Fernseher war schon verschwunden. Mr Grimm war nirgends zu entdecken, nicht einmal von Johnny.

Draußen vor den Toren parkte ein Streifenwagen. Sergeant Comely war Anhänger der Theorie, dass immer, wenn sich Menschenmengen versammelten, früher oder später etwas Illegales geschehen musste.

Der Friedhof wimmelte nur so von Leuten.

»Sie sind fort«, sagte Johnny. »Ich spüre, dass sie ... nicht hier sind.«

Die anderen drei stellten fest, dass sie unwillkürlich dichter aneinandergerückt waren.

In den Ulmen schrie eine seltene skandinavische Drossel – falls es keine Saatkrähe war.

»Wohin sind sie gegangen?«, fragte Wobbler.

»Keine Ahnung!«

»Ich wusste es. Ich *wusste* es!«, sagte Wobbler. »Gleich fangen seine Augen an zu glühen, passt bloß auf. Du hast sie rausgelassen! Bald werden sie überall rumschlurfen, wartet's bloß ab!«

»Mr Grimm sagt, wenn sie zu weit weg sind, dann ... vergessen sie, wer sie sind ...«, murmelte Johnny unsicher.

»Siehst du?«, sagte Wobbler. »Du hast mich ausgelacht! Vielleicht sind sie harmlos, solange sie wissen, wer sie sind, aber wenn sie das mal vergessen haben ...«

»*Die Nacht der Killer-Zombies?*«, schlug Bigmac vor.

»Das haben wir doch alles schon durchgekaut«, sagte Johnny. »Es sind *keine* Zombies.«

»Ja, aber vielleicht haben sie einen Voodoo-Fischmac gegessen«, sagte Bigmac.

»Sie sind einfach *nicht* da.«

»Wo sind sie dann?«

»Ich *weiß* es nicht!«

»Und heute ist ausgerechnet noch Halloween«, stöhnte Wobbler.

Johnny ging hinüber zum Zaun der alten Stiefelfabrik. Dort parkten einige Autos. Er konnte die hochgewachsene, knochige Gestalt von Mr Atterbury sehen, der mit einer Gruppe von Männern in grauen Anzügen sprach.

»Ich wollte es ihnen sagen«, meinte er. »Ich glaube, wir könnten gewinnen. Jetzt. Wenn so viele Leute hier sind. Das Fernsehen und alles. Letzte Woche sah alles hoffnungslos aus, aber jetzt haben wir eine Chance, und letzte Nacht wollte ich es ihnen sagen, aber sie waren fort! Und das war ihr Zuhause!«

»Vielleicht haben sie Angst vor den vielen Leuten gehabt«, sagte Yo-less.

»*Die Rückkehr der Lebenden*«, sagte Bigmac.

»Hätte ich doch bloß nichts gegessen!«, sagte Wobbler. »Mein Magen macht das bald nicht mehr mit!«

»Wahrscheinlich lauern sie schon unter deinem Bett«, meinte Bigmac.

»Ich hab keine Angst«, erklärte Wobbler. »Nur einen nervösen Magen.«

»Wir müssen zurück«, sagte Yo-less. »Ich muss ein Projekt über Projekte machen.«

»Was?«, fragte Johnny.

»Für Mathe«, sagte Yo-less. »Wie viele Schüler machen Projekte? So 'n Zeug. Statistik.«

»Ich werde nach ihnen suchen«, sagte Johnny.

»Du wirst Ärger kriegen, wenn sie merken, dass du weg bist.«

»Ich sage einfach, dass ich etwas ... Soziales tue. Das funktioniert bestimmt. Kommt jemand mit?«

Wobbler starrte auf seine Füße oder dahin, wo er seine Füße

hätte anstarren können, wenn Wobbler nicht im Weg gewesen wäre.

»Was ist mit dir, Bigmac? Du hast doch diese ewig gültige Entschuldigung.«

»Ja, aber sie vergilbt langsam ein bisschen ...«

Niemand wusste, wann sie geschrieben worden war. Man erzählte sich, dass sie schon seit Generationen in Bigmacs Familie weitergereicht wurde. Das Blatt war schon in drei Teile gerissen. Aber meistens funktionierte es. Obwohl Bigmac tropische Fische züchtete und Ärger normalerweise vermied, war irgendwas an seinem Aussehen und an der Tatsache, dass er im Joshua-N'Clement-Block wohnte, das die Lehrer dazu brachte, dieses Schreiben, das ihn von allem und jedem entschuldigte, nie in Frage zu stellen.

»Wer weiß, wo die mittlerweile sind?«, sagte er. »Und außerdem kann ich nicht nach ihnen *schauen*, oder? Sie existieren doch sowieso nur in deinem Kopf.«

»Du hast sie im Radio gehört!«

»Ich habe *Stimmen* gehört. Dazu ist das Radio doch da, oder?«

Johnny wurde wieder mal klar, dass das menschliche Hirn, von dem seine Freunde jeweils ein durchschnittliches Exemplar besaßen, wie ein Kompass funktionierte. Egal, wie sehr man es schüttelte, egal, was damit passierte, früher oder später zeigte es immer wieder in dieselbe Richtung. Wenn drei Meter hohe grüne Männchen vom Mars im Einkaufszentrum landen, Glückwunschkarten und eine Tüte mit Keksen kaufen und dann wieder abheben würden, würden die Leute schon einen Tag später glauben, dass es niemals geschehen sei.

»Nicht mal Mr Grimm ist da, und der ist sonst *immer* hier«, sagte Johnny.

Er sah zu Mr Vicentis geschmücktem Grab hinüber. Einige Leute machten Fotos davon.

»Immer hier«, murmelte er.

»Jetzt geht das schon wieder los«, sagte Wobbler.

»Geht ruhig alle zurück«, sagte Johnny ruhig. »Mir ist gerade etwas eingefallen.«

Sie sahen sich alle um. Ihre *Hirne* glaubten vielleicht nicht an die Toten, aber sie wurden immer wieder vom Rest ihres Körpers bestimmt.

»Ich komme zurecht«, sagte Johnny. »Geht schon. Ich sehe euch bei Wobblers Party heute Abend, okay?«

»Denk dran – keine ... du weißt schon ... Freunde heute Abend«, mahnte Wobbler, bevor die drei sich davonmachten.

Johnny schlenderte den Weg entlang.

Er hatte nie *versucht*, mit den Toten zu reden. Er hatte Dinge gesagt, wenn er wusste, dass sie zuhörten, und manchmal waren sie deutlich zu sehen gewesen, aber außer beim ersten Mal, als er aus Spaß an die Tür vom Mausoleum des Stadtrats geklopft hatte ...

»Seht euch das mal an!«

Einer von den Leuten, die sich das Grab anschauten, hatte das Radio gefunden, das hinter einem Grasbüschel versteckt gewesen war.

»Also wirklich, die Leute haben überhaupt keinen Respekt.«

»Funktioniert es?«

Es funktionierte nicht. Ein paar Tage im feuchten Gras hatten den Batterien den Rest gegeben.

»Nein.«

»Gib es den Männern, die den Müll auf den Lastwagen werfen.«

»Ich mach das schon«, bot Johnny an.

Er ging schnell weiter, wobei er sich immer wieder umsah, um die Toten unter den Lebenden zu entdecken.

»Ach, Johnny.«

Es war Mr Atterbury, der sich über die Mauer der alten Stiefelfabrik beugte. »Ein aufregender Tag, nicht wahr? Da hast du was ins Rollen gebracht!«

»Das hab ich nicht gewollt«, entgegnete Johnny automatisch. Immer gab man ihm die Schuld.

»Es könnte wirklich funktionieren«, sagte Mr Atterbury. »Der alte Güterbahnhof ist keine so gute Stelle, aber ... die Dinge stehen gut. Ich habe das im Gefühl. Die Leute sind aufgewacht.«

»Das stimmt. Ziemlich *viele* Leute.«

»Die Vereinigte Holding mag kein Aufsehen. Und ein Mann vom Bauamt ist auch schon hier. Es könnte alles eine gute Wendung nehmen.«

»Schön. Äh.«

»Ja?«

»Ich habe Sie im Fernsehen gesehen«, sagte Johnny. »Sie haben der Vereinigten Holding Gemeinsinn zugestanden und sie kooperativ genannt.«

»Nun, vielleicht sind sie das ja. Wenn sie keine andere Wahl haben. Sie sind ziemlich gerissen, aber wir könnten es schaffen. Es ist faszinierend, was man mit ein paar netten Worten erreichen kann.«

»Oh. Ach so. Na dann ... entschuldigen Sie bitte, ich bin noch auf der Suche nach jemandem ...«

Es gab nirgends ein Zeichen von Mr Grimm. Oder einem der anderen. Johnny blieb stundenlang dort, mit den Vogelkundlern und den Naturschützern, die hinter William Stickers' Grabstein einen Fuchsbau entdeckt hatten, und ein paar japanischen Touristen. Niemand wusste so recht, warum die japanischen Touristen da waren, aber Mrs Libertys Grab wurde sehr oft geknipst.

Aber selbst japanischen Touristen gehen irgendwann die Filme aus. Sie fotografierten sich noch ein letztes Mal gegenseitig vor William Stickers' Grabstein und kehrten dann zurück zu ihrem Bus.

Langsam leerte sich der Friedhof. Die Sonne sank hinter den Teppichboden-Supermarkt.

Mrs Tachyon schob ihren vollen Einkaufswagen vorbei und steuerte ihr Nachtquartier irgendwo an.

Die Autos waren jetzt alle weg, und nur die Bulldozer standen noch an der alten Stiefelfabrik wie prähistorische Monster, die von einem plötzlichen Kälteeinbruch überrascht worden waren.

Johnny schlich hoch zu dem einsamen Grabstein unter den Bäumen.

»Ich weiß, dass Sie hier sind«, flüsterte er. »Sie können nicht fort wie die anderen. Sie müssen bleiben. Weil *Sie* ein Gespenst sind. Ein echtes Gespenst. Sie sind immer noch hier, Mr Grimm. Sie hängen nicht einfach hier rum wie die anderen. *Sie* spuken.«

Es war vollkommen still.

»Was haben Sie getan? Waren Sie ein Mörder, oder was?«

Es blieb immer noch still. Es war sogar noch stiller als sonst.

»Das mit dem Fernseher tut mir leid«, sagte Johnny nervös.

Noch mehr Stille, so schwer und so tief, dass man eine Matratze damit hätte stopfen können.

Johnny ging fort, so schnell er sich traute.

Kapitel neun

»Dieser ganze Zirkus um den Friedhof hat zumindest ein bisschen Leben in diese Stadt gebracht«, sagte Johnnys Mutter. »Bring doch bitte deinem Opa sein Tablett, ja? Und erzähl es ihm. Du weißt, dass er sich dafür interessiert.«

Opa sah sich gerade die Nachrichten auf Hindi an. Er wollte das eigentlich nicht, aber die Fernbedienung war verschollen, und sie hatten alle vergessen, wie man ohne das Ding umschalten konnte. »Hier ist dein Tablett, Opa.«

»Aha.«

»Dieser alte Friedhof, weißt du? Wo du mir das Grab von William Stickers gezeigt hast?«

»Ja?«

»Na ja, vielleicht wird da jetzt doch nicht darauf gebaut. Gestern Abend war eine Versammlung.«

»Ja?«

»Ich habe auch etwas gesagt.«

»Aha.«

»Und jetzt wird vielleicht doch alles gut.«

»Aha.«

Johnny seufzte. Er ging zurück in die Küche.

»Kann ich ein altes Laken haben, Mam?«

»Du lieber Himmel, wozu denn das?«

»Wobblers Halloween-Party. Mir fällt nichts Besseres ein.«

»Dann nimm das, mit dem ich immer die Möbel abdecke. Du musst nur Löcher reinschneiden.«

»Danke, Mam.«

»Es ist rosa.«

»Oh, Mam!«

»Es ist schon völlig verwaschen. Niemand wird es merken.«

Wie sich herausstellte, hatte es außerdem ein paar Überreste von Blumenstickereien an den Rändern. Johnny nahm die Schere und tat, was er konnte.

Er hatte versprochen hinzugehen. Aber er nahm den längeren Weg, das Leintuch in der Tasche, nur für den Fall, dass die Toten zurückgekehrt waren und ihn sehen konnten. Und außerdem musste er über Mr Grimm nachdenken.

Nachdem er einige Minuten fort war, fingen im Fernsehen die englischen Nachrichten an, die allerdings weniger interessant aussahen als die Hindi-Version.

Opa schaute eine Weile zu, dann reckte er sich. »Heh, Mädchen, hier heißt es, sie wollen den alten Friedhof retten.«

»Ja, Dad.«

»Der Kerl auf der Bühne sah wie unser Johnny aus.«

»Ja, Dad.«

»Keiner erzählt mir hier was. Was ist denn das?«

»Hähnchen, Dad.«

»Aha.«

Sie befanden sich irgendwo im asiatischen Hochland, wo einst Karawanen über Tausende von Kilometern Handel mit Seide betrieben hatten und sich jetzt Wahnsinnige im Namen verschiedener Götter gegenseitig erschossen.

»Wie lange noch, bis es hell wird?«

»Nicht mehr lange ...«

»Was?«

Die Toten wurden ein wenig langsamer. Sie waren auf einem hohen Joch, mitten in einem Schneesturm.

»Wir sind dem Jungen etwas schuldig. Er hat sich für uns eingesetzt. Er hat an uns gedacht.«

»Das ist vollkommen korrekt. Erhaltung der Energie. Außerdem wird er sich Sorgen machen.«

»Ja, aber ... wenn wir jetzt zurückkehren ... dann werden wir wieder wie früher, oder? Ich kann jetzt schon das Gewicht des Grabsteins fühlen.«

»Sylvia Liberty! Du hast gesagt, wir dürften nicht weggehen!«

»Ich habe meine Meinung eben geändert, William.«

»Genau. Ich habe die Hälfte meines Lebens damit zugebracht, mich vor dem Tod zu fürchten, und jetzt, wo ich tot bin, hört die Angst endlich auf«, sagte der Stadtrat. *»Und außerdem ... erinnere ich mich an Dinge ...«*

Von den anderen kam ein Gemurmel.

»Ich glaube, das tun wir alle«, sagte Solomon Einstein. *»All die Dinge, die wir vergessen hatten, als wir noch lebten ...«*

»Das ist das Problem mit dem Leben«, meinte der Stadtrat. *»Man verschwendet so viel Zeit damit. Ich meine, ich will nicht sagen, dass es keinen Spaß gemacht hat. Zum Teil jedenfalls. Eigentlich sogar eine ganze Menge. Auf seine Art. Aber es war nicht das, was man Leben nennen würde ...«*

»Wir müssen uns nicht vor dem Morgen fürchten«, sagte Mr Vicenti. *»Wir müssen uns überhaupt nicht mehr fürchten.«*

Ein Skelett öffnete die Tür.

»Ich bin's, Johnny.«

»Ich bin's, Bigmac. Was bist du, ein schwules Gespenst?«

»So rosa ist es nun auch wieder nicht.«

»Die Blumen sind gut.«

»Komm schon, lass mich rein, es ist eiskalt hier draußen.«

»Kannst du auch gleichzeitig schlurfen und tanzen?«

»Bigmac!«

»Na, dann komm schon.«

Irgendwie sah es so aus, als hätte Wobbler sich nicht allzu viel Mühe mit der Vorbereitung der Party gegeben. Es hingen ein paar Luftschlangen und Gummispinnen herum, und es gab so eine schreckliche Bowle, wie man sie bei solchen Gelegenheiten immer bekommt (die mit den bräunlichen Orangenstückchen), und Schalen voller Knabberzeug. Und einen Kürbis, der aussah, als wäre er in einen Mähdrescher geraten.

»Es hätte eine Laterne werden sollen«, erklärte Wobbler, »aber ich konnte keinen Kürbis finden, der groß genug war.«

»Dir ist wohl Hannibal Lecter im Dunkeln begegnet?«, meinte Yo-less.

»Die Plastikfledermäuse sind gut, was?«, sagte Wobbler. »Die kosten nur fünf Pence das Stück. Möchtest du noch Bowle?«

Es waren auch noch andere Leute da, aber in der Dunkelheit war schwer zu erkennen, für wen sie sich hielten. Einer hatte lauter Nähte und einen Nagel im Hals, aber das war nur Nodj, der immer so aussah. Dann gab es die Jungs von Wobblers Computer-Gruppe, die schon von alkoholfreiem Bier betrunken wurden und dann herumtorkelten und so Sachen sagten wie: »Ich bin total verrückt.« Und ein paar Mädchen, die Wobbler eigentlich kaum kannte. Es war eben so ein typisches Fest. Man wusste schon im Voraus, dass irgendjemand was in die Bowle schütten würde, und alle redeten über die Schule. Und um elf würde der Vater von einem der Mädchen kommen und mit entschlossener Miene herumhängen und allem einen Dämpfer aufsetzen, als ob es nicht schon lahm genug wäre.

»Wir könnten ein Spiel spielen«, schlug Bigmac vor.

»Nicht die Tote Hand«, sagte Wobbler. »Nicht nach letztem Jahr. Man soll Trauben und so was herumreichen, nicht einfach alles, was man im Kühlschrank findet.«

»Die Sachen waren nicht so schlimm«, sagte eines der Mädchen. »Sondern was es sein sollte.«

»Also gut«, sagte Johnny zu Yo-less. »Ich hab wirklich versucht, drauf zu kommen. Wer bist du?«

Yo-less hatte die Hälfte seines Gesichtes mit weißer Schminke angemalt. Er trug kein T-Shirt, nur ein Unterhemd, aber er hatte ein Stück künstliches Leopardenfell gefunden, das er über die Schulter geworfen hatte. Und er trug einen schwarzen Hut.

»Baron Samedi, der Voodoo-Gott«, sagte Yo-less. »Ich hab die Idee aus einem James-Bond-Film.«

»Das ist rassistisch«, sagte jemand.

»Nein, ist es nicht«, sagte Yo-less. »Nicht, wenn *ich* so was tue.«

»Ich bin mir ziemlich sicher, dass Baron Samedi keine Melone getragen hat. Mit der Melone siehst du irgendwie aus, als wärst du auf dem Weg ins Büro.«

»Ich kann nichts dafür. Was anderes hab ich nicht gefunden.«

»Vielleicht ist er Baron Samedi, der Voodoo-Gott der Steuerberater«, sagte Wobbler.

Einen Moment lang dachte Johnny an Mr Grimm; sein Gesicht war zwar einfarbig, aber er sah wahrhaftig wie der Voodoo-Gott der Steuerberater aus, wenn es denn so was gab.

»In dem Film hatte er lauter Tarot-Karten und so 'n Zeug«, sagte Bigmac.

»Nicht ganz«, meinte Johnny, der langsam wieder aufwachte. »Tarot-Karten sind was Europäisches. Voodoo ist ein afrikanischer Okkultismus.«

»Sei nicht blöd, Voodoo kommt aus Amerika«, sagte Wobbler.

»Nein, amerikanischer Okkultismus ist, dass Elvis Presley

noch lebt«, sagte Yo-less. »Voodoo kommt aus Westafrika, mit christlichen Einflüssen. Ich hab's nachgelesen.«

»Ich hätte ein paar ganz *normale* Spielkarten«, bot Wobbler an.

»Keine Karten«, sagte Baron Yo-less ernst. »Meine Mutter würde ausrasten.«

»Und wie wär's mit Tischerücken?«

»Nein. Das könnte dazu führen, dass finstere Mächte über uns herfallen«, erzählte Baron Yo-less. »Das passiert schnell bei spiritistischen Sitzungen.«

Jemand schaltete die Anlage an und fing an zu tanzen.

Johnny starrte in sein Glas mit dem schrecklichen Gesöff. Ein Orangenkern schwamm darin herum.

Karten und Tischerücken, dachte er. Und die Toten. Das sind keine finsteren Mächte. Sich über Karten und Heavy Metal aufzuregen und Fantasyspiele zu verteufeln, weil Dämonen drin vorkommen, ist ungefähr so, wie die Tür zu bewachen, wenn *Es* in Wirklichkeit durch die Ritzen im Fußboden hereinkommt. Wirklich finstere Mächte ... sind nicht finster. Sie sind eher grau, so wie Mr Grimm. Sie nehmen dem Leben die ganze Farbe; sie nehmen eine Stadt wie Blackbury und verwandeln sie in leere Straßen und Leuchtreklame und ... und Hochhäuser, in denen niemand leben will und in denen niemand wirklich *lebt*. Es sieht so aus, als wären die Toten lebendiger als wir. Und jeder wird grau und verwandelt sich in eine Zahl, und dann fängt irgendjemand irgendwo an, damit rumzurechnen.

Der Dämon Yoth-Ziggurat will einem vielleicht die Seele in kleine Stückchen schneiden, aber zumindest behauptet er nicht, dass man gar keine hat. Und man hat wenigstens die Chance, das magische Schwert zu finden.

Er dachte immer noch über Mr Grimm nach. Selbst die Toten hielten sich von ihm fern.

Als er wieder aufwachte, hörte er Wobbler gerade sagen: »Wir könnten losziehen und Zoll erheben.«

»Meine Mutter sagt, das ist auch nicht besser als Betteln«, meinte Yo-less.

»Ha, im Joshua N'Clement ist es noch viel schlimmer«, sagte Bigmac. »Dort heißt das Spiel ›Fünf Pfund her, oder du kannst deine Reifen vergessen‹.«

»Wir könnten es hier im Viertel probieren«, sagte Wobbler. »Oder wir könnten zum Einkaufszentrum gehen.«

»Da wird's nur voll von Kindern sein, die in Kostümen rumrennen und schreien.«

»Ein paar mehr stören dann auch nicht«, sagte Johnny.

»Na gut«, sagte Wobbler. »Dann lasst uns gehen ...«

Tatsächlich war das Neil-Armstrong-Einkaufszentrum voller Leute, die nicht mehr wussten, was sie auf ihren Halloween-Partys anfangen sollten. Sie liefen in Gruppen herum, begafften die Kostüme der anderen und unterhielten sich, was ziemlich genau das war, was sie sonst auch taten, außer dass das Zentrum heute aussah wie Transsylvanien am verkaufsoffenen Abend.

Zombies schlurften unter den Neonröhren herum. Hexen hockten in Grüppchen und kicherten über die Jungs. Grinsende Kürbisse hüpften in den Aufzug. Vampire kauerten unter den traurigen Zimmerbäumen und fummelten an ihren falschen Gebissen herum. Mrs Tachyon wühlte in den Mülleimern nach Dosen.

Johnnys pinkfarbenes Gespenstergewand stieß auf reges Interesse.

»Irgendwelche Toten gesehen?«, fragte Baron Yo-less, nachdem Wobbler und Bigmac sich davongemacht hatten, um etwas zum Essen aufzutreiben.

»Hunderte«, sagte Johnny.

»Du weißt, was ich meine.«

»Nein. *Die* nicht. Ich mache mir Sorgen, dass ihnen was passiert ist.«

»Sie sind *tot*. Wenn sie überhaupt existieren«, sagte Yo-less. »Sie können schließlich nicht überfahren werden oder so. Nachdem du ihren Friedhof gerettet hast, machen sie sich vielleicht einfach nicht mehr die Mühe, mit dir zu reden. Das ist es wahrscheinlich. Ich glaube, dass –«

»Will jemand eine Himbeer-Schlange?«, fragte Wobbler und raschelte mit einer großen Papiertüte. »Die Totenköpfe sind auch empfehlenswert.«

»Ich geh nach Hause«, sagte Johnny. »Irgendwas stimmt nicht, und ich weiß nicht, was es ist.«

Eine zehnjährige Braut von Dracula flatterte vorbei.

»Das hier ist nicht besonders aufregend«, sagte Wobbler. »Wisst ihr was? Im Fernsehen läuft heute *Die Nacht der nervigen Vampire*. Das könnten wir uns anschauen.«

»Und was ist mit den anderen?«, fragte Bigmac. Der Rest der Party hatte sich aufgelöst.

»Ach, was soll's? Die wissen ja, wo ich wohne«, sagte Wobbler philosophisch, als ein blutbefleckter Leichenschänder mit einem Eis am Stiel vorbeilief.

»Ich glaube nicht an nervige Vampire«, sagte Bigmac, als sie an die frische Luft kamen. Es war jetzt wesentlich kühler, und es zog wieder Nebel auf.

»Ach, ich weiß nicht«, sagte Wobbler. »Ich schätze, hier bei uns in der Gegend wären sie so.«

»Und würden Fruchtsaft saugen«, sagte Yo-less.

»Und ihre Mutter würde ihnen verbieten, früh ins Bett zu gehen«, meinte Bigmac, aber in diesem Punkt waren sie sich nicht unbedingt einig.

»Warum gehen wir hier lang?«, fragte Wobbler. »Das ist nicht der Weg zurück.«

»Außerdem ist es neblig«, sagte Bigmac.

»Das ist nur der Dunst vom Kanal«, meinte Johnny.

Wobbler blieb stehen.

»O nein«, sagte er.

»Hier entlang geht es schneller«, sagte Johnny.

»O ja. *Schneller.* Ganz bestimmt. Weil ich *rennen* werde.«

»Sei nicht bescheuert.«

»Es ist Halloween!«

»Na und? Du siehst aus wie Dracula – wovor hast du Angst?«

»Da gehe ich heute Abend nicht lang!«

»Es ist kein bisschen anders als tagsüber.«

»Okay, es ist dasselbe, aber *ich* bin anders!«

»Angst?«, fragte Bigmac.

»Was? Ich? Angst? Ha? Ich? Ich habe überhaupt keine *Angst*.«

»Es ist allerdings wirklich ein bisschen riskant«, meinte Baron Yo-less.

»Ja, riskant«, sagte Wobbler schnell.

»Ich meine, man kann nie wissen«, fügte Yo-less hinzu.

»Nie wissen«, echote Wobbler.

»Es ist doch bloß eine Straße in unserer Stadt. Mit Lichtern und einer Telefonzelle und allem«, sagte Johnny. »Ich ... ich werde einfach keine Ruhe finden, bis ich nicht nachgesehen habe. O. k.? Und außerdem sind wir schließlich zu viert.«

»Das heißt nur, dass gleich viermal etwas Furchtbares passieren kann«, meinte Wobbler.

Aber während sie redeten, waren sie weitergegangen; jetzt konnten sie das Licht der Telefonzelle wie einen verschwommenen Stern im Nebel erkennen.

Die anderen drei wurden still. Der Nebel schluckte alle Geräusche.

Johnny horchte. Aber es war nicht mal die Löschpapier-Stille zu hören, die die Toten machten.

»Seht ihr?«, flüsterte er. »Ich habe ja gesagt –«

Jemand hustete in einiger Entfernung. Alle vier versuchten plötzlich, denselben Platz einzunehmen.

»Tote husten nicht!«, zischte Johnny.

»Dann ist jemand auf dem Friedhof!«, sagte Yo-less.

»Menschenräuber!«, sagte Wobbler.

»Grabschänder!«, sagte Bigmac.

»Darüber hab ich was in der Zeitung gelesen!«, flüsterte Wobbler. »Leute, die Gräber für irgendwelche satanischen Riten aufbuddeln.«

»Seid still!«, sagte Johnny. Sie sanken in sich zusammen. »Für mich klang das, als käme es von der alten Stiefelfabrik.«

»Aber es ist mitten in der Nacht«, meinte Yo-less.

Sie schlichen vorwärts. Im Licht der Straßenlaterne tauchte ein dunkler, kantiger Umriss auf.

»Ein Lastwagen«, sagte Johnny. »Da. Graf Dracula hat nie einen Lastwagen gefahren.«

»Aber nur, weil es damals noch keine gab.« Bigmac zwang sich zu einem Grinsen.

Irgendwo im Nebel erklang ein metallisches *Kling*.

»Wobbler?«, sagte Johnny mit, wie er hoffte, ruhiger Stimme.

»Ja?«

»Du wolltest doch rennen. Dann renn zu Mr Atterburys Haus und sag ihm, dass er herkommen soll.«

»Was? Ganz alleine?«

»Alleine kannst du viel schneller rennen.«

»Stimmt!« Wobbler warf ihnen noch einen verängstigten Blick zu und verschwand.

»Was tun wir hier eigentlich?«, fragte Yo-less und starrte mit den anderen beiden in den Nebel.

Diesmal war das Geräusch nicht zu verkennen. Es war vom Nebel gedämpft, aber es war eindeutig das Geräusch eines großen Dieselmotors, der angelassen wurde.

»Jemand klaut einen Bulldozer!«, rief Bigmac.

»Ich wünschte, es wäre so«, sagte Johnny. »Aber ich glaube es nicht. Kommt mit.«

»Hört mal, wenn da jemand mitten in der Nacht einen Bulldozer ohne Lichter fährt, dann will ich nicht in der Nähe sein«, sagte Yo-less.

Lichter gingen an, etwa fünfzig Meter entfernt. Man konnte nicht viel sehen, nur zwei Lichtkegel im Nebel.

»Besser so?«, fragte Johnny.

»Nein.«

Die Lichter bewegten sich. Die Maschine holperte auf die Friedhofsmauern zu. Alte Schmetterlingssträucher und tote Brennnesseln wurden unter den Ketten zerquetscht, und es gab einen Schlag, als die Schaufel gegen den unteren Teil der Mauer knallte.

Johnny rannte neben der Maschine entlang und schrie. »Heh!«

Das Fahrzeug hielt an.

»Lauf weg!«, zischte Johnny Yo-less zu. »Lauf! Erzähl den Leuten, was hier vor sich geht!«

Ein Mann schälte sich aus der Fahrerkabine und sprang herunter. Er ging auf die Jungen zu und drohte mit dem Finger.

»Kinder, Kinder«, sagte er, »jetzt gibt es *wirklich* Ärger.«

Johnny wich zurück, und jemand packte ihn an der Schulter.

»Du hast gehört, was dieser Mann gesagt hat«, knurrte eine Stimme an seinem Ohr. »Das ist alles deine Schuld. Du hast also überhaupt nichts gesehen, verstanden? Wir wissen, wo du wohnst – o nein, das wirst du nicht tun.« Eine Hand schoss hervor und packte Yo-less, als der versuchte, sich davonzustehlen.

»Weißt du, was ich glaube?«, sagte der Mann, der den Bulldozer gefahren hatte. »Ich denke, dass wir Glück hatten, dass wir gerade vorbeikamen und die beiden erwischt haben. Es ist ein Jammer, dass sie mit dem Ding schon quer über den Friedhof gefahren waren. Diese Kinder heutzutage, was?«

Ein Ziegelstein flog an Johnnys Kopf vorbei und traf den Mann neben ihm an der Schulter.

»Was zum –«

»Ich hau dir die Fresse ein! Ich hau dir die Fresse ein!«

Aus dem Nebel tauchte Bigmac auf. Er sah furchterregend aus. Er griff nach einer Metallstange des kaputten Zauns, riss sie aus der Mauer und schwang sie über dem Kopf.

»Was ist? Was? Ich dreh euch allen den Hals um!«

Dann rannte er los.

»Aaaaaaaaaarrrrrrr –«

Und alle vier begriffen, dass er vor nichts zurückschrecken würde.

Kapitel zehn

Bigmac sprang entschlossen über das Geröll, ein wütendes kahlköpfiges Skelett. »Schnapp ihn dir!«

»Schnapp du ihn doch!«

Die Zaunstange knallte gegen den Bulldozer, und Bigmac strauchelte. Auch wenn er wie ein Wahnsinniger kämpfte, war er doch immer noch Bigmac, und der Fahrer war ein kräftiger Mann. Aber Bigmac hatte den Vorteil, dass er einen kurzen Moment lang nicht zu bremsen war. Wenn es dem Mann gelungen wäre, ihm einen Schlag zu versetzen, dann hätte er keine Chance mehr gehabt, aber es waren einfach zu viele Arme und Beine im Weg, und Bigmac versuchte außerdem, ihn ins Ohr zu beißen.

Dennoch –

Aber dann erschienen Scheinwerfer nahe dem Tor und hüpften auf und ab, wie bei einem Auto, das mit großer Geschwindigkeit über den holprigen Boden fuhr.

Der Mann, der Johnny festhielt, ließ los und verschwand im Nebel. Der andere schlug Bigmac mit der Faust in den Magen und folgte seinem Partner.

Der Wagen kam schleudernd zum Stehen, und ein fetter Vampir sprang heraus und rief: »Euch krieg ich noch! Euch krieg ich noch!«

Mr Atterbury stieg etwas gesitteter aus.

»Es ist schon gut. Sie sind fort«, sagte Johnny. »In dem Nebel finden wir die nie.«

Irgendwo in der Ferne hörte man einen Motor anspringen und dann Reifen quietschen.

»Aber ich habe die Autonummer!«, rief Wobbler und hüpfte von einem Fuß auf den anderen. »Ich hatte keinen Stift, also hab ich auf die Fensterscheibe gehaucht und dann mit dem Finger draufgeschrieben!«

»Sie wollten mit dem Bulldozer über den Friedhof fahren!«, sagte Yo-less.

»Auf die beschlagene Scheibe, schau!«

»Du meine Güte, ich hätte etwas mehr von der Vereinigten Holding GmbH erwartet«, sagte Mr Atterbury. »Sollten wir nicht lieber nach deinem Freund schauen?«

Bigmac kniete auf dem Boden und keuchte.

»Ich muss nur immer wieder draufhauchen, damit man sie sehen kann!«

»Alles in Ordnung, Bigmac?«

Sie hockten sich neben ihn. Er keuchte vor Asthma. Seine Lungen pfiffen richtig.

»Ich ... ich hab ihnen ganz schön Angst eingejagt ... was?«, kriegte er heraus.

»Und wie«, sagte Johnny. »Komm, ich helf dir hoch.«

»Ich habe sie da gesehen –«

»Wie geht es dir?«

»Ziemlich fertig.«

»Wartet mal, ich muss noch mal draufhauchen –«

»Hilf ihm in den Wagen.«

»Geht schon –«

»Ich bring ihn ins Krankenhaus, vorsichtshalber.«

»Nein!«

Bigmac schubste sie weg und raffte sich wackelig auf.

»Es geht schon«, sagte er. »Unkraut vergeht nicht.«

Rote und blaue Lichter erschienen im Nebel, und eine Polizeisirene heulte ein- oder zweimal und hörte dann verlegen wieder auf.

»Ah«, sagte Mr Atterbury. »Ich fürchte, meine Frau hat sich ein bisschen aufgeregt und die Polizei gerufen. Äh ... Bigmac, nicht wahr? Würdest du die Männer wiedererkennen, wenn du sie siehst?«

»Klar. Einer von ihnen hat Bissspuren am Ohr.« Bigmac hatte plötzlich den gehetzten Blick eines Menschen, der sich nur ungern der Polizei gegenübersah. »Aber ich gehe auf kein Polizeirevier. Auf gar keinen Fall.«

Mr Atterbury erhob sich, als der Streifenwagen anhielt.

»Ich denke, es ist am besten, wenn ich rede«, meinte er, als Sergeant Comely ausstieg. »Ah, Ray«, sagte er. »Ich bin froh, dass Sie kommen konnten. Kann ich Sie einen Augenblick sprechen?«

Die Jungen standen zusammengedrängt da und schauten zu, wie die Männer zu dem Bulldozer hinübergingen und die Überreste der Mauer begutachteten.

»Das gibt Ärger«, sagte Bigmac. »Comely nimmt mich sicher wegen Ohrenbeißens fest. Oder weil ich den Bulldozer verbeult habe. Wartet's bloß ab.«

Wobbler tippte Johnny auf die Schulter.

»Du *wusstest*, dass was passieren würde«, sagte er.

»Ja. Keine Ahnung, warum.«

Sie sahen zu, wie die Polizisten in Mr Atterburys Auto hineinspähten.

»Er liest meine Schrift«, sagte Wobbler. »War das nicht genial von mir?«

Dann ging Comely wieder zurück zum Streifenwagen. Sie hörten ihn ins Funkgerät sprechen.

»Nein! Ich wiederhole: H wie Haarig, W wie Wagner – Wagner! Wagner! Nein! W wie in Westfalen. A wie Antoinette –«

Mr Atterbury kam aus der Richtung des Bulldozers und winkte mit einer Zange.

»Ich glaube nicht, dass das Ding sich heute Nacht noch bewegt«, sagte er.

»Was passiert jetzt?«, fragte Johnny.

»Das ist noch nicht ganz klar. Möglicherweise können wir den Lastwagen ausfindig machen. Ich glaube, ich habe Sergeant Comely überzeugt, dass wir zunächst kein großes Aufsehen erregen sollten. Er wird aber Aussagen von euch haben wollen. Mehr wahrscheinlich nicht.«

»Waren die von der Vereinigten Holding?«

Der alte Mann zuckte die Achseln.

»Vielleicht hat jemand gemeint, es wäre alles etwas einfacher, wenn der Friedhof es nicht mehr wert wäre, gerettet zu werden«, sagte er. »Vielleicht haben ein paar Typen den Auftrag bekommen, ein kleines – äh – Halloween-Spektakel zu veranstalten –«

Aus dem Polizei-Funkgerät kam ein krachendes Geräusch.

»Sie haben auf der East Slate Road einen Transporter angehalten«, rief der Sergeant hinüber. »Klingt, als wären es unsere Freunde.«

»Gut gemacht, lobte der Kommissar«, sagte Yo-less mit tiefer Stimme. »Die furchtbaren vier haben die ganze Bande gefangen! Gute Arbeit! Und alle gingen heim zu Kaffee und Kuchen.«

»Es wäre eine große Hilfe, wenn du mit zum Polizeirevier kämst, Bigmac«, sagte Mr Atterbury.

»Kommt nicht in Frage!«

»Ich würde mitgehen. Und einer deiner Freunde könnte auch mitkommen.«

»Es wäre wirklich eine Hilfe«, sagte Johnny.

»Ich komme mit dir«, bot Yo-less an.

»Und dann«, sagte Mr Atterbury, »wird es mir ein Vergnügen

sein, den Vorsitzenden der Vereinigten Holding aus dem Bett zu klingeln. Ein sehr großes Vergnügen.«

Es war zehn Minuten später. Bigmac war mit zum Polizeirevier gekommen, begleitet von Yo-less und Mr Atterbury. Man hatte ihm zugesichert, dass man ihn wegen gewisser Kleinigkeiten wie zum Beispiel Autos, die nicht da standen, wo ihre Besitzer sie erwarteten, nicht befragen würde.

Die Straßenlampen von Blackbury glühten im Nebel, der sich jetzt ein wenig lichtete. Sie ließen die Dunkelheit hinter dem Teppichboden-Supermarkt noch viel tiefer und viel dunkler wirken.

»Also, das wär's dann«, sagte Wobbler. »Das Spiel ist aus. Gehen wir nach Hause.«

Der Nebel wurde vom Wind weggeblasen. Man konnte sogar den Mond durch die Wolkenfetzen sehen.

»Komm schon«, sagte er noch einmal.

»Es ist immer noch nicht in Ordnung«, sagte Johnny. »So kann es nicht enden.«

»Das Ende ist doch in Ordnung«, sagte Wobbler. »Wie Yo-less schon gesagt hat: böse Männer eingesperrt. Vier Jungs haben den Friedhof gerettet, und jetzt gibt's Kuchen für alle.«

Der verlassene Bulldozer wirkte in diesem blassen Licht viel größer.

Die Luft prickelte ein wenig.

»Irgendetwas wird passieren«, sagte Johnny und rannte in Richtung Friedhof.

»Warte mal –«

»Komm mit!«

»Nein! Nicht da rein!«

Johnny drehte sich um.

»Und du willst ein Vampir sein?«

»Aber –«

»Komm schon, das Geländer ist sowieso kaputt.«

»Aber es ist fast Mitternacht! Und da drinnen sind Tote!«

»Na und? Früher oder später sind wir alle tot.«

»Ja, aber ich, ich wäre es lieber später, vielen Dank!«

Johnny konnte es um sich herum spüren – ein bedrückendes Gefühl wie kurz vor einem Gewitter. Es hing über den bröckelnden Grabsteinen und schwebte über den staubigen Sträuchern.

Der Nebel strömte jetzt davon, als versuche er, vor irgendetwas zu fliehen. Der Mond schien von einem dunkelblauen Himmel herunter und malte noch dunklere Schatten auf den Boden.

North Drive und East Way ... sie waren immer noch da, aber sie sahen jetzt anders aus. Sie gehörten an einen anderen Ort – wo die Leute den Straßen der Toten nicht Namen geben wie in den Städten der Lebenden ...

»Wobbler?«, sagte Johnny, ohne sich umzudrehen.

»Ja?«

»Bist du da?«

»Ja.«

»Danke.«

Er konnte spüren, wie etwas von ihm abfiel wie eine schwere Decke. Er war überrascht, dass seine Füße immer noch auf dem Boden waren.

Er rannte den North Drive entlang zu dem kleinen Platz, an dem all die Straßen aufeinandertrafen.

Dort war schon jemand.

Sie wirbelte mit ausgestreckten Armen und geschlossenen Augen herum, der Kies knirschte unter ihren Füßen, das Mondlicht glitzerte auf ihrem alten Hut. Ganz alleine tanzte Mrs Tachyon dort in der Nacht.

Nicht ganz allein …

Die Luft sprühte Funken. Glühende Linien, blau wie Elektrizität, dünn wie Rauch, schossen aus dem klaren Himmel. Wo sie die Finger der tanzenden Frau berührten, streckten sie sich, zerbrachen und bildeten sich wieder neu.

Sie krochen über das Gras. Sie zischten durch die Luft. Der ganze Friedhof war lebendig, erfüllt mit blassblauen Kometen.

Lebendig …

Mrs Tachyons Füße berührten den Boden nicht mehr.

Johnny sah seine eigenen Finger an. Über seiner rechten Hand knisterte ein blauer Strahl wie ein Nordlicht. Als er den Sternen zuwinkte, glitzerte es, und er fühlte, wie seine Füße vom Kiesweg abhoben.

»Woooow!«

Die Lichter wirbelten um ihn herum und ließen ihn sanft wieder zu Boden sinken.

»Wer *seid* ihr?«

Ein Feuerstrahl schoss durch die Nacht und explodierte dann. Funken flogen heraus und malten Linien in die Luft, die einen vertrauten Umriss annahmen, wie von Neon umrahmt.

»Nun«, sagte die Gestalt, und blaues Feuer funkelte in ihrem Bart, »bis heute Abend habe ich gedacht, ich sei William Stickers. Schau!«

Blaue Leuchtstreifen bogen sich noch einmal über den Grabstein, flirrten um den dunklen Klotz des Bulldozers und glitten darüber hinweg, so dass er leuchtete.

Der Motor sprang an.

Man konnte das Schalten des Getriebes hören.

Die Maschine bewegte sich vorwärts. Die Geländerstangen schepperten auf den Boden und rollten klirrend davon. Die Mauer krachte zusammen.

Lichter kreisten um den Bulldozer, als er davonrollte.

»Heh! Halt!«

Metall knirschte. Das Motorengeräusch wurde zu einem dunklen, beharrlichen Dröhnen.

Die Lichter drehten sich und sahen Johnny an. Er konnte ihre Aufmerksamkeit spüren.

»Was *machen* Sie da?«

Ein Licht zersprang und wurde zum glitzernden Schattenriss des Stadtrats.

»Ist das nicht, was die Leute wollten?«, sagte er. »Wir brauchen ihn nicht mehr. Und *wenn* es jemand macht, dann sollten wir das sein. Das ist unser gutes Recht.«

»Aber Sie haben gesagt, das hier wäre Ihr Zuhause!«, sagte Johnny.

Mrs Sylvia Liberty zeichnete sich in der Dunkelheit ab.

»Es gibt hier nichts mehr«, sagte sie, »was wichtig für uns wäre.«

»Die Macht der Gewohnheit hat das Proletariat schon zu lange unterdrückt«, sagte William Stickers. »Zumindest damit hatte ich recht.«

»Dieser ekelhafte Bolschewist sollte sich endlich mal rasieren, aber ansonsten hat er recht«, meinte Mrs Liberty. Und dann lachte sie. »Mir scheint, wir haben viel zu viel Zeit damit verbracht, uns darüber zu beklagen, was wir nicht sind, anstatt zu überlegen, was wir sein *könnten*.«

»Unabhängig von der Zeit«, sagte Mr Einstein und wurde knisternd sichtbar.

»Und von den Dimensionen«, fügte Mr Fletcher hinzu, der funkelte wie ein Blitzlicht.

»Ohne die Last eines Körpers«, sagte der Stadtrat.

»Wir gehen in die Verlängerung«, erklärte Stanley Roundway.

»Potenziert«, meinte Mr Vicenti.

»Wir mussten es erst herausfinden«, sagte Mr Fletcher. »Man muss es ausprobieren. Man muss vergessen, wer man war. Das ist der erste Schritt. Dann hat man genügend Platz, um herauszufinden, was man ist. Was man sein kann.«

»Also gehen wir«, sagte der Stadtrat.

»Wohin?«

»Das wissen wir nicht. Es wird sehr interessant sein, das herauszufinden«, sagte Solomon Einstein.

»Aber … aber … wir haben den Friedhof gerettet!«, stotterte Johnny. »Wir hatten eine Versammlung! Und Bigmac … und ich haben uns gemeldet und … es wurde im Fernsehen gebracht, und die Leute haben wirklich darüber geredet! Niemand wird hier irgendwas bauen! Es waren Naturschützer da und all so was! Macht den Motor aus! Wir haben den Friedhof gerettet!«

»Aber wir brauchen ihn nicht mehr«, meinte der Stadtrat.

»*Wir* brauchen ihn!«

Die Toten sahen ihn an.

»Wir brauchen ihn«, wiederholte Johnny. »Er ist … er ist wichtig für uns.«

Der Dieselmotor puffte. Die Maschine vibrierte. Die Toten, falls sie das noch immer waren, schienen zu überlegen.

Dann nickte Solomon Einstein.

»Da hast du natürlich recht«, sagte er mit dieser schrillen Stimme, die er immer bekam, wenn er aufgeregt war. »Es gleicht sich alles aus, verstehst du? Die Lebenden müssen sich erinnern, und die Toten müssen vergessen. Das Prinzip der Energieerhaltung.«

Der Motor des Bulldozers stotterte und kam zum Stillstand.

Mr Vicenti hob die Hand. Sie glühte wie ein Feuerwerk.

»Wir sind gekommen, um uns zu verabschieden. Und um uns zu bedanken«, sagte er.

»Ich habe doch kaum was getan.«

»Du hast zugehört. Du hast dir Mühe gegeben. Man kann einen Orden auch einfach dafür bekommen, dass man da war. Die Menschen vergessen so oft diejenigen, die einfach nur da waren.«

»Ja, ich weiß.«

»Aber jetzt … müssen wir woandershin.«

»Nein … gehen Sie noch nicht«, sagte Johnny. »Ich muss Sie noch was fragen –«

Mr Vicenti drehte sich um.

»Ja?«

»Äh …«

»Ja?«

»Gibt's da so was wie … Engel und so? Sie wissen, was ich meine. Oder … Teufel? Ziemlich viele Leute würden das bestimmt gerne wissen.«

»O nein. Ich glaube nicht. Solche Dinge … nein. Das ist was für die Lebenden. Nein.«

Der Stadtrat rieb sich die glitzernden Hände. »Ich denke, es wird weitaus interessanter als das.«

Die Toten gingen, und einige von ihnen wurden in der Bewegung wieder zu leuchtendem Rauch.

Einige bewegten sich auf den Kanal zu. Dort war ein Boot. Es erinnerte ein bisschen an eine Gondel. Eine dunkle Gestalt stand an einem Ende und stützte sich auf einen Stab, der im Wasser verschwand.

»Ich werde abgeholt«, sagte William Stickers.

»Es sieht ein bisschen … gruselig aus. Nehmen Sie's mir nicht übel«, sagte Johnny.

»Nun, ich dachte, ich versuche es mal. Wenn ich es nicht mag, gehe ich woandershin«, meinte William Stickers und ging an Bord. »Fahren wir, Kamerad.«

IN ORDNUNG, sagte der Fährmann.

Das Boot bewegte sich vom Ufer weg. Der Kanal war nur ein paar Meter breit, aber das Boot schien weit weg zu treiben ...

Stimmen kamen übers Wasser zurück.

»Mit einem Außenbordmotor würde dieses Ding wie ein Vogel fliegen, weißt du?«

ICH MAG ES, WIE ES IST, MR. STICKERS.

»Wie wirst du bezahlt?«

GRAUENHAFT.

»Ich würde mir das nicht gefallen lassen, wenn ich du wäre –«

»Ich weiß nicht, wo er hinfährt«, sagte der Stadtrat, »aber er wird sicher einiges dort umorganisieren. Er ist und bleibt altmodisch, unser William.«

Von etwas weiter unten am Ufer war ein Klicken und Brummen zu hören. Einstein und Fletcher saßen stolz in einer Art – nun, es sah zum Teil aus wie die schematische Darstellung eines elektrischen Stromkreises und zum Teil wie eine Maschine, und wie Mathematik aussehen würde, wenn sie ein Festkörper wäre. Es glühte und sprühte Funken.

»Gut, was?«, sagte Mr Fletcher.

»Dies ist ein Gedankenflug«, erklärte Solomon Einstein stolz.

»Wir werden uns einige Dinge ganz genau ansehen.«

»Genau. Und wir fangen mit allem an.«

Mr Fletcher tätschelte die Maschine vergnügt.

»So ist es! Nichts kann uns aufhalten, Mr Einstein!«

»Nicht mal das Nichts, Mr Fletcher!«

Die Linien wurden heller, flossen zu einem Umriss zusammen. Dann verschwanden sie. Aber kurz vorher sah es aus, als würden sie beschleunigen.

Und dann standen nur noch drei da.

Der Stadtrat wandte sich zu Mrs Liberty.

»Komm, Sylvia«, sagte er. »Ich glaube, für uns ist ein etwas irdischeres Fortbewegungsmittel passender.«

Er nahm ihre Hand. Sie ignorierten Johnny und traten auf das schwarze Wasser des Kanals hinaus.

Sie sanken langsam und hinterließen einen perlartigen Glanz auf der Oberfläche, der allmählich verblasste.

Dann hörte man einen Motor anspringen. Aus dem Wasser stieg der Geist des toten Ford Capri, glasklar wie eine Luftblase, und schwebte in den Himmel.

Der Stadtrat kurbelte eine unsichtbare Scheibe herunter.

»Mrs Liberty findet, wir sollten dir etwas sagen«, meinte er. »Aber ... es ist schwer zu erklären, weißt du?«

»Was denn?«, fragte Johnny.

»Übrigens, wieso trägst du eigentlich ein rosa Laken?«

»Äh –«

»Ich nehme an, es ist nicht so wichtig.«

»Ja.«

»Nun –« Der Wagen drehte sich langsam; Johnny konnte durch ihn hindurch den Mond sehen. »Du kennst diese Spiele, wo die Kugel nach oben läuft und hin und her springt und dann am Ende unten in ein Loch fällt?«

»Flipper?«

»Nennt man die heute so?«

»Ich glaube schon.«

»Oh. Na schön.« Der Stadtrat nickte. »Nun ... wenn man da drinnen hin und her springt, dann kann man sich sicher schwer vorstellen, dass es draußen ein Zimmer gibt und außerhalb des Zimmers eine Stadt und außerhalb der Stadt ein Land und außerhalb des Landes eine Welt und außerhalb der Welt eine Billiotrillion Sterne, und das ist erst der Anfang ... aber es ist da, verstehst du? Wenn du das einmal weißt, dann hörst du auf, dich wegen des Lochs aufzuregen. Und du springst wahrscheinlich eine ganze Weile länger herum.«

»Ich ... ich werde versuchen, mich daran zu erinnern.«

»Gut so. Nun sollten wir uns lieber auf den Weg machen …«

Ein geisterhaftes Getriebe krachte. Das Auto vibrierte.

»Gib Gas. Äh … leb wohl …«

Der Wagen stieg langsam auf, drehte sich in Richtung Osten und glitt dann nach oben davon …

Und dann war nur noch einer da.

»Nun, ich schätze, ich mache mich auch auf den Weg«, sagte Mr Vicenti. Er holte einen Zylinder und einen altmodischen Spazierstock aus der Luft.

»Warum gehen Sie alle fort?«, fragte Johnny.

»Es ist der Tag des Jüngsten Gerichts«, sagte Mr Vicenti. »Haben wir beschlossen.«

»Ich dachte, da gäbe es Posaunen und so was.«

»Ich glaube, darüber musst du dir selbst ein Urteil bilden. Es hat keinen Sinn, auf etwas zu warten, was du schon hast. Es ist für jeden anders, verstehst du? Ich wünsche dir viel Freude mit dem Friedhof. Friedhöfe sind am Ende doch Orte für die Lebenden.«

Mr Vicenti zog sich ein Paar weiße Handschuhe an, drückte einen unsichtbaren Liftknopf und stieg in eine ebenso unsichtbare Kabine. Weiße Federn fielen aus seinen Ärmeln.

»Du meine Güte«, rief er und öffnete die Jacke. »Weg mit euch, und fliegt schon! Alle! Husch!«

Ein halbes Dutzend geisterhafter Tauben machte sich frei und schoss in die Dämmerung hinaus.

»Da! Das ist der Beweis. Irgendwann kann man sich von allem befreien«, rief Mr Vicenti. Johnny hörte gerade noch, wie er hinzufügte: »Obwohl ich zugebe, dass drei Handschellen, sechs Meter Kette und ein Leinensack unter bestimmten Umständen ziemliche Schwierigkeiten machen können …«

Das Licht glitzerte auf seinem Hut.

Und dann … war immer noch einer da.

Johnny drehte sich um.

Mr Grimm stand in der Mitte des Weges, die Hände ordentlich gefaltet. Dunkelheit umgab ihn wie Nebelschwaden. Er schaute zum Himmel hinauf. Johnny hatte noch nie so einen Blick gesehen …

Er erinnerte sich, wie Bigmac vor einigen Jahren einmal eine Party gefeiert und ihn nicht eingeladen hatte. Er hatte nachher gesagt: »Natürlich nicht, ich wusste doch, dass du kommen würdest, ich musste dich nicht extra fragen, es war nicht nötig, dass ich dich einlade, du hättest doch einfach so kommen können.« Aber alle anderen waren hingegangen und hatten darüber geredet, dass sie hingehen wollten, und er hatte sich gefühlt, als hätte sich ein Abgrund in seinem Leben aufgetan. So etwas war furchtbar, wenn man sieben Jahre alt war.

Es war noch viel, viel schlimmer, wenn man tot war.

Mr Grimm sah, wie Johnny ihn anstarrte.

»Hah«, sagte er und nahm sich zusammen. »Das wird denen noch leidtun.«

»Ich werde herausfinden, was Sie verheimlichen, Mr Grimm«, sagte Johnny.

»Ich verheimliche nichts«, fuhr ihn das Gespenst an.

Johnny ging durch ihn hindurch. Es war einen Moment lang kalt, und dann war Mr Grimm fort.

Und dann war niemand mehr da.

Die wirkliche Nacht kehrte zurück. Die Geräusche der Stadt, das entfernte Summen des Verkehrs, füllten den Raum, den vorher die Stille eingenommen hatte.

Johnny ging über den Kiespfad zurück.

»Wobbler?«, flüsterte er. »Wobbler?«

Er fand ihn hinter einem Grabstein kauernd, die Augen fest zugekniffen.

»Komm«, sagte er.

»Hör mal, ich –«

»Es ist alles in Ordnung.«

»Es war ein Feuerwerk, ja?«, sagte Wobbler. Sein Graf-Dracula-Make-up war verwischt und dreckig, und er hatte sein Gebiss verloren. »Jemand hat Raketen abgeschossen, ja?«

»Genau.«

»Natürlich. Ich hatte keine Angst.«

»Nein.«

»Aber diese Dinger können gefährlich sein.«

»Oh, na klar.«

Sie drehten sich um, als es hinter ihnen anfing zu klappern. Mrs Tachyon erschien, mit ihrem Einkaufswagen: Die Räder holperten und rutschten auf dem Kies. Sie ignorierte die beiden. Johnny und Wobbler traten schnell beiseite, als der Wagen in der Finsternis verschwand. Ein Rad quietschte.

Dann gingen sie durch den Morgennebel nach Hause.

Kapitel elf

Wie Tommy Atkins einmal gesagt hatte, es muss nicht unbedingt vorbei sein, nur weil es aufgehört hat.

Da war zum Beispiel Bigmac. Yo-less war mit ihm nach Hause gegangen, und Bigmacs Bruder war noch wach gewesen und hatte auf ihn gewartet und ihn zur Schnecke gemacht. Bigmac hatte ihn ein paar Sekunden lang ganz seltsam angestarrt und ihm dann einen so festen Boxhieb versetzt, dass es ihn umwarf. Yo-less erzählte später ehrfürchtig, der Schlag sei so hart gewesen, dass das Wort »TAH« in großen schwarzen Buchstaben auf dem Kinn von Bigmacs Bruder erschienen sei. Und dann hatte Bigmac Clint angeschnauzt, und der Hund war unters Sofa gekrochen. Dann musste Yo-less seine Mutter wecken, damit sie mit dem Auto kam, um Bigmacs Koffer, drei Aquarien mit Tropenfischen und zweihundert Hefte des *Waffenjournals* in ihr Gästezimmer zu transportieren.

Und dann gab es eine großzügige Spende von der Vereinigten Holding GmbH an die »Freiwilligen von Blackbury«. Wie Mr Atterbury gesagt hatte: Es ist fasziniernd, was man mit ein paar freundlichen Worten erreichen kann, vorausgesetzt, man hat dabei einen Knüppel in der Hand.

Der Friedhof sah schon erheblich bewohnter aus. Es gab endlose Streitereien zwischen den »Freiwilligen«, die ihn zu einem Lebensraum machen wollten, anderen, die eher für ein Biotop stimmten, und einer mittleren Gruppe, die einfach nur wollte, dass er hübsch sauber aussah, aber zumindest wollte man ihn, und das schien Johnny das Wichtigste.

Johnny brauchte eine ganze Woche, um rauszufinden, was er eigentlich wollte, und als er es wusste, ging er damit zum Friedhof hinunter; nach der Schule, als niemand dort war. Auf dem Boden lag Reif.

»Mr Grimm?«

Er fand ihn am Kanal, wo er saß und aufs Wasser hinausstarrte.

»Mr Grimm?«

»Geh weg. Du bist gefährlich.«

»Ich dachte, Sie wären vielleicht ein bisschen … einsam. Also habe ich das hier mitgebracht.«

Er öffnete die Tasche.

»Mr Atterbury hat mir geholfen«, sagte er. »Er hat Freunde angerufen, die einen Elektronikladen haben. Er ist repariert. Er wird funktionieren, bis die Batterien leer sind, und dann, dachte ich, läuft er wahrscheinlich auf Geisterbatterien weiter.«

»Was ist das?«

»Ein ganz kleiner Fernseher«, sagte Johnny. »Ich dachte, Sie könnten ihn in einen Busch oder irgendwohin stellen, und niemand wird wissen, dass es ihn gibt, außer Ihnen.«

»Warum tust du das?«, fragte Mr Grimm misstrauisch.

»Weil ich in den Zeitungen nachgeschaut habe, was es mit Ihnen auf sich hat. 21. Mai 1927. Da stand nicht viel. Nur dass man Sie im … Kanal gefunden und der Staatsanwalt die Ermittlungen aufgenommen hat.«

»Oh? Ein bisschen rumgeschnüffelt, was? Und was glaubst du zu wissen?«

»Nichts.«

»Ich brauche mich nicht zu rechtfertigen.«

»Konnten Sie deshalb nicht mit den anderen fortgehen?«

»Was? Ich kann gehen, wann immer ich will«, sagte der Geist von Mr Grimm schnell. »Wenn ich hierbleibe, dann nur, weil ich hier sein will. Ich weiß, wo ich hingehöre. Ich weiß, was sich gehört. Ich könnte gehen, wann immer ich will. Aber ich habe schließlich meinen Stolz. Leute wie du können das nicht verstehen. Sie nehmen das Leben nicht ernst genug.«

Es war kein langer Artikel in der Zeitung gewesen. Mr Vicenti hatte recht gehabt. Damals wurde über solche Dinge nicht viel geschrieben. Mr Grimm war ein ehrenwerter Bürger gewesen, der sich immer geduckt hatte, ein Mann aus den hinteren Reihen, und dann war sein Geschäft pleitegegangen, und es hatte irgendwie Ärger wegen Geld gegeben, und dann war da der Kanal. Mr Grimm hatte das Leben sehr ernst genommen, seines ganz besonders.

Über solche Sachen redete man damals nicht. Selbstmord war ein Verbrechen. Johnny fragte sich, warum. Es bedeutete, dass man, wenn man vorbeischoss oder das Gas ausging oder das Seil riss, auch noch ins Gefängnis gesperrt wurde, damit man begriff, dass das Leben wirklich lustig und durchaus lebenswert war.

Mr Grimm schlang die Arme um die Knie.

Johnny wusste, dass er nichts mehr zu sagen hatte, also sagte er nichts.

Stattdessen stopfte er den kleinen Fernseher tief in einen Busch, wo niemand, nicht einmal der beste Naturschützer, ihn finden würde.

»Können Sie ihn mit Ihren Gedanken einschalten?«, sagte er.

»Wer sagt denn, dass ich das will?«

Der Fernseher ging an, und leise erklang eine bekannte Erkennungsmelodie.

»Warten Sie mal«, sagte Johnny. »Sie haben eine ganze Woche verpasst ... Mrs Swede hat gerade herausgekriegt, dass Janine nicht auf die Party gegangen ist ... Mr Hatt hat Jason entlassen, weil er denkt, dass er das Geld gestohlen hat ... und ...«

»Ich verstehe.«

»Also ... ich gehe dann, ja?«

»In Ordnung.«

Johnny wandte sich noch einmal um.

»Ich bin sicher, dass die Stunden wie im Flug vergehen werden.«

»Ja, sicher.«

»Also ... tschüs dann.«

»Sicher.«

»Mr Grimm?« Johnny wollte sagen: Sie können gehen, wann immer Sie wollen. Aber dafür schien es keinen Grund zu geben.

»Sicher.«

Johnny sah noch eine Weile zu, dann drehte er sich um und ging fort. Die anderen zwei warteten an der Telefonzelle auf ihn.

»War er da?«, sagte Yo-less.

»Ja.«

»Was macht er jetzt?«

»Er sieht fern«, sagte Johnny.

»Ich nehme an, Gespenster tun das ziemlich oft«, sagte Wobbler.

»Schätze schon.«

»Alles in Ordnung?«

»Ich habe nur über den Unterschied zwischen Himmel und Hölle nachgedacht.«

»Klingt gar nicht in Ordnung, wenn ihr mich fragt.«

Johnny blinzelte. Er sah sich die Welt an.

Sie war, ohne übertreiben zu wollen, wundervoll.

Sie war nicht schön. Oder gut. Aber es gab so viele … Dinge. Man konnte nie alles ergründen. Ständig wurde man von neuem überrascht …

»Also gut«, sagte er. »In Ordnung. Was machen wir jetzt?«

Nur du hast den Schlüssel

Ins Deutsche übertragen
von Regina Winter

Ich möchte mich bedanken beim Meteorologischen Amt, bei der Königlichen Münzanstalt und bei meinem alten Freund Bernard Pearson – der immer jemanden weiß, der weiterweiß, wenn er einmal etwas nicht weiß – für ihre Hilfe bei der Vorbereitung dieses Buches. Sollten historische Fakten falsch sein, so liegt es an mir und daran, dass ich nicht richtig zugehört habe. Aber wer weiß schon, was im anderen Hosenbein der Zeit geschah?

1

Nach den Bomben

Neun Uhr abends.

Es war dunkel, nur hin und wieder lugte der Vollmond hinter den verwaschenen Wolken hervor. Der Wind kam aus Südwest. Nach dem Gewitter war die Luft frisch und das Kopfsteinpflaster rutschig.

Ein Polizist ging sehr langsam und bedächtig die High Street von Blackbury entlang.

Wenn man sehr dicht an die Häuser herangetreten wäre, hätte man hier und da vielleicht einen haarfeinen Lichtstreifen durch verdunkelte Fenster dringen sehen können. Von drinnen kamen die leisen Geräusche von Leuten, die ihrem Alltagsleben nachgingen – gedämpfte Klavierklänge, wo jemand wieder und wieder Tonleitern übte, Gemurmel und ab und zu Gelächter aus den Radios.

Vor einigen Ladenfenstern waren Sandsäcke aufgeschichtet. Ein Plakat forderte die Leute auf, für den Sieg zu graben, als wäre dieser so etwas wie eine Rübe.

Am Horizont, in Richtung Slate, versuchten die dünnen Strahlen von Suchscheinwerfern, Bomber vom Himmel zu pflücken.

Der Polizist bog um die Ecke in die nächste Straße; die Tritte seiner Stiefel klangen in der Stille sehr laut.

Sein Streifengang führte ihn bis zur Methodistenkirche und hätte theoretisch dann noch die Paradise Street entlanggeführt, aber nicht heute Abend, denn es gab keine Paradise Street mehr. Nicht seit dem gestrigen Abend.

Vor der Kirche hielt ein Lastwagen. Licht drang unter der Plane hervor, die den Laderaum bedeckte.

Der Polizist schlug fest dagegen.

»Ihr dürft hier nicht parken, Jungs«, sagte er. »Aber wenn ihr mir eine Tasse Tee abgebt, vergesse ich es vielleicht.«

Die Plane wurde zurückgeschlagen, und ein Soldat sprang von der Ladefläche. Man konnte kurz hineinsehen – ein warmes Zelt aus orangefarbenem Licht, in dem ein paar Soldaten um einen kleinen Kocher saßen. In der Luft hing Zigarettenqualm.

Der Soldat grinste.

»Gebt mir mal 'ne Tasse und 'ne Stulle für den Sergeant«, sagte er zu den Leuten im Wagen.

Ein Blechbecher mit kochend heißem schwarzen Tee und ein dickes belegtes Brot wurden herausgereicht.

»Besten Dank«, sagte der Polizist und nahm beides entgegen. Er lehnte sich an den Lastwagen.

»Wie läuft's denn so?«, fragte er. »Ich hab noch keinen Knall gehört.«

»Es ist ein Fünfundzwanzigpfünder«, erwiderte der Soldat. »Ist bis in den Keller durchgebrochen. Ihr habt hier gestern Abend wirklich was abgekriegt. Wollen Sie mal sehen?«

»Ist das denn nicht gefährlich?«

»Doch«, meinte der Soldat vergnügt. »Deshalb sind wir doch hier! Kommen Sie.« Er drückte seine Zigarette aus und steckte sie sich hinters Ohr.

»Ich dachte, ihr passt hier auf«, sagte der Polizist.

»Es ist Nacht, und es schüttet wie aus Eimern«, erwiderte der Soldat. »Wer soll denn da eine Bombe stehlen wollen, die nicht explodiert ist?«

»Ja, aber ...«, der Sergeant spähte in die Richtung der zerbombten Straße.

Man hörte, wie Backsteine verrutschten.

»Hört sich an, als wäre jemand da drüben«, meinte er.

»Was? Wir haben doch Warnschilder aufgestellt«, sagte der Soldat. »Wir wollten nur mal schnell was Warmes trinken. He!«

Unter ihren Stiefelsohlen knirschte der Schutt, der auf der Straße verstreut war.

»Es kann doch nichts passieren, oder?«, fragte der Sergeant.

»Nicht, solange keiner 'nen Haufen Ziegel draufschmeißt. He! Sie da!«

Der Mond kam hinter den Wolken hervor. Am anderen Ende dessen, was von der Straße übrig geblieben war, nahe der Mauer der Sauerkonservenfabrik, konnten sie eine Gestalt erkennen.

Der Sergeant blieb knirschend stehen.

»O nein!«, flüsterte er. »Das ist Mrs Tachyon.«

Der Soldat starrte die kleine Gestalt an, die so etwas wie einen Karren über die Trümmer zerrte.

»Wer ist sie denn?«

»Gehen wir's ganz ruhig an«, schlug der Polizist vor und packte den Soldaten am Arm.

Er schaltete die Taschenlampe ein und verzog das Gesicht zu einem verkrampft freundlichen Lächeln.

»Sind Sie das, Mrs Tachyon?«, rief er. »Ich bin's, Sergeant Bourke. Bisschen kalt draußen um diese Zeit, finden Sie nicht? Ich glaube, auf dem Revier wird sich noch eine schöne große Tasse Kakao für Sie finden, wenn Sie mitkommen. Wie wäre das?«

»Kann sie denn die Warnschilder nicht lesen? Ist sie nicht richtig im Kopf?«, fragte der Soldat flüsternd. »Sie ist direkt an dem Haus mit der Bombe im Keller.«

»Ja ... nein ... sie ist irgendwie anders«, sagte der Sergeant. »Ein bisschen ... seltsam.« Er hob die Stimme wieder. »Bleiben Sie doch einfach, wo Sie sind, meine Liebe, und wir kommen und holen Sie. Wir wollen doch nicht, dass Sie sich an all diesem Schutt weh tun.«

»He, hat sie etwa geplündert?«, wollte der Soldat wissen. »Dafür könnte sie glatt erschossen werden. Zeug aus einem ausgebombten Haus klauen!«

»Keiner wird Mrs Tachyon erschießen«, sagte der Sergeant. »Wir kennen sie gut. Erst gestern hat sie in einer unserer Zellen übernachtet.«

»Was hat sie denn angestellt?«

»Gar nichts. Wir lassen sie auf dem Revier schlafen, wenn es nachts kalt ist und wir eine Zelle frei haben. Ich hab ihr gestern erst sechs Pennys gegeben und ein Paar alte Stiefel von meiner Mutter. Sehen Sie doch nur: Sie ist alt genug, um Ihre Großmutter zu sein, die Arme.«

Mrs Tachyon blieb stehen und beobachtete mit ihrem Eulenblick, wie die beiden sehr, sehr vorsichtig auf sie zukamen.

Der Soldat sah eine weißhaarige kleine Frau, die so etwas wie ein Abendkleid trug, mit mehreren Schichten anderer Kleider darüber, und eine Wollmütze mit einem Bommel. Sie schob eine Drahtkarre vor sich her. An der Karre hing ein Blechschild.

»Tes-co«, sagte er. »Was ist denn das?«

»Keine Ahnung, wo sie ihr Zeug herkriegt«, murmelte der Sergeant.

Der Einkaufswagen schien voll schwarzer Tüten zu sein. Aber noch andere Dinge darin glitzerten im Mondlicht.

»Wo sie *das da* herhat, weiß ich jedenfalls«, murmelte der Soldat. »Das hat sie aus der Gurkenfabrik geklaut.«

»Ach, da hat sich doch heute schon die halbe Stadt bedient«, meinte der Sergeant. »Ein paar Gürkchen weniger werden schon keinem weh tun.«

»Ja, aber so was sollte einfach nicht passieren. He, Sie! Misses! Lassen Sie mich mal sehen ...«

Er streckte die Hand nach dem Wagen aus.

Eine Art Dämon, nur Zähne und glühende Augen, schoss hervor und fetzte die Haut vom Handrücken des Soldaten.

»Verdammt! Hier, helfen Sie mir mal …«

Aber der Sergeant war zurückgewichen.

»Das war Satan«, sagte er. »Ich würde es an Ihrer Stelle lieber bleiben lassen.«

Mrs Tachyon gackerte vergnügt.

»Die Vögel sind aufgeflogen!«, kicherte sie. »Ausgerechnet Bananen? Das *glaubste* vielleicht, mein Schatz.«

Sie riss den Einkaufswagen herum und trabte davon, den Wagen hinter sich herzerrend.

»He, bleiben Sie da weg!«, rief der Soldat.

Die alte Frau zerrte den Wagen über einen Ziegelhaufen. Hinter ihr stürzte ein Stück Mauer ein.

Der letzte Ziegel fiel auf etwas, das weiter unten lag und *Boing!* machte.

Der Soldat und der Polizist erstarrten.

Der Mond verschwand wieder hinter einer Wolke.

Im Dunkeln konnte man ein Ticken hören. Es klang weit entfernt, aber in der plötzlichen Stille hörten die Männer es deutlich, das ganze Rückgrat hinauf.

Der Sergeant – er war mitten in einem Schritt erstarrt – setzte vorsichtig den Fuß auf.

»Wie lange dauert es noch, wenn es angefangen hat zu ticken?«, flüsterte er.

Es war niemand mehr neben ihm. Der Soldat war längst davongerannt.

Der Polizist rannte hinter ihm her und war schon halb die ehemalige Paradise Street hinunter, als die Welt hinter ihm plötzlich sehr aufregend wurde.

Neun Uhr abends.

Im Schaufenster eines Elektroladens in der High Street von Blackbury zeigten neun Fernseher dasselbe Bild. Neun Fernseher flackerten leer.

Eine Zeitung wurde über den Bürgersteig geweht, bis sie sich um die Pflanzen in einem Blumenkübel wickelte. Der Wind fing sich eine leere Bierdose und rollte sie über das Pflaster, bis sie im Rinnstein landete.

Der Stadtrat von Blackbury nannte die High Street eine Einkaufs- und Freizeitzone, obwohl niemand so recht wusste, was man dort in seiner Freizeit anfangen sollte. Vielleicht sich auf eine der Bänke setzen, die mit viel Scharfsinn so entworfen waren, dass es niemand lange darauf aushielt und deshalb auch keine Zeit hatte, Unordnung zu machen. Oder sich die Blumenkübel ansehen, aus denen jedes Jahr aufs Neue die widerstandsfähigen winterharten Chipstüten sprossen. Mit den Zierbäumen konnte es wohl kaum zusammenhängen. Sie hatten auf den Entwürfen des Architekten groß und üppig ausgesehen, aber bei all den Kürzungen der öffentlichen Gelder in den letzten Jahren war niemand dazu gekommen, sie überhaupt zu pflanzen.

Die Straßenbeleuchtung ließ die Nacht eiskalt aussehen.

Die Zeitung segelte weiter und wickelte sich um einen gelben Mülleimer, der die Form eines fetten Hundes mit aufgerissenem Maul hatte.

Etwas landete in einer Gasse und ächzte.

»Tick Tick Tick! Ticketi-tick! Aua! Sanitäter!«

Das Interessante am Gedankenmachen ist, dass es immer was Neues gibt, über das man sich Gedanken machen muss, dachte Johnny Maxwell.

Seine Freundin Kirsty behauptete, das liege nur daran, dass er ein geborener Gedankenmacher sei, aber das lag daran, dass *sie* sich überhaupt nie Gedanken machte. Sie wurde stattdessen gleich wütend und unternahm etwas, ganz gleich, was. Er beneidete sie wirklich darum, dass sie immer wusste, was sie unternehmen musste und weshalb. Derzeit rettete sie abends meist den Planeten und an den Wochenenden Füchse.

Johnny machte sich nur Gedanken. Normalerweise waren es die üblichen Gedanken – wegen der Schule, wegen Geld, ob man vom Fernsehen Aids bekommen konnte und so. Aber manchmal kam auch von irgendwo aus dem Nichts das Superthema, und alle anderen stiegen in die zweite Liga ab.

Im Augenblick war es sein Kopf.

»Es ist nicht unbedingt dasselbe wie krank sein«, sagte Yo-less, der sich quer durch das Medizinlexikon seiner Mutter gelesen hatte.

»Es hat überhaupt nichts mit Kranksein zu tun. Wenn einem lauter schlimme Sachen passieren, ist es sogar gesund, deprimiert zu sein«, erwiderte Johnny. »Erst hat Dad Pleite gemacht, und dann hat er sich abgesetzt, und Mum sitzt die ganze Zeit nur rum und raucht. Ich meine, wenn ich danach lächelnd rumlaufen und sagen würde: Ist doch alles nicht so schlimm – *das* wäre durchgeknallt.«

»Stimmt«, sagte Yo-less, der auch ein bisschen was über Psychologie gelesen hatte.

»Meine Oma ist durchgeknallt«, erzählte Bigmac. »Sie ist – au!«

»Tschuldigung«, sagte Yo-less. »Ich hab nicht aufgepasst, wo ich hintrete, aber du auch nicht.«

»Es sind nur Träume«, meinte Johnny. »Das ist doch nichts besonders Durchgeknalltes.«

Obwohl er zugeben musste, dass er auch tagsüber träumte. Träume, die so wirklich schienen, dass seine Augen und Ohren ganz voll davon waren.

Diese Flugzeuge ...

Die Bomben ...

Und die fossile Fliege. Warum nur? Er hatte diese Alpträume, und mittendrin sah er die Fliege, winzig klein, eingeschlossen in einem Stück Bernstein. Er hatte dafür gespart und ein Bio-Referat darüber geschrieben. Aber sie sah nicht mal irgendwie furchterregend aus. Es war nur eine Millionen Jahre alte Fliege. Was hatte *die* in einem Alptraum zu suchen?

Bah. *Lehrer*. Warum konnten sie nicht tun, was man von ihnen erwartete, zum Beispiel Zeug nach einem werfen, wenn man nicht aufpasste? Stattdessen hatten sie sich offenbar alle Sorgen um ihn gemacht und seiner Mutter Briefe geschrieben und ihn schließlich zu einem Spezialisten geschickt. Andererseits war das gar nicht so schlimm, und er verpasste deshalb wenigstens hin und wieder Mathe.

In einem der Briefe hatte gestanden, er sei »gestört«. Na und, wer war das nicht? Er hatte den Brief seiner Mum lieber nicht gezeigt. Es war ohnehin schon schlimm genug.

»Kommst du denn zurecht, seit du bei deinem Opa wohnst?«, fragte Yo-less.

»Es geht. Opa kümmert sich um die Hausarbeit. Er kann guten Toast machen. Und Überraschungs-Überraschungen.«

»Was ist denn das?«

»Kennt ihr die Bude auf dem Markt, an der Dosen ohne Etikett verkauft werden?«

»Ja?«

»Na ja, da kauft er immer ein. Und wenn die Dosen erst mal offen sind, muss man das Zeug essen.«

»Ih.«

»Ananas mit Fleischklößchen ist gar nicht so übel.«

Sie gingen weiter die abendliche Straße entlang.

Das Problem mit uns, dachte Johnny, das wirklich *Traurige*

ist, dass wir nicht besonders gut sind. Oder nein, das ist noch nicht das Schlimmste. Das Schlimmste ist, dass wir nicht mal besonders gut im Nicht-besonders-gut-Sein sind.

Man musste sich nur Yo-less ansehen. Eigentlich hätte man annehmen sollen, jemand wie Yo-less hätte gewisse Chancen. Er war schwarz. Technisch gesehen. Aber er sagte nie »Yo«, und er hätte nie »Bruder« oder »Schwester« zu Leuten gesagt, die nicht wirklich seine Geschwister waren. Yo-less war der Ansicht, es sei nur ein Rassenvorurteil zu behaupten, alle schwarzen Jugendlichen benähmen sich so. Aber wie man es auch betrachtete, Yo-less war einfach *un*cool. Selbst Briefmarkensammler waren cooler als Yo-less. Wenn man ihm eine Baseballmütze gab, setzte er sie richtigherum auf. *So* uncool konnte er sein. Manchmal trug er sogar eine Krawatte.

Und Bigmac ... Bigmac war tatsächlich gut. Er war gut in Mathe. Irgendwie jedenfalls. Es trieb die Lehrer in den Wahnsinn. Man konnte Bigmac irgendeine schreckliche Gleichung zeigen, und er sagte »x = 2,75«, und das erwies sich dann als richtig. Aber er wusste *nie*, warum. »Is' eben so«, sagte er dann. Und das war überhaupt nicht gut. Es ging bei Mathe nicht um Lösungen. Mathe sollte einem zeigen, wie man zu den Lösungen kam, selbst wenn sie falsch waren. Und außerdem war Bigmac ein Skinhead. Bigmac und Bazza und Skazz waren die drei letzten Skinheads von Blackbury. Jedenfalls die letzten, die nicht irgendjemandes Dad waren. Und er hatte LOVE und HAT auf den Fingerknöcheln stehen, aber nur mit Kuli, weil er beim Tätowierer ohnmächtig geworden war. Und er züchtete Tropenfische.

Und Wobbler ... Wobbler war nicht mal ein Computerfreak. Er wäre gern einer gewesen, aber sie ließen ihn nicht mitmachen. Er richtete jede Menge Unheil mit Computern an. Wobbler wollte unbedingt ein Typ mit einer Glasbausteinbrille und einem verbeulten Anorak sein, der unglaubliche Software erfand und mit zwanzig Millionär wurde, aber vermutlich hätte er sich auch erst mal damit zufriedengegeben, jemand zu sein, dessen Computer nicht jedes Mal schon nach brennendem Plastik stank, wenn er ihn nur anfasste.

Und was Johnny anging …

… wenn man durchknallte, wusste man dann, dass man durchgeknallt war? Und wenn man nicht durchgeknallt war, wie *wusste* man es dann?

»Der Film war gar nicht übel«, sagte Wobbler gerade. Sie waren im Kino gewesen, im Blackbury Odeon. Sie sahen sich fast jeden Film an, von dem es hieß, es kämen Laserstrahlen drin vor.

»Aber man kann nicht in der Zeit reisen, ohne alles durcheinanderzubringen«, sagte Yo-less.

»Das ist doch der Punkt«, meinte Bigmac. »Das *will* man doch genau. Ich würde sogar zur Polizei gehen, wenn es die *Zeit*polizei wäre. Man reist in der Zeit zurück und sagt: ›He, sind Sie Adolf Hitler?‹ Und wenn er dann sagt: ›Jawoll, der bin ich!‹ … BANG! Mit der Pumpgun. Kein Problem.«

»Ja, aber stell dir mal vor, du erschießt aus Versehen deinen eigenen Großvater«, wandte Yo-less ein.

»Bestimmt nicht. Er sieht Adolf Hitler kein bisschen ähnlich.«

»Außerdem bist du kein besonders guter Schütze«, sagte Wobbler. »Sie haben dich sogar aus diesem Verein geworfen, wo sie sich mit Farbe beschießen.«

»Die waren doch bloß neidisch, weil sie nicht an so was wie Farb-Handgranaten gedacht hatten, bevor ich es ihnen gezeigt hab.«

»Es war eine Farb*dose*, Bigmac. Eine Zwei-Liter-Dose.«

»Na ja, aber in dem Moment war's 'ne Handgranate.«

»Sie haben gesagt, du hättest wenigstens den Deckel ein bisschen lockern können. Sean Stevens musste genäht werden.«

»Ich meinte auch nicht, dass du wirklich deinen eigenen Großvater erschießt«, rief Yo-less dazwischen. »Ich meine nur, alles so durcheinanderzubringen, dass man überhaupt nicht geboren wird oder nie jemand die Zeitmaschine erfindet. Wie in diesem Film, wo der Roboter in die Vergangenheit geschickt wird, um die Mutter von dem Jungen umzubringen, der die Roboter besiegen wird, wenn er erwachsen ist.«

»Guter Film«, meinte Bigmac und beschoss die geschlossenen Läden mit einem unsichtbaren Maschinengewehr.

»Aber wenn er nie geboren wurde, woher wussten sie dann, dass es ihn gab?«, fragte Yo-less. »Versteh ich irgendwie nicht.«

»Wie kommt es, dass du so ein Experte bist?«, wollte Wobbler wissen.

»Na ja, ich hab drei Regale voller Raumschiff-Enterprise-Videos«, sagte Yo-less. »Anorak-Alarm!«

»Du bist ja fast so schlimm wie diese Computerfreaks!«

»Jedenfalls«, sagte Yo-less, »wenn man Dinge verändert, dann kehrt man vielleicht gar nicht in die Gegenwart zurück, und da wäre man dann, in der Vergangenheit, meine ich, nur, dass man überhaupt nie hingekommen ist, also könnte man auch nicht zurückkommen, weil man ja nie da war. Oder, selbst wenn man zurückkäme, würde man in eine andere Zeit zurückkommen, wie in eine parallele Dimension, weil das, was man geändert hat, ja nie passieren würde, und dann wäre man auch nicht in die Vergangenheit gereist, also könnte man nur in eine Zeit zurückkommen, aus der man nie weggegangen ist. Und da würde man dann – na ja, festsitzen.«

Sie versuchten, sich zurechtzufinden.

»Man muss wirklich durchgeknallt sein, um dieses ganze Zeitreisen-Zeug zu verstehen«, meinte Wobbler schließlich.

»Genau dein Fall, Johnny«, sagte Bigmac.

»Bigmac«, mahnte Yo-less.

»Schon gut«, meinte Johnny. »Der Doktor sagte nur, dass ich mir zu viele Gedanken mache.«

»Wie haben sie denn getestet, ob du spinnst?«, wollte Bigmac wissen. »Spritzen und Elektroschocks und so?«

»Nein, Bigmac«, seufzte Johnny. »So was machen sie nicht. Sie stellen einem nur Fragen.«

»Was, wie ›Spinnst du?‹ oder so?«

»Es wäre ungefährlicher, wenn man ganz weit in die Vergangenheit reisen würde«, sagte Wobbler. »In die Zeit der Dinosaurier. Da bestünde keine Gefahr, den eigenen Opa umzubringen, es sei denn, er wäre *echt* alt. Dinosaurier wären okay.«

»Toll!«, sagte Bigmac. »Ich könnte sie alle mit meinem Plasmagewehr abknallen! Genau!«

»Ja«, meinte Wobbler und verdrehte die Augen. »Das erklärt vieles. Warum sind die Dinosaurier vor fünfundsechzig Millionen Jahren ausgestorben? Weil Bigmac es nicht schon früher geschafft hat.«

»Aber du hast doch gar kein Plasmagewehr«, meinte Johnny.

»Wenn Wobbler eine Zeitmaschine hat, kann ich ja wohl auch ein Plasmagewehr haben.«

»Na gut.«

»Und einen Raketenwerfer.«

Eine Zeitmaschine, dachte Johnny. Das wäre was. Man könnte sein Leben genau so hinkriegen, wie man es wollte. Wenn etwas Unangenehmes passierte, könnte man einfach zurückgehen und dafür sorgen, dass es nicht geschehen würde. Man könnte reisen, wohin immer man wollte, und nie würde irgendwas Schlimmes passieren.

Rings um ihn ging das Gespräch, wie es ihre Gespräche immer taten, im bekannten Stil weiter.

»Und überhaupt hat nie jemand bewiesen, dass die Dinosaurier wirklich ausgestorben sind.«

»Na klar, es laufen immer noch welche rum.«

»Ich meine, vielleicht kommen sie nur nachts raus, oder sie sind gut getarnt oder so ...«

»Ein Stegosaurus mit Backsteinmuster? Ein knallroter Doppeldecker-Brontosaurus der Linie 9?«

»Gute Idee. Sie tun so, als wären sie Busse, und die Leute steigen ein – kommen aber nicht wieder raus ...«

»Nö. Falsche Nasen. Falsche Nasen und Bärte. Und wenn niemand darauf gefasst ist – HAPPS! Auf dem Pflaster bleiben nur noch ein paar Schuhe zurück, und ein echt großer Typ im Regenmantel schlurft davon ...«

Die Paradise Street entlang, dachte Johnny. Er musste während dieser Tage oft an die Paradise Street denken. Besonders während dieser Nächte.

Ich wette, wenn man Leute fragt, ob sie Zeitreisen für eine gute Idee halten, sagen sie ja. Ich meine, keiner weiß, was mit den Dinosauriern passiert ist, aber wir wissen alle, was mit der Paradise Street war.

Ich wünschte, ich könnte in die Paradise Street zurückgehen.

Etwas zischte.

Sie sahen sich um. Zwischen dem Second-Hand-Laden und der Videothek war eine schmale Gasse. Das Zischen kam von dort; es war jetzt zu einem Fauchen geworden.

Das war überhaupt nicht angemessen. Es drang direkt in Johnnys Ohren und durch sein modernes Gehirn bis in die Erinnerungen, die in seinen Knochen steckten. Als ein früher Affenvorfahr vorsichtig vom Baum gestiegen und ungeschickt über den Boden geschlurft war, weil er mal diesen neuen »aufrechten Gang« ausprobieren wollte, von dem all die jüngeren Affen redeten, hätte er genau die Art von Fauchen hören wollen.

Es sagte zu jeder Muskelfaser in seinem Körper: Hau bloß ab und kletter irgendwo rauf. Und es wäre auch keine schlechte Idee, noch ein paar Kokosnüsse runterzuwerfen.

»Da ist was in der Gasse«, sagte Wobbler und sah sich um, ob vielleicht brauchbare Bäume in der Nähe waren.

»Ein Werwolf?«, sagte Bigmac.

Wobbler erstarrte. »Wie kommst du auf Werwölfe?«

»Ich hab mal diesen Film gesehen, *Der Fluch der Rache des Werwolfs*«, sagte Bigmac. »Da hat jemand auch so ein Fauchen gehört und ist in eine dunkle Gasse gegangen, und als Nächstes lag er da, und seine ganzen Spezialeffekte quollen aus ihm raus.«

»Hu«, meinte Wobbler mit etwas dünner Stimme. »So was wie Werwölfe gibt es gar nicht.«

»Geh doch hin und sag's ihnen.«

Johnny trat vor.

Direkt am Anfang der Gasse lag ein umgestürzter Einkaufswagen, aber das war nichts Ungewöhnliches. Herden von Einkaufswagen zogen durch die Straßen von Blackbury. Er hatte zwar nie gesehen, wie sich einer von selbst bewegte, aber er nahm irgendwie an, dass sie weiterrollten, sobald er ihnen den Rücken zuwandte.

Vollgestopfte Einkaufstüten und schwarze Mülltüten lagen darum herum verstreut und ein paar Einmachgläser. Eines war zerbrochen, es roch nach Essig.

Eines der Bündel trug Turnschuhe.

Das sah man nicht oft.

Ein grässliches Monster kam hinter dem Einkaufswagen hervor und fauchte Johnny an.

Es war weiß, aber es hatte auch ein paar braune und schwarze Flecken. Es war dürr. Es hatte dreieinhalb Beine, aber nur ein Ohr. Sein Gesicht war eine Maske des Bösen. Seine Zähne waren groß und spitz und gelb, sein Atem so unangenehm wie Pfefferspray.

Johnny kannte es gut. Wie jeder andere in Blackbury auch.

»Hallo, Satan«, sagte er und achtete darauf, die Hände ruhig an seinen Seiten zu halten.

Wenn Satan hier war, und der Einkaufswagen ...

Er spähte zu dem Bündel mit den Turnschuhen.

»Ich glaube, Mrs Tachyon geht es nicht gut«, sagte er.

Die andren eilten zu ihm.

Es sah nur wie ein Bündel aus, weil Mrs Tachyon gern alles, was sie besaß, gleichzeitig anzog. In diesem Fall waren das eine Strickmütze, etwa zwölf Pullover und ein rosa Rüschenrock, dann kamen nackte Beine, dünn wie Pfeifenreiniger, und schließlich mehrere Paare Fußballsocken und riesige Turnschuhe.

»Ist das da *Blut*?«, wollte Wobbler wissen.

»Äh ...«, sagte Bigmac. »Ih.«

»Ich glaube, sie lebt noch«, meinte Johnny. »Ich bin sicher, ich habe gehört, wie sie geächzt hat.«

»Äh ... ich kenne mich mit Erster Hilfe aus«, sagte Yo-less unsicher. »Mund-zu-Mund-Beatmung und so.«

»Mund-zu-Mund-Beatmung? *Mrs Tachyon*? Ih«, sagte Bigmac.

Yo-less sah sehr beunruhigt aus. Wenn man so etwas in einem freundlichen, gut geheizten Lehrsaal machte, während der Ausbilder zusah, schien es erheblich unkomplizierter als in einer Gasse, besonders, wenn so viele Pullover im Spiel waren. Wer auch immer Erste Hilfe erfunden hatte, hatte dabei nicht an Mrs Tachyon gedacht.

Yo-less kniete sich zögernd hin. Er tätschelte Mrs Tachyon vorsichtig, und etwas fiel aus einer ihrer vielen Taschen. Es war eine Portion Fisch und Fritten, in ein Stück Zeitung gewickelt.

»Sie isst immer Fritten«, sagte Bigmac. »Mein Bruder sagt, sie holt das alte Einwickelpapier aus den Mülleimern, um nachzusehen, ob noch Fritten drin sind. Ih.«

»Äh ...«, sagte Yo-less verzweifelt, während er versuchte, einen Weg zu finden, Erste Hilfe zu verabreichen, ohne etwas anzufassen.

Schließlich rettete Johnny ihn und sagte: »Ich weiß, wie man den Notruf wählt.«

Yo-less seufzte erleichtert. »Ja, stimmt«, sagte er. »Ich bin auch ziemlich sicher, dass man die Leute nicht bewegen darf, weil vielleicht etwas gebrochen ist.«

»Was denn? Die Kruste?«

2

Mrs Tachyon

Mrs Tachyon war schon immer dagewesen, solange Johnny sich erinnern konnte. Und sie war schon obdachlos gewesen, bevor Leute überhaupt über Obdachlose sprachen, obwohl sie statt eines Obdachs immerhin ihren Einkaufswagen hatte.

Und das war kein normaler Einkaufswagen. Er sah größer aus, die Gitter waren dicker. Und es tat höllisch weh, wenn einem Mrs Tachyon den Wagen in den Rücken rammte, was sie ziemlich oft machte. Nicht, dass sie es böse gemeint hätte – sehr wahrscheinlich nicht –, aber auf dem Planeten Tachyon gab es einfach keine anderen Leute.

Zum Glück quietschte eines der Räder. Und wenn man nicht daran dachte, zur Seite zu springen, wenn man das *Quietsch … quietsch … quietsch* kommen hörte, gab es immer noch ihren Monolog, der einen warnte.

Mrs Tachyon redete ununterbrochen. Man wusste nie genau, mit wem eigentlich.

»… und ich sach, das hast *du* gesacht, ja? Das *glaubste* vielleicht. Das könnte ich auch noch, wenn se mir beide Hände auffem Rücken fesseln, sach ich. O ja! Erzähl das ma Sid! Du bist so dünn wie'n Strich inner Landschaft, sach ich. O ja! Das hamse mir abgewöhnt. Sach das denen ma, denen in Uniform. Mann, das schüttet vielleicht!«

Aber oft murmelte sie auch nur vor sich hin und hob die Stimme nur zu dem einen oder anderen triumphierenden Schrei wie »Ich hab's doch gesacht!« oder »Das *glaubste* vielleicht!«

Der Einkaufswagen mit dem quietschenden Rad konnte zu jeder Tages- oder Nachtzeit hinter einem auftauchen. Niemand wusste, wann man ihn zu erwarten hatte. Und niemand wusste, was in all diesen Mülltüten war. Mrs Tachyon wühlte oft in Mülleimern herum. Daher wollte es auch niemand genau wissen.

Manchmal war sie wochenlang verschwunden. Niemand wusste, wohin sie ging. Und dann, gerade wenn sich alle ein bisschen entspannten, war das *Quietsch ... quietsch ... quietsch* wieder hinter einem, und dieser stechende Schmerz im Rücken.

Mrs Tachyon fischte auch Sachen aus dem Rinnstein. So war sie vermutlich an Satan gekommen, mit einem Fell wie eine Teppichunterlage, den abgebrochenen Zähnen und einem Rückgrat wie ein Bumerang. Wenn Satan lief, was nicht oft geschah, weil er lieber im Einkaufswagen fuhr, dann lief er meist im Kreis. Wenn er rannte – für gewöhnlich, weil er sich auf einen Feind stürzen wollte –, bewirkte der Umstand, dass er nur dreieinhalb Beine hatte, dass ihn seine Hinterbeine irgendwann überholten, und dann hatte er eine solche Wut, dass er in seinen eigenen Schwanz biss.

Selbst Mistbock, der bissige Hund von Sid, der einmal einen Polizeihund gefressen hatte, rannte davon, wenn Satan auf ihn zutrudelte und sich dabei erbost selber biss.

Der Krankenwagen fuhr mit blinkendem Blaulicht davon.

Satan starrte Johnny aus dem Einkaufswagen heraus an und begann vor lauter Hass zu schielen.

»Der Sanitäter meinte, es sähe aus, als wäre was auf sie gefallen«, sagte Wobbler, der die Katze ebenfalls im Auge behielt. Es war immer besser, Satan im Auge zu behalten.

»Was sollen wir mit dem Zeug da machen?«, fragte Johnny.

»Ja, hierlassen können wir es wohl nicht«, meinte Bigmac. »Das wäre Umweltverschmutzung.«

»Aber das ist alles, was sie hat«, wandte Johnny ein.

»Schau mich nicht so an«, sagte Bigmac. »Aus einigen dieser Tüten läuft *Zeug* raus!«

»Und dann ist da noch die Katze«, sagte Johnny.

»Ja, die sollten wir umbringen«, meinte Bigmac. »Letzte Woche hat sie mir alle Haut von der Hand gekratzt.«

Johnny kippte den Einkaufswagen langsam hoch. Satan klammerte sich fauchend daran fest.

»Er mag dich«, sagte Bigmac.

»Woher weißt du das?«

»Du hast noch immer beide Augen.«

»Du könntest ihn morgen früh zum Tierschutzverein bringen«, schlug Yo-less vor.

»Könnte ich«, sagte Johnny, »aber was wird mit dem Wagen? Wir können ihn doch nicht hierlassen?«

»Komm, wir werfen ihn oben vom Parkhaus«, sagte Bigmac.

Johnny stieß eine der Tüten an. Sie gab ein bisschen nach, dann nahm sie mit einem unangenehmen Geräusch wieder ihre ursprüngliche Form an.

»Mein Bruder sagt, Mrs Tachyon hätte vor Jahren ihren Mann umgebracht und wäre dann durchgeknallt, und niemand hat je seine Leiche gefunden«, erzählte Bigmac.

Sie starrten die Tüten an.

»Keine von denen ist groß genug für eine Leiche«, sagte Yo-less, dem seine Mutter verboten hatte, sich Horrorfilme anzusehen.

»Nicht, wenn sie an einem Stück ist, nein«, meinte Bigmac.

Yo-less trat einen Schritt zurück.

»*Ich* habe gehört, sie hätte seinen Kopf in den Herd gesteckt«, sagte Wobbler. »Ziemliche Schweinerei.«

»Schweinerei?«, fragte Yo-less.

»Es war eine Mikrowelle. Kapiert? Wenn man einen …«

»Halt die Klappe«, sagte Yo-less.

»Ich hab gehört, sie wäre wirklich, wirklich reich«, sagte Bigmac.

»Stinkreich«, ergänzte Wobbler.

»Hört mal, was haltet ihr davon, wenn ich … wenn ich das Zeug in Opas Garage bringe?«, fragte Johnny.

»Ich versteh nicht, wieso du das tun solltest«, sagte Yo-less. »Es müsste sich irgendjemand von der Stadt drum kümmern oder so.«

»Die Garage ist ziemlich leer. Und morgen …«

Na ja. Morgen war ein neuer Tag.

»Und dabei könntest du ja mal nachsehen, ob sie Geld versteckt hat«, schlug Bigmac vor.

Johnny warf Satan einen Blick zu. Der Kater fauchte.

»Nein, ich würde meine Finger gern behalten«, sagte Johnny. »Kommt mit. Ich hab keine Lust, das Ding da allein zu schieben.«

Das vierte Rad quietschte und hüpfte, als sie den Wagen die Straße entlangschoben.

»Ziemlich schwer«, sagte Yo-less.

Neben ihm ertönte ein höhnisches Kichern.

»Na ja, es heißt, *Mr* Tachyon sei ziemlich fett gewesen …«

»Halt die Klappe, Bigmac.«

Es liegt an mir, dachte er, während die Prozession weiterzog. Es ist wie bei der Lotterie, nur umgekehrt. Am Himmel erscheint ein großer Finger, und er kommt durch dein Fenster und deutet auf dich und sagt: »*Du* bist dran – har har har.« Und dann stehst du auf und denkst, es wird ein ganz normaler Tag, und plötzlich hast du einen Einkaufswagen mit einem Quietscherad und einer verrückten Katze.

»He«, sagte Wobbler. »Die Fritten und der Fisch sind immer noch warm.«

»Wie bitte?«, sagte Johnny. »Du hast tatsächlich ihre Fritten aufgehoben?«

Wobbler zuckte die Schultern. »Na ja, ich meine, ist doch eine Schande, sie verderben zu lassen ...«

»Da könnte ihre Spucke drauf sein«, sagte Bigmac. »Ih!«

»Sie sind noch nicht mal ausgepackt«, meinte Wobbler, hielt aber beim Auswickeln inne.

»Leg sie in den Wagen, Wobbler«, sagte Johnny.

»Ich wusste gar nicht, dass hier noch Fritten und Fisch in Zeitungen eingepackt werden«, sagte Wobbler und warf das Päckchen auf den Tütenhaufen im Wagen. »Hong Kong Henry macht es jedenfalls nicht. Wo hat sie die her?«

Sir John wurde normalerweise jeden Morgen um halb neun von einem Butler geweckt, der ihm sein Frühstück brachte. Dann kam ein anderer Butler mit seinen Kleidern und ein dritter Butler, dessen Aufgabe darin bestand, Adolf und Stalin zu füttern, und ein vierter, der eigentlich nur Ersatzbutler war.

Um neun Uhr kam sein Sekretär und las ihm seine Termine für den Tag vor.

Als er es an diesem Morgen tat, bemerkte er aber, dass Sir John mit seltsamer Miene seinen Teller anstarrte. Adolf und Stalin schwammen zufrieden in dem Aquarium auf dem Schreibtisch.

»Fünf verschiedene Sorten von Pillen, Brot aus Pappdeckeln und ein Glas Orangensaft, aus dem alles Aufregende entfernt wurde«, sagte Sir John. »Was für einen Sinn hat es, der reichste Mann der Welt zu sein – ich bin doch immer noch der reichste Mann der Welt, oder?«

»Ja, Sir John.«

»Also, was hat das alles für einen Sinn, wenn man nur noch Pillen zum Frühstück kriegt?« Er trommelte mit den Fingern auf den

Tisch. »Also … es reicht mir jetzt, hören Sie? Sagen Sie Hickson, er soll das Auto rausholen.«

»Welches denn, Sir John?«

»Den Bentley.«

»Welchen Bentley, Sir John?«

»Ach, einen, den ich in letzter Zeit nicht so oft benutzt habe. Er soll sich einen aussuchen. Und suchen Sie Blackbury auf der Landkarte. Wir haben dort eine Hamburgerbar, oder?«

»Äh … ich glaube schon, Sir John. War das nicht die, bei der Sie den Standort persönlich ausgewählt haben? Sie sagten, Sie wüssten einfach, dass es ein guter Platz wäre. Äh … aber Sie haben heute einen Termin mit dem Aufsichtsratsvorsitzenden von …«

»Streichen Sie alle Termine. Ich fahre nach Blackbury. Sagen Sie keinem dort, dass ich komme. Nennen wir es … eine Blitzinspektion. Das Geheimnis des geschäftlichen Erfolges liegt darin, dass man auf die Einzelheiten achtet, stimmt's? Man verkauft den Leuten Burger, die nicht ganz durch sind, oder schlaffe Fritten, und ehe man sichs versieht, ist das ganze Geschäft den Bach runter.«

»Äh … wenn Sie das sagen, Sir John.«

»Gut. Ich bin in zwanzig Minuten fertig.«

»Äh … könnten Sie das nicht vielleicht auf morgen verschieben? Das Komitee hat darum gebeten, dass …«

»Nein!« Der alte Mann schlug auf den Tisch. »Es muss heute sein! Heute wird alles passieren. Mrs Tachyon. Der Einkaufswagen. Johnny und die anderen. Es muss heute sein. Sonst …« Er schob das langweilige, gesunde Frühstück weg. »Sonst habe ich für den Rest meines Lebens nur das hier.«

Der Sekretär war an Sir Johns Launen gewöhnt und versuchte, ihn ein wenig aufzuheitern.

»Blackbury …«, sagte er. »Waren Sie nicht während des Krieges dorthin evakuiert worden? Und Sie waren der Einzige, der entkam, als eine ganze Straße ausgebombt wurde?«

»Ich und zwei Goldfische, Adolf und Stalin. Genau. So hat alles begonnen«, sagte Sir John, stand auf und ging zum Fenster. »Los, fangen Sie an.«

Der Sekretär machte sich nicht sofort auf den Weg. Zu seinen Aufgaben gehörte es auch, ein Auge auf Sir John zu haben. Der alte Knabe war in letzter Zeit ein bisschen seltsam. Er hatte angefangen, sehr alte Zeitungen zu lesen und Bücher, in deren Titel die Worte »Zeit« und »Physik« vorkamen, und manchmal schrieb er sogar wütende Briefe an sehr bedeutende Wissenschaftler. Wenn man der reichste Mann der Welt war, beobachteten einen die Leute sehr genau.

»Adolf und Stalin«, sagte Sir John zur Welt im Allgemeinen. »Diese beiden sind natürlich nur ihre Nachfahren. Es stellte sich heraus, dass Adolf ein Weibchen war. Oder war es Stalin?«

Draußen vor dem Fenster erstreckte sich der Garten bis zu ein paar wogenden Hügeln, die Sir Johns Landschaftsgärtner extra hatte importieren lassen.

»Blackbury«, sagte Sir John und starrte nach draußen. »Dort hat alles angefangen. Die ganze Sache. Mit einem Jungen namens Johnny Maxwell. Und Mrs Tachyon. Und einer Katze, glaube ich.«

Er drehte sich wieder um.

»Sie sind ja immer noch da.«

»Entschuldigen Sie, Sir John«, sagte der Sekretär, ging hinaus und machte die Tür hinter sich zu.

»Dort hat alles angefangen«, sagte Sir John. »Und dort wird es auch enden.«

Johnny genoss die ersten paar Momente des Morgens, bevor der Tag ihn ansprang. In seinem Kopf war es noch friedlich, nur Blumen, Wolken, Kätzchen …

Seine Hand tat immer noch weh.

Schreckliche Fetzen des vergangenen Abends krochen aus ihren Verstecken und hüpften vor ihm auf und ab.

In der Garage stand ein Einkaufswagen, voll mit unsäglichen Tüten. Und es gab einen Milchfleck an Wand und Decke, wo Satan demonstriert hatte, was er von Leuten hielt, die ihn unaufgefordert fütterten. Johnny hatte danach das größte Hansaplast aus der Medizinschachtel nehmen müssen.

Er stand auf, zog sich an und ging nach unten. Seine Mutter würde noch nicht wach sein, und sein Opa war eindeutig im Wohnzimmer und sah sich das Samstagmorgen-Programm im Fernsehen an.

Johnny öffnete die Garagentür und trat rasch zurück, für den Fall, dass ein rasendes Fellknäuel auf ihn zuschießen sollte.

Nichts geschah.

Der schreckliche Einkaufswagen stand noch mitten in der Garage. Von Satan war nichts zu sehen.

Es war wie in einer dieser Filmszenen, wenn man ganz genau weiß, dass das Monster irgendwo im Zimmer ist ...

Er sprang zur Seite, da er fürchtete, dass Satan sich von der Decke fallen lassen wollte.

Es war schlimm genug, wenn man dieses Tier sah. Es *nicht* zu sehen war viel schlimmer.

Er huschte nach draußen und schloss die Tür wieder, dann ging er zurück ins Haus.

Er sollte vielleicht mit jemand Offiziellem sprechen. Der Wagen gehörte Mrs Tachyon (obwohl er, technisch gesehen, wahrscheinlich Mr Tesco oder Mr Safeway gehörte), also könnte es Diebstahl sein, wenn er ihn behielt.

Als er wieder ins Haus kam, klingelte das Telefon. Er wusste das aus zwei Gründen: Erstens klingelte das Telefon. Zweitens schrie Opa »Telefon!«, weil er nie ans Telefon ging, wenn auch nur die geringste Möglichkeit bestand, dass jemand anders das tun könnte.

Johnny nahm den Hörer ab.

»Könnte ich bitte mit …«, sagte Yo-less mit seiner Wir-sprechen-mit-Eltern-Stimme.

»Ich bin's, Yo-less«, sagte Johnny.

»He, du kennst doch Mrs Tachyon?«

»Natürlich kenne ich …«

»Also, meine Mum hatte Nachtdienst im Krankenhaus. Sie hat schreckliche Prellungen und alles. Mrs Tachyon, meine ich, nicht meine Mum. Jemand hat ihr wirklich eins verpasst, sagte sie. Meine Mum, nicht Mrs Tachyon. Sie sagt, wir sollten es der Polizei erzählen.«

»Warum denn das?«

»Wir könnten was gesehen haben. Und … äh … jemand könnte denken, wir wären es gewesen.«

»Wir? Aber wir haben den Krankenwagen gerufen.«

»*Ich* weiß das. Äh … und du hast ihr Zeug …«

»Na ja, wir konnten es doch nicht dortlassen.«

»*Ich* weiß das. Aber … na ja, Bigmac war bei uns …«

Das war das Problem. Nicht, dass Bigmac wirklich *böse* gewesen wäre. Er schoss mit Begeisterung eingebildete Atomraketen auf Leute ab, aber er würde keiner Fliege etwas zuleide tun, es sei denn, es wäre eine echt knallharte Rockerfliege, die ihn ernsthaft bedrohte. Er hatte allerdings ein Problem mit Autos, besonders mit großen und schnellen, bei denen der Schlüssel noch im Zündschloss steckte. Und er war ein Skinhead. Seine Stiefel waren so groß, dass er kaum umfallen konnte.

Sergeant Comely vom Polizeirevier Blackbury war der Ansicht, dass Bigmac hinter jedem unaufgeklärten Verbrechen in der Stadt steckte, dabei waren es in Wirklichkeit bestenfalls zehn Prozent. Er sah eben einfach gefährlich aus. Niemand, der Bigmac ansah, hätte geglaubt, dass er an irgendwas *nicht* schuld sein könnte.

»Und Wobbler auch«, fügte Yo-less hinzu.

Und Wobbler würde alles gestehen, wenn man ihm nur genug Angst einjagte. Alle großen ungelösten Geheimnisse der Welt – das Bermudadreieck, die Marie Celeste, das Ungeheuer von Loch Ness – könnten in einer halben Stunde aufgeklärt werden, wenn man sich Wobbler einmal vornähme.

»Dann gehe ich allein«, sagte Johnny. »Das macht es einfacher.«

Yo-less seufzte erleichtert. »Danke.«

Das Telefon klingelte sofort wieder, als Johnny den Hörer auflegte.

Er hörte das »Hallo? Hallo?« schon, bevor er den Hörer wieder am Ohr hatte.

»Äh ... hallo?«, sagte er.

»Bist *du* das?«, fragte eine weibliche Stimme. Die Stimme war nicht unbedingt unangenehm, aber sie hatte eine gewisse durchdringende Schärfe. Sie schien auszudrücken, dass es *dein* Fehler war, wenn du nicht *du* warst. Johnny erkannte sie sofort. Es war die Stimme von jemandem, der falsche Nummern wählte und sich dann beschwerte, dass Leute ans Telefon gingen, mit denen er gar nicht reden wollte.

»Ha. Äh ... ja. Hallo, Kirsty.«

»Kasandra.«

»Oh. Ja, genau«, sagte Johnny. Das würde er sich merken müssen. Kirsty wechselte ihren Namen etwa so oft wie ihre Kleidung, obwohl sie zurzeit zumindest den Anfangsbuchstaben beibehielt.

»Hast du schon gehört, was mit der alten Mrs Tachyon passiert ist?«

»Ich glaub schon«, sagte Johnny vorsichtig.

»Offenbar ist sie von einer Gang verprügelt worden. Sie sieht aus, als wäre sie von einer Bombe getroffen worden. Hallo? Hallo? Hallo?«

»Ich bin noch dran«, sagte Johnny. Jemand hatte ihm Eis in den Magen gefüllt.

»Findest du nicht auch, dass das eine Schande ist?«

»Äh. Ja.«

»Einer von denen war schwarz.«

Johnny nickte verzweifelt ins Telefon. Yo-less hatte ihm diese Dinge erklärt. Er sagte, wenn einer seiner Vorfahren mit Attilas Hunnenhorde geritten wäre und zusammen mit diesem Millionenheer von Barbaren das alte Rom geplündert hätte, würden sich die Leute unweigerlich daran erinnern, dass einer von ihnen schwarz gewesen war. Und das, wo Yo-less Platten von Blaskapellen und Streichholzschachteln sammelte und dafür bekannt war, wie uncool er war.

»Äh ...«, sagte er, »das waren wir. Ich meine, wir haben sie nicht verprügelt, aber wir haben sie gefunden. Ich habe den Krankenwagen gerufen, und Yo-less hat versucht – Yo-less hat *ernsthaft* daran gedacht, Erste Hilfe zu leisten ...«

»Habt ihr denn der Polizei nichts gesagt?«

»Nein ...«

»Ehrlich, ich wüsste nicht, wie du ohne mich zurechtkommen würdest! Dann musst du es ihnen eben jetzt sagen. Wir treffen uns in einer halben Stunde vor dem Revier. Du kannst doch die Uhr lesen? Wenn der große Zeiger ...«

»Ja«, sagte Johnny bedrückt.

»Von eurem Haus aus sind es nur zwei Haltestellen. Du weißt doch, wie man Bus fährt?«

»Ja, ja, selbstverständlich, ich ...«

»Du brauchst dazu Geld. Das ist dieses runde Zeug, was in deinen Taschen klimpert. *Ciao.*«

Nachdem er auf dem Klo gewesen war, ging es ihm sogar ein bisschen besser. Kirs-Kasandra kümmerte sich um Dinge. Sie war die beste Organisatorin, die Johnny kannte. Sie hatte ihr eigenes Leben dermaßen durchorganisiert, dass ihr noch viel Zeit für die Leben anderer Leute übrig blieb.

Er war ihr Freund. Mehr oder weniger jedenfalls. Er war nicht sicher, ob er jemals eine Wahl gehabt hatte, was das anging. Kirs-Kasandra war nicht gut darin, Freundschaften zu schließen. Das hatte sie ihm selbst gesagt. Sie meinte, es läge an einem Charakterfehler, aber weil sie Kirs-Kasandra war, glaubte sie natürlich, es seien die Charakterfehler der anderen.

Je mehr sie versuchte, anderen zu helfen, indem sie ihnen klarmachte, wie dumm sie waren, desto öfter setzten sie sich ganz ohne Grund ab. Der einzige Grund, wieso Johnny es nicht getan hatte, bestand darin, dass er *wusste*, wie dumm er war.

Aber manchmal – nicht oft –, wenn das Licht richtig war und sie gerade mal nichts organisierte, sah er Kirs-Kasandra an und fragte sich, ob es nicht zwei Arten von Dummheit gab: die ganz normale, eben seine, und eine hoch spezialisierte, die man nur bekam, wenn man mit zu viel Intelligenz vollgestopft war.

Er sollte Opa wohl lieber sagen, dass er wegging, nur für den Fall, dass der Strom am Fernseher ausfiel und Opa sich dann wunderte, wo Johnny steckte.

»Ich gehe mal schnell nur …«, setzte er an und sagte dann: »Ich gehe mal schnell in die Stadt.«

»Gut«, sagte Opa, ohne den Blick vom Bildschirm zu nehmen. »Ha! Schau dir das an! Voll auf die Schnauze!«

In der Garage war nicht viel los.

Nach einer Weile kroch Satan aus seinem Nest unter den Plastiktüten und besetzte die Position vorn im Wagen, wo er am liebsten fuhr, weil dort die Chancen am größten waren, jemanden mit den Krallen zu erwischen.

Eine Fliege knallte ein paarmal gegen die Fensterscheibe und schlief dann wieder ein.

Und die Tüten bewegten sich.

Sie bewegten sich wie Frösche in Öl, glitten sehr langsam umeinander. Sie machten ein gummiartiges, quietschendes Geräusch, als versuchte man, ein Tier aus Luftballons zu formen.

Es gab auch andere Geräusche. Satan achtete nicht sonderlich darauf, weil man Geräusche nicht kratzen und beißen konnte, außerdem war er inzwischen ziemlich daran gewöhnt.

Sie waren nicht sehr eindeutig. Es hätten Musikfetzen sein können oder Stimmen. Vielleicht hatte jemand ein Radio angelassen, aber nicht richtig eingestellt und mindestens zwei Zimmer weit weg. Oder es war das Geräusch einer weit entfernten Menschenmenge.

Johnny traf sich mit Kasandra vor dem Polizeirevier.

»Du hast Glück, dass ich heute Zeit habe«, sagte sie. »Komm mit.«

Sergeant Comely saß am Schreibtisch. Er blickte auf, als Johnny und Kasandra hereinkamen, dann schaute er wieder auf das Buch, in das er gerade schrieb, dann sah er langsam wieder auf.

»Ihr?«

»Äh ... hallo, Sergeant Comely«, sagte Johnny.

»Was ist es denn diesmal? Irgendwelche Außerirdische gesehen in letzter Zeit?«

»Wir kommen wegen Mrs Tachyon, Sergeant«, sagte Kasandra.

»Ach ja?«

Kasandra sah Johnny an.

»Los«, sagte sie. »Erzähl's ihm.«

»Äh ...«, begann Johnny. »Na ja ... ich und Wobbler und Yo-less und Bigmac ...«

»Wobbler und Yo-less und Bigmac und ich«, verbesserte Kasandra.

Sergeant Comely starrte sie an.

»Ihr alle fünf?«, fragte er.

»Ich habe nur seine Grammatik verbessert«, erklärte Kasandra.

»Machst du das oft?«, fragte der Sergeant. Er schaute Johnny an. »Macht sie das oft?«

»Die ganze Zeit«, meinte Johnny.

»Lieber Himmel. Also, erzähl weiter. Du, nicht sie.«

Als Sergeant Comely noch einfach Officer Comely gewesen war, hatte er einmal Johnnys Schule einen Besuch abgestattet, um allen zu erzählen, wie nett die Polizei war, und sich mit seinen eigenen Handschellen gefesselt. Er war auch Mitglied des Moriskentanz-Vereins von Blackbury. Johnny hatte tatsächlich einmal gesehen, wie er tanzte, mit Glöckchen an den Knien und Taschentüchern, mit denen er wedelte. Es war wichtig, sich in solchen Situationen an so etwas erinnern zu können.

»Also, wir bewegten uns gerade über die ...«, begann er.

»Und spar dir die Witzeleien.«

Zwanzig Minuten später gingen sie wieder nach draußen.

»Das war doch gar nicht so schlimm«, sagte Kasandra. »Immerhin hat er dich nicht verhaftet oder so. Hast du wirklich ihren Einkaufswagen mitgenommen?«

»Ja.«

»Am besten hat mir gefallen, wie er ausgesehen hat, als du sagtest, du könntest Satan ja der Polizei übergeben. Er ist ziemlich blass geworden.«

»Er meinte, sie hätte keine Angehörigen. Geht so was überhaupt – gar keine Verwandte?«

»Das ist gar nicht so ungewöhnlich.«

»Ja«, meinte Johnny, »aber im Allgemeinen haben die Leute wenigstens noch eine Cousine in Australien, von der keiner was weiß.«

»Ist das so?«

»Na ja, offensichtlich habe *ich* eine Cousine in Australien, und bis vor einem Monat wusste ich nichts davon, also kann es nicht so ungewöhnlich sein.«

»Mrs Tachyons Fall ist ein schreckliches Armutszeugnis für unsere Gesellschaft.«

»Was meinst du mit Armutszeugnis? Dass sie kein Geld hat? Oder keine Verwandten?«

»Nein, dass sie kein Zuhause hat und einfach umherirrt und von dem leben muss, was sie finden kann. Man sollte etwas dagegen unternehmen.«

»Na ja, wir könnten sie besuchen gehen«, sagte Johnny. »Sie ist im St. Mark's.«

»Was würde das denn nützen?«

»Na ja, es könnte sie ein bisschen aufheitern.«

»Ist dir schon aufgefallen, dass du beinahe jeden Satz mit ›Na ja‹ anfängst?«

»Na ja ...«

»Sie im Krankenhaus zu besuchen ändert nichts an dieser schrecklichen Vernachlässigung der Obdachlosen und Geistesgestörten, oder?«

»Wahrscheinlich nicht. Aber sie würde sich vielleicht freuen.«

Kasandra ging einen Augenblick lang schweigend weiter.

»Es ist nur, dass ... also, ich hab ein Problem mit Krankenhäusern, wenn du es unbedingt wissen musst. Es sind lauter Kranke dort.«

»Wir könnten ihr was Nettes mitbringen. Und sie freut sich vielleicht zu hören, dass es Satan gut geht.«

»Und es riecht dort so schlecht«, sagte Kasandra, die gar nicht zugehört hatte. »Dieser schreckliche Geruch nach Desinfektionsmitteln.«

»Neben Mrs Tachyon wirst du das kaum merken.«

»Du willst nur deshalb unbedingt dorthin, weil du weißt, dass ich Krankenhäuser nicht ausstehen kann, nicht wahr?«

»Ich ... ich finde einfach, wir sollten es tun. Und ich dachte, du hast auch solche Sachen für deinen Duke-of-Edinburgh-Preis getan.«

»Ja, aber das hatte einen *Sinn*.«

»Wir könnten gegen Ende der Besuchszeit hingehen, dann müssen wir nicht lange bleiben. Das machen alle anderen auch immer so.«

»Also gut«, sagte Kasandra.

»Und wir sollten ihr irgendwas mitbringen. Das macht man so.«

»Du meinst Trauben oder so?«

Johnny versuchte, sich Mrs Tachyon vorzustellen, wie sie Trauben aß. Es funktionierte nicht. »Mir fällt schon was ein.«

Die Garagentür schwang langsam auf und zu.

In der Garage befanden sich:

Ein Zementboden. Er war alt und rissig und öldurchtränkt. Abdrücke von Tierpfoten liefen darüber – es sah aus, als wäre ein Hund über den frischen Beton gerannt. Wenn Beton frisch ist, passiert das immer. Es gab auch ein paar menschliche Fußabdrücke, in der Zeit erstarrt und inzwischen mit schwarzem, fettigem Staub gefüllt. Mit anderen Worten, dieser Boden war so ziemlich wie jeder andere Zementboden.

Außerdem gab es noch:

Eine Werkbank.

Den größten Teil eines Fahrrads, umgedreht und umgeben

von Werkzeugen und Fahrradteilen. Es sah so aus, als hätte zwar jemand das Kunststück beherrscht, ein Fahrrad auseinanderzunehmen, aber nicht über die handwerklichen Fähigkeiten verfügt, es wieder zusammenzusetzen.

Ein Rasenmäher, halb eingewickelt in einen Gartenschlauch, was in Garagen immer passiert und nichts zu bedeuten hat.

Ein Einkaufswagen, überquellend von Tüten aller Art, aber vor allem von sechs großen schwarzen Tüten.

Ein paar Gläser mit Sauerkonserven, die Johnny am Vorabend vorsichtig aufgestapelt hatte.

Die Überreste einer Portion Fisch und Fritten. Was Satan anging, war Katzenfutter etwas, das nur anderen Katzen zustieß.

Ein Paar gelbe Augen, die wachsam unter der Werkbank hervorstarrten.

Und das war alles.

3

Zeittüten

Wenn er ganz ehrlich war, musste Johnny zugeben, dass er Krankenhäuser auch nicht sonderlich mochte. Die meisten Leute, die er hier besucht hatte, waren nicht wieder herausgekommen. Und wie sehr man auch versuchte, den Räumen mit Pflanzen und Bildern eine freundlichere Atmosphäre zu verleihen, es sah doch nie freundlich aus. Schließlich war auch niemand freiwillig dort.

Aber Kirsty war sehr begabt, wenn es darum ging, Dinge herauszufinden und genervte Leute dazu zu bringen, dass sie einem Antwort gaben, und es dauerte nicht lange, bis sie Mrs Tachyons Zimmer gefunden hatten.

»Das da ist sie, oder?«

Kasandra deutete eine Reihe von Betten entlang. Es gab einige, an denen keine Besucher standen, aber Mrs Tachyon war nicht zu übersehen.

Sie saß im Bett und trug ein Krankenhausnachthemd und ihre Wollmütze, über die sie einen Krankenhauskopfhörer gestülpt hatte.

Mrs Tachyon starrte konzentriert geradeaus und wackelte vergnügt im Bett umher.

»Sie sieht aus, als ginge es ihr ganz gut«, sagte Kasandra. »Was hört sie sich da an?«

»Keine Ahnung«, sagte die Schwester. »Ich weiß nur, dass die Kopfhörer nicht eingestöpselt sind. Seid ihr mit ihr verwandt?«

»Nein. Wir ...«, setzte Kasandra an.

»Es ist so eine Art Projekt«, sagte Johnny. »Sie wissen schon ... wie die Gärten alter Leute jäten und so was.«

Die Schwester sah ihn ein wenig seltsam an, aber das magische Wort »Projekt« tat auch diesmal seine Wirkung.

Sie schnupperte. »Rieche ich da etwa Frittenfett?«

Kasandra warf Johnny einen wütenden Blick zu. Er versuchte, unschuldig dreinzuschauen.

»Wir bringen ihr nur ein paar Trauben«, sagte er und zeigte ihr die Tüte.

Mrs Tachyon blickte nicht auf, als sie Stühle an ihr Bett zogen.

Johnny hatte noch nie im Leben mit ihr gesprochen, höchstens »Entschuldigung« gesagt, wenn sie ihn mit ihrem Einkaufswagen gerammt hatte. Er wusste nicht so recht, wie er anfangen sollte.

Kasandra beugte sich vor und zog den Kopfhörer weg.

»Hallo, Mrs Tachyon«, sagte sie.

Mrs Tachyon hörte auf zu wackeln. Sie starrte erst Kasandra unfreundlich an, dann Johnny. Sie hatte ein blaues Auge, und ihr fleckiges weißes Haar sah vorn irgendwie angekokelt aus. Aber Mrs Tachyon hatte etwas erschreckend *Unaufhaltsames* an sich.

»Ach ja. Das glaubste vielleicht!«, sagte sie. »Wenn Se morgen wieder vorbeikommen, bringen Se ein knuspriges Brot mit. Arme Alte, wie? Das glaubste vielleicht! Millennium-Zeiger und Krabben? Kostenlose Zähne und Korsetts? Vielleicht für die, die so was wollen, aber nicht für mich. Ausgerechnet Bananen? Ich hatte mal ein Haus, aber jetzt sind nur Schwarze da. Hüte.«

»Behandelt man Sie hier gut?«, fragte Kasandra.

»Mach dir keine Sorgen! Alles schön und gut. Ha! Tick tick bang! Das hätt ich gern gesehen. Sicher, ich kann mich noch erinnern, als da nur Felder waren, aber auf mich hört ja keiner.«

Kasandra warf Johnny einen Blick zu.

»Ich glaube, sie ist ein bisschen ... verwirrt«, sagte sie. »Sie versteht überhaupt nicht, was ich sage.«

»Aber wir verstehen ja auch nicht, was sie sagt«, meinte Johnny, der sich eigentlich die meiste Zeit verwirrt fühlte.

Mrs Tachyon rückte die Kopfhörer zurecht und fing wieder mit ihrem Boogie an.

»Das ist wirklich unglaublich«, sagte Kasandra. »*Entschuldigen* Sie bitte.«

Sie zog die Kopfhörer von der Wollmütze und horchte hinein.

»Die Schwester hatte recht«, sagte sie. »Kein Ton.«

Mrs Tachyon federte vergnügt auf und ab.

»Einer pro Minute«, kicherte sie.

Dann zwinkerte sie Johnny zu. Es war ein kluges, wissendes Blinzeln vom Planeten Tachyon zum Planeten Johnny.

»Wir haben Ihnen ein paar Trauben mitgebracht, Mrs Tachyon«, sagte er.

»Das glaubste vielleicht.«

»Trauben«, sagte Johnny mit fester Stimme. Er öffnete die Tüte und holte das dampfende Päckchen aus fettdichtem Papier heraus. Mrs Tachyon riss die Augen auf. Unter der Decke kam eine dürre Hand hervor, schnappte sich das Päckchen und verschwand damit wieder unter der Decke.

»Er und sein Mantel«, sagte sie.

»Keine Ursache. Äh ... ich passe auf Ihren Wagen auf. Und Satan geht es gut, obwohl er kaum was gefressen hat, von ein paar Fritten mit Fisch und meiner Hand abgesehen.«

»Daran ist nur Mr Chamberlain schuld«, sagte Mrs Tachyon.

Ein Gong ertönte.

»Oje, jetzt ist die Besuchszeit schon wieder rum, mein Gott, wie schnell die Zeit verfliegt, ist das nicht schade«, sagte Kasandra und stand schnell auf. »Schön, Sie kennengelernt zu haben, Mrs Tachyon. Tut uns leid, dass wir gehen müssen. Komm schon, Johnny.«

»Lady Muck«, sagte Mrs Tachyon.

Sie nickte Johnny zu.

»Wie sieht's denn draußen aus, Mister Mann?«

Johnny versuchte, so wie Mrs Tachyon zu denken.

»Äh ... hell?«, meinte er.

»Das glaubste vielleicht. Die Zeittüten da, Mister Mann. Pass auf mein Rad auf. Wo dein Geist ist, muss der Rest mitgehen. Heute hier, gestern da! Man muss es einfach tun. Wie?«

Johnny starrte sie an. Es war, als hätte er im Radio eine Menge Rauschen gehört, und dann wäre, nur für eine Sekunde, ein einziges klares Signal durchgekommen.

Die andere Mrs Tachyon kam zurück.

»Er mischt den Zucker mit Sand, Mr McPhee!«, sagte sie. »Das glaubste vielleicht.«

»Wieso hast du das gemacht?«, zischte Kasandra, als sie das Zimmer verließen. »Sie braucht gesundes Essen, Nährstoffe und Vitamine und so! Keine Fritten! Wie bist du nur darauf gekommen?«

»Na ja, ich dachte, jemand, der sonst immer nur kalte Fritten kriegt, freut sich vielleicht besonders über welche, die noch heiß sind. Und sie hat gestern Abend nichts mehr essen können. He, das war vielleicht merkwürdig ...«

»Sie ist eben merkwürdig.«

»Du magst sie nicht besonders, wie?«

»Na ja, sie hat sich nicht mal bei dir bedankt.«

»Aber ich dachte, sie wäre ein unglückliches Opfer eines repressiven politischen Systems«, sagte Johnny. »Das hast du jedenfalls auf dem Weg hierher gesagt.«

»Stimmt ja auch, aber Höflichkeit kostet nichts, oder? Komm, lass uns hier abhauen.«

»Hallo?«, sagte jemand hinter ihnen.

»Sie haben das mit den Fritten rausgekriegt«, murmelte Kasandra, als sie und Johnny sich umdrehten.

Aber es war keine Krankenschwester, es sei denn, es gab jetzt auch welche in Zivil.

Es war eine junge Frau mit einer Brille und einer ernsthaften Frisur. Sie trug Stiefel, die selbst Bigmac beeindruckt hätten, und hatte ein Klemmbrett in der Hand.

»Äh ... *kennt* ihr beiden Mrs ... äh ... Tachyon?«, fragte sie. »Sie heißt doch so, oder?«

»Nehme ich an«, sagte Johnny. »Ich meine, alle nennen sie so.«

»Ein merkwürdiger Name«, sagte die Frau. »Vermutlich ausländisch.«

»Eigentlich kennen wir sie gar nicht«, sagte Kasandra. »Wir haben sie nur aus sozialen Gründen besucht.«

Die Frau starrte sie an. »Meine Güte«, sagte sie. Sie warf einen Blick auf ihr Klemmbrett.

»Wisst ihr etwas über sie?«, fragte sie. »Irgendwas?«

»Was denn?«, fragte Johnny zurück.

»Was auch immer. Wo sie wohnt. Wo sie herkommt. Wie alt sie ist. Alles.«

»Eigentlich nicht«, sagte Johnny. »Sie ist einfach da. Sie wissen schon.«

»Sie muss doch irgendwo schlafen.«

»Keine Ahnung.«

»Es gibt nichts über sie in den Akten. Es gibt überhaupt keine Akten über jemanden, der Tachyon heißt, nirgendwo.« Der Tonfall der Frau legte nahe, dass dies ein schweres Verbrechen darstellte.

»Sind Sie Sozialarbeiterin?«, fragte Kasandra.

»Ja. Ich bin Ms Partridge.«

»Ich glaube, ich habe Sie schon mal mit Bigmac reden sehen«, sagte Johnny.

»Bigmac? Wer soll das sein?«

»Äh ... Simon ... Wrigley, glaube ich.«

»Ach ja«, meinte Ms Partridge finster. »Simon. Er wollte wissen, wie viele Autos man stehlen muss, um kostenlos Urlaub in Afrika zu bekommen.«

»Und *er* hat erzählt, *Sie* hätten gesagt, Sie würden ihn nur hinschicken, wenn dort noch Kannibalen ...«

»Ja, ja«, sagte Ms Partridge eilig. Als sie vor weniger als einem Jahr mit dieser Arbeit angefangen hatte, hatte sie fest daran geglaubt, dass an allem, was auf dieser Welt nicht stimmte, die großen Wirtschaftsbosse und die Regierung schuld seien. Inzwischen war sie vollkommen überzeugt, dass Bigmac an allem schuld war.

»Er war echt beeindruckt, hat er gesagt ...«

»Ihr wisst also wirklich nichts über Mrs Tachyon?«, fragte die Sozialarbeiterin. »Sie hatte einen Einkaufswagen voller Müll, aber offenbar weiß keiner, wo der ist.«

»Eigentlich ...«

»Ich weiß es auch nicht«, sagte Johnny entschlossen.

»Es könnte sehr hilfreich sein, wenn wir ihn finden würden. Es ist erstaunlich, was diese Leute horten«, sagte Ms Partridge. »Als ich noch in Bolton war, kannte ich eine alte Dame, die jeden einzelnen ...«

»Wir verpassen noch den Bus!«, sagte Kasandra. »Tut uns leid, dass wir Ihnen nicht helfen konnten, Miss Partridge. Komm schon, Johnny.«

Sie zog ihn aus dem Haus und die Treppe hinunter.

»Du *weißt* doch, wo der Wagen ist, oder?«, sagte sie. »Das hast du mir doch erzählt.«

»Ja, aber ich sehe nicht ein, wieso irgendjemand darin rumschnüffeln sollte. Dir würde es auch nicht gefallen, wenn Leute in deinem Zeug rumschnüffeln.«

»Meine Mutter sagte, sie sei im Zweiten Weltkrieg mit einem Flieger verheiratet gewesen, und als der nicht zurückkam, sei sie ein bisschen seltsam geworden.«

»Mein Opa sagt, er und seine Freunde hätten ihren Wagen immer umgeschmissen, als *er* noch ein Junge war. Er sagt, sie hätten es nur getan, um sie fluchen zu hören.«

Kasandra hielt inne.

»Wie bitte? Wie alt ist denn dein Opa?«

»Keine Ahnung. Fünfundsechzig oder so.«

»Und wie alt, glaubst du, ist Mrs Tachyon?«

»Schwer zu sagen, bei all den Falten. Sechzig?«

»Kommt dir das nicht merkwürdig vor?«

»Was?«

»Bist du blöd oder was? Sie ist *jünger* als dein Opa!«

»Ach ... na ja ... dann war das vielleicht eine andere Mrs Tachyon.«

»Ziemlich unwahrscheinlich, oder?«

»Du meinst also, sie müsste hundert sein?«

»Natürlich nicht. Es muss eine vernünftige Erklärung geben. Wie gut ist denn das Gedächtnis deines Großvaters?«

»Fernsehsendungen kann er sich prima merken. Wir sitzen da und sehen fern, und dann sagt er Sachen wie: ›He, der da ... der im Anzug ... der hat in dieser Sendung den Polizisten gespielt, du weißt schon, der mit dem Kerl mit den Locken, du weißt schon, vor ein paar Jahren.‹ Und wenn man irgendwas einkauft, kann er sich immer erinnern, dass man es, als er noch ein Junge war, für sechs Pennys kriegte und noch Wechselgeld dazu.«

»Das machen alle Opas so«, erklärte Kasandra.

»Na ja.«

»Hast du mal in die Tüten reingesehen?«

»Nein ... aber sie hat schon merkwürdiges Zeug.«

»Wie meinst du das?«

»Na ja ... diese Gläser mit Gurken und so ...«

»Und? Alte Leute mögen Gurken.«

»Ja, aber die sind ... gleichzeitig frisch und alt. Und da war eine Portion Fisch und Fritten, die in eine Zeitung eingepackt war.«

»Und?«

»Heute packt doch keiner mehr Fisch und Fritten in eine Zeitung! Aber sie haben ganz frisch ausgesehen. Ich hab mal reingesehen, weil ich dachte, ich könnte den Fisch ja der Katze geben, und die Zeitung ...«

Johnny hielt inne.

Was sollte er sagen? Dass er die Titelseite *kannte*? Er kannte jedes einzelne Wort. Er hatte sie auf dem Mikrofilm-Lesegerät in der Bibliothek gesehen, und der Bibliothekar hatte ihm eine Kopie gegeben, für ein Projekt in Geschichte. Johnny hatte immer nur die Kopie und dieses verschwommene Bild auf dem Bildschirm gesehen, und dann hatte er es plötzlich vor sich gehabt, mit Fett- und Essigflecken, aber zweifellos ...

... *neu*.

»Wir sollten wenigstens mal reinschauen. Das kann nicht schaden.«

So war Kasandra eben. Wenn alles andere versagte, versuchte sie, vernünftig zu sein.

Das große schwarze Auto fuhr über die Schnellstraße, vor ihm zwei Motorräder, dahinter zwei weitere. In einem weiteren Auto folgten zwei ernste Männer in Anzügen, die dauernd kleine Funkgeräte ans Ohr hoben und nicht einmal ihren eigenen Müttern getraut hätten.

Sir John saß allein hinten in dem schwarzen Auto, die Hände auf dem Silberknauf seines Spazierstocks verschränkt und das Kinn auf die Hände gestützt.

Zwei Bildschirme vor ihm zeigten ihm alle möglichen Statistiken und Fakten über seine Firmen rund um die Welt, abgestrahlt von einem Satelliten, der ihm ebenfalls gehörte. Es gab auch noch zwei Faxgeräte und drei Telefone im Auto.

Sir John saß da und starrte sie an.

Dann streckte er die Hand aus und drückte auf den Knopf der Sprechanlage zum Fahrer.

Er hatte Hickson nie besonders gemocht. Der Mann hatte einen roten Hals. Andererseits war er der Einzige, mit dem er im Augenblick sprechen konnte.

»Glauben Sie, dass es möglich ist, in der Zeit zu reisen, Hickson?«

»Keine Ahnung, Sir«, meinte der Chauffeur, ohne sich umzudrehen.

»Es soll schon passiert sein, wissen Sie.«

»Wenn Sie das sagen, Sir.«

»Die Zeit hat sich verändert.«

»Ja, Sir.«

»Sie würden das natürlich nicht wissen, weil Sie in der Zeit wären, die durch die Veränderung entstanden ist.«

»Da hatte ich offenbar Glück, Sir.«

»Wussten Sie, dass man, wenn man die Zeit ändert, zwei Versionen der Zukunft bekommt, die nebeneinander herlaufen?«

»Das hab ich in der Schule wohl verpasst, Sir.«

»Wie Hosenbeine.«

»Darüber sollte man mal nachdenken, Sir John.«

Sir John starrte den Nacken seines Chauffeurs an. Er war wirklich sehr rot mit ekligen kleinen Haarbüscheln. Selbstverständlich hatte er Hickson nicht selbst eingestellt. Er hatte Leute, die Leute hatten, die Leute hatten, die so etwas erledigten. Es wäre ihnen nie eingefallen, einen Chauffeur einzustellen, der sich für etwas anderes interessierte als für das Auto, das gerade vor ihm herfuhr.

»Biegen Sie nach links ab«, fauchte er.

»Wir sind immer noch zwanzig Meilen von Blackbury entfernt, Sir.«

»Tun Sie, was ich Ihnen sage! Sofort!«

Der Wagen schlitterte ein wenig, brach hinten aus und bog mit qualmenden Reifen in die Ausfahrt ein.

»Nach links!«

»Aber wir haben Gegenverkehr, Sir John!«

»Wenn Sie keine guten Bremsen haben, sollten Sie von der Straße bleiben! Gut, sehen Sie? Rechts abbiegen!«

»Das ist nur ein Feldweg! Ich werde meinen Job verlieren, Sir John!«

Sir John seufzte.

»Hickson, ich möchte all unsere kleinen Helfer loswerden. Wenn Sie mich nach Blackbury bringen können, ohne dass uns jemand folgt, werde ich Ihnen persönlich eine Million Pfund zahlen. Und das meine ich ernst.«

Der Chauffeur warf ihm im Rückspiegel einen Blick zu.

»Warum haben Sie das nicht gleich gesagt, Sir? Halten Sie sich fest!«

Als das Auto zwischen hohen Hecken davonholperte, fingen alle drei Telefone gleichzeitig an zu klingeln.

Sir John starrte sie eine Weile an. Dann drückte er den Knopf, der das nächste Fenster senkte, und warf sie nacheinander hinaus.

Als Nächstes kamen die Faxgeräte dran.

Mit einiger Anstrengung gelang es ihm, die beiden Bildschirme abzureißen, die er ebenfalls aus dem Wagen warf, woraufhin sie sehr zufriedenstellend explodierten.

Er fühlte sich schon viel besser.

4

Männer in dunklen Anzügen

Der Bus rumpelte die Straße entlang auf Johnnys Haus zu.

»Es gibt wirklich keinen Grund, sich wegen Mrs Tachyon aufzuregen«, sagte Kasandra. »Wenn sie wirklich schon seit Jahren und Aberjahren hier ist, dann gibt es eine ganze Reihe vollkommen logischer Erklärungen dafür, ohne dass man irgendwas an den Haaren herbeiziehen muss.«

»Was wäre denn eine logische Erklärung?«, fragte Johnny. Er war immer noch in das Rätsel mit der Zeitung versunken.

»Vielleicht ist sie eine Außerirdische.«

»Das wäre logisch?«

»Oder sie könnte von Atlantis stammen. Du weißt doch. Dieser Kontinent, der vor Tausenden von Jahren im Meer versunken ist. Es heißt, die Bewohner hätten ein sehr hohes Alter erreicht.«

»Konnten sie unter Wasser atmen?«

»Quatsch. Sie sind davongesegelt, bevor Atlantis sank, und haben Stonehenge und die Pyramiden und so gebaut. Sie waren wissenschaftlich sehr fortgeschritten.«

Johnny starrte sie mit weit offenem Mund an. Von Bigmac und den anderen hätte er so was erwartet, aber nicht von Kirs-Kasandra, die anscheinend schon mit vierzehn Abitur machte.

»Das hab ich nicht gewusst«, sagte er.

»Die Regierung hat es natürlich vertuscht.«

»Aha.« Kasandra wusste viele Dinge, die die Regierung vertuscht hatte, besonders, wenn man bedachte, dass sie, na ja, eben vertuscht worden waren. Es ging immer um irgendwas Okkultes. Als letzten Winter im Schnee rund ums Rathaus riesige Fußabdrücke aufgetaucht waren, hatte es zwei Theorien gegeben: Die von Kirs-Kasandra, die darin bestand, dass es ein Yeti gewesen sei, und Johnnys Theorie, die besagte, dass Bigmac und zwei Riesengummifüße – ein Superspaß für Partys!!!, aus dem Scherzartikelladen in der Penny Street dahintersteckten. Kirs-Kasandra hatte ihre Theorie mit so vielen offiziellen Quellen aus Büchern belegt, dass sie Johnnys Theorie widerlegte, die nur darauf beruhte, dass er Bigmac dabei beobachtet hatte.

Johnny stellte sich die Atlanter vor, die alle zwei Meter groß gewesen waren, griechische Togen getragen und goldenes Haar gehabt hatten, als sie ihren Kontinent in ihren wunderbaren goldenen Schiffen verließen. Und auf dem Deck eines dieser Schiffe schob Mrs Tachyon ihren Einkaufswagen hin und her.

Oder er dachte an Attila den Hunnenkönig und seine Horde, wie sie über die Steppe galoppierten, und mitten zwischen den Reitern fuhr Mrs Tachyon in ihrem Einkaufswagen. Gar nicht unpassend.

»Es passiert folgendermaßen«, erklärte Kasandra. »Wenn du ein UFO oder einen Yeti oder so was siehst, dann kriegst du Besuch von Männern in dunklen Anzügen. Sie fahren in großen schwarzen Autos rum und bedrohen Leute, die merkwürdige Dinge gesehen haben. Sie behaupten, sie arbeiten für die Regierung, aber eigentlich arbeiten sie für die Geheimgesellschaft, die alles beherrscht.«

»Woher weißt du denn so was?«

»Wissen doch alle. Das ist eine allgemein bekannte Tatsache. Ich habe schon lange auf so was gewartet, seit diesem geheimnisvollen Fischregen im September.«

»Du meinst, als die Gasleitung unter dem Laden für Tropenfische undicht war?«

»Ja, das hat man uns *gesagt*: eine undichte Gasleitung«, sagte Kasandra in unheilverkündendem Ton.

»Wie bitte? Selbstverständlich war es die Gasleitung! Sie haben die Perücke des Ladenbesitzers auf dem Telefonmast in der High Street gefunden. Alle Leute hatten Guppies in den Dachrinnen.«

»Kann sein, dass diese Ereignisse zufällig zusammenfielen«, meinte Kasandra widerstrebend.

»Und du glaubst immer noch nicht, dass die Kreise im Kornfeld letztes Jahr von Bigmac stammten, obwohl er geschworen hat, dass er es war?«

»Na gut, ein paar davon stammten vielleicht wirklich von ihm, aber wer hat die ersten gemacht?«

»Natürlich Bazza und Skazz. Sie haben in der Zeitung darüber gelesen und beschlossen, dass Blackbury auch ein paar haben sollte.«

»Das heißt doch nicht unbedingt, dass sie sie *alle* gemacht haben.«

Johnny seufzte. Als wäre das Leben noch nicht kompliziert genug, mussten einige Leute es immer schlimmer machen. Es war zum Beispiel schwierig genug gewesen, *bevor* er von spontaner Selbstentzündung erfahren hatte. Man konnte ganz ruhig im Sessel sitzen und an nichts Böses denken, und plötzlich, *wusch*, war man nur noch ein Paar Schuhe, aus denen Rauch aufstieg. Nachdem er davon gelesen hatte, hatte er wochenlang einen Eimer Wasser neben dem Bett stehen gehabt.

Und all diese Sendungen über Außerirdische, die Leute entführten, um sie in ihren Fliegenden Untertassen medizinisch zu untersuchen. Wenn man von Außerirdischen entführt wurde, pfuschten sie einem am Hirn rum, so dass man sie vergaß, und *sie* konnten in der Zeit reisen, also konnten sie einen genau dorthin zurückbringen, wo man gewesen war, bevor sie einen entführt hatten ... Woher sollte man wissen, ob einem so was passiert war? Es war schon ziemlich beunruhigend.

Kasandra schien dieses Zeug sehr interessant zu finden und war nicht der Ansicht, dass es eine Last war.

»Kasandra«, sagte er.

»Ja? Was ist?«

»Ich wünschte, du würdest dich wieder Kirsty nennen.«

»Ein schrecklicher Name. Klingt wie jemand, der Brötchen backt.«

»... ich fand Kimberly auch ganz nett ...«

»Ha! Inzwischen ist mir klar, dass das ein typischer Friseusenname ist.«

»... obwohl ich Klytämnestra ein bisschen übertrieben fand.«

»Wann war das?«

»Vor etwa vierzehn Tagen.«

»Wahrscheinlich war mir damals gerade ein bisschen gruftig zumute.«

Der Bus hielt am Ende von Johnnys Straße, und sie stiegen aus.

Die Garagen standen in einer kleinen Sackgasse hinter den Häusern. Sie wurden nicht oft benutzt, jedenfalls nicht von Autos. Die meisten von Opas Nachbarn parkten auf der Straße, damit sie sich beschweren konnten, dass die Nachbarn ihnen die Parkplätze stahlen.

»Du hast die Tüten wirklich nicht angerührt?«, fragte Kasandra, als Johnny in seinen Taschen nach dem Garagenschlüssel suchte.

»Nein. Stell dir nur mal vor, die wären voll mit alten Unterhosen oder so.«

Er schob die Tür auf.

Der Einkaufswagen war dort, wo er ihn zurückgelassen hatte.

Es war etwas Seltsames an ihm, was Johnny nicht hätte benennen können. Er stand eindeutig noch mitten in der Garage, vermittelte aber den Eindruck, als bewegte er sich gleichzeitig sehr schnell, als wäre die Szene ein Standfoto aus einem Film.

Kasandra-ehemals-Kirsty sah sich um.

»Ziemliche Bruchbude«, sagte sie. »Wieso steht das Fahrrad da auf dem Kopf?«

»Das ist meins«, sagte Johnny. »Ich hatte gestern einen Platten. Ich hab es noch nicht reparieren können.«

Kasandra griff nach einem der Einmachgläser, die auf der Werkbank standen. Das Etikett darauf war rußig. Sie wischte es ab und hielt es ins Licht.

»›Blackbury Sauerkonserven GmbH Gold-Medaillen-Senfgurken‹«, las sie. »›Sechs Internationale Preise: Grand Prix de Foire International des Cornichons Nancy 1933. Festival of Pickles, Manchester 1929. Danziger Pökelfest 1928. Erster Preis, Michigan State Fair 1933. Goldmedaille, Madras 1931. Bonza Lebensmittelpreis, Sydney 1932. Aus feinsten Zutaten hergestellt.‹ Und dann ist da noch ein Bild von einem durchgeknallten Straßenjungen, der in die Luft springt, und drunter steht: ›Der kleine Timmy springt vor Freud; es gibt Blackbury-Gurken heut.‹ Entzückend. Na gut, Gurken. Was soll's.«

»Sie stammen aus der alten Sauerkonservenfabrik«, sagte Johnny. »Sie ist im Krieg ausgebombt worden. In derselben Nacht wie die Paradise Street. Hier sind seit über fünfzig Jahren keine Sauerkonserven mehr hergestellt worden.«

»O nein!«, sagte Kasandra. »Du willst doch nicht etwa behaupten ... wir wohnen in einer Stadt, in der keine Sauerkonserven gemacht werden? Das ist wirklich unheimlich.«

»Du brauchst gar nicht so sarkastisch zu sein. Es ist einfach nur seltsam.«

Kasandra schüttelte das Glas. Dann griff sie nach einem weiteren rußigen Glas mit Gurken, die schwappten, als sie es umkippte.

»Die haben sich aber gut gehalten«, sagte sie.

»Ich hab heute früh eine probiert«, meinte Johnny. »Sie war noch schön knackig. Und was hältst du *davon*?«

Er holte die Zeitung hervor, die um Mrs Tachyons Fritten und Fisch gewickelt gewesen war, und breitete sie aus.

»Das ist eine alte Zeitung«, sagte Kasandra. »Ich meine ... sie ist sehr alt, aber nicht *alt*. Da steht lauter Zeug über den Zweiten Weltkrieg. Aber ... sie sieht nicht alt aus und fühlt sich auch nicht so an oder riecht so. Es ist ... Ja, ich weiß, es ist wahrscheinlich eine von diesen nachgedruckten Zeitungen. Man kann sich welche bestellen, zum Beispiel für den Tag, an dem man geboren wurde. Mein Vater hat mir eine geschenkt, damit ich ...«

»Damit du Fisch und Fritten drin einwickeln kannst?«, fragte Johnny.

»Ich muss zugeben, das ist schon merkwürdig«, erwiderte Kasandra.

Sie drehte sich um und starrte ihn an, als sähe sie ihn zum ersten Mal.

»Ich warte seit *Jahren* auf so was«, sagte sie. »Du nicht auch?«

»Auf so was wie Mrs Tachyons Wagen?«

»Versuch doch bitte mal, mir zuzuhören.«

»Entschuldige.«

»Hast du dich nie gefragt, was passieren wird, wenn eine Fliegende Untertasse in deinem Garten landet? Oder wenn du einen irgendwie magischen Gegenstand finden würdest, mit dem du durch die Zeit reisen könntest? Oder eine alte Höhle, in der ein Zauberer schon seit tausend Jahren schläft?«

»Na ja, wo du es erwähnst: Ich habe *tatsächlich* mal eine alte Höhle gefunden, in der ...«

»Ich habe Bücher und Aberbücher über solche Sachen gelesen, und in allen kommen irgendwelche dummen Leute vor, die dann nur ›O Gott‹ sagen. Sie stehen da rum und erleben ihr blödes Abenteuer und kapieren nicht, was für Möglichkeiten das bietet. Sie sind auf nichts vorbereitet. Ich schon.«

Johnny versuchte, sich vorzustellen, was passieren würde, wenn Kirsty je von Außerirdischen entführt wurde. Es würde vermutlich in einem galaktischen Imperium enden, in dem alle scharf gespitzte Bleistifte und immer eine kleine Taschenlampe für Notfälle mit sich führten. Oder sie würden Millionen Roboterkopien von ihr herstellen, die durchs Universum flögen, um allen zu sagen, wie dumm und unvernünftig sie seien.

»An dieser Geschichte ist tatsächlich etwas sehr Seltsames«, sagte sie. »Wahrscheinlich etwas Mystisches. Wahrscheinlich hat es mit einer Art Zeitmaschine zu tun.«

Das war das Erstaunliche an ihr: Sie fand immer eine Erklärung. Sie gab sich nicht mit Unsicherheiten ab.

»Hast du das nicht auch gedacht?«, fragte sie.

»Eine Zeitmaschine? Ein Zeit-Einkaufswagen?«

»Gibt es eine andere Auslegung der Tatsachen? Wenn man mal davon absieht, dass sie von Außerirdischen entführt und mit Lichtgeschwindigkeit hergebracht wurde, was diese aus irgendeinem Grund offenbar ziemlich oft tun. Aber es könnte noch was anderes dran sein. Ich bin sicher, du hast auch schon daran gedacht.« Sie schaute auf die Uhr. »Nur keine Eile«, meinte sie sarkastisch. »Lass dir Zeit.«

»Na ja ...«

»Keine Hektik.«

»Na ja ... eine Zeitmaschine hätte blinkende Lichter ...«

»Wieso?«

»Man *braucht* einfach blinkende Lichter.«

»Wozu?«

Johnny gab nicht so schnell auf.

»Zum Blinken«, sagte er.

»Ach ja? Wer sagt denn, dass eine Zeitmaschine *irgendwie* aussehen muss?«, verkündete Kasandra herablassend, zumindest noch herablassender als sonst. »Oder dass sie Elektrizität braucht?«

»Yo-less sagt, es dürfe keine Zeitmaschinen geben, weil alle dann ständig die Zukunft verändern würden«, gab Johnny zu bedenken.

»Ach? Und was wäre die Alternative? Woher soll Mrs Tachyon diese alten Zeitungen und die neuen alten Gurkengläser denn haben?«

»Schon gut, aber ich werde keine übereilten Schlüsse ziehen.«

Er tat es aber doch. Und er wusste es. Die ganze Zeit. Aber Kasandras Art zu argumentieren brachte einen automatisch dazu, die Gegenposition zu beziehen.

Er zeigte auf den Einkaufswagen.

»Ich meine«, sagte er, »glaubst du wirklich, man müsste nur den ... den Griff drücken oder die Tüten oder so, und dann heißt es plötzlich: Hallo, Norman der Eroberer?«

Er drückte gegen eine der schwarzen Mülltüten.

Ein greller Blitz zuckte vor seinen Augen.

Er hatte Zementboden unter den Füßen, aber es gab keine Mauern mehr. Jedenfalls keine, die der Rede wert gewesen wären. Sie waren nur einen Ziegel hoch.

Ein Mann, der gerade eine neue Ziegelreihe mauerte, blickte sehr langsam auf.

»He«, sagte er, »wo bist du denn hergekommen?« Dann schien er sich zu fassen. »He, der Zement da ist immer noch – Fred! Hiergeblieben!«

Ein Spaniel, der neben dem Mann gesessen hatte, bellte

Johnny an, rannte auf ihn zu, sprang an ihm hoch und stieß ihn wieder gegen den Einkaufswagen.

Wieder blitzte es. Der Blitz war rot und blau, und Johnny hatte das Gefühl, sehr flach gedrückt und dann wieder weggezogen zu werden.

Es gab wieder Mauern, und der Einkaufswagen stand immer noch mitten in der Garage; wie Kasandra, die ihn anstarrte.

»Du warst einen Augenblick lang verschwunden«, sagte sie, als hätte er etwas falsch gemacht. »Was ist passiert?«

»Ich ... ich weiß nicht. Woher soll ich das wissen?«, sagte Johnny.

»Beweg mal deine Füße«, sagte sie. »Ganz langsam.«

Er tat es. Sie stießen gegen ein geringfügiges Hindernis, eine kleine Wölbung im Boden. Johnny spähte nach unten.

»Ach, das sind nur die Fußstapfen im Zement«, sagte er. »Die sind schon ... seit einer Ewigkeit hier.«

Kasandra bückte sich, um sich die Fußabdrücke anzusehen, in denen er gestanden hatte. Sie waren mit Staub und Dreck überzogen, aber Kasandra verlangte, dass Johnny seinen Turnschuh auszog, dann hielt sie ihn verkehrt herum neben den Abdruck.

Er passte genau.

»Siehst du?«, sagte sie triumphierend. »Du stehst in deinen *eigenen* Fußstapfen.«

Johnny trat vorsichtig zur Seite und starrte die Fußabdrücke an. Es gab keinen Zweifel, dass sie schon sehr lange da waren.

»Wo bist du gewesen?«

»In der Vergangenheit ... glaube ich jedenfalls. Ein Mann hat gerade diese Garage gebaut, und er hatte einen Hund.«

»Ein Hund«, murmelte Kasandra. Ihr Tonfall legte nahe, dass *sie* sicher etwas viel Interessanteres gesehen hätte. »Na ja. Es ist ein Anfang.«

Sie bewegte den Einkaufswagen. Er stand in vier kleinen Kerben im Zement. Sie waren schmutzig und ölig. Auch sie waren schon lange dort.

»Das da«, stellte Kirsty fest, »ist kein gewöhnlicher Einkaufswagen.«

»Es steht *Tesco* drauf«, bemerkte Johnny, der sich gerade den Turnschuh wieder anzog. »*Und* ein Rad quietscht.«

»Er ist offenbar immer noch eingeschaltet oder so.« Kirsty ignorierte ihn einfach.

»Das war also eine Zeitreise«, stellte Johnny fest. »Ich hätte es mir aufregender vorgestellt. Du weißt schon – Schlachten und Monster und so. Und es macht nicht viel Spaß, wenn es jeder kann – *nicht anfassen*!«

Kasandra drückte auf eine Tüte.

Die Luft flimmerte und veränderte sich.

Kasandra sah sich um. Die Garage hatte sich nicht verändert. Außer –

»Wer hat dein Fahrrad repariert?«, fragte sie.

Johnny drehte sich um. Sein Rad stand nicht mehr umgekehrt und mit einem abmontierten Reifen da, sondern lehnte an der Wand, mit zwei offenbar intakten Reifen.

»Du siehst, mir fällt so etwas auf«, sagte Kasandra. »Ich kann gut beobachten. Wir müssen in der Zukunft sein, nachdem du es repariert hast.«

Johnny war nicht sicher. Er hatte schon drei Schläuche zerrissen und das Dingsbums innen aus dem Ventil verloren. Wahrscheinlich konnte selbst eine Zeitmaschine nicht so weit in eine Zukunft reisen, in der er sich mit Fahrradreparaturen auskannte.

»Sehen wir uns mal um«, meinte Kirsty. »Offenbar wird die Zeit, in der wir landen, von einem Faktor festgelegt, den ich noch nicht entdeckt habe. Wenn wir in der Zukunft sind, sollten wir unbedingt rausfinden, welche Pferde Rennen gewinnen und so.«

»Warum?«

»Damit wir auf die Pferde setzen und reich werden können!«

»Ich weiß ja nicht mal, wie man Geld auf ein Pferd setzt.«

»Immer eins nach dem anderen.«

Johnny spähte durch das schmutzige Fenster nach draußen. Das Wetter sah nicht sonderlich anders aus. Es gab keine fliegenden Autos oder andere eindeutige Anzeichen für die Zukunft. Aber Satan hockte nicht mehr unter der Werkbank.

»Opa hat eine Rennzeitung«, sagte er und fühlte sich ein bisschen benommen.

»Dann lass uns gehen.«

»Wohin? Ins Haus?«

»Klar.«

»Und wenn ich mir begegne?«

»Ach, du hast doch schon immer schnell Freundschaften geschlossen.«

Zögernd verließ Johnny die Garage. Gartenwege in der Zukunft bestanden, wie ihm auffiel, aus einer schotterigen grauen Substanz, die bemerkenswert an zerbröselten Zement erinnerte. Hintertüren hatten eine aufregend futuristische, verblasste blaue Farbe, die dort, wo sie Blasen geworfen hatte, abblätterte.

Die Tür war abgeschlossen, aber der uralte Schlüssel passte noch immer.

Auf dem Boden lag ein Rechteck aus stacheligen braunen Borsten. Johnny wischte sich die Füße daran ab und schaute auf das Zeitmessmodul an der Wand. Es war zehn nach drei.

Die Zukunft war der Gegenwart erstaunlich ähnlich.

»Jetzt müssen wir nur eine Tageszeitung finden«, sagte Kirsty.

»Das wird nicht viel helfen«, meinte Johnny. »Opa hebt sie

immer auf, bis er Zeit findet, sie zu lesen. Sie sind dann oft Monate alt. Und außerdem ist hier alles so *normal*. Es sieht überhaupt nicht futuristisch aus.«

»Habt ihr nicht mal einen Kalender?«

»Doch. Ich hab einen an meinem Wecker. Ich hoffe bloß, dass ich noch in der Schule bin.«

Dem Kalender nach war es der dritte Oktober.

»Vorgestern«, sagte Johnny. »Es könnte natürlich auch an meinem Wecker liegen. Er funktioniert nicht sonderlich gut.«

»Ih! *Hier* schläfst du?«, fragte Kirsty und sah sich mit einer Miene um, mit der ein Vegetarier eine Wurstfabrik betrachten würde.

»Ja. Das ist mein Zimmer.«

Kirsty zeigte auf den Schreibtisch, der im Augenblick ziemlich überfüllt war.

»Wozu brauchst du all diese Fotokopien und Fotos und so?«

»Die sind für das Projekt in Geschichte. Wir nehmen gerade den Zweiten Weltkrieg durch. Also schreibe ich was über Blackbury im Krieg.«

Er versuchte, sich zwischen sie und den Schreibtisch zu stellen, aber Kirsty war immer sehr interessiert an Sachen, die Leute vor ihr verbergen wollten.

»He, das bist du, oder?«, sagte sie und griff nach einem bräunlichen Foto. »Wann hast du denn eine Uniform und einen Topfschnitt getragen?«

Johnny versuchte, ihr das Foto wieder abzunehmen. »Das ist Opa, als er ein bisschen älter war als ich«, murmelte er. »Ich wollte ihn dazu bringen, vom Krieg zu erzählen, wie der Lehrer es uns geraten hat, aber er hat nur gesagt, ich solle nicht drüber reden.«

»Ehrlich gesagt, kann ich mir nicht vorstellen, dass hier viel passiert ist«, meinte Kirsty.

»Etwas schon«, sagte Johnny. Er holte Mrs Tachyons Frittenpapier heraus und zeigte auf die erste Seite. »Um 23 Uhr 07 am 21. Mai 1941. Bomben! Echte Bomben! Sie haben es den Blackbury-Blitz genannt. Und das hier ist die Zeitung vom Tag danach. Sieh mal!« Er wühlte auf dem Schreibtisch herum und zog eine Fotokopie hervor. »Siehst du? Ich habe eine Kopie derselben Zeitung aus der Bibliothek. Aber *diese* Zeitung hier ist echt, und sie ist neu!«

»Wenn sie wirklich ... aus der Vergangenheit kommt ... wieso hat sie dann einen kurzen Rüschenrock und Turnschuhe an?«, wollte Kirsty wissen.

Johnny warf ihr einen wütenden Blick zu. Sie hatte kein *Recht*, die Paradise Street so zu ignorieren!

»Neunzehn Leute sind dabei umgekommen! In einer einzigen Nacht!«, rief er. »Es gab keinen Alarm! Es waren die einzigen Bomben, die während des ganzen Kriegs auf Blackbury fielen. Die einzigen Überlebenden waren zwei Goldfische in einem Glas. Das Glas ist in einem Baum gelandet, und es war immer noch Wasser drin. Alle Menschen waren tot!«

Kirsty griff nach einem Filzstift, aber der schrieb nicht mehr, weil er ausgetrocknet war. Johnny hatte eine Weltklassesammlung von Stiften, die nicht mehr funktionierten.

Kirsty hatte diese nervtötende Angewohnheit, ihn überhaupt nicht zur Kenntnis zu nehmen, wenn er sich über etwas aufregte.

»Weißt du, dass du immer noch Disney-Tapeten an der Wand hast?«, fragte sie.

»*Was*? O Gott, das ist mir gar nicht aufgefallen«, entgegnete Johnny. Er hoffte, dass es sarkastisch genug klang.

»Es ist in Ordnung, wenn man mit sieben Disney-Tapeten an der Wand hat, und mit neunzehn kann es wieder ziemlich cool sein, aber nicht mit dreizehn. Ehrlich, wenn ich dir nicht hin und wieder auf die Sprünge helfen würde, hättest du überhaupt keinen Durchblick.«

»Opa hat hier vor ein paar Jahren tapeziert«, meinte Johnny. »Wenn ich hier zu Besuch war, habe ich immer hier geschlafen. Und du kennst doch Großeltern. Disney-Tapeten bis in den Tod.«

Sie hörten, wie die Haustür geöffnet wurde.

»Dein Opa?«, zischte Kirsty.

»Donnerstags ist er immer im Seniorenclub«, flüsterte Johnny. »Und Mum ist arbeiten.«

»Wer hat sonst noch einen Schlüssel?«

»Nur ich.«

Jemand kam die Treppe herauf.

»Aber ich *darf* mir nicht begegnen!«, sagte Johnny. »Ich würde mich doch erinnern, oder? Yo-less sagt, wenn man sich begegnet, explodiert das gesamte Universum! Daran würde ich mich bestimmt erinnern!«

Kirsty griff nach der Nachttischlampe und starrte das Muster an.

»Lieber Himmel, die Ninja Turtles! Du hast immer noch die ...«

»Seistillseistillseistill! Was willst du mit der Lampe machen?«

»Keine Sorge, du wirst überhaupt nichts spüren. Ich hab das beim Selbstverteidigungskurs gelernt ...«

Die Türklinke bewegte sich. Die Tür ging einen Spalt auf.

Unten klingelte das Telefon.

Die Türklinke wurde losgelassen. Schritte gingen wieder nach unten.

Johnny hörte, wie das Telefon abgehoben wurde. Eine entfernte Stimme sagte: »Ach, hallo Wobbler.«

Kirsty warf Johnny einen Blick zu und zog die Brauen hoch.

»Wobbler hat angerufen«, sagte Johnny. »Ob wir gest– morgen ins Kino gehen. Ist mir gerade eingefallen.«

»Habt ihr lange telefoniert?«

»Ich glaube nicht. Und dann hab ich mir ein Brot gemacht.«

»Wo ist das Telefon?«

»Im Wohnzimmer.«

»Dann lass uns abhauen.«

Kirsty öffnete die Tür und schoss die Treppe hinunter. Johnny folgte ihr.

Sein Mantel hing an der Garderobe. Und gleichzeitig hatte er ihn an.

Er blieb stehen und glotzte.

»*Komm* endlich«, zischte Kirsty.

Sie waren fast am Fuß der Treppe, als die Tür langsam aufging.

Johnny öffnete den Mund und wollte sagen: Ach ja, ich erinnere mich, ich musste rausgehen und in meinem Geldbeutel nachsehen, ob ich noch genug Geld hatte.

Er wollte sich auf keinen Fall begegnen. Wenn das gesamte Universum explodierte, würden später wieder alle behaupten, es sei seine Schuld gewesen ...

... und dann blitzte es vor seinen Augen.

Der schwarze Wagen bog unbemerkt aus einer Seitenstraße, gleich vor dem Schild: BLACKBURY (Partnerstadt Aix-et-Pains).

»Wir haben's fast geschafft, Sir John.«

»Gut. Welche Zeit?«

»Äh ... Viertel nach elf, Sir.«

»Das habe ich nicht gemeint. Wenn die Zeit eine Hose wäre, in welchem Bein wären wir dann?«

Hickson fiel plötzlich auf, dass eine Million vielleicht doch nicht so leicht zu verdienen war.

»Heute geraten sie alle durcheinander, wissen Sie«, erklang die Stimme vom Rücksitz.

»Kann schon sein, Sir. Wenn ich eine Hose sehe, Sir, dann sagen Sie mir einfach, welches Bein ich entlangfahren soll.«

5

Die Wahrheit liegt ganz woanders

Johnny war immer noch auf der Treppe. Kirsty war immer noch vor ihm. Die Tür war zu. Sein Mantel hing an der Garderobe. Das Blackbury-Anzeigenblatt, das freitags geliefert wurde und immer auf dem Flurtisch liegen blieb, bis es jemand wegwarf, lag tatsächlich auf dem Tisch.

»Wir sind wieder in der Zeit gereist, oder?«, sagte Kirsty ganz ruhig. »Ich glaube, wir sind wieder da, wo wir angefangen haben. Möglicherweise ...«

»Ich hab meinen eigenen Hinterkopf gesehen!«, flüsterte Johnny. »Den leibhaftigen hinteren Teil meines eigenen Kopfes! Ohne Spiegel oder so! Das hat seit den Tagen der spanischen Inquisition keiner mehr geschafft! Wie kannst du dabei nur so ruhig bleiben?«

»Ich tu nur so«, sagte Kirsty. »Diese Tapete ist sogar noch schlimmer. Sieht aus wie in einem indischen Restaurant.«

Sie öffnete die Haustür und klappte sie wieder zu.

»Erinnerst du dich noch, dass ich dir erzählt habe, wenn man sich zu sehr für diese okkulten Dinge interessiert, tauchen diese Männer in schwarzen Autos auf?«

»Ja, und?«

»Guck mal durch den Briefschlitz.«

Johnny schob ihn mit dem Finger auf.

Draußen parkte gerade ein Wagen ein. Er war schwarz. Vollkommen schwarz. Schwarze Reifen, schwarze Radkappen, schwarze Rücklichter. Sogar die Fenster waren dunkler als die Sonnenbrille eines Mafioso. Hier und da war ein bisschen Chrom zu sehen, aber das ließ die Schwärze nur noch schwärzer erscheinen.

Das Auto blieb stehen. Johnny konnte den Schatten des Fahrers hinter dem dunklen Glas gerade noch erahnen.

»Das ist ... nur ... Zufall«, sagte er.

»Dein Opa bekommt also oft solchen Besuch?«, wollte Kasandra wissen.

»Na ja ...« Bekam er nicht. Jemand kam donnerstags vorbei, um den Totoschein abzuholen, und das war's auch schon. Opa war kein Gesellschaftslöwe.

Die Autotür ging auf. Ein Mann stieg aus. Er trug eine schwarze Chauffeursuniform. Die Autotür fiel mit diesem endgültigen, schweren Klacken, das sich nur die teuersten Autos leisten können, weil sie mit Geld gepolstert sind, wieder zu.

Johnny ließ die Briefschlitzklappe zufallen und wich zurück.

Sekunden später klopfte jemand fest an die Tür.

»Lauf!«, flüsterte Kasandra.

»Wohin denn?«

»Die Hintertür! *Komm* schon!«

»Wir haben doch nichts getan!«

»Woher weißt du das so genau?«

Kasandra zerrte Johnny den Pfad entlang und in die Garage. Der Einkaufswagen stand immer noch mittendrin.

»Halt dich bereit, die große Tür aufzumachen, und bleib nicht stehen!«

»Warum?«

»Mach die Tür auf! Jetzt!«

Johnny tat es, denn alles war besser, als sich mit Kirsty zu streiten.

Die Gasse vor den Garagen war leer – bis auf einen Nachbarn, der sein Auto wusch.

Johnny wurde beinahe umgestoßen, als der Einkaufswagen herausratterte. Kasandra schob den Wagen entschlossen über den Zementweg in die Gasse, die zur nächsten Straße führte.

»Hast du nicht diese Sendung darüber gesehen, wie die Fliegende Untertasse abstürzte und diese geheimnisvollen Männer auftauchten und alles vertuschten?«, fragte Kasandra.

»Nein!«

»Hast du denn jemals davon gehört, dass eine Fliegende Untertasse abgestürzt ist?«

»Nein.«

»Siehst du?«

»Na gut, aber wieso hat es dann eine Fernsehsendung darüber gegeben?«

Ein Auto bog um die Ecke in die Straße ein.

»Ich kann meine Zeit jetzt nicht mit Antworten auf dumme Fragen verschwenden«, sagte Kasandra. »*Komm* schon!«

Sie schob den Wagen, so schnell sie konnte. Er rollte über das abschüssige Pflaster, und das quietschende Rad blockierte immer wieder und brachte ihn zum Hüpfen.

Das Auto bog sehr langsam um die Ecke, als würde der Fahrer die Gegend nicht sehr gut kennen.

Johnny holte Kirs-Kasandra ein und klammerte sich an den Griff, weil der Einkaufswagen schrecklich hüpfte.

Und er wurde immer schneller.

»Versuch ihn festzuhalten!«

»Das tu ich ja! Du auch?«

Johnny riskierte einen Blick nach hinten. Das Auto holte offenbar auf.

Er sprang auf den Einkaufswagen.

»Was machst du denn da?«, fragte Kirsty, die im Augenblick viel zu verstört war, um noch an neue Namen zu denken.

»Komm schon!«

Johnny packte ihre Hand und zog sie auf den Wagen. Jetzt, da sie ihn nicht mehr festhielten, schoss er erst recht davon.

»Glaubst du wirklich, es ist eine Zeitmaschine?«, fragte Johnny, während der Fahrtwind die Plastiktüten flattern ließ.

»Es muss eine sein!«

»Hast du den Film gesehen, in dem ein Auto zur Zeitmaschine wurde, wenn es achtundachtzig Meilen pro Stunde fuhr?«

Sie starrten nach unten. Die Räder kreischten. Rauch stieg von den Achsen auf. Sie schauten zum Hügel zurück. Das Auto holte immer weiter auf. Sie sahen den Hügel hinunter. Dort war eine Kreuzung mit Ampeln. Die Umgehungsstraße war eine solide Mauer dröhnenden Verkehrs.

Sie starrten sich in die verängstigten Gesichter.

»Die Ampel ist rot! Die Ampel ist rot! Ich will nicht sterben!«, schrie Kirsty. »Ich war noch nicht mal auf der Uni!«

Hundert Meter vor ihnen bretterten riesige LKWs vorbei und brachten eine Million englische Rasierklingen aus Sheffield nach Italien, oder, wenn sie aus der anderen Richtung kamen, eine Million römische Rasierklingen nach England.

Der Einkaufswagen würde zweifellos genau hineinrasen.

Die Luft flimmerte.

Und dann waren plötzlich keine LKWs mehr da, oder genauer, sie standen schnaubend und zischend vor der Ampel. Die Lichter vor Johnny waren grün.

Der Einkaufswagen rollte mit kreischenden Rädern über die Kreuzung. Johnny konnte die erstaunten Gesichter der Fahrer sehen.

Dann wagte er einen Blick zurück.

Das schwarze Auto war verschwunden.

Den Hügel hinunter waren keine anderen Abzweigungen. Wohin es auch gefahren war, es hatte nicht den Weg normaler Autos genommen.

Johnny sah Kirsty an.

»Wo ist es hin?«, fragte sie. »Und was ist mit der Ampel passiert? Sind wir wieder in der Zeit gereist?«

»Du hast einen Regenmantel an!«, rief Johnny. »Vorhin hast du deinen alten Mantel angehabt, aber jetzt trägst du einen Regenmantel! Etwas hat sich verändert!«

Sie schaute an sich hinunter und wieder zu ihm auf.

Hinter der Kreuzung stand das Neil-Armstrong-Einkaufszentrum. Johnny zeigte darauf.

»Wir können den Wagen auf den Parkplatz lenken«, rief er.

Der Bentley kam ruckartig am Straßenrand zum Stehen.

»Sie sind einfach verschwunden!«, sagte Hickson und starrte über das Lenkrad. »Das war doch wohl nicht ... so'n Zeitreisezeug, oder? Ich meine, sie sind einfach verschwunden!«

»Ich nehme an, sie sind von diesem Jetzt *in ein anderes* Jetzt *gereist«, meinte Sir John.*

»Ist das ... ist das wie mit diesen Hosen, von denen Sie gesprochen haben, Sir?«

»Man könnte sagen, sie sind von einem Knie zum anderen gereist. Von einem 1996 in ein anderes 1996.«

Hickson drehte sich um.

»Meinen Sie das ernst, Sir? Ich hab diesen Wissenschaftler im Fernsehen gesehen ... Sie wissen schon, den im Rollstuhl ... und er redete von anderen Universen, die alle irgendwo reingestopft sind, und ...«

»Er würde wissen, wie man sich am besten ausdrückt, wenn man über solche Sachen redet«, sagte Sir John. »Leuten wie uns bleibt nur übrig, an Hosen zu denken.«

»Was sollen wir jetzt machen, Sir?«

»Ach, ich glaube, wir warten einfach, bis sie in unser Jetzt *zurückkehren.«*

»Und wie lange wird das dauern?«

»Noch etwa zwei Sekunden, glaube ich ...«

Yo-less, Bigmac und Wobbler saßen im Einkaufszentrum und aßen Hamburger und Fritten. Sehr viel mehr konnte man dort auch nicht anfangen. Manchmal gab es Sonderaktionen. Zu Weihnachten hatte man eine hübsche Gruppe aus Rentieren und Puppen in Nationaltrachten aufgebaut, die sich (ruckartig) zur Musik bewegten, aber Bigmac hatte herausgefunden, von wo aus die Anlage gesteuert wurde, und die Geschwindigkeit um das Vierfache erhöht, und der Kopf einer Norwegerin war davongewirbelt und durch das Fenster einer Bäckerei im ersten Stock geflogen.

Alles, was es heute an Unterhaltung gab, waren Leute, die Plastikfensterrahmen verkauften, und jemand, der versuchte, die Leute zu überreden, eine neue künstliche Bratkartoffelmischung auszuprobieren.

Die Jungen setzten sich an den Zierteich und hielten nach Wachpersonal Ausschau. Man konnte immer feststellen, ob sich Bigmac im Einkaufszentrum befand oder nicht, indem man beobachtete, wo sich die Wachmänner konzentrierten. Ein paar von ihnen waren von fliegenden Skandinaviertrümmern getroffen worden und hatten das übelgenommen. Bigmac hatte sich nie eines anderen Verbrechens schuldig gemacht als einer etwas verirrten Betrachtungsweise des Eigentumsrechts an anderer Leute Autos, aber er hatte eine erstaunliche Art, so auszusehen, als denke er gerade darüber nach, irgendein eher dämliches Verbrechen zu begehen, voraussichtlich mit Hilfe einer Dose Sprühfarbe. Seine Tarnjacke half da auch nicht. Sie hätte vielleicht im Dschungel funktioniert, aber nicht vor dem Hintergrund von Tante Emmas Karten- und Plätzchenladen.

Im Augenblick saß er allerdings recht harmlos da und starrte angeekelt Wobbler an, der damit beschäftigt war, Mayonnaise aus kleinen Päckchen auf seine Fritten zu quetschen. »Ih, *fünf* Portionen Mayo! Warum müssen es immer gleich fünf sein?«

Wobbler ignorierte ihn einfach. »Der gute Johnny mag ein Spinner sein«, sagte er zu Yo-less, »aber es ist wenigstens immer interessant, wenn er dabei ist. Es passiert immer was.«

»Ja, aber dann schleppt er diese Kimberly oder Kirsty oder Wer-auch-immer-sie-heute-sein-mag an, und die sträubt mir die Haare«, sagte Yo-less. »Sie ist irgendwie seltsam. Sie sieht mich immer an, als hätte ich eine Frage ungenügend beantwortet.«

»Ihr Bruder hat mir erzählt, dass sie nächstes Jahr an die Uni geht«, berichtete Bigmac.

Yo-less zuckte die Achseln. »Man braucht nicht dumm zu sein, um seltsam zu sein«, sagte er. »Wenn man was im Kopf hat, kann man sogar noch seltsamer werden. Es ist, als hielte die ganze Intelligenz ständig Ausschau nach unberechenbarer Aktion. Das glaube ich jedenfalls.«

»Na ja, Johnny ist auch seltsam«, meinte Bigmac. »Das ist er wirklich. In seinem Kopf gehen erstaunliche Sachen vor. Vielleicht ist er wirklich ein bisschen durchgeknallt.«

»Am erstaunlichsten ist das, was *außerhalb* von seinem Kopf vor sich geht«, sagte Wobbler. »Er ist einfach …«

Irgendwo im Einkaufszentrum war ein Krachen zu hören, und Leute fingen an zu schreien.

Ein Einkaufswagen rollte mit hoher Geschwindigkeit den Gang entlang, und die Kunden beeilten sich, ihm aus dem Weg zu gehen. Vorn am Wagen hing ein Fensterrahmen aus Plastik, der mit künstlichen Kartoffeln bekleckert war. Johnny und Kirsty klammerten sich an die Seiten des Wagens.

Johnny winkte ihnen zu, als sie vorbeisausten.

»Helft uns, dass wir durch den Hinterausgang rauskommen!«

»Das ist Mrs Tachyons Wagen, oder?«, fragte Yo-less.

»Is' doch egal«, meinte Bigmac. Er legte seinen Burger auf den Rand des Zierteichs – wo Wobbler ihn sofort aufsammelte –, und sie rannten hinter dem Einkaufswagen her.

»Jemand ist hinter uns her«, keuchte Johnny, als sie ihn eingeholt hatten.

»Brillant«, sagte Bigmac. »Wer denn?«

»Leute in einem großen schwarzen Auto«, meinte Johnny. »Nur ... sie sind verschwunden.«

»Oh, ein *unsichtbares* großes schwarzes Auto«, sagte Yo-less.

»*Die* sehe ich dauernd«, warf Bigmac ein.

»Wollt ihr den ganzen Tag hier rumstehen?«, wollte Kirsty wissen. »Es hat wahrscheinlich eine Art Tarnschild. *Kommt* schon!«

Der Einkaufswagen war nicht furchtbar schwer, obwohl der Inhalt der Tüten einiges wog. Aber er war schwer zu manövrieren. Selbst als alle halfen – oder, wie Johnny später dachte, *weil* alle halfen –, rutschte und schlingerte er, als sie versuchten, halbwegs geradeaus zu fahren.

»Wenn wir aus einer der anderen Türen rauskommen, sind wir in der High Street«, sagte Johnny. »Und da kommen wir nicht weiter, wegen der Schwellen und so.«

»Ich wünschte, ich hätte meine Fünf-Megawatt-Laserkanone«, sagte Bigmac, als sie den Wagen um eine Ecke quälten.

»Du hast doch gar keine Laserkanone«, meinte Yo-less.

»Weiß ich. Deshalb wünsche ich mir ja, ich hätte eine.«

»Aua!«

Wobbler sprang zurück.

»Er hat mich gebissen!«, schrie er.

Satan streckte den Kopf zwischen den Tüten vor und fauchte Johnny an.

Wachmänner kamen auf sie zu. Sie sahen fünf Jugendliche an einem Einkaufswagen herumzerren. Einer von ihnen war Bigmac, und, wie Yo-less angemerkt hätte, einer von ihnen war schwarz. So etwas erregt Aufmerksamkeit.

»Dieser Wagen könnte eine Zeitmaschine sein«, sagte Johnny. »Und das schwarze Auto ... Kirsty glaubt, jemand ist hinter dem Wagen her. Oder hinter mir. Oder hinter uns.«

»Toll, und wie kriegt man das Ding in Gang?«, fragte Bigmac.

»Eine Zeitmaschine«, murmelte Yo-less. »Aha.«

»Wo ist denn das unsichtbare Auto jetzt?«, wollte Wobbler wissen.

»Wir kommen dort nicht raus«, stellte Kirsty fest. »Da stehen schon Wachmänner.«

Johnny starrte die schwarzen Mülltüten an. Dann griff er nach einer und knotete die Schnur auf, mit der sie zugebunden war. Einen Augenblick lang fühlten sich seine Finger kalt an, und die Luft war voller Flüstern –

Das Einkaufszentrum verschwand.

Es verschwand über ihnen und um sie herum.

Und unter ihnen.

Sie landeten alle auf dem Gras, etwa einen Meter unterhalb der Stelle, an der sie gestanden hatten. Sie purzelten aufeinander, und der Wagen fiel auf sie; ein Rad bohrte sich in Johnnys Rücken. Tüten fielen heraus, und Satan nutzte die Gelegenheit, Bigmac am Ohr zu kratzen.

Und dann war es still; man hörte nur noch Bigmacs Fluchen.

Johnny machte die Augen wieder auf. Rund um sie herum erhoben sich Hänge. Darauf standen niedrige Büsche.

»Wenn ich jetzt fragen würde, was passiert ist«, sagte Yo-less irgendwo unter Bigmac, »was würdest du dann antworten?«

»Ich *glaube*, wir sind in der Zeit gereist«, sagte Johnny.

»Hattet ihr so ein elektrisches Gefühl?«, fragte Wobbler und griff sich an den Unterkiefer. »So, als würden sich eure Zähne sträuben?«

»In welche Richtung sind wir denn gereist?«, fragte Yo-less, der immer noch ziemlich angespannt klang. »Müssen wir mit Dinosauriern oder mit mutierten Robotern rechnen? Das würde ich gern wissen, bevor ich die Augen aufmache.«

Kirsty ächzte.

»O Gott, es wird also doch eins von *diesen* Abenteuern«, zischte sie und setzte sich. »Genau das, was ich um jeden Preis vermeiden wollte. Ich und vier Alibijungen. Oje. Oje. Es ist schon eine Gnade, dass wir keinen Hund dabeihaben.« Sie wischte sich ein paar Grasbüschel von ihrem Mantel. »Hat irgendjemand auch nur die geringste Idee, wo wir sind?«

»Ah«, sagte Yo-less. »Ich sehe, hier gibt es Gras. Das heißt also: keine Dinosaurier. Das hab ich in einem Film gesehen. Gras hat sich erst entwickelt, als es schon keine Dinosaurier mehr gab.«

Johnny stand auf. Sein Kopf tat weh. Er ging zum Rand der kleinen Grube, in der sie gelandet waren, und spähte hinaus.

»Erstaunlich. Da hat jemand echt aufgepasst«, sagte Kirsty. »Das engt den Rahmen also auf die letzten sechzig Millionen Jahre ein.«

»*Richtige* Zeitreisende haben für so was Digitalanzeigen«, beschwerte sich Wobbler. »Kein Gras? Was haben die Dinosaurier denn dann gefressen?«

»Digitale Zeitmaschinenuhren gibt es nur in Amerika«, sagte Bigmac. »Ich hab mal einen Film über eine Zeitmaschine im viktorianischen England gesehen, und die hatte nur Glühbirnen. Sie haben andere Dinosaurier gefressen, oder?«

»Man darf sie nicht mehr Dinosaurier nennen«, sagte

Yo-less. »Das ist politisch nicht korrekt. Man muss ›Prä-Petroleum-Personen‹ sagen.«

Kirstys Mund stand offen.

»Seid ihr immer so?«, fragte sie. »Vermutlich. Ist mir schon vorher aufgefallen. Statt euch den Tatsachen zu stellen, fangt ihr an, über seltsame Sachen zu reden. Wann *sind* wir?«

»Am 21. Mai«, sagte Johnny und setzte sich neben sie. »Es ist gerade halb vier vorbei.«

»Ach ja?«, meinte Kirsty. »Und wieso bist du da so sicher?«

»Ich hab einen Mann gefragt, der mit seinem Hund spazieren ging.«

»Hat er dir auch das Jahr genannt?«

Johnny starrte Kirsty an. »Nein«, sagte er. »Aber ich *weiß*, in welchem Jahr wir sind.«

Sie kletterten aus der Grube und kämpften sich durch die Büsche.

Vor ihnen erstreckte sich ein Feld. Am anderen Ende des Felds lagen ein paar Schrebergärten, ein Fluss – und dann Blackbury.

Es war eindeutig Blackbury. Dort war der vertraute Schornstein der Gummistiefelfabrik. Und ein paar andere hohe Schornsteine. Die hatte Johnny allerdings noch nie zuvor gesehen. Aus einiger Entfernung starrte der Mann mit dem Hund zu ihnen herüber. Der Hund ebenfalls. Keiner von beiden sah sonderlich jurassisch aus, obwohl der Hund nicht ganz vertrauenerweckend wirkte.

»He«, sagte Wobbler. »Was ist passiert? Was hast du gemacht?«

»Ich hab euch doch gesagt, dass wir in der Zeit gereist sind«, meinte Kirsty. »Hast du wieder nicht zugehört?«

»Ich dachte, das wäre nur ein Trick! Ich dachte, ihr würdet nur Quatsch machen!« Er sah Johnny äußerst beunruhigt an. »Das hier *ist* kein Quatsch, wie?«

»Stimmt.«

Wobbler sah noch ängstlicher aus.

»Tut mir leid. Aber das da drüben ist auf jeden Fall Blackbury. Nur kleiner. Ich glaube, wir sind da, wo das Einkaufszentrum später mal sein wird.«

»Wie kommen wir wieder zurück?«, fragte Yo-less.

»Es passiert einfach irgendwie, glaube ich.«

»Es sind Halluzinationen, oder?«, fragte Wobbler, der die Hoffnung nicht so schnell verlor. »Es ist vermutlich der Gestank aus diesem Einkaufswagen. In ein paar Minuten werden wir wieder aufwachen und Kopfweh haben, und alles ist in Ordnung.«

»Es passiert einfach irgendwie?«, fragte Yo-less. Wieder klang er sehr angespannt und vorsichtig, wie immer, wenn er etwas Unangenehmes im Kopf hatte. »Wie kommen wir zurück?«

»Es gibt einen Blitz und fertig«, sagte Kirsty.

»Und man ist wieder da, wo alles angefangen hat?«

»Natürlich nicht. Nur, wenn du dich nicht bewegst. Ansonsten kehrst du dahin zurück, wo der Ort, an dem du gerade bist, *dann* sein wird.«

Schweigend versuchten sie, diese Information zu verdauen.

»Du meinst«, sagte Bigmac, »wenn du ein paar Meter gehst, bist du, wenn du zurückkommst, ein paar Meter von da entfernt, wo du angefangen hast?«

»Ja.«

»Selbst, wenn da jetzt ein Gebäude ist?«, wollte Yo-less wissen.

»Ja ... nein ... keine Ahnung.«

»Also«, sagte Yo-less, immer noch langsam und bedächtig, »wenn an dieser Stelle später mal eine Menge Beton ist, was passiert dann?«

Alle starrten Kirsty an. Sie starrte Johnny an.

»Weiß ich nicht«, gab er zu. »Vielleicht ... klebt man irgendwie zusammen.«

»Ih«, sagte Bigmac.

Wobbler heulte auf. Manchmal, wenn es um etwas ganz Schreckliches ging, arbeitete sein Hirn sehr schnell.

»Ich will nicht in einer Betonmauer enden, und meine Arme ragen noch raus!«

»Ach, ich kann mir nicht vorstellen, dass es so passiert«, sagte Yo-less.

Wobbler entspannte sich ein wenig, aber nicht viel. »Wie wird es denn dann sein?«

»Also, ich denke, na ja, du hast lauter Atome in deinem Körper, und die Atome der Mauer würden versuchen, zur selben Zeit am selben Ort zu sein, und dann krachen sie alle zusammen und ...«

»Und was?«, fragte Kirsty.

»Und ... äh ... päng, gute Nacht, Europa«, sagte Yo-less. »Mit der Atomphysik ist nicht zu spaßen, tut mir leid.«

»Du meinst, meine Arme würden dann nicht aus der Mauer ragen?«, fragte Wobbler, der nicht ganz mitgekommen war.

»Nein«, sagte Yo-less.

»Hier ist sowieso keine Mauer«, meinte Bigmac grinsend.

»Zieht ihn nicht auf«, sagte Yo-less bedächtig. »Das hier ist ernst. Es könnte jedem von uns passieren. Wir sind runtergefallen, als wir gelandet sind. Bedeutet das, wenn wir jetzt plötzlich zurückkehren, werden wir aus dem Boden des Einkaufszentrums ragen und auf der Stelle eine Atomexplosion verursachen?«

»Die machen doch schon Theater, wenn du nur eine Cola verschüttest«, sagte Johnny.

»Wo ist denn Wobbler?«, fragte Kirsty.

Wobbler war schon weit entfernt und rannte auf die Schrebergärten zu. Er rief irgendwas.

»Was hat er gesagt?«, fragte sie.

»Er sagte: Ich geh nach Hause!«, sagte Johnny.

»Ja, aber«, wandte Bigmac ein, »... da, wo er jetzt rennt ... wenn wir dort sind, wo das Einkaufszentrum ist ... sein *wird* ... sind da drüben die Boutiquen. Dieses Feld, über das er rennt«, er blinzelte, »da etwa wird mal ein Schuhladen sein.«

»Wie werden wir wissen, dass wir auf dem Rückweg sind?«, fragte Yo-less.

»Es flimmert einen Augenblick lang«, erklärte Johnny. »Und dann ... zapp. Äh ... was passiert, wenn er irgendwo rauskommt, wo ein Kühlschrank ist oder so? Ist das so schlimm wie eine Betonmauer?«

»Mit Kühlschrankatomen kenne ich mich nicht aus«, meinte Yo-less. »Sie sind vielleicht nicht so schlimm wie Betonatome. Aber ich glaube nicht, dass irgendwer in dieser Gegend dann noch neue Tapeten braucht.«

»Wow! Ein Atomwobbler!«, sagte Bigmac.

»Holen wir den Einkaufswagen und folgen ihm«, schlug Johnny vor.

»Den brauchen wir nicht. Lassen wir ihn doch hier«, meinte Kirsty.

»Nein. Er gehört Mrs Tachyon.«

»Eine Sache verstehe ich nicht«, sagte Yo-less, als sie den Einkaufswagen über das Feld zerrten.

»Es gibt Millionen von Sachen, die ich nicht verstehe«, meinte Johnny.

»Was? Was dann? Wovon redet ihr jetzt?«

»Fernseher. Algebra. Wie hautlose Würstchen zusammenhalten. Chinesisch«, sagte Johnny. »Ich verstehe nichts davon.«

»Der Einkaufswagen hat keinen Motor«, sagte Yo-less. »Es gibt eigentlich keine Zeit*maschine*.«

»Vielleicht ist die Zeit in den Tüten«, sagte Johnny.

»Ach ja? Zeittüten? Man kann Zeit doch nicht einfach in eine Tüte stopfen.«

»Vielleicht wusste Mrs Tachyon das nicht. Sie liest immer Zeug auf, das irgendwo rumliegt.«

»Man kann Zeit auch nicht *auflesen*. Zeit ist das, *worin* man Zeug aufliest«, wandte Kirsty ein.

»Meine Oma hebt Kordeln auf«, verkündete Bigmac wie jemand, der auch einen Beitrag leisten möchte.

»Ach ja? Man kann aber nicht einfach eine halbe Stunde nehmen und zehn Minuten dranknoten, die man irgendwo gespart hat, falls dir das noch nicht aufgefallen sein sollte«, fauchte Kirsty. »Ehrlich, bringen die euch an der Schule keine Physik bei? Das mit den Kühlschrankatomen war schon schlimm genug. Was um alles in der Welt ist ein Kühlschrankatom?«

»Das kleinstmögliche Kühlschrankpartikel«, sagte Yo-less.

Vielleicht *kann* man Zeit tatsächlich sparen, dachte Johnny aufrührerisch. Man konnte sie verschwenden, und man konnte sie sparen. Das waren natürlich nur Redensarten, und es hing alles davon ab, wie man es betrachtete, aber Mrs Tachyon betrachtete die Dinge auch etwas anders.

Er erinnerte sich daran, dass er eine der Tüten berührt hatte. War Zeit rausgetropft? *Irgendwas* war ihm durch die Finger geglitten.

»So was wie kleinstmögliche Kühlschrankpartikel gibt es gar nicht. Das wären dann einfach Eisenatome und so.«

»Na gut, dann eben ein Kühlschrankmolekül. Jeweils ein Atom von allem, was man für einen Kühlschrank braucht«, gab Yo-less nach.

»Das gibt es auch – na gut, man *könnte* ein Atom von allem, was man für einen Kühlschrank braucht, nehmen, aber das gäbe dann trotzdem kein Kühlschrankmolekül, weil ...« Sie verdrehte die Augen. »Was mache ich denn da? Jetzt fange ich auch schon damit an!«

Der Rest des Universums sagte, Zeit sei kein Gegenstand, sondern die Art der Natur zu verhindern, dass alles gleichzeitig passierte, und Mrs Tachyon habe gesagt: Das glaubste vielleicht ...

Der Feldweg führte sie durch die Schrebergärten. Sie sahen aus, wie Schrebergärten überall aussehen; hin und wieder stand ein alter Mann darin, der genau so aussah, wie alte Männer in Schrebergärten eben aussehen. Sie tragen diese besonderen Altmänner-Schrebergarten-Hosen.

Einer nach dem anderen hörten sie auf zu graben, als der Einkaufswagen den Weg entlangrumpelte. Sie drehten sich um und sahen ihnen auf diese schweigende Schrebergärtnerart nach.

»Wahrscheinlich glotzen sie wegen Yo-less' Mantel so«, zischte Kirsty. »Lila, grün und gelb. Das ist Plastik, oder? Plastik gibt es noch nicht lange. Es könnte natürlich auch Bigmacs *Heavy Metal*-T-Shirt sein.«

Sie pflanzen Bohnen und Kartoffeln, dachte Johnny, und heute Nacht werden sie große Bombenkrater ernten ...

»Ich kann die Umgehungsstraße gar nicht sehen«, sagte Bigmac. »Und drüben auf dem Blackdown-Hügel steht kein Sendemast.«

»Dafür gibt es viel mehr Fabrikschornsteine«, sagte Yo-less. »An die kann ich mich nicht erinnern. Und wo ist der Verkehrslärm?«

Es ist der 21. Mai 1941, dachte Johnny. Ich *weiß* es einfach.

Eine sehr schmale Steinbrücke führte über den Fluss. Johnny blieb in der Mitte stehen und schaute den Weg zurück, den sie gekommen waren. Ein paar Schrebergärtner sahen ihnen immer noch nach. Hinter ihnen lag das abschüssige Feld, auf dem sie angekommen waren. Es war nicht sonderlich hübsch. Es hatte diese besondere Grautönung, die Felder annehmen, wenn sie ganz in der Nähe einer Stadt liegen und wissen, dass es nur eine Frage der Zeit ist, bis sie unter Beton begraben werden.

»Ich erinnere mich noch daran, als das da alles zugebaut war«, sagte er zu sich selbst.

»Was murmelst du da?«

»Ach, nichts.«

»An einiges kann ich mich erinnern«, sagte Bigmac. »Das hier ist die River Street. Und das da drüben an der Ecke ist der Laden vom alten Patel, oder?«

Aber auf dem Schild über dem Fenster stand: *RAUCHT WOODBINES* J. Wilkinson (Inh.).

»Woodbines?«, fragte Bigmac.

»Offenbar eine Art Zigarette«, sagte Kirsty.

Ein Auto fuhr vorüber. Es war schwarz, aber nicht so bedrohlich schwarz wie das auf dem Hügel. Es hatte Schlammspritzer und Roststellen. Es sah aus, als hätte jemand versucht, einen ziemlich großen fahrbaren Puddingberg zu formen, und auf halbem Weg aufgegeben, als es schon zu spät war. Johnny sah, wie der Fahrer den Hals reckte und sie anstarrte.

Über die Leute auf der Straße konnte man nicht viel sagen. Sie trugen oft Mäntel und Hüte in hundert langweiligen Schattierungen.

»Wir sollten hier nicht rumhängen«, sagte Kirsty. »Die Leute starren uns schon an. Lasst uns mal sehen, ob wir eine Tageszeitung kriegen können. Ich möchte wissen, wann wir sind. Es ist alles so düster.«

»Vielleicht sind wir mitten in der Depression gelandet«, sagte Johnny. »Mein Opa redet immer davon, wie es war, in der Depression aufzuwachsen.«

»Kein Fernsehen, alle haben altmodische Klamotten an, und es gibt keine gescheiten Autos«, meinte Bigmac. »Kein Wunder, dass alle deprimiert sind.«

»O Gott«, sagte Kirsty. »Hört mal, seid bloß vorsichtig, ja? Jede Kleinigkeit, die ihr tut, könnte die Zukunft ernsthaft beeinträchtigen. Verstanden?«

Sie betraten den Laden an der Ecke, nur Bigmac blieb draußen, um auf den Einkaufswagen aufzupassen.

Drinnen war es dunkel und roch nach Dielenbrettern.

Johnny hatte mal auf einem Schulausflug ein Museumsdorf besucht. Es war recht interessant gewesen, obwohl sich alle angestrengt hatten, das nicht zuzugeben, denn wenn man nicht aufpasste, verabreichten sie einem, ehe man sichs versah, wieder eine Portion Bildung. Der Laden war ein bisschen wie der in dem Dorf, nur dass es hier Dinge gab, die sie dort nicht gesehen hatten, wie eine Katze, die auf einem Sack Hundekuchen schlief. Und den Geruch. Es roch nicht nur nach Dielenbrettern. Auch nach Petroleum und Essen und Kerzen.

Eine kleine Dame mit Brille sah sie misstrauisch an.

»Ja? Was kann ich für euch tun?«, fragte sie. Sie nickte zu Yo-less.

»Sambo ist euer Freund, wie?«, fügte sie hinzu.

6

Die gute alte Zeit

Satan lag oben auf den Tüten und schnurrte.

Bigmac beobachtete den Verkehr. Es gab nicht viel davon. Ein paar Frauen blieben mitten auf der Kreuzung stehen und hielten ein Schwätzchen. Hin und wieder drehte sich eine von ihnen um und starrte Bigmac an.

Er verschränkte die Arme über HEAVY METAL.

Und dann hielt ein Auto direkt vor ihm. Der Fahrer stieg aus, warf Bigmac einen Blick zu und ging weiter die Straße entlang.

Bigmac starrte das Auto an. Er hatte solche schon im Fernsehen gesehen, in historischen Serien, in denen ein Auto und zwei Frauen mit einer Auswahl verschiedener Hüte immer wieder die Straße rauf- und runterfuhren oder -gingen, um den Leuten deutlich zu machen, dass dies nicht die Gegenwart war.

Die Schlüssel steckten noch im Zündschloss.

Bigmac war kein Krimineller, er war nur immer in der Nähe, wenn etwas passierte. Wegen Dummheit. Der Dummheit anderer Leute. Vor allem der Dummheit von Autoerfindern, die Autos erfanden, die in zehn Sekunden von null auf hundertachtzig beschleunigten, und sie dann an noch dümmere Leute verkauften, die sich nur für langweiliges Zeug wie Treibstoffverbrauch und die Farbe der Sitze interessierten. Wozu sollte das gut sein? *Dafür* waren Autos nicht da.

Die Schlüssel steckten immer noch im Zündschloss.

Bigmac war der Meinung, dass er den Leuten einen Gefallen tat, indem er ihnen vorführte, was ihre Autos wirklich konnten, und das war auf keinen Fall Diebstahl, denn er brachte die Autos immer wieder zurück, wenn er die Möglichkeit hatte, und sie hatten dann meistens noch dieselbe Form. Man sollte glauben, die Leute wären *froh* zu erfahren, dass ihr Auto zweihundert Sachen auf der Umgehungsstraße schaffen konnte, statt sich die ganze Zeit zu beschweren.

Die Schlüssel steckten immer noch im Zündschloss. Es gab eine Million Orte auf der Welt, an denen sie hätten sein können, aber sie steckten im Zündschloss.

Alte Autos wie dieses hier waren vermutlich überhaupt nicht schnell.

Die Schlüssel steckten immer noch im Zündschloss, fest und einladend.

Bigmac trat unbehaglich von einem Fuß auf den anderen.

Er war sich bewusst, dass es Menschen gab, die es für falsch hielten, wenn man sich Autos nahm, die einem nicht gehörten, aber wie man es auch betrachtete ...

... die Schlüssel steckten immer noch im Zündschloss.

Johnny hörte, wie Kirsty nach Luft schnappte. Es klang wie eine Concorde, die rückwärts startete.

Er spürte, wie der Laden größer wurde und Yo-less ganz allein in der Mitte stehen blieb.

Dann sagte Yo-less: »Genau. Ich bin ihr Freund.«

Die alte Dame schaute überrascht drein.

»Meine Güte, du sprichst aber gut Englisch«, sagte sie.

»Ich habe es von meinem Großvater gelernt«, erklärte Yo-less mit messerscharfer Stimme. »Er hat nur sehr gebildete Missionare gegessen.«

Manchmal arbeitete Johnnys Hirn sehr schnell. Normalerweise schaltete es so langsam, dass es ihm peinlich war, aber hin und wieder war es zu erstaunlichem Tempo fähig.

»Er ist ein Fürst«, sagte er.

»Fürst Sega«, ergänzte Yo-less.

»Aus dem fernen Nintendo«, erklärte Johnny.

»Er möchte eine Tageszeitung kaufen«, sagte Kirsty, die manchmal nur sehr wenig Fantasie hatte.

Johnny griff in die Tasche, dann zögerte er.

»Wir haben nur kein Geld«, sagte er.

»Doch, ich hab mindestens zwei ...«, setzte Kirsty an.

»Wir haben nicht das richtige Geld«, sagte Johnny bedeutungsvoll. »Damals gab es Pfund und Schilling und Pence, nicht nur Pfund und Pence ...«

Die Frau schaute von einem zum anderen, wie es Leute tun, die hoffen, dass sie alles noch verstehen werden, wenn sie nur gut aufpassen.

Johnny reckte den Hals. Auf der Theke lagen noch ein paar Tageszeitungen, obwohl es schon Nachmittag war. Eine davon war die *Times*. Er konnte das Datum gerade noch erkennen.

21. Mai 1941.

»Oh, du sollst deine Zeitung schon haben, mein Lieber«, sagte die alte Frau resigniert, »ich werde heute sowieso nicht mehr viele verkaufen.«

»Vielen, vielen Dank«, sagte Johnny, griff sich eine Zeitung und scheuchte die anderen beiden aus dem Laden.

»Sambo«, sagte Yo-less, als sie draußen waren.

»Wie bitte?«, meinte Kirsty. »Ach, das. Ärger dich nicht. Und gib mir mal die Zeitung.«

»Mein Opa ist 1952 hergekommen«, sagte Yo-less, immer noch mit dieser hohl klingenden Stimme. »Er hat erzählt, die Kinder hätten geglaubt, die Farbe ginge beim Waschen ab.«

»Ich versteh ja, dass dich das ärgert, aber so war es eben damals, und seitdem hat sich vieles verändert«, meinte Kirsty und blätterte weiter.

»*Seitdem* hat noch nicht mal stattgefunden«, brummte Yo-less. »Ich bin doch nicht blöd. Ich habe alte Bücher gelesen. Wir sind im Zeitalter des Schwarzen Mannes. Negerpuppen und Hurra fürs Vaterland. Sie hat mich *Sambo* genannt.«

»Hör mal«, sagte Kirsty, die Nase immer noch in der Zeitung, »das hier ist die gute alte Zeit. Sie hat es nicht so gemeint ... nicht böse. Sie ist eben so erzogen worden. Ihr könnt doch nicht von uns verlangen, dass wir die Geschichte neu schreiben.«

Johnny hatte plötzlich das Gefühl, in eine Tiefkühltruhe getreten zu sein. Und das lag mit ziemlicher Sicherheit an Kirstys *ihr*. Sambo war schon eine Beleidigung gewesen, aber *ihr* war schlimmer, weil es nicht mal persönlich gemeint war.

Er hatte Yo-less noch nie so wütend gesehen. Es war ein starrer, brüchiger Zorn. Wie konnte jemand, der so intelligent wie Kirsty war, so blöd sein? Sie sollte jetzt unbedingt etwas Vernünftiges sagen.

»Dann bin ich bloß froh, dass du hier bist«, sagte Yo-less mit dick aufgetragenem Sarkasmus. »Damit du mir alles erklären kannst.«

»Schon gut, hör doch auf, darauf herumzureiten«, sagte sie, ohne aufzublicken. »Es ist doch nicht *so* wichtig.«

Es war wirklich verblüffend, dachte Johnny. Kirsty hatte ein ausgesprochenes Talent, in der Feuerwerksfabrik Streichhölzer anzuzünden.

Yo-less holte tief Luft.

Johnny tätschelte seinen Arm.

»Sie hat es nicht so gemeint ... nicht böse«, sagte er. »Sie ist eben so erzogen worden.«

Yo-less sackte ein wenig in sich zusammen und nickte kühl.

»Wisst ihr, dass wir mitten in einem Krieg gelandet sind?«, fragte Kirsty. »Im Zweiten Weltkrieg. Zu dieser Zeit war er sehr populär.«

Johnny nickte.

Der 21. Mai 1941.

Nicht viele Leute interessierten sich heute dafür oder wussten auch nur davon. Nur er und der Bibliothekar der Stadtbücherei, der ihm geholfen hatte, die Sachen für das Projekt zu finden, und ein paar alte Leute. Es war einfach Geschichte geworden. Die gute alte Zeit. Und nun war er mittendrin.

Genau wie die Paradise Street.

Bis heute Nacht.

»Ist alles in Ordnung?«, fragte Yo-less ihn.

Er hatte nicht einmal davon gewusst, bis er die alten Zeitungen in der Bibliothek gefunden hatte. Es war ... es war, als *zählte* es überhaupt nicht. Es war passiert, aber es war kein wichtiger Teil des Krieges. An anderen Orten waren viel schlimmere Dinge passiert. Neunzehn Leute zählten da kaum.

Aber er hatte sich vorgestellt, dass es in *seiner* Stadt passiert war. Es war entsetzlich einfach.

Die alten Männer würden aus den Schrebergärten heimkommen. Die Läden würden schließen. Es würde nicht viele Lichter geben, wegen der Verdunklung, aber Licht für Licht würde die Stadt schlafen gehen.

Und dann, ein paar Stunden später, würde es geschehen.

Heute Nacht.

Wobbler keuchte die Straße entlang. Und er schwabbelte. Es sei nicht seine Schuld, dass er fett sei, sagte er immer, es liege an seinen Genen. Er habe einfach zu viele davon.

Er versuchte zu rennen, aber die meiste Energie wurde vom Schwabbeln verbraucht.

Er versuchte nachzudenken, aber das funktionierte nicht sonderlich gut.

Sie waren nicht in der Zeit gereist! Die anderen hatten ihn nur aufgezogen! Das versuchten sie doch dauernd! Er würde heimgehen und sich erst mal hinsetzen, und dann wäre alles wieder gut …

Und nun war er zu Hause.

Irgendwie jedenfalls.

Alles war … irgendwie kleiner. Die Bäume in der Straße hatten die falsche Größe, und die Autos stimmten nicht. Die Häuser sahen … neuer aus. Aber es war die Gregory Road. Er war hier schon millionenmal gewesen. Man ging sie entlang bis zur Hälfte und bog dann ab in den …

… in den …

Ein Mann schnitt seine Hecke. Er trug einen steifen Hemdkragen mit Krawatte *und* einen Pullover mit Zickzackmuster. Er rauchte Pfeife. Als er Wobbler sah, hörte er auf zu schneiden und nahm die Pfeife aus dem Mund.

»Was gibt's denn, Sohn?«, fragte er.

»Ich … äh … ich suche den Seely Crescent.«

Der Mann lächelte.

»Also, ich bin Ratsherr Edward Seely«, sagte er, »aber von einem Seely Crescent habe ich noch nie gehört.« Er drehte sich nach einer Frau um, die im Garten Unkraut jätete. »Hast du je von einem Seely Crescent gehört, Mildred?«

»An der Ecke wächst ein großer Kastanienbaum …«, begann Wobbler.

»Wir haben eine Kastanie«, sagte Mr Seely und zeigte auf einen Stock mit ein paar Blättern dran. Er lächelte. »Im Augenblick sieht sie noch nicht besonders groß aus, aber du kannst ja in fünfzig Jahren mal wiederkommen.«

Wobbler starrte erst das Bäumchen an und dann den Mann.

Es war ein großer Garten, und dahinter lag ein Feld. Dort war genug Platz für eine Straße, wenn jemand … eines Tages … eine Straße bauen wollte …

»Werd ich machen«, sagte er.

»Alles in Ordnung mit dir, junger Mann?«, wollte Mrs Seely wissen.

Wobbler merkte, dass er keine Angst mehr hatte. Es war einfach keine mehr übrig. Es war wie in einem Traum. Hinterher klang das alles immer ziemlich blöd, aber wenn man mittendrin war, machte man einfach weiter.

Es war wie ein Raketenstart: eine Menge Krach und Durcheinander, und dann war man in der Umlaufbahn und trieb dahin und konnte sich alles unter einem ansehen, als wäre es nicht wirklich.

Ein verblüffendes Gefühl. Wobbler hatte einen großen Teil seines Lebens damit zugebracht, vor Dingen Angst zu haben, auf eine etwas unklare Weise. Es gab immer irgendwas, was er hätte tun – oder nicht tun – sollen. Aber hier schien das alles egal zu sein. Er war noch nicht einmal geboren – irgendwie jedenfalls –, also konnte er an gar nichts schuld sein.

»Mir geht's gut«, sagte er. »Danke der Nachfrage. Ich ... ich geh jetzt wieder in die Stadt zurück.«

Er konnte spüren, wie sie ihm hinterherschauten, als er die Straße wieder zurückging.

Das hier *war* seine Heimatstadt. Es gab jede Menge Anzeichen dafür. Aber vieles andere war ... seltsam. Es gab mehr Bäume und weniger Häuser, mehr Fabrikschornsteine und weniger Autos. Und erheblich weniger Farbe. Es sah nicht danach aus, als würde es viel Spaß machen, hier zu wohnen. Er war ziemlich sicher, dass niemand hier auch nur wusste, was eine Pizza war –

»He, Mister«, krächzte jemand.

Am Straßenrand saß ein Junge.

Es war ganz bestimmt ein Junge. Aber seine kurzen Hosen reichten ihm beinahe bis an die Knöchel. Er trug eine Brille, bei der ein Glas durch Packpapier ersetzt war; sein Haar war offenbar mit einem Rasenmäher geschnitten worden, und seine Nase lief. Und er hatte abstehende Ohren.

Niemand hatte Wobbler je »Mister« genannt, außer Lehrern, die sarkastisch sein wollten.

»Ja?«, sagte er.

»Wo geht's denn hier nach London?«, fragte der Junge. Er hatte einen Pappkoffer neben sich stehen, der mit einer Kordel zugebunden war.

Wobbler überlegte einen Augenblick. »Da hinten rüber«, sagte er und zeigte in die Richtung. »Keine Ahnung, warum es keine Straßenschilder gibt.«

»Ron sacht, die sind alle weggenommen worden, damit der Jerry nich weiß, wo's langgeht«, sagte der Junge. Er hatte eine Reihe kleiner Steine neben sich im Rinnstein aufgebaut. Hin und wieder griff er nach einem und warf ihn mit großer Genauigkeit nach einer Blechbüchse auf der anderen Straßenseite.

»Wer ist Jerry?«

Ein zutiefst misstrauisches Auge starrte ihn an.

»Die *Deutschen*«, sagte der Junge. »Aber ich hätt nix dagegen, wenn sie herkämen und 'ne Bombe auf die alte Mrs Density werfen täten.«

»Wieso? Kämpfen wir gegen die Deutschen?«, fragte Wobbler.

»Bist du Amerikaner? Unser Dad sacht, die Amerikaner sollen auch kämpfen, aber die warten noch ab, wer gewinnt.«

»Äh ...« Wobbler beschloss, dass es ganz gut wäre, eine Weile Amerikaner zu sein. »Ja. Klar.«

»Mann! Sach ma was Amerikanisches!«

»Äh ... okay. Microsoft. Spiderman. Howdy.«

Diese Demonstration transatlantischen Ursprungs schien dem Jungen zu genügen. Er warf noch einen Stein nach der Blechbüchse.

»Unsere Mam sacht, ich muss bei Mrs Density bleiben, und das Essen hier is *Müll*«, sagte der Junge. »Ich muss sogar *Milch* trinken! Die Milch daheim, die hat mir ja nix ausgemacht, aber hier kommt sie aussem Hintern vonner Kuh. Hab ich selber gesehen. Dann ham sie uns auffen Bauernhof mitgenommen, wo überall Dreck war, und weißte, wo die Eier rauskommen? Bah! Und wir müssen um sieben ins Bett, und ich will wieder zu meiner Mam, und ich geh jetzt heim. Ich hab genug vom Evakuiertsein.«

»Klingt schrecklich«, sagte Wobbler unsicher.

»Ron sacht, es macht Spaß, im U-Bahnhof zu schlafen, wenn's Alarm gibt«, fuhr der Junge fort. »Ron sacht, sie haben die Schule getroffen, und es muss keiner mehr hin.«

Wobbler hatte den Eindruck, es war ganz gleich, was er sagte. Der Junge redete mit sich selbst. Ein weiterer Stein warf die Blechbüchse um.

»Ha!«, sagte der Junge. »Auf die Schule *hier* sollten sie auch 'ne Bombe werfen. Die trampeln auf uns rum, bloß weil wir aus London kommen, und weißte was, der Atterbury hat mir mein Schrapnellstück geklaut! Das hat Ron mir geschenkt. Ron ist Polizist, da kann er prima Sachen für mich finden. Hier kriegste so was wie'n Schrapnell überhaupt nicht.«

»Was ist ein Schrapnell?«, fragte Wobbler.

»Spinnst du? Das is'n Stück vonner Bombe! Ron sacht, Alf Harvey hat 'ne richtige Sammlung davon *und* ein Stück vonner Heinkel. Ron sacht, Alf Harvey hat mal 'nen echten Naziring gefunden, da war noch'n Finger drin.« Der Junge schaute sehnsuchtsvoll drein, als hätte man ihn ganz zu Unrecht vom Zugang zu unerhörten Schätzen ausgeschlossen. »Ha! Ron sacht, die andern Kinder in der Straße sind auch wieder daheim, und ich find, ich bin auch alt genug, also geh ich.«

Wobbler hatte sich nie sonderlich für Geschichte interessiert. Für ihn war das etwas, was anderen Leuten passiert war.

Er konnte sich vage an eine Fernsehsendung erinnern, in der Filmausschnitte gezeigt worden waren, als die Leute so arm gewesen waren, dass sie sich nur Schwarz-Weiß leisten konnten.

Kinder mit Schildern um den Hals, die an Bahnhöfen warteten. Und die Erwachsenen hatten alle – *alle!* – Hüte getragen ...

Evakuierung, genau. Sie hatten die Kinder aus den großen Städten weggeschickt, wegen der Bomben.

»Was für ein Jahr haben wir denn?«, fragte er.

Der Junge warf ihm einen Seitenblick zu.

»Du bist'n Spion, wie?«, sagte er und stand auf. »Du hast von nix 'ne Ahnung. Und Amerikaner bist du auch nicht, ich hab Bilder von welchen gesehen. Wenn du'n Amerikaner bist, wo ist dann dein Gewehr?«

»Red doch keinen Quatsch, Amerikaner haben doch nicht alle Gewehre«, sagte Wobbler. »Es gibt viele, die keine haben. Na ja, wenigstens ein paar.«

»Ron sacht, es hat was inner Zeitung gestanden über deutsche Fallschirmspringer, die sich als Nonnen verkleiden«, sagte der Junge und wich zurück. »Vielleicht bist du auch so'n Fallschirmspringer, obwohl du bestimmt 'nen großen Fallschirm gebraucht hast.«

»Also gut, ich bin Engländer«, gab Wobbler zu.

»Ach ja? Und wer ist grad Premierminister?«

Wobbler zögerte.

»Ich glaube, das war in der Schule noch nicht dran«, sagte er.

»Winston Churchill. Da brauchste doch keine Schule für«, meinte der Junge geringschätzig.

»Ha, du willst mich nur verarschen«, sagte Wobbler. »Ich weiß ganz sicher, dass wir nie einen schwarzen Premierminister hatten.«

»Du weißt gar nix«, sagte der Junge und griff nach seinem schäbigen Pappkoffer. »Und fett biste auch.«

»Das muss ich mir wirklich nicht anhören«, sagte Wobbler und ging weiter.

»Spion, Spion, Spion«, rief der Junge.

»Ach, halt die Schnauze.«

»Und du schwabbelst. Ich hab Göring in der Wochenschau gesehen. Du siehst genau aus wie der. Und du hast komische Sachen an. Spion, Spion, Spion!«

Wobbler seufzte. Er war an so etwas gewöhnt, nur hatte es in der letzten Zeit ein wenig nachgelassen, weil er jetzt *groß* und dick war; früher war er nur dick gewesen.

»Und *du* bist dumm«, sagte er. »*Ich* hab wenigstens noch die Chance abzunehmen.«

Auch ätzender Sarkasmus half nichts.

»Spion, Spion, Spion!«

Wobbler versuchte, schneller zu gehen.

»Ich sach's Mrs Density, und die ruft dann Ron an, und der kommt und verhaftet dich!«, rief der Junge und hüpfte hinter ihm her.

Wobbler versuchte, noch schneller zu gehen.

»Ron hat auch'n Gewehr!«

Ein Mann auf einem Fahrrad kam vorbei.

»Der da is'n Spion!«, sagte der Junge und zeigte auf Wobbler. »Ich halt ihn hier fest, bis mein Bruder kommt.«

Der Mann grinste Wobbler nur zu und fuhr weiter.

»Ron sacht, ihr Spione schickt Morsenachrichten an Nazi-U-Boote, mit Taschenlampen«, rief der Junge.

»Wir sind zwanzig Meilen vom Meer entfernt«, meinte Wobbler, der jetzt beinahe rannte.

»Du kannst dich ja auffen Turm stellen oder so, Spion!«

Es war einfach nur dumm, dachte Bigmac und starrte die beiden Dampfwolken vor sich an. Was waren das für Idioten, die Autos ohne Servolenkung bauten, und mit Bremsen, die offenbar an Drähten hingen? Er hatte der Welt im Grunde einen Gefallen getan, dieses Ding von der Straße zu schaffen.

Tatsächlich hatte er es nicht nur von der Straße geschafft, sondern auch noch über den Bürgersteig und ein Blumenbeet in den Stadtrat-Bowler-Gedächtnis-Trog.

Die Dampfwolken waren eigentlich recht hübsch. Kleine Regenbogen flimmerten darin.

»Aha«, sagte eine Stimme, als jemand die Autotür öffnete. »Wen haben wir denn da?«

»Ich glaube, ich hab mir den Kopf angeschlagen«, sagte Bigmac.

Eine große Hand umfasste seinen Arm und zerrte ihn aus dem Wagen. Bigmac blickte auf und sah zwei runde Gesichter, denen »Polizist« auf die Stirn geschrieben stand. Es waren sehr große Gesichter.

»Das ist das Auto von Dr. Roberts«, sagten sie. »Und du, mein Junge, bist jetzt dran. Wie heißt du?«

»Simon Wrigley«, murmelte Bigmac. »Ms Partridge weiß alles über mich ...«

»Ach ja? Und wer soll das sein?«

Bigmac blinzelte die beiden Gesichter an, die wie durch ein Wunder ineinander übergingen und zu einem wurden.

Er mochte Ms Partridge ganz gern. Sie war fies. Die beiden Sozialarbeiterinnen, mit denen er zuvor zu tun gehabt hatte, hatten ihn wie ein Weichei behandelt, aber Ms Partridge ließ keinen Zweifel daran, dass sie der Ansicht war, Bigmac hätte gleich nach der Geburt erwürgt werden sollen. Jemanden wie sie konnte man *respektieren*. Sie gab ihm wenigstens nicht das Gefühl, ein nutzloser Spinner zu sein.

Dann fiel ihm etwas ein.

»Wann bin ich?«, sagte er und rieb sich den Kopf.

»Als Erstes will ich jetzt wissen, wo du wohnst …«, der Polizist beugte sich vor. Irgendwas an Bigmac störte ihn. »Was meinst du mit: Wann bin ich?«, fragte er.

»In welchem Jahr?«

Der Polizist hatte ziemlich feste Vorstellungen, was mit Autodieben zu geschehen hatte, aber meistens wussten die wenigstens, welches Jahr man schrieb.

»Wir haben 1941«, sagte er und richtete sich wieder auf. Er starrte Bigmac misstrauisch an.

»Wer ist der Kapitän der englischen Cricketmannschaft?«, fragte er.

Bigmac blinzelte. »Was? Müsste ich das wissen?«

»Wer hat letztes Jahr das Bootsrennen gewonnen?«

»Welches Bootsrennen?«

Der Polizist starrte ihn wieder an.

»Und was hast du da am Gürtel?«

Bigmac blinzelte wieder und sah an sich hinunter.

»Das hab ich nicht geklaut«, sagte er schnell. »Und es ist sowieso nur ein Radio.«

»Und was ist das für ein Draht, der zu deinem Ohr führt?«

»Wie kann man so blöd sein? Das ist ein Kopfhörer!«

Die Hand des Polizisten landete auf seiner Schulter, mit jenem Nachdruck, der nahelegte, dass sie ihn so schnell nicht wieder loslassen würde.

»Du kommst lieber mit, Fritz«, sagte er. »Ich bin doch nicht von gestern.«

Bigmacs Hirn schaffte es endlich, sich wieder richtig einzustellen. Er starrte die Uniform an, dann die Menschenmenge dahinter, und es dämmerte ihm, dass er ganz allein war, und weit, weit weg von daheim.

»Ich bin auch nicht von gestern«, sagte er. »Hilft das irgendwas?«

Johnny, Kirsty und Yo-less saßen in einem kleinen Park. Soweit Johnny sehen konnte, würden hier einmal ein Teil der Ringstraße und eine Verkehrsinsel sein. Jetzt gab es eine Bank und ein paar Geranien.

»Heute Nacht werden sie Bomben auf die Paradise Street werfen«, sagte Johnny.

»Wo ist denn das?«, wollte Yo-less wissen.

»Hier. Dort, wo die Sportanlage war ... sein wird, meine ich.«

»Nie davon gehört.«

»Ja. Das hab ich doch *gesagt*. Es wird alles zerstört. Und wisst ihr, was das Komische daran ist?«

»Es ist was Komisches dran?«, fragte Kirsty.

»Es war ein Versehen! Die Deutschen wollten eigentlich die Verladestation in Slate treffen! Aber dann haben sie sich ein bisschen verflogen, und das Wetter wurde schlechter, und sie haben die Bahnanlagen hier gesehen und alle Bomben abgeworfen und sind wieder heimgeflogen. Und alle waren im Bett, weil der Fliegeralarm nicht funktioniert hat.«

»Schon gut, schon gut, das hast du mir schon mal erzählt, und alles über Adolf und Stalin. Es ist sehr traurig, aber du solltest dich nicht so darüber aufregen«, sagte Kirsty. »Das ist Geschichte. Solche Sachen passieren in der Geschichte.«

»Hörst du mir denn nicht zu? Es ist noch nicht passiert. Heute ist *jetzt*. Es wird *heute Nacht* passieren!«

Sie starrten die Geranien an.

»Warum sind wir noch nicht zurückgereist?«, wollte Kirsty wissen. »Wir sind schon eine Ewigkeit hier.«

»Wie soll ich das wissen?«, meinte Johnny. »Vielleicht bleibt man um so länger, je weiter man gereist ist.«

»Und ganz zufällig sind wir in einer Zeit gelandet, über die du alles weißt«, sagte Yo-less. »Das finde ich eigentlich ein bisschen merkwürdig.«

Es hatte Johnny auch schon beunruhigt. Alles hier fühlte sich ganz wirklich an, aber vielleicht war er mit solcher Wucht durchgeknallt, dass es die anderen mitgerissen hatte.

»Ich will jedenfalls nicht hierbleiben, das ist mal klar«, sagte Yo-less. »Der kleine Sambo zu sein entspricht nicht gerade meiner Vorstellung von einem erfüllten Leben.«

Johnny stand auf und packte den Griff des Einkaufswagens.

»Ich sehe mir jetzt die Paradise Street an«, sagte er.

»Das ist keine gute Idee«, meinte Kirsty. »Ich hab dir doch gesagt, alles, was du tust, wird die Zukunft verändern.«

»Ich will's mir ja nur mal ansehen.«

»Ach ja? Ehrlich gesagt, kann ich das nicht so recht glauben.«

»Sie hat recht«, meinte Yo-less, der sich bemühte, die beiden einzuholen. »Du solltest nicht in der Zeit herumpfuschen. Ich hab mal ein Buch gelesen, in dem ein Mann in die Vergangenheit reiste und auf einen ... auf einen Dinosaurier getreten ist, und es hat die gesamte Zukunft verändert.«

»Ein Dinosaurier?«, fragte Kirsty.

»Ich glaube jedenfalls, dass es einer war. Vielleicht gab es ja auch kleine.«

»Aha. Oder er war ein sehr großer Mann«, meinte Kirsty.

Der Einkaufswagen hoppelte vom Bürgersteig, klapperte über die Straße und rumpelte auf der anderen Seite wieder auf den Bürgersteig.

»Und was hast du vor?«, fragte Kirsty. »Überall an die Türen klopfen und sagen: Entschuldigen Sie, aber heute Nacht wird diese Straße hier bombardiert?«

»Warum denn nicht?«

»Weil sie dich einsperren werden, darum«, sagte Yo-less.

»Genau«, ergänzte Kirsty. »Es wird genauso sein wie mit dem Mann, der auf Yo-less' Dinosaurier getreten ist.«

»Wenn ich es mir recht überlege, könnte es auch eine Art Insekt gewesen sein«, gestand Yo-less. »Jedenfalls kannst du gar nichts tun. Es ist schon passiert, denn wie hättest du sonst davon erfahren? Du kannst nicht in der Geschichte herumpfuschen.«

Der Einkaufswagen blieb so plötzlich stehen, dass sie fast über Johnny gefallen wären.

»Warum reden alle eigentlich immer so?«, fragte er. »Es ist einfach *dumm*. Würdest du wirklich zusehen, wie jemand von einem Auto überfahren wird, weil das eben passieren soll? Alles, was wir tun, verändert die Zukunft, andauernd. Also sollten wir das *Richtige* tun.«

»Schrei nicht so, die Leute starren uns schon an«, sagte Kirsty.

Der Einkaufswagen rumpelte vom Bürgersteig und holperte über Kopfsteinpflaster. Sie hatten die Innenstadt schon hinter sich.

Und da war die Paradise Street.

Sie war nicht besonders lang. Es standen nur sechs Reihenhäuser auf jeder Seite, und ein paar davon waren zugenagelt. Am hinteren Ende führte ein großes Holztor zu einer Fabrik. Das Tor war einmal grün angestrichen gewesen, aber die Zeit und das Wetter hatten eine Art moosiges Grau daraus gemacht.

Jemand hatte mit Kreide ein Fußballtor auf das Fabriktor gezeichnet, und ein paar Jungen in knielangen Shorts kickten einen Ball herum.

Johnny sah zu, wie sie Fouls begingen, die den Geschäftsführer jedes Fußballclubs entzückt hätten.

Etwa auf der Hälfte der Straße reparierte ein junger Mann

gerade sein Motorrad. Werkzeuge lagen auf einem Lappen auf dem Pflaster. Der Fußball entwich aus einem komplizierten Angriffsmanöver, traf auf die Schraubenschlüssel und hätte beinahe das Motorrad umgeworfen.

»Immer mit der Ruhe, ihr kleinen Teufel«, sagte der Mann und schob den Ball weg.

»Du hast nie was von Kindern gesagt«, sagte Kirsty so leise, dass Johnny sie kaum hören konnte.

Johnny zuckte die Achseln.

»Es wird *alles* zerstört werden?«, fragte Yo-less.

Johnny nickte.

»In der Tageszeitung standen nicht viele Einzelheiten«, meinte er. »Das war meistens so, damit der Feind nichts erfuhr. Es ging darum, den Deutschen nicht zu zeigen, wie schwer man getroffen war. Es gab ein Foto von einer Frau, die den Daumen hochreckte, und drunter stand: ›Blackbury kann's verkraften, Mister Hitler!‹, aber kaum etwas anderes. Erst als Jahre vergangen waren, hat jemand darüber geschrieben.«

»Du meinst, die Regierung hat es vertuscht?«, fragte Kirsty.

»Kann ich mir schon vorstellen«, meinte Yo-less finster. »Ich meine, sie wollten dem Feind einfach nicht sagen: He, ihr habt danebengetroffen, versucht's doch einfach noch mal!«

Der Fußball krachte gegen das Fabriktor und ließ die drei aufschrecken. Es schien keine Mannschaften zu geben. Der Ball wurde einfach von hier nach da gekickt, immer umgeben von einer Gruppe kleiner Jungen.

»Ich weiß wirklich nicht, was wir tun könnten«, sagte Kirsty. Ihre Stimme klang jetzt sehr unsicher.

»Was? Du hast doch die ganze Zeit gesagt, wir sollten *gar nichts* tun«, meinte Johnny.

»Es ist anders, wenn man die Leute sieht, nicht wahr?«

»Ja.«

»Ich nehme an, es würde wirklich nicht funktionieren, wenn wir es jemandem erzählten.«

»Sie würden fragen: ›Woher wisst ihr das?‹, und dann würden sie uns wahrscheinlich erschießen, weil sie uns für Spione halten«, sagte Yo-less. »Spione sind früher immer erschossen worden.«

7

Heavy Metal

Der Mann in der Khakiuniform drehte Bigmacs Radio hin und her.

Bigmac sah ihm nervös dabei zu. Der andere Mann im Zimmer war ein Polizeisergeant, und mit Polizisten kannte Bigmac sich aus. Aber an der Tür stand ein Soldat mit einer Pistole. Und der Mann, der vor ihm saß, sah zwar müde aus, machte aber auch einen ziemlich klugen Eindruck. Bigmac war nicht der schnellste Denker, doch selbst ihm dämmerte, dass er aus dieser Situation wohl kaum mit einer Verwarnung herauskommen würde.

»Fangen wir noch mal von vorn an«, sagte der Mann in Khaki, der sich als Captain Harris vorgestellt hatte. »Dein Name ist …«

Bigmac zögerte. Am liebsten hätte er gesagt: »Holen Sie Ms Partridge, sie kennt sich schon aus, es ist alles nicht meine Schuld, sie sagt, ich sei dysfunktional«, aber der Captain hatte einen Ausdruck im Gesicht, der nahelegte, dass das ein sehr unglücklicher Schachzug sein könnte.

»Simon Wrigley.«

»Und du sagst, du bist vierzehn Jahre alt und wohnst in …« Captain Harris warf einen Blick auf seine Notizen, »im Joshua-Che-N'Clement-Block, der, wie du sagst, ganz in der Nähe ist.«

»Sie können ihn von hier aus sehen«, sagte Bigmac, der helfen wollte. »Oder Sie könnten es, wenn er da wäre.«

Der Captain und der Polizeisergeant wechselten einen Blick.

»Er ist nicht hier?«, fragte der Captain.

»Ja. Ich weiß auch nicht, wieso«, antwortete Bigmac.

»Erzähl mir noch mal, was Heavy Metal bedeutet«, bat der Captain.

»Das ist eine Neo-Punk-Thrash-Band«, erklärte Bigmac.

»Eine Musikkapelle?«

»Äh ... ja.«

»Haben wir sie vielleicht schon mal im Radio gehört?«

»Kann ich mir nicht vorstellen«, meinte Bigmac. »Ihre letzte Single heißt: ›Ich reiß dir den Kopf ab und spuck dann in das Loch‹.«

»›... reiß dir den Kopf ab ...‹«, sagte der Polizist, der Notizen machte.

»›... und spuck dann in das Loch‹«, ergänzte Bigmac bereitwillig.

»Diese Uhr, die du da hast, mit den Zahlen drauf«, sagte der Captain. »Ich sehe, die hat auch kleine Knöpfe. Was passiert, wenn ich da draufdrücke?«

Der Polizist versuchte, ein wenig zurückzuweichen.

»Mit dem Knopf hier links kann man sie beleuchten, damit man im Dunkeln die Zeit ablesen kann«, sagte Bigmac.

»Ach ja? Und wieso solltest du das wollen?«

»Wenn ich nachts aufwache und wissen will, wie spät es ist?«, schlug Bigmac vor, nachdem er ausführlich nachgedacht hatte.

»Aha. Und der andere Knopf?«

»Ach, wenn man den drückt, kann man sehen, wie spät es in einem anderen Land ist.«

Plötzlich schienen alle sehr aufmerksam.

»Welches andere Land?«, fragte der Captain scharf.

»Sie ist auf Singapur stehengeblieben«, erklärte Bigmac.

Der Captain legte die Uhr sehr vorsichtig auf den Tisch. Der

Sergeant schrieb ein Etikett und befestigte es am Armband. Dann griff der Captain nach Bigmacs Jacke.

»Woraus besteht die?«, fragte er.

»Keine Ahnung. Eine Art Plastik«, sagte Bigmac. »Die werden auf dem Markt verkauft.«

Der Captain drehte und wendete die Jacke nach allen Seiten. »Wie wird so was hergestellt?«

»Oh, das weiß ich zufällig«, sagte Bigmac. »Ich hab's irgendwo gelesen. Man mischt ein paar Chemikalien zusammen, und dann kriegt man Plastik. Ganz einfach.«

»In Tarnfarben«, stellte der Captain fest.

Bigmac leckte sich die Lippen. Er war sicher, er steckte in Schwierigkeiten, also hatte es keinen Zweck, sich zu verstellen.

»Das ist bloß, damit man härter aussieht«, meinte er.

»Härter. Aha«, sagte der Captain, und sein Blick verriet nicht, ob er irgendwas verstanden hatte. Er hielt die Jacke mit dem Rücken nach vorn und zeigte auf zwei Worte, die dort standen – ziemlich schlecht mit dem Kugelschreiber draufgeschrieben.

»Was genau sind BLACKBURY SKINS?«

»Äh ... das bin ich und Bazza und Skazz. Äh ... Skinheads. So eine ... eine Art von Gang.«

»Gang«, sagte der Captain.

»Äh ... ja.«

»Skinheads?«

»Äh ... der Haarschnitt«, erklärte Bigmac.

»Für mich sieht das wie ein normaler Militärhaarschnitt aus«, sagte der Sergeant.

»Und diese ...«, sagte der Captain und zeigte auf die Hakenkreuze links und rechts neben dem Namen, »... Gang-Abzeichen, ja? Sind die auch dazu gut, härter auszusehen?«

»Äh ... das ist bloß ... Sie wissen schon ... Adolf Hitler und so.«

Die Männer starrten ihn an.

»Is' nur Dekoration«, sagte Bigmac.

Der Captain legte die Jacke sehr langsam wieder hin.

»Kein Grund, sich *aufzuregen*«, meinte Bigmac. »Wo ich herkomme, können Sie solche Abzeichen und so'n Zeug auf dem Markt kaufen, Gestapomesser und ...«

»Das genügt!«, sagte der Captain. »Und jetzt hör mir mal zu. Du kannst es dir viel einfacher machen, wenn du mir jetzt sofort die Wahrheit sagst. Ich will deinen Namen, die Namen der Kontaktpersonen ... alles. Es sind schon Leute vom Hauptquartier hierher unterwegs, und die werden nicht annähernd so geduldig sein wie ich, verstanden?«

Er erhob sich und fing an, Bigmacs fein säuberlich etikettierte Besitztümer in einen Sack zu stecken.

»He, das ist mein Zeug ...«, murmelte Bigmac.

»Sperren Sie ihn ein.«

»Sie können mich nicht bloß wegen eines alten Autos ...«

»Aber für Spionage«, sagte Captain Harris. »Das können wir.«

Er verließ das Zimmer.

»Spionieren?«, fragte Bigmac. »Ich?«

»Bist du einer von dieser Hitlerjugend?«, wollte der Sergeant wissen. »Ich hab euch in der Wochenschau gesehen. Mit Fackeln und so. Kleine Mistkerle, hab ich gedacht. Wie Pfadfinder, die sich dem Bösen verschrieben haben.«

»Ich hab für niemanden spioniert!«, schrie Bigmac. »Ich weiß noch nicht mal, wie man das macht! Ich mag Deutschland nicht mal! Sie haben meinen Bruder aus München heimgeschickt, weil er einem von ihren Fußballfans eine Gerüststange übergezogen hat, dabei war es gar nicht seine Schuld!«

Aber auch solch handfeste Beweise antideutscher Gesinnung beeindruckten den Sergeant nicht.

»Kann sein, dass du erschossen wirst«, sagte er.

Die Tür stand immer noch offen. Bigmac konnte Geräusche aus dem Flur hören. Jemand telefonierte irgendwo weiter entfernt.

Bigmac war kein Sportler. Wäre Krankfeiern eine olympische Disziplin, wäre er in der Nationalmannschaft gewesen. Er hätte die hundert Ich-hab-Asthma-Meter gewonnen, den Wir-verstecken-uns-im-Umkleideraum-Marathon und die Ich-muss-leider-zum-Arzt-Kür.

Aber jetzt stemmte er sich mit dem Tempo und der Energie eines Raketenstarts vom Stuhl. Seine Füße berührten die Tischplatte kaum. Er raste blitzschnell an der Schulter des Polizisten vorbei. Die Angst verlieh ihm übermenschliche Beschleunigungswerte. Ms Partridge mochte zwar ätzende Bemerkungen machen, aber sie durfte wenigstens keine Schusswaffen benutzen, so gern sie es vielleicht auch gewollt hätte.

Bigmac landete im Eingang, drehte sich um, senkte den Kopf und griff an. Und er hatte einen harten Schädel. Er traf sein Ziel etwa auf Gürtelhöhe. Jemand schrie.

Bigmac erspähte eine Lücke und rannte darauf zu. Ein Krachen war zu hören und das Geräusch eines Telefons, das auf den Boden fiel. Jemand schrie: »Stehen bleiben, oder ich schieße!«

Bigmac blieb nicht stehen, um herauszufinden, was passiert war. Er hoffte nur, dass ein Paar 1990er Doc Martens, die sein Bruder beinahe legal von einem Mann gekauft hatte, der einen ganzen LKW voll davon hatte, *erheblich* besser zum Abhauen geeignet waren als riesige Polizeistiefel.

Wer auch immer geschrien hatte, er werde schießen ... schoss.

Irgendwo vor Bigmac ertönten ein *Klack* und ein Scheppern, aber Bigmac bog in einen anderen Flur ab, rannte unter den ausgestreckten Armen eines weiteren Polizisten hindurch und hinaus auf den Hof.

Dort stand ein Polizist neben einem jurassischen Fahrrad, einem Riesending, das aussah, als wäre es aus Abflussrohren zusammengelötet.

Bigmac raste an ihm vorbei, packte die Lenkstange, schwang sich in den Sattel und rammte die Füße auf die Pedale.

»He, was machst du da ...«

Die Stimme des Polizisten verklang hinter ihm.

Er bog in die Straße hinter dem Revier ein.

Es war eine kopfsteingepflasterte Straße. Der Sattel war aus Leder. Bigmacs Hose war ziemlich dünn.

Kein Wunder, dass die dauernd deprimiert waren, dachte er und fuhr im Stehen weiter.

»Spion, Spion, Spion!«

»Halt's Maul!«, rief Wobbler. »Wieso haust du nicht endlich nach London ab?«

»Ich renn doch jetzt nich weg«, sagte der Junge. »Es macht viel mehr Spaß, hier Spione zu fangen.«

Sie waren jetzt wieder in der Innenstadt. Der Junge war weiter hinter Wobbler hergerannt und hatte allen, denen sie begegnet waren, erzählt, dass Wobbler ein Spion sei. Zugegeben, es sah nicht so aus, als wollte ihn jemand verhaften, aber einige starrten ihn schon sehr seltsam an.

»Mein Bruder Ron is' Polizist«, sagte der Junge. »Er kommt aus London, un dann erschießt er dich.«

»Hau ab!«

»Nö.«

Gegenüber der Zufahrt zur Paradise Street stand eine kleine Kirche. Yo-less sagte, es sei eine Nonkonformisten-Kapelle. Sie sah abgeschlossen und nach Sonntag aus. Ein paar immergrüne Büsche links und rechts des Eingangs wirkten, als bräuchte man Werkzeug, um ihnen den Ruß von den Blättern zu kratzen.

Die drei saßen auf der Treppe und sahen auf die Straße. Eine Frau war nach draußen gekommen und schrubbte fleißig die Vordertreppe.

»Ist die Kirche hier auch getroffen worden?«, fragte Kirsty.

»Du meinst, wird sie getroffen werden. Nein, ich glaube nicht.«

»Schade.«

»Sie ist immer noch da … Ich meine, 1996 wird sie immer noch da sein«, sagte Yo-less. »Aber dann ist sie so eine Art Gemeindezentrum. Ihr wisst schon, für Gymnastikkurse und so. Ich weiß das, weil ich jeden Mittwoch für die Moriskentanz-Gruppe herkomme. Ich *werde* herkommen, wollte ich sagen.«

»Du?«, fragte Kirsty. »Du machst Moriskentanz? Mit Stöcken und Tüchern und so? *Du*?«

»Ist irgendwas damit nicht in Ordnung?«, fragte Yo-less kühl.

»Na ja … nein … nein, selbstverständlich nicht … aber … es ist ein bisschen ungewöhnlich für jemanden deiner …«

Yo-less ließ sie sich ein bisschen winden und sagte dann: »Größe?« Er ließ das Wort fallen wie ein Gewicht. Kirsty schloss den Mund.

»Ja«, sagte sie.

Im Nachbarhaus von dem Haus, dessen Vordertreppe schon geputzt war, tauchte eine andere Frau auf und fing an, *ihre* Treppe zu putzen.

»Was sollen wir tun?«, fragte Kirsty.

»Ich denke drüber nach«, erklärte Yo-less.

Irgendwo weit entfernt ertönte eine Klingel und schrillte und schrillte.

»Ich denke auch nach«, sagte Johnny. »Ich denke gerade: Wir haben Bigmac lange nicht mehr gesehen.«

»Gut«, meinte Kirsty.

»Könnte sein, dass er Probleme hat«, sagte Johnny.

»Was meinst du mit ›könnte sein‹?«, fragte Yo-less.

»Und Wobbler haben wir auch nicht gesehen«, fügte Johnny hinzu.

»Ach, du kennst doch Wobbler. Der versteckt sich vermutlich irgendwo.«

Auf der anderen Straßenseite trat eine weitere Frau vor ihr Haus und beteiligte sich an dem Treppenschrubb-Wettbewerb.

Kirsty richtete sich auf.

»Warum lassen wir uns so hängen?«, fragte sie. »Wir sind Leute der neunziger Jahre. Wir sollten imstande sein, etwas zu unternehmen. Wir könnten ... wir könnten ...«

»Wir könnten Adolf Hitler anrufen«, schlug Yo-less vor. »Ich kann mich leider nicht an seine Telefonnummer erinnern, aber die Auskunft in Deutschland *sollte* sie eigentlich kennen.«

Johnny starrte den Einkaufswagen finster an. Er hatte nicht gedacht, dass Zeitreisen so schwierig sein konnte. Er dachte an all die verschwendeten Schulstunden, in denen man ihm vielleicht auch hätte beibringen können, was man tun sollte, wenn einem eine Verrückte einen Einkaufswagen voller Zeit überließ. In der Schule lernte man nie etwas, was man im wirklichen Leben gebrauchen konnte. Vermutlich gab es nicht ein einziges Schulbuch, in dem stand, was man tun sollte, wenn man feststellte, dass man neben Elvis Presley wohnte.

Er schaute die Paradise Street hinunter und spürte, wie die Zeit an ihm vorüberging. Yo-less und Kirsty verblassten. Er konnte sie allerdings noch spüren, so vage wie Träume, während es langsam dunkler wurde und die Fußball spielenden Kinder nach Hause gingen und Wind aufkam und Wolken von Südwesten heranzogen und die Stadt sich schlafen legte und die Bomber aus dem Osten heranflogen und Feuer auf die Häuser niederregnete und auf die Schrebergärten und die Menschen und die Torpfosten, die auf das Fabriktor gemalt waren, und all die hübschen sauberen weißen Treppen vor den Häusern ...

Captain Harris drehte Bigmacs Armbanduhr herum.

»Erstaunlich«, sagte er. »Hier steht: Made in Japan.«

»Teuflisch gerissen«, sagte der Polizeisergeant.

Der Captain griff nach dem Radio.

»Auch japanisch«, sagte er. »Warum? Warum schreiben die das hintendrauf? Sehen Sie? Made in Japan.«

»Ich dachte, da gäb's nur Reis«, meinte der Sergeant. »Hat mein Dad mir erzählt. Der war mal da.«

Captain Harris steckte sich umständlich einen der winzigen Kopfhörerstecker ins Ohr und drückte einen Knopf. Er lauschte dem Zischen, das achtundvierzig Jahre später von Radio Blackbury ersetzt werden würde, und nickte.

»*Irgendwas* macht das Ding«, sagte er. Er berührte den Frequenzschalter, dann blinzelte er erstaunt.

»London«, sagte er erstaunt. »Ohne jede Störung!«

»Wir hätten den Deckel in Sekunden ab«, sagte der Sergeant.

»Nein«, meinte Captain Harris. »Das muss ins Ministerium geschickt werden. Die Typen in den weißen Kitteln sollen es sich mal ansehen. Wie kriegt man Röhren in so eine kleine Kiste? Und wo ist die Antenne?«

»Sehr kleine Füße«, sagte der Sergeant.

»Was haben Sie gesagt?«

»Das hat mein Dad mir erzählt. Die japanischen Frauen. Sehr kleine Füße, hat er gesagt. Vielleicht haben sie auch kleine Hände. War nur so 'ne Idee.« Der Sergeant versuchte, seine technologischen Spekulationen zu erläutern. »Damit könnte man doch sehr gut kleine Dinge bauen. Sie wissen schon. Flaschenschiffe und so.«

Der Captain legte das kleine Radio zurück in die Schachtel.

»Das hab ich schon mal gesehen«, sagte der Sergeant, immer noch bemüht zu helfen. »Sie nehmen eine Flasche, dann brauchen Sie sehr viel sehr dünnen Draht ...«

»Er ist der beste Schauspieler, den ich je gesehen habe«, sagte Captain Harris. »Man könnte tatsächlich glauben, dass er nur ein dummer Junge ist. Aber dieses Zeug ... Ich kann es einfach nicht glauben. Das ist alles sehr ... seltsam.«

»Wir haben jeden Mann draußen, um nach ihm zu suchen«, sagte der Sergeant. »Und der Inspector hat eine Einheit aus West Underton hergerufen. Wir werden ihn bald erwischen.«

Der Captain versiegelte die Schachtel mit Klebeband.

»Ich möchte, dass das hier bewacht wird«, sagte er.

»Wir werden sie ins Hauptbüro stellen und ein Auge drauf haben.«

»Nein. Ich will, dass sie sicher ist.«

»Na ja, wir haben noch eine leere Zelle. Genauer gesagt ist zwar noch jemand drin, aber den können wir auch rauswerfen.«

»Noch sicherer.«

Der Sergeant kratzte sich am Ohr.

»Wir könnten sie in den Schrank für Fundsachen tun«, meinte er. »Aber dort sind wichtige Dinge drin ...«

»Schrank für Fundsachen? Haben Sie keinen Safe hier?«

»Nein.«

»Und wenn Sie die Kronjuwelen im Rinnstein finden würden?«

»Dann würden wir sie in den Schrank für Fundsachen tun«, erwiderte der Sergeant sofort. »Und dann den König anrufen.

Natürlich nur, wenn ein Namensschild auf den Juwelen ist. Der Schrank hat eine gute, feste Tür, und es gibt nur einen Schlüssel, und den habe ich.«

»Na gut, nehmen Sie raus, was in dem Schrank ist, und tun Sie es in diese Zelle, und dann stellen Sie diese Schachtel hier in den Schrank«, wies ihn der Captain an.

»Das wird dem Chief Inspector aber gar nicht gefallen. Diese Fundsachen sind sehr wichtig.«

»Sagen Sie ihm, wir können friedlich zusammenarbeiten, aber wenn er es vorzieht, kann ich dafür sorgen, dass ihn der Chief Constable anruft«, sagte Captain Harris und legte die Hand aufs Telefon.

Der Sergeant schaute beunruhigt drein. »Meinen Sie das ernst, Sir?«, fragte er.

»O ja.«

»Das Zeug da wird doch nicht explodieren oder so?«

»Ich bin nicht sicher. Aber ich glaube nicht.«

Fünf Minuten später ging der Sergeant nach hinten zu den Zellen, die Fundsachen aus dem Schrank auf den Armen und einen gereizten Ausdruck im Gesicht. Er legte die Fundsachen auf eine Bank im Flur und holte den Schlüssel hervor. Dann schob er die Klappe in einer der Zellentüren auf.

»Alles in Ordnung, altes Mädchen?«

»Das glaubste vielleicht. Ha, blaue Stifte! Man sieht doch, dass es ein Junge ist, Mister Shatwell.«

»Ja, ja«, sagte der Sergeant und öffnete die Tür.

Die alte Dame saß auf dem Bett. Sie war so klein, dass ihre Füße ein paar Zentimeter über dem Boden hingen. Auf dem Schoß hatte sie eine Katze. Sie grollte, als sie den Sergeant sah – ein gedehntes, lauter werdendes Grollen, das nahelegte, er solle lieber nicht versuchen näher zu kommen.

Der Sergeant hatte schon lange aufgehört, sich zu fragen,

wie die Katze in die Zelle kam. Es passierte jedes Mal. Durch die Fenster hätte sie es nicht schaffen können, und ganz bestimmt nicht durch die Tür, aber immer, wenn die alte Dame eine Nacht in einer der Zellen verbrachte, war am nächsten Morgen auch die Katze da.

»Fertig mit dem Frühstück?«

»Millenniumzeiger und Krabben«, sagte Mrs Tachyon vergnügt.

»Gut. Dann kommen Sie einfach mit mir. Draußen ist ein schöner Tag.«

»Beam mich rauf, Scotty«, sagte Mrs Tachyon, stand auf und folgte gehorsam. Traurig schüttelte der Sergeant den Kopf.

Sie schlurfte hinter ihm her bis auf den Hof, wo unter einer Plane, die der Sergeant am letzten Abend darübergeworfen hatte, ein Einkaufswagen voller Tüten stand.

Mrs Tachyon sah ihn an.

»Hat auch keiner was geklaut?«, fragte sie.

So war sie nun mal, dachte der Sergeant. Die meiste Zeit vollkommen verrückt, und dann plötzlich ein Satz wie eine Rasierklinge in einem Topf Karamellmasse.

»Also wirklich, meine Liebe, als ob jemand dieses Zeug da anrühren würde!«, sagte er so freundlich wie möglich.

»Mehr Punkte gewinnen. Hüte.«

Der Sergeant griff unter den Einkaufswagen und holte ein Paar Stiefel heraus.

»Die da haben meiner Mum gehört«, sagte er. »Sie wollte sie wegwerfen, aber das Leder ist eigentlich noch ganz gut …«

Mrs Tachyon riss sie ihm aus der Hand. In Sekundenschnelle waren sie unter den Tüten im Wagen verschwunden.

»Ein kleiner Schritt für einen Menschen«, sagte Mrs Tachyon.

»Ja, sie haben Größe sechs«, meinte der Sergeant.

»Das Leben ist wunderbar, wenn man nicht schwach wird, aber natürlich haben sie da jetzt eine Brücke gebaut.«

Der Sergeant schaute in den Wagen.

»Keine Ahnung, wo sie dieses Zeug herhat«, murmelte er. »Aus was bestehen denn die Tüten da, meine Liebe? Sehen aus wie Gummi oder so.«

»Obbly Obbly Ob. Fiiiep!«, sagte Mrs Tachyon. »Ich hab's ihnen gesacht, aber auf mich hört ja keiner.«

Der Sergeant seufzte, steckte die Hand in die Tasche und holte ein Sixpence-Stück heraus.

»Kaufen Sie sich eine Tasse Tee und ein Brötchen«, sagte er.

»Hüte. Das glaubste vielleicht«, sagte Mrs Tachyon und griff nach dem Geld.

»Keine Ursache.«

Der Sergeant ging ins Reviergebäude zurück.

Er war an Mrs Tachyon gewöhnt. Wenn es nachts kalt wurde, konnte man manchmal hören, wie eine Milchflasche draußen auf der Treppe zerbrochen wurde. Das war technisch gesehen ein Verbrechen, und es bedeutete, dass Mrs Tachyon einen warmen Schlafplatz suchte.

Aber nicht in *jeder* kalten Nacht. Und das war ziemlich rätselhaft. Im vergangenen Winter war es wirklich ziemlich kühl geworden, für lange Zeit, und die Jungs hatten sich schon Sorgen gemacht. Es war die reinste Erleichterung, als sie draußen ein Klirren hörten und dann: »Ich hab's ihnen gesacht! Das glaubste vielleicht!« Mrs Tachyon kam und ging; niemand wusste, woher sie kam, und niemand hatte je herausgefunden, wohin sie verschwand ...

Beam mich rauf, Scotty? Vollkommen verrückt.

Aber ... auch irgendwie seltsam. Zum Beispiel hatte man immer, wenn man ihr etwas gegeben hatte, hinterher das Gefühl, *sie* hätte einem einen Gefallen getan.

Er hörte das Klappern des Einkaufswagens hinter sich, und dann war es plötzlich still.

Er drehte sich um. Der Einkaufswagen und Mrs Tachyon waren verschwunden.

Johnny spürte das Hier. Es würde *hier* geschehen, nicht in einem fernen Land voll seltsamer Namen und fremder Menschen mit dicken Schnurrbärten, die Parolen schrien.

Es würde *hier* geschehen, wo es Stadtbüchereien gab und Zebrastreifen und Leute, die Fußballtoto spielten.

Bomben würden durch Dächer und Decken brechen bis hinunter in die Keller und die Welt weiß werden lassen.

Und es würde geschehen, denn wie Yo-less angemerkt hatte, *war* es schon geschehen. Es würde geschehen sein, und er hatte keine Möglichkeit, es aufzuhalten, denn hätte er eine Möglichkeit gefunden, hätte er ja nie erfahren, dass es geschehen war, oder?

Vielleicht sammelte Mrs Tachyon die Zeit. Johnny spürte auf eine Weise, die er nicht recht in Worte fassen konnte, dass Zeit nicht nur auf Uhren und Kalendern existierte, sondern in den Köpfen der Menschen. Und wenn das bedeutete, dass man so denken musste, dann war es kein Wunder, dass Mrs Tachyon verrückt klang.

»Alles in Ordnung?«, fragte eine weit entfernte Stimme.

Wie durch ein Wunder wurden die Trümmer wieder zu Häusern, es wurde wieder hell, der Fußball krachte gegen das Fabriktor, und Johnny spürte die warme Nachmittagsluft.

Kirsty wedelte mit der Hand vor seinem Gesicht herum.

»Alles in Ordnung?«

»Ich hab nur … nachgedacht«, meinte Johnny.

»Ich kann es nicht ausstehen, wenn du dich einfach abschaltest.«

»Tut mir leid.«

Johnny stand auf.

»Wir sind nicht zufällig hierhergekommen«, sagte er. »Ich habe viel an diesen Tag gedacht, und wir sind gerade rechtzeitig hier gelandet. Ich weiß nicht, warum. Aber wir müssen etwas tun, selbst wenn es nichts gibt, was wir tun können. Also werde ich ...«

Ein Fahrrad kam um die Ecke. Es holperte über das Kopfsteinpflaster, und die dünne Gestalt darauf war kaum zu erkennen. Dann bremste es dicht vor ihnen.

Sie starrten den Radfahrer an. Er zitterte so sehr, dass er unscharf aussah.

»Bigmac?«

»Äh-äh-äh-«, bibberte Bigmac.

»Wie viele Finger halte ich hoch?«, fragte Kirsty.

»Äh-äh-äh-n-n-neunzehn? V-v-versteckt das Rad.«

»Warum?«, wollte Kirsty wissen.

»Ich hab nichts getan!«

»Ah«, meinte Yo-less wissend. »So ist das.«

Er nahm das Rad und schob es in die rußigen Büsche.

»Was meinst du mit: So ist das?«, fragte Kirsty verblüfft.

»Bigmac hat *nie* was getan«, sagte Johnny.

»Genau«, fügte Yo-less hinzu. »Im gesamten Universum gibt es niemanden sonst, der so oft Schwierigkeiten hatte wegen Sachen, die er nicht getan hat, an Orten, an denen er nicht war, und überhaupt war es nicht seine Schuld.«

»D-d-die haben auf mich *geschossen*!«

»Wow!«, sagte Yo-less. »Diesmal musst du ja was echt Großes nicht getan haben!«

»D-d-da war d-d-dieses Auto und ...«

Das Klingeln, das Johnny schon vorher gehört hatte, fing wieder an, irgendwo hinter den Häusern.

»D-das ist ein Polizeiauto«, sagte Bigmac. »Ich wollte den Harold Wilson Drive runter abhauen – und er war nicht da! Und einer von denen hat auf mich geschossen! Mit einer echten Pistole! Soldaten dürfen doch nicht auf Leute schießen, oder?«

Sie zerrten den zitternden Bigmac in die schrecklichen Büsche. Kirsty gab ihm ihren Regenmantel, damit er nicht mehr so zitterte.

»Schon gut, das Spiel ist vorbei! Ich hab doch gesagt, es ist vorbei!«, stöhnte er. »Vergessen wir's, ja? Hauen wir hier ab, und gehen wir heim!«

»Ich glaube, wir sollten die Leute vor den Bomben warnen«, sagte Johnny. »Vielleicht hört ja jemand zu.«

»Und wenn sie dich fragen, woher du es weißt, sagst du, du kommst aus dem Jahr 1996.«

»Vielleicht könntest du ... na ja ... einen Brief schreiben«, schlug Yo-less vor. »Und ihn bei jemandem in den Briefkasten werfen?«

»Ach ja?«, fauchte Kirsty. »Was sollen wir denn schreiben? ›Machen Sie einen langen Spaziergang‹ oder ›Setzen Sie einen sehr festen Hut auf‹?«

Sie hielt inne, als sie Johnnys Miene bemerkte.

»Tut mir leid«, sagte sie. »Ich hab's nicht so gemeint.«

»Wobbler!«, sagte Yo-less.

Sie drehten sich um. Wobbler kam die Straße entlanggerannt. Es brauchte einige Anstrengung, Wobbler in Bewegung zu versetzen, aber wenn er erst einmal rannte, hatte er etwas schrecklich Unaufhaltsames an sich.

Er entdeckte sie und kam auf sie zu.

»Bin ich froh, dass ich euch gefunden habe«, keuchte er. »Lasst uns hier abhauen! So ein bekloppter Junge hat mich den ganzen Hügel runter verfolgt. Er hat immer wieder gebrüllt, ich sei ein Spion!«

»Hat er versucht, dich zu erschießen?«, wollte Bigmac wissen.

»Er hat mit Steinen geworfen.«

»Ha! Auf *mich* haben sie geschossen!«, sagte Bigmac mit einem gewissen Stolz.

»Also gut«, sagte Kirsty. »Wir sind alle hier. Gehen wir.«

»Du *weißt* doch, dass ich nicht weiß, wie!«, stöhnte Johnny.

Die Tüten lagen im Einkaufswagen. Auf einem Blechschild vorn am Wagen stand: *Kauft bei Tesco*. Vielleicht gehörte Mr Tesco hier in der Vergangenheit ein kleiner Lebensmittelladen, dachte Johnny. Oder er war noch gar nicht geboren.

»Es müssen deine Gedanken sein, die das Ding antreiben«, sagte Kirsty. »Du landest in der Zeit, an die du denkst.«

»Ach komm«, sagte Yo-less. »Das wäre doch *Zauberei*.« Johnny starrte den Wagen wieder an.

»Ich könnte es versuchen«, sagte er.

Ein Streifenwagen fuhr wieder in der Nähe vorbei.

»Lasst uns irgendwohin gehen, wo wir versteckter sind«, schlug Yo-less vor.

»Gute Idee«, murmelte Bigmac.

Ein Kiespfad führte hinter die Kirche, zu Mülleimern und einem Haufen verwelkter Blumen. Dort war eine kleine grüne Hintertür, die sich leicht öffnen ließ.

»Damals haben sie die Kirchen noch nicht abgeschlossen«, sagte Yo-less.

»Aber hier gibt es doch bestimmt silberne Kerzenhalter und so?«, fragte Bigmac. »Da würde doch sofort jeder reingehen und sie klauen.«

»Lass das«, sagte Johnny.

Sie zogen den Einkaufswagen in einen kleinen Abstellraum. Dort gab es einen Teekessel auf einem Klapptisch, einen Stapel Gesangbücher, Möbelpolitur und jene Art Mief, der als der

Ruch der Heiligkeit bekannt ist. Keine Spur von silbernen Kerzenhaltern –

»Bigmac! Mach sofort den Schrank wieder zu!«, sagte Yo-less.

»Ich hab doch nur mal nachgesehen.«

Johnny starrte die Tüten an. Na gut, dachte er. Sagen wir mal, sie sind voller Zeit. Eine blöde Idee. Immerhin sind es ziemlich kleine Tüten –

Andererseits, wie viel Platz nimmt Zeit ein?

Vielleicht ist sie komprimiert ... gefaltet ...

Mrs Tachyon sammelt Zeit, wie andere alte Damen Kordeln sammeln?

Blöde Vorstellung.

Aber ...

Ein tiefes Brummen ertönte. Satan setzte sich im Wagen auf und schnurrte entzückt.

Johnny griff nach einer Tüte und hielt sie vorsichtig hoch. Sie fühlte sich warm an, und er war überzeugt, dass sie sich in seinem Griff ein wenig bewegte.

»Das funktioniert bestimmt nicht«, sagte er.

»Sollen wir uns am Wagen festhalten?«, fragte Yo-less.

»Glaube ich nicht. Aber ich weiß es nicht. He, seid ihr wirklich sicher? Ich weiß nicht, was ich hier mache!«

»Ja, aber das hast du doch noch nie gewusst«, sagte Kirsty.

»Genau«, meinte Yo-less. »Also hast du darin eine Menge Übung.«

Johnny schloss die Augen und versuchte an 1996 zu denken.

Ein Gedanke drang in seinen Kopf, ein Gedanke von irgendwo außerhalb seines Selbst. Es ist keine Zeit, es ist ein *Ort*.

Ein Ort, an dem das Modell eines Space Shuttle mit Fäden aus roter Wolle an der Decke hängt, weil du keinen schwarzen Bindfaden mehr hattest.

Und auf dem Modell sind Klebereste, weil du es immer irgendwie versaust.

Es ist ein Ort, an dem deine Mum zu viel raucht und aus dem Fenster sieht.

Ein Ort, an dem dein Opa den ganzen Tag vor dem Fernseher sitzt.

Der Ort, an dem du sein möchtest.

Sein Geist wurde am Rand ein wenig unscharf. Er dachte an die Disney-Tapete und die Turtles-Lampe, bis sie ihm so nahe waren, dass er sie beinahe schmecken konnte. Er konnte die Stelle *hören*, wo sein Opa eine Tapetenbahn falsch herum geklebt hatte, so dass alle Disney-Figuren auf dem Kopf standen. Sie glühte wie ein Leuchtfeuer in seinem Kopf.

Er schlug die Augen auf. Die Bilder waren immer noch ganz nahe; die anderen sahen wie Gespenster aus. Sie starrten ihn an.

Er öffnete die Tüte, nur ein klein wenig.

Wobbler schluckte.

»Äh ...«, sagte er.

Er drehte sich um ... und sah vorsichtshalber auch hinter dem Tisch nach.

»Äh ... Leute? Johnny? Bigmac? Yo-less?« Er schluckte wieder, aber manchmal musste man sich den unangenehmen Tatsachen stellen, also sagte er tapfer: »Äh ... *Kirsty*?«

Niemand antwortete. Es war niemand *da*, der antworten konnte.

Er war ganz allein mit dem Teekessel.

»He, ich bin voll drauf reingefallen!«, sagte er. »He! Ich bin immer noch hier! Sehr komisch, haha. Und jetzt ist der Witz vorbei, ja? Leute? Johnny? Ihr habt mich *vergessen*! Alles klar? Es hat funktioniert. Witz Ende, hahaha, ja? Bitte!«

Er öffnete die Tür und schaute nach draußen in den schattigen Hof.

»Ich weiß doch, dass ihr mich nur verarscht. Okay, es hat nicht funktioniert«, jammerte er.

Dann ging er wieder hinein und setzte sich auf eine Bank, die Hände im Schoß.

Nach einer Weile holte er ein altes, abgegriffenes Papiertaschentuch heraus und putzte sich die Nase. Er wollte es schon wegwerfen, dann hielt er inne und starrte es an. Es war vermutlich das einzige Papiertaschentuch auf der ganzen Welt.

»Ich kann sehen, dass ihr mich beobachtet«, sagte er, glaubte aber selbst nicht so recht daran. »Gleich springt ihr irgendwo raus, ich weiß es. Es hat nicht funktioniert. Weil ich mir nämlich keine Sorgen mache. Kommt, wir gehen alle heim und essen einen Hamburger. Ich hab ein bisschen Geld übrig, ich könnte euch sogar einen spendieren. Oder wir gehen zum Chinesen und holen uns dort was ...«

Er hielt inne und schaute drein wie jemand, dem gerade klar wird, dass es noch sehr, sehr lange dauern wird, bis es in seiner Stadt Sojasprossen gibt. Oder Hamburger. Wahrscheinlich gab es hier nur Fleisch und Fisch und so'n Zeug.

»Schon gut, ich hab's kapiert, aber kommt jetzt raus ...«

Eine Fliege stieg vom Fensterbrett auf und stieß gegen die Scheibe.

»He, das ist wirklich nicht mehr komisch.«

Hinter ihm bewegte sich etwas, und er hatte das eindeutige Gefühl, dass dort, wo zuvor niemand gewesen war, jetzt jemand war.

Wobbler drehte sich um, ein erleichtertes Grinsen auf den Lippen.

»Ha, ich wette, ihr habt geglaubt, ich bin drauf reingefallen – he!«

Der Fitnesskurs für die über Fünfzigjährigen war in vollem Gange. Die Leiterin hatte es schon lange aufgegeben zu erwarten, dass alle mithielten, also machte sie einfach weiter, in der Hoffnung, dass die Leute eben taten, was sie konnten, und nicht unbedingt gleich hier tot umfielen.

»Und *beugen* und *beugen* und – machen Sie einfach, was Sie können, Miss Windex – und *Schritt* und *Schritt* und – was ist denn?«

Sie blinzelte.

Johnny sah sich um.

Die Teilnehmerinnen des Fitnesskurses waren – nach zehn Minuten Aerobic – nicht gerade sonderlich aufmerksam. Eine oder zwei machten sogar Platz für die neu Eingetroffenen.

Die Kursleiterin zögerte. Sie war im Glauben an einen gesunden Geist in einem gesunden Körper aufgewachsen, und da sie ziemlich sicher war, einen gesunden Körper zu haben, war es – so argumentierte sie – nicht möglich, dass eine Gruppe von Leuten und ein überfüllter Einkaufswagen einfach so im hinteren Teil der alten Gemeindehalle aufgetaucht sein konnten. Sie waren wohl gerade erst hereingekommen, dachte sie. Zugegeben, dort hinten gab es keine Tür, aber Leute tauchten nicht einfach aus dem Nichts auf.

»Wo sind wir?«, fragte Kirsty.

»Am selben Ort«, flüsterte Yo-less. »In einer anderen Zeit.«

Selbst die langsamsten Fitnessfans hatten sie inzwischen bemerkt. Der gesamte Kurs drehte sich um, und alle starrten die vier neugierig an.

»Los, *sagt* was«, sagte Kirsty. »Alle starren uns an.«

»Äh … ist das hier der Töpferkurs?«, fragte Johnny.

»Wie bitte?«, fragte die Kursleiterin.

»Wir suchen nach dem Töpferkurs für Anfänger«, erklärte Johnny. Es war ein Schuss ins Blaue, aber in jedem Saal und jeder Hütte in Blackbury schien es Leute zu geben, die merkwürdigen Hobbys nachgingen oder fleißig Russisch lernten.

Hinter den Augen der Kursleiterin ging ein kleines Licht an. Sie griff nach den vertrauten Worten wie eine Sängerin nach dem Mikrofon.

»Der ist donnerstags«, sagte sie. »Im Rot-Kreuz-Saal.«

»Oh. Tatsächlich? Hm. Da müssen wir irgendwas falsch verstanden haben«, sagte Johnny.

»Und jetzt haben wir den ganzen Ton umsonst hergeschleppt«, fügte Yo-less hinzu. »Wirklich ärgerlich, findest du nicht auch, Bigmac?«

»Frag mich nicht«, sagte Bigmac. »Die haben auf mich *geschossen*!«

Die Kursleiterin starrte sie nacheinander an.

»Äh ... ja. Na ja, es kann in diesen Töpferkursen ziemlich eklig zugehen«, sagte Johnny. »Kommt schon, Leute.«

Sie packten den Einkaufswagen und zerrten gemeinsam. Frauen in Trainingsanzügen wichen höflich aus, als er quer durch die Halle quietschte, die Treppe hinunterpolterte und im Hof draußen landete.

Johnny schloss die Tür hinter ihnen und horchte einen Augenblick.

»... also gut ... *beugen* und *dehnen* und *ausatmen* und *beugen* ...«

Er richtete sich auf. Es war erstaunlich, womit man durchkommen konnte. Außerirdische mit zehn Beinen würden in Blackbury sofort akzeptiert, wenn sie schlau genug wären, nach dem Weg zur Post zu fragen und sich über das Wetter zu beschweren. Die Leute gingen einfach stur davon aus, dass nicht sein *konnte*, was nicht sein *durfte*.

»Ich wette, irgendwas ist schiefgelaufen«, sagte Bigmac.

»Äh ...«, meinte Yo-less.

»Nein, das *müssen* einfach die neunziger Jahre sein«, stellte Kirsty fest. »Es ist die einzige historische Periode, in der man nicht auf dem Scheiterhaufen verbrannt wird, wenn man einen grün-lila Trainingsanzug trägt.«

Gegenüber ragte das Sportzentrum auf. Vor fünf Minuten, dachte Johnny, vor fünfen *meiner* Minuten, war dort noch eine Straße. Das muss man sich mal vorstellen.

»Äh …«, sagte Yo-less wieder.

»Die haben auf mich *geschossen*!«, sagte Bigmac. »Eine *echte* Kugel! Ich hab gehört, wie sie in die Wand eingeschlagen ist!«

»Äh …«, sagte Yo-less.

»Was ist denn *los*?«, fuhr Kirsty ihn an.

»Äh … wo ist denn Wobbler?«

Sie sahen sich um.

»O *nein*!«, sagte Johnny.

Sie waren Wobbler – los.

»Ich gehe nicht wieder zurück!«, sagte Bigmac und wich einen Schritt zurück. »Ich lass nicht noch mal auf mich schießen!«

»Er würde doch nicht einfach weggehen, oder?«, fragte Kirsty.

»Nein«, meinte Johnny. »Er muss immer noch dort sein.«

»Komm, reiß dich zusammen«, sagte Kirsty. »Du hast doch gesagt, die Kirche wird nicht getroffen. Ihm wird schon nichts passieren.«

»Ja … aber er ist noch im Jahr 1941!«

»Und wenn irgendwas schiefläuft?«, fragte Bigmac. »Diesmal ist *er* nicht wieder zurückgekommen. Stellt euch vor, wir gehen alle zurück und sitzen dann alle da fest? Die erschießen mich!«

»Ha, du glaubst, *du* hättest Probleme?«, fragte Yo-less. »Ich würde dann Banjospielen lernen müssen.«

»Werdet ihr wohl aufhören durchzudrehen und mal einen Moment *nachdenken*?«, sagte Kirsty. »Es geht hier um Zeitreisen. Er wird immer da sein, wann immer wir auch zurückkehren. Selbstverständlich müssen wir hin und ihn holen. Aber wir müssen nichts *übereilen*.«

Das stimmte natürlich. Er würde immer dort sein, dachte Johnny. Sie konnten in zehn Jahren zurückkehren, und er würde immer noch dort sein. Wie eine Tonbandaufnahme – man konnte sie abspielen und schnell vor- und zurückspulen, und sie wäre immer noch da. Und später in dieser Nacht würden Bomben auf die Paradise Street fallen – und diese Nacht würde auch immer da sein. Für immer. Jede Sekunde, immer da. Wie kleine Fossilien.

Kirsty griff nach dem Einkaufswagen und schob ihn die Treppe hinunter auf den Bürgersteig.

»Seine Mum und sein Dad werden sich Sorgen machen«, sagte Yo-less zögernd.

»Nein, werden sie nicht«, meinte Kirsty. »Weil wir ihn nämlich direkt *hierher* zurückbringen können.«

»Ach ja? Wieso kann ich uns dann nicht sehen, wie wir das tun?«, fragte Yo-less. »Du meinst, wir werden hier jeden Augenblick zusammen mit Wobbler auftauchen und sagen: ›He, Leute, hier ist Wobbler, bis später dann?‹«

»Meine Güte«, sagte Kirsty. »So darf man nicht denken. Man darf über Zeitreisen nicht logisch nachdenken.«

Yo-less drehte sich um und sah Johnny an.

»O nein«, sagte er. »Er ist schon wieder weg ...«

Alles dort wartet, dachte Johnny. Das ist ja die Sache mit der Zeit. Es ist gleich, wie lange es dauert, bis jemand eine Zeitmaschine baut. Wir könnten alle aussterben, und die Evolution könnte wieder bei den Maulwürfen anfangen; es könnte Millionen Jahre dauern, aber früher oder später wird jemand rausfinden, wie es funktioniert. Es braucht nicht mal eine Maschine zu sein. Es könnte einfach eine Möglichkeit sein zu verstehen, was Zeit *ist*, so wie sich alle vor Blitzen gefürchtet haben und dann jemand eines Tages gesagt hat: »He, wir können sie in kleine Flaschen packen.« Und dann war es einfach Elektrizität. Aber es wäre egal, denn wenn man es erst mal rausgefunden hätte, wäre alles noch da. Wenn jemand jemals eine Möglichkeit zum Zeitreisen fände, *jemals* in der gesamten Geschichte des Universums, dann könnten sie heute hier sein.

Und dann dachte er an Bomber, die durch die Wolken über den Häusern flogen, und an die Fußball spielenden Kinder und all diese sauberen Vordertreppen ...

»Was?«, sagte er.

»Alles in Ordnung?«, fragte Yo-less.

»Lasst uns wenigstens erst mal was trinken gehen«, sagte Kirsty und schob den Einkaufswagen entschlossen in Richtung Stadtmitte.

Und blieb stehen.

Johnny hatte sie nicht oft schockiert erlebt. Normalerweise ging Kirsty mit dem Schrecklichen und Unerwarteten um, indem sie wütend darauf wurde. Aber jetzt hielt sie inne und wurde blass.

»O nein ...«, sagte sie.

Die Straße führte von der alten Kirche den Hügel hinunter zu einer Kreuzung mit Ampeln am Fuß des Hügels.

Ein überladener Einkaufswagen, an den sich ein Mädchen und ein Junge klammerten, raste die andere Straße herunter.

Während sie zusahen, rissen die beiden den Wagen um neunzig Grad herum und bogen auf den Parkplatz des Neil-Armstrong-Einkaufszentrums ein.

Ein großes schwarzes Auto folgte ihnen.

Johnny hatte das Auto ganz vergessen. Vielleicht gab es ja

wirklich so was wie Geheimgesellschaften. Vielleicht gab es Männer in dunklen Anzügen in großen schwarzen Autos, die Dinge sagten wie: »Die Wahrheit liegt dort draußen«, und die kamen und einen fanden, wenn man sich mit dem Okkulten einließ.

Johnny konnte in seinem Kopf eine Landkarte sehen. Es war eine Landkarte der Zeit.

Sie waren bei ihm zu Hause in der Zeit gereist. Aber Yo-less hatte recht: Vermutlich konnte man in der Zeit reisen wie ein Zug auf Schienen und dann auf andere Schienen geraten, die nur ein kleines bisschen weiter entfernt verliefen. Eigentlich bewegte man sich im Raum.

Und er hatte es wieder getan, als er geglaubt hatte, sie würden an der Ampel sterben. Und das schwarze Auto war verschwunden ... weil es in *dieser* Zeit nicht existierte. Er hatte es ganz bestimmt nicht gesehen, als er sich umgeschaut hatte.

Sie waren in eine Zeit zurückgekehrt, in der es existierte.

Das Auto blieb vor dem Einkaufszentrum stehen.

Ein Gefühl absoluter Sicherheit überkam Johnny. Er wusste die Antwort. Später würde er vielleicht mit etwas Glück herausfinden können, wie die Frage lautete, aber jetzt war er sich immerhin sicher, die Antwort zu kennen.

Vergiss Geheimgesellschaften. Vergiss die Zeitpolizei. Polizisten mussten schön logisch denken, aber um mit der Zeit zurechtzukommen, brauchte man einen Geist wie den von Mrs Tachyon.

Aber es gab noch jemanden, der *wusste*, wo sie heute sein würden, nicht wahr ...

Denn ... was, wenn wir *nicht* zurückgegangen sind? Was, wenn ... Vielleicht sind wir zurückgegangen, und irgendwas ist schiefgelaufen.

Er begann zu rennen.

Johnny schoss über die Straße. Ein Autofahrer hupte.

Auf dem Parkplatz stieg gerade ein Mann in Schwarz mit einer schwarzen Sonnenbrille und einem schwarzen Hut aus dem Auto aus und ging eilig ins Einkaufszentrum.

Johnny sprang über die niedrige Mauer auf den Parkplatz und schlängelte sich zwischen Einkäufern und ihren Wagen hindurch ...

... und kam keuchend vor dem schwarzen Auto zum Stehen.

Es war direkt vor dem Eingang stehen geblieben, wo man auf keinen Fall parken durfte.

Im hellen Sonnenlicht sah es sogar noch schwärzer aus, als Johnny es in Erinnerung hatte. Der Motor tickte hin und wieder, während er abkühlte. Auf der Motorhaube war ein silbernes Ornament.

Es sah irgendwie nach einem Hamburger aus.

Wenn er die Augen halb zukniff, konnte Johnny so gerade eben jemanden auf dem Rücksitz sitzen sehen, nur einen Schatten hinter dem dunklen Glas.

Er packte den Griff der hinteren Autotür und riss sie auf.

»Okay, ich weiß, dass Sie da drin sind. Wer sind Sie denn nun wirklich?«

Der Mann saß im Schatten, aber seine Hände, die auf einem schwarzen Stock mit einem Silberknauf ruhten, waren gut zu sehen.

Dann bewegte er sich. Er stand langsam auf, wurde zu einem großen Mann mit einem Mantel, der ein halber Umhang war. Er stieg sehr vorsichtig aus.

Er war ziemlich groß, groß genug, dass er eher kräftig als fett wirkte. Er trug einen schwarzen Hut und einen kurzen silbrigen Bart.

Er lächelte Johnny an und nickte den anderen zu, als sie heraneilten.

»Wer ich bin?«, sagte er. »Nun ja … du kannst ja mal raten. Darin warst du doch immer ganz gut.«

Johnny sah ihn an, dann das Auto, dann wieder den Hügel hinauf, wo die alte Kirche gerade noch zu sehen war.

»Ich glaube …«, sagte er.

»Ja?«, sagte der alte Mann. »Ja? Weiter!«

»Ich glaube, Sie … Ich meine, ich weiß nicht genau … aber ich glaube, ich werde es wissen. Ich meine, ich glaube, ich weiß, warum Sie nach uns suchen …«

»Ja?«

Johnny schluckte. »Aber wir haben …«, begann er.

Der alte Mann klopfte ihm auf die Schulter.

»Nenn mich einfach Sir John«, sagte er.

8

Zeithosen

Ein paar Dinge im Einkaufszentrum waren anders. Und eins war ganz auffallend: Die Hamburgerbar hatte sich verändert. Die Papierhüte der Angestellten hatten andere Formen, und die Hauptfarben waren Blau und Weiß statt Rot und Gelb.

Der alte Mann ging voran.

»Wer ist denn das?«, zischte Kirsty.

»Du würdest lachen, wenn ich es dir sagte! Hier geht es um *Zeit*reisen. Ich versuche immer noch, die Regeln herauszufinden.«

Sir John ließ sich schwer auf einen Stuhl fallen, lud sie mit einer Geste ein, sich ebenfalls zu setzen, und tat das Zweitschlimmste, was man in einem Fast-Food-Restaurant tun konnte: Er schnippte mit den Fingern nach der Bedienung.

Alle Angestellten beobachteten sie nervös.

»Junge Dame«, sagte Sir John ein wenig keuchend, »diese Leute hier bekommen, was immer sie möchten. Und ich nehme ein Glas Wasser. Vielen Dank.«

»Jawohl, Sir John«, sagte die Kellnerin und eilte davon.

»So geht das aber nicht«, sagte Bigmac. »Sie müssen sich anstellen.«

»Nein, *du* musst dich anstellen«, meinte Sir John. »Ich nicht.«

»Hießen Sie immer schon Sir John?«, fragte Johnny.

Der Mann zwinkerte ihm zu.

»Das weißt du, oder?«, sagte er. »Du hast es herausgefunden. Du hast recht. Namen lassen sich leicht verändern, besonders in Kriegszeiten. Ich dachte, es wäre besser so. Den Titel habe ich 1964 bekommen, für außerordentliche Verdienste im Geldverdienen.«

Die Bedienung kam mit dem Wasser zurück, holte dann einen Block heraus und sah sie erwartungsvoll an, mit dem strahlend brüchigen Lächeln von jemandem, der weiß, dass er jederzeit gefeuert werden kann.

»Ich nehme ... Ach, ich nehme einen mit allem«, sagte Yo-less.

»Ich auch«, schloss sich Bigmac an.

»Einen Chilli Beanburger«, sagte Kirsty. »Und ich will wissen, was los ist, ja?«

Sir John strahlte sie auf eine etwas beunruhigende Weise an. Dann nickte er der Kellnerin zu. »Um der alten Zeiten willen«, sagte er. »Einen Burger und Fritten und fünf Päckchen Mayo.«

»Genau wie ...«, setzte Yo-less an, dann klappte ihm der Unterkiefer herunter.

»Wie wer?«, fragte Wobbler.

»Na ja ... ich hab mich noch eine Weile dort rumgetrieben, aber ihr seid nicht zurückgekommen«, sagte Wobbler. »Und dann ...«

»Aber wir sind zurückgekommen! Ich meine, wir werden noch!«, rief Kirsty.

»Das ist die Stelle, an der es schwierig wird«, sagte Wobbler geduldig. »Johnny weiß Bescheid. Was, wenn ihr nicht zurückgereist seid? Was, wenn ihr zu viel Angst hattet oder herausgefunden habt, dass ihr nicht könnt? Die Möglichkeit besteht, und das bedeutet, dass die Zukunft sich gabelt. In einer seid ihr zurückgereist, in der anderen nicht. Und jetzt seid ihr in der Zukunft gelandet, in der ihr nicht zurückgekehrt seid. Ich bin seit 1941 hier. Denkt lieber nicht zu genau darüber nach, davon bekommt man nur Hirnschmerzen.

Jedenfalls ... bin ich erst mal bei Mr und Mrs Seely geblieben«, fuhr er fort. »Die hatte ich an diesem ersten Tag kennengelernt. Ihr Sohn war bei der Marine, und alle glaubten, ich wäre ein Evakuierter, der ein bisschen blöd war, und mitten im Krieg machen sich die Leute nicht allzu viele Gedanken wegen eines dicken Jungen. Sie waren sehr nett. Sie haben mich irgendwie ... adoptiert, glaube ich, weil ihr Sohn gefallen ist. Aber nach ein paar Jahren bin ich weggezogen.«

»Warum?«, fragte Kirsty.

»Ich wollte nicht meinen eigenen Eltern begegnen oder so«, sagte Wobbler. Er schien immer noch außer Atem zu sein. »Die Geschichte ist auch so schon voller Flicken und Löcher, und ich wollte nicht noch mehr durcheinanderbringen. Und es war nicht schwer, meinen Namen zu ändern. Im Krieg ... Na ja, Akten verschwinden, Leute sterben, alles gerät durcheinander. Ein Mensch kann sich verkrümeln und irgendwo anders als jemand anderes wieder auftauchen. Nach dem Krieg war ich ein paar Jahre beim Militär.«

»Du?«, fragte Bigmac.

»Ja, damals mussten noch alle hin. Wehrpflicht hieß das. Ich war in Berlin. Und dann kam ich zurück und musste von irgendwas leben. Mögt ihr noch einen Milchshake? Ich würde an eurer Stelle verzichten; ich weiß, woraus das Zeug gemacht wird.«

»Du hättest Computer erfinden können!«, sagte Bigmac.

»Glaubst du wirklich?« Der alte Mann lachte. »Wer hätte schon auf einen Jungen gehört, der noch nicht mal auf der Uni war? Und außerdem ... Seht euch das hier an ...«

Er griff nach einer Plastikgabel und tippte damit auf den Tisch.

»Seht ihr das hier?«, fragte er. »Jeden Tag werfen wir Millionen davon weg. Sie werden fünf Minuten benutzt, dann landen sie im Mülleimer.«

»Ja, sicher«, sagte Kirsty. Die Angestellten warfen ihnen hinter Wobblers Rücken immer wieder nervöse Blicke zu, wie Mönche in einem abgelegenen Kloster, bei denen gerade der heilige Petrus zum Tee vorbeigekommen ist.

»Vor hundert Jahren wäre diese Gabel so eine Art Wunder gewesen. Und jetzt werfen wir sie weg, ohne nachzudenken. Also ... wie werden sie gemacht?«

»Na ja ... man nimmt ein bisschen Öl und ... Ich glaube, in einem Buch, das ich zu Hause habe, steht etwas darüber ...«

»Genau«, sagte Wobbler und lehnte sich zurück. »Du weißt es nicht. Ich auch nicht.«

»Aber ich würde mich mit so was auch nicht abgeben«, meinte Kirsty. »Ich hätte Science-Fiction geschrieben. Mondlandungen und so.«

»Du hättest das vielleicht auch gekonnt«, erwiderte Wobbler. Ein müder Ausdruck stahl sich auf sein Gesicht, und er begann die Taschen seines Mantels abzutasten, als suchte er nach etwas. »Aber ich hatte es nie sonderlich mit Worten. Nein. Ich habe einen Hamburgerstand aufgemacht.«

Johnny sah sich um und fing an zu grinsen.

»Richtig«, sagte Wobbler. »1952. Das war etwas, womit ich mich auskannte. Dicke Milchshakes, Doppeldecker mit Käse und Ei, Papierhüte für die Angestellten, rote Soße in diesen kleinen Plastikflaschen, die wie Tomaten aussehen ... genau. Nach einem Jahr gehörten mir drei Schnellimbisse, im Jahr darauf schon zehn. Jetzt sind es Tausende. Die anderen konnten einfach nicht mithalten. Ich *wusste* ja, was ankommen würde. Geburtstagsfeiern für Kinder, der Willie-Wobbler-Clown ...«

»*Willie Wobbler?*«, rief Kirsty.

»Tut mir leid. Die Zeiten waren damals unschuldiger«, sagte Wobbler. »Und dann habe ich mit ... anderen Sachen angefangen. Zum Beispiel mit weichem Klopapier. Ehrlich, das Zeug, das es in den Vierzigern gab, hätte man als Dachpappe benutzen können. Und als das gut lief, hab ich angefangen, den Leuten zuzuhören. Leuten mit guten Ideen wie: ›Ich glaube, ich könnte einen *wirklich kleinen* Kassettenrecorder herstellen, den die Leute mit sich herumtragen könnten.‹ Und dann sagte ich: ›Das könnte funktionieren; hier ist ein bisschen Geld für den Anfang.‹ Oder: ›Wissen Sie, ich glaube, ich weiß, wie man Fernsehsignale auf Band aufzeichnen kann, damit Leute sich die Sendungen später ansehen können.‹ Und ich sagte: ›Wunderbar! Was Ihnen so einfällt! Ich habe genug Geld, warum gründen wir nicht eine Firma und stellen diese Maschinen und Bänder her? Und wenn Sie gerade schon dabei sind, denken Sie doch mal darüber nach, ob man auch Kinofilme auf solchen Bändern verkaufen könnte.‹«

»Das ist ja *geschummelt*«, sagte Kirsty empört.

»Wieso denn?«, meinte Wobbler. »Die Leute waren froh, dass ich ihnen zuhörte, weil alle anderen sie für verrückt hielten. Ich habe Geld verdient, aber sie auch.«

»Bist du jetzt Millionär?«, fragte Bigmac.

»O nein. Millionär war ich schon 1955. Ich bin jetzt Billionär, glaube ich.« Wieder schnippte er mit den Fingern. Der schwarzgekleidete Chauffeur, der lautlos hinter ihnen aufgetaucht war, trat vor.

»Ich *bin* doch Billionär, oder, Hickson?«

»Jawohl, Sir John. Mehrfacher.«

»Dachte ich's doch. Und ich glaube, ich besitze auch irgendwo eine Insel. Wie hieß sie noch ... Tasmanien, glaube ich.«

Wobbler tastete wieder über seine Taschen und holte schließlich eine kleine silberne Schachtel hervor. Er klappte sie auf und holte zwei Pillen heraus, die er schluckte. Er zog eine Grimasse und trank einen Schluck Wasser.

»Du hast deine Fritten noch gar nicht angerührt«, sagte Johnny.

»Ach,. die habe ich nur bestellt, damit ihr Bescheid wisst«, sagte Wobbler. »Ich darf keine essen. Guter Gott. Ich muss Diät halten. Kein Natrium, kein Cholesterin, wenig Stärke, kein Zucker.« Er seufzte. »Sogar ein Glas Wasser ist vermutlich schon zu aufregend.«

Der Geschäftsführer der Burgerbar hatte endlich den Mut aufgebracht, sich dem Tisch zu nähern.

»Sir John!«, sagte er. »Es ist uns eine wirkliche Ehre ...«

»Ja, danke. Bitte gehen Sie, ich unterhalte mich gerade mit meinen Freunden ...« Wobbler hielt inne und grinste boshaft.

»Sind die Fritten in Ordnung, Bigmac? Richtig knusprig?«, fragte er. »Was ist mit dem Milchshake, Yo-less? Hat er die richtige Konsistenz?«

Die Jungen blickten zu dem Geschäftsführer auf, der plötzlich aussah wie jemand, der zu dem Gott aller Leute betet, die mit Namensschildern aus Plastik herumlaufen müssen, auf denen steht: »Ich heiße KEITH.«

»Äh ... schon in Ordnung«, meinte Bigmac.

»Großartig«, sagte Yo-less.

KEITH grinste sie erleichtert an.

»Sie sind immer gut«, sagte Yo-less.

»Ich erwarte«, sagte Bigmac, »dass sie auch *weiterhin* gut sind.«

KEITH nickte eilig.

»Wir sind meistens samstags hier«, fügte Bigmac hilfreich hinzu. »Wenn Sie uns brauchen sollten ...«

»Danke, Keith, Sie dürfen gehen«, sagte Wobbler. Er zwinkerte Bigmac zu, als der Geschäftsführer sich fast im Laufschritt entfernte.

»Ich weiß, ich sollte so was nicht tun«, sagte er, »aber es ist dieser Tage der einzige Spaß, den ich noch habe.«

»Warum bist du hergekommen?«, fragte Johnny leise.

»Ach, ich konnte einfach nicht widerstehen, mal nachzusehen«, sagte Wobbler. »Ich dachte, es könnte ... interessant sein ... mich selbst aufwachsen zu sehen. Ich hab mich natürlich nicht eingemischt.« Sein Lächeln verblasste. »Und dann habe ich festgestellt, dass ich nie geboren wurde. Es gab mich einfach nicht. Meine Mutter wohnte in London und war mit einem anderen verheiratet. Das ist das Gute an Geld. Man kann so viele Privatdetektive anheuern, wie man will.«

»Das ist doch Unsinn«, sagte Kirsty. »Du *lebst*, das ist nicht zu übersehen.«

»O ja«, sagte Wobbler. »Ich bin geboren worden. In einer anderen Zeit. In dem Bein der Zeithose, in dem wir alle existieren. Und dann bin ich mit euch in der Zeit gereist und ... irgendwas ist schiefgegangen. Ich weiß nicht, was. Also ... musste ich mich auf diesen langen Weg machen. Man könnte sagen, ich musste zu Fuß zurückgehen.«

»Ich bin mir nicht sicher, ob das logisch ist«, sagte Kirsty.

Wobbler zuckte die Achseln. »Ich glaube nicht, dass Zeit irgendwie logisch ist«, sagte er. »Sie biegt sich um die Menschen herum. Es gibt wahrscheinlich jede Menge loser Enden. Und wer sagt, dass das anders sein muss? Manchmal sind lose Enden notwendig. Wenn nicht, wären Spaghetti nichts anderes als eine peinliche Erfahrung.« Er kicherte. »Ich hab mit vielen Wissenschaftlern darüber gesprochen. Idioten. Schwachköpfe! Die Zeit ist in unseren Köpfen. Das kann doch jeder Idiot sehen ...«

»Du bist krank, oder?«, fragte Johnny.

»Ist das so offensichtlich?«

»Du schluckst dauernd Pillen, und dein Atem hört sich nicht sonderlich gut an.«

Wobbler lächelte wieder, diesmal war es ein freudloses Lächeln.

»Das Leben bringt mich um«, sagte er.

»Hör mal«, warf Kirsty ein, mit der angestrengt ruhigen Stimme eines Menschen, der versucht, entgegen jeder Chance vernünftig zu sein, »wir wollen dich nicht in der Vergangenheit lassen. Wir wollten zurückkommen. Wir *werden* zurückkommen.«

»Gut«, sagte Wobbler.

»Das stört dich nicht? Denn *wenn* wir es tun, bedeutet das doch, dass es dich nicht geben wird, oder?«

»Irgendwo schon«, sagte Wobbler.

»Das stimmt«, meinte Johnny. »Alles, was geschieht … bleibt geschehen. Irgendwo. Es gibt viele Zeiten, alle nebeneinander.«

»Du hast immer schon seltsam gedacht«, meinte Wobbler. »Daran kann ich mich erinnern. Deine Fantasie ist so groß, dass sie über deinen Kopf hinausreicht. So, was war noch? Ach ja … ich glaube, ich sollte euch das da geben.«

Der Chauffeur trat vor.

»Äh … Sir John, Sie wissen doch, dass der Aufsichtsrat nicht gern …«

Etwas zuckte durch die Luft. Wobblers Stock mit dem Silberknauf krachte so fest auf den Tisch, dass Bigmacs Fritten vom Teller hüpften. Das Krachen hallte im Restaurant wider.

»Verdammt noch mal, Mann, ich bezahle Sie, und Sie werden tun, was ich Ihnen sage! Der Aufsichtsrat kann warten! *Noch* bin ich nicht tot! Ich habe das hier alles nicht erreicht, indem ich Anwälten beim Jammern zugehört habe! Ich habe mir heute frei genommen! Verschwinden Sie!«

Wobbler griff in die Jacke und holte einen Umschlag heraus. Er reichte ihn Johnny.

»Ich sage euch nicht, dass ihr zurückgehen sollt«, meinte er. »Dazu habe ich kein Recht. Ich hatte ein gutes Leben, auf meine Weise …«

»Aber«, sagte Johnny. Durch die Glastüren des Einkaufszentrums konnte er ein Auto und vier Motorräder vorfahren sehen.

»Wie bitte?«, fragte Wobbler.

»Das nächste Wort, was du sagen wolltest, war ›aber‹.« Männer eilten die Treppe hinauf.

»Ja, genau. Aber ...« Wobbler beugte sich vor und sprach nun sehr schnell. »Wenn ihr zurückkehrt, habe ich einen Brief an ... ihr werdet schon wissen, was ihr damit machen sollt. Ich weiß, ich sollte das nicht tun, aber wer könnte sich eine solche Gelegenheit entgehen lassen?«

Er stand auf oder versuchte es zumindest. Hickson stürzte herbei, aber Wobbler stützte sich auf die Stuhllehne und winkte ihn wieder weg.

»Ich hatte nie Kinder«, sagte Wobbler. »Hab nie geheiratet. Eigentlich weiß ich gar nicht, warum. Es kam mir einfach nicht richtig vor.«

Er stützte sich schwer auf seinen Stock und wandte sich ihnen wieder zu.

»Ich möchte wieder jung sein«, sagte er. »Irgendwo.«

»Wir wollten zurückkehren«, sagte Johnny. »Ehrlich.«

»Gut. Aber, weißt du ... es geht nicht nur darum zurückzukehren. Ihr müsst zurückkehren und das Richtige tun.«

Und dann ging er mit müdem Schritt auf die Männer in den dunklen Anzügen zu, die ihn in ihre Mitte nahmen.

Bigmac starrte ihm so gebannt hinterher, dass ein langes Rinnsal von Senf, Tomatensoße, Chilisoße und grellgrünem Chutney aus seinem Burger auf seinen Ärmel tropfte, ohne dass er es merkte.

»Wow«, flüsterte Yo-less. »Ob wir auch eines Tages so sind?«

»Was? Alt? Wahrscheinlich«, meinte Johnny.

»Ich kann es einfach nicht fassen, dass der alte Wobbler plötzlich alt ist«, sagte Bigmac und saugte an seinem Ärmel.

»Wir müssen zurückgehen und ihn holen«, sagte Johnny. »Wir können nicht zulassen, dass er …«

»Reich wird?«, fragte Yo-less. »Ich glaube nicht, dass wir was gegen das Altwerden machen können.«

»Wenn wir ihn zurückholen, dann wird er – der Altgewordene – hier nicht existieren«, sagte Kirsty.

»Nein, er wird in *diesem* Hier existieren, aber nicht in dem *anderen* Hier. Und ich glaube nicht, dass er noch lange existieren wird, ganz egal wo«, sagte Johnny. »Kommt mit.«

»Was ist in dem Umschlag?«, fragte Kirsty.

Johnny war überrascht. Normalerweise hätte sie etwas gesagt wie: »Lass mal sehen, was da drin ist«, und ihm gleichzeitig den Umschlag aus der Hand gerissen.

»Der ist für Wobbler«, sagte Johnny.

»Er hat an *sich selbst* geschrieben? Was schreibt er denn?«

»Woher soll ich das wissen? Ich mache anderer Leute Briefe nicht auf.«

Johnny steckte den Umschlag wieder in die Tasche.

»Der Fitnesskurs sollte inzwischen zu Ende sein«, sagte er. »Kommt mit.«

»Warte«, sagte Kirsty. »Wenn wir nach 1941 zurückkehren, sollten wir diesmal besser vorbereitet sein.«

»Ja«, meinte Bigmac. »Bewaffnet.«

»Nein. Passend angezogen.«

9

»Alle kleinen Mädchen …«

Eine Stunde später. Sie trafen sich hinter der Kirche in dem feuchten kleinen Hof, wo sie den Einkaufswagen abgestellt hatten.

»Also gut«, sagte Kirsty. »Wo hast du *diesen* Aufzug her, Johnny?«

»Opa hat 'ne Menge Zeug auf dem Speicher. Das hier sind seine alten Fußballshorts. Und er trägt immer alte Pullunder, also dachte ich, das wäre auch in Ordnung. Und das Zeug für mein Projekt hab ich hier in der Schachtel, falls wir es brauchen können. Die Schachtel ist original vierziger Jahre. Darin haben sie ihre Gasmasken mitgeschleppt.«

»Ach so!«, sagte Bigmac. »Ich habe mich schon gefragt, wieso die Leute damals so große Walkmans hatten.«

»Setz wenigstens diese Mütze ab, das sieht einfach zu blöd aus«, sagte Kirsty. »Was ist denn das, Yo-less?«

»Bigmac und ich waren in diesem Kostümverleih in der Wallace Street«, erklärte Yo-less. »Was hältst du davon?«, fügte er unsicher hinzu.

Er trat nervös von einem Fuß auf den anderen. Er trug einen breitkrempigen Hut, Schuhe mit Sohlen wie zwei Autoscooter, die nebeneinander parken, und enge Hosen. Jedenfalls sah das, was man von den Hosen sehen konnte, eng aus.

»Soll das ein Mantel sein?«, fragte Johnny kritisch.

»Man nennt so was eine Überjacke«, erwiderte Yo-less.

»Knallrot«, stellte Kirsty fest. »Ja, ich kann mir schon vorstellen, dass du keinem auffallen wirst. Und diese Hosen ... Hast du dir die Beine eingefettet, damit du reinkommst?«

»Es sieht doch ziemlich ... stilvoll aus«, sagte Johnny. »Du weißt schon ... nach Jazz und so.«

»Der Mann im Laden sagte, es sei absolut das Richtige für diese Zeit«, verteidigte sich Yo-less.

»Du siehst aus, als würdest du gleich anfangen, Saxophon zu spielen. Ich meine, du hast noch nie so ... so cool ausgesehen.«

»Deshalb ist es ja eine Verkleidung«, meinte Yo-less.

Kirsty wandte sich Bigmac zu und seufzte.

»Bigmac, wieso habe ich eigentlich das Gefühl, dass du irgendwas nicht richtig verstanden hast?«

»Ich hab's ihm gesagt«, meinte Yo-less. »Aber er wollte nicht auf mich hören.«

»Der Mann hat gesagt, so was hatten sie 1941 an«, meinte Bigmac beleidigt.

»Ja, aber glaubst du nicht, es könnte den Leuten auffallen, dass es eine *deutsche* Uniform ist?«

Bigmac sah erschrocken aus. »Tatsächlich? Ich dachte, die hätten überall Hakenkreuze und so gehabt.«

»Das war die Gestapo. Du trägst eine normale deutsche Soldatenuniform.«

»Ich kann doch auch nichts dafür. Es war die einzige, die sie hatten – sonst gab es nur noch Rüstungen!«

»Lass wenigstens die Jacke und den Helm weg. Dann sieht es wahrscheinlich wie jede andere Uniform aus.«

»Und warum hast du diesen Pelzmantel an, Kirsty?«, wollte Johnny wissen. »Du sagst doch sonst immer, wer die Haut toter Tiere anzieht, ist ein Mörder.«

»Ja, aber das sagt sie nur zu alten Damen in Pelzmänteln«, murmelte Bigmac. »Ich wette, bei Hell's Angels in Lederjacken ist sie vorsichtiger.«

»Ich habe mir eben Mühe gegeben«, sagte Kirsty und ignorierte Bigmacs Bemerkung. Sie rückte ihren Hut und die Schultertasche zurecht. »Das hier ist ziemlich akkurat.«

»Was, sogar die Schultern?«

»Ja. Damals trug man die Schultern etwas breiter.«

»Musst du dann seitwärts durch die Türen gehen?«, fragte Yo-less.

»Fangen wir jetzt endlich an?«

»Was mir Sorgen macht, ist, dass Wobbler – ich meine, der *alte* Wobbler – gesagt hat, wir müssten das Richtige tun, um ihn zurückzuholen«, sagte Yo-less. »Was *ist* das Richtige?«

»Das müssen wir eben rausfinden«, meinte Johnny. »Er hat nie behauptet, dass es einfach wäre.«

Er öffnete die Tür.

Die Fitnesskurs-Damen waren schon lange nach Hause getaumelt. Johnny schob den Einkaufswagen in den Saal und starrte die Tüten an. Satan lag obendrauf und schlief.

»Äh ...«, sagte Yo-less. »Das hier hat doch nichts mit Zauberei zu tun, oder?«

»Ich glaube nicht«, erwiderte Johnny. »Es ist vermutlich nur sehr, sehr seltsame Wissenschaft.«

»Ah, gut«, meinte Yo-less. »Äh ... und worin besteht der Unterschied?«

»Wen interessiert's?«, meinte Kirsty. »Los, macht schon!«

Satan begann zu schnurren.

Johnny griff nach einer Tüte. Sie schien sich in seinem Griff zu winden. Sehr vorsichtig schnürte er die Kordel auf.

Und konzentrierte sich.

Diesmal war es einfacher. Vorher war er immer herumgewirbelt wie ein Korken in der Strömung. Diesmal wusste er, wohin es ging. Er konnte die Zeit *spüren*.

Gedanken bewegten sich die ganze Zeit in der Zeit. Die Tüten waren nur dazu da, die Körper mitreisen zu lassen, genau wie Mrs Tachyon gesagt hatte.

Jahre wirbelten in die Tüte wie Wasser in einen Abfluss. Die Zeit wurde aus dem Raum gesogen.

Und dann hatten sie Kirchenbänke vor sich und waren umgeben vom Geruch auf Hochglanz polierter Heiligkeit.

Und Wobbler stand da, drehte sich um und riss den Mund auf.

»*He!*«

»Schon gut, wir sind's«, sagte Johnny.

»Alles in Ordnung?«, fragte Yo-less.

Wobbler war vielleicht nicht der Gewinner der Paneuropäischen Durchblickermeisterschaften, aber auf seinen Zügen breitete sich tiefstes Misstrauen aus, als er sie ansah.

»Was ist passiert?«, fragte er. »Ihr starrt mich an, als wäre ich durchgeknallt. Und wieso habt ihr euch verkleidet? Wieso hat Bigmac eine deutsche Uniform an?«

»Siehst du?«, sagte Yo-less triumphierend. »Ich *hab's* dir gesagt, aber auf mich hört ja keiner.«

»Wir sind zurückgekommen, um dich zu holen«, sagte Johnny. »Keine Angst.«

»Genau. Kein Grund zur Besorgnis«, fügte Yo-less hinzu. »Alles bestens.«

»Ja, gut. Alles bestens«, wiederholte Bigmac. »Äh ... du fühlst dich nicht irgendwie ... *gealtert*, oder?«

»Was? Nach fünf Minuten?«, fragte Wobbler.

»Ich hab dir was mitgebracht«, sagte Bigmac. Er holte eine Tüte aus der Tasche. Sie hatte Fettflecken und sah ziemlich mitgenommen aus, aber es war vermutlich die einzige ihrer Art, die derzeit auf dem Planeten existierte.

Es waren Fritten ... und fünf Päckchen Mayo.

»Hast du die mitgehen lassen?«, fragte Yo-less.

»Na ja, der alte Knabe sagte doch, er dürfe sie nicht essen«, sagte Bigmac. »Und dann wären sie nur weggeworfen worden. Es ist kein Diebstahl, wenn etwas sowieso weggeworfen wird. Und überhaupt gehören sie *ihm*, weil er doch ...«

»Du willst die doch nicht *essen*, oder?«, sagte Kirsty schnell. »Sie sind kalt und fettig, und sie sind in Bigmacs Tasche gewesen!«

Wobbler quetschte eines der Mayonnaisepäckchen aus.

»Ich könnte sie auch essen, wenn eine Giraffe daran geleckt hätte«, sagte er und schob sich gleich mehrere Kartoffelstäbchen in den Mund. »He, die sind gar nicht übel! Woher kommen die denn?« Er sah sich das Gesicht an, das auf die Tüte gedruckt war. »Wer ist der alte Knacker mit dem Bart?«

»Bloß so'n alter Knacker«, sagte Johnny.

»Ja, über den wissen wir gar nichts«, fügte Bigmac hinzu.

Wobbler schaute sie misstrauisch an.

»Was ist hier eigentlich los?«, wollte er wissen.

»Das kann ich im Augenblick nicht erklären«, sagte Johnny. »Du ... sitzt hier fest. Offensichtlich ... äh ... ist irgendwas schiefgelaufen. Äh ... es hat Probleme gegeben.«

»Was für Probleme?«

»Äh ... ziemlich große.«

Wobbler hörte auf zu essen. *So* ernst klang das.

»Wie groß?«, fragte er.

»Äh ... sieht so aus, als ob du gar nicht geboren wurdest ... äh.«

Wobbler starrte ihn an. Dann starrte er in die halb leere Frittentüte.

»Hab ich die Fritte da gegessen oder wer?«, fragte er ärgerlich.

»Hör mal, es ist alles ganz *einfach*«, sagte Kirsty. »Natürlich bist du hier am Leben, aber als wir zurückgereist sind, muss irgendwas passiert sein, das die Geschichte verändert hat. Alles, was irgendwer tut, verändert die Geschichte. Also gibt es jetzt zwei Geschichten. In einer kommst du auch vor, aber die Dinge haben sich verändert, und als wir zurückkamen, waren wir in einer anderen Geschichte, in der es dich nicht gab. Wir müssen also nur alles wieder in die richtige Reihenfolge bringen, und dann wird alles wieder gut.«

»Ha! Du hast nicht zufällig auch ein paar Regalmeter mit *Enterprise*-Videos zu Hause?«, fragte Wobbler.

Kirsty sah aus, als hätte sie jemand geschlagen.

»Nein, ich habe keine ... äh ... was?«, sagte sie. »Äh ... eine Kassette oder zwei ... ein paar ... nicht viele ... was soll das denn? Ich sehe sie mir sowieso kaum an!«

»He«, schaltete sich Yo-less ein, »hast du die, in der diese geheimnisvolle Kraft ...«

»Sei still! Sei jetzt bloß still! Nur, weil diese Serie zufällig exakt die sozialen Probleme des späten 20. Jahrhunderts widerspiegelt, heißt das noch nicht, dass du mich deshalb verarschen kannst, weil ich ein gewisses akademisches Interesse daran zeige.«

»Hast du auch eine *Enterprise*-Uniform?«, fragte Yo-less.

Kirsty wurde rot.

»Wenn einer von euch das *irgendwem* erzählt, wird er einen Riesenärger kriegen«, sagte Kirsty. »Und das meine ich ernst!«

Johnny öffnete die Tür. Draußen ging der Mittwochnachmittag langsam in den Mittwochabend über. Es nieselte. Johnny atmete die 1941er Luft tief ein. Sie roch nach Kohlen und Sauerkonserven und Marmelade, mit einer Spur von heißem Gummi. Hier wurden Sachen *hergestellt*. All diese Schornsteine ...

1996 gab es in Blackbury keine Fabriken mehr. Bis auf eine einzige, in der Computer zusammengesetzt wurden, und ein paar Lagerhäuser und die örtliche Zentrale der Straßenmeisterei. Die Leute schoben die Sachen nur noch von hier nach dort oder addierten Zahlen.

»Also gut, es kann ja sein, dass ich mir Science-Fiction-Serien ansehe«, sagte eine Stimme hinter ihm. »Aber wenigstens tue ich das im Geist intelligenter Dekonstruktion. Ich sitze nicht einfach da und sage: Boah, Laser! Geil!«

»Das hat doch auch keiner behauptet«, meinte Yo-less, und er schaffte es, geradezu aufreizend vernünftig zu klingen.

»Das wirst du mich wohl nie vergessen lassen, wie?«, sagte Kirsty.

»Ich werde es nie wieder erwähnen«, erwiderte Yo-less.

»Wilde Veganer sollen uns zerreißen, wenn wir das tun«, sagte Bigmac mit einem Grinsen.

»Nein, Veganer sind die Leute, die keine tierischen Produkte essen«, erklärte Yo-less. »Du meinst Vulkanier. Vulkanier sind die mit dem grünen Blut ...«

»Könnt ihr nicht endlich die Klappe halten? Ich bin noch nicht mal geboren, und ihr streitet euch hier über blöde Außerirdische rum!«, rief Wobbler.

»Was haben wir hier getan, was die Zukunft verändert hat?«, fragte Johnny und sah alle nacheinander an.

»So ziemlich alles, nehme ich an«, sagte Kirsty. »Und Bigmac hat sein ganzes Zeug auf dem Polizeirevier gelassen.«

»Die haben auf mich geschossen ...«

»Geben wir's doch zu«, sagte Yo-less, »*alles*, was wir tun, verändert die Zukunft. Vielleicht haben wir jemanden angerempelt, und er ist deshalb fünf Sekunden zu spät über die Straße gegangen und ist überfahren worden oder so. Als wenn man auf einen Dinosaurier tritt. Jede Kleinigkeit ändert die gesamte Geschichte.«

»Das ist doch bescheuert«, sagte Bigmac. »Ich meine, Flüsse

fließen immer in dieselbe Richtung, ganz egal, wohin die kleinen Fische schwimmen.«

»Äh ...«, sagte Wobbler. »Da war doch dieser ... dieser Junge ...«

Er sagte es mit der bedächtigen, hohlen Stimme eines Menschen, der befürchtet, ein wichtiges Beweisstück gefunden zu haben.

»Welcher Junge?«, fragte Johnny.

»Irgendein Junge«, sagte Wobbler. »Er ist von zu Hause weggerannt oder so. *Nach* Hause, wollte ich sagen. Mit viel zu langen Shorts und einer Rotznase.«

»Was meinst du mit: nach Hause weggerannt?«

»Ach, er hat rumgejammert, weil er hierher evakuiert wurde und davon genug hatte und wieder nach London zurückwollte. Aber dann ist er mir in die Stadt nachgerannt und hat Steine nach mir geschmissen, weil er gemeint hat, ich wäre ein Spion. Wahrscheinlich ist er immer noch irgendwo da draußen. Er ist die Straße da runtergerannt.«

»Die Paradise Street?«, fragte Johnny.

»Was ist denn damit?«, fragte Wobbler beunruhigt.

»Sie wird heute Nacht von Bomben zerstört«, sagte Kirsty. »Johnny redet dauernd davon.«

»Ha, ich kann mir nicht vorstellen, dass die Deutschen eine Bombe auf *den* werfen«, meinte Wobbler. »Der war ja so gut wie auf ihrer Seite.«

»Bist du sicher, dass es die Paradise Street war?«, drängte Johnny. »*Ganz* sicher? Hast du da irgendwelche Verwandte? Großeltern? Urgroßeltern?«

»Woher soll ich das denn wissen? Das ist eine Ewigkeit her!«

Johnny holte tief Luft. »Es ist gerade jetzt.«

»Ich ... ich weiß nicht. Mein einer Opa wohnt in Spanien, und der andere war schon tot, als ich geboren wurde.«

»Wie ist er gestorben?«, fragte Kirsty.

»Er ist von einem Motorrad gefallen, glaube ich. 1971.« Wobbler war zufrieden. »Seht ihr? Also ist das in Ordnung.«

»Wobbler, Wobbler, begreif doch endlich, dass *gar nichts* in Ordnung ist!«, sagte Johnny. »Wo hat er gewohnt?«

Wobbler hatte angefangen zu zittern, wie immer, wenn das Leben zu aufregend wurde. »Weiß ich doch nicht! In London, glaub ich. Mein Dad hat gesagt, er sei im Krieg mal hier gewesen. Und später ist er noch mal zu Besuch zurückgekommen, und dann hat er meine Oma kennengelernt ... äh.«

»Weiter! Los, weiter!«, sagte Johnny.

»Äh ... äh«, stotterte Wobbler.

»Wie alt war er, als er gestorben ist?«, fragte Yo-less.

»Äh ... vierzig, hat mein Dad gesagt. Äh ... er hat sich das Motorrad zum Geburtstag gekauft.«

»Also ist er jetzt ...«, Johnny rechnete, »... zehn.«

»Äh ... äh!«

»Du glaubst doch nicht, dass es dieser Junge war«, meinte Yo-less.

»Ach ja«, sagte Wobbler und tauschte die Angst gegen Wut ein. »Ich hätte ihn ja fragen können: ›He, wirst du mal mein Opa sein? Ach, übrigens, kauf dir lieber kein Motorrad.‹«

Johnny suchte in seinem Gasmaskenbehälter und holte einen verknitterten, vollgestopften Hefter heraus.

»Hat er irgendwelche Namen erwähnt?«, sagte er und fing an zu blättern.

»Äh ... eine Mrs Density, glaub ich«, sagte Wobbler, der sich vor lauter Verzweiflung tatsächlich erinnern konnte.

»Nummer elf«, sagte Johnny und holte die Kopie eines Zeitungsausschnitts heraus. »Hat hier mit ihrer Tochter Gladys gewohnt. Ich hab alle Namen für mein Projekt ermittelt.«

»Meine Oma hieß Gladys«, sagte Wobbler. »Du meinst, weil

er doch nicht zurück nach London gerannt ist, wird er heute Nacht sterben, und ich werde nicht geboren?«

»Sieht so aus«, sagte Yo-less.

»Und was wird aus mir?«

»Du musst einfach hierbleiben«, sagte Johnny.

»Auf keinen Fall! Das hier ist die gute alte Zeit! Es ist schrecklich! Ich bin an einem Kino vorbeigekommen, und da laufen nur alte Filme! In Schwarz-Weiß! Und dann gab es ein Café, und was glaubst du, was sie dort als Tagesgericht hatten: *Fleisch und zwei Sorten Gemüse*! Was soll denn das für ein Essen sein? Sogar bei Hong Kong Henry sagen sie dir, *was* für ein Fleisch es ist! Hier ziehen sich alle an wie in Osteuropa! Ich werde hier durchdrehen!«

»*Mein* Opa erzählt mir immer, wie viel Spaß sie früher hatten, obwohl sie gar nichts hatten«, sagte Bigmac.

»Ja, aber das sagen doch alle Opas«, meinte Kirsty. »Das gehört zum Programm. Genauso wie sie sagen: ›Was? 50 Pence für einen Schokoriegel? Als ich jung war, haben die weniger als einen Sixpence gekostet.‹«

»Ich glaube, sie hatten Spaß, weil sie nicht *wussten*, dass sie gar nichts hatten«, sagte Johnny.

»Aber *ich* weiß es«, jammerte Wobbler. »Ich kenne Essen, das mehr als zwei Farben hat, und Stereo und anständige Musik und ... all so'n Zeug! Ich will *nach Hause*!«

Alle starrten Johnny an.

»Du hast uns da reingezogen«, sagte Yo-less.

»Ich?«

»Es liegt an deiner Fantasie«, meinte Kirsty. »Sie ist zu groß für deinen Kopf, genau wie Sir J...« Sie hielt inne. »Genau wie ich immer sage«, verbesserte sie sich, »und sie zieht alles andere mit. Ich weiß nicht, wie, aber genauso ist es. Du hast dich wegen der Paradise Street aufgeregt, und jetzt sind wir hier.«

»*Du* hast doch gesagt, es macht keinen Unterschied, ob die Straße ausgebombt wird oder nicht«, meinte Johnny. »*Du* hast doch gesagt, es wäre alles Geschichte!«

»Ich will aber nicht Geschichte sein!«, jammerte Wobbler.

»Schon *gut*, schon *gut*, du hast gewonnen«, sagte Kirsty. »Was sollen wir tun?«

Johnny blätterte in seinem Hefter.

»Also ... bei meinem Projekt habe ich rausgefunden, dass ... es ein gewaltiges Gewitter gegeben hat. Das Wetter hat sich ziemlich verschlechtert. Und die Bomber haben Blackbury gesehen und die Bomben einfach abgeworfen und beigedreht. So was ist vorgekommen. Es gab ... es *gibt* eine Warnsirene für Fliegeralarm. Sie sollte eigentlich heulen, wenn Bomber auf die Stadt zufliegen«, sagte er. »Aber es gab keinen Alarm.«

»Warum nicht?«

Johnny klappte den Hefter zu.

»Fangen wir doch damit an, das rauszufinden«, sagte Johnny.

Die Sirene war auf einer Stange oben auf dem Dach in der High Street angebracht. Sie sah nicht sonderlich groß aus.

»Das ist alles?«, sagte Yo-less. »Sieht wie ein Riesen-Yo-Yo aus.«

»Das ist schon eine richtige Alarmsirene«, sagte Kirsty. »Ich hab mal ein Foto in einem Buch gesehen.«

»Wie funktionieren sie? Werden sie von Radar in Gang gesetzt oder so?«

»Ich bin sicher, dass Radar noch nicht erfunden ist«, meinte Johnny.

»Also wie sonst?«

»Vielleicht gibt es irgendwo einen Schalter?«

»Dann befindet er sich an einem sicheren Ort«, sagte Yo-less. »Irgendwo, wo keine Gefahr besteht, dass jemand den Alarm nur zum Spaß einschaltet.«

Sie schauten alle wieder zu der Sirene hoch, an der Stange entlang, über das Dach, die Hauswand herunter, an der blauen Lampe vorbei, und ihre Blicke blieben an einer Schrift hängen, die besagte: »Polizei«.

»O ja«, sagte Yo-less.

Sie setzten sich auf eine Bank neben einem öffentlichen Blumenbeet gegenüber der Reviertür. Ein Polizist kam heraus, stellte sich in die Sonne und schaute sie an.

»Gut, dass wir Bigmac zurückgelassen haben, um den Einkaufswagen zu bewachen«, sagte Yo-less.

»Ja«, meinte Johnny. »Er war schon immer allergisch gegen Polizisten.«

Kirsty seufzte. »Ehrlich, Jungs, ihr habt wirklich nicht die geringste Ahnung.« Sie stand auf, ging über die Straße und fing an, mit dem Polizisten zu reden. Die andern konnten das Gespräch mithören. Es verlief folgendermaßen:

»Entschuldigen Sie, Officer ...«

Er lächelte sie freundlich an.

»Ja, kleine Dame? Haben wir Mums Kleider anprobiert?«

Kirsty kniff die Augen ein wenig zusammen.

»Oje«, flüsterte Johnny.

»Was ist denn?«, wollte Yo-less wissen.

»Na ja, du weißt doch, wie du auf ›Sambo‹ reagiert hast. So ergeht es Kirsty mit Bezeichnungen wie ›kleine Dame‹.«

»Ich hab mich gerade gefragt«, sagte die kleine Dame, so gut das durch zusammengebissene Zähne möglich war, »wie diese große Sirene da funktioniert.«

»Oh, darüber solltest du dir nicht den Kopf zerbrechen, Liebes«, sagte der Polizist. »Das ist sehr kompliziert. Du würdest es bestimmt nicht verstehen.«

»Sucht schon mal was, wohinter wir uns verstecken können«, sagte Johnny. »Einen anderen Planeten oder so.«

Dann klappte ihm der Unterkiefer herunter.

»Es ist nur, dass ich mir *solche* Sorgen mache«, sagte sie in einem zuckersüßen Tonfall, oder was sie für einen zuckersüßen Tonfall hielt. »Ich bin sicher, dass Mr Hitler heute Nacht Bomber herschickt, und dann wird die Sirene nicht funktionieren. Ich werde vor lauter Angst nicht schlafen können!«

Der Polizist legte eine Hand auf die Schulter des Mädchens, das aus dem Karateverein von Blackbury ausgetreten war, weil sich keiner mehr in seine Nähe gewagt hatte.

»Das können wir natürlich nicht zulassen«, sagte er. »Siehst du dort die Blackdown-Hügel? Also, Mr Hodder und seine tapferen Männer sind jede Nacht dort oben und halten Wache. Wenn sich heute Nacht ein Flugzeug nähert, wird er auf der Stelle hier anrufen, keine Sorge.«

»Aber was, wenn das Telefon nicht funktioniert?«

»Oh, dann wird er ganz schnell mit seinem Rad hier unten sein.«

»Rad? Auf einem Rad? Das ist *alles*?«

»Es ist ein *Motor*rad«, sagte der Polizist und warf ihr einen dieser nervösen Blicke zu, mit denen jeder Kirsty früher oder später bedachte.

Sie starrte ihn nur an.

»Es ist eine Blackbury Fantom«, fügte er hinzu, als wäre er der Ansicht, das sollte sogar auf ein Mädchen gehörigen Eindruck machen.

»Wirklich? Das ist aber eine Erleichterung«, sagte Kirsty. »Jetzt, nachdem ich das weiß, geht es mir schon viel besser, wirklich.«

»Dann ist es ja gut. Es gibt auch keinen Grund, sich Sorgen zu machen, Liebes«, sagte der Polizist glücklich.

»Ich glaube, dann gehe ich wieder heim und spiele mit meinen Puppen«, sagte sie.

»Eine gute Idee. Du kannst ihnen ja eine schöne Tasse Tee kochen«, sagte der Polizist, der offenbar auch gegen den mörderischsten Hohn immun war.

Kirsty ging wieder über die Straße zurück zu den Jungs.

»Ja, ich sollte wirklich mit meinen Püppchen spielen«, sagte sie und starrte die Blumen im Blumenbeet wütend an.

Yo-less warf Johnny über ihren Kopf hinweg einen Blick zu.

»Was ist denn?«, fragte er.

»Hast du nicht gehört, was dieser lächerliche Polizist gesagt hat?«, fauchte Kirsty. »Ehrlich, dieser Dummkopf glaubt, nur weil ich ein Mädchen bin, hätte ich das Hirn eines Kleinkinds. Also wirklich! Man stelle sich eine Zeit vor, in der die Leute so denken durften, ohne dass man sie dafür anzeigen konnte!«

»Man stelle sich eine Zeit vor, in der eine Bombe durchs Dach fallen kann«, sagte Johnny.

»Mein Vater sagt, er habe die gesamten Sechziger im Schatten der Atombombe verbracht«, sagte Kirsty. »Wahrscheinlich hat er deshalb Hosen mit Schlag getragen. Ha! Puppen! ›Darüber solltest du dir nicht den Kopf zerbrechen, Mädchen.‹ *Finsterstes Mittelalter*!«

Yo-less tätschelte ihr den Arm.

»Er hat es nicht so gemeint … nicht böse. Er ist eben so erzogen worden. Ihr könnt doch nicht von uns verlangen, dass wir die Geschichte neu schreiben.«

Kirsty starrte ihn wütend an.

»Soll das sarkastisch sein?«, fragte sie.

»Was? Ich sarkastisch?«, sagte Yo-less unschuldig.

»Schon gut, schon gut, ich verstehe, was du sagen willst. Übrigens, was ist denn so Besonderes an einer Blackbury Fantom?«

»Sie sind hier hergestellt worden«, sagte Johnny. »Sie waren, glaube ich, ziemlich berühmt. Opa hatte früher eine.«

Alle hoben die Blicke zum Blackdown-Hügel, der sich im Hintergrund als Silhouette abzeichnete. Er war sogar 1996 noch von der Stadt aus zu sehen, besser gesagt, der Sendemast, der oben auf dem Hügel stand.

»Das ist *alles*?«, sagte Kirsty. »Männer, die auf dem Hügel sitzen und horchen?«

»Na ja, Blackbury war nicht sehr wichtig«, erklärte Johnny. »Sie haben hier Marmelade hergestellt und Sauerkonserven und Gummistiefel, und das war's.«

»Ich frage mich, was heute Nacht wohl schiefgeht«, sagte Yo-less.

»Wir könnten raufgehen und es rausfinden. Kommt, holen wir die anderen ...«

»Moment mal«, sagte Kirsty. »Denkt doch mal nach. Woher wissen wir, dass wir nicht gerade der *Grund* dafür sind, dass heute Nacht etwas schiefgeht?«

Johnny zögerte. Einen Augenblick lang sah er wie eine Statue aus. Dann sagte er: »Nein. Wenn wir anfangen, so zu denken, kommen wir nie dazu, etwas zu unternehmen.«

»Wir haben doch die Zukunft schon einmal durcheinandergebracht! *Alles*, was wir tun, hat Auswirkungen auf die Zukunft.«

»Das hat es doch immer. Und so wird es auch bleiben. Was soll's also? Holen wir die anderen.«

10

Lauf gegen die Zeit

Es stand nicht zur Debatte, die Straßen zu benutzen, nicht, wenn die Polizei immer noch nach Bigmac suchte, der es geschafft hatte, sich aus einem ganzen Schrank voller Kostüme ausgerechnet die Uniform eines deutschen Soldaten auszusuchen.

Sie mussten die Feldwege nehmen, was bedeutete –

»Wir müssen den Einkaufswagen hierlassen«, sagte Yo-less. »Wir können ihn in die Büsche schieben.«

»Das heißt aber auch, dass wir hier festsitzen, wenn irgendwas schiefgeht«, wandte Bigmac ein.

»Also, ich zerre das Ding nicht durch Schlamm und über Steine.«

»Was, wenn ihn jemand findet?«

»Da ist immer noch Satan«, sagte Kirsty. »Er ist besser als ein Wachhund.«

Der Kater, der besser als ein Wachhund war, öffnete ein Auge und gähnte. Niemand würde zwischen diese Zähne geraten wollen. Es wäre, wie von den Trümmern eines Seuchenlaboratoriums getroffen zu werden.

Satan rollte sich wieder bequem zusammen.

»Ja, aber der Wagen gehört Mrs Tachyon«, sagte Johnny.

»He, wir haben wieder nicht nachgedacht«, sagte Kirsty. »Wir müssen doch nur nach 1996 zurückkehren, mit dem Bus auf die Blackdown-Hügel fahren, dann in der Zeit zurückreisen und fertig.«

»Nein!«, rief Wobbler.

Er war vor Angst rot angelaufen.

»Ich bleibe hier nicht mehr allein zurück! Ich sitze hier fest, erinnert ihr euch? Was, wenn ihr nicht wiederkommt?«

»Wir kommen ganz bestimmt wieder«, meinte Johnny. »Wir sind doch auch diesmal zurückgekommen.«

»Ja, aber was ist, wenn ihr es nicht schafft? Wenn ihr von einem LKW überfahren werdet oder so? Was soll dann aus mir werden?«

Johnny dachte an den Umschlag in seiner Tasche. Yo-less und Bigmac starrten zu Boden. Selbst Kirsty hatte den Blick abgewandt.

»He«, sagte Wobbler misstrauisch. »Hier geht es um Zeitreisen, nicht wahr? Wisst ihr irgendwas Schreckliches?«

»Wir wissen gar nichts«, sagte Bigmac.

»Genau«, fügte Kirsty hinzu.

»Besonders nichts über Hamburger«, meinte Bigmac.

Kirsty stöhnte. *»Bigmac!«*

Wobbler starrte sie wütend an.

»Aha«, murmelte er. »Es ist mal wieder Verarscht-den-Wobbler angesagt. Also gut, ich bleibe beim Einkaufswagen. Ohne mich geht das Ding nirgendwohin, ist das klar?«

Er starrte herausfordernd von einem zum anderen.

»Na gut, ich bleibe auch hier«, sagte Bigmac. »Wahrscheinlich werde ich sonst sowieso nur erschossen.«

»Was wollt ihr da oben auf dem Hügel überhaupt machen?«, fragte Wobbler. »Diesen Mr Hodder finden und ihm sagen, er soll ganz genau hinhören? Sich die Ohren waschen? Viele Möhren essen?«

»Die sind nur gut für die Augen«, fiel Yo-less hilfreich ein. »Meine Oma hat gesagt, sie hätten früher geglaubt, dass man im Dunkeln ...«

»Scheißegal!«

»Ich weiß nicht, *was* wir tun können«, sagte Johnny. »Aber ... irgendwas muss schiefgelaufen sein. Vielleicht hat die Nachrichtenübermittlung nicht geklappt. Wir müssen dafür sorgen, dass es funktioniert.«

»Seht mal«, sagte Kirsty.

Die Sonne war bereits untergegangen und hatte nur ein Glühen am Himmel hinterlassen. Und über dem Blackdown-Hügel hingen Wolken, dunkle Wolken.

»Ein Gewitter«, sagte sie. »Die fangen immer dort oben an.«

In der Ferne war ein Grollen zu hören.

Blackbury sah erheblich kleiner aus, als sie von den Hügeln darauf hinabstarrten. Ein großer Teil der Stadt war überhaupt nicht da.

»Wäre es nicht toll, wenn wir allen sagen könnten, was sie falsch machen werden?«, fragte Johnny, als sie eine Verschnaufpause einlegten.

»Keiner würde dir zuhören«, sagte Yo-less. »Stell dir doch mal vor, jemand würde im Jahr 1996 aufkreuzen und behaupten, er käme aus dem Jahr 2040, und allen sagen, was sie tun sollten. Sie würden ihn verhaften, das wäre alles.«

Johnny spähte nach vorn. Das Glühen des Sonnenuntergangs hing immer noch hinter den schweren Gewitterwolken.

»Die Horcher werden oben auf den Buckeln sein«, sagte Kirsty. »Da gibt es eine alte Windmühle. Sie war während des Krieges eine Art Spähposten. Sie *ist* einer, wollte ich sagen.«

»Warum hast du das nicht vorher gesagt?«, meinte Johnny.

»Es ist anders, wenn es jetzt ist.«

Die Buckel waren fünf, nun ja, eben Buckel auf dem Hügel. Dort wuchsen Heidekraut und Beeren. Es hieß, dort habe man die toten Könige begraben, in Zeiten, als einem die Feinde noch auf Armeslänge nahe kamen und nicht 10.000 Fuß über einem schwebten.

Die Wolken zogen tiefer. Es würde eines dieser typischen Blackbury-Gewitter werden, eine Art wütender Nebel, der sich an die Hügel klammerte.

»Wisst ihr, was ich denke?«, fragte Kirsty.

»Telefonleitungen«, sagte Johnny. »Sie können bei Gewitter ausfallen.«

»Genau.«

»Aber der Polizist sagte, es gäbe ein Motorrad«, meinte Yo-less.

»Das sofort anspringt, ja?«, sagte Johnny. »Ich erinnere mich, dass mein Opa immer gesagt hat, bevor man eine Blackbury Fantom fahren darf, muss man nachweisen, dass man sie fünfzig Meter weit anschieben und dabei ununterbrochen fluchen kann. Er sagte, sie seien tolle Maschinen, wenn man sie erst mal in Gang gebracht hätte.«

»Wie lange dauert es noch, bis ... du weißt schon ... die Bomben fallen?«

»Etwa eine Stunde.«

Was bedeutet, dass sie schon auf dem Weg sind, dachte Johnny. Männer sind auf Startbahnen hinausgegangen und haben Bomben in Flugzeuge mit Namen wie Dornier und Heinkel geladen. Und andere Männer haben um einen Tisch mit einer großen Karte von England gesessen, nur dass sie auf Deutsch beschriftet war, und auf Slate gezeigt. Blackbury war vermutlich nicht einmal auf der Karte verzeichnet. Und dann sind diese Männer aufgestanden und nach draußen gegangen und in ihre Maschinen gestiegen und gestartet. Und in den Flugzeugen haben sie ihre eigenen Karten noch einmal rausgeholt und Linien darauf eingezeichnet, die sich über Slate kreuzen. Die Mission für diese Nacht: die Verladestation in Slate zerstören.

Und dann konnte er das Dröhnen hören. Er spürte es in seinen Beinen. Er konnte das Öl schmecken und den Schweiß und das Gummi der Sauerstoffmasken. Sein Körper zitterte von der Vibration der Motoren und dem Krachen weit entfernter Explosionen. Die nächste Explosion war nicht so weit entfernt, und das ganze Flugzeug schien zur Seite zu rutschen. Und er wusste, was die Mission für diese Nacht war. Der Auftrag lautete: *sicher wieder nach Hause kommen*. So war es immer.

Eine weitere Explosion erschütterte das Flugzeug, und jemand packte ihn.

»Was ist?«

»Das ist einfach unheimlich, wenn du so was machst!«, schrie Kirsty über den Donner hinweg. »*Komm* schon! Es ist gefährlich hier draußen. Musst du hier im Regen rumstehen?«

»Es hat angefangen«, flüsterte Johnny, während ringsumher das Gewitter ausbrach.

»Was hat angefangen?«

»Die Zukunft.«

Er blinzelte, als der Regen ihm das Haar an den Kopf klatschte. Er konnte *spüren*, wie sich die Zeit um ihn herum dehnte. Er konnte ihre träge Bewegung spüren, als sie all diese grauen Bomben und weißen Vordertreppen weitertrug, sie herumwirbelte wie Luftblasen in einem Whirlpool. Alle wurden mitgezogen. Man konnte nicht ausbrechen, weil man *Teil* davon war. Ebensowenig, wie man einen Zug umlenken konnte.

»Wir müssen ihn in Sicherheit bringen!«, schrie Yo-less, als ganz in der Nähe ein Blitz einschlug. »Er sieht echt krank aus!«

Sie taumelten weiter und duckten sich hin und wieder unter einen windgeschüttelten Baum, um Atem zu holen.

Dann stand die Windmühle vor ihnen. Sie war auf einen der Buckel gebaut worden, aber die Flügel waren längst abmontiert. Kirsty und Yo-less legten die Arme um Johnny und liefen über das triefend nasse Heidekraut, bis sie vor der Treppe der Mühle standen.

Yo-less hämmerte an die Tür. Sie öffnete sich einen Spalt.

»Guter Gott!«, sagte eine Stimme. Sie klang nach einem jungen Mann. »Wo kommt ihr denn her? Aus dem Zirkus?«

»Lassen Sie uns rein!«, rief Kirsty. »Er ist krank!«

»Darf ich nicht«, sagte die Stimme. »Ist verboten.«

»Sehen wir wie Spione aus?«, fragte Yo-less aufgebracht.

»Bitte!«, sagte Kirsty.

Die Tür klappte wieder ein Stück zu, dann hielt sie inne.

»Na gut ... wenn's sein muss«, sagte die Stimme, und unsichtbare Hände rissen die Tür auf. »Aber Mr Hodder sagt, ihr sollt euch so hinstellen, dass wir euch genau sehen können, okay? Kommt rein.«

»Es passiert«, sagte Johnny, dessen Augen immer noch geschlossen waren. »Das Telefon wird nicht funktionieren.«

»Was sagt er da?«

»Können Sie bitte das Telefon ausprobieren?«, sagte Kirsty.

»Wieso? Was soll denn damit nicht stimmen?«, fragte der Junge. »Wir haben es zu Schichtbeginn getestet. Hat da irgendjemand dran gedreht?«

Am Tisch saß ein älterer Mann. Er warf ihnen einen misstrauischen Blick zu, der längere Zeit an Yo-less hängenblieb.

»Ich denke, ich sollte lieber auf dem Revier anrufen«, sagte er. »Das gefällt mir alles überhaupt nicht. Kommt mir alles ein bisschen verdächtig vor.«

Er streckte die Hand nach dem Telefon aus.

Draußen erklang ein scharfes Geräusch, als ein Blitz ganz in der Nähe einschlug. Es war kein Krachen, es war ein beinahe leises Zischen, als wäre der Himmel entzweigerissen.

Dann explodierte das Telefon. Bakelitsplitter und Kupferstückchen prallten gegen die Wände.

Kirsty griff sich an den Kopf.

»Meine Haare haben sich gesträubt!«

»Meine auch«, sagte Yo-less. »Und das passiert nicht oft, das kannst du mir glauben«, fügte er hinzu.

»Der Blitz hat die Leitung getroffen«, sagte Johnny. »Ich habe es gewusst. Nicht nur hier. Auch andere Stationen in den Hügeln sind tot. Und gleich kriegen wir Probleme mit dem Motorrad.«

»Was faselt er da?«

»Sie haben doch ein Motorrad, nicht wahr?«, fragte Kirsty.

»Und?«

»Mein Gott, Mann, Ihr Telefon ist kaputt! Sollten Sie nicht etwas unternehmen?«

Die beiden starrten einander an. Sie waren nicht daran gewöhnt, von Mädchen angeschrien zu werden.

»Tom, spring mal runter zu Doktor Atkinson und benutz sein Telefon und gib durch, dass unseres ausgefallen ist«, sagte Mr Hodder, ohne den Blick von den dreien zu nehmen. »Erzähl ihnen auch von diesen dreien hier.«

»Es wird nicht anspringen«, sagte Johnny. »Es liegt am Vergaser, glaube ich. Damit gibt es immer Probleme.«

Der Junge – Tom – warf ihm einen Seitenblick zu. Die Atmosphäre hatte sich verändert. Bisher waren die beiden nur misstrauisch gewesen. Jetzt waren sie auch verunsichert.

»Woher wusstest du das?«, fragte er.

Johnny machte den Mund auf. Und schloss ihn wieder.

Er konnte ihnen nicht erzählen, dass er die *Zeit* um sich herum spürte. Er hatte das Gefühl, wenn er seine Augen nur richtig einstellen könnte, würde er sie sogar sehen können. Die Vergangenheit und die Zukunft waren gleich um die Ecke, mit einer Billion Verbindungen an das sich unaufhörlich bewegende *Jetzt* gekettet. Er hatte das Gefühl, er hätte beinahe die

Hand ausstrecken und darauf zeigen können, nicht hier oder da drüben oder da oben, sondern *dort*, in rechten Winkeln zu jedem anderen Ort.

»Sie sind auf dem Weg«, sagte er. »Sie werden in einer halben Stunde hier sein.«

»Wer ist auf dem Weg? Worüber redet der denn?«

»Blackbury wird heute Nacht von Bombern angegriffen«, sagte Kirsty. Wieder donnerte es.

»Glauben wir jedenfalls«, sagte Yo-less.

»Fünf Bomber«, fügte Johnny hinzu.

Er öffnete die Augen. Alles überschnitt sich wie eine Szene in einem Kaleidoskop. Alle starrten ihn an, aber sie waren von so etwas wie Nebel umgeben. Wenn sie sich bewegten, folgten ihnen Bilder wie ein Spezialeffekt.

»Es liegt am Gewitter und den Wolken«, brachte er mühsam hervor. »Sie glauben, sie fliegen nach Slate, aber sie werden ihre Bomben auf Blackbury werfen.«

»Ach ja? Und woher weißt du das? Haben sie es dir gesagt?«

»Hören Sie zu, Sie Dummkopf«, sagte Kirsty. »Wir sind keine Spione! Warum sollten wir Ihnen das *erzählen*, wenn wir welche wären?«

Mr Hodder zog die Tür auf.

»Ich gehe jetzt runter zum Haus des Doktors, ans Telefon«, sagte er. »Dann können wir vielleicht herausfinden, was los ist.«

»Was ist mit den Bombern?«, fragte Kirsty.

Der ältere Mann öffnete die Tür. Der Donner war nach Nordosten davongerollt, und jetzt war kein Geräusch mehr zu hören, außer dem Platschen des Regens.

»Welche Bomber?«, fragte Mr Hodder und machte die Tür hinter sich zu.

Johnny setzte sich hin und schlug die Hände vors Gesicht.

Er blinzelte, um die flackernden Bilder aus dem Kopf zu kriegen.

»Ihr solltet lieber rausgehen«, sagte Tom. »Es ist gegen die Vorschriften, Leute hier drin zu haben ...«

Johnny blinzelte. Vor seinen Augen standen mehr Bomber, und sie verschwanden nicht mehr.

Er griff nach den Spielkarten, die auf dem Tisch lagen.

»Wofür sind die gut?«, fragte er. »Spielkarten mit Bombern drauf?«

»Was? Ach ... die sind dazu gut, Flugzeuge erkennen zu lernen«, sagte Tom, der vorsichtig darauf bedacht war, sich hinter dem Tisch zu halten. »Man spielt Karten damit, und dabei lernt man gleichzeitig die Umrisse kennen.«

»Unterbewusstes Lernen oder so?«, fragte Kirsty.

»O nein, man lernt, indem man mit den Karten da spielt«, sagte Tom verzweifelt. Draußen hörte man, wie jemand versuchte, ein Motorrad anzulassen.

Johnny stand auf.

»Also gut«, sagte er. »Ich kann es *beweisen*. Die nächste Karte ... die nächste Karte, die du mir zeigst ... die nächste Karte ...«

Bilder traten vor sein Auge. Wenn Mrs Tachyon die Welt auf diese Weise sieht, dachte er, dann ist es kein Wunder, dass sie nie so ganz da ist – weil sie *überall* ist.

Von draußen hörte man, wie jemand sich noch mehr anstrengte, ein Motorrad anzulassen.

»Die nächste Karte wird ... die Karo-Fünf sein.«

»Ich sehe nicht ein, wieso wir hier Spielchen spielen sollen ...« Er warf Kirsty einen nervösen Blick zu – sie hatte einfach diese Wirkung auf Leute.

»Angst?«, fragte sie.

Er griff nach einer Karte und hielt sie hoch.

»Die Karo-Fünf«, sagte Yo-less.

Johnny nickte. »Die nächste ... die nächste ... wird der Herz-Bube sein.«

Er war es.

Von draußen hörte man, wie jemand sich sehr anstrengte, ein Motorrad anzulassen, und dabei schrecklich fluchte.

»Das ist ein Trick«, sagte Tom. »Einer von euch hat sich an den Karten zu schaffen gemacht.«

»Misch sie, wie du willst«, sagte Johnny. »Und die nächste, die du mir zeigen wirst, wird die ... die Pik-Zehn sein.«

»Wie machst du das?«, fragte Yo-less, als Tom die Karte herumdrehte und sie anstarrte.

»Äh ...« Es hatte sich *angefühlt* wie eine Erinnerung, stellte er fest. »Ich habe mich daran erinnert«, sagte Johnny.

»Du hast dich erinnert, sie gesehen zu haben, noch bevor du sie wirklich gesehen hast?«, fragte Kirsty.

Von draußen hörte man, wie jemand sich anstrengte, ein Motorrad anzulassen, und sich noch mehr anstrengte zu fluchen.

»Äh ... ja.«

Kirsty wandte sich Tom zu.

»Siehst du?«, sagte sie. »Glaubst du uns jetzt?«

»Das gefällt mir nicht. Das ist irgendwie nicht richtig«, sagte er. »Und überhaupt ... überhaupt gibt es keine Telefonverbindung.«

Die Tür wurde aufgerissen.

»Also gut«, dröhnte Mr Hodder. »Was habt ihr mit meinem Motorrad gemacht?«

»Es ist der Vergaser«, sagte Johnny. »Das habe ich Ihnen doch gesagt.«

»He, Arthur, du solltest dir das wirklich anhören, dieser Junge weiß Sachen ...«

Kirsty warf einen Blick auf ihre Armbanduhr.

»Zwanzig Minuten«, sagte sie. »Und es sind mehr als zwei Meilen bis in die Stadt. Selbst wenn wir rennen, weiß ich nicht, ob wir es schaffen werden.«

»Wovon redest du?«, fragte Mr Hodder.

»Es muss doch einen Code geben«, sagte Kirsty. »Wenn Sie anrufen, weil die Sirene eingeschaltet werden soll, was sagen Sie dann?«

»Sag's ihnen nicht!«, fauchte Mr Hodder.

»Hier ist Station BD3«, sagte Johnny und starrte glasig geradeaus.

»Woher wisst ihr das? Hat er es euch gesagt? Hast du es ihnen gesagt?«

»Nein, Arthur!«

»Kommt mit«, sagte Kirsty und ging eilig zur Tür. »Ich hab immerhin einen Leichtathletikpokal gewonnen.«

Sie schob den älteren Mann beiseite.

Im Osten verklang der Donner. Aus dem Gewitter war ein stetiger grauer Regen geworden.

»Das schaffen wir nie«, sagte Yo-less.

»Ich dachte, ihr wärt gute Läufer«, sagte Kirsty und trat hinaus.

»Leute meiner Größe, meinst du?«

»Ihr hattet recht«, sagte Tom, als sie Johnny in die Nacht hinauszerrten. »Das hier *ist* Station BD3!«

»Ich weiß«, sagte Johnny. »Ich habe mich erinnert, dass du es mir gesagt hast.«

Er stolperte und musste sich an Yo-less festhalten, um sein Gleichgewicht zu bewahren. Die ganze Welt drehte sich um ihn. So war ihm seit dieser Geschichte mit dem Apfelwein an Weihnachten nicht mehr zumute gewesen. Die Geräusche um ihn herum wirkten gedämpft, und er war nie sicher, ob sie wirklich da waren oder Stimmen, an die er sich nur erinnerte, oder Worte, die noch nicht ausgesprochen waren.

Er hatte das Gefühl, dass sein Geist lose in der Zeit trieb und nur deshalb nicht davonflog, weil sein Körper als Anker fungierte.

»Es geht den ganzen Weg bergab«, sagte Kirsty und sprintete los. Yo-less folgte ihr.

Weit entfernt, unten in der Stadt, begann eine Turmuhr, elf zu schlagen.

Johnny versuchte zu rennen, aber der Boden unter seinen Füßen wollte nicht aufhören, sich zu bewegen.

Wieso machen wir das?, dachte er. Wir *wussten* doch, dass es passiert ist, ich habe eine Kopie der Zeitungsmeldung in meiner Tasche, die Bomben *werden* fallen, und der Alarm wird *nicht* ertönen.

Man kann einen Zug nicht umlenken!

Das glaubste vielleicht, sagte eine Stimme in seinem Kopf.

Wenn er mit diesen Dingen doch nur besser zurechtkäme! Wenn er doch nur ein Held wäre!

Von weiter vorn hörte er Yo-less' verzweifelten Schrei.

»Ich bin über ein Schaf gestolpert! Ich bin über ein Schaf gestolpert!«

Unten im Tal sahen sie die Lichter von Blackbury. Es waren nicht viele – hin und wieder ein Autoscheinwerfer, ein winziges Aufblitzen von einem Fenster, wo die Motten ein Loch in den Verdunklungsvorhang gefressen hatten.

Dem Gewitter folgte Wind. Wolkenfetzen zogen über den Himmel. Hier und da konnte man einen Stern sehen.

Sie rannten weiter. Wieder kollidierte Yo-less mit einem Schaf.

Dann hörten sie das Knirschen schwerer Stiefel hinter sich, und Tom holte sie ein.

»Wenn ihr unrecht habt, wird es einen Riesenärger geben«, keuchte er.

»Und was, wenn wir recht haben?«, fragte Kirsty.

»Ich hoffe, ihr habt unrecht.«

Wieder grollte der Donner, aber die vier Läufer rannten verzweifelt schweigend weiter.

Sie ließen das Moor hinter sich. Jetzt waren auf beiden Seiten der Straße Hecken.

Tom blieb plötzlich rutschend stehen.

»Hört mal!«

Sie blieben stehen. Man hörte Donnergrollen und das Rauschen des Regens.

Und hinter den Geräuschen des Wetters ein leises, weit entferntes Dröhnen.

Splitt wirbelte auf, als der junge Mann wieder zu rennen begann. Er war schon vorher schnell gewesen, jetzt flog er fast.

Ein großes Haus ragte vor ihnen auf. Er sprang über den Zaun, rannte über den Rasen und hämmerte an die Haustür.

»Aufmachen! Aufmachen! Notfall!«

Johnny und die anderen erreichten gerade das Gartentor. Das Dröhnen war jetzt lauter.

Wir hätten etwas unternehmen können, dachte Johnny. *Ich* hätte etwas unternehmen können. Ich hätte ... Ach, es *musste* etwas gegeben haben. Wir hatten es uns so einfach vorgestellt. Bloß weil wir aus der Zukunft kommen. Was wissen wir schon? Und jetzt sind die Bomber beinahe hier, und wir können gar nichts tun.

»Los! Aufmachen!«

Yo-less fand ein weiteres Tor im Zaun und eilte hindurch. Es platschte.

»Ich glaube, ich bin in einen Teich getreten«, sagte eine feuchte Stimme.

Tom trat ein paar Schritte zurück und suchte auf der Erde herum.

»Vielleicht kann ich ein Fenster einschlagen«, murmelte er.

»Äh ... der Teich ist ziemlich tief«, sagte Yo-less. »Und ich habe mich in so was wie einer Brunnenfigur verhakt ...«

Glas splitterte. Tom griff durch das Fenster neben der Tür. Ein Klicken ertönte, dann war die Haustür offen.

Sie hörten, wie er drinnen über etwas fiel, dann ging eine schwache Glühbirne an. Noch ein Klicken, und –

»Das Telefon hier ist auch tot! Der Blitz muss die Vermittlung getroffen haben!«

»Wo ist das nächste Haus?«, fragte Kirsty, als Tom wieder herauskam.

»Erst an der Roberts Road!«

Sie rannten hinter ihm her, Yo-less immer noch triefend.

Das Dröhnen war jetzt viel lauter. Johnny konnte es über dem Geräusch seines Atems hören.

Jemand in der Stadt *muss* es doch hören, dachte er. Der ganze Himmel ist voll davon!

Ohne ein Wort rannten sie noch schneller –

Und dann begann die Sirene zu heulen.

Aber die Wolken teilten sich, und der Mond schien hindurch, und Schatten drückten sich durch die Wolkenfetzen, und Johnny konnte spüren, wie die Bomben fielen.

Erst traf es die Schrebergärten, dann die Sauerkonservenfabrik, dann die Paradise Street – die Explosionen sahen aus der Ferne aus wie aufblühende Rosen. Die Blütenblätter waren orangefarben mit schwarzen Rändern und entfalteten sich eins nach dem anderen, als die Bomben in der Straße aufschlugen.

Dann kamen die Geräusche. Es knallte nicht, es war mehr ein Knirschen, wie Schläge gegen den Kopf.

Schließlich verklangen auch diese, und nur ein entferntes Knistern und das Klingeln des Feueralarms blieben zurück.

»O nein!«, sagte Kirsty.

Tom war stehen geblieben. Er starrte zu den Flammen hinunter.

»Das Telefon hat nicht funktioniert«, flüsterte er. »Ich hab's ja versucht, aber das Telefon hat nicht funktioniert.«

»Wir sind *Zeit*reisende!«, sagte Yo-less. »So was *darf* einfach nicht passieren.«

Johnny schwankte ein wenig. Es war wie Fieber, nur schlimmer. Er hatte das Gefühl, außerhalb seines Selbst zu stehen und sich zu beobachten.

Es war die *Hierheit* des Hier, die *Jetztheit* des Jetzt ... die Menschen überlebten, indem sie auf solche Dinge nicht achteten. Wenn man innehielt und den Kopf dafür öffnete, wälzte sich die Welt über einen hinweg wie ein Panzer ...

Die Paradise Street würde immer bombardiert werden. Sie wurde gerade bombardiert. Sie würde bombardiert worden sein. Diese Nacht war ein Fossil der Zeit. Ein *Gegenstand*. Irgendwo würde es immer passiert sein. Einen Zug konnte man nicht umlenken!

Das *glaubste* vielleicht ...

Irgendwo ...

Flammen flackerten über die Dächer hinweg. Mehr Klingeln schrillten.

»Das Motorrad ist nicht angesprungen!«, murmelte Tom. »Das Telefon hat nicht funktioniert! Es gab ein Gewitter! Ich hab versucht, rechtzeitig die Stadt zu erreichen! Es kann doch nicht meine Schuld sein!«

Irgendwo ...

Johnny spürte es wieder ... dieses Gefühl, dass er nur die Hand ausstrecken musste und sich in Richtungen bewegen konnte, die auf keiner Karte und keinem Kompass zu finden waren, nur auf einer Uhr. Es floss aus ihm heraus, bis er spürte, dass es ihm durch die Finger rann. Er hatte den Einkaufswagen nicht, nicht die Tüten, aber ... vielleicht konnte er sich einfach erinnern, wie es sich anfühlte ...

»Wir haben Zeit«, sagte er.

»Bist du *wahnsinnig*?«, schrie Kirsty.

»Kommt ihr mit oder nicht?«, fragte Johnny.

»Wohin?«

Johnny nahm ihre Hand und streckte die andere Hand nach Yo-less aus.

Dann nickte er zu Tom hinüber, der immer noch in die Flammen starrte.

»Nehmt ihn auch mit«, sagte er. »Wir werden ihn brauchen, wenn wir dorthin kommen.«

»Wohin?«

Johnny versuchte zu grinsen.

»Vertraut mir«, sagte er. »Irgendjemand muss es ja tun.«

Er setzte sich in Bewegung. Tom ließ sich mitziehen wie ein Schlafwandler.

»Schneller«, sagte Johnny. »Oder wir kommen nie hin.«

»Hör mal, die Bomben sind doch schon *gefallen*«, meinte Kirsty müde. »Es ist passiert.«

»Genau. Es musste passieren«, sagte Johnny. »Sonst hätten wir nicht hinkommen können, bevor es passierte. Schneller. Lauft.«

Er drängte vor, zog sie mit sich.

»Wir können da drüben vielleicht helfen«, keuchte Yo-less. »Ich kenne mich mit Erster Hilfe aus.«

»*Erste* Hilfe?«, sagte Kirsty. »Hast du die Explosionen gesehen?«

Neben ihr schien der junge Mann plötzlich aufzuwachen. Er

starrte auf das Feuer in der Stadt und sprang vorwärts. Und dann rannten sie alle, versuchten alle, Schritt zu halten, brachten alle die jeweils anderen dazu, noch schneller zu rennen.

Dort war die Straße, in dieser Richtung.

Johnny stürzte darauf zu.

Die dunkle Landschaft wurde heller, in Grautönen wie ein sehr alter Film. Der Himmel war nicht mehr schwarz, sondern hatte einen tintigen Violettton angenommen. Und alles um sie herum sah kalt aus wie Kristall. Die Blätter und Büsche glitzerten, als wären sie von Eis überzogen.

Er spürte keine Kälte. Er spürte überhaupt nichts.

Johnny rannte. Die Straße unter seinen Füßen war klebrig, als würde er in Sirup laufen.

Und in der Luft hing das Geräusch, das er aus den Tüten gehört hatte, ein gewaltiges, flüsterndes Rauschen, wie eine Million schlecht eingestellter Radiosender.

Neben ihm versuchte Yo-less, etwas zu sagen, brachte aber keine Worte heraus. Stattdessen zeigte er mit der freien Hand nach vorn.

Blackbury lag vor ihnen. Es war nicht die Stadt, die sie aus dem Jahr 1996 kannten, und auch nicht die von 1941. Sie glühte.

Johnny hatte nie Nordlichter gesehen. Aber er hatte davon gelesen. In dem Buch hatte gestanden, dass sich in sehr kalten Nächten das Licht manchmal vom Nordpol herabsenkte und in der Luft hing wie ein Vorhang aus erstarrtem, blauem Feuer.

So sah die Stadt aus. Sie schimmerte so kalt wie ein Stern in einer Winternacht.

Er wagte einen Blick zurück.

Der Himmel hinter ihm war rot, ein tiefdunkles Rot, das in der Mitte heller wurde.

Und er wusste, wenn er aufhörte zu laufen, wäre alles zu

Ende. Die Straße würde wieder eine Straße sein, der Himmel der Himmel … aber wenn er nur weiter in *diese* Richtung rannte …

Er zwang seine Beine, sich weiter zu bewegen, trat wie in Zeitlupe durch die dicke, kalte, stille Luft. Die Stadt kam näher, leuchtete heller.

Jetzt zogen die anderen an seinen Armen. Auch Kirsty versuchte, ihm etwas zuzuschreien, aber es gab kein Geräusch außer diesem rauschenden Flüstern.

Er riss an ihren Fingern, versuchte, sich festzuklammern …

Und dann kam das Blau auf ihn zugestürzt und stieß mit dem Rot zusammen, das aus der anderen Richtung vordrang, und er stürzte kopfüber auf die Straße.

Er hörte Kirsty sagen: »Ich bin von Eis überzogen!«

Johnny kam wieder auf die Beine und starrte seine Arme an. Eis knisterte und fiel von seinen Ärmeln, als er die Arme bewegte.

Yo-less sah bleich aus. Frost dampfte von seinem Gesicht.

»Was haben wir getan? Was *haben* wir nur getan?«, fragte Kirsty.

»Hört doch!«, sagte Yo-less. »Hört doch!«

Im Dunkeln war ein Surren zu hören, und eine Uhr begann zu schlagen.

Johnny lauschte. Sie waren am Stadtrand. Die dunklen Straßen waren ruhig. Es war auch kein Feuer mehr zu sehen. Aus einem Pub in der Nähe hörte man gedämpftes Gelächter und das Klirren von Gläsern.

Die Uhr schlug weiter. Dann verklang der letzte Schlag. Eine Katze schrie.

»Elf Uhr?«, sagte Kirsty. »Aber wir haben es doch schon elf schlagen hören, als wir … oben auf dem Hügel …«

Sie starrte Johnny an.

»Hast du uns in der Zeit zurückgebracht?«

»Nicht … zurück, glaube ich«, sagte Johnny. »Ich glaube … raus. Darum herum. Querfeldein. Ich weiß es nicht.«

Tom kniete am Boden. Was sie von seinem Gesicht sehen konnten, zeigte, dass sie hier jemanden vor sich hatten, der zu viel gesehen und dessen Hirn sich aus der Verankerung gelöst hatte.

»Wir haben noch sieben Minuten«, sagte Johnny.

»Wie?«, sagte Tom.

»Um sie dazu zu bringen, den Alarm einzuschalten!«, schrie Kirsty.

»Wie? Die Bomben … Ich hab doch das Feuer gesehen … Es war nicht meine Schuld, das Telefon …«

»Es ist noch nicht passiert! Aber es wird passieren! Es sei denn, wir unternehmen was! Sofort! Los, aufstehen!«, schrie Kirsty.

Niemand konnte einer solchen Stimme widerstehen. Sie drang durchs Hirn und gab die Befehle direkt an die Muskeln. Tom sprang auf wie hochgezogen.

»Gut. Und jetzt *los*!«

Das Polizeirevier lag am Ende der Straße. Sie erreichten die Tür alle gleichzeitig und drängelten sich hindurch.

Drinnen war ein Büro mit einer Schranke, die die Öffentlichkeit von den Gesetzeshütern trennte. Dahinter stand ein Polizist. Er hatte gerade etwas in ein großes Buch geschrieben, aber jetzt blickte er auf, mit offenem Mund.

»Hallo, Tom«, sagte er. »Was ist denn?«

»Sie müssen die Alarmsirene einschalten!«, sagte Johnny.

»Sofort!«, fügte Kirsty hinzu.

Der Sergeant schaute von einem zum anderen und zum Schluss zu Yo-less, auf dem sein Blick ein wenig länger hängenblieb. Dann wandte er sich ab und warf dem Mann in Armeeuniform, der an einem Schreibtisch saß, einen Blick zu. Der Sergeant gehörte zu den Leuten, die gern ein Publikum haben, wenn sie im Begriff sind, etwas Komisches zu sagen.

»Ach ja?«, sagte er. »Und warum sollte ich?«

»Sie haben recht, Sergeant«, sagte Tom. »Sie müssen es tun! Wir ... wir sind den ganzen Weg gerannt!«

»Was, vom Hügel runter?«, fragte der Sergeant. »Das sind zwei Meilen. Kommt mir ein bisschen verdächtig vor, junger Mann. Wieder zu lange im Pub gewesen, wie? Ha ... erinnerst du dich an den Dornier-T-111-Bomber, den du letzte Woche gehört hast?« Er drehte sich um und grinste den Offizier höhnisch an. »Es war ein Lastwagen auf der Straße nach Slate!«

Kirstys Geduld, die ohnehin nur mit besonders empfindlichen Messinstrumenten wahrzunehmen war, fand ein Ende.

»Tun Sie nicht so herablassend, Sie aufgeblasener Ochsenfrosch!«, schrie sie.

Der Sergeant wurde dunkelrot und holte tief Luft. Dann stieß er sie plötzlich wieder aus.

»He, was machst du denn da?«

Tom war über die Absperrung gesprungen. Der Soldat stand auf, aber Tom stieß ihn beiseite.

Er erreichte den Schalter und legte ihn um.

11

Ein paar Fritten dazu?

Wobbler und Bigmac drückten sich hinter der Kirche herum.

»Sie sind jetzt schon ziemlich lange weg«, sagte Bigmac.

»Es ist ein langer Weg da rauf«, meinte Wobbler.

»Ich wette, es ist irgendwas passiert. Vielleicht sind sie erschossen worden oder so.«

»Ha, ich dachte, du *magst* Schusswaffen«, sagte Wobbler.

»Ich hab nichts gegen die Waffen. Nur gegen Kugeln«, sagte Bigmac. »Und ich will nicht mit dir hier festsitzen!«

»Wir haben den Einkaufswagen«, sagte Wobbler. »Aber weißt du, wie man ihn bedient? Ich nehme an, man muss halb durchgeknallt sein, so wie Johnny, um mit dem Ding umgehen zu können. Ich will nicht im alten Rom landen oder so.«

»Wirst du nicht«, sagte Bigmac.

Er erstarrte, als ihm klar wurde, was er da gesagt hatte. Wobbler stürzte sich sofort darauf.

»Was hast du gemeint mit: Hier mit mir festsitzen? Was passiert denn, wenn ich nicht wieder heimkomme?«, fragte er. »Ihr seid doch wieder im Jahr 1996 gewesen. Ich war nicht da, oder?«

»Mann, das willst du doch gar nicht wissen«, sagte Bigmac.

»Ach ja?«

»Ihr kommt hier rein und werdet frech …«, begann der Sergeant.

»Still«, fauchte Captain Harris und stand auf. »Wieso funktioniert Ihre Sirene nicht?«

»Wir überprüfen sie jeden Dienstag und Freitag, regelmäßig …«, sagte der Sergeant.

»In der Decke ist ein Loch«, sagte Yo-less.

Tom stand da und starrte den Schalter an. Er war überzeugt, seinen Beitrag geleistet zu haben. Er wusste nicht genau, wie, aber er hatte es getan. Und dann war das, was als Nächstes geschehen sollte, einfach nicht geschehen.

»Es ist nicht meine Schuld«, murmelte er.

»Einer Ihrer Leute hat geschossen«, sagte der Sergeant. »Wir haben bisher nicht gewusst, wohin die Kugel gegangen ist.«

»Jetzt wissen wir's«, sagte der Captain grimmig. »Sie hat eine Leitung getroffen.«

»Es muss doch eine andere Möglichkeit geben«, sagte Johnny. »Es *darf* nicht so enden! Nicht so! Sehen Sie?«

Er zog ein verknittertes Blatt aus der Tasche und hielt es hoch.

»Was ist denn das?«, wollte der Captain wissen.

»Die Zeitung von morgen«, sagte Johnny. »Wenn der Alarm nicht bald losgeht.«

Der Captain starrte das Blatt an.

»Ihr erlaubt euch wohl einen Witz mit uns?«, sagte der Sergeant nervös.

Der Captain wandte den Blick von dem Blatt ab und Johnnys Handgelenk zu. Er griff danach.

»Wo hast du diese Uhr her?«, fauchte er. »So eine hab ich schon einmal gesehen! Wo kommst du her, Junge?«

»Von hier«, sagte Johnny. »Irgendwie jedenfalls. Aber nicht aus … aus dem Jetzt.«

Einen Augenblick lang herrschte Schweigen. Dann nickte der Captain dem Sergeanten zu.

»Rufen Sie die Lokalzeitung an, ja?«, sagte er. »Es ist eine Morgenzeitung, oder? Jemand sollte dort sein.«

»Sie glauben doch nicht wirklich …«

»Bitte rufen Sie an.«

Sekunden vergingen, während der Polizist mit dem großen schwarzen Telefon beschäftigt war. Er murmelte ein paar Worte.

»Ich habe hier Mr Stickers, den Chefsetzer«, sagte er. »Er sagt, er ist gerade an der Titelseite und will wissen, was wir wollen?«

Der Captain warf einen Blick auf das Blatt und schnupperte daran.

»Fisch? Egal … ist links unten auf der Seite eine Anzeige für Johnsons Kakao? Starren Sie mich nicht so an. Fragen Sie ihn.«

Wieder Gemurmel.

»Er sagt ja, aber …«

Der Captain drehte das Blatt um.

»Ist auf Seite zwei ein einspaltiger Artikel mit der Überschrift ›Zwei Pfund Strafe für Fahrraddiebstahl‹? Ist im Kreuzworträtsel eins senkrecht ›Raubvogel mit fünf Buchstaben‹? Daneben eine Anzeige für Plants Rasiercreme? *Fragen Sie ihn.*«

Der Sergeant warf ihm einen wütenden Blick zu, sprach dann aber wieder mit Stickers.

»Adler«, sagte Kirsty zerstreut.

Der Captain zog eine Braue hoch.

»Der Vogel«, sagte Yo-less mit derselben hypnotisierten Stimme. »Fünf senkrecht.«

»Er sagt ja«, erklärte der Sergeant. »Er sagt …«

»Danke. Sagen Sie ihm, er soll sich bereithalten, falls … nein, wir wollen nichts übereilen … danken Sie ihm einfach.«

Ein Klicken ertönte, als der Sergeant den Hörer auflegte.

Dann fragte der Captain: »Wisst ihr, wie viel Zeit wir noch haben?«

»Drei Minuten«, sagte Johnny.

»Können wir aufs Dach, Sergeant?«

»Keine Ahnung, aber ...«

»Gibt es in der Stadt noch eine Sirene?«

»Es gibt so ein klappriges altes Aufziehding, das wir früher benutzt haben, aber ...«

»Wo ist sie?«

»Unter der Pritsche im Fundsachenschrank, aber ...«

Es gab ein ledriges Geräusch, und plötzlich hatte der Captain eine Pistole in der Hand.

»Wir können uns nachher streiten«, sagte er. »Sie können sich über mich beschweren, wo Sie wollen. Aber jetzt geben Sie mir den Schlüssel oder schließen den verdammten Schrank selbst auf, oder ich schieße das Schloss auf. Und so was wollte ich immer schon mal tun, das können Sie mir glauben.«

»Sie glauben diesen Kindern doch nicht etwa ...«

»Sergeant!«

In plötzlicher Panik kramte der Sergeant in seinen Taschen herum und rannte aus dem Zimmer.

»Sie glauben uns *wirklich*?«, fragte Kirsty.

»Ich bin nicht sicher«, sagte der Captain, als der Sergeant etwas Großes und Schweres hereinzog. »Danke, Sergeant. Bringen wir das Ding raus. Nein. Ich bin überhaupt nicht sicher, junge Dame. Aber vielleicht glaube ich dieser Armbanduhr. Außerdem ... Wenn ich mich irre, dann werde ich einfach nur dumm dastehen, und vermutlich wird der Sergeant dafür sorgen, dass ihr alle mit roten Ohren heimkommt. Aber wenn ich recht habe, dann ... wird das da nicht passieren?« Er hob die Zeitungsseite hoch.

»Ich ... ich glaube schon«, sagte Johnny. »Aber ich weiß nicht mal mehr, ob überhaupt irgendwas passieren wird.«

Bigmac lag am Boden, und Wobbler hockte auf ihm. Wobbler wusste vielleicht nicht, wie man kämpfte, aber er wusste, wie man wog.

»Lass mich los!«, sagte Bigmac und schlug um sich. Wobbler hinterhältige Schläge zu verpassen war, als würde man ein Kissen verprügeln.

»Ich lebe 1996 noch, ja?«, sagte Wobbler. »Weil ich nämlich geboren bin, ja? Also sollte ich, selbst wenn ich nie in der Zeit zurückreise, 1996 noch am Leben sein! Ich wette, du weißt was über mich!«

»Nein, nein, wir sind dir nie begegnet!«

»Ich lebe also noch. Und du weißt etwas, stimmt's?«

»Steh endlich auf, ich kriege keine Luft mehr!«

»Komm schon, erzähl endlich!«

»Du solltest nicht wissen, was passieren wird.«

»Wer sagt das? Wer sagt das?«

Hinter ihnen erklang ein Kreischen. Wobbler drehte sich um. Bigmac reckte den Hals.

Satan streckte sich faul, gähnte und sprang von den Tüten runter. Selbstsicher schlich er an der bemoosten Mauer entlang, auf seine merkwürdig diagonale Art, und verschwand um die Ecke des Gebäudes.

»Wo geht er hin?«, fragte Wobbler.

»Woher soll ich das wissen? Geh endlich runter!«

Die Jungen folgten der Katze, die sich von ihrer Gegenwart überhaupt nicht stören ließ.

Satan blieb an der Kirchentür stehen und legte sich hin, die Vorderpfoten ausgestreckt.

»Das ist das erste Mal, dass er sich vom Wagen entfernt«, sagte Wobbler.

Und dann hörten sie es.

Nichts.

Die leisen Geräusche der Stadt hörten nicht auf. Aus einem Pub irgendwo erklang Klaviermusik. Eine Tür ging auf, man hörte Lachen. Ein Auto fuhr vorüber, ein Stück entfernt. Aber plötzlich kamen die Geräusche *von weit her*, als wäre vor ihnen eine dicke unsichtbare Mauer.

»Diese Bomben, du weißt schon ...«, sagte Wobbler, der den Blick nicht von der Katze nahm.

»Was für Bomben?«, fragte Bigmac.

»Die Bomben, von denen Johnny dauernd redet.«

»Ja?«

»Kannst du dich erinnern, was er gesagt hat, wann sie fallen? Es war ziemlich bald, glaube ich.«

»Fantastisch! Ich hab noch nie gesehen, wie etwas bombardiert wird«, sagte Bigmac.

Satan begann, sehr laut zu schnurren.

»Äh ... du weißt doch, dass meine Schwester in Kanada wohnt«, sagte Wobbler ziemlich nervös.

»Was ist mit ihr? Was hat sie mit all dem zu tun?«

»Na ja ... sie hat mir mal eine Postkarte geschickt. Es gibt dort eine Klippe, über die die Indianer Büffelherden gejagt haben, um die Büffel umzubringen ...«

»Ist Erdkunde nicht was *Schönes*!«

»Ja, nur ... da war dieser Indianer, der wissen wollte, wie das Ganze von unten aussieht, und deshalb hieß er Der-sich-den-Schädel-einrennt. Ehrlich.«

Beide drehten sich um und starrten die Kapelle an.

»Sie ist 1996 immer noch da«, sagte Bigmac. »Ich meine, sie wird nicht ausgebombt werden ...«

»Ja, aber meinst du nicht, es wäre besser, irgendwo hinten ...«

Das Heulen einer Sirene schwoll an und verklang wieder.

In der Paradise Street wurde es ein wenig lebendiger. Jemand musste eine Verdunklung zur Seite geschoben haben, denn einen Augenblick lang war Licht zu sehen. In einem Garten hinter einem der Häuser rief jemand anders etwas.

»Toll! Ein Tonfilm«, sagte Bigmac. »Eigentlich fehlt nur noch Popcorn.«

»Aber das hier wird richtigen Leuten passieren!«, sagte Wobbler, dem bewusst wurde, dass auch er zu den »wirklichen Leuten« gehören konnte.

»Nö – schließlich hat es doch Alarm gegeben. Die werden alle in ihre Luftschutzbunker gehen. Darum geht's doch, oder? Und außerdem wird es *sowieso* passieren, oder? Es ist Geschichte, okay? Als würde man ins Jahr 1066 reisen und sich die Schlacht von ... wo auch immer ansehen. Und man sieht auch nicht oft, dass eine ganze Silberzwiebelfabrik in die Luft fliegt.«

Die Leute rührten sich tatsächlich. Wobbler konnte sie hören. Ein Geräusch vom anderen Ende der Straße klang genau so, als würde jemand im Dunkeln gegen eine Blechwanne rennen.

Und dann ...

»Hör mal«, sagte Bigmac.

Satan setzte sich auf und starrte aufmerksam ins Dunkel.

Aus dem Osten kam ein leises Dröhnen.

»Wahnsinn!«, sagte Bigmac, ein wenig unsicher.

Wobbler wich ein paar Schritte zurück.

»Das hier ist keine Fernsehsendung«, murmelte er.

Das Dröhnen kam näher.

»Ich wünschte, ich hätte die Kamera dabei«, sagte Bigmac.

Eine Tür ging auf. Ein Teppich gelblichen Lichts fiel in die Nacht, und eine kleine Gestalt rannte darüber und blieb mitten auf der Straße stehen.

Sie schrie: »Mein Bruder Ron erwischt euch schon!«

Das Dröhnen erfüllte den Himmel.

Bigmac und Wobbler rannten gleichzeitig los. Sie nahmen

die Kirchentreppe in einem Sprung und rasten auf den Jungen zu, der herumtanzte und den Flugzeugen mit der Faust drohte.

Die Flugzeuge waren direkt über ihnen.

Bigmac erwischte ihn als Erster und hob ihn hoch. Dann wäre er beinahe auf dem Kopfsteinpflaster ausgerutscht, als er sich umdrehte.

Sie waren schon fast wieder an der Kirche, als sie das Pfeifen hörten.

Sie waren auf der obersten Treppenstufe, als sie hörten, wie die ersten Bomben die Schrebergärten trafen.

Sie sprangen hinter die Mauer, als die zweite und dritte Bombenwelle die Sauerkonservenfabrik trafen.

Sie landeten auf dem Gras, als die Bomben auf die Straße fielen und die Luft mit solchem Krach erfüllten, dass er kaum mehr zu hören war, und mit einem so blendend weißen Licht, dass es durch die geschlossenen Lider stach, und dann griff das Dröhnen nach dem Erdboden und schüttelte ihn wie eine Wolldecke.

»Das war der schlimmste Teil«, sagte Wobbler später. Und es war schwierig, den schlimmsten Teil herauszufinden, weil die anderen genauso schlimm waren. Aber der Boden sollte der Boden sein, solide und verlässlich unter dir. Er sollte nicht wegsacken und dann wieder auf dich zukommen und dir einen Schlag versetzen.

Dann gab es ein Geräusch wie von einem Schwarm wütender Bienen.

Und dann war nur noch das Klirren umstürzender Ziegelmauern zu hören und das Knistern und Knattern des Feuers.

Wobbler hob sehr langsam den Kopf.

»Uh«, sagte er.

An den Bäumen hinter ihnen waren keine Blätter mehr. Und die Stämme *glitzerten*.

Er stand sehr langsam auf und streckte die Hand aus.

Es war Glas. Glassplitter steckten überall im Baumstamm. Es gab keine Blätter mehr, nur noch Splitter.

Neben ihm stand Bigmac auf wie jemand, der sich in einem Traum bewegt.

Eine Bratpfanne war so fest gegen die Kirchentür geflogen, dass sie halb eingedellt war und jetzt wie eine geheimnisvolle, exotische Waffe aussah. Eine Steinschwelle hatte ein Stück aus der Mauer gerissen.

Und überall waren Glassplitter und knirschten unter den Sohlen wie dauerhafter Hagel. Sie glitzerten an den Mauern und reflektierten die Flammen in den Ruinen. Es schienen viel zu viele zu sein, um aus den Fenstern so weniger Häuser zu stammen.

Und dann fing es an zu regnen.

Zunächst regnete es Essig.

Und dann Sauerkonserven.

Bigmac war von einer roten Flüssigkeit überzogen. Er leckte an seinem Finger und hielt ihn dann hoch. »Tomatensauce.«

Wobbler fiel eine Gewürzgurke auf den Kopf und prallte ab.

Bigmac fing an zu lachen. Leute können aus allen möglichen Gründen anfangen zu lachen. Aber manchmal lachen sie, weil sie entgegen aller Erwartungen immer noch am Leben sind und noch einen Mund haben, mit dem sie lachen können.

»Wie ... wie wär's denn«, er konnte kaum reden, »wie wär's denn mit ein paar Fritten dazu?«

Das war das Komischste, was Wobbler je gehört hatte. In diesem Augenblick war es das Komischste, was überhaupt je irgendwo gesagt worden war. Er lachte, bis ihm Tränen über die Wangen liefen und sich mit dem Essig mischten.

Irgendwo im Schatten an der Mauer sagte eine leise Stimme: »He, hat jemand 'n Schrapnell gefunden?«

Bigmac fing wieder an zu lachen, und zu all dem Lachen, das er sowieso schon von sich gab, klang das wie ein Boiler, der versuchte, nicht zu explodieren.

»Was ... was ... was ist denn ein Schrapnell überhaupt?«, brachte er schließlich heraus.

»Das ist ein ... ein ... ein Stück vonner Bombe!«

»Wie wär's mit ein paar Fritten dazu?«, fragte Bigmac und wäre vor Lachen beinahe umgefallen.

Wieder erklang die Sirene. Diesmal war es kein an- und abschwellendes Heulen, sondern ein langgezogener Ton, der schließlich verklang.

»Sie kommen wieder!«, schrie Wobbler. Das Lachen entwich aus ihm wie durch eine Falltür.

»Nö, das is doch Entwarnung«, sagte die Stimme an der Mauer. »Hast du denn von nix 'ne Ahnung?«

Wobblers Großvater stand auf und sah sich an, was einmal die Paradise Street gewesen war.

»Boah!«, sagte er, offensichtlich beeindruckt.

Kein Haus war unversehrt. Dächer waren verschwunden, Fenster zersplittert. Halbe Häuser waren einfach zu Trümmerhaufen geworden, und Schuttlawinen ergossen sich bis auf die Straße.

In der Ferne konnte man Klingeln hören. Zwei Feuerwehrwagen bremsten vor der Kirche. Hinter ihnen hielt ein Krankenwagen.

»Willst du ...«, begann Bigmac.

»Halt die Klappe, ja?«, sagte Wobbler.

Überall brannte es. Große Feuer, kleine Feuer. Die Sauerkonservenfabrik stand vollkommen in Flammen und roch wie die größte Fritten-und-Fisch-Bude der Welt.

Aus allen Richtungen kamen Leute angerannt. Einige fingen an, an den Trümmern zu zerren. Es gab jede Menge Geschrei.

»Ich hoffe doch, dass ... dass alle rausgekommen sind«, sagte Wobbler. »Sie *sind* doch sicher alle rausgekommen, oder?«

Das Heulen der Sirene verlangsamte sich zu einem Knurren und dann zu einem Klicken, bevor es völlig verstummte.

Johnny hatte das Gefühl, dass seine Füße nicht mehr am Boden hafteten. Wäre er leichter gewesen, wäre er davongeschwebt.

»Sie sind sicher alle rausgegangen. Sie hatten noch fast eine Minute«, sagte er.

Der Sergeant war schon zur Paradise Street unterwegs. Die drei waren bei Tom und dem Captain geblieben, der Johnny nachdenklich beobachtete.

Gegenstände prasselten aufs Dach des Polizeireviers und fielen dann auf die Straße. Yo-less griff nach einem davon.

»Silberzwiebeln?«, fragte er.

Über die Dächer hinweg konnten sie die Flammen sehen.

»Also ...«, sagte der Captain. »Ihr hattet recht. Ein ziemliches Abenteuer, wie? Und das hier ist wohl die Stelle, an der ich sagen muss, ›Gut gemacht, Leute‹, oder ...«

Er ging zur Hoftür und schloss sie. Dann drehte er sich um.

»Ich darf euch nicht gehen lassen«, sagte er. »Das müsst ihr wissen. Ihr gehört zu diesem anderen Jungen, nicht wahr? Zu dem mit den merkwürdigen Sachen.«

Es schien sinnlos, das zu leugnen.

»Ja«, sagte Johnny.

»Ich glaube, ihr wisst eine ganze Menge. Dinge, die wir ebenfalls wissen müssen. Das müsste euch eigentlich klar sein.« Er seufzte. »Das gefällt mir nicht. Ihr habt heute Nacht vielleicht viele Leben gerettet. Aber es ist auch möglich, dass ihr noch viele mehr rettet. Versteht ihr?«

»Wir werden Ihnen nichts sagen«, erklärte Kirsty.

»Nur Namen, Rang und Nummer, wie?«, meinte der Captain.

»Gehen wir mal davon aus, dass wir ... tatsächlich einiges wissen«, sagte Johnny. »Es würde Ihnen nichts nützen. Sie würden den Krieg nicht besser machen, höchstens anders. Alles passiert irgendwo.«

»Im Augenblick wäre ich mit ›anders‹ schon ziemlich zufrieden. Wir haben ein paar sehr kluge Leute«, sagte der Captain.

»Bitte, Captain.« Das war Tom.

»Ja?«

»Sie hätten das alles nicht tun müssen, Sir. Ich meine, sie sind hergekommen und haben uns vor den Bomben gewarnt, oder? Und ... ich weiß nicht, wie sie es geschafft haben, mich rechtzeitig herzubringen, Sir, aber sie haben es geschafft. Es wäre nicht recht, sie ins Gefängnis zu stecken, Sir.«

»O nein, nicht ins Gefängnis«, sagte der Captain. »Ein Landhaus irgendwo. Drei warme Mahlzeiten am Tag. Und eine Menge Leute, die sich gern mit ihnen unterhalten würden.«

Kirsty brach in Tränen aus.

»Aber, aber, keiner wird dir weh tun, kleines Mädchen«, sagte der Captain. Er trat zu ihr und legte ihr den Arm um die zitternden Schultern.

Johnny und Yo-less starrten einander an und wichen ein paar Schritte zurück.

»Schon gut, schon gut«, sagte der Captain. »Wir müssen doch nur ein paar Einzelheiten wissen, das ist alles. Über Dinge, die noch passieren werden.«

»Na ja«, schluchzte Kirsty, »also, eine Sache ... eine Sache ... eine Sache, die noch passieren wird, ist ...«

»Ja?«, fragte der Captain.

Kirsty griff nach oben und nahm seine Hand. Dann schoss ihr Bein hoch, und sie wirbelte herum und riss am Arm des Captains. Er flog kopfüber über ihre Schulter und landete auf dem Rücken. Während er noch versuchte, wieder auf die Beine zu kommen, wirbelte sie abermals herum und erwischte ihn mit dem Fuß an der Brust. Er sackte nach hinten.

Kirsty rückte ihren Hut zurecht und sah dann die anderen an.

»Chauvi. Ehrlich, es ist, als wäre man im Zeitalter der Dinosaurier gelandet. Gehen wir?«, sagte sie.

Tom wich zurück.

»Wo lernen Mädchen so was?«, fragte er.

»In der Schule«, sagte Johnny. »Du würdest staunen.«

Kirsty griff nach unten und nahm die Pistole des Captains.

»O nein!«, rief Yo-less. »Keine Schusswaffen! Mit Schusswaffen kannst du echten Ärger bekommen!«

»Ich bin zufällig Meisterin der unter Achtzehnjährigen«, sagte Kirsty und entlud die Pistole. »Aber ich hab nicht vor, sie zu benutzen. Ich will nur nicht, dass er sich übermäßig aufregt.« Sie warf die Pistole hinter ein paar Mülltonnen. »Gehen wir jetzt oder was?«

Johnny sah sich nach Tom um.

»Tut mir leid«, sagte er. »Könntest du dem Captain bitte alles erklären, wenn er aufwacht?«

»Ich wüsste nicht mal, wo ich anfangen soll! Ich weiß doch selbst nicht, was passiert ist!«

»Gut«, sagte Kirsty entschlossen.

»Ich meine, bin ich jetzt hergerannt oder nicht?«, fragte Tom. »Ich dachte, ich hätte die Bomben schon einschlagen sehen, aber ... ich muss es mir nur vorgestellt haben, weil es doch erst passiert ist, nachdem wir schon hier waren!«

»Es war vermutlich die Aufregung«, sagte Yo-less.

»Die Fantasie spielt einem manchmal seltsame Streiche«, sagte Kirsty.

Beide warfen sie Johnny einen wütenden Blick zu.

»Starrt *mich* nicht an«, sagte er. »Ich habe von nichts eine Ahnung.«

12

In einem anderen Bein

Nachher sagte Bigmac, er habe gar nicht vorgehabt zu helfen. Es schien ihm, als sähe er sich einen Film an, bis er bemerkte, dass die Leute angefangen hatten, an den Trümmern zu zerren. Also war er in den Film hineinspaziert.

Feuerwehrleute versuchten, die Flammen zu löschen. Leute zerrten an Balken oder gingen vorsichtig durch die Ruinen und riefen die Namen der Bewohner – auf eine unter diesen Umständen seltsam höfliche Weise.

»Hallo, Mr Johnson?«

»Entschuldigen Sie, Mrs Density, sind Sie da?«

»Mrs Williams? Jemand zu Hause?«

Und Wobbler sagte später, er könne sich an drei Dinge erinnern. Eines war das merkwürdige metallische Klicken, das Backsteine erzeugen, wenn ganze Haufen von ihnen verrutschen. Eines war der Geruch von verbranntem Holz, und das dritte war das Bett. Die Explosion hatte das Dach vom Haus gerissen und die Hälfte der Wände zerstört, aber ein Doppelbett hing halb über der Straße. Es waren sogar noch die Betttücher drauf. Es wippte knarrend im Wind auf und ab.

Die zwei Jungen kletterten über den rutschenden Schutt, bis sie in einen Garten hinter einem der Häuser kamen. Glassplitter und Backsteine lagen überall.

Ein älterer Mann stand dort und starrte auf seinen Garten.

»Jetzt sind meine Kartoffeln hinüber«, sagte er. »Letztes Jahr hat es spät noch mal gefroren, und jetzt das hier.«

»Trotzdem«, meinte Bigmac mit künstlich vergnügter Stimme, »Sie haben eine nette Ernte an sauren Gurken.«

»Kann die Dinger nicht ausstehen. Ich bekomme davon Blähungen.«

Zäune lagen flach. Gartenschuppen waren hochgerissen und wie Spielkarten über die Gärten verteilt worden.

Und als wäre die Entwarnung die Posaune des Jüngsten Tages, erhoben sich die Leute aus dem Boden.

»Ich hoffe nur, die anderen sind noch da«, sagte Kirsty, als sie durch die Straßen rannten.

»Was heißt hier, du *hoffst*?«, fragte Yo-less.

»Wie bitte?«

»Ich meine, entweder sitzen sie still da und warten auf uns, oder sie haben sich Ärger aufgehalst. Sollen wir wetten?«

Kirsty wurde langsamer. »Wartet mal«, sagte sie. »Es gibt etwas, das ich wissen muss. Johnny?«

»Ja?«, sagte er. Er hatte diesen Augenblick gefürchtet. Kirsty stellte so penetrante Fragen.

»Was haben wir getan? Vorhin? Ich hab die Bomben selbst fallen sehen! Und ich bilde mir so was nicht einfach nur ein! Aber dann waren wir beim Polizeirevier, *bevor* es passierte! Also bin ich entweder verrückt – und das bin ich nicht –, oder wir ...«

»Sind durch die Zeit gerannt«, sagte Yo-less.

»Hört mal, es war bloß eine bestimmte Richtung«, sagte Johnny. »Ich habe plötzlich den Weg vor mir gesehen ...«

Kirsty verdrehte die Augen. »Könntest du das noch mal machen?«

»Ich ... ich glaube nicht. Ich kann mich nicht erinnern, wie ich es getan habe.«

»Er war vielleicht in einem Zustand erweiterten Bewusstseins«, sagte Yo-less. »Darüber hab ich schon mal was gelesen.«

»Was? Drogen?«, fragte Kirsty misstrauisch.

»Ich? Ich mag nicht mal Kaffee!«, sagte Johnny. Die Welt war ihm immer so seltsam vorgekommen, dass er nie gewagt hätte, etwas zu nehmen, was sie gegebenenfalls noch merkwürdiger machte.

»Aber das ist eine erstaunliche Begabung! Denk an die Dinge, die du ...«

Johnny schüttelte den Kopf. Er konnte sich erinnern, dass er den Weg vor sich gesehen hatte, und er erinnerte sich auch an seine Empfindungen, aber an das *Wie* erinnerte er sich nicht. Es war, als starrte er seine Erinnerungen durch dickes, eingetrübtes Glas an.

»Kommt schon«, sagte er und fing wieder an zu laufen.

»Aber ...«, sagte Kirsty.

»Ich kann es nicht noch mal machen«, meinte Johnny. »Es wird nie wieder die richtige Zeit sein.«

Bigmac und Wobbler hatten sich keinen Ärger aufgehalst, wenn auch vermutlich nur, weil es in der letzten Zeit so viel Ärger gegeben hatte, dass einfach keiner mehr übrig war.

»*Das* da soll ein Luftschutzbunker sein?«, sagte Bigmac. »Ich dachte, die wären alle, na ja, aus Stahl und so. Riesige Türen, die zischen. Blinkende Lichter. Du weißt schon.« Er stemmte ein Ende eines Schuppens hoch, der direkt auf dem Luftschutzbunker von Haus Nummer neun gelandet war. »Nicht bloß ein bisschen Wellblech und Erde mit Salatpflänzchen obendrauf.«

Wobbler hatte aus der Ruine eines Gewächshauses eine Schaufel gerettet und benutzte sie jetzt, um Ziegel aus dem Weg zu schaufeln. Die Tür des Bunkers ging auf, und eine Frau in mittleren Jahren kam herausgestolpert.

Sie trug einen geblümten Kittel über einem Nachthemd

und hielt ein Goldfischglas mit zwei Fischen darin. Ein kleines Mädchen hing an ihrem Schürzenzipfel.

»Wo ist Michael?«, rief die Frau. »Wo ist er? Hat ihn jemand gesehen? Ich hab ihm zwei Sekunden lang den Rücken zugedreht, um Adolf und Stalin mitzunehmen, und er war schon zur Tür raus wie ein ...«

»Ein Junge im grünen Pullover?«, fragte Wobbler. »Mit einer Brille? Ohren wie der World Cup? Er sucht nach Schrapnellen.«

»Ist er gesund?« Sie seufzte erleichtert. »Ich weiß nicht, was ich seiner Mutter hätte sagen sollen!«

»Sind Sie in Ordnung?«, fragte Bigmac. »Ich fürchte, Ihr Haus ist ein bisschen ... flacher geworden ...«

Mrs Density sah, was von Nummer neun übrig geblieben war.

»Ach ja«, sagte sie. »Hätte schlimmer kommen können«, meinte sie vage.

»Finden Sie?«, fragte Bigmac verblüfft.

»Es ist ein Segen, dass wir nicht drin waren«, sagte Mrs Density.

Sie hörten Backsteine klirren, als ein Feuerwehrmann über den Schutt auf sie zurutschte.

»Alles klar, Mrs Density?«, fragte er. »Ich glaube, Sie sind die Letzte. Wie wär's mit einer Tasse Tee?«

»Oh, hallo, Bill«, sagte sie.

»Wer sind denn die Jungs da?«, fragte der Feuerwehrmann.

»Wir ... wir haben nur geholfen«, erklärte Wobbler.

»Ja? Oh. Na gut. Aber kommt jetzt lieber mit. Wir glauben, in Nummer zwölf liegt eine Bombe, die noch nicht explodiert ist.« Der Feuerwehrmann starrte Bigmacs Kleidung einen Augenblick an, dann zuckte er die Achseln. Vorsichtig nahm er Mrs Density das Goldfischglas ab und legte ihr den freien Arm um die Schultern.

»Eine schöne Tasse Tee und eine Wolldecke«, sagte er. »Genau das Richtige, wie? Kommen Sie, meine Liebe.«

Die Jungs sahen ihnen nach, wie sie über die Ziegelsteine stolperten.

»Du wirst *ausgebombt*, und dann geben sie dir eine Tasse *Tee*?«, fragte Bigmac.

»Ich nehme an, es ist besser, als von den Bomben getroffen zu werden und nie wieder welchen zu kriegen«, sagte Wobbler. »Überhaupt sollten wir ...«

»Jjjjiiiioooouuu!«, schrie etwas hinter ihnen.

Sie drehten sich um. Wobblers Großvater stand auf einem Ziegelhaufen und sah im Licht der Flammen wie ein kleiner Teufel aus. Er war rußbedeckt, fuchtelte mit etwas in der Luft herum und gab Flugzeuggeräusche von sich.

»Das sieht aus wie ...«, setzte Bigmac an.

»Das is'n Stück vonner Bombe!«, sagte der Junge. »Fast die ganze Schwanzflosse! Ich kenne keinen, der *so*'n großes Stück hat!« Wieder zog er das verdrehte Metallstück durch die Luft.

»Äh ... Junge?«, sagte Wobbler.

Der Junge senkte die Schwanzflosse.

»Du kennst doch ... Motorräder?«, sagte Wobbler.

»O nein«, stöhnte Bigmac. »Du kannst ihm doch nicht erzählen, dass ...«

»Du hältst die Klappe!«, sagte Wobbler. »Du *hast* noch einen Opa!«

»Ja, aber es muss ein Pfleger dabei sein, wenn ich ihn besuchen gehe.«

Wobbler sah wieder den Jungen an.

»Gefährliche Dinger, diese Motorräder«, sagte er.

»Wenn ich groß bin, kauf ich mir eins«, sagte sein Großvater. »Mit Raketen dran un Maschinengewehren un allem. Jjjiiiioooouuu!«

»Oh, das würde ich an deiner Stelle lieber bleibenlassen«, sagte Wobbler mit dieser besonders dummen Stimme, in der man mit Kindern redet. »Du willst doch keinen Unfall haben, oder?«

»Ach, mir passiert schon nix«, sagte sein Großvater vertrauensvoll.

»Mrs Densitys Tochter ist ein nettes kleines Mädchen, nicht wahr?«, fragte Wobbler verzweifelt.

»Die ist schrecklich, und sie stinkt. Jjjjjiiiiioooouuuuu! Un überhaupt bist du fett, Mister!«

Er rannte den Ziegelhaufen hinunter. Sie sahen, wie er zwischen den Feuerwehrleuten durchschoss, und hin und wieder hörten sie noch sein »Woommmm!«.

»Komm schon«, sagte Bigmac. »Gehen wir zur Kirche zurück. Der Mann sagte, eine der Bomben sei noch nicht explodiert ...«

»Er wollte einfach nicht zuhören!«, sagte Wobbler. »*Ich* hätte zugehört!«

»Ganz bestimmt«, meinte Bigmac.

»Doch, hätte ich!«

»Klar. Komm jetzt.«

»Ich hätte ihm helfen können, wenn er nur zugehört hätte! Ich weiß Bescheid! Warum hat er nicht zugehört? Es hätte ihm das Leben ganz schön erleichtern können!«

»Schon gut, ich glaub dir ja. Und jetzt gehen wir, los.«

Sie erreichten die Kirche im selben Augenblick, als Johnny und die anderen die Straße entlanggelaufen kamen.

»Alles in Ordnung?«, keuchte Kirsty. »Wieso seid ihr voller Ruß, ihr beiden?«

»Wir haben Leute gerettet«, verkündete Wobbler stolz. »Na ja, irgendwie jedenfalls.«

Sie schauten zu den Ruinen der Paradise Street hinüber. Leute standen in kleinen Gruppen beisammen oder saßen auf den Mauerstümpfen. Ein paar Damen mit offiziell aussehenden Hüten hatten einen Tisch mit einem Teeausschank aufgebaut. Es brannten immer noch ein paar kleine Feuer, und hin und wieder gab es ein Krachen oder Klirren, wenn eine Stratosphären-Zwiebel, in Eis gehüllt, wieder auf den Boden fiel.

Johnny starrte.

»Alle sind rechtzeitig rausgekommen, Johnny«, sagte Wobbler und sah ihn forschend an.

»Ich weiß.«

»Der Alarm kam gerade noch rechtzeitig.«

»Ich weiß.«

Hinter sich hörte Johnny Kirsty sagen: »Ich hoffe, sie kommen jetzt in Therapie.«

»Das konnten wir schon feststellen«, erklang Bigmacs Stimme. »Sie kriegen eine schöne Tasse Tee, und dann sagt man ihnen, sie sollen froh sein, denn es hätte schlimmer sein können.«

»Das ist *alles*?«

»Na ja ... es gibt auch noch Kekse.«

Johnny beobachtete die Straße. Das Licht der Flammen ließ die Szene beinahe fröhlich wirken.

Und vor seinem geistigen Auge sah er die *andere* Straße. Auch sie war hier, es geschah zur selben Zeit. Es waren dieselben Feuer und dieselben Schutthaufen und dieselben Feuerwehrautos. Aber es gab keine Menschen – außer denen, die Bahren trugen.

Wir sind in einer neuen Zeit, dachte er.

Alles, was man tat, änderte alles andere. Und jedes Mal, wenn man sich in der Zeit bewegte, kam man in eine Zeit zurück, die sich ein wenig von der unterschied, die man verlassen hatte. Was man tat, änderte nicht *die* Zukunft, sondern nur *eine* Zukunft.

Es gab Millionen von Orten, an denen die Bomben alle in der Paradise Street getötet hatten. *Aber hier ist es nicht geschehen.*

Die geisterhaften Bilder verschwanden, als die andere Zeit in ihre eigene Zukunft davontrieb.

»Johnny?«, sagte Yo-less. »Wir sollten lieber verschwinden.«

»Ja, kein Grund mehr, noch zu bleiben«, meinte Bigmac.

Johnny drehte sich um.

»Also gut«, sagte er.

»Nehmen wir den Einkaufswagen, oder ... gehen wir zu Fuß?«, fragte Kirsty.

Johnny schüttelte den Kopf.

»Den Wagen«, sagte er.

Er wartete dort, wo sie ihn verlassen hatten. Aber es gab keine Spur von Satan.

»O nein!«, sagte Kirsty. »Wir werden jetzt nicht auch noch nach einer Katze suchen!«

»Er ist rausgesprungen, um sich die Bomben anzusehen«, sagte Wobbler. »Keine Ahnung, was danach mit ihm passiert ist.«

Johnny packte den Griff des Wagens. Die Tüten knisterten im Dunkeln.

»Macht euch wegen der Katze keine Sorgen«, sagte er. »Katzen finden immer wieder nach Hause.«

Samstags morgens gehörte die alte Kirche dem Seniorenclub. Manchmal, wenn es sich nicht verhindern ließ, spielte eine Folksängerin, oder Schulkinder trugen etwas vor. Meist gab es nur Tee und ein Schwätzchen.

Dabei ging es für gewöhnlich darum, wie viel schlechter als früher heute doch alles war, vor allem schlechter als in jenen guten alten Zeiten, in denen man alles für sechs Pennys kaufen konnte und immer noch Wechselgeld zurückbekam.

Die Luft flimmerte, und fünf Gestalten tauchten auf.

Die Senioren beobachteten sie misstrauisch und befürchteten schon, die fünf würden »Streets of London« anstimmen. Sie bemerkten auch, dass sie unter dreißig und daher mit hoher Wahrscheinlichkeit Kriminelle waren. Zum Beispiel schienen sie einen Einkaufswagen gestohlen zu haben. Und einer von ihnen war schwarz.

»Äh ...«, sagte Johnny.

»Ist das hier die Theatergruppe?«, fragte Kirsty. Die anderen waren verblüfft über ihre schnelle Reaktion. »Ach nein, falsche Kirche, Entschuldigung.«

Sie schoben den Wagen vor sich her zur Tür.

Die Senioren beobachteten sie aus Eulenaugen, und der Tee in ihren Tassen wurde kalt.

Wobbler öffnete die Tür und drängte die anderen nach draußen.

»Vergessen Sie nicht: Einer von ihnen war schwarz«, sagte Yo-less, bevor er hinausging. Er verdrehte sarkastisch die Augen und winkte mit beiden Händen. »Und jetzt geht zum Karneval!«

13

Ein anderes Jetzt …

Die Luft draußen roch nach 1996. Kirsty schaute auf die Uhr.

»Halb elf, Samstagmorgen«, sagte sie. »Nicht übel.«

»Äh … deine Uhr steht auf halb elf und Samstagmorgen«, sagte Johnny. »Das muss nicht viel zu bedeuten haben.«

»Gutes Argument.«

»Aber ich glaube, wir sind da. Es sieht alles richtig aus.«

»Ich finde, es sieht prima aus«, sagte Wobbler.

»Wir waren die ganze Nacht weg«, sagte Yo-less. »Meine Mum ist wahrscheinlich durchgedreht.«

»Sag ihr, du hättest bei mir übernachtet, und das Telefon wäre kaputt gewesen«, sagte Wobbler.

»Ich lüge nicht gern.«

»Hast du etwa vor, ihr die Wahrheit zu sagen?«

Yo-less dachte einen Augenblick angestrengt nach. »Dein Telefon war kaputt, ja?«

»Ja, und ich erzähle *meiner* Mum, dass ich bei *dir* übernachtet hab«, sagte Wobbler.

»Ich glaube nicht, dass mein Opa überhaupt gemerkt hat, dass ich weg war«, sagte Johnny.

»*Meine* Eltern haben eine sehr moderne Einstellung«, meinte Kirsty.

»Meinem Bruder ist egal, wo ich bin, solange mich die Polizei nicht sucht«, sagte Bigmac.

Bevor man sich auf eine längere Zeitreise begibt, dachte Johnny, sollte man sich immer um seine Alibis kümmern.

Er starrte auf den Ort, wo einmal die Paradise Street gewesen war. Dort stand immer noch das Sportzentrum. Das hatte sich nicht verändert. Aber die Paradise Street war immer noch da, darunter. Nicht unter der Erde. Einfach ... irgendwo anders. Noch ein Fossil.

»Haben wir irgendwas verändert?«, fragte Kirsty.

»Na ja, *ich* bin wieder da«, meinte Wobbler. »Und das genügt mir eigentlich.«

»Aber diese Leute haben überlebt, obwohl sie eigentlich tot sein sollten«, setzte Kirsty an und hielt inne, als sie Johnnys Miene sah. »Schon gut, sie *sollten* es eigentlich nicht, aber ihr wisst schon, was ich meine. Am Ende hat einer von ihnen die Z-Bombe oder so was erfunden?«

»Was ist eine Z-Bombe?«, wollte Bigmac wissen.

»Keine Ahnung? Sie war noch nicht erfunden, als ich von hier weggegangen bin.«

»Jemand aus der *Paradise Street* soll eine Bombe erfunden haben?«, fragte Johnny.

»Na ja, vielleicht nicht unbedingt eine Bombe. Irgendwas anderes, was die Geschichte verändert hat. Irgendeine Kleinigkeit. Du weißt doch, dass wir Bigmacs Zeug auf dem Revier gelassen haben?«

»Ahem.«

Yo-less setzte den Hut ab und holte eine Armbanduhr und einen Walkman heraus.

»Der Sergeant war so aufgeregt, dass er vergessen hat, den Schrank wieder abzuschließen, nachdem er die Sirene rausgeholt hat«, sagte Yo-less. »Also hab ich schnell zugelangt.«

»Hast du auch die Jacke mitgebracht?«

»In einen Mülleimer geworfen.«

»He, das war *meine*«, protestierte Bigmac.

»Nun, das war vielleicht ganz in Ordnung«, gestand ihnen

Kirsty widerstrebend zu. »Aber es könnte noch andere Veränderungen gegeben haben. Das sollten wir lieber schnell herausfinden.«

»Wir sollten vielleicht erst mal baden«, sagte Wobbler.

»Du hast Blut an den Händen«, meinte Johnny.

Wobbler schaute unsicher nach unten.

»Ach ja. Hm ... wir haben an eingestürzten Wänden gezerrt und so«, sagte er. »Ihr wisst schon ... falls jemand drunter begraben war ...«

»Ihr hättet sehen sollen, wie er sich seinen Opa geschnappt hat!«, sagte Bigmac. »Das war fantastisch!«

Wobbler platzte fast vor Stolz.

Eine Stunde später trafen sie sich im Einkaufszentrum. Die Hamburgerbar sah wieder so aus wie immer. Niemand sagte etwas darüber, aber Bigmacs häufiges Seufzen zeigte, dass er oft daran dachte, wie es wäre, hier für den Rest seines Lebens einmal in der Woche umsonst essen zu können.

Das erinnerte Johnny an etwas. »Äh ... wir haben hier einen Brief ... für dich ...«

Er holte ihn heraus. Der Umschlag war verkrumpelt und hatte Essigflecken und rußige Fingerabdrücke.

»Der ist für dich«, wiederholte er. »Jemand ... hat uns gebeten, ihn dir zu geben.«

»Ja, jemand«, sagte Yo-less.

»Von dem wir nicht wissen, wer er war«, sagte Bigmac. »Eine absolut geheimnisvolle Person. Also hat es gar keinen Zweck, uns irgendwelche Fragen zu stellen.«

Wobbler warf ihnen einen misstrauischen Blick zu und riss den Umschlag auf.

»Sag schon, was hat er geschrieben?«, wollte Bigmac wissen.
»D-diese geheimnisvolle Person«, sagte Bigmac.

»Blödes Zeug«, sagte Wobbler. »Lest es doch selbst.«

Johnny nahm das Blatt, das in dem Umschlag gewesen war. Darauf war eine Liste, nummeriert von eins bis zehn.

»1) Iss gesund und in Maßen«, las er vor. »2) Eine Stunde Sport am Tag ist wichtig. 3) Investiere dein Geld klug in einer Mischung aus …«

»Was soll der Mist? So was erzählen einem Großväter immer«, maulte Wobbler. »Wieso sollte mir jemand so was mitteilen wollen? Ihr müsst einen Bekloppten getroffen haben, der das allen Leuten erzählt. War es einer von diesen religiösen Typen, die hier immer rumhängen? Ha. Ich dachte, es könnte was *Wichtiges* sein.«

Bigmac sah sich wieder in der Burgerbar um und seufzte tief.

»Es ist tatsächlich einiges anders geworden«, sagte Kirsty. »Die Clark Street heißt nicht mehr Clark Street. Das ist mir aufgefallen, als ich dort vorbeikam. Sie heißt jetzt Evershot Street.«

»Das ist wirklich erschreckend«, sagte Bigmac. »Buffbaa … ein Straßenname wurde auf geheimnisvolle Weise geändert …«

»Ich dachte, sie hätte immer schon Evershot Street geheißen«, sagte Yo-less.

»Ich auch«, meinte Wobbler.

»Und der Laden da drüben … dort gab es früher Karten und so. Jetzt ist es ein Juwelierladen«, stellte Kirsty fest.

Die Jungen reckten die Hälse, um sich den Laden anzusehen.

»Ist dort nicht immer ein Juwelier gewesen?«, fragte Wobbler. Er gähnte.

»Ach, ihr seid wirklich ein Haufen achtloser Idioten …«, setzte Kirsty an.

»Immer langsam«, sagte Johnny. »Woher hast du diese Schnitte an der Hand, Wobbler? Und du, Bigmac?«

»Na ja, ich … ich … äh …« Wobblers Augen wurden glasig.

»Wir … wir haben Quatsch gemacht«, sagte Bigmac. »Oder?«

»Genau. Quatsch. Irgendwo.«

»Erinnert ihr euch denn nicht …«, begann Kirsty.

»Vergiss es«, sagte Johnny. »Komm mit, Kirsty, wir müssen noch was erledigen.«

»Wo gehen wir denn hin?«

»Besuchszeit. Wir besuchen Mrs Tachyon.«

Kirsty zeigte hektisch auf die anderen.

»Aber die scheinen sich nicht mal …«

»Das macht nichts! Komm schon.«

»Das können sie doch nicht einfach *vergessen!«*, sagte Kirsty, als sie eilig das Einkaufszentrum verließen. »Sie können doch nicht einfach denken: Das war alles nur ein Traum!«

»Ich glaube, es heilt irgendwie«, sagte Johnny. »Hast du es nicht schon 1941 bemerkt? Tom hat schon fast nicht mehr geglaubt, dass irgendwas passiert war. Ich wette, inzwischen … Ich meine, ein paar Stunden später … Ich wette, sie erinnern sich … Ich meine, sie *haben* sich an etwas ganz anderes erinnert. Er ist den ganzen Weg gerannt und ist gerade noch rechtzeitig zum Revier gekommen. Alle waren ein bisschen erschrocken wegen der Bomben. Irgendwas in dieser Art. Die Leute müssen vergessen, was wirklich passiert ist, weil … Na ja, es *ist* nicht passiert. Nicht hier.«

»Aber *wir* können uns doch noch daran erinnern«, wandte Kirsty ein.

»Vielleicht nur, weil du hyperintelligent bist und ich megadumm bin«, sagte Johnny.

»Ach, so würde ich es nicht ausdrücken«, meinte Kirsty. »Du bist ein bisschen ungerecht.«

»Oh. Gut.«

»Ich würde nicht so weit gehen, von Hyperintelligenz zu reden. Einfach nur ›sehr intelligent‹. Warum müssen wir Mrs Tachyon besuchen?«

»Irgendjemand sollte es tun«, sagte Johnny. »Sie reist zwischen den Zeiten. Um die Ecke oder nach 1933, das ist für sie gleich, es sind alles nur Richtungen. Sie geht, wohin sie will.«

»Sie ist verrückt.«

Sie standen vor der Krankenhaustreppe. Johnny stapfte hinauf.

Wahrscheinlich ist sie wirklich verrückt, dachte er. Oder zumindest exzentrisch. Ich meine, wenn sie zu einem Spezialisten geschickt würde und er würde ihr all diese Karten mit den Tintenflecken und so zeigen, würde sie sie wahrscheinlich einfach nur klauen.

Genau. Exzentrisch. Aber sie würde nie so was tun wie Bomben auf die Paradise Street abwerfen. Um so etwas zu tun, muss man geistig gesund sein. Sie ist völlig jenseits. Aber vielleicht hat sie von dort aus eine bessere Aussicht.

Unter den gegebenen Umständen war das ein ganz tröstlicher Gedanke.

Mrs Tachyon war weg. Die Stationsschwester schien darüber ziemlich verärgert zu sein.

»Wisst ihr irgendwas davon?«, fragte sie.

»Wir?«, sagte Kirsty. »Wir sind gerade erst gekommen. Was sollten wir wissen?«

Mrs Tachyon war auf die Toilette gegangen. Sie hatte sich dort eingeschlossen. Und am Ende mussten sie jemanden holen, der das Schloss aufbrach, falls sie gestürzt war oder so.

Sie war überhaupt nicht mehr dort gewesen.

Die Station lag im zweiten Stock, und das Fenster war selbst für jemanden, der so dünn war wie Mrs Tachyon, viel zu eng.

»War noch Klopapier da?«, fragte Johnny.

Die Schwester sah ihn misstrauisch an.

»Die ganze Rolle ist weg«, sagte sie.

Johnny nickte. Das klang ganz nach Mrs Tachyon.

»*Und* die Kopfhörer sind verschwunden«, sagte die Schwester. »Wisst ihr irgendwas darüber? Ihr habt sie doch besucht.«

»Das war doch nur wegen dieses Projekts, das wir machen«, erklärte Kirsty.

Hinter ihnen erklang der feste Schritt von vernünftigen Schuhen. Sie gehörten Ms Partridge, der Sozialarbeiterin.

»Ich habe die Polizei angerufen«, sagte sie.

»Warum denn?«, fragte Johnny.

»Nun, sie .... Ach, ihr seid's. Nun, sie ... sie braucht Hilfe. Nicht dass die Polizei eine große Hilfe wäre. Sie sagten nur, sie würde schon wieder auftauchen.«

Johnny seufzte. Mrs Tachyon brauchte, wie er annahm, eigentlich *nie* Hilfe. Wenn sie welche wollte, nahm sie sie sich einfach. Wenn sie ein Krankenhaus brauchte, ging sie dorthin, wo eins war. Sie konnte inzwischen überall sein.

»Ist wahrscheinlich rausgeschlüpft, als niemand aufgepasst hat«, sagte Ms Partridge.

»Unmöglich«, erklärte die Schwester entschieden. »Wir sehen die Tür von hier aus. Wir passen bei solchen Leuten ganz genau auf.«

»Dann hat sie sich eben in Luft aufgelöst«, sagte Ms Partridge.

Kirsty trat näher zu Johnny, während die beiden Frauen sich weiterstritten, und flüsterte: »Wo hast du den Einkaufswagen gelassen?«

»Hinter unserer Garage«, sagte er.

»Ob sie ihn mitgenommen hat?«

»Bestimmt«, meinte Johnny vergnügt.

Im Bus nach Hause war Johnny ziemlich still. Sie waren in die Stadtbücherei gegangen, und er hatte eine Fotokopie der Lokalzeitung vom Tag nach dem Bombenangriff gemacht.

Es gab ein Foto von Leuten, die in den Ruinen der Paradise Street saßen und sehr vergnügt aussahen. Es war inzwischen schon ziemlich verschwommen, aber darauf waren Mrs Density mit ihrem Goldfischglas und Wobblers Großvater mit seinen Bombenstücken, und direkt hinter ihnen, grinsend und mit hochgerecktem Daumen, konnte man gerade noch Wobbler erkennen. Es war kein sonderlich gutes Foto und im Lauf der Jahre nicht besser geworden, und Wobbler hatte lauter Ruß auf dem Gesicht gehabt, aber wenn man wusste, dass er es war, konnte man ihn auch erkennen.

Sie vergessen es alle, nur ich nicht, dachte Johnny. Ich wette, wenn ich ihnen die Zeitung zeige, sagen sie nur: »Ja, der Typ da sieht ein bisschen wie Wobbler aus. Und, was soll's?«

Weil sie hier leben. Sie haben immer hier gelebt. Auf eine bestimmte Weise.

Wenn man in der Zeit reiste, geschah das wirklich, aber es war wie eine kleine Schleife auf einem Band. Man brachte die Schleife hinter sich, und dann ging es weiter wie zuvor. Und alles, was sich verändert hat, ist einfach Geschichte geworden.

»Du bist so still«, sagte Kirsty.

»Ich hab nur nachgedacht«, sagte Johnny. »Ich hab gedacht, wenn ich den anderen dieses Foto zeige, werden sie nur sagen: ›Ja, der Typ da sieht wie Wobbler aus, aber was soll's?‹«

Kirsty beugte sich zu ihm.

»Ja«, sagte sie. »Und? Er sieht tatsächlich ein bisschen wie Wobbler aus. Und?«

Johnny starrte aus dem Fenster.

»Ich meine«, sagte er, »das *ist* doch Wobbler, dort in der Zeitung. Erinnerst du dich nicht?«

»An was soll ich mich erinnern?«

»Na ja … gestern!«

Sie runzelte die Stirn. »Waren wir nicht auf einer Art Party?«

Johnny zuckte resigniert die Schultern.

Es setzt sich alles, dachte er. Das ist so schrecklich am Zeitreisen. Man kommt an einen veränderten Ort zurück. Man kehrt nicht an den Ort zurück, von dem man weggegangen ist. Es ist nicht *dein* Ort.

Denn *hier* war niemand in der Paradise Street gestorben. Also ist das hier nicht der Ort, an den ich zurückkehren wollte. Und ich bin es auch nicht. Die anderen auch nicht. Als das Foto gemacht wurde, waren wir dort, in der Vergangenheit. Aber jetzt sind wir wieder hier, und wir sind nie weggewesen. Daher erinnern sie sich auch nicht, weil es nichts gibt, an das sie sich erinnern könnten. Hier haben wir was anderes getan. Irgendwo abgehangen.

Hier erinnere ich mich an Dinge, die nie geschehen sind.

»Deine Haltestelle«, sagte Kirsty. »Ist alles in Ordnung?«

»Nein«, sagte Johnny und stieg aus.

Es regnete, aber er ging hinters Haus und sah nach, ob der Einkaufswagen noch dort stand, wo er ihn abgestellt hatte. Selbstverständlich nicht. Aber vielleicht war er auch nie dort gewesen.

Als er in sein Zimmer ging, konnte er hören, wie der Regen aufs Dach trommelte. Er hatte die vage Hoffnung gehabt, dass er in dieser Welt ein anderer Mensch sein würde, aber nein: Das Zimmer war dasselbe, das Durcheinander, das Space Shuttle an den roten Wollfäden. Und das Zeug für sein Projekt auf dem Schreibtisch.

Er setzte sich aufs Bett und sah eine Weile dem Regen zu. Er konnte die Schatten in der Luft spüren, wie sie in den Ecken des Zimmers hockten.

Irgendwo hatte er Mrs Tachyons Zeitung verloren. Das wäre ein Beweis gewesen. Aber nun würde ihm niemand glauben.

Er konnte sich an alles erinnern – an den Regen auf dem Moor, das Gewitter, das Stechen in seinem Körper, als sie durch die Zeit gerannt waren –, und es war nicht passiert! Eigentlich nicht. Das normale, langweilige, alltägliche Leben hatte wieder angefangen.

Johnny suchte in seinen Taschen. Wenn er nur etwas behalten hätte …

Er fand ein Stück Pappe …

Der Klang australischer Stimmen von unten verkündete, dass sein Opa zu Hause war. Johnny ging nach unten ins Wohnzimmer.

»Opa?«

»Ja?«, sagte sein Großvater, der sich *Cobbers* ansah.

»Du weißt doch, der Krieg …«

»Ja?«

»Du hast doch erzählt, bevor du beim Militär warst, wärst du eine Art Flugzeugbeobachter gewesen?«

»Ich hab sogar einen Orden dafür gekriegt«, sagte Großvater. Er griff nach der Fernbedienung und schaltete den Fernseher aus, was er sonst nie tat. »Hab ich ihn dir nie gezeigt? Ganz bestimmt.«

»Ich glaube nicht«, sagte Johnny so diplomatisch wie möglich. Früher hatte Großvater immer nur gesagt, er wolle vom Krieg nichts mehr hören.

Jetzt griff er in das alte Nähkästchen neben seinem Sessel, das einmal Johnnys Großmutter gehört hatte. Das Kästchen war schon lange nicht mehr für Garn und Nadeln benutzt worden; jetzt war es voll mit Zeitungsausschnitten, Schlüsseln, die in kein Schloss im Haus mehr passten, Briefmarken der alten Währung und all dem anderen Zeug, das sich in einem Haus ansammelt, das schon so lange bewohnt wird. Nach ausführlichem Gegrunze zog Großvater schließlich eine kleine Holzschachtel heraus und klappte sie auf.

»Sie haben gesagt, sie hätten keine Ahnung, wie ich es geschafft habe«, sagte er stolz. »Aber Mr Hodder und Captain Harris haben sich für mich eingesetzt. O ja. Es musste irgendwie möglich gewesen sein, sagten sie, sonst hätte ich es ja wohl nicht tun können. Die Telefone waren vom Blitz getroffen worden, und das Motorrad wollte nicht anspringen, ganz gleich, wie sehr er geflucht hat, also musste ich den ganzen Weg in die Stadt runterrennen. Und so hab ich den Orden gekriegt, weil sie sich für mich eingesetzt haben.«

Johnny drehte die Silbermünze herum. Es hing ein vergilbtes Stück Papier daran. Darauf stand ein Text, schlecht getippt von jemandem, der das Farbband an seiner Schreibmaschine jahrelang nicht gewechselt hatte.

»Heldenhafte Tat ...«, las er, »rettete mehreren Bürgern von Blackbury das Leben ...«

»Nach dem Krieg kamen Leute vom Olympiakomitee zu mir«, sagte Großvater. »Aber ich habe ihnen gesagt, ich will nicht.«

»Wie hast du das gemacht?«, fragte Johnny.

»Sie haben gesagt, irgendeine Uhr müsse kaputt gewesen sein«, sagte Opa. »Aber davon weiß ich nichts. Ich bin einfach nur gerannt. Um ehrlich zu sein, ist das alles inzwischen ziemlich verschwommen ...«

Er legte den Orden wieder in die Schachtel. Daneben, mit einem Gummiband zusammengehalten, lag ein Kartenspiel.

Johnny nahm es heraus und entfernte das Band.

Es waren Flugzeuge drauf.

Johnny griff in seine Tasche und holte die Pik-Fünf heraus. Sie war weniger abgegriffen, aber es bestand kein Zweifel, dass sie zu diesem Spiel gehörte. Er schob sie unter das Band und legte das Spiel wieder ins Nähkästchen.

Opa und Johnny sahen sich einen Augenblick lang an. Es war still, nur der Regen und das Ticken der Uhr auf dem Kaminsims waren zu hören.

Johnny spürte, wie die Zeit um ihn herum herabtropfte, dickflüssig wie Bernstein ...

Dann blinzelte Opa, griff wieder nach der Fernbedienung und zeigte damit auf den Fernseher.

»Na ja, seitdem ist sowieso eine Menge Wasser unter der Brücke durchgeflossen«, sagte er, und das war's.

Es klingelte an der Tür.

Johnny ging in den Flur.

Es klingelte wieder, diesmal drängender.

Johnny machte die Haustür auf.

»Oh«, sagte er finster. »Hallo, Kirsty.«

Regen hatte ihr das Haar an den Kopf geklatscht.

»Ich bin von der nächsten Haltestelle aus zurückgelaufen«, sagte sie.

»Oh. Wieso das denn?«

Sie hielt ihm eine Silberzwiebel entgegen.

»Die habe ich in meiner Tasche gefunden, und dann ... habe ich mich erinnert. Wir sind zurückgereist.«

»Nicht *zurück*«, sagte Johnny. »Es ist mehr so was wie *dort*.« Erleichterung stieg in ihm auf wie eine große rosa Wolke. »Komm rein.«

»Ich erinnere mich an alles. Sogar an die Gurken.«

»Gut.«

»Ich dachte, ich sollte es dir sagen.«

»Danke.«

»Glaubst du, Mrs Tachyon wird ihren Kater je wiederfinden?«

Johnny nickte.

»Ganz gleich, wo er ist«, sagte er.

Der Sergeant und der Soldat rafften sich auf und stolperten auf die Trümmer zu, wo einmal ein Haus gestanden hatte.

»Die arme Alte! Die arme Alte!«, sagte der Sergeant.

»Glauben Sie nicht, dass sie noch rechtzeitig rausgekommen ist?«, fragte der Soldat.

»Die arme Alte!«

»Sie war ziemlich dicht an der Mauer«, murmelte der Soldat hoffnungsvoll.

»Das ganze *Haus* ist nicht mehr da! Was glauben Sie denn?«

Sie stolperten über die feuchten Ruinen der Paradise Street.

»O Gott, das wird vielleicht einen Ärger geben ...«

»Das sagen Sie *mir*? Sie hätten die Stelle nicht unbewacht lassen sollen! Die arme Alte!«

»Wissen Sie, wie viel Schlaf wir in der vergangenen Woche bekommen haben? Wissen Sie das? Und drüben in Slate haben wir Corporal Williams verloren! Wir haben mal ein paar Minuten gedöst, mitten in der Nacht, das war alles!«

Vor ihnen lag ein Krater. Etwas blubberte am Boden.

»Hat sie Verwandte?«, fragte der Soldat.

»Nein. Niemanden. Ist schon seit einer Ewigkeit hier. Mein Dad sagt, er hätte sie schon gesehen, als er noch ein Junge war«, sagte der Sergeant.

Er setzte den Helm ab.

»Arme Alte«, sagte er.

»Das glaubste vielleicht! Essen essen essen essen ...«

Sie drehten sich um. Eine klapprige Gestalt in einem alten Mantel über einem Nachthemd und mit einer Strickmütze auf dem Kopf kam die Straße entlang und lenkte fachmännisch einen Drahtkarren zwischen den Trümmerhaufen hin und her.

»… essen essen …«

Der Sergeant starrte den Soldaten an. »Wie hat sie das geschafft?«

»Keine Ahnung!«

»… essen essen Batman!«

In einiger Entfernung spazierte Satan auf seine schräge Weise durch die schmalen Gassen.

Er hatte einen interessanten Morgen in den Trümmern der Paradise Street verbracht und sich dann den Nachmittag in den Ruinen der Sauerkonservenfabrik um die Ohren geschlagen, wo es Mäuse gab, ein paar davon sogar vorgebraten. Es war ein guter Tag gewesen.

Rings um ihn her legte sich Blackbury schlafen.

Es stank überall entsetzlich nach Essig.

Durch ein Wunder war ein großes Glas Rote Beete quer durch die Stadt geflogen und, unbemerkt und unversehrt, in einer öffentlichen Blumenrabatte gelandet und dann in den Rinnstein gerollt. Satan saß daneben und putzte sich.

Nach einer Weile blickte er auf, weil er ein vertrautes Quietschen hörte. Eine Hand in einem Wollhandschuh, dessen Finger abgeschnitten waren, griff nach unten und hob das Rote-Beete-Glas auf. Es gab eine Reihe komplizierter Öffnungsgeräusche und dann ein Geräusch, als würde jemand … na ja, Rote Beete essen, bis die Flüssigkeit am Kinn runtertropft.

»Äh!«, sagte eine Stimme und rülpste dann. »Das geben sie unsern Jungs zu essen! Brom? Das glaubste vielleicht! Lachen? Ich hätte fast 'nen Traktor gekauft!«

Satan sprang in den Einkaufswagen.

Mrs Tachyon griff sich an den Kopf und rückte die Kopfhörer unter der Wollmütze zurecht.

Sie kratzte an ihrem Verband. Elendes Ding. Sie musste jemanden finden, der ihn ihr abnahm. Sie kannte eine nette Schwester drüben im Jahr 1917.

Dann suchte sie in ihren Taschen und fischte die Sixpence-Münze heraus, die der Sergeant ihr gegeben hatte. Sie erinnerte sich daran, wie er sie ihr gegeben hatte. Mrs Tachyon erinnerte sich an alles, und sie hatte schon lange aufgehört sich zu fragen, ob die Dinge, an die sie sich erinnerte, schon geschehen waren oder noch nicht. Nimm das Leben, wie es kommt, war ihr Motto. Und wenn es nicht kommt, geh hin und hol es dir.

Die Vergangenheit und die Zukunft waren alle dasselbe, aber man konnte für sechs Pennys eine gute Mahlzeit bekommen, wenn man wusste wo.

Blinzelnd betrachtete sie das Geldstück im grauen Morgenlicht.

Es war ein bisschen alt und abgegriffen, aber das Datum war klar und deutlich: 1903.

»Tee und ein Brötchen? Das glaubste vielleicht, Mr Copper!«

Und sie ging zurück ins Jahr 1903 und gab das Geld für Fisch und Fritten aus. Und bekam immer noch Wechselgeld raus.

Terry Pratchett

Vollsthändiger und unentbehrlicher Stadtführer von gesammt Ankh-Morpork

128 Seiten
ISBN 978-3-442-54732-6
erscheint Ende Oktober

Dieser prachtvolle Reiseführer durch die Scheibenwelt-Metropole Ankh- Morpork beinhaltet ein umfassendes und unverzichtbares Straßenverzeichnis, Vorschläge für Spaziergänge, Verzeichnisse der ortsansässigen Gewerbe und Gilden, dazu weitere Informationen hinsichtlich der Stadt und ihrer Bürger, welche nicht nur für den Touristen, sondern auch für den Stadtbewohner höchst nützlich sein dürften. Nebst einer detaillierten Faltkarte mit sämtlichen Straßen, Gassen und Plätzen, in ihrer natürlichen Lage dargestellt. Man darf mit Recht erwarten, dass dieser umfassende Stadtführer jeden Bewohner der Stadt mit Stolz und jeden Besucher mit Staunen erfüllen wird.

Überall, wo es Bücher gibt, und MANHATTAN unter www.manhattan-verlag.de

Die beliebten Romane von Terry Pratchett in neuer Gestaltung und preisgekrönter Neuübersetzung.

384 Seiten
ISBN 978-3-442-54703-6

Einfach göttlich geistreich, witzig, unterhaltsam: Terry Pratchett nimmt sich die Religion zur Brust.

320 Seiten
ISBN 978-3-442-54704-3

Wenn ein Happy-End auch keine Lösung ist: drei Hexen auf einer märchenhaften Rettungsaktion.

320 Seiten
ISBN 978-3-442-54696-1

Wenn der Tod in Rente geht, bricht sogar auf der Scheibenwelt das Chaos aus.

320 Seiten
ISBN 978-3-442-54704-3

Von bewegten Bildern und sprechenden Wunderhunden – die Scheibenwelt im Bann von Holy Wood.

Überall, wo es Bücher gibt, und MANHATTAN unter www.manhattan-verlag.de

Um die ganze Welt des
GOLDMANN Verlages
kennenzulernen, besuchen Sie uns doch
im **Internet** unter:

www.goldmann-verlag.de

Dort können Sie
nach weiteren interessanten Büchern ***stöbern***,
Näheres über unsere ***Autoren*** erfahren,
in ***Leseproben*** blättern, alle ***Termine*** zu Lesungen und
Events finden und den ***Newsletter*** mit interessanten
Neuigkeiten, Gewinnspielen etc. abonnieren.

Ein ***Gesamtverzeichnis*** aller Goldmann Bücher finden
Sie dort ebenfalls.

Sehen Sie sich auch unsere ***Videos*** auf YouTube an und
werden Sie ein ***Facebook***-Fan des Goldmann Verlags!